LOCUS

LOCUS

LOCUS

LOCUS

RECREATION

R97
白虎之咒5：夢中註定的女子 *TIGER'S DREAM*

作者：柯琳．霍克（Colleen Houck）
譯者：柯清心
責任編輯：翁淑靜　美術編輯：林育鋒
校對：陳錦輝
法律顧問：董安丹律師、顧慕堯律師
出版者：大塊文化出版股份有限公司
台北市 10550 南京東路四段 25 號 11 樓
www.locuspublishing.com

讀者服務專線：0800-006689
TEL：(02) 87123898　FAX：(02) 87123897
郵撥帳號：18955675　戶名：大塊文化出版股份有限公司

總經銷：大和書報圖書股份有限公司　地址：新北市新莊區五工五路 2 號
TEL：(02) 89902588　FAX：(02) 22901658
排版：洪素貞　製版：瑞豐實業股份有限公司
初版一刷：2019 年 12 月
定價：新台幣480 元
Printed in Taiwan

白虎之咒. 5, 夢中註定的女子 / 柯琳.霍克(Colleen Houck)著 ; 柯清心譯. -- 初版. -- 臺北市 : 大塊文化, 2019.12
面 ;　公分. -- (R ; 97)
譯自 : Tiger's dream
ISBN 978-986-5406-25-7(平裝)

874.57　　108017029

白虎之咒5

夢中註定的女子

tiger's dream

柯琳・霍克 COLLEEN HOUCK 著　柯清心 譯

致我的姊妹淘Shara，Tonnie及Linda。
我們一起歡笑，共同哭泣，攜手做夢。

序 怒氣

牠的心臟狂跳如牠所停駐的這條湍急河流。牠細瘦的四肢顫抖著，月光照射牠身上，我看到牠鼓動的脈搏和來回閃動的機警眼神。我在樹蔭中監視牠——我是個想致牠於死地的黑色幽靈。牠把鼻子探到空氣中，嗅聞最後一次，然後緊張地垂下頭去飲水。

我從藏匿處躍出，竄過草地樹叢，如流星般火速縮近距離。我的爪子刮到了突在地面上，長得像骷髏手臂的根瘤。牠聽到聲音了。

小鹿疾速一縱，往左偏傾。我撲上去，但牙齒僅咬到牠厚實的冬毛。小鹿發出驚駭的尖叫，我追奔上去，全身血液竄流，這是我數個月來最生氣勃發的一次。

我再次撲擊，這回以爪子死抱住牠起伏不定的身軀，咬住牠的脖子，牠在我底下掙扎，奮力踢踹。我將牙齒往下一刺，咬緊牠的氣管，一咬斷氣管，牠就會窒息了，我認為那是一種更溫和，更人性的獵殺方式，可是突然間，我覺得慢慢窒息的人反而是我。

狩獵時的愉悅悄悄消失了，我再次感受到不斷威脅著吞噬我的空虛感。那感覺令我無法喘息，慢慢將我推向死亡，如同我宰殺這頭小鹿的手法。

我張開下顎，抬起頭，小鹿察覺到變化，立即往小溪衝去，將我從背上甩下來。小鹿鑽入樹叢下消失了，清涼的水流過我厚厚的皮毛，一時間，我真希望自己能把水吸入肺裡，就這樣死掉，拋開我的回憶、失望，和我的夢想。

如果我能相信死亡會如此仁慈就好了。

我慢慢走出小溪，結在腳掌上的泥塊，跟心事一樣沉重。我心不在焉地甩掉皮毛上的水，然後徒勞地試圖清理爪間的泥巴，這時我聽到一名女子的笑聲。

我抬起頭，看到阿娜米卡蹲踞在樹枝上，肩頭斜揹著一把金弓，背上綁著箭袋。

「那是我見過最慘不忍睹的狩獵。」她嘲弄道。

我輕聲低吼，但她不理會我的警告，繼續大肆批評。

「你挑中了森林裡最弱的動物，結果還是沒把牠撂倒。你這算哪門子老虎？」

阿娜米卡靈巧地從粗枝上躍下來，身上穿著她的綠衣裳，大步朝我走來，我一時為她修長美麗的腿給分了神，不過接著她又開口了。

年輕的女神雙手往腰上一插說：「你若餓了，我可以幫你獵食，反正你已虛弱到沒法自己張羅了。」

我鼻孔噴氣地扭身背對她，朝反方向大步慢慢跑開，可是她很快追上來，即使在我竄過林子時，也能配合我的速度。等我發現自己無法甩開她後，便停下來變化身形。

變回人形後，我轉向她，生氣地罵道：「妳幹嘛要如影隨形地跟著我，阿娜米卡？我日日夜夜跟妳困在這裡，難道還不夠嗎？」

她眯起眼睛，「我也一樣……」她咬文嚼字地說，因為這些話對她來說還挺新穎的，「跟你一起困在這裡，不同的是，我不會浪費生命去渴盼一些我永遠得不到的東西！」

「妳根本不懂我在渴盼什麼！」

她聽了挑起一邊眉毛，我知道她在想啥。事實上，她很清楚我所渴盼的一切。身為杜爾迦的老虎，我們關係匪淺，每次我們化成女神杜爾迦和老虎達門的形態時，心意便能相通。我們雖盡量給對方空間，架起類似心理屏障的東西，可是我們對彼此的了解，都比我們願意說出口的還多。

舉例來說，我知道阿娜米卡非常想念她哥哥，而且她很討厭扮演杜爾迦的角色，她對權力毫無興趣，也因此使她成為女神的不二人選，因為她絕不會濫用神器，或為了私利，使用達門護身符。這點我相當欣賞她，只是打死我也不會承認。

過去六個月，我發現阿娜米卡還有其他事項也令我十分敬佩。她在排解紛爭時，相當公允睿智，她總是先想到別人，而不是自己，而且她比我認識的大多數男人更擅用武器。她應該有個支持她，幫她分擔重責的夥伴，那本該是我的職責，可是我卻經常自怨自艾。我正打算道歉時，她又來刺激我了。

「信不信由你，我跟著你跑，不是為了讓你日子難過，我只是想確定你不會傷害自己罷了。你老是心不在焉，也就是說，你是在拿自己的安危開玩笑。」

「傷害我自己？傷害我自己？我沒辦法被傷害，阿娜米卡！」

「過去六個月，你就是一直處於受傷狀態，達門。」她靜靜地說：「我一直努力對你保持耐心，可是你卻老是這麼……這麼一蹶不振。」

我忿忿地走向她，用手指戳著她鼻子旁邊的空氣，刻意忽略她鼻子上那些幾乎看不見，卻相當可愛的雀斑，以及那對睫毛密長，令男人神迷的綠眸。「咱們把兩件事情講清楚，安娜。首先，我有啥感覺是我家的事，第二……」我頓一下，聽到她抽了口氣。我擔心自己嚇著她，便退後一步，不再嚷嚷。「第二，我們在公開場合時，我是達門，可是私下獨處時，拜託妳叫我季山。」

我扭身背對她，抬手抵著附近一棵樹幹，讓老是被她挑起的怒氣慢慢熄滅，滅成冒煙的餘燼。我專心調慢呼吸，沒注意她走過來，直到她的手搭住我的胳臂。阿娜米卡的觸碰總令我皮膚酥暖，這是我們心連心的部分效果。

「我很抱歉……季山，」她說：「我不是有意惹你生氣或讓你變得那麼毛躁。」

這回她討厭的批評並未煩擾到我，我只是冷笑說：「我會努力記住，不讓自己變得那麼『毛躁』，不過妳若能不再來惹老虎，老虎就不會沒事對妳張牙舞爪了。」

她默默打量我片刻，然後僵挺著背從我旁邊走過，朝家裡走去。她嘀嘀咕咕地穿過樹林，聲音漸淡，但我還是聽到了一句話：「我才不怕虎牙呢。」

放她一人獨自回家令我有些罪惡感，但我注意到她戴了達門護身符，知道世間沒有什麼傷得了她。阿娜米卡離開後，我伸著腰，想著是否該返回我們所謂共享的家，或者該在森林裡過夜。就在我剛剛決定去找塊平整的草地睡覺時，我的身體一僵，感知到另一個人的出現。那會是誰？獵人嗎？是不是阿娜米卡回來了？

我緩緩繞圈，幾近無聲，等我整個轉過來時，整個嚇到往後一跳。

有個小個子男人不知從何處冒出來，站在我前面，也許他真的是憑空出現的。月光照在他童禿的頭上，男人移動身子，一雙涼鞋踩壓著草地。自從我把未婚妻，把我愛她勝過自己性命的女孩交給我老哥的那天起，我就再也不曾見過這位僧人了。那決定我命運的一天，我眼睜睜望著自己的夢想、希望和未來，從一團火焰中躍然而去，像枯竭的油燈般熄滅。

從此之後，我便一蹶不振了。

「斐特，」我說：「是什麼風把您給吹到我的地獄裡來？」

男子搭著我的肩，用一對清澈的棕眸望著我。

「季山，」他嚴正地說：「凱西需要你。」

1 斐特的真面目

我肌肉緊繃，屏住呼吸。

凱西。

我想像她的面容，我們最後的談話。

我真是個大白痴。

六個月前，斐特表示杜爾迦需要一頭老虎，我們之中有個人得選擇留下。阿嵐與我到一旁討論，我老哥壓根不考慮留下，他告訴我，凱西去哪兒他就去哪兒，並頑強地表示不做他選。

斐特那時不動聲色地對我們解釋，阿娜米卡的哥哥桑尼爾會陪凱西回到未來，留下他妹妹。

我當時瞄了阿娜米卡一眼，看到她緊抓著最近才被她救回來的哥哥的手。她還不知道自己的哥哥就要離開了，我透過與這位女神的連結，知道桑尼爾的離去，對她會是沉重的打擊。

斐特強調：「杜爾迦必須完成她的天命，世世代代的人都將受她影響，杜爾迦若少了同伴，便會被獨自拋下，而我們所認識的這個世界，將徹底改變。你們其中一隻老虎註定得當她的伴陪，你們必須做出選擇。」

當時我與阿娜米卡的連結雖然才剛形成，卻已知道她痛恨扮演女神，管那是不是她的天命。若沒有人在她身邊，阿娜米卡很可能會跑回印度，放棄女神生涯。

我搓著臉建議說：「她老哥為何不能跟她待在一塊兒？」

「她兄長只是她人間生活的一部分，阿娜米卡必須擔起天神的角色，明白自己的職務，將過去種種俗念拋諸腦後。你要相信我的話，他們各走各的路，對他們兄妹倆會更好。」

斐特語帶保留，他總是那樣，所以他若說桑尼爾必須離開他妹妹，我便未再進一步質問了。阿嵐似乎也做出同樣的結論，因為他點頭答說：「那麼我留下來好了，不過唯一條件是凱西也得留下。」

斐特堅決搖頭，說：「凱兒要走的路，是在未來。」

老僧人走過去安慰凱西，拋下我與老哥獨處。「她是我的未婚妻。」我先開口。

「是我先愛上她的，季山。」

「是啊，可是你跑掉了。」

「是我錯了，我不打算重蹈覆轍。」

我們來回爭論了好幾分鐘，互不相讓地試圖說服對方留下。斐特回來後，告訴我們得趕快給個答案。他說著，看我一眼，意思是我應該終止爭執了。

那是啥意思？他是想告訴我，我應該讓步？放棄我心愛的女孩嗎？或他的意思是，我應該理解與我相連的杜爾迦的召喚。我不安地挪著身子。

我急切地低聲對阿嵐說：「你知道我看過的景象，就是我在夢之林裡見到的幻景吧。」

阿嵐不甚情願地點點頭。

我威脅說：「如果我留下來，那麼凱西的兒子將……」我四下瞄望，看是否有人在聽，但並沒有。他們似乎完全讓我們私下談。「將永遠不會出生。」我低聲把話說完。

「很難說。」阿嵐十分頑冥。

「他的眼睛長得跟我一個樣子，阿嵐，是像我啊！」

阿嵐別開眼神，彷彿不想從我直視的眼神中，看到凱西將來兒子的長相。他輕聲說了句：

「你欠我的，兄弟。」

我倒抽口氣，他的話在我腦中旋飛。我欠他的。

我有嗎？

我回想自己幹過的事，我如何背叛他，不僅偷走他的未婚妻葉蘇拜，還陷他的生命與我們的國家於險境。還有凱西，我明知道凱西仍愛著阿嵐，卻對她苦苦相逼，吻她。

後來我努力扮君子，答應由她決定我們之間的關係，可是等我終於擁有她後，便知道自己絕不可能放她走，無論是在何種情況下。我確實欠阿嵐的，但我就是無法把心愛的女孩讓給他。

我挫敗地搔著頸背，瞄著大夥，我發現凱西不見了。「她人呢？」我問斐特。

「她在為那個她認為會留下來的人難過。」斐特答說。

我渾身一僵，仔細聆聽她輕聲的啜泣。她的傷心欲絕穿林而來，宛若人就站在我身邊。我只想去找她，讓她不再哭泣，撫平她的傷痛。

我向前踏出一步，卻又猶豫起來。我突然了解兩件事，第一，我知道她為誰而哭了，她以為阿嵐會留下來陪杜爾迦。

當初我假扮成姑婆沙琪時，凱西曾對我坦誠她對阿嵐的英雄氣概十分傾心。其實凱西並不知道，我老哥更喜歡與外交家為伍，而非戰士。他一再地穿越時空，只因為他瘋狂地愛上了我的未婚妻。

我明白的第二件事是，我老哥很了解凱西，在我發現凱西不見之前，老早就聽到她的哭聲了。他對凱西的極度敏感，快把我煩死了，難道我總得跟我哥競爭嗎？

我拋開阿嵐帶來的威脅，聽著我深愛的女人哭泣。

我如何能離開她？

我心底有個小小的聲音說，*我如何能不離開她？*

突然間，整個世界的重量似乎落在我肩上，我可沒有擎天神亞特拉斯的神力，我會被這負擔壓碎。

我能辦得到嗎？我能離得開她嗎？

我知道凱西依舊愛著阿嵐，任何看見他們在一起的人，一眼便能看出她的感情，可是我相信只要給我足夠的時間，凱西也會一樣愛上我——即使沒有比較愛我。我想起阿嵐死時，她的傷心欲絕，阿嵐遺忘她時，她的心碎悲傷。還有我們把她從羅克什手裡救出時，凱西先找的人是阿嵐，這件事令我想到就嘴巴發苦。

接著阿嵐開口打斷我的思緒，他望著凱西所在的林子輕聲說：「沒有她，我活不了，季山。」

啥意思？是叫我應該閃邊去？忘掉我的幸福？忘掉我的未來？忘掉我渴望已久的家庭，忘掉我在幻景中看到的那個家嗎？

我揉著下巴，考慮老哥的事。他愛凱西，這點無庸置疑。我若退讓，他一定會帶給她幸福。問題是……沒有阿嵐，凱西會幸福嗎？

我立刻便知道答案了。

不會。

凱西會盡力嘗試，但她將永遠思念阿嵐。

該怎麼選擇，突然變得顯而易見了，留下來的那隻虎兒，必須是……我。

讓自己接受這個念頭，就跟全身被射滿箭一樣的痛苦。我覺得萬箭穿心，此時若有人走過來，從我胸口把狂跳的心臟扯出來，我會感謝他一輩子。我現在連呼吸都在痛。

斐特再次懇切地瞄著我，我微微點頭。

我很訝異自己竟還有力氣去做這件事，我搭住老哥的臂膀說：「你不必走，老哥，讓我……讓我去說再見吧。」我喃喃說。

阿嵐驚訝地看著我，然後也抓緊我的手臂，釋然地點點頭，表情充滿感激。

痛苦雖稍稍減弱，仍壓得我受不了，但我終於能正眼看著老哥了。歷經數百年的罪惡感與不信任後，我感受到諒解的美好釋懷，感覺自己的犧牲終於彌補了我在兄弟間造成的嫌隙——那嫌隙壓根不該存在。突然間，我反而覺得自己是那個更有智慧，年紀更長的哥哥。

我穿過樹林，去跟心愛的人道別。我私心希望凱西能夠拒絕，堅持要我陪她回去。凱西一看見是我，便開始歇斯底里地放聲大哭，我知道她不是在為我哭，而是為了他，我知道自己沒戲唱了，凱西對阿嵐的愛永遠比對我的強烈。她嘴上說無法讓我走，但事實上……她是可以的。

自此之後，我便一直後悔自己的選擇。我是個白痴，才會容許那種事發生，我為了修復與哥哥的關係，而影響對凱西的決定。我自圓其說地解釋，凱西以為留下的人是阿嵐，才會如此失控，但她若進一步思索，對我留在過去一事，也會同樣難過。

如今過了六個月後，斐特站在我面前，說凱西需要我。我心裡其實很興奮，也許我並未失去什麼，凱西或許終於明白她還是愛我的。

我舒了口氣問道：「她有危險嗎？」其實我真正想問的是：「她想念我嗎？」

「是的，凱西遇到大難了，但不是你想的那種。」

「什麼意思？」我不解地問，接著浮現另一個問題。「等一下，你喊她凱西，而不是凱兒。」我將雙臂在胸前交疊，「現在究竟是怎麼回事？」

斐特緩緩吐氣，然後說：「也許最好還是讓你知道一切。」

他揪住藏在袍子下的項鍊，那熟悉的動作令我困惑，不祥的預感在我的血管中流竄，我往後退開一步。「你……你在幹什麼？」

矮小的僧人挺直身子，微笑著說：「聖巾，請恢復我正常的樣貌。」

棕色的袍子飄揚著，絲線在他周身纏繞。眼前的景象實在毫無道理可言，我知道聖巾是什麼，聖巾現由杜爾迦保管，就算斐特不知怎地取得了聖巾，但他為何要改變形貌？

聖巾的法力在他身邊旋繞，掩去他的面容，等絲線終於落定後，我跪倒在地上，淚水模糊了我的視線。

「這……怎麼可能。」我喃喃說，不敢相信自己的眼睛。

「你知道是可能的。」他溫柔地答說。

「你是怎麼……？」我重重嚥著口水，激動到不行。「什麼時候的事？」

「啊……時間點有些複雜，但我會讓你知道是怎麼辦到的。」

他拉住我的胳膊，扶我站起，他微笑時，眼角都皺了。他說：「看見你真好，季山。」

「能再次看到你，我簡直說不出話，卡當。」

「是啊，」他有些應付地喃喃說：「現在咱們來合計一下，看要如何解救凱西小姐，好嗎？」

我點點頭，被這位不知如何起死回生的心靈導師、朋友和代理父親，弄得不知所措。

2 拯救凱西

「開始了嗎？」他找到一根翻倒的木頭，坐了下來。

我還是不敢相信他會在這裡，不敢相信他還活著。

「你是怎麼回來的？」我問。

「我還沒回來，不完全是。你目睹了我的死亡，我確實從這個世界消失了，但你必須了解，這件事雖然已經發生在你們的時間軸了，但尚未在我的時間軸中發生。」

「還沒發生？我不明白。」

卡當笑笑地耐著性子問：「你記得，你們從羅克什手中救出凱西小姐後，我跟妮莉曼一起出現嗎？」

「記得，你失蹤了好幾個星期。」

「沒錯。當時我跟你說，魚叉射向我們時，妮莉曼和我被一道能量帶開了。」

我點點頭，卡當從襯衫下拉出以前常戴的達門護身符片，然後接著說：「那次之後，你發現我所戴的這片護身符，是控制時空的那一片。」

「是的，可是你怎會再次佩戴這塊符片？我知道這塊把羅克什送回過去的符片，已經被拼回完整的護身符裡了，而且現在就掛在阿娜米卡的脖子上。」

「我現在還戴著，是因為在我自己的時間軸裡我仍掛著它。」

我站起來開始踱步，卡當從口袋掏出一個瓶子扭開蓋子，一股香料味幽然飄出。「要不要來點乳香？」他說：「可以鎮定神經。」

我揮手表示不用，他聳聳肩，自行取了一片，然後把蓋子扭回去。「告訴我，你是從什麼時間點來的。」我逼問。

卡當輕聲回覆：「我是在臨死前來看你的，你們都以為我回來後，身體不舒服，但事實上，我忙著處理命運交派給我的工作。」

「你是經常失蹤。」我喃喃說：「而且變得冷漠。」

「是的，老實說，非常冷漠。」他答道。

我跪到他面前請求：「你可以回到那個時刻改變狀態，我們可以陪你擊敗羅克什，你根本不需要犧牲自己，不必非死不可。在你的時間軸裡，那件事還沒發生，所以我們可以先做預防。」

卡當搖著頭，「羅克什太厲害了，如果你幫了我，凱西小姐便會被擄走。」

「可是我們本來可以……」

卡當抬手打斷我，「季山，孩子，請相信我，我的死是唯一能把羅克什送往過去的方法，而且他在過去被擊敗一事，影響未來甚巨。阿娜米卡若不去擊潰那頭怪物，沒有女神……」他微微一笑，「沒有騎在虎背上，入陣殺敵的女神，那麼我們的世界便會崩解，這事比延長我個人的壽命重要多了。」

看到我沒回應，卡當伸手抓住我的手臂。「請接受此事吧，離開你們將是我最痛苦的事，但我知道非這麼做不可。等時間到了，我會設法勇敢面對的。」

我難過地用額頭抵住他的膝蓋，淚水在眼中刺得我好痛。「我知道你會。」想到卡當即將死去，我又哀悲起來。

我抬頭問：「究竟有沒有斐特這個人，或者他一直都是你？」

「斐特的目的是策畫白虎之咒，我即是斐特，斐特即我……大半時間如此。」他平靜地說。

「可是我們早該聞出你的味道，阿嵐跟我早該知道的。」

卡當搖搖頭，「我可以掩蓋自己的氣味，我不僅在小屋中擺滿大量草藥，還微調自己的時間點。你們也有這種能力，你們雖然都能看到我，觸碰到我，但你若仔細回想，並無法想起斐特的個人特質。」他搭住我的肩，「季山，我雖然很想跟你聊，但我今日到此，不是為了討論斐特在我們世界的地位。今天你必須去未來解救凱西小姐。」

「解救她？怎麼救？阿嵐……」

卡當雙手一抬打斷我，然後站起來，說：「直接讓你看比較容易，你得用達門護身符。去跟阿娜米卡借吧，但先別跟她說你見著我了。一小時後回這裡跟我碰面，我會指示你如何達成目標。」

我眨眨眼，卡當便消失了，他剛才所站的草地被踩得亂七八糟。我的世界再次天翻地覆，想到要救凱西，我便熱血沸騰，神經緊繃，腎上腺素在血管中竄流，我飛奔穿過林子，嫌自己速度太慢，便化成虎形，轉瞬間衝到杜爾迦在山上的宮殿。

杜爾迦這座雕鑿在喜瑪拉雅山巔裡的宮殿，鮮少為人所見，因為經常被掩在繚繞的雲霧裡，可是當太陽驅走溼重的雲層後，我們的家看來可漂亮了。那是仿中國古寺的建築，有高塔、亭子和依山而建的拱門。五層樓的建物由階梯及長廊相連，陡斜的屋頂舖著在陽光底下閃閃發亮的瓷磚。

阿娜米卡施用法力，在兩棟對稱而立的高塔中央，打造了一座噴泉，泉水灑落在下層的花崗岩上，恣意地流下山腰，形成一道流瀑，當午後斜陽射來，便映出一道道的彩虹。

噴泉四周是片廣濶的花園，裡頭有數十種玫瑰，阿娜米卡在其中一個角落，打造了一座大池子，在裡頭種滿她最愛的蓮花。我留在宮殿時，喜歡待在她的花園裡。到了夜裡，便在修剪過的柔軟草地上，就著滿天星斗打盹，一邊做自己的清秋大夢。

一道之字形的階梯從宮殿切入石中，直下山腳，寺僧們聚集山腳，乞求女神相助。那是凡人到我們家的唯一道路，因此山腳下設了大門，且守備森嚴。總有許多人直接在宮殿下方紮營，懇求能夠進來。僅有少數特殊人士得以見到阿娜米卡，但他們在攀往山頂時，也都會有忠心耿耿的杜爾迦軍隊護送。

我不想被人瞧見，便繞到山腰後，從只有阿娜米卡和我使用的私人入口進去。我們不想誇張地每天騰雲駕霧，上上下下，便決定採取更實用的方式進出。我們打造了一些祕密入口，進入這座原本屬於羅克什的山中宮殿。

我化成人形，把手貼到凹印中，這是我們以法力打造出來的鎖，這種只能辨識並接受我們的手印鎖，是我想出來的點子。我知道凱西以前曾藉著斐特的手繪法力，進入各個藏匿杜爾迦禮物的領域，那事我一直記得。

隱藏的門打開了，我確保背後的門關妥，才走上長長的階梯。我心中忽生一念，在台階上頓住。我發現，從來沒有什麼斐特設計的手繪圖紋，那都是卡當的安排，他才是驅策凱西踏上旅途的人。我搖搖頭，試著拋開卡當即斐特這件怪事，把心思放到凱西身上。這階梯平常就已經沒完沒了了，在我知道自己很快就會見到凱西後，更顯得漫無盡頭。

我衝過暗門，奔入主室大聲嚷嚷：「阿娜米卡！」

沒人回答，我在大理石上打滑了一下，將非常昂貴的地毯踹起一角，那是某國王為感謝女神杜爾迦，幫忙該國度過一場旱災所贈。我搜尋一個個房間，叫聲在每個寬濶的空間裡迴盪。

每次踏入羅克什為自己打造的山腰宮殿，我心中便會跳出富麗堂皇，美輪美奐這八個字。這宮殿深鑿入山，裝滿了我前所未知的財富，這是一名貪婪國王的夢想。

就算戶外的開放空間還不夠讓我覺得驚豔，那麼羅克什的宅第內裝，也絕對夠力了。我想這應該算得上美吧，牆壁四周鑲著這位邪惡魔法師從大地喚來的寶石。

杜爾迦那張粉紅鑽石製成的寶座便令人印象深，她接見各國大使的場所亦然，但我覺得整個地方感覺太過枯燥冰冷。阿娜米卡努力把幾個大房間弄得更溫暖舒適，可是每個房間天花板都挑得極高，加上無人可以分享這些財富，只是徒增孤寂。我像隻獨自被留在蜂巢裡的蜜蜂般四處遊晃，四周的空間感覺很不對勁，毫無日常生活的動靜。

老實說，羅克什住在這裡時，他的形體是常人的兩倍，因此宮殿如此寬大有其必要。他將自己的身體與水牛混合，變成了怪物，所以需要這張巨大的床，以及大到足以並排煮三頭鹿的大壁爐——如今成了我的房間。

我挫折地走回被我稱為王座室的地方，再次呼喚：「阿娜米卡！」

我先是感覺到她的出現，然後才聽到她的聲音：「你在嚷嚷什麼？」阿娜米卡不耐煩地問。

「妳跑去哪兒了？」

「我……」

我眯起眼睛望著她，「妳是不是又跑去幫助人，沒告訴我啦？」

她頑固地仰著下巴，「是又如何？」

我惱怒地耙著頭髮，「安娜，妳明知道規矩，不得擅自行動，得帶著我去，萬一出事呢？」

「你只忙著顧自己的心事，何況，這些人真的需要幫忙，有場大火，而且……」

我打斷她，「就算全國都著火我也不在乎，按規定，妳得先找我。」

她吐了口氣，嘟囔說：「好啦，」她彎身脫掉靴子，「下次我會逼你這個可憐蟲陪我去，你高興了嗎？」

「高興了。」

她扯下固定頭髮的夾子，一坨絲黑的玩意兒便垂下她的背部。看著她兩手撥弄頭髮，終於開心放鬆地嘆了口氣時，我都有點傻了。

當她轉身表示要去洗澡，然後睡覺時，我呆呆跟在她背後，直到她發現。她推推我的手臂，抵住我胸口，像似要推開我。「我可沒邀你。」她說。

她手上的溫意盪過我全身，帶來水漾般深沉的滿足感。能量在我們之間流盪，如聚攏的暴風雨般隆隆震響。安娜的碰觸越是接近我的心臟，感覺就會越強烈。不知阿嵐和凱西的連結，是否同樣強大，接著我意識到自己並不願去想那件事。

我從她身邊走開，揉著自己的胳膊罵道：「就算妳邀請了，老子也不會接受，妳會把男人的背刷得很痛。」

她脖子漸紅，怒由心生，「我知道你喜歡女人溫柔聽話，相信我，我絲毫沒興趣看你的裸背，更別說是為你刷背了！」

我抬起雙手表示投降，「好了，冷靜，惹妳生氣是我不對，我只是覺得妳泡澡時，最好由我保管護身符。這樣萬一發生什麼事，我可以在妳放鬆時，幫忙處理。」

「我們不是應該一起保管嗎？」

「若是出了什麼重大事故，我會來找妳。」我咧嘴笑說：「無論妳身上是穿了衣服，或只抹了香皂。」

她嘶聲說：「不許你打擾我泡澡。」她咬著唇考慮該怎麼做，模樣風情萬種。安娜思索時，一對綠眼總是格外明亮，她抬眼看著我，然後眼神很快飄開。

「安娜，要不是我太了解妳，我一定會以為妳在臉紅。」

「女神杜爾迦才不會臉紅。」她傲慢地抬著下巴說。

我哈哈大笑，「她就會。」

她懊惱地嘀咕一聲，從脖子上扯下護身符塞到我手裡，「拿去，今晚千萬別再來煩我了。」

「沒問題。」安娜轉過身。「好好睡，安娜。」我對她漸去的背影說，她停下來點點頭，然後繞過角落。

我威脅要打擾她洗澡，因為我知道這樣她才不會追問我要保管護身符做什麼？我不否認，看到她洗泡泡浴應該挺養眼。我定定站在她消失的地方，呆望片刻，揉著下巴傻笑，接著我才想起自己有事得辦。

凱西！

我用兩秒鐘的時間跑出宮殿大門，以護身符的法力穿越時空，回到森林中，我先前離開卡當的地方。

樹林在我四周旋繞——令人難過而暈眩——然後停止了，不知我是否在正確的地點。

「卡當？卡當？」我大喊。

他立即現身，「對不起，讓你久等了，凱西小姐很擔心我。」

「她……你剛才見過她？」

「是的，在我的時空裡。」

我雖不解，但決定不追問。「你之前說會給我指示？」

他拉住我的手臂點點頭，「跟我來，等時機一到，就去救她。」

我皺眉說：「我覺得你給的線……」

森林的地面旋開了，我頭暈目眩地被一股力道拉扯，從過去被推向未來。等我們抵達卡當選擇的目的地後，四周依舊樹林環繞，我們的腳深陷在雪地裡。

「……索不足。」

我搖搖晃晃地單膝跪倒，極不適應時空跳躍，卡當低聲唸了幾個字，他戴在身上的領帶便飛散成千絲萬縷的彩色絲線。聖巾按他的指令編造，不久我們穿上了現代的雪地裝備。聖巾完成任務後，化成一條厚實的紅色羊毛圍巾。卡當把圍巾一端甩到肩後，說：「跟我來。」

「我為什麼沒昏倒？」我踉蹌地向前走，很快恢復力氣。

「達門護身符讓穿越變得更容易，至於我，我是時空旅行的老手，已習慣它的影響了，你也會很快適應。」

四周濃密的針葉林上覆蓋著厚厚的積雪，夕陽打在沉厚的雪上，映出各種美麗的粉色，令我想到凱西的臉頰。不久我們走出森林，來到一處度假村，建物的塗色和陡斜的屋頂，都仿似後邊壯麗的山景。

「咱們該不會是在喜瑪拉雅山吧？」我問，雖然我已經知道答案了。

卡當搖搖頭，「這是胡德山。」

「奧瑞岡州。」我自言自語的成分多於對他說。

我十分困惑，因為我記得凱西並不特別喜歡雪，也許是因為我們在聖母峰尋找幽靈之門的步行途中，遭野熊攻擊之故。不過我若沒記錯，她曾提過自己並不喜歡所謂的「雪上運動」和這個地方，就我在此地所看到的，顯然就是這類活動。

幾十個人，包括年輕的孩子，正往度假村走去，許多人拿著滑雪橇或板子，邁入夜色裡。他們穿著各式顏色的衣服，我知道是凱西那個年代的服裝。

他們進入一棟主建物，建物兩側有燈火通明、伸向兩邊的翼樓。從上面幾十扇的窗戶推測，翼樓應該是客房區。溫暖的光線從主建物中流瀉而出，太陽沉落地平線下，路燈照亮了我們的路徑。不久我們趕上一群扛著裝備的遊客，跟他們一起走進主建物裡。

等輪到我們在入口的厚墊子上重重踩踩靴子後，卡當帶我來到一座石造的壁爐邊，命我坐下。「別站起來，除非我叫你。」他在做完簡單的指示後，便丟下我一個人了。

不久有位女服務生端來一杯熱騰騰的熱巧克力，上面加了鮮奶油和肉桂粉，我猜是卡當請人送過來的。爐火和巧克力使我渾身暖烘，我的心跳重重敲著，知道自己很快又能見到她了。

凱西，我盲目愛戀的女子，將隨時抵達。我預演著該先說什麼話，**妳真的不知道看到妳有多棒，我好想妳，我錯了，請回到我身邊，我愛妳。**

我還是不確定哪幾個字會先從我嘴裡蹦出來，老實說，我並不在乎。我若能再次見到她，我有把握屆時自然會知道要說什麼。有個家庭拖著行李走進來，在我所在的座位區停了下來。做母親的怯怯對我微笑，做父親的把我從頭瞄過一遍後，把他們的行李堆放在一起，然後告訴他年輕的女兒，「我們退房時先到壁爐邊坐一坐，大概得花點時間，因為有人在排隊。」

女孩點點頭，把背包放到我旁邊的椅子上，拉開拉鍊，拿出一本書，然後把她的粉紅棒球帽壓到眉上，埋頭開始啃書。

我瞄著女孩，微笑著點點頭，可是一想到要見到心愛的女子，又開始緊張起來。我拿起熱巧克力啜飲，讓香氣搔著我的鼻子，這時我聞到一股新的香味，身跟著一僵。是凱西！她剛才在這裡！我轉頭在擾攘的人群裡尋找她的蹤影，一邊咒罵卡當堅持要我坐著。不過我還是伸長脖子，以各種可能的方式扭動身體，想一瞥芳蹤。

「你還好嗎？」年輕女孩從書頁後抬眼問道。

「沒事。」我煩亂地回答：「我在找人。」

「誰呀？」

「我在找我……我的朋友。」

「你朋友長什麼樣子？」

「棕色長髮，棕色眼睛，笑起來很美。」

她瞪大眼睛，從書本邊緣望著我，然後咯咯笑說：「我猜是女生喲，她是你女朋友嗎？」

「本來是。」我在椅中轉著身，掃視從門口走出去的人，擔心凱西從我身邊走過，而且已經離開了。我沒瞧見她，但她的氣味依然濃重，因此我放鬆下來，嘆口氣，提醒自己應該信任卡當。不過我還是留心盯著。

「而且你是來這裡把她追回去的，對吧？」

「差不多。」我心不在焉地虛應，一邊拿起熱巧克力啜飲。

「好浪漫哦。」她說。

我嘀咕著，勉強對女孩笑了笑。「至少妳這麼認為。」

「噢，我真的這麼想。你的熱巧克力聞起來好香，裡頭是不是加了肉桂？」這會兒她從書本左側偷看我，因此我只能看到她半張臉。

當我抬起頭想細看她時，女孩倒抽口氣，再次把眼睛藏到書後。

「想不想喝一杯？」我問。

「呃……其實我不該接受陌生人的禮物。」

「那麼我來介紹我自己吧，我叫季山。」

「你的名字好奇怪哦，你是從哪兒來的？」

「印度，妳呢，從哪兒來？」

「塞倫市。」

我笑了，「我對這個城鎮挺熟的。」女孩從書本右側偷偷瞄我一眼，我說：「妳無須怕我。」

「我才不怕呢。」她堅稱：「我只是……比較謹慎。」

「妳是應該小心一點。」我嚴肅地點點頭。

我喚來女服務生，她很快為女孩送上熱巧克力，我們靜靜坐了幾分鐘，我看著蒸氣飄入空中，女孩假裝無視我的動作。最後我終於說：「妳不想喝喝看嗎？很好喝。」

女孩緩緩移動手裡的書，依然把臉藏著。她伸出戴著手套的手，抓住杯子手把，呼嚕嚕地喝了幾口後，把喝了一半的馬克杯放回桌上。

我哈哈笑說：「能再次看到女生愛喝熱巧克力，感覺真好。我女朋友超愛喝熱巧克力。」

「很可口。」她靦腆地說：「謝謝你。」她終於把書放下來，對我微笑了。我為自己的小小勝利感到開心，正想笑她是隻書蟲時，我看見她的眼睛了。熟悉的巧克力色眼珠，在一張圓呼呼、紅嫩嫩的迷人面龐上放著光。我渾身發顫，心臟停跳。

「怎麼啦？」女孩問，牙上圈著矯正器的鐵絲。

「我……我……我也不太確定。」我嚥著口水，幾乎說不出話。

我瞪著她的模樣一定很恐怖，女孩把書扔到一旁。「你是心臟病發嗎？季山先生？你怎麼動都不動？」

她靠向我，搖晃我的肩膀，長長的辮子像老爺時鐘的鐘擺般，來回晃盪，她探向我時，我忍不住在心中苦笑，太諷刺了。

卡當走過來，女孩往後讓開。他跟女孩保證我沒事，但我有可能因為摔得太慘，心神有些錯亂。女孩坐定後，擔心地看著我，卡當坐到女孩旁邊做自我介紹。女孩跟卡當講話時自在多了，等確定我恢復後，女孩把剩下的熱巧可力灌完，然後開始跟卡當聊她跟爸媽一起來滑雪度假的事。

她是凱西。

我深愛的女孩，剛才一直坐在我旁邊。她令人難忘的氣味一直環繞著我，這位就是**我的**凱西。我猜她現在才十三歲吧，她的臉頰被爐火烘得暖紅，從她的背包和帽子看來，粉紅色似乎是她最喜歡的顏色。我怎會認不出她？現在看就很明顯了，我早該從她的眼睛、她的聲音辨識出她。

一會兒之後，凱西的父母回來了，凱西介紹卡當時，我仔細打量這兩位對她影響至深的人。她母親跟女兒一樣豐滿美麗，她聆聽卡當瞎編雪坡的事故，我在她同情的眼光後，看到了凱西眼中經常出現的堅毅。凱西的毅力和善良，得自於母親。

凱西的父親在她身邊坐下，用手攬住妻子的肩，凱西窩在兩人中間，把頭靠到父親身上。我心中一柔，想起她會對我做同樣的事。她父親與卡當說話時，我發現這位溫和的男士非常聰明，他邊聽卡當的描述，邊清理自己的眼鏡。

年少的凱西令我著迷，她說話時還是會有一堆手勢，她的棕髮留得比我以前看到的長，而且辮子上沒有習慣會綁的絲帶。她開朗的笑聲和笑瞇瞇的眼神沒變，看到她從前的樣子，我感到揪心。無論她是什麼年紀，我都愛她，如果她需要被救，那麼我會躍下山腰去保護她。我該積極參與談話了。

「沒關係的，老爸。」我對卡當說：「我可以等到早上。」

「說什麼呢，」凱西的母親答道：「空間很夠，帶你沒問題。」

「呃，麥蒂，我們行李真的挺多的。」約書亞．海斯反駁說。

「我真的不想麻煩你們。我就在這兒過夜，再搭早上的接駁車。」我表示。

「兒子，」卡當大驚小怪地說：「你的骨頭有可能斷了，我不想等那麼久才讓你檢查腳踝，不過你若能走路，那又另當別論了。」

我聽懂他的暗示，便說：「沒事，我可以走，瞧？」我站起來，把所有重量壓到右腿上，然後跛了幾步，抓住附近的木柱子，一瘸一拐地，彷彿承受巨痛。凱西輕呼一聲衝到我身邊，攬住我的腰，她母親趕到我另一側，硬要我再坐下來。

「我絕對不許你再胡說了。約書亞，我們得載這位年輕人到醫院，把他安頓好。就這麼定了。」她表示。

「是的，親愛的。」她老公笑了笑，開始收拾行李。「我會把車開過來，先放我們的裝備。」

麥蒂拍拍我的手臂說：「我在生凱西之前是護士，知道腳踝摔斷不是小事，你乖乖坐在這兒，讓我們來幫你。這事就聽我的。」

她那種「不許你拒絕」的表情跟凱西同出一轍，我雖知道這整件事都是卡當搞出來的，但忍不住地享受這種狀況。我朝兩位海斯家的女生溫和一笑，說道：「有兩位如此美麗的年輕小姐照顧我，我被治好的傷可不止一處。」

「你還有什麼傷呀？季山先生？」小凱西問。

我把頭往她湊過去，狀似要告訴她祕密，但我朗聲說：「妳們都沒法當我女朋友，就是我最大的傷痛。」

凱西的嘴張得好大，她母親臉都紅了，好可愛。「得了得了，」她說：「對你來說，我年紀太大，凱西又太小，何況，若是被我丈夫聽到你跟我們打情罵俏，說不定他就改變心意，不送你上醫院了。」

「如果妳們都是我的，恐怕我也會打翻醋罈子保護妳們。」我勉強表示：「那就別跟他說吧。」我咧嘴一笑。

等卡當跟女服務生結清我們的熱飲費後，麥蒂．海斯站起來，聽卡當心誠意正地說：「我親愛的女士，您真是太古道熱腸了，像您如此熱心助人的人實在不多。我完全放心把犬子交給您，我知道您一定會待他如己出。」他僅停頓了一下，便拉起她的手，繼續嚴肅地說：「但願您能了解，若是您的女兒有任何需要，我也會對她做同樣的事。」

「我真希望車子裡也有空間可以載您。」她好心地答道。

「唉，命中註定我得留下來，不過沒關係，您真是位好人，海斯太太，很榮幸能認識您。」

「我也是。」她說。

「你女朋友怎麼辦？」凱西問：「我們是不是該等她回來？」

我垂眼輕聲說：「如果她想回到我身邊，她自然會。」

凱西去拿她的背包時，我聽見她喃喃說：「離開帥成這樣的男生，那女的八成瘋了。」她並不知道我有老虎的聽力，她的話聽來十分清晰。等她回來時，我咧嘴衝她笑，她臉一紅，別開視線。

約書亞．海斯不久回來接我們，他和卡當扶我上車。凱西和她母親站在旅館入口，讓男士們幫助我坐定。我不小心聽到凱西問她媽媽：「我們為什麼要載陌生人去醫院？我們不是應該要提防陌生人嗎？」

她母親以為我聽不見。「我的心告訴我，他們不會傷害我們，而且我相信有時該聽從自己的直覺，而非理性。千萬別讓恐懼阻止妳幫助別人，凱兒。妳說得對，人應該要時時提防危險，但有時候，你若不肯義無反顧地勇往邁進，很可能會錯失一場精采的冒險。我希望妳能體驗生命賜給妳的一切，那表示偶爾得冒點險。明白了嗎？」

「明白了。」凱西答道。

「很好，現在咱們去看看我們的貴客是否舒適，好嗎？」

不久，凱西陪我一起坐在後座，她父母繫上安全帶時，我覺得能瞥見凱西的過去，無異奇蹟。她母親是位很棒的女子，我會很樂意認識她，她令我想到自己的母親。知道凱西往後再也沒有父母的庇護，令我十分難過。他們的死，必然令她傷心欲絕。

夜晚乾寒凜冽，下午雖然下過雪，但星星明亮可見，月光照亮我們的路徑。凱西繫上安全帶，把書收回背包裡。她拉起拉鍊前，我看到一件相當眼熟的物件。

「那是拼布被嗎？」我問。

她點點頭，不好意思地結巴說：「我知道我還帶拼布被有點幼稚，但這是奶奶為我做的，她兩個月前去世了，所以我喜歡把被子帶在身邊。」

我朝她低頭說：「不必不好意思，我的女朋友也有一條她最愛的拼布被。」

麥蒂感激地看我一眼，然後朝卡當揮手，他默默對我點頭。凱西的父親發動車子，我抓緊藏在襯衫底下的達門護身符，不知將會如何使用。

凱西的父親打開收音機，播放輕柔的音樂，一邊慢慢開下冰滑的山路。小車子像音樂般跑著自己的節奏，伴隨雪鍊在積雪上壓出新路的聲音。我靠著背，閉起眼睛，幾乎相信凱西就是屬於我的，我們是來探望她的父母，請求他們祝福。凱西會向他們介紹，我是她所愛的人，是她願意託付終生的人。

可是凱西跟媽媽談的是學校的事，我忍不住發現，她似乎羞於回答母親的問題，不知是因為談話內容的關係，還是因為我的出現令她緊張。麥蒂剛剛把焦點轉到我身上，問我是來玩，或是要搬來奧瑞岡？約書亞調整照後鏡，瞄著我們後方。

「怎麼了？」他太太問。

我聽到車聲，便從後車窗看出去。車子轟轟的引擎聲伴隨著囂張的狂笑，駕駛按了幾次喇叭，害凱西嚇一跳。

「瘋狂的小屁孩。」約書亞說：「他們搞不好喝醉了。」

「山路還剩幾哩，揮手讓他們先過去吧。」麥蒂建議說。

約書亞搖下車窗揮手示意，可是喇叭繼續按個不停。我們後方開車的人，在覆著積雪和薄冰的路面上玩大龍擺尾。他們用車尾去撞一株高大的樅樹，撞擊力讓積雪嘩嘩地落到他們車上。結果車上幾個男生非但沒清醒過來，反而發出囂張的狂呼，彷彿他們剛打贏一場偉大的戰役。他們加速追上來，離我們的車近得危險，凱西忍不住叫出聲。

「不會有事的。」我安慰她，她信賴地點點頭，可是後方的駕駛把遠光燈忽開忽關，凱西深埋在座位上，不讓對方看到她的頭，她用手臂環住自己身體，緊張地把玩其中一條辮子。

看到她驚嚇的模樣，我氣到握拳。我好想化成虎兒從後車窗撲出去，我想像自己重重落到他們車頂，用爪子刮他們的擋風玻璃，大聲吼叫，看他們哀聲求饒，可是我懷疑那是我到此的目的。

*我為什麼會在這裡？救凱西？救她什麼？別被這些男生傷害嗎？他們想對她怎樣？*我一開始推測，心中便充滿各種邪惡的可能，任何男生敢有那種邪念，我一定撕爛他的咽喉。*那是卡當派我到此的理由嗎？要我阻止這些男生傷害凱西和她的父母嗎？*

截至目前為止，他們還只是討人厭而已，沒必要撕爛他們的喉嚨，至少還沒有理由。凱西和她父母目前都還很安全。

車子在我們後邊擺晃跟隨，每次轉彎，車前燈便在我們車裡打出忽長忽短的陰影。我看到約書亞．海斯緊張的眼神，可是他很厲害，竟還能冷靜地像是在看書。

他盡力安撫妻女，雖然後頭緊跟著一票年輕白痴，但他依舊不肯衝下危險的山路。為了讓妻女安心，他開始談著明年該去哪兒度假，建議去海灘或其他溫暖的地方，並問她們想去哪裡。

「凱西？」他問：「妳呢？」

凱西聳聳肩，聽到父親再度詢問，她靜靜地表示：「今年是我選的，也許明年讓媽媽選。」

「也許妳說得對。」她父親衝著照後鏡一笑，「麥蒂？妳想去哪裡？」

「噢，我不曉得。」她緊張地說：「季山？也許你能跟我們談談印度。」她建議說。

我才張嘴要回答，後方的車子便撞上來，將我們往左邊推了好幾呎，然後凱西的父親才又重新控制好車子。

「太過分了！」海斯先生一臉肅然地說。他把車開回路面，意圖停車，但喝醉的男生們又再次撞上來，這次直接將我們往前推。車身右側刮在山腰上，車窗與山壁間擦出火花，凱西尖聲叫著抓住我的手，我用力抓緊想安撫她。

等另一輛車退開後，我向前探身。「我們得下車，海斯先生，我可以對付他們。」我說。

「可是你的腳踝斷了。」海斯太太惶然不安地說：「而且，最好別理會那些惡霸，跟當局報告比跟他們打架好。」

「逃避惡霸不是我的行事風格，夫人。不好意思。」

她看我一眼，「是啊，我很難想像你會逃避任何事情。」

凱西瞪大眼，臉色慘白地望著我，「你不會是想出去吧？」她緊張地問。

「如果妳爸爸能把車停穩的話，我會的。」

約書亞．海斯對著鏡子點點頭，勉強把車停下來，把前輪稍往左偏，以便我一開門，便能面對那些挑事者，可是他們竟然沒有停車，反而加快速度。

「約書亞！小心！」

我才剛解開安全帶，他們便撞上來了，我那一側的車門往內凹，玻璃四碎。凱西大叫一聲，抓住我的臂膀，想將我往她那邊拉，免得我受傷。我們的車子朝山下滑行數呎，冰層如此滑溜，連雪鍊都抓不住地面。我們被推到另一條車道上，然後繼續推進，車子撞到一塊巨石。

我還沒意識到出了什麼事，身體已飄起來，然後撞在車子另一側某個柔軟的東西上了，我很快意識到那是凱西。我們彼此相擁，隨著滾動的車子一起翻轉，一次、兩次、三次。我盡量用身體擋住她，可是撞爛的車子突然轉向路邊，我聽到車子撞在桿子上的金屬撞擊聲，接著我的胃一沉，車子滑出山側，自由落體式地墜向底下的森林。

我將凱西緊揪在胸口，利用達門護身符的力量火速將她移開，然後車子便撞到樹，擋風玻璃整個碎掉。我無力阻止這場可怕的意外，這不僅奪走凱西心愛的家人，也徹底改變了她，影響她將來成為什麼樣的女子。

3 頓悟

我與凱西在山路上重新聚形，同時間，車子撞上突出的山壁，傳來尖銳的金屬扭折聲，旋滾的車子在山下撞毀，車身擠成一坨鋼鐵。我們身邊的雪白世界隨著引擎熄去而安靜下來。我聽到答答的聲音，在翻身面對天空的車底爆炸的那一刻，扭過身子。

我踉蹌後退，單膝跪倒，懷中仍抱著凱西。她的腳一碰到地面，便大叫出聲。我很快再次將她抱起，問：「哪裡痛了？」

「我……我的腿，」她呻吟說：「我的膝蓋不太對勁。」

她眼神渙散，鮮血從太陽穴的割口上滴下來，我得檢查她頭部的傷，她頭上隆起一個大腫塊。

「出了什麼事？」她問：「我爸媽呢？」

我有些遲疑，說：「出了車禍。」

她點點頭，但我不確定她明白。凱西微微顫說：「我好冷。」

「我知道，小貓咪。」我將她緊抱在胸口，感覺冰涼的淚水從我頰上滴落。

我不知道該怎麼辦，我若帶了卡曼達水壺，便能治好她，但至少我還能幫她取暖。我利用護身符裡的火片，在周圍造出一團暖氣。凱西嘆口氣，把臉埋到我的毛衣裡。我用唇輕擦著她的頭髮說：「把眼睛閉上，心愛的，等我叫妳張開。」

她慢慢閉起眼睛，我將兩人轉至離山底火燒車不遠的森林地上，地面四散著扯斷的金屬片，我利用護身符的水片，滅掉熊熊烈焰，黑煙騰入空中，天氣夠冷，車子四周的水開始結冰了。我踩著深雪朝車子走去，來到毀掉的車子旁邊，當我看到結凍的鮮血，以及尚從駕駛座一側緩緩流入雪中的血水時，心寒地停住步子。我聽到有人沙沙地穿越樹叢，便扭過身子，希望能看到凱西的母親，可是來的人是卡當。他帶著凱西的拼布被，裹住她顫抖的身體。我剛才以護身符的法力帶凱西穿移空間時，對她造成了影響，她幾乎快失去知覺了。

「她父母呢？」我問。

卡當悲傷地搖搖頭，「她父親死了。」

我頓了一下，說：「麥蒂呢？」

「她從車裡被拋出來，麥蒂・海斯僅會再多活一會兒，她的背和腿都斷了，手臂碎裂。她身體燒傷範圍百分之七十，三度燒傷，她在救援趕到之前就會死去。」卡當答道。

我鐵了心往前踏一步說：「我們還有足夠的時間做點什麼，凱西不必連母親都失去，你陪她待在這裡，我回去取卡曼達水壺。」

卡當擋去我的路，搭住我的肩膀說：「不成，孩子。」他滿布皺紋的臉像是石雕的，唯獨從眼睛，才看得出此事也帶給他極大的痛苦。

卡當接著走進樹林，當他停步時，我顫著手將凱西緊抱在胸前，一邊聆聽卡當輕聲對凱西的母親說話。

「麥蒂，我答應妳，一定會照顧她。救援很快就會到了，她不會有事的。」

接著我聽到凱西的母親掙扎著輕淺喘息，一次、兩次，然後便是駭人的死寂。她走了。

卡當回到我身邊時，我嘶聲問他：「為什麼？」淚水滑落我面龐，「為什麼只救凱西？」

卡當深深嘆口氣說：「人魚的靈藥絕不能拿來改變命運，人各有壽長，他們大限已至。」

「爸爸？」凱西迷迷糊糊地，極力想起身。

我抱著凱西走入林子裡，以免讓凱西見到她父母屍體邊的狼藉與飛煙。

我不忍心告訴她出了什麼事，「我在這兒呢，凱兒。」我說。

「爸爸，我剛做了一場好棒的夢！」她甜甜一笑，接著發出呻吟，用手壓住自己的頭皮。我輕聲問卡當，凱西是否無恙，他點點頭默聲說：「是腦震盪。」

我的心為她而碎，「妳夢見什麼了，心愛的？」我極力抑制語氣裡的悲愴。我為她裹上拼布被，坐到木頭上，撥開她臉上的頭髮。

「我……我覺得有點暈。」她說，一邊試圖睜開眼睛。

「噓，那就把眼睛閉上，試著放鬆。」我再次烘暖周圍的空氣，卡當在我們旁邊把風。

「我夢見有個英俊的王子，把我從巨龍手裡救出來！」

「他救了妳，是嗎？」我笑了笑，吻她的髮，無法抗拒這親密的片刻。

「我覺得他愛我耶，爸爸。」

「我知道他愛你。」我答說。

之後她安靜下來，淺淺地睡著了。我抬頭問卡當：「接下來呢？」

「等警察抵達。」

「然後呢？」

「然後我們離開她。」

我搖頭說：「不，不要，我無法拋下她，無法讓她獨自面對父母的死。」

卡當用布塊壓住凱西冒血的頭皮，「我們必須這麼做，季山。如果她要成為你所認識的那個女孩，那位願意到印度幫助陌生人，那位令你心醉神迷的女孩，我們就必須離開她，讓她獨自體驗這場悲痛。」

「那樣做豈不是太不該了嗎？」

「正確的事往往會傷人，這點你應該比別人清楚。」

一會兒後我問：「為何是我？」

「你說什麼？」

「為何需要來救她的人是我？為什麼不是你或阿嵐？」

「因為向來都是你。」

我一把將卡當揪過來，忿忿地說：「命運，命運，命運是你對所有一切的答案，是嗎？哼，我偏不信命運，事實上，我認為命運把我的人生弄錯了。」

「那是因為你沒有從正確的角度去看待命運。命運不是影響個人選擇的守護天使，命運不做選擇，命就是命。你到這裡解救凱西，純粹是因為你當時確實救了她。如果你不在這裡，不在此時此刻救她，凱西就會跟著她父母一起死去。」

「所以你是說我沒得選擇？我沒有自由嗎？我只是宇宙這盤大棋局裡，一個被推來挪去的卒子？」

「完全不是。」卡當坐到我身旁，「你永遠有選擇的自由，只是你的選擇被記錄在時間的紀年表裡，我們所有的選擇皆如此。每個人都是，每個事件都被編年了，唯一的不同是，我能瞥見影響我們一生的各種事件，而且現在也了解了自己的份位。諷刺的是，我若沒有看到自己的時間軸，就不會知道要扮演你們的指引者的角色了。」

「你也知道我的未來？」

他猶豫著，「是的。」

「還有阿嵐？凱西的？」

卡當點點頭。

「她……她快樂嗎？」

「我想你最好別知道事態的發展，時空穿越不是件易事，我知道的事，會影響我的每個想法、每個用字、每項行動。如果你知道我所知的事，必會永遠改變你。我無法修補剛才發生的事，季山。」他難過片刻後又說：「我常希望我能夠。」

「我沒有要求你修補剛才的事，我只是要你告訴我，凱西將來會快樂嗎？」

「很抱歉我無法跟你分享，有些事你不該知道。如果你想知道更多，或插手不該管的事，後果將不堪設想。我求你，把凱西交給她的命運吧。」

她的命，她的運。我抱著此時還是少女的凱西，聽她輕聲在睡夢中呻吟，我知道把凱西交給她的命運，是我永遠做不到的。如果我錯不該讓她跟著阿嵐離去，那麼我得知道自己錯了才行。

卡當對改變時間軸一事或許有疑慮，但我若能化解凱西的痛苦，確保她過得快樂，那麼我會竭盡所能去做。

我的心思被打斷了，我聽到上方道路傳來警笛和叫喊聲。

「是時候了。我們得趁他們到達之前離開。」卡當表示。

「你要把她丟在這裡，沒人照顧？」

「我們必須這麼做，今天這裡發生的事，不能留下關於我們的記錄或名字。」

我瞇了一下眼睛，然後嘆口氣，親吻她柔嫩的臉頰，站起身。我細看四周的地貌，心裡很不滿意，我拒絕把她放在車子附近，怕她獨自醒時看到那可怕的場景，但她若繼續睡下去，我又需要她離得夠近，才能讓搜救人員找得到。

我閉上眼，施用達門護身符的法力，大地震動，岩石突現，擋去她看到車子的視線。我把雪化掉，弄乾四周的地面，甚至長出一些嫩草和開放的野花。卡當挑著一邊眉毛，但沒說什麼。等滿意後，我小心翼翼地把凱西放到我剛才創造的天然地毯上。

等處理完後，卡當說：「現在該刪除她的記憶了。」

我才開口，「刪除她的……」我繃緊下巴，「你在說什麼？」

「我們得改動她的記憶，讓她忘記我們的出現。當然了，你明白為什麼得這麼做。」

我不耐煩地用手耙頭髮，刪除她的記憶？凱西第一次在叢林裡看見我時，她說她知道我是誰，我是什麼。她知道我是阿嵐的弟弟，而且我是一頭老虎，但她看見我的臉時，絲毫沒認出我來。想到卡當要求我做的事，我就怒髮衝冠，我若不照做，不知會發生什麼事。

她會記得我，並將與我的關係放在心裡嗎？她首次見到我時，會不會想起我就是救她的那名男子？她會給我機會，讓我在阿嵐擄獲她之前去愛她嗎？失去她的記憶，將大幅改變未來，我突然明白卡當為何要逼我了。

「我需要做什麼？」我依舊猶豫。

「達門護身符的法力，能刪除她對你的記憶。由於這個生命階段的凱西，認識的人有限，應該很容易刪除。用護身符打開她的心懷，閉起你的眼睛，瞧瞧她看見了什麼。」

我潛進她心中，雖不確定自己能否辦得到，但我想，偷看一下並無傷大雅。護身符發出光芒，我看到一個閃耀的光點，渾身流過一股暖流，各種原本模糊的影像慢慢清晰起來，充滿我的心。

一開始我很訝異看到她這麼多的心緒，它們倏然掠過，我還來不及全部吸收，但不久便找出她的思路模式和架構了。內容多半跟她的奶奶有關，以及擔心學校一個愛欺負她的男生。看到她被男生霸凌，哭著回家的情形，我忍不住緊握拳頭。

卡當的聲音穿了進來，「專心看最近的幾個小時。」他說。

影像一換，快速轉到最近的事。我看到自己在旅館裡伸長脖子尋找凱西，她根本沒在看書，而是在看我。發現凱西覺得我是她見過最帥的男生時，我笑了。

那些畫面很快被恐懼取代了，她害怕那些撞我們車子的男生，緊抓住我的手，本能地望著我，尋求力量與支持。她不希望另一部車上的惡霸看到她，當我表示要跟他們對抗時，她驚奇地瞪著我，那一瞬間，凱西心中有某個東西一閃，她突然想要還擊了。我發現是我給了她那種念頭。

「季山，我們得快點。」卡當說。

我整理她的記憶，決定若是打算改變未來，那麼等卡當不在身邊攔阻我時，我會有很多時間去做這件事，目前我暫且按他要求的做吧。我心念一閃，刪去她在旅店遇見我跟卡當，以及我在車上的記憶。

我鬱悶地移去她在車禍後，被我抱住的感覺，但我在最後一刻，決定給凱西留下兩件事——母親給她的最後建議，以及剛萌生的回擊意念。凱西不會知道這個念頭從何而來，但她會記得，而我則永遠知道，我就是激發她勇氣的那個人。

刪完後，我起身對卡當點點頭，他搭住我的肩，我用達門護身符移除所有我們出現過的痕跡。直升機的隆隆聲越來越響了，我搭著卡當的肩膀，我們再次穿越時空，世界的軸心再度傾斜。

我感到胃比之前穿越時空時更快速地恢復正常，我四下環顧，瞄向卡當。

「麻煩你找一下阿娜米卡，」他說：「我們有幾件事需要討論，我會在王座室與你們會面。」

我還在生卡當的氣，氣他斷然拒絕改變歷史。我朝阿娜米卡的房間走去，心想，不知我們離開了多久，安娜是否在睡覺，或還在泡澡。我往後轉，決定先查看浴室，未見到她斜躺在千百顆粉紅泡泡裡，竟還有些失望。其實我對這位女神沒有任何惡意，但若能把她激怒，我一定會很樂。跟阿娜米卡吵架，能幫我轉移注意力，不再想凱西的事，至少暫時如此。

我輕叩她臥室的門，但沒有回應，我打開門，默默溜進屋內，以為會看到她大發雷霆，教訓我擅闖她的寢間，可是我看到的，卻是令我驚嘆不已，經她巧手改裝過的房間。

我以為像阿娜米卡外表如此強悍的女子，房間應該很簡約樸素，或類似她在戰場上的帳篷，可是四周卻柔美雅緻，不顯華麗，雖然還有些羅克什的富麗遺毒，但房間感覺溫暖而宜人。

幾個花瓶插滿了飄香的鮮花，花香混著從火堆的餘燼中散出的淡淡燃香。她用聖巾製出厚重的地毯和枕頭，房裡擺滿別人的贈禮。牆壁上掛著繡工繁複的繡畫，但也有兒童的畫作。簡樸的木架上擺放著各種文物、陶器，以及女神出征的小雕塑。

這些物件的手藝程度雖不盡相同，阿娜米卡卻似乎一視同仁，把稚拙的物件擺放在大師之作旁邊。展示的品項雖然又多又雜，卻井然有序，彷彿每個東西都放在正確的位置上。

我朝床邊走去，發現她睡得很沉。她的頭髮披散在枕上，一隻手便安置在那兒。安娜鼻子上的淺淡雀斑，在黑暗中幾乎隱去不現，但她烏黑的眼睫和眉毛，在火光中仍清晰可見。

她朝著我側身一翻，我吸了口氣，聞到夜晚開花的茉莉和蓮花。安娜房中的花香令我陶醉，但她身上的暖香更勝所有的花香，雖然我從未跟她承認過這點。

我發現安娜把毯子拉好高，以致腳丫子都露出來了。我伸手幫她把腳蓋好，阿娜米卡的個子跟大部分男生一樣高，但我還是比她高出幾吋。她在戰場上所向披靡，身上肌肉精實，但不至於過頭——該凹凸有緻的地方，一處沒少，而且她那頭濃密的頭髮，必然會令所有看到她的女生妒嫉。

但真正麻煩的，是她那雙長腿，我傻傻地笑著。安娜所有其他特質已夠教人分心了，但最替她惹禍的，就是那雙腿。她的腿實在……美到不足以形容。我必須不斷趕開那些覺得需要進一步崇拜女神的男眾。

安娜發出輕嘆，我瞅著她的唇，覺得好美，那是一張為了讓男人親吻而生的嘴，可惜安娜寧可用它來痛罵男人。好個悍婦，我勉強笑笑。呃，不是所有男人，她大部分只罵我，可是連我都得承認，阿娜米卡是位美女，一位由人轉神，不折不扣的女神。任何男人都會想要她，會拜倒在她的腳下敬奉她。若非我已愛上凱西，可能連我都會被她迷倒。

不過我想要的是個真正的女人，一位溫暖柔和，充滿愛心的人，而非鄙視我，對我所做的一切都有意見的冰山美女。阿娜米卡太嚴謹、僵硬、冷淡，太……

睡夢中的女人輕聲打呼。

鼻子塞住啦？

我忍住笑聲，想像我若取笑她打呼，會把她氣成什麼樣子，而且她若知道她睡覺時，我在一旁觀看，可能會拿閃電劈我。不過我還是得說她好話，她眼下的黑眼圈清晰可見，阿娜米卡是位完美的女神。她努力工作，關愛人民，而且心地柔軟。

我輕輕搖晃她的肩膀，希望她剛才睡得夠久。阿娜米卡輕吟著抗議，我再使些勁去搖，「安娜，阿娜米卡，該醒了。」

「走開啦。」她迷迷糊糊地說。

「不行。」

「你幹嘛老在我想放鬆時來吵我？」她閉著眼睛說。

「我活著就是為了吵妳。」我答道。

「我運氣真好。」

她翻身坐起，依舊閉著眼，她用手撫摸凌亂的頭髮，結果反而把頭髮弄得更亂，這跟她喜歡的完美公眾形象大相徑庭。我微微一笑，覺得她看起來可愛脆弱得像個小女孩。接著我的心思轉向另一個小女孩，那個被我獨自扔在撞毀車輛邊的女孩。

「走吧，」我說：「穿好衣服，卡當要見我們。」

「卡當？那是誰？國王嗎？」

「不，他不是國王，他是……他得親自跟妳解釋。」

「好吧。」她搖搖晃晃地站起身，然後用手指戳我的胸膛，「可是見完他之後，你得讓我睡覺。」

我抓住她的手，輕巧地把她戳動的手指從我胸口移開，讓她的手指握住梳子。「拿好了，妳最好把頭上的鳥巢打理一下，穿好衣服，我在外頭等妳。」

我剛把門關上，便聽到髮梳撞在門板上的聲音。不知怎地，安娜的反應惹我發笑。稍後門打開時，我還在笑，我看到一位機敏憤怒的女子，她眼神炯亮，皺著眉，緊抿住一對豐滿的嘴唇。

「現在你覺得我夠稱頭了嗎？」她嘶聲問。

我揉著下巴，彷彿打量她的裝扮。「應該吧，不過妳的頭髮還不夠亮。」

她忿忿地咬著牙，我不確定自己幹嘛那麼愛逗她，事實上，我從沒見過如此烏亮的頭髮，那濃密的髮浪總是令我迷醉，我好想撫摸那絲滑的髮束。

我們進入王座室時，看到卡當正來回踱步。

「啊，妳來了，心愛的。」

卡當拉起阿娜米卡的雙手親吻著。

阿娜米卡表面上笑得優雅，卻後退一步朝我貼近；事實上，她靠得如此之近，我只得抓住她的上臂，垂頭低聲說：「他不會傷害妳。」

她渾身一僵，把身子扭開。「我才不怕他。」她和善地指示卡當走向她平時坐的王座，「你要不要坐下，我的朋友？」

卡當微笑道：「不用了，謝謝妳，不過妳最好還是坐下來。」

阿娜米卡困惑地坐到王座上，我站在她旁邊，聽卡當對我們說話。

卡當搓著手，又踱了一會兒步子，每次轉身，就抬眼瞄我們。最後他終於停下來，抬起雙手。「或許我應該先自我介紹，我的名字叫阿尼克．卡當，以前在羅札朗國王手下當騎兵。」

阿娜米卡震驚地瞥我一眼，「可是你……你不是已經死了嗎？季山和凱西提過你。」

「我並沒死……還沒有，但我很快便會死了。」

「我不明白。」阿娜米卡說。

「妳知道火繩和達門護身符的法力，能讓使用者穿越時空嗎？」阿娜米卡點點頭。「這就是我此刻能來找你們的原因，我在我的時空裡仍活著，在我死前來找你們。」

「原來如此，請繼續。」

阿娜米卡對穿越的事，理解得比我快。

卡當接著說：「雖然妳還未遇見我這種模樣，但妳認識我的另一種樣子。」

阿娜米卡雙眉一鎖，「什麼另一種樣子？」她問。

「我曾是妳的老師，我親愛的孩子。」

卡當用阿娜米卡的母語，談起一次難忘的教訓。「有次妳從一匹活蹦亂的小馬身上摔下來，發誓再也不騎他了。記得嗎？」

阿娜米卡皺著眉點頭說：「我的老師將馬兒安撫下來，像是用魔法似的，並說服我再次騎到馬背上，然後老師領著小馬繞圈，直到我安心為止。」阿娜米卡向前傾坐，問：「你怎會知道這件事？你看起來一點也不像我老師，你剛才說的話根本不可能。」

「有可能的，用這個便行。」他從脖子取下聖巾，巾子扭轉著，直到成為一個自然的形體。

阿娜米卡立即起身，「你從我們這兒偷走聖巾嗎？你一定是趁我睡著時進我房間的，因為我把聖巾放在那兒了！」

卡當向她保證，「如果妳現在回房間，定會在最後一次見到它的地方找到它。這條聖巾是從我的時空借來的，我用過它無數次了，以後也將會以它來重扮斐特——妳老師的角色。」

「將會以它？」我問。

他肅然地點點頭，「我們還有很多事要做，我需要二位幫忙完成。」

阿娜米卡看著我尋求指示，「他真的是他所說的那個人嗎？」她問。

「是的，不過對他打算交代咱們的工作，我們也許會有不同意見。」

阿娜米卡仔細瞅著卡當一會兒，然後嘆口氣說：「我年少時，便學會信任我的老師，他似乎總能預先知道事態的發展。」她抬眼看看我，又說：「我們會按他的要求去做。」

我只是嘟囔一聲，卡當疼惜地看我一眼，眼光閃動，我知道那種眼神，他很高興我們接受了挑戰。我小時候接受武器訓練，特別頑固時，他也會有相似的表情。

卡當向阿娜米卡行禮，溫暖地笑說：「開放的心胸與意願，是許多偉大冒險的開端。咱們開始吧。」

4 東京

阿娜米卡緊抓著粉紅鑽石王座的扶手，只有我看得出她很緊張。我搭住她的肩，試圖對她傳輸些許安撫的能量。

卡當猶豫地開口說：「我不太確定該從何開始。」

「也許你應該從最初說起。」阿娜米卡淡淡挖苦說，但我還是聽出她輕快語氣裡的沉重。

「是的，呃，問題就在那兒。沒有所謂的最初，時間軸會扭曲，像一枚大戒指似地自行彎繞。我只知道哪些地方有缺片，需要補齊——必須做哪些事，才能完成一個圓。」

「那就告訴我們該做什麼。」阿娜米卡平靜地表示。

卡當挪動身子，在手裡絞著聖巾，巾子的顏色飄移不定，黑色的旋流逐漸淹沒它。

卡當抬起頭，看著我輕聲說：「你們必須創造那道咒語。」

聽到他的話，我的心跳都停了。

阿娜米卡問卡當：「你說『創造』是何意思？」

卡當解釋：「將季山和阿嵐變成老虎的咒語，並非羅克什編造的，而是你們二人所為。」

阿娜米卡才開口問怎會如此時，便被我搶過話問：「為什麼？」

卡當嘆口氣，掐了掐鼻梁，然後說：「這件事每個環節，都有你們二位插手的痕跡。我們去探訪杜爾迦的寺廟時，你們二位就在那裡。阿嵐和季山變成老虎，是你們所造成的。在香格里拉、奇稀金達、光之城和七寶塔市找到的杜爾迦賜禮，也全都是……你們預先藏好的。」

阿娜米卡說不出話，我也被卡當弄得一頭霧水。

我支支吾吾地說：「你的意思是，是我們把自己搞成這樣的？被下咒是我們造成的？」

「不該說是『造成』，更貼切的說法是……你們安排的。」卡當說。

他是瘋了還是怎樣？我們安排這種詛咒？那樣做有何目的？我犧牲與心愛的女孩廝守，去擔任杜爾迦的老虎，難道還不夠嗎？天地宇宙就是用這種方式來回報我嗎？不僅奪走我最渴望的人，還讓我變成一個自找麻煩的傢伙？

「我知道你們在想什麼。」卡當說。

才怪。

「你們在質疑一切——你們在世間的份位、此生的目標。」

我瞄著阿娜米卡，發現她正靜靜聆聽，雙手乖巧地疊放在腿上，她現在似乎更放鬆了。當然，對她來說，這只是另一項要完成的任務，她才不在乎卡當的目的最後會不會毀掉我的人生。老虎之咒又不是對她施放；受影響的人是我。我若不是老虎，我會……我會怎樣？

卡當接著說：「我原本也懷疑過，但後來仔細思量，發現我的犧牲是為了家族、為了人類的福祉。」

家族的福祉？老虎之咒毀了我的家族，而且人類福祉也不是我的首項要務，我相當確定，安娜若有辦法放棄當杜爾迦，定然不會猶豫。

「不要。」我說。

阿娜米卡抬眼好奇地看著我。

「什麼意思？」卡當問。

「不要。我才不要詛咒以前的我、未來的我或任何時候的我，把自己變成老虎。」

「可是孩子，你必須這麼做。」

「為什麼我非做不可？你說過，我有選擇的自由；好，那我選擇自由。」

「我不認為你完全理解其中的含意。」

「我完全知道其中的含意，那表示阿嵐和我能過正常的日子。我們可以利用護身符的法力，回到過去擊敗羅克什，那會容易許多，因為當時他還沒有集齊完整的護身符。阿嵐可以娶葉蘇拜，成為皇帝，我則回到未來找凱西，皆大歡喜！」

「事情不是那樣運作的，季山。」

我雙臂往胸口一疊，「為什麼不行？」

「因為你不能回到過去改變已經發生的事。你不明白嗎？如果你已經改變過去了，為何現在還會在此地？」

我無法回答他，我的心和理智都在叫我回到過去，現在就去，去阻止咒語生效，可是卡當說得對，某個原因阻止或將會阻止我這麼做，否則我早做了。那個圓型的邏輯實在讓我頭痛。

「這事我跟你一樣難過。」他又說：「你得相信我，我真的都仔細想過了，我費了好幾個星期，才阻止自己買下阿嵐，或攔阻別人將他偷走。把阿嵐丟在獸籠裡，幾乎令我崩潰。相信我，這件事對我及將來的你，都非常難熬。」

「那你究竟希望我們做什麼？」阿娜米卡同情地瞄我一眼問。

卡當疲累地嘆口氣，一時間，我覺得那樣責怪他十分罪惡。若問有誰把我們家族的福祉放在心上，卡當絕對排第一，我很清楚這點，那是宇宙少數恆常不變的事。卡當利用自己生前最後幾天來幫助我們，幫助我，我應該更心懷感念，然而想到要詛咒過去的自己，過著現在這種孤寂的生活，不惱火也很難。至少阿嵐躲過詛咒了，但我呢？我必須以老虎的身分慘度餘生。

不知是沒有察覺到，或蓄意忽略我的負面想法，卡當逕自拿出一張清單，列出我們在歷史中，必須出面干預的時間與地點，以創造出現在的我們。清單比我預期的要長，阿娜米卡立即提出諸如此類的問題，「我們以後怎會知道要做什麼？」以及，「萬一我們穿越到錯誤的時間或地點呢？」

卡當抬手示意，說：「達門護身符的功能就像……就像……我得用未來的術語，否則無法形容。它就像一種宇宙的定位導航系統，季山以後會為妳解釋GPS的概念。就某方面而言，去那些時間軸需要被強化的地方，都是設定好的。至於你們抵達後要做什麼，我就不能多說了，否則可能會影響你們的作為。

「我發現讓事物自然發生，效果通常最佳。現在我得返回自己的時空了，相信二位會把事情做好。季山知道清單上的那些地方，他會協助妳完成妳必須達成的任務。使用聖巾做必要的偽裝，因為以原貌跟過去的自己碰面，是不智之舉。祝二位好運。」

「等一下！」卡當抓著身上的護身符時，我喊道：「我們以後會再見到你嗎？」

他嘴角揚起一朵歪斜的笑，「一定會的。」

卡當頷首，身邊捲起一陣風，我們看不清他的身體，等風消失後，卡當也不見了。

阿娜米卡搗著嘴，不知心裡在想什麼，我差點伸手去搭她的手。我們若碰觸，並願意敞開心懷，便可分想心念，可是短暫的身體接觸，只會產生我們已逐漸習慣的愉悅酥麻。

她從鑽石王座下來，在厚厚的地毯上來回踱步，讀著清單。讀罷後，阿娜米卡把清單遞給我，不耐煩地等我把清單看完。我吐了口氣，伸手梳耙頭髮。

「咱們該拿這怎麼辦？」她問。

我抬起頭反問：「妳想怎麼做？」

「要考慮的事太多了。」她頓了一下，終於注意到掛在我脖子上的護身符了。她看著我，彷彿想從我眼中讀透心底的思緒。看到我沒做任何解釋，安娜便說：「也許我們明天應該好好地討論一下。」

我點點頭，知道自己必須告訴她之前發生的事。我知道安娜並沒有漏掉一件事——清單上的第一個項目，已經被劃掉了。

拯救凱西

阿娜米卡僵硬地走回房間，我心中生起一股內咎，卻不清楚為何如此，我又沒做錯任何事。是的，我沒知會她就拿了護身符，可是卡當說要等他可以解釋再說，不過我還是覺得自己像背叛了阿娜米卡的信任。

阿娜米卡朝山腰深處走去，我選擇走反方向，然後走出鑿在石壁中的宮殿，來到俯望杜爾迦花園的陽台上。夜氣凜冽，星子近似唾手可及，空中飄盪的蓮花與玫瑰香氣，搔弄著我的鼻子。

我馬不停蹄地躍過陽台，蹲降在幾層樓下的草地上。我熟稔地轉換形體，舔著噴泉冰寒的水，等解了渴後，找到一處柔軟的地面躺下來過夜。風沙沙地吹動我黑色的絨毛，那感覺令我鬆弛下來，我想著年少的凱西，漸漸入睡。

我在黎明時醒來，剛剛伸展完四肢，便聞到空中飄著茉莉香。阿娜米卡坐在噴泉邊，輕輕把手探到水中，任池水從她指間流過。她似乎陷入沉思。

我慵懶地走向她，坐到她腳邊。安娜撫著我的背，當她繼續撫摸我的頭和肩膀時，我感覺她在我心中發話——那是我們以杜爾迦和達門的身分，與羅克什大戰時，發現的特殊能力。我從來沒有機會問凱西或阿嵐之間，是否也發生同樣的情況。身為杜爾迦的愛虎，這法力還挺方便的，她從不需對我察言觀色，猜測我想說什麼。

我們該怎麼辦？

不知道。妳對這整件事做何感想？我回答她。

我也不確定自己是否想改變過去——重新體驗那些敗仗，尋找我所愛的那些人？我很想！可是我若改變歷史，我哥哥便有被惡魔殺害的風險吧？如果我把過去的敗仗變成勝利，不就會失去學習教訓的機會，最終失去真正的自我？

我輕聲低吼，回答她說，妳的意思是我應該對過去的我施咒？

不，我的意思是，你應該學會接納現在的自己。

我甩著虎兒的身體，答道，我已經失去太多了，安娜，虎兒毀去了我珍愛的一切，我的雙親、家產、成家的機會，而且還奪走兩名我深愛的女子。

或許你說得對，但虎兒也帶給你很多。

那妳自己也應該接納女神的角色才是。

她放在我頭上的手一僵，沒錯，我並不特別喜歡我自己的命。她默默思索片刻後，再次傳給我一個念頭。你早已經踏上通往我們命運的旅途了，不是嗎？季山？

她的手從我的肩頭垂落，我走開幾步，變身成男子，繼續背對著她。我說：「妳是指清單上被劃掉的那檔事吧。」

我歪抬著頭，她卻僅以沉默的呼吸做回應。我轉過身，發現她定定望著我，耐心地等候我解釋。我撫著自己的頭髮，蹲到她面前。「卡當要求我拿走護身符，而且不能跟妳說，卡當說我們得去救她。」

「凱西。」阿娜米卡表示。

「是的。我本以為家裡出了事，凱西受到攻擊，可是實際上……呃，完全出乎意料。」

「告訴我。」她把一腿折放到另一隻腿下，露出一條修長美麗的腿。

我突然有些不自在，便站起來開始踱步。「我們並不是去找目前或未來的凱西，而是去找過去的她。」

「過去的她？為什麼？」

「那時她還是青少年，她父母在車禍中雙亡。」

「什麼叫青少年？」

「青少年就是少女的意思，不是兒童，但還不算女人。」

「原來如此。」她若有所思地說：「什麼叫車禍？」

「車禍就是……」我絞盡腦汁，設法描述，我乾脆伸出手，「也許讓妳看比較容易。」

阿娜米卡站起來伸出手，我握起她溫暖的手，忍不住發現她的皮膚何等柔嫩，還有散自她秀髮，混著蓮花與茉莉花的芳氣。她微笑著瞥見我的思緒，但我火速把她的美腿和髮香拋到腦後，將最近與凱西的遭遇調到前方。

我們在一起的這段時間，阿娜米卡鮮少對我打開心房，基於禮貌，我也對她保持距離，雖然我們完全可能知道彼此所有的感受與經歷，但也可以限制展露的事物，例如我對凱西的安排。我把斐特對我揭露身分後，所發生的一切調出來，讓阿娜米卡透過我的眼睛去看。

阿娜米卡靜靜吸納一切，我可以感受到她的驚詫與敬畏，她從我的觀點，看著像電影般播放的場景，心中滿是疑問。等她看到凱西父母雙亡，目睹我刪除凱西對我的記憶後，她在心中輕輕探出手指，想看到更多，但我打斷她，鬆開她的手。

「妳已經看夠多了。」我突然說。

阿娜米卡用一對明澈而充滿同情的綠眸盯著我，並拉起我的手，僅單純地用連結釋放溫暖。她說：「請別生氣，很抱歉我如此貿然，我無意多窺探你不想讓我看的。」

「但妳已看到超過了。」

阿娜米卡點點頭，「我明白你的意圖了，你的想法很危險。」

「對誰危險？」

「對我們所有人，**我的老師……**」她頓一下，「卡當說，去見過去的我們，後果可能不堪設想。」

我頑固地繃著下巴答道：「我只是想看看她是否快樂。」

「如果她不快樂呢？」

「到時再見招拆招吧。」

阿娜米卡把手放到背後，堅定地邁著大步穿過花園，走向石拱門。我在她後面小跑跟上。

「妳要去哪兒？」我問。

「去拿我的兵器。」

「我打算去的地方，不需要兵器。」

她中途止步，兩手往腰上一插，更襯出她的纖腰，她把最愛的綠色獵裝衣襬往上提到大腿。

我用手揉著下巴，「但妳需要一些新的衣服。」

她迭聲抗議，我抓住她的手，扭身朝宮中走去，緊張興奮地加快步伐。

片刻之後，我穿上深色西裝打著領帶，決定扮演一名稽核員，我用聖巾把阿娜米卡打扮成我的助理。

「我們為何不直接去找凱西和帝嵐？」阿娜米卡問。

「因為除非絕對必要，我不想干擾他們。」

「所以你會在你的……你的公師找到資料嗎？」

「是公司，不是公師。還有，是的，如果我能用電腦，應該能找到更多線索。」

「我不懂什麼公司或電腦的。」

「我知道，妳的工作是單純地當我的助理。」

「助理非得穿這種不舒服的服裝嗎？」

她先是不悅地扯著灰外套，然後抱怨身上的粉紅絲質上衣。她往下撫著滾花邊的裙子，用柔軟的編織拖鞋踢著椅子要求說：「我至少要保留我的靴子吧。」

「妳運氣已經不錯啦。」我歪嘴一笑，「聖巾要是會做高跟鞋，妳應該是踩著高跟鞋的。」

阿娜米卡把長髮甩到肩後，走向鏡子，一邊嘀咕埋怨鞋跟太高，還有公司什麼的。

我雙臂抱胸微笑地看著。阿娜米卡雖然穿著現代服裝，看來還是像個野性十足的戰鬥公主。

我清了清喉嚨說：「我們得處理一下頭髮。」

她回身抗拒地怒目瞪我，「我的頭髮又怎麼了？」

「頭髮需要……呃……整理一下。也許在脖子那邊綁成髻。」

「我的頭髮打理不了，許多人都試過，結果都失敗了。」

「原來如此。」

我用拇指揉著下巴，研究她長長的髮辮，「坐下。」我命令說。

她後退一步，眼神戒慎。「你想幹嘛？」她小心翼翼地問。

「我想打理妳的髮型。」

她不屑地抬起下巴答道：「休想。」

「這事非做不可，安娜。」

她搖著頭，對著我又往後退。

我的感官上緊發條，心念一動，突然興起一股追獵的衝動。我胸口發出低吼，慢慢欺近。當她的背部撞到牆壁時，我瞇起眼，盯緊她修長的脖子，然後再往前一步，緊瞅著脖子隨著我逼近而狂跳的脈搏。

我伸手碰觸她的頭髮，問：「妳怕我嗎，安娜？」

她面露難色，然後抬起一對明眸，我看到的不是恐懼，而是別的東西，某種……脆弱的神情。我剛剛瞥見，安娜便眨著眼，漂亮的綠眸閃出抗拒的光。

「我才不怕你，黑虎。」

我輕輕揶揄她：「妳當然不怕，妳只是害怕梳頭髮而已。」

她發出嘶聲，一把將我推開，然後坐下來，「我啥都不怕。」她把梳子遞給我。

我幫她把頭髮撥到肩後，湊到她耳邊說：「女神，如果我不相信您的話，請妳原諒我。」

阿娜米卡在空中把手一揮，像女王打發屬下一樣，我咯咯地笑了。她硬梆梆地坐著，讓我梳理她細長烏黑的秀髮。那感覺好抒壓，令我想到家母。

小時候我喜歡幫母親梳頭，媽媽說那是我們的小祕密。後來我開始隨著卡當受訓後，還把母親的梳子拿走藏起來。幾天後，母親找我去，問我梳子是不是被我拿走了。八歲的我對她怒視說，自己將來要成為萬夫莫敵的戰士，萬一被人發現我喜歡梳女人的頭髮，定會顏面掃地，名譽盡失。

母親反問我，女人能不能幫男人梳頭。「當然可以！」我答道。她彎向我，鼻子幾乎與我的相觸，母親說：「那麼也許我可以反過來幫你梳頭髮。」

她拿過梳子，我心甘情願地把頭躺到她大腿上，母親開始為我梳頭，我們談著我童稚的奇思幻想。年歲移轉，我養成把頭枕在母親腿上的習慣，我會分享自己所有憂思，然後聆聽她智慧的忠告。

記得初見葉蘇拜時，我注意到她長長的秀髮，等我認識她後，覺得夫妻在自己房中獨處，丈夫為妻子梳頭是完全合宜的。我一直想送她一組美麗的梳具做為結婚禮物，但後來她死了，我被施咒變成虎兒。

家母在我變成老虎後，試圖拉近我們之間漸行漸遠的距離，但我陷於自苦無法自拔。母親會環抱住我，或撫著虎兒的背部，但我總是走開。我懷念母子間的親近，卻不知如何矯正自己或彌補自己所為。變成老虎，是我愛上阿嵐的女孩所受的懲罰。

然後凱西出現了，她的擁抱治癒了我，她的撫觸讓我忘記過去，對未來有了希望，然而此刻，那個未來似乎被永遠滅除了。我曾把頭枕靠在凱西的腿上，問她是否願嫁我為妻。我終於要成為心願中的那種男子了。可是虎兒不肯放我走，因為我愛上了阿嵐的女孩，老虎之咒再次威脅著毀掉我。

阿娜米卡似乎覺察了我的想法，便問：「你以前幫她梳頭髮嗎？」

我知道她指的是誰，但還是反問：「凱西嗎？」

她點點頭。我停下來，想著這位前未婚妻，準備好後，答道：「沒有，從來沒有。」

「也許你應該幫她梳頭，」她淡淡地嘲弄說：「你的手很巧。」

我將她的頭髮收攏起來，扭成一圈，用皮繩綁緊在頸背上。我滿意地用手肘推推椅子上的安娜。「我也相當擅長按摩。」我悵然一笑。

阿娜米卡扭著身子，想弄懂外套上的鈕釦，「什麼是按摩？」她邊問邊把火繩當成皮帶纏到腰際，然後把聖巾圍到脖子上。

我伸手幫她扣鈕釦，答道：「我稍後再為妳示範。」

阿娜米卡撫著我西裝上的釦子、絲質領帶，然後摸著掛在我脖子上的護身符。

我彎起胳臂問：「可以了嗎？」

她不解地望著我的臂膀，「可以什麼？」

我拉起她的手，扣住我的手臂，然後說：「可以走了嗎？」

她瞪著自己的手指，彷彿它們不是長在自己身上。阿娜米卡呆呆地點點頭。

我挑的時間點，是阿嵐和凱西返回未來的四個星期後。我閉起眼睛，想像位於日本的羅札朗企業附近，一處有遮蔭的公園。我將阿娜米卡緊拉在身側，兩人一起消失。

我故意挑選一大清早，日出前一棵大樹的遮蔭處，我們運氣超佳，兩人現身時附近沒有任何人。我拉著阿娜米卡的手，帶她穿過樹林，朝池子走去。羅札朗企業在公園的另一側，如果時間算準了，我們會在公司剛開門時抵達。

兩名清晨騎著自行車的人，從我們面前的銀杏樹道經過時，阿娜米卡嚇了一跳。

「那……那些是什麼東西？」她驚訝地問：「那是車子嗎？」

「不是。」我咯咯笑說：「那叫自行車，是旅遊及運動用的。」

風中飄來樂聲，阿娜米卡扯著我的手臂往樂聲的方向拉，「走，我想聽鼓聲。」

我們來到一處各種類型的音樂家正在擺設的演奏場地。沒想到安娜看得一臉高興，而非恐懼。等我告訴她，對著漸聚漸多、穿著奇裝異服的路人指指點點，其實很沒禮貌後，安娜才稍做收斂，壓低聲量對我談她注意到的詭異髮型、服飾和穿環。

安娜對清晨的慢跑者——對那些綁著馬尾，戴著運動耳機和鮮豔跑鞋的女人——格外感興趣。她讚嘆廣大玫瑰花園的興奮表情，令我放緩步伐，好讓她駐足嗅聞花香。我們過橋時，池中的噴泉往空中激射出高聳的水柱，我任她觀賞噴泉數分鐘，直到她心滿意足，好奇地轉身問我。

「你就是在這種世界長大的嗎？」

「不，這是凱西的世界，我出生的時代，事物變遷十分緩慢，與妳生長的世界非常相似。」我們恢復步行後，我問她：「妳會害怕這裡嗎？」

「不會，跟你在一起就不會。」

我瞄著她，不知她是不是在耍我，但她忙著四下顧盼，完全無暇顧及我的想法。我暗罵自己，阿娜米卡有各種特質，但打情罵俏絕非其一，她以自己的直率為傲，這也是我欣賞她的一點。我的陪伴給了她勇氣，這點令我有些得意。

「您真給我面子，女神。」我眼中精光閃動。

她抬起一對綠眸望著我，想解讀我的情緒，一秒之後，她對我露出難得的笑容。

經過一座日本神社後，我們離開森林，越過大片草地。阿娜米卡途中停步，呼吸加速，我感覺她發出強烈的恐懼。她揪緊我的手臂。

「怎麼了？」我輕聲問。

「不……不可能的。」她說。

她仰起頭望著樹林分開處的天空，東京的天際線清晰可見，接著一架飛機在我們的注視下，從其中一棟摩天樓的上方飛過。

「阿娜米卡，看著我。」

我搭住她的肩膀，將她轉向我。「在這個時代，人類有很多打造高樓大廈的方法，而且可以搭乘金屬馬車飛越天空。他們在陸地，有長得似乎永無止境的道路，有種叫電力的隱形力量能發出千百根蠟燭的光亮。有用玻璃打造的門不必人去拉便能自動打開。妳將見識到許多奇特而不同的事物，但我希望妳記住，妳擁有的力量，比所有這些都強大。妳是杜爾迦女神，沒有任何事可以傷害妳，我會陪在妳身邊。妳若有猶疑，看我怎麼做就成了。我跟妳保證，我不會讓妳迷路。」

阿娜米卡嚥下口水，點點頭，眼中漸漸恢復熟悉的神采。

「我準備好了，」她說：「你可以陪我去那間巨大的金屬公司了。」

我們開始朝熙來攘往的斑馬線走去，她瞪大眼睛，看著千百輛汽車更換車道，鳴按喇叭，我大聲說：「噢，還有件事，妳最好別說太多話。」

她臉一皺，不悅地挑起一根眉，表情令我發笑。她對我的評語如此憤慨，恰巧也幫助她忘卻這個極度陌生的世界。我們走向羅札朗企業總部的玻璃門，她勇敢地大步走在我身邊，我懷疑，假若這回我們互換角色，自己能否像她一樣大方。

櫃台接待員十分友善，直到我們表明來意。她不解地皺著眉頭，「我們剛剛才做過年度查賬，我不明白您的意思。」她說得客氣，但表情嚴肅，意思是若想搞鬼，得先過老娘這一關。而阿娜米卡沒來由地問那女生，幹嘛在嘴唇和臉頰上塗顏色時，更是毫無幫助。

接待員拿起電話打給上司，安娜用手指在空中一劃，女孩眨眨眼，對上司道歉，說不該打擾他，然後便掛掉電話了。接著她回去處理文件，完全無視我們。

我們很早便發現，不管由誰佩戴達門護身符，只要兩人彼此距離在幾公里內，都能使用護身符的力量。「妳剛做了什麼？」我不可置信地問。

「我只是到她的記憶庫裡，把我們從她腦中遮去罷了，她不會記得我們，或看到我們在這裡。」

「妳是如何辦到的？」

「這跟你對凱西做的一樣。」

「不全是，妳把我們變成隱形了。」

「噢，那個呀。那是個戲法，聖巾若搭配護身符的轉移功能，便可以把光彎曲掉。」她皺著眉，「這很難解釋，我們的身體會變得模糊，進入一個稍稍錯開的時間點，蓋去原有的時間，然後我再用火的符片，重新塑造四周光線的模式。這跟變換膚色或衣服，躲避追獵者類似。」

我敬畏地望著她，直到阿娜米卡不安地問：「我們可以快點找到你的公司嗎？拜託。」

我點點頭，拉著她的手肘，帶她進電梯，結果發現我們需要鑰匙卡，我忍不住咒罵自己。我很快解釋電梯的功用，一邊按下關門鍵，安娜把手掌貼到鑰匙板上，指間發出藍色的電光。對一名科技文盲的女生來說，安娜掌握觀念及保持開放心胸的本領，實在令人嘆為觀止。不到一秒鐘的時間，我們便飛速竄往大樓頂層了。我們在那兒找到我的辦公室。

這回我真的占了上風，我把手掌貼到鎖上，門便開了，我遞給安娜一條日本巧克力棒，並從迷你冰箱拿出一罐汽水，然後任她探索我的辦公室，我則跑去查看電腦。看到安娜興奮地看著魚缸，在迷你冰箱裡亂翻，倒抽口氣地看著我辦公室窗外的城市景觀，實在很教人分心，但我還是把妮莉曼的電郵瀏覽了一遍，找到阿嵐擔任羅札朗企業總裁的消息。

報上有一篇關於他的報導，說他對心愛的祖父阿尼克．卡當，以及弟弟穌漢．季山．羅札朗去世一事，悲慟逾恆。讀到我們死亡的假消息，我嘆了口氣。看來我們是印度洋上飛機失事的受難者，飛機衝進海裡，我們的屍體從未尋獲。

阿嵐毫不浪費時間，立即接管公司，安心地過著正常人的生活。嫉妒悄悄地潛入我的血管裡，但遭我悍然壓制。我已經很久不再為身外之物去嫉妒我老哥了，我才不在乎公司，但我需要知道凱西的情況。

我往下滑看其他標題和公司的聲明，當我看到「羅札朗企業總裁帝嵐．羅札朗迎娶新娘！」時，我整個人一震，然後點進報導。

億萬富豪及羅札朗企業集團繼承人亞洛岡．帝嵐．羅札朗，已訂下婚約，準備迎娶美國大學生凱西．海斯。婚禮將於八月七日，於日本舉行！婚禮僅做私下慶祝，但許多重量級人物及羅札朗企業主管，已獲邀參加新人的招待會，招待會將於頂級飯店，羅札朗大廈的頂樓舉行，該飯店為新郎所有。

亞洛岡．羅札朗在其祖父阿尼克．卡當去世後，繼承該集團。阿尼克．卡當基本上透過姪女妮莉曼去經管公司，僅有少數董事會成員認識這位深居簡出，不肯面對媒體的阿尼克．卡當，就連他們也不知道卡當有兩位孫子，直到他在死前不到一年，將孫子介紹給公司成員認識。

不幸的是，就在羅札朗家族曝光不久，世界便失去該公司總裁阿尼克．卡當，以及共同繼承人，帝嵐的弟弟，穌漢．季山．羅札朗了。然而正如代理總裁妮莉曼所言：「所有羅札朗企業的員工，都殷切盼望年輕英俊的羅札朗家業繼承人能擔任總裁之職，我自己便很希望在他就任上手之後，放個長假。目前我希望他和新婚妻子在開始共同生活後，能過得幸福快樂。」

當我們詢問這位億萬單身漢如何遇見他未來的妻子時，年輕的羅札朗先生開玩笑說：「當然是在馬戲團了。」也許有一天我們會幸運地聽到一位沒沒無聞的美國鄰家女孩，如何釣上金龜婿的真實故事。

祝福他們幸福快樂，希望新婚誌喜，能撫平失去兄弟和最尊敬的長輩之痛！

我靜靜靠坐在椅子上，閱讀阿嵐及凱西還未舉行的婚禮消息。這回我任嫉妒噴發而出，阿嵐不僅得到人類的生活，而且還娶走了我的女孩。我呢？我夾著尾巴在叢林裡四處亂跑。

我不是沒料到他會跟凱西求婚，我知道阿嵐愛她，我也要求他照顧凱西，可是這太快了吧。他們回來還不到兩個月就要結婚了，難道她那麼快就忘記我了？她快樂嗎？或許凱西覺得自己沒有其他選擇了，我執著於這個念頭，不肯罷休。

我專心想著凱西，甚至沒聽到阿娜米卡走近。

「怎麼了，季山？」她搭住我的臂膀輕聲問：「你有心事。」

直到安娜繞到我面前，坐在我桌邊看著我的臉時，我才意識到她的出現。我用手耙著頭髮，從她面前退開，起身走到窗邊。我一手緊握成拳，抬向玻璃，但我並未照我所想的那樣將玻璃擊碎，反是用拳頭抵住額頭，崩潰地說：「她要結婚了。」

5 偷窺

「你是指凱西要嫁給帝嵐。」她淡淡地說。

我點著頭，沒有轉身，望著自己在玻璃上的反影。三百年了，我完全沒變老，但我的眼神滄桑而疲累。我的心被背叛刺痛，雖然我知道凱西從未停止對阿嵐的愛，但我至少仍抱著些許希望──希望她當初若有選擇，可能會選擇我。

我再次痛責自己容許阿嵐陪她離去，我究竟給了凱西什麼選擇？我等於把她送入阿嵐的懷抱，並對她說*祝妳幸福*。我張開手，貼住被陽光烘暖的窗子，想像黃色的光線流入我的手指，帶來力氣與能量。陽光令我痛下決心，一個我不敢大聲說出來，但充盈在我腦海的念頭。

我想到年少的凱西，知道即便當年，她還是從我身上看到了某些特質，她相信我是她的保護者，全心地依賴我。當時她需要有個人，就像我之前需要她將我從黑暗領入光明裡一樣。凱西從來沒有放棄我，有件事是可以確定的，我並不打算放棄她，或將她丟給她的命運，我必須知道她是否真的想嫁給阿嵐，或她只是想走捷徑。

阿娜米卡打斷我的思緒，「她就快嫁給帝嵐了，不是嗎？」

我揉著下巴，然後答道：「咱們等著看。」我心意已定，毅然付諸行動。我轉身抓住阿娜米卡的手說：「我們該走了。」

阿娜米卡掙開往後退，眼中冒著怒火。她的長髮垂落，我想幫她把頭髮固定住，卻未果。她看起來好美，像位擺脫人形的女神，她的皮膚散放出一波波的能量，對我瞇起眼睛說：「不許你用那種方式抓我。」

我手放下，她才慢慢消氣。阿娜米卡垂下眼皮，長長的睫毛在頰上散成扇形。她壓低聲又說：「沒有男人可以那樣。」

「我……很抱歉，女神。」我在阿娜米卡身上感到一股前所未有的情緒。窘迫……羞恥……還混雜著一絲……恐懼？我欺近一步，輕輕勾起她的下巴，以便她能隨時移開，避開我的碰觸。當她的綠眸與我四目相接時，我說：「妳不需要怕我，安娜。」

「我並不怕你，季山。」

「那妳在害怕什麼？」我問。

她表情一柔，像似坦承心中的煩擾，接著卻挺起背，封鎖兩人之間的連結。「我的過去是我自己的事，黑虎，我不想與你分享。」

我往後退開，打量她片刻，點點頭。她看起來挺脆弱，我極想安撫她，但杜爾迦女神並不想被安慰，也不想露出脆弱的一面，那點我是已經知道的。

我們準備離開了，我彎起手臂對她示意，安娜僅遲疑一秒便接招了。她挽住我的前臂，我命令護身符送我們回家。

等我們回到山上的石造宮殿後，她問：「你為何選擇在公園裡聚形，然後大費周章地偽裝自己？我們明明可以直接在你那間玻璃屋中出現就好啦？」

我揉著脖子，聳聳肩，「我想，最好先假設，他們已經把我的辦公室分配給別人了吧。」

我看得出她的腦筋飛轉，想徹底了解辦公室的意義，以及辦公室換手的含意。「謝謝你帶我去那兒。」她說：「我很喜歡步行穿越……」

「公園嗎？」我說。

「是的，公園，我很喜歡花和噴泉。」

「我也很高興。」老實說，我滿想挽著女神漫步公園，我想陪她在凱西的年代散步，那裡沒人認識我們，沒有人會聚攏過來要求我們關注，或拿著送給女神的禮物排隊。我們可以單純地做自己，享受輕鬆的漫步。我們在那裡時，我幾乎是心滿意足的，直到發現凱西即將結婚。

我用聖巾把西裝革履的亞洲查賬員裝束，換回自己日常的黑衣和臉孔，阿娜米卡銳利地瞥我一眼，「我不明白你幹嘛非去看你桌上那個圖片盒裡的東西，難道你不能找別人打探凱西結婚的消息，或聽聽凱西和阿嵐他們自己的說法嗎？」

「我……」為什麼我不想直接找人談？我想，我很不願意承認，想到要看見他們在一起，便十分不安吧。我還不想面對凱西只想要阿嵐的可能性，因為倘若真的如此，我的整個未來——自從我知道卡當即斐特，並抱過年輕的凱西後，就開始籌計的人生，便會在頃刻間毀滅了。

不，光看到凱西現在快樂並不足夠，我必須徹底相信，她從一開始就很幸福。假如阿嵐才是她的真命天子，那應該會很明顯。我需要一個新的視角，回到過去再看第二次，並無傷大雅，何況我腦中有個聲音在尖喊「萬一」呢。為了讓那聲音安靜下來，我必須從各個角度研究它。唯有確認阿嵐才是她的真命天子後，我才能心甘情願地接受自己的命運。

阿娜米卡仍在等我回應，「我這麼做有很多理由，安娜，但那些都與妳無關。」這是個逃避且冷漠的回答，但女神可以體諒我的直率。

「原來如此。」她眨眨眼，似乎在等我補充什麼，但接著她嘆道：「現在能把達門護身符還我了嗎？」

我抬手抓住護身符，「還不行，有件……有件事我得先處理。」

阿娜米卡瞅了我好久後，才點頭離開。我知道她送了我一份禮，即使她並不贊同我想做的事，但她賜我自由，去做我自己的選擇，這點我很感激。就某方面而言，她的做法令我訝異，彷彿她已接受女神的生活，但又不希望我受到相同命運的折磨。扔下她，令我覺得罪惡，我自圓其說地想，或許我們都能找到脫身的辦法。

阿娜米卡拐過轉角消失前，我對她喊：「兵器別離身，護身符太遠了，妳感應不到它的力量。」

她不置可否地逕自繞過轉角，消失在通往她寢室的通道裡。

我決定立即展開行動。

第一站，是我首次遇見凱西的叢林。

我重新現身印度叢林，強風擊在我身上，四周盡是森林的氣息，我化身成虎兒，藏身濃密的矮叢裡。我知道阿嵐和凱西不久後會出現，便守在阿嵐要經過的路徑上。不久我聽到腳步聲，便悄悄在樹叢裡匍匐，以利觀察。阿嵐率先出現，他逆風湊著鼻子，但我很小心地盡可能待在下風處。

阿嵐偶爾會停下來，不知是否聞到了我的氣味，但他繼續往前走。我若變成人形，看到凱西垮著一張美麗的臉，吃力地跟在他後面，一定會哈哈大笑。凱西看起來好累，她還沒有在叢林裡步行數小時的體力，體力是後來我們開始一起訓練後才練成的。

他們抵達營地時，我耐心坐著，聆聽阿嵐天花亂墜地用詩句高談闊論，接著聽他說他的目的是找到我。我很快看出，阿嵐雖有意追求凱西，卻不知如何進行。他的追求手法似乎包含兩件事──一逮到機會就碰她，並盡量讓她在旅途中感到舒適。

我守了一整夜，雖然知道叢林裡沒有任何獵獸能鬥得過我。早在幾百年前，我就在這片林子裡據地為王，凱西出現前至少五十年，就沒有其他動物敢來惹我了。事實上，我甚至不確定本世紀還殘存多少老虎。卡當曾經提過，老虎被獵到幾乎快絕種了。

我揉著下巴，發現從一九五〇年代前後十年間，我就不曾在我的叢林裡遇見任何占地的雄虎了。這事頗令我難過，老虎是很高貴聰明的動物，是一流的獵者。

當王子時，我養過的動物中，以及我在叢林裡漫遊時遇見的所有動物，老虎最令我敬佩。

我雖嫉妒阿嵐能過正常人的生活，但也必須承認，我比他更能接受虎兒的身分。即使我無須化成黑虎，但我還是常那麼做。我寧可變成黑虎，在下午打盹，沒有什麼比用利齒尖爪去狩獵，更能教我專注了──凱西除外。

翌日我跟蹤阿嵐，因為他應該要找尋我，可是我找到他時，竟看到他在摘花，結果花兒被他的虎口咬得葉離枝散，七零八落。他吐出花瓣和葉子，還不時打噴嚏，輕聲低吼，最後只好放棄。後來他幫凱西帶了芒果。阿嵐對芒果樹上的猴群嘶吼，直到牠們開始拿沉重的果實扔他。

他用嘴巴叨了幾顆果子，後來在路上掉了一些，勉強回到營地。我化成人形，棲踞在樹頂上監看，我得意地用護身符法力，揚起大石頭或移動垂倒的木條，擋住他的去路，攔阻他的進程。

他會停下來，嗅一嗅剛從土裡拔出來的石頭，然後繞過大石，直到找回來時的小徑。等他獻上那些可悲難看的禮物時，我拚命忍笑，尤其聽到凱西說她不太想吃，我就更樂了。如果凱西知道變成老虎的阿嵐，要為她帶回如此簡單的禮物，有多麼辛苦就好了。

他們一起在瀑布附近游泳，石頭墜落時，我得忍住了，才沒出手去救凱西。經過數小時的緊密觀察後，我覺得阿嵐在水邊解救她，也許是讓凱西愛上他的催化劑。凱西在被救之前，對阿嵐似乎很冷淡，或許還有點怕他，但阿嵐救她免於溺斃之後，凱西對他的感覺，便開始明顯地不再局限於同情了。

不耐久候的我發現，可以將時間往前快轉，就像凱西的電影那樣。太陽幾秒鐘後就下山了；星星流動，像是有人橫空拉過一片布滿燈火的黑毯。我的胃隨著過程抽動，但僅難受了幾秒鐘，很快便適應穿越時空帶來的不適應了。

約莫到了中午，兩人再度坐在火堆邊，阿嵐化成人形，我將時間放緩至正常速度。阿嵐正在唸最後幾句詩，我翻著白眼聆聽。

……妳，噢，纖瘦的少女，
愛僅是溫暖；

對我卻是燃燒；
白日的星子，掩去夜花的香氣，
卻緊攫住月亮的軌跡。
我的這顆心，
噢，最最珍愛的，
唯有妳，沒有別的。

「阿嵐，這詩好美啊。」凱西說。

她語氣輕柔，我無法聽到一切，因此我使出護身符並稍稍移近，就在我重新聚形時，剛好聽到阿嵐說：「……允許……吻妳。」

我邪念頓起，即使知道他們的事情，還是想勒死我老哥。我花了一分鐘才讓自己冷靜，結果發現，其實啥都沒發生。凱西閉起眼睛期待阿嵐的吻，阿嵐卻像坨爛泥似地頹坐著。

凱西發現他不打算採取行動時，便開始訓斥他太過古板，我好幾個月沒這麼開心過了，我哈哈大笑後愕然驚覺，連忙用護身符將自己隱形。原先忿然邁步走入森林裡的阿嵐狐疑地四下張望，看不到什麼後，很快又走開了。

我監視營地良久，看著凱西與我第一次相遇，我聽到她說，她知道我是阿嵐的弟弟，那個背叛他，偷走他未婚妻的弟弟，雖然那是實情，我還是忍不住皺眉。阿嵐從一開始便讓她對我有先入為主的壞印象了，加上我抗拒陪他們一起尋寶，更是毫無幫助。一時間，我還真考慮在黑虎的面前現身。

賞他一個飛踢或簡短的解說，或許便能讓過去那個冥頑的我，轉而協助他們尋覓黃金果了。還有，我在那次尋寶過程裡，也能破壞阿嵐的追求。可是卡當用非常誇大的方式表示，與過去的自己相遇，會引起諸如宇宙崩壞般的悲劇。

既然讓宇宙崩壞絕非我的目的，我只好坐在那兒，思忖改變歷史衍生的後果。最後我決定，這趟只來蒐集線索，如果我想改變任何事，也要等搜齊所有線索後再說。

我不願意冒險，逼過去的自己踏上一次尋寶之旅。我再度痛罵那個白痴的自己，然後藉護身符的法力，移往下一個地方——奇稀金達。

這回我在夜裡出現，我的黑衣在小小的營火下是很好的遮掩。當我感覺到四周的樹活絡起來，朝我慢慢伸出樹藤時，我用達門護身符將它們凍結住。阿嵐聽到附近傳來清晰的折枝聲時，抬頭望向樹林，但不久又坐回凱西身邊。

看到他那麼快就霸著凱西不放，我不想看他在凱西身邊睡幾小時的樣子，便將時間快轉，他們很快不見了。達門護身符的力量流過我的四肢，令我頸上汗毛直豎。時間在我的身上和四周流竄，像風中的落葉般刷過我身上，令我皮膚麻癢。

轉到翌日早晨凱西醒時，我停了下來，看她描畫著阿嵐臉上的線條，我突然心中一痛，只能暗自忍耐。凱西從不曾那樣明目張膽地欣賞我，阿嵐醒後將她抱近，然而兩人同處時的輕鬆自在，很快就變調了。

阿嵐笨死了，不懂得看眼色，他對凱西不夠細心，沒讓她按自己的步調行事，反而過於急切地逼迫她。阿嵐驕傲而目盲，看不出凱西的恐懼。我看著他們取得黃金果，也看到凱西跟他的距離越拉越遠。

我隱身棲踞在一棟古建物頂端，傾聽兩人相互高喊，被成千上百的猴群追趕。猴群洪水似地撲往他們身上，但我那腦容量跟猴子一樣大的老哥，更擔心的是被凱西拒絕，而不是猴群，看得我猛搖頭。解救凱西的性命，比分析她的感受更為重要好嗎？凱西沒被宰掉，算阿嵐好狗運。

當阿嵐從吊橋上躍下，背上被幾十隻猴子揪住毛髮時，凱西已安然逃離了。我揮揮手，剩下一波波攻來的猴群便停住，然後折回牠們的棲息地了；牠們顫抖的巨大身軀漸漸安定下來，再次化成石雕。萬一我不在那兒，沒幫他們解決猴群的問題，兩人能抵達奇稀金達嗎？

這想法令人既興奮又害怕，*萬一，在某個特別危險的時刻，她需要我，而我卻不在現場呢？*那瞬間我想起卡當的話，只是這回他的話令我寬心。他說，無論我之前或將來做什麼改變或決定，都會被時間記錄下來。基本上，凱西*將來會很安全，因為她以前安全無恙*。

不管我做過什麼，或將會做什麼，都不會害死凱西，這點確令人鬆了口氣，但想起來還是讓人難安。我痛恨自己所有決定都逃不過宇宙的如來佛掌，我的生命遵循一種看不見的程序在走，真是爛爆了。

「還不如把我關進籠子算了。」我對自己嘀咕說。

我聽到嘟囔聲，扭身隔著林子細看凱西，她拿著戰錘力抗殘餘的猴群，頗以自己的戰力為傲。凱西的興奮讓我想起她結結實實踢著我們訓練的假人，或終於以她的「光能」擊中花朵時的情形。

我心滿意足地望著她，靠坐著微微發笑。我趁她未注意時，一邊用一點自己的光能，轟一轟那些猴子。牠們夾著尾巴竄回奇稀金達，我一揮手，牠們再次變成石雕。

看到阿嵐從針葉林裡化成人形出現時，我岔了心神，結果被我攔著，一直沒能傷害凱西的那頭狒狒，得逞地狠揮了數下，不過阿嵐火迅把那傢伙解決掉了，我用達門護身符把剩下的最後兩隻猴子送回牠們的石床上。

我跟蹤兩人走回去，希望打探更多他們的關係進展，可是他們都頑固地不吭聲，只有必要時才講話，害我差點覺得自己錯失了什麼。接著凱西注意到有河童，我便不再專心偷聽了。那些妖物在兩人進來時，並未出手，但這會兒他們取得黃金果，猴群又戰敗了，河童大概覺得該出面干涉了。

我聽到凱西說：「呃，阿嵐？咱們有同伴。」

阿嵐揮舞戰錘，妖物退縮著，可是當阿嵐一喊：「繼續走，凱西，走快點！」我聽到一記嘶聲，接著河童向前湧來。我雖錯開了時空，但其中一些妖物往我瞟著，它們並未試圖攻擊，但對我絕無善意。我拿出對付針樹的那招，試著以達門護身符結河童，可是它們並不受影響。

阿嵐與凱西即使沒有我幫忙，也還應付得來。河童追著阿嵐跑進樹林裡後，凱西睡著了，我守在她身邊，並善用與她獨處的機會。我伸手撫摸她柔嫩的臉頰，並從她髮上取下一兩片葉子。我最想做的，是擁她入懷，保護她的安全，讓她免於即將經歷的傷害與痛苦，可是我必須提醒自己，這個時間點的凱西，幾乎不了解我。她認為我根本不在乎她的生死，我對白虎之咒絲毫不感興趣。

我描畫她的掌紋時，凱西微笑著在睡夢中低喃阿嵐的名字。我輕輕放下她的手，屈膝坐在她身邊。太遲了嗎？凱西這時已經愛上我哥哥了嗎？我正考慮要不要再往前追溯時間，凱西又喚了一次阿嵐的名字，但這回語帶警戒。

事情不太對勁，我抬起頭，阿嵐的戰號在林中穿響，我立即起身去林裡找他，循著他的氣味，直到遇到阿嵐。他被水妖團團圍住，我保持隱形，痛擊這些河童，將它們從阿嵐身上推開，扔進針葉林中。更多妖物逼近了。

阿嵐掙扎站起，虛弱到無暇留意有道無形的力量正在協助他戰鬥，他朝妖物逼近，準備使出最後一絲力氣迎戰。我向來欣賞戰鬥中的阿嵐，他聰明、精於算計，從不虛耗無謂的力氣，總是拿捏得恰到好處。

透過與阿嵐的格鬥和訓練，我知道他能看出我打死都看不出來的防禦破綻。那是他特有的天賦，令我十分吃味。他會發現對方偏愛用某邊的腿，或看出馬匹想甩開騎士。若說我是蠻力，那麼阿嵐就是腦力。我們攜手，在戰場上幾乎攻無不克，在這裡應該也是。

我很快地評估老哥的傷勢，他雖有自我療癒能力，卻被針葉刺得渾身是血，還遭河童狠咬幾口。身上好幾處肉塊被咬去，傷口大量出血。他雖來回地變化人形與虎形，試著改變戰略，但河童攻得他潰不成軍，凶殘地一塊塊撕去他的血肉。

阿嵐被圍困在河童與針刺林間，無暇自救，更別說是去救凱西了。他的一條臂膀軟垂在身側，但阿嵐傲然挺立，準備奮戰到最後一口氣。我到此地，是為了確保他的最後一口氣，不是在今日。阿嵐從沒告訴我，他在這片森林裡差點喪命的事。

我心中充滿懊悔與羞愧，我應該陪老哥一起來，與他並肩作戰。過去的我陷於自艾自憐，忙於與心魔交戰，而非面對殺人的妖魔。我因為拉不下臉，一直待在叢林裡，我耽溺在哀傷中，無視一切。由於我，阿嵐很可能被五馬分屍，凱西有可能丟命，我根本不配得到她送我的禮物——他們送我的禮物——但我可以確保他們能熬過這趟旅程。

我以法力指示針樹專心對付河童，別去干擾阿嵐。針樹林不像河童，它們願意聽命達門護身符。阿嵐將妖物擲入林子裡，我便絕不再讓它們折回去。酣戰數分鐘後，放眼望不見敵軍的盡頭，我們都聽到一聲尖叫。

阿嵐巨吼一聲，用利爪刨過兩名離他最近的河童腹部，它們黑色的內臟灑在林地上，阿嵐衝入揮動的樹枝中，不顧身上的痛楚或幾乎要斷掉的手臂。我低吼一聲，化成老虎，將剩餘的妖怪擋在外頭，一邊撕宰它們，一邊指示樹林在阿嵐後方用枝子形成一道做為屏障的牆。

我厭惡忿然地撕咬這些可惡的妖怪，感覺十分過癮。可是格鬥一會兒後，我發現自己的厭惡與憤怒，並非針對妖怪而發——雖然它們很討人厭——我是在生自己的氣。我真正想毀掉的黝黑低等生物，其實是從前的我。一個怯懦幽暗，寧可偷偷摸摸溜入黑暗裡，也不願為自己的夢想奮戰的靈魂。

解決掉最後幾隻河童後，我追著阿嵐折回凱西身邊的行跡，急欲確認自己做了正確決定：保住了阿嵐的脫逃，比待在凱西身旁重要。樹林活動起來，用樹枝鞭笞我的臉，在我身上留下小小的刺口。這回我接受這份痛楚，誰教我活該，因此我甘之如飴，甚至要求更多，但再痛也不足以彌過。

等我再次找到阿嵐時，他正在解決一隻吸著凱西脖子的河童。我詛咒自己丟下她一個人，詛咒自己忘記她曾經遭到攻擊，罵自己沒陪他們尋寶，沒出手幫忙。凱西好蒼白，阿嵐抱起她時，她的四肢垂在阿嵐身邊，黑色的液體從她脖子上的傷口滴下。

都是我害的，因為我，她才會受傷。如果我能像個男人的話，凱西在這裡受的每一分痛，每一分苦，每個風險，都可以不必受，或至少獲得減輕。我覺得阿嵐每吃力地踩一步，我的心就像被刀刺了一下。他用仍在復原的雙臂，小心移動凱西，阿嵐忍不住發出疼痛的呻吟，聽得我縮起身子。

我發誓再也不這樣了，我再也不讓自己的消極，導致另一次折磨。

阿嵐將凱西抱到洞穴裡，然後尋找柴火，他絕不離她太遠。我隱身待在附近的山丘上，逼自己看凱西受苦。至少我能做的，就是坐陪阿嵐度過一切，即使他並不知道我在。阿嵐帶芒果送凱西時，我在叢林裡的無聊惡作劇，此刻顯得特別幼稚。我是個大男人，卻像個被寵壞的男孩般耍花招。

阿嵐應該化成老虎，以便更快痊癒，但他為了照料凱西，堅持維持人形。他的身體試圖復原，我不忍多看，因為我知道他所受的痛。

身為虎兒的我們受傷時，比人形狀態的復原速度快了五倍以上。肉身在復原時會發高燒，一般人承受不了這種熱度，會一命嗚呼。那感覺就像血管著了火，我們的人身還是恢復得很快，但阿嵐拖延所受的痛苦，犧牲極大。

阿嵐溫柔地拿涼布貼在凱西手臂、額上，他自己的手顫抖不已，汗水從太陽穴滴落。阿嵐對昏迷不醒的凱西說話，他的話令人揪心不已，凱西已是他的一切了，阿嵐對她極盡保護，在他的照護下，凱西受的任何傷，阿嵐都怪罪到自己頭上。

幾個小時後，河童慢慢逼向他們的營地。阿嵐揚起戰錘，準備再次自衛。河童沒用陰毒的黑眼盯住阿嵐，它們猶疑著，朝我抬起頭。阿嵐看往我的方向，但我對他維持隱形。河童齊一地湧向前，阿嵐用完好的那隻手掄起武器。

我摸著護身符中的水符，感覺符片的形狀壓在拇指上，我閉起眼睛開始說著一種我不懂的語言，聽起來黑暗而流盪，河童起了反應，它們緩下步子，然後停住。其中一隻河童開始說話，我雖然無法完全掌握其中的含意，但意思非常明白。它們希冀、需索、渴望，而且把我們當成敵人、獵物，獵殺我們是它們的權利。

我用嘶啞而帶旋音的語調，從嘴巴吐出跟沼澤水一樣混濁的語音。我颳起一陣風，藏住自己的聲音，讓沙沙作響的樹為我直接對河童傳話，免得被聽力超強的虎兒聽見。我並非對它們低語，因為河童並未發現護身符的力量，我對著在它們之間流盪，並流過河童魚鰓的水發話。**睡吧，退開去，消失掉，否則我會奪走你們賴以生存的水。**

粗腿的河童前後擺晃，鱷魚般的眼睛眨了好幾次，似乎在考慮我的威信，最後它們終於返回自己的水穴裡了。當我感知它們已全數返回水中，便將河水凍住，讓它們再也無法出來，然後下令河水，在凱西和阿嵐離開奇稀金達之前，都須保持凍結。

阿嵐和我僅偶爾打個盹，守護凱西整整兩天。雖然我可以將時間快轉，但我沒那麼做。至少我能坐著陪阿嵐，他以為凱西快死了。阿嵐似乎很崩潰，他傷心欲絕，我以前看過他那副模樣。

凱西回奧瑞岡時，他就是那個樣子。想到這裡，我就心痛，可是我想起阿嵐對凱西的愛，從來都不是問題，那不是我來此的原因。

第二天晚上，凱西的情況急轉直下，河童的毒液快奪走她的性命了。凱西痛苦地翻騰，我擦掉憤怒的淚，知道自己完全無力阻擋。金蛇芳寧洛為何不咬她一口，幫她解毒？阿嵐試著讓凱西喝水，我悄聲說：「快呀，芳寧洛，凱西需要妳。」

那一瞬間，金色眼鏡蛇被喚醒了。芳寧洛從凱西的臂上滑下來，在阿嵐的大腿邊蜷起身體，阿嵐甚至沒注意到她。芳寧洛撐開頸扇，吐了幾次舌信，然後扭頭直接盯著我。金蛇來回擺動，彷彿等我認出她。

我知道我必須提出要求。

我對著暗夜低語，懇求芳寧洛幫助凱西，帶走她的痛苦，解掉她身上的惡魔之毒。芳寧洛抬頭吐出舌信，彷彿在淺嚐我的話。接著她將覆著金色鱗片的身體繞到凱西肩上，揚頭撐開嘴巴。她快速地擊咬，然後重複幾次同樣的過程。

阿嵐背著身；芳寧洛治病時，他一直在翻找背包，等他拿著水瓶餵到凱西嘴邊時，芳寧洛已經又蜷起身，僵固成臂環了。凱西大口喘著氣，將手抬向自己的脖子，阿嵐此時才終於注意到咬痕。他小心翼翼地清理傷口，然後抱起凱西。

凱西昏過去時，他威脅閃著金光的蛇說：「如果妳對她所做的事，能夠救她，那麼算我欠妳一條命，可萬一她死了，我警告妳，我一定會設法毀掉妳和那個派我們前來尋寶的女神。」

在那個漆黑的夜裡，我兄長的眼中醞釀著某種黑暗不祥，某種我非常熟悉，但絕不希望他知道的神情。我想到他剛才提及的女神，我皺著眉，其實阿嵐或任何人根本不可能傷得了阿娜米卡，可是想到我丟下她一個人那麼久，便覺得不安。我閉上眼睛，測試我們的連結，知道安娜在我缺席時並未受到傷害，我放心了。我挪著身子，有些罪惡，但決定繼續自己想做的事。

凱西顯然已逐漸復原了，日升之後，凱西醒來。阿嵐將她抱近，以一種我永遠做不來的悵惘感傷，分享他的感受。我要如何去跟一個舌燦蓮花，擅長哄女人的詩人競爭？

老實說，阿嵐在這個階段，便掏心掏肺地與凱西分享自己的想法與感受，令我相當訝異。他信任凱西，把他從未對我、對父母，甚至是卡當分享過的事，全跟凱西說了。

原來他也曾考慮結束自己的生命，這點我們從未談過，但心有同感。在這短短的幾分鐘裡，我對老哥有了新的認識。也許他受的苦不比我少，也許當他看著凱西時，也看到了一條生路，一個擺脫我們悲慘命運的方式。

我不怪他愛上凱西。

不怪他想做個完整的男人，擺脫叢林。

我不怪他逮住機會追求凱西。

我閉著眼，深吸一口氣。凱西回應阿嵐的真心話說：「沒事的，我在這兒呢，你無須害怕。」

我繼續閉眼片刻，假裝她是在對我說話，用手搭著我的臂膀，安慰著黑虎，而不是白虎。

凱西對阿嵐及芳寧洛感謝救命之恩，我心中頗不是滋味，因為事實上救她的人是我，但她永遠不會知道。我嘟囔著跳下洞口跟隨他們深入洞穴，並轉念為，凱西只是……還不知情。

我跟著他們穿過山洞，瞥見我們的過去和他們的未來，令我相當興奮。這個洞穴用各種令我後悔的景象嘲弄我，最後阿娜米卡出現了，她當時好年輕，她在哭，我從未見過她哭泣。她臉頰上有瘀傷，若非我知道那個洞穴的特質，一定會追上去，幫她料理傷口。

我在通往漢比的地道裡，盡量悄聲走動，可是阿嵐經常回頭瞄望，不時停下來聆聽。有一度，他聞著空氣，我發現他可能認出我的氣味了，便低聲吩咐護身符，跟卡當以前一樣，遮去自己的氣味。很快地，除了阿嵐和凱西的味道外，我只能聞到牆上的青苔味了。

筋疲力盡的凱西對阿嵐和周遭的環境幾乎毫無所覺，阿嵐從一開始便愛上凱西了，這點無庸置疑，可是我已知道他愛她了，問題是，凱西是否真的愛他更勝於愛我？

我跳躍時空，偷窺他們，柔情溫馨的場面頓挫我的希望，折磨我的心，將我割得遍體鱗傷。我強逼自己分析他們親密的討論，傾聽他們低喃的允諾，看愛情在他們之間滋長。

我假扮成侍者，在情人節為他們服務，我差點在凱西坐上阿嵐的大腿之前，把椅子從他底下抽走。我藏在樹叢裡看阿嵐送她腳鐲，求她別離開他。在舞池跳舞時，我看到他等凱西哭著離開後，立馬甩掉一堆女生，冷著臉大步離開。

我隱身偷聽阿嵐剛恢復記憶時，兩人在遊艇上的談話，當凱西表示，她要跟我在一起時，我還狂喜了一下。可是再往後快轉，我看到他們在阿嵐的艙房裡緊緊相擁，那時凱西應該是跟我在一起的。我抓住護身符，那場景消失了。我轉成旋風，痛苦地咬著唇，我不知道自己接下來要往何處去，或究竟想完成什麼。

我的心情稍稍沉澱了些，我認為最能安撫我，並協助我了解凱西對我情感的方法，便是重新體會凱西愛我的片刻。我微笑著看著我們為冰淇淋吵架，重溫在香格里拉的時刻，那對我的意義，也許大過對凱西的。她拉著我的手一起穿過叢林時，似乎相當自在。她試圖救阿嵐而扭傷腳踝，被我抱著時，也緊偎在我身上。

我轉到自己求婚當天，看到凱西心神恍惚的樣子，我皺起眉頭。我從不同角度研究當時的景況，最後喬裝成躺在沙灘上的海灘遊客，然後才發現她是為了阿嵐心神不寧。當時我正絞盡腦汁地想著要說什麼，以及怎麼說才顯得浪漫，而阿嵐只是從水裡走出來，便搞得方圓一哩內的女生全望著他，包括那位即將成為我未婚妻的女孩。

阿嵐看到我為凱西送上戒指時，整個人僵住了，之後便閃電般地衝上山丘，在樹叢掩護下變成虎兒。當時我確實也覺得不太對勁，凱西接受我求婚時似乎有些悲傷，我拋開心中的失望，因為事實上，她確實成為我的未婚妻了。她雖知道阿嵐把一切看在眼裡，但她還是對我許了承諾。如今冷眼旁觀我與凱西，凱西對我有感情是無庸置疑的。

我離開海灘，把時間調回我們在遊艇上的約會，我在陰影中再三反覆觀看我們接吻。

「你以前一定很寂寞。」凱西說，這一幕我已看了十遍。

「是啊。」另一個我答道：「我孤單好久，差點以為我是地球上最後一個人了，我看見妳時，簡直像在做夢。妳是那終於前來解救我，遠離悲慘命運的天使。」

我依然那樣覺得。阿嵐的詛咒破解了，但我的沒有，我依舊陷在悲慘的命運裡，而這名女孩，是全宇宙唯一能終結悲傷的人。我雙臂抱胸，將身子靠在柱子上，嘴唇跟著那些牢記的話喃喃蠕動。

「我想要妳，我不在乎自己會傷害誰，或妳會有何感覺。當妳要求我退開時，我好生氣，我希望妳跟我一樣渴望妳，可是妳並沒有。我希望妳對我的感情，能與妳對阿嵐的一樣，但是妳辦不到。」

「可是季山……」

「等一下……讓我把話說完。」

「也許是香格里拉那隻笨鳥對我造成的影響吧，不過在那之後，我便看得更明白了——不僅是我的過去和葉蘇拜的事，也更看清了妳我的未來。我知道我不會永遠孤單，我在夢之林裡看到了。」

我思索片刻，想著夢之林裡看到的景象。也許礙於面子，我沒說出凱西的寶寶眼睛長得像我這件事，那甜美的小寶寶有對金眼，他美麗的母親抱著他輕輕搖晃，那是我時時刻刻不能或忘的影像。

她為他取名安尼克，我只跟凱西說了那麼多，但我沒說孩子的中間名叫季山。安尼克．季山．羅札朗——我那有對金色眼眸的兒子。我若將所知訴凱西，也許她的感受會不同。我們的關係也許會更輕鬆，較不受阿嵐影響，可是礙於自尊，我希望她因為愛我而選擇我，不是因為看到了影像。

愚蠢！那有何不同？凱西在所知有限的情況下做了決定，我怎能期望她留下來，她根本不曉得我知道什麼？我將注意力轉回燭光下的場景。

我看到下方的季山觸碰凱西的唇，我若閉上眼睛，指尖依然能感受到那絲絨般柔滑的唇。

「當時我還沒做好交往的準備，我沒有任何能付出的東西，我無法給這個年代的女子什麼。但香格里拉帶給我的，不僅是每天多出六個小時變成人形的時間，它還帶給我希望，一個相信的理由。因此我等待，學著耐住性子，學習如何在這個世紀生活，而現在……最重要的是，我終於明白愛一個人代表什麼了。」

那個季山終於長了一點常識，他，或我，一直很有耐性，而這份耐性得到回報了。我若能更耐住心性，事態的結局或許會不錯。我還有時間，事實上還有許多時間。他們沒有非舉行婚禮不可的理由，我在事態擴大之前，還可以阻止。

我聽到咿咿呀呀的聲音，阿嵐踏入我的視線裡。他蹲到我下方的甲板上，跟我一樣專心地望著下方的愛侶。阿嵐握緊旁邊的甲板椅。

季山說：「所以我想唯一剩下的問題就是，凱西……我的情感可引起妳的共鳴？妳對我的感受，可有我對妳的一分？妳能為我保留一塊心田嗎？一片屬於我，讓我可以永久保存的心田？我答應妳，我將會珍惜它，並用一生去守護。妳的心可有為我跳動，心愛的？」

一會兒之後，凱西答道：「當然有，我不會再讓你一個人孤單了，我也愛你，季山。」

我望著接吻的那一幕，想起那份悸動與激情，我好嫉妒以前的我，能在那一刻擁有那樣的經驗。凱西的話在我心中迴盪。她有一部分屬於我，且永遠不變，我知道那是事實。阿嵐氣瘋了，扔出一把甲板椅，接著又亂搗一通，我對著漆黑柔和的空中，低聲誦唸凱西的承諾，「我不會孤單。」

「你當然不孤單了。」有個女聲在我背後譏笑說。

6 捕獲

我循聲往後轉，發現一臉嘲弄的阿娜米卡，我本能地想去抓她手臂，可是看到安娜看我的神情，令我及時停下動作。

「妳在這裡幹嘛？」我嘶聲問。

她聳聳肩，「你離開好久。」

我正想說我第二天早上會回去，反正離開多久都無所謂，可是本人顯然還滯留未歸，否則她也不會跑來這裡了。時間軸的波動令我頭發疼，我反問：「我離開多久了？」

「兩個星期啦。你在這裡看季山愛慕凱西多久了？」

「不關妳的事。」

她踏近一步，望著底下的情景。她從我身邊走過，身上及頭髮的淡淡茉莉花香朝我飄來。安娜的出現令我生氣，而我喜歡她的香氣這件事，更讓我氣憤。

「妳到底是怎麼跑來的？」我悄聲問。

「噓。」她抬起手。

「你……你還好嗎？」過去的我問阿嵐。

「現在沒事了。」

「你剛才怎麼了？」

「有一片掩飾的紗罩掀開了。」

「紗罩？什麼紗罩？」

阿嵐說：「我心裡的紗罩，那層被杜爾迦披上的罩子。」

我偷瞄阿娜米卡，她挑著眉，用精明的眼光分析眼前的景況。

「我想起來了。」阿嵐說：「我什麼都記起來了。」

我尷尬地很想逃開，我對阿娜米卡明示暗示地給了一連串嘆氣和眼神，但她把我當空氣地兀自打量下方的阿嵐。

當阿嵐輕聲懇求「別走，親愛的，留下來陪我」時，安娜擦去一滴淚水，最後才很不耐煩地轉向我，抓住我的手腕，我雖能輕易甩開她的手，但還是跟在她背後，來到遊艇一端的安靜區域。

安娜發現船尾並未與陸地相接時，慌了一下，但隨即站穩一雙長腿，扶住欄杆。安娜不發一語地抓著腰上的編織皮帶，手腕一甩，啪地一聲，火繩便飛入夜空，很快打開一條通道了。看她的表情，是要我跳過去。我決定當杜爾迦的小乖虎，至少目前先這樣，便跳到遊艇上層，鑽進時間之河裡。

我在穿越中保持清醒，這是當杜爾迦神狗的好處，我輕輕降落在杜爾迦山中宅第的花園草地上，然後轉身看著火門，等待阿娜米卡到達。

她似乎落後我很多步，我擔心得正想跳回去找她時，火圈突然啵地一聲關上了。我來回踱著步子，不知安娜會跑去哪裡，發生了什麼事。接著幾秒鐘後，另一個火圈打開了，我才剛轉向火圈，阿娜米卡的身體便跌出火圈外了。我一把接住她，但她滾出火圈的力道十分強大，我跟著一起翻滾。

我們滾了好幾圈，我緊抱她，護住她免於受傷，並用背部擋住最重的摔跌，最後我們停下來，安娜的背部壓在草地上，漂亮的頭髮四散，我則壓在她身上。我還沒機會移動，甚至好好欣賞我們落地的姿勢，她已經開始扭動踢踹了。我的英雄救美，竟換來對方的憤怒，而非感激。

「別壓我，你這畜牲！」她怒喊著推我的肩，「你比大象還重！」

她的不知好歹觸怒了我，尤其我感覺到附近路上的碎石子仍嵌在我背上，而且上面還滴著血。「冷靜點，女神，如果妳乖乖的，我會把我大象般的軀體從妳身邊移開。」

阿娜米卡安靜下來，但一臉敵意地怒瞪著我，我故意慢慢移動，因為她的反應讓我很不爽，她立即從我身邊七手八腳掙脫，溜回噴泉邊，然後開始打哆嗦。

她是如此害怕，我可以從風中嗅到她濃重的恐懼。「安娜。」我語氣一柔，「剛才出了什麼事？什麼事教妳如此害怕？」

她瞪大一對綠眼看我，然後又羞愧地別開眼神。「我不能談，季山……很抱歉我剛才那樣，我必須回去，我必須再看一次。」

我靠近幾步，蹲到一個近到可以做私密談話，但又不至於給她壓迫感的距離。「回去哪裡？什麼時間點？妳看到什麼？」

她搖著頭，頭髮像布幕般地垂散在身上，但我還是瞥見她臉上的新瘀傷了。那看起來跟我在奇稀金達山洞裡看到的瘀傷一模一樣，我知道剛才的摔跌不至於造成那樣的傷。只有一件事可以——男人的拳頭。我遲疑地問：「是不是有人……有個男人打妳？」

她重重噓著，雙手環抱膝蓋，埋著頭。她來回擺晃，淚水不住地滑下面頰，安娜低聲說：「那是很久以前的事，我以為自己若能幫上忙，事情就會不一樣。」

「所以妳試著去幫助某個人嗎？」我設法讓她說話地問，但她再次搖頭。

接著她顫聲承認道：「我想協助一名少女逃脫怪物的魔掌，可是我愣住了，非但沒幫到她，還把事情弄得更糟糕。」

「阿娜米卡，請告訴我發生什麼事，妳是在協助一名國王？一位寺僧嗎？」怪物兩字只令我想到一個人——羅克什。「妳是不是回去跟羅克什打架了？妳想幫的人是凱西嗎？」

她雙肩一凜，倏然抬起頭。「凱西？你只想得到她嗎？解救凱西？尋找凱西？為凱西難過？愛著凱西？世界上還有更多人需要被救，不是只有凱西而已！」

她扭身背對我，忿忿地擦著眼淚，我不知道如何是好，該說什麼。我敞開心懷，溫柔地對她傳遞心意。*安娜，對不起，請告訴我究竟發生什麼事。*

她心裡充斥著鮮紅鼓動的痛苦，在她對我關閉思緒前，我瞥見一名面目幽暗的男子站在她上方，他的獰笑盡是邪惡的淫念。阿娜米卡尖聲大叫，奮力踢他，男子粗暴地將她摜到牆上。男子背後床上有個小女孩瞪大眼睛，她摀著臉哭泣，接著安娜的視線便空掉了。

我怒火中生，不知打心底何處而來。我不自覺地緊握拳頭，試圖控制自己的狂怒，用一種正常、冷靜的聲音說話，但仍抑不住滲露的怒氣。

「是誰？」我勉強問：「是誰揍了妳？」

安娜一聽又哭了起來，我挨過去，「安娜，我想抱起妳，帶妳到裡頭，可以嗎？」

她沒點頭，但也沒反抗，因此我輕手輕腳，像抱新生兒似地，把手探到她膝下和背後，小心翼翼地將她抱起。安娜把頭埋到我胸口，稍稍減輕了我沉重而罪惡的心情。

我打開我們的連結，任她探知我的一切和心情，但不要求她做同樣的回饋。我在她心中保證，自己絕不會用那種方式傷害她。我好氣那名傷害安娜的男子，義憤到連自己的憂懷都拋諸腦後了。

我親吻她的頭髮，大步邁過大廳，感覺她在我身上逐漸放鬆下來。我的坦然有助阿娜米卡相信我，至少能相信我的好意。我咒罵自己對她封閉心房，明白自己並未實踐對她兄長的諾言，好好地照顧她。我痛罵自己，一邊謹慎地把她放到床上，然後轉向洗手台，取來一條溼布。

我為她擦去臉上的淚時，她說：「他並不知道。」

我頓了一下，「誰不知道？」

「我哥哥，我從沒跟他說那女孩……出了什麼事。」

我心中浮起上千個問題，我猜加害她的男子，是在她最近去的那趟旅程中傷害她的，這剛好解釋瘀傷的出處，可是假若安娜的兄長就在近處，事情必然發生於她的過去。我思索自己看到的景象，卻理不出前因後果。

「卡當說得對，」阿娜米卡說：「我無法從那怪物手下救出她。」

「妳剛才做的事很危險，安娜。妳有可能遇見過去的自己。」

「我還以為我可以改變那件事。」阿娜米卡低喃說。

我本能地知道她不想一個人待著，還有，她還不準備談那件事。我幫她蓋上毯子，然後拉起她的手。「我要按摩妳的手，妳若覺得不舒服，隨時告訴我，我就會停手。」

阿娜米卡沒說什麼，但也未將手抽開。我先從她的指節按起，然後移至手掌。

「你會幫……幫凱西做這種手指按摩嗎？」她問。

「會。」

「感覺……很舒服。」

「很好。」

「你在花園接住我之後，我對自己的行為覺得很抱歉，請你原諒。」

我抬起眼，一時被她的綠色大眼弄得有些神迷。「沒有什麼要原諒的，女神。」

「知道了我的過去……我不想讓你覺得我很軟弱。在那之後，我常要應付男人，但都處置得很好，可是我在你身邊時，卻覺得很難……」

「很難什麼？」

「很難保持距離。在你身邊，我比較藏不住自己的情緒，也許是因為我們有連結。」

「也許。」

我的手滑上她的手腕，安娜的皮膚柔嫩極了，我必須提醒自己，才能夠專注。

「很抱歉我排拒妳，尤其在妳需要我的時候。」我說。

「我不需要男人，也許我需要虎兒，男人就算了。至少我不像你們家凱西那樣需要。」

我蹙起眉頭問：「那妳為啥對阿嵐有興趣？」

「帝嵐不會像其他男人那樣逼我。」

「這話什麼意思？」

「他不會期待我……去討好他。」

「討好？」

阿娜米卡不耐地嘆口氣，「是啊，討好。就像凱西拉著你的手，或碰觸你或……」她停頓下來，然後舔舔唇，「親吻你。」

「你是在說肉體關係吧。」

「是的，帝嵐對我沒有那種期待。」

我忍不住哈哈大笑，「他對凱西絕對有那種期待。」

「男人幹嘛一定要那樣？有個強大的女子陪在身側還不夠嗎？一個能支持你，與你並肩作戰的女人？」

「一位可信賴的戰士固然難能可貴，但終生伴侶的條件必須更多。好男人不會對所愛的女人頤指氣使或傷害她們，阿娜米卡，碰觸是男女之間正常且自然的欲求。」

「凱西喜歡這種碰觸與親吻嗎？」

「是的。」

「那你有……」她苦苦找話，「按摩她身體其他地方嗎？」

我不太確定她的意思，而且我不想說錯話，因此盡可能直截了當地回答。

「我幫凱西按摩手臂、腳、肩膀和頭部，但我也可以幫她按摩腿或背部。如果妳想問的是更親密的碰觸，那麼沒有，我沒那麼做。」

阿娜米卡思索片刻後說：「如果你想要的話，可以幫我按摩腳。」

我忍住笑意，按摩她的腳，並開心地看著她閉上眼睛，躺在枕頭放鬆下來。等我按完她另一隻手，安娜已經睡著了，我沒回自己房間或像平日那樣到花園裡。我溜到她房外，化作虎兒入睡，用我龐大的身軀抵住閉上的房門。

我的虎頭被突然打開的門撞到時，睡得正熟。我輕聲低吼，阿娜米卡推開門，兩手插腰地怒瞪著我。她從脆弱的小女孩再次蛻變成強大的女神了，阿娜米卡說，我們該繼續執行卡當清單上的下一件事了，我若不喜歡，那也沒辦法。

我不喜歡這種變化，一點也不喜歡。阿娜米卡未能從淫魔手中解救從前的自己，意味著我私心的那些籌畫，將充滿層層障礙，而我最不希望的，就是添增阻攔，妨礙我去修正過去的事，得到我所要的。

安娜拿出清單，下一個項目，就是確保讓阿嵐被捕。我仔細考慮一會兒後，覺得此事無妨。如果我會在未來，呃……應該說是過去，遇見凱西，那麼阿嵐便得待在馬戲團裡。

我幻想著被捕的人是我，不過黑虎實在太罕見了，我很可能永遠被留在亞洲，根本淪落不到奧瑞岡的小馬戲班裡。另外還有個小問題，我從不變老，這件事太難搞定了，所以把阿嵐關到籠子裡是必要的。

等我們準備好後，阿娜米卡站到我旁邊，我伸出手，安娜拉住，兩人一起從山居的家中消失，在我的舊叢林裡重新聚形。我聞到黑虎的氣味，立即蹲伏下來，同時把安娜也拉下，我用手指壓住嘴唇，示意她安靜。

一記輕吼穿林而來，黑虎季山從矮叢裡探出頭檢視，阿娜米卡扣住我的二頭肌，兩人一起隱形，把身體擠進一道時間的變相裡，如此一來也掩去了我們的氣味。黑虎朝我們走來，他花了好一陣子嗅聞空氣，然後竟然穿過我們蹲伏的身體，搖著黑尾離開了。

「剛才好驚險。」片刻之後，等我們重新聚形，阿娜米卡說：「你記得那件事嗎？」

「不記得了，我對於叢林生活的記憶非常少。」

「很好，我們該去找獵人了嗎？」

我把鼻子探向風中，開始朝東走，不時停下來在這個區塊留下味道，並盡可能無聲地穿越森林。阿娜米卡相當厲害，她安靜地跟在我背後，我轉身看她，她隨時保持警戒，備好金弓搭著箭。阿娜米卡再次穿上綠衣和高筒靴，而且靜如處子，連我小心翼翼踩著路徑上的枯葉，都還會發出碎裂聲。

我想著她對男人的期許，阿娜米卡說她不需要男人，我對杜爾迦女神做過的所有研究中，從未顯示她有伴侶。杜爾迦唯一的同伴是她的愛虎達門。要成為她想要、需要的那種男子並不難，我有掛在腰帶上的飛輪，有利齒和爪子，我能成為她需要的——一名能與她並肩作戰的同伴。問題是……我要的更多。

我夢想能與所愛的女子成家，一個能與我激烈爭吵、熱情相擁，令我發狂的女子——就像我父母那樣。還有，我想生孩子，一個我能傳授他打獵，跟他打鬧的兒子，一名漂亮甜美，與她母親同樣熱情的女兒。有人想追求她的話，得先想好如何待她，否則她老爸會把他們撕成兩半。

想到阿娜米卡犧牲的一切，便令我難過。她把自己交給一個沒有愛與溫柔的未來，她失去兄長，打擊必然很大。

明亮的藍天上雲朵橫陳，叢林裡雖有樹蔭，卻仍十分悶熱。正午的太陽下，汗水從我頸背直淌而下，浸溼我的襯衫。阿娜米卡擦著額頭，皮膚在熱氣下泛光，但她並未抱怨，我發現自己不僅欣賞她的體力，也喜歡她的頭髮在溼氣中捲翹的模樣。

我忍不住拿她跟凱西比較，我的前未婚妻至少每小時會發牢騷說太熱，一邊踏著沉重的腳步走在我身邊。我並不介意，不全然介意，不過那樣使得偷襲獵物變得困難重重。我最近才見過凱西穿越樹叢，像隻快樂的小鳥般，吱吱喳喳地跟阿嵐聊天的模樣。她與大步走在我身邊的這名年輕女子，恰成反比。

凱西用她活潑開朗的碎唸與故事來娛樂我，安娜則顯得憂沉安靜，她眼盯著叢林，對周遭時時警戒。我抬起手，默默指示兩人該往西行，阿娜米卡點點頭，自在地往前進，跟我一樣輕易地找到路徑。

反之，凱西經常迷途，跑到密不可破的樹叢裡，或需要人推一把，讓她保持在適切的路徑上。她會把衣服、日記和物品隨意亂丟，彷彿在花園裡任意栽種，結果把氣味留得到處都是。任何稍懂追蹤的白痴，都能像追尋水牛群般地輕易找到她的行跡。

但安娜絕少留下自己的行跡，她就像森林裡的幽魂、鬼影。有時我們走著走著，她便整個人消失了。我得停下來轉身，極盡聽力搜找她的蹤跡，接著她會突然從某個樹叢裡鑽出來，手裡拎著一大把野莓，或摘取想種到家中花園裡的植物。我會朝她皺眉，但她只是挑著眉毛，嘲弄地叫我有話直說，這樣比較容易維持和平。

我們很快遇到一批獵人，死亡與恐懼的氣息如疾病般緊附著他們。叢林裡的動物聞到那股惡臭便四下逃逸，盡可能拉開與這批人的距離。阿娜米卡皺起鼻子，彷若也能聞到他們的氣味，那群人在樹林裡哈哈高笑，散發蒸騰的熱氣。想到他們的本性與幹下的好事，我便嘴巴發苦。

即使從藏身的遠處樹林，我還是看得到幾十隻被關在籠裡的動物、各種毛皮，以及從大袋子裡突出來的閃亮象牙。其中一人拿著肉逗弄籠子裡的動物，然後又把肉抽走。他的笑聲很刺耳，我已經很生氣了，看到他逗弄那可憐的動物，更是怒火中燒。想到要把阿嵐丟給這群人，我就肚腸打結。我突然不想讓阿嵐被關了。安娜引起我注意，將我的心神從眼前的場景引開。

她將我拉到一片矮林後，伸手一指。從那個角度，可以看到有幾個人從一處坑洞裡爬出來。帶頭的人低聲指揮，手下便從籠子裡拎出一隻小動物殺掉，然後將滴血的屍體吊到剛挖的洞口上。一行人快手快腳地拿交叉擺放的長棍覆住洞口，以葉子交織其間，直到坑口被掩住。等他們覺得可以了，便拿起袋子和籠子，往更深的林子裡走。

為了安全起見，等他們離開半小時後，我們才走出樹林。我用手揉著下巴，檢視這個陷阱。「阿嵐不會上這種當，他太聰明了，不過呢，」我喃喃說著彎身，透過覆在坑上的樹葉往裡看，「裡頭有削尖的刺樁，他被刺中了雖然可以癒合，但會很難脫身。」

「那麼我們應該布置第二個確定他看不到的陷阱。」她說。

「妳確定那樣好嗎？就算他掉進去了，妳怎能確定獵人會找到陷阱？」

「我們把第二個陷阱設在第一個附近。」

「獵人難道不知道，那不是他們的陷阱嗎？」

「這些人可不是那種嶔崎磊落，會遵守江湖規矩的傢伙。他們若見到阿嵐，定會將他逮去。我們只要確保他們能見到他就成了。」

安娜施用達門護身符的法力，快速挖開泥土，在第一個陷阱旁又造了一個。等陷阱設好後，她刪除我們的氣味，兩人爬到樹上等待阿嵐。一開始我很擔心會等太久，但我們穿越的時間，大約就是阿嵐失蹤當天早晨，因此我們僅在樹上稍坐片刻，便聽到阿嵐的聲音了。

樹叢裡傳來聲響，阿娜米卡揮揮手，讓兩人隱身。阿嵐把虎頭探出樹叢，對著空中抬起鼻子。他好整以暇地聆聽著，然後從樹叢裡走出來，慵懶地伸展四肢，抬頭望著那條生肉，小心翼翼地繞著陷阱，推開覆在洞口的葉子，直到坑洞露出來。阿嵐看到洞裡突出的刺棍，皺起鼻子和一張虎臉。

阿嵐再次抬眼瞄著肉，舔著鬍鬚。那塊肉很容易到手，他大概是餓了。阿嵐不像我那般喜愛狩獵，我常把獵物帶回去與他分享。他跟我同樣有著虎兒的本能，但他痛恨變成老虎。當他靠近第二個陷阱時，阿娜米卡從我們棲身的樹上朝他連連發箭，每次都故意沒射中，可是阿嵐一朝反方向移動，她便發箭擦過他身邊，逼他折回另一個方向。

阿嵐被箭射中側身，往旁一躍，落入阿娜米卡掘好的陷阱，那個沒有致命尖刺的坑裡。阿娜米卡及時從樹上悄然躍下，讓阿嵐無法看到她的身體。她收集方才射出的箭枝，俯望化身成老虎的阿嵐來回踱步。我加入安娜，兩人一起穿過樹林，待在能監視阿嵐的地方，但又不至於讓他聽見我們。等挑妥位置後，阿娜米卡將時間快轉。

幾分鐘後——阿嵐其實已過了兩天——阿娜米卡拿住護身符，把時間調慢成正常速度。阿嵐掉入陷阱時已處於挨餓狀態了，即使隔著枝葉，都能看到他突起的肋骨。他現在一定餓壞了，於是阿娜米卡使用護身符，在他的坑口上下雨，讓他有水喝，然後又趕了幾隻小動物進坑，讓阿嵐吃點東西，接著她回到我身邊，再次將時間往前快轉。

監看等待時，我心想，萬一我沒在那個時間點出現，確定阿嵐有東西吃，不知他會不會死掉。接著我想起要毀去我們何其困難，阿嵐的心曾被人從胸口挖出來，後來還不是活著。沒有食物和水，定然要不了他的命。

不過，想到我的出現，能令過去的阿嵐舒服些，還是令人寬慰。我的心思，從想與凱西相守，轉移到阿嵐被捕獲的事上。我不想跟他一樣忍受多年的囚困與折磨，三百年的囚徒生活，我若是他，未必能像他一樣撐得過去。

第四天，我們正再次想給他水和食物時，獵人們回來了。阿娜米卡將時間放慢，以便聆聽他們發現獵物時的討論。我們聽到他們盛讚獵物，並爭執著該將阿嵐當場剝去毛皮，或將他活捉。

阿嵐從陷阱裡對他們齜牙低吼，一逮住機會便對他們揮舞利爪。他大聲咆哮，我認得他這種的叫聲，是為了引我注意。他一定感覺我就在附近，我縮著身子，黑虎季山逕自在遠處的叢林裡亂跑，為了葉蘇拜和自己的命運而難過，從沒聽見他的咆哮求救。**我在這裡啊，我心想，我會幫**

你的，老哥。

當然了，我哥哥絕不會知道這件事，過去的他並未見到我後來的模樣。這位阿嵐只知道他弟弟背叛他，偷走他的未婚妻，如今在叢林裡憂鬱度日。我實在以過去的自己為恥，假若我肯花點心思，便會留意到阿嵐失蹤了。他在坑裡待了將近四天，我若更常與家人連繫，便能輕易找到他。事實上，阿嵐的被捕，是害我父母傷心至死的最後一擊。

而我原本可以阻止這件事。

改變他的過去，改變我們的過往。

卡當堅持阿嵐必須被獵人擄走，但那是真的嗎？如果阿嵐從未流落到馬戲團，就永遠不會與凱西相遇了。想到這裡，我一陣難過，也許，只是也許，我父母便能會活得更久一些了。也許卡當不會離去，也許凱西不認識我們，會過得更加幸福。我用手掌按住自己的太陽穴使勁壓著，因果循環的邏輯快令我崩潰了。

我感覺有人搭住我的臂膀，阿娜米卡的溫度傳遍我全身。她用理解同情的神情看著我，靠上來把唇貼到我耳邊低聲說：「一切都會沒事的，要相信我們的老師。」

在她的安撫下，我將注意力轉回獵人身上。安娜全心信任她的老師斐特，不，應該說是卡當。我能像她那樣相信卡當嗎？過去我有，我知道卡當有祕密，很多事沒告訴我們。我輕聲暗笑，沒想到他竟能瞞我們這麼久，他是個詭計多端的人，但我確實很信任他，一向如此。沒有人像卡當那樣忠愛我的父母，疼愛我與阿嵐。

我注意到陷阱邊獵人們的吆喝聲。當為首的獵人提議殺掉阿嵐時，我挺身採取行動，喬裝成其中一名進林子裡小解的獵人。我說我認識一名富人，願意花大筆錢，在他的動物園裡添加一隻活的白虎。當然了，其實我根本不認識此人，但我覺得必須說點什麼，才能阻上他們剝掉阿嵐的皮毛。

這位頭目似乎很訝異手下會認識富豪，便命令我把富豪的身分告訴他。我說出想到的第一個名字，阿尼克．卡當，並把最近的城鎮名稱跟他說，大夥同意把活虎帶到卡當家，跟他商議價錢。

我要是出錯招，一定會被揍扁。我表示同意後，在我假扮的傢伙回來時，溜到樹林裡。這人還算機靈，知道要假裝進入情況，但他在背對眾人時，我看到他警戒的神情。

一行人亂糟糟地把阿嵐趕進匆促搭成的籠子，由六個人抬著。由於不確定他們會不會殺掉阿嵐，我們決定兵分兩路，阿娜米卡跟隨隊伍穿越叢林，我則回到未來找卡當。他的指示實在太模糊了，我不想因自己的疏忽，而讓阿嵐冒著失去生命的風險。

分開前，我拉起安娜的手再次問她，是否想替代我前去未來，但她搖搖頭，提醒我說，我比她更熟悉找到卡當的道路。留她隻身跟那群人相處，實在令人不安，雖然安娜比他們任何人更了解這片叢林。我知道阿娜米卡不信任男人，她再怎麼強大威武，在男人身邊還是會緊張。

我跟她保證會速去速回，我拉著她的手，她緊緊握住，我攬住她的肩，沒想到她竟然順勢由我抱著，我還來不及反應，擁抱便結束了。我退回去，僵硬地對她點點頭，然後消失在漆黑的漩渦中，前去尋找卡當。

7 老虎的故事

穿越時空時，我覺得尋找卡當最穩妥的辦法，便是找到斐特。我知道阿嵐和凱西在哪一天走進我的叢林，尋找我幫他們解除咒語的第一部分。於是我朝斐特……呃……或卡當，隱密於森林裡的小屋走去，並讓時間倒轉，直到我看見凱西和阿嵐，才停止時間，然後讓它恢復常速。一股力量竄過我全身。

凱西和白虎阿嵐從小屋出來，在斐特的揮手道別，和如歌般的鼓勵聲中，穿林而去。斐特目送他們，屋頂上的小煙囪冒著冉冉飄動的輕煙。兩人消失後，斐特似笑非笑的奇怪神情不見了，他直起背，最後變成看起像是戴了斐特假面的卡當。

雖然他仍假扮成矮小的僧人，但我認得他疲累的神情。那是卡當去世前最後幾週的模樣。想起這位恩師臨終前幾日的模樣，我便如鯁在喉。肩負那樣的職責，卻無人可以傾吐，卡當必然十分苦寂。他走回屋內，我從藏身處躡手躡腳地走出來，以免阿嵐聽見了又折回來。

斐特拿著籠子重又出現在門口，他打開籠子，鼓勵裡頭的小鳥飛回樹林裡，但小鳥不肯走，斐特尚未注意到我。

「看來他比較喜歡待籠子裡。」我在小屋邊低聲說。

斐特，不……是卡當，瞪大眼睛望向我的方向，「你在這裡做什麼，孩子？」

「找你呀，我需要你幫忙。」

他瞄著阿嵐和凱西剛離去的樹林，「進屋裡。」他說：「動作快，我不想讓他們聽到。」

我低頭跟著他進屋，坐到一張熟悉的椅子上。「呃……」我不太知道該如何開口，「這屋子一向都在這裡嗎？還是你打造的？」

他放下鳥籠，讓籠子打開著，使鳥兒能自由活動，接著他拉起單薄的簾子，點起第二根蠟燭。不久我聽到布料的沙響。他坐下時，僧人消失了，坐席上是那位比所有人承擔更多祕密的男子。

「以前確實有人住在這裡，屋子的結構還很好。」他說：「我只是小小做了些添飾，讓它看起來有人住。」他伸手到後方拿水壺，為我倒杯香茶，然後在我們中間擺了盤粗製的餅乾，他把餅乾一頭弄碎，撒到桌上，小鳥便跳下來啄食。「我能幫什麼忙？」他問。

卡當看起來比我更需要幫助，「你很累吧。」我也許太冒失了。

「在我這把老骨頭能休息之前，還有很多事情要做。」

「你還剩下多少時間？」我輕聲問。

他選擇不回答我的問題，只是舉杯就口，若有所思地啜飲，一邊從杯緣上瞟著我。卡當終於放下杯子說道：「時間是個有趣的東西，不是嗎，季山？」

「是的。」我承認說，一邊舉杯喝著。「我感覺你剩下的時間並不多了。」

「你說得沒錯，因此你應該把你到此想說的話告訴我。」

我重重吐了口氣，「好吧，我們抓到阿嵐了，這是清單上的第二個項目。」

「他的健康狀態還好嗎？」

「他沒受到傷害。」

「那有什麼問題嗎？」

「我們不知道要讓獵人把他送去哪裡，你的清單上沒包括那件事，我建議他們，有個叫阿尼克．卡當的富商也許會感興趣。」

「那麼他會有興趣的。」

我僵硬地點點頭，「等你準備好，我們就會出發了。」

「你誤會我的意思了。」卡當放下杯子，拿起一根湯匙，緩緩攪著剩下的茶水。那一刻，他顯得蒼老無比。我真的希望他能對我傾吐，讓我幫忙分擔他的重任。「我無法陪你們。」他說。

「那麼……你要我們怎麼做？」

他抬起頭，我從他眼中看到了無止境的歲月。「我沒有立場去指示你們。」他說。

我不解地問：「那不就是你一直以來在做的事嗎？」

「是，也不是。」卡當微微一笑，但那只是虛笑──一個可以戳破的偽裝假面。

「我恐怕無法理解。」我說。

「我給二位的清單，是你們要遵循的，如果我以任何方式去干涉，便會擾亂該發生的事物。」

「你一開始給我們這份清單，不就是已經在干涉了嘛？」

卡當搖搖頭，「給你們清單，是我該做的事。幫助你們完成清單，則不是。」他的語氣幾近粗暴，跟他平時的態度南轅北轍。卡當突然起身背對我，小心翼翼地把茶重新放到彎曲的架子上，然後忙著洗杯子又擦乾。我站起來幫忙，兩人默默工作了一會兒，卡當什麼話都沒說。

當他開始快速翻著一疊軟羊皮紙，故意不理我時，我說：「我……如果我對你要求太多，我很抱歉。」

他雙肩一頹，緩緩扭身，一臉懊悔地看著我。「不，孩子，是我該向你道歉。我現在已經很難像以前那樣穿越時空了，我承載了先見及後見之明，時間湍流似水，我知道太多不該知道的事了，心智因此而麻木，請原諒我。」

「沒問題。」我搭住他的肩，卡當原本健碩的身體，在手下的感覺竟如此脆弱。「我會按你覺得適合的方式去做。」我說：「我們會盡量按自己的方式解決問題，你若不希望我再來探訪你，我便不會再來，但那會令我很傷心。」

他深深嘆口氣，眼角起了皺紋。「我雖不鼓勵你來找我，但你若選擇再次與我相遇，我也不會生氣。」

我對他微笑，想讓他看到我的自信，但我從不曾如此脆弱過。「那麼我應該會與你重逢。」

他點點頭，用拇指擦著一隻眼睛，卡當從不曾公然展現自己的情緒，連我父母去世時都是。

他打量我一會兒後說：「我想強調三件事，一，切莫與過去的自己相遇。」

「是的，你跟我說過，那會造成宇宙崩潰。」

他皺著臉，「不全是那樣。」

「哦？那會發生什麼事？」

「你會被吸入過去的自己中，若是那樣，便幾乎難以區隔現在與過去的你了。別冒那種險。」

「你怎會知道這種事？」我輕聲問。

「這麼說吧，我因為參加自己的喪禮，而犯下這種錯。即使當時我的靈魂已飛離肉體，我還是被拉回我的體內。我不希望任何人遭受這種情況。」

「原來如此。」我說：「你想告訴我的另外兩件事是什麼？」

「第二，別讓阿娜米卡自己亂跑。她需要妳，有時她會因固執和耳根子軟，而做出選擇，被別人占了便宜。你要看好她。還有，最後……」他轉身捲起一張卷軸，用線繩繫妥交給我。「當你慌張無措，找不到你要找的人時，便打開這個。你會知道何時才是正確的時機。」

我點點頭，接過卷軸。喜歡費時鑽研預言的人是阿嵐和凱西，我可沒那興趣，我寧可打獵，也懶得讀書。那些模擬兩可的指示，加上我還有另一次尋寶得完成，而且沒有卡當、阿嵐和凱西的陪同，實在令人十分洩氣。不過我不想讓卡當知道我的難過，便用力按了按他的肩，跟他道別。我正要離去時，被卡當攔住了。

「我只幫你這次。去找一個叫范尼撒維的人，他是誠實的商人，我與他合作多年了。別提我的名字，因為我在那個時期尚未遇見他，不過他會幫你把阿嵐安置到一個好人家。還有，別忘了刪除阿嵐的變身能力。」

我結結巴巴地問：「我……可以那樣做嗎？」

「是的，你做了，你會那麼做的。這點不必懷疑。」

我揉著頸背，點點頭。我相信我的困惑全寫在臉上了，我推開門，站在門口，不知道還有什麼其他驚喜在等著我和安娜。

「噢，還有，在你離開之前……」

「什麼？」我站在打開的門口回頭問。

「你能帶他跟你走嗎？我覺得他很想念他的女主人。」

「那隻鳥嗎？」我問：「他的女主人是誰？」卡當沒有立即回答，他碎步走到鳥籠邊，把鳥趕進裡頭，然後關上籠門。我慢慢想起來了，「噢，凱西以前提過一次，他是杜爾迦的。」

「是的，杜爾迦把他從蛋孵出來，並親手餵食。」

「什麼時候的事？」

「有關係嗎？」

我聳聳肩，想到安娜根本還未找到這顆鳥蛋，便覺不安，我拿起鳥籠。

「他現在老了。」卡當繼續說著，一邊隨我來到門口。「我本以為不用讓她看到鳥兒的死，但小鳥似乎希望在離開人世前看到她的面容。」

我看著來回望著我們的鳥兒說：「這點大概不能怪他。」

「是啊。」卡當用一對十分了然的眼神盯住我的臉，然後垂下眼睛喃喃說：「離開人世時，能有心愛的人在身邊最好。」

我點點頭，不知該說什麼。卡當緊緊拉住我的手，輕輕搖了搖，我可以感覺他的手指在發顫。他對我點了一下頭說：「現在最好回去了。」

我輕輕揮手，以達門護身符的法力穿越到過去的阿娜米卡身邊。

等我來到先前離開的時空後，我謹慎地給自己幾個小時空檔，以免宇宙崩塌，或不小心跨越到過去，遇到以前的自己。時間是夜裡，樹林上的夜空布滿星子。沉重的樹枝在勁風下搖擺，發出咿咿呀呀的聲音，預示暴風雨將至。

我把鳥從籠子裡移出來，給他最後一次離開的機會，他卻飛到我的襯衫口袋，鑽到裡頭。我溫柔地拍拍他溫暖的小身體，把他的籠子扔進樹林。「好吧，」我說：「咱們去找你的女主。」

我只花了幾秒鐘便找到阿娜米卡的氣味，她的行跡幾乎難以察覺，但她顯然在跟蹤獵人，於是我選擇較好走的那條路，跟蹤他們穿林的行跡。兩個小時後，我蹲伏在林線邊緣，思索是否該進城裡找她，還是應該等到早晨。

暴風雨替我決定了。風雨乍臨，驅走叢林熱氣的強風帶來一陣暴雨，頃刻間將我淋成落湯雞，逼我走出叢林。我循著阿娜米卡的氣味，朝城市衝去，直到氣味消失在建築間的巷弄裡。這也是一條氣味格外腐臭的巷子。

「安娜？」我斷聲問，但聽不到任何回覆，我開始神經緊張起來，「安娜！」我又試了一遍。

「我在這兒。」有個聲音不耐煩地說。

我在黑暗中伸手四處亂摸，直到手指抓到她絲滑的頭髮，我往她靠近。有隻手抓住我的手腕，一位滿面怒容的女神從陰影中走出來。火繩在她腰間繫成一條金帶，聖巾則圍在她脖子上。我低聲咒罵，我們竟然連一件女神的武器都沒帶。

「妳有受傷嗎？」我撫著她的肩膀手臂問。

「別碰我。」她忿忿罵道，將我的手推開。「我沒受傷。」

「我應該把卡曼達水壺留給妳，以防萬一。」我說。

她嘲笑道：「即使我僅用凡人的力量，那些獵人也不是我的對手。我從不會遇險，季山，除非你覺得車庫裡亂竄的老鼠算危險。」

「小心一點總是好的。」我說。

她抬著頭，綠眼在黑暗中閃閃發亮地打量我，「你是怎麼了？」她機靈地問：「你很緊張，是不是我們的老師出事了？」

「沒有。是的。呃，他將會出事，而且很快，他只是……」我搔著頭髮，「他非常疲倦，來日已無多了。」

她肅然地點點頭，「他同意幫我們忙了嗎？」

「同意了，但這次之後我們就得靠自己了。他說他無法協助清單往後的事項，但他能針對這次情況給我一些建議。」

我把卡當與我的所有談話告訴她，安娜仔細聆聽，用牙咬著唇，努力思索。

等我說完後，她抬起下巴，指著對街的建物。「獵人已經聚在裡頭了，他們一定在喝酒，阿嵐跟其他動物一起關在幾棟外的建物內，暫時安全，你假扮的那個年輕人被派去找白虎的買家阿尼克·卡當了，不過他逃掉了，因為他根本不認識這個人。他的消失剛好給我們機會。」

「同意。他們不會預期他明天前能回來，在那之前，妳想先回家休息嗎？」我問。

阿娜米卡搖搖頭，「我寧可待在帝嵐附近，確保他的安全。」

我眨眨眼，「是的，當然。我們大概得找地方過夜了。妳在這裡等著，我一會兒就回來。」

我朝著傳出鬧聲的建物走去，開門入內，一會兒便找到旅館老闆，問他有沒有房間。等我提到需要兩間房，一間給自己，另一間給我妹妹時，獵人們紛紛豎起耳朵。我聽到一些淫穢的話語，令我忍不住咒罵自己。男人就是男人，哪個世紀都一樣，像他們那樣的男人，總是愛找麻煩。

店東要求付款時，我愣住了，我跟他說若能保證我們有房間，必有重酬。他瞇起眼睛打量我的衣著，以及我的光腳丫。接著他告訴我只剩一個房間了，如果我能拿出一筆錢——我明知道他開的價遠比別人多——房間就是我的。

我點點頭，走到外頭找安娜，她用護身符從土地裡挖出一些錢幣和寶石。我都忘記我們有那種本領了，雖然我見過羅克什使用這招，從地下挖出一柄掩埋已久的寶劍。事實上，他就是用那把劍殺害卡當的。

安娜把還沾著泥土的錢幣和寶石交給我，然後在我手上造一場雨，把它們清洗得一乾二淨。我嘟囔說這樣應該可以了，然後試著說服阿娜米卡，把自己喬裝成一名醜陋的剩女，但被她拒絕了，阿娜米卡說她不怕那些粗鄙的男人，他們傷不了她半根汗毛。

我雖然同意，可是當我陪著她走進旅店時，整個房間霎時安靜下來。我忘記使用錢幣，把一堆寶石交給老闆，他驚詫到結巴。老闆立即掏出一把房間鑰匙——我懷疑是從其中一名獵人手裡搶下的——然後忙不連迭地一再道歉只有一個房間。

我鬆口氣，接受遞上的鑰匙，咬牙看那些男人垂涎的面容。我拉著阿娜米卡的手肘，她停下來看看我，挑著眉。我也挑眉回敬她一個意味深長的眼神，然後說：「來吧，妹妹，咱們先把妳安頓好。」我朝梯子方向點點頭，她僵挺著背，但擠出一朵犀利的笑容，跟著我走。

安娜踏上樓梯時，我回身對張大嘴巴的店老闆說：「麻煩你順便送點吃的上來，我妹妹餓壞了。」

他點點頭，問我們是否也要乾淨衣裳，我表示沒有必要，結果引來一陣悶咳和笑聲。我完全進退失據，我在凱西的世紀待太久了。未來的女人受到的待遇很不同，我們在她的時代旅遊時，幾乎不太有人理睬，且平日與人的應對皆由卡當來打點。阿嵐或許會更擅於分散這些人的注意力與好奇的眼神，我當老虎太久了，本能的反應就是廝殺一番。

我轉身跟著阿娜米卡上樓，試著不去理會樓下男人的評語，他們讚嘆阿娜米卡的美，而且懷疑，我怎會讓美豔的年輕女子穿如此暴露的衣著。有個傢伙猜測我根本不是她哥哥，其他人則說我可能是拉皮條的，安娜是我帶到城裡的新貨色，搞不好他們能跟我議個價什麼的。

我被這些人氣得腦袋充血，我體中聚集能量，虎兒呼之欲出，他扯著我的皮膚，想把皮剝掉，露出利牙。我的血液沸騰，頸骨啪啪作響。老虎想大開殺戒了，我只能極力按捺他，雖然我氣到快炸了。我用力緊抓樓梯的扶欄，木頭在手下都裂了。

接著我感覺有人碰觸我的手臂，阿娜米卡已回過頭，擔心地看著我。「來吧，達門。」她輕聲說：「我累了。」她的碰觸安撫了我，虎兒安靜下來。我沒有抗議她喊我的虎名，因為在那一刻，我的獸性高過人性。

樓下的獵人們還在低聲議論安娜，他們並不知道我可以聽見他們說的每個字，那些話像是鞭在我皮上，如穿過水面的魚叉般穿射我的心。我們四目交接，我感覺安娜的手在顫抖。我拉住她的手指輕輕按著，然後點點頭跟她上樓。

我們找到房間了，安娜走向小窗，拉開窗簾，抬望星群。她的手臂緊抱住身子，倚在窗台邊。我的胃沉重如石，我為何帶她到這裡？我為什麼跟隻野獸，跟個呆子一樣？

「很抱歉我嚇著妳了。」我有氣無力地說。

她轉向我，憋著嘴，嘆口氣。「嚇著我的不是你，李山，別再多想了。」

我蹙起眉頭，「若不是我，那麼……難到是樓下那些男人嗎？妳碰我的時候在發抖。」

她身上再次起了一陣寒顫，看到像她這樣的戰士，竟會因為男人的閒話而打哆嗦，實在令我驚惶。

「我不想談這件事。」她靜靜地說，再次轉身背對我。

有人叩門，旅店老闆行禮後走進來，隨身帶了一對蠟燭和加蓋的盤子。他放下盤子，食物的氣味瀰漫整個小房間。接著他用走廊火炬的火點亮蠟燭，安排就序後，老闆拿來一桶水、洗臉盆和幾件衣服，然後放下來說：「請好好歇息，若還需要什麼，請吩咐一聲。」

老闆下樓時，我還聽到他口袋裡的錢幣叮噹噹地響。「妳餓嗎？」我問。

阿娜米卡搖搖頭，瞪著外頭漆黑的天空。她的反影，讓我看到了與我熟知的女神，截然相反的一面。她看起來好……脆弱。我皺著眉，然後拋開這個念頭。我學她待我的方式，讓她浸淫在自己的思緒裡，我們輕易地又恢復了平時相處的模式。

我們以一種近似侵入性的親密程度，彼此相連，但我們仍頑強地相互保持距離。就像我們是因為有個共通敵人，為了自我保護，達到各自的目標，才同意互相支援似的。

大雨敲在窗上，雨水滑落，滲入屋裡。阿娜米卡嘀咕著退開，用聖巾製出毛巾，擦掉滲水，並將破裂的窗框填好。空氣阻斷後，房間變得窒悶起來。溼氣漫入房中，加重這間旅店的酸腐味，令人胃口盡失。

我推開餐飯站起身，並告訴阿娜米卡，她可以趁我下樓時，清洗掉身上的垃圾味和臉上的污泥。我的本意是想開玩笑，可惜非常難笑。她受傷的眼神像拳頭般地擊中我的腹部，若是平時，安娜一定會把我趕出去，並當我的面甩門，可是這個地方有某種東西令她難安。

那位昂首挺肩，眼神桀驁的冰山公主不見了，取而代之的是一名表情緊繃的女子，我若碰觸她的面頰，不知那些情緒會否潰堤而出。我只見阿娜米卡哭過一次，就是她哥哥離開時。她那莓紅色的下唇顫動的模樣，令我非常不忍。

我用力關上門，濃黑的陰影伴隨我走下樓梯。我來到樓下，實在無法忍受看到其他男人，雖然他們已經安靜下來，多半用茫然的眼神呆望自己的酒杯了。我走到戶外，夜色沉重而溫暖，煩人的雨水從我髮中滴落，沿著脖子流入襯衫裡。我來回踱步，渾身肌肉緊繃，渴望跟人幹上一架。

大地散放熟悉的泥土味，本應能夠安撫我，可是我已漸漸被女神家中的芬芳草地給寵壞了。那裡的玫瑰與茉莉花香，在我睡覺時，會搔癢我的鼻子，我的夢幾乎總是甜的，即使夢見凱西，也都是快樂滿足的美夢，不像在那之前所做的惡夢。

卡當要我接受杜爾迦愛虎的角色，把這份詛咒當成一種福賜。可是對我而言，那卻是一種懲罰，一種因為讓羅克什殺害葉蘇拜，而活該承受的處罰。凱西離開後，老虎的身分像是一道枷鎖。

我掩蓋自己的氣味，隱身走向獵人關禁阿嵐的建物。我打開門，阿嵐抬起頭，但他僅能聞到雨的溼氣和成千上百的人們與附近的動物。阿嵐來回地歪抬著頭，我知道他注意到我的溼腳印了。

我站在原地觀察阿嵐一會兒，然後決定現身。籠中的阿嵐猛然一抽，那籠子對他來說太小，無法舒服地繞動，阿嵐輕聲低吼，耳朵往後貼著頭。

我的金眼鎖住他的藍眼，我有好多話想對他說，他需要聽到很多事，但我不知從何說起，而阿嵐是無法理解這點的。我突然極度同情卡當的經歷，我深深吸氣，嘟著嘴緩緩吐氣，然後踏向前解開他的籠鎖。

他近乎謹慎地踏到泥污地上，一會兒之後，我老哥便站在我面前了。他光著腳，穿著他標配的白衣，眼神像尖針一樣地刺穿我。阿嵐率先發話，我則默然地站在那兒，不知從何說起。

「你是誰？」他問。

我垂下眉，「你弟弟。」我答道。

他在我四周繞著大圈，像隻疑心重重的狗般嗅著空氣。「你聞起來不像是我老弟。」他說：「比起我的眼睛，我更信任我的鼻子。」

我哈哈笑了出來，感覺有些瘋狂——凱西會說跟瘋子一樣。「總之，我很想你，阿嵐。」

他張大嘴，但隨即掩飾自己的反應，「所以……老弟……你是來救我的？」

「不……不全是。」我用手擦著下巴上的鬍渣，「我只是想跟你談談？」

「談談？」

「是的，這得花點時間，所以你不妨變回老虎，我知道你時間不多。」

阿嵐皺著眉，「你也是。」

「是的，呃，關於那點……」我在地上找到一塊最乾淨的地方坐下來，背靠著牆。雨勢滂沱，即使有人經過，也聽不到我的聲音。我們在這樣的光線下，都能看清對方。阿嵐勉強變回虎形，然後躺下來，但不是躺得太近。他橫在我和門之間的空間裡，若想離開隨時可走，但我一點也不介意。

我深吸一口氣，開始訴說。

我花好幾個鐘頭對他傾吐自己的故事，把一切告訴他——凱西、詛咒、杜爾迦、羅克什、卡當、我們的父母、他變為凡人，甚至是他即將舉行的婚禮。這段時間，阿嵐用一對虎眼盯著我，若不是他的尾巴會抽動，我可能以為他是雕像。等我說完，暴風雨也過去了。太陽在一小時內便會升起。

我屈起一邊膝蓋，用手肘頂住，把頭埋到手裡。「我知道，拿所有這些事來煩你，實在很自私，可是……我不知道該怎麼辦。」

阿嵐在我未覺察時已變了身，他坐到我對面緩緩搓著手，眼盯著自己的手，思忖該怎麼說。最後他終於表示：「你一向是比較堅強的一個。」

我把手從臉上移開，不可置信地張嘴看著他。「你在講什麼？你剛才到底有沒有在聽？」

「我當然有，你所說的故事……很……呃，很棒，為我帶來希望。你給了我希望。」

「那不是我的本意。」

「是啊。只是……」

「只是什麼？」我問。

他猛然抬起一對藍眼，「你知道為什麼未來的我，會去叢林找你嗎？」

「知道啊，你希望我協助你破解咒語。」

「是，當然了。可是我私心裡，一定也很害怕你不陪我去。」

「應該不是那樣吧。」

「是那樣沒錯，你一向比我勇敢，季山。」

我搖著頭，「你才是領袖，阿嵐，不是我。」

「你錯了。是……沒錯……我是擅長與人交際，我懂得用花言巧語去哄那些自誇愛炫的富人，但你是戰士。對你來說，葉蘇拜已是陳年往事了，但對我而言，卻仍近在眼前。我明白她為何會愛上你了，她對你的看法跟我一樣。你向來瀟灑自若，母親最疼你，卡當也最疼你。」

「那些都不重要了，何況，你真的很勇敢，你陪著我一起戰鬥，擊敗羅克什，無數次的轉危為安，我從沒見過你那樣專注地作戰。」

他垂下頭，「那麼我一定很愛她了。我是說，將會很愛她。」

我嘟囔道：「你有啊。你是的。」

「但你也是。」

「是啊。」

氣氛僵了片刻後，他問：「你會那麼做嗎？」

我知道他在問什麼，「啟動咒語嗎？」

他點點頭。

「不知道。」

「那麼……」阿嵐站起來，在白褲子上拍掉手上的灰塵，把土抹在上頭。「我想你最好想清楚。」他轉身朝門走過去，望著雨過天青的天空。阿嵐深深吸氣後說：「我知道無論你做什麼決定，都會是正確的……如果這樣能幫你的話。」

「你怎能如此篤定？」

阿嵐轉頭望著我，對我露齒燦然一笑，「因為你是穌漢．季山．羅札朗。」阿嵐走回籠子，用手撫著一條欄杆，「你無須今晚就做出最後的決定，聽起來，我的未來還有許多比坐在籠子裡更教人難過的事。」

我起身抓住他的肩，將他整個人轉過來。「你是說，你要我明天把你賣掉？安排你被囚，三百五十年不得脫身？刪除你的記憶，這樣你心中便不會留存我們的對話，讓你能稍感安慰嗎？」

阿嵐搖搖頭，用熟悉的方式抓住我的臂膀，「我要說的是，我的生死都交給你了，兄弟，我信任你能釐清最細微的細節。」

他對我的信心如此堅定不移，我眼睛一刺，差點掉淚。阿嵐即使知道自己未來充滿折磨、鞭打，以及遠超過一個人該有的犧牲，還願意無條件地把自己交出來，令我對他更加感佩。

我抓住他的肩將他拉近，環手抱住他。我顫身痛哭，離開時，阿嵐已變回虎形，鎖在籠子裡了。我帶走了他對這場談話的記憶，以及他變為人形的能力，僅留給他一個夢——將來有位棕髮女孩會愛上他。

我帶著沉重的腳步走上階梯，來到我和安娜共住的房間。阿娜米卡已睡倒在床上，但她的身體被汗水濡溼，整個人輾轉翻動。淚水流下她的面龐，安娜狂亂地踢著薄薄的被子。

「不要，」她輕聲喊：「不要，求求你！」

我搭住她的肩，將她搖醒，安娜發出尖叫。

8

婚宴

「安娜！安娜！」我大喊著試圖將她從惡夢中喚醒，「醒醒啊，只是做夢而已！」

她奮力推我，用指甲抓我的手臂。刮傷很快便復癒了，但刺痛感還在。她喘著氣，眨開眼睛，淚水緩緩從眼角淌下。她臉頰緋紅，嘴唇看起來又紅又腫，像是在睡夢中咬住了。阿娜米卡在我懷中打著哆嗦，我撫著她的頭髮，輕聲安慰。

她緊抓住我，彷彿我是唯一能讓她不至於迷失的人，這點令我很訝異。我想連結她的意念，弄清她在煩惱什麼。那似乎比單純的惡夢糟糕，但我下不了手，我希望她能信賴我，我若強行逼她或硬要堅持，後果只怕不是安娜發頓脾氣就能善了的。安娜岌岌可危，脆弱無比地走在邊緣上，我若有個差池，她便會像顆掉落的西瓜一樣摔個粉碎。

「怎麼回事？」我喃喃說，試圖讓她冷靜下來。

安娜身體一僵，離開我的懷抱，挪回床上。「沒事。」她用掌根抹去淚水。

「妳不必告訴我，安娜。」我說：「但妳若需要我，我會陪在這裡聆聽。」

她點點頭，抱膝坐著，「謝謝你。」

我懷中一空，想念起她的軟玉溫香。這位與我並肩戰鬥的戰士，女神杜爾迦，竟如此柔軟，感覺好像怪怪的。我抱著她時，她的心跳得好激烈，幾乎像是籠中被捕獲的小鳥。那令我想到，我的口袋裡還有位乘客。

「我差點忘了。」我說著拉開口袋，偷偷望著裡頭的小東西。鳥兒仰頭抬看我，「這小東西屬於妳，卡當派他來的。」

阿娜米卡調整一雙長腿，以便靠得更近。她把濃密的頭髮撥到肩後，看著我把小鳥拿出來。他坐在我圈起的掌心裡，阿娜米卡伸出一根手指時，小鳥偷望著，然後跳到她指上，當即啁啾地鳴唱，飛上她的肩頭，把自己埋到她濃密的頭髮裡。

阿娜米卡揚聲笑了，那是一種自在愉悅的笑聲，我發現以前從不曾聽她笑過。我自顧自地笑著揉揉臉上的鬍渣說：「卡當告訴我，妳是從蛋把他孵養起來的，我們顯然還未找到他的蛋。卡當還警告我說，小鳥的壽命不長了。」

毛。

安娜臉色一垮，從肩上取下小鳥，揉著他的後腦勺。小鳥開心地閉上眼睛，任她撫摸他的羽

我不懂自己幹嘛講那些話，壞了她的雅興，好像我對女神說的話，沒一句是對的。我嘆口氣，站起身，潑著洗臉盆裡的水洗臉，一邊告訴她，自己一整夜去了哪裡。

她仔細聆聽後，問了些貼心的問題。等我洗完臉，她說：「你一定很痛苦——把兄長丟在那種情境下，讓他忘記你們之間的事。」

「是啊。」我坦承說，心裡還是很痛。丟下他，就像在原本已經很痛的傷口旁的毛皮上又沾上了芒刺。知道自己的行動、決定，會讓阿嵐長年禁錮，我實在無法確定自己能夠承受得住。知道我這麼做，其實為了想遇見凱西的成分，大於悲壯地協助全宇宙，更令我心懷愧疚。

阿娜米卡碰著我的肩，我甚至沒有聽見她走過來。由於太久沒睡，我的眼睛乾澀，頭腦脹痛，覺得皮膚快裂了，但安娜的碰觸安撫了我。我想都不想地把她拉近，安娜任由我抱著。一開始有些尷尬，她的背挺得跟木板一樣，但她逐漸放鬆下來了。

好一會兒後，她僵硬地拍拍我的肩，然後問：「你被安慰夠了嗎，季山？」

我大聲笑著後退，「夠。謝謝妳。」

冰山女神又回來了，她已準備好要工作了。我很習慣她的這一面，另一面受傷的女孩則是陌生人。我雖好奇，但知道最好別探問她為何要躲藏在女神的面具背後。

這不會單只是失去兄長，以及扮演女神之職所造成的。我第一次見到她時，她就是那樣難以接近了。阿娜米卡在兄長離開前，與他的互動，跟我後來看到的她，簡直判若兩人。除了偶爾向

我瞟兩眼外，女神幾乎跟我們造訪過的神殿雕像一樣，冷硬如花崗岩，對男人極為死板苛刻。

我們用護身符返回窄巷裡，並用聖巾喬裝。我扮成失蹤的那名男子，阿娜米卡則扮成卡當。她穿上當時富人的裝扮，在一小時內把交易搞定。兩人這會兒得意地成為一頭白虎的新主人了。

獵人們很訝異扮成卡當的阿娜米卡，願意在沒看到白虎的情況下，將牠買下，但我們不能冒險，讓阿嵐反抗卡當，或困惑卡當為何聞起來有茉莉和玫瑰花香。安娜從地裡挖出足夠的錢幣和寶石，讓獵人們心滿意足、貪婪地直接拿錢走人。

接下來，我們安排阿嵐留在原處，並雇用一名信得過的年輕人餵食給水。我們甚至在尋找卡當的朋友時，讓男孩住到客棧。我們滯留很久，觀察這孩子，確定他的確妥善地照顧虎兒。

我們花了一整天才找到卡當做生意的朋友，然後又花了一些時間，說服他變更路程，改道去阿嵐被關的城市。阿娜米卡把她剩下的錢幣寶石都給他了，並表示等他抵達客棧，運走阿嵐，賣給一位善心的收藏家後，再給他一袋錢幣。

交易談成後，安娜和我回到我們的時空。她鑽進她房裡，清出一袋價值連城的珠寶，然後轉瞬間又回到客棧跟商人碰面，付清尾款。

她離開還不到半分鐘，當安娜告訴我，阿嵐已安全上路後，我立即化成老虎，在草地上沉沉睡去。等我醒時，發現安娜坐在近處的噴泉邊，輕捧著她的小鳥。他還活著，但顯然來日不多。

「我想他應該會喜歡待在外頭。」她說。

我躺下來，窩在她腳邊，把頭枕在自己的腳掌上，陪伴她。不到一個小時，小鳥便死了。安娜輕輕將他放到信眾送她的金盒子裡。小鳥豔紅的羽毛很快地被藏到蓋子底下，安娜以護身符之力，在花園中挖了一個地方，將盒子擺進去。她默立片刻，我聽到泥土沙沙作響，蓋住金盒。

等安置完畢後，安娜走向我，坐到草地上，把手探入我的毛皮中輕撫我的背。我翻身側躺，把頭枕到她腿上。她輕輕拉著我的耳朵，用手環住我的脖子。我本能地知道她需要我這隻虎兒。我化作老虎時，安娜在我身邊較能放鬆。她身上的玫瑰與茉莉花香撲向我，我閉起眼睛。

這種親近的狀態也令我心安，人虎相依的相處情形令我想到與母親同處。當然了，有一點非常不同，我很清楚阿娜米卡是位漂亮的年輕女子，在她身邊，無關乎母愛，但卻給人一定的撫慰，讓我完全自在，安娜不會在這時批評我或騷擾我，反正她就只是……陪著。

我們就這樣待了一陣子，直到我發現背靠著噴泉的安娜已經睡著。我抽開身，變回人形，將她抱起。她身上沒有戰鬥裝備，不揮動八隻手臂上所有的兵器，只當個單純的安娜時，感覺似乎很嬌小。我知道安娜並不嬌小，她幾乎跟我等高，但她的腿實在很修長。

我把她放到她床上，故意把卡曼達水壺和她所有兵器擺到附近，然後拿走聖巾，走向浴室。我很快洗了澡，用聖巾喬裝成穿西裝的老者，心想最好把聖巾留給安娜，並附上一張紙條，走回她的房間。

安娜已側過身，用拳頭抵在臉頰下，一對粉紅的芳唇微啟著，臉上秀髮披散。我幫她把毯子拉至肩上，然後瞄著鏡子調整領帶，抹平自己斑白的頭髮，忍不住嘟囔。我那身灰西服，看起來像要參加喪禮，不是派對。不過我還是決定這麼穿了，我火速寫了張字條，把聖巾留在紙條邊，然後抓著護身符，遁跡消失。

空間在我身邊彎折，一切化成白色。我乘著一股勁風，迅速穿越。我在一處屋頂上聚形，並讓自己隱身，這麼做乃明智之舉，因為這裡到處都是人。他們穿著量身訂作的精美服飾，面露笑容，哈哈笑著。我繞過一處黑暗的角落，確定只有我一個人後，才讓自己現身。

我站到環伺屋頂的長陽台上，建物上方的樓層，整個都是用玻璃蓋的，環繞四周的摩天大廈，燈光閃爍如鑽石星星，把一切染上淡淡的光芒。一開始我以為自己身上沾了阿娜米卡房中的玫瑰與茉莉花香，可是等我繞過角落，才發現原來整片地板鋪滿了各色鮮花。

我撥弄一朵熟悉的花朵，一朵百合，皺著眉想，這件事會挺痛苦的。

我跟著其他賓客，循著輕快的樂聲，朝一大群竊竊低語的賓客走過去。我經過一道送來更多賓客的電梯，發現帶位人員正在收取卡片，查看名單，幸好我避過了。我該說什麼？我的邀請卡遺落在宇宙的信箱裡了嗎？

我每一步都踩得異常沉重，就像努力挺昂身子，往海洋深處涉步。我走得越深，溺斃的風險便越高。雖然我做過喬裝，卻覺得會被識破，我覺得自己像擺在水果籃裡的花朵般，格格不入。必要時，我會對人們點點頭，我慢慢往酒吧挨過去。酒保問我想喝什麼，我默默瞅他一會兒後才說：「請給我一些水。」

他給了我一瓶汽泡水，我坐下來邊喝邊掃視房間，首先我注意到妮莉曼，她穿著漂亮的禮服走進派對，笑容燦爛地挽著一名看起來有些面熟的高大男子。我發現他是誰時，倒抽了一口氣——他是阿娜米卡的哥哥，桑尼爾，他看起來與妮莉曼一樣開心，而且就一個來自不同時空的人而言，他比我想像的還要自在。

我環顧四周，認出凱西的養父母，和少數幾位羅札朗企業的員工。我喝著水，打量妮莉曼和桑尼爾。他俐落地擋去所有其他想跟妮莉曼跳舞的男子，有人過來，他就一臉殺氣，效果奇佳。看到妮莉曼怒瞪著他，然後靠過去訓他一頓，實在令人開心。我笑了笑，很高興妮莉曼可能找到對象了，希望安娜聽了會開心。

我雖對他們二人感興趣，他們卻非我此番要見的人。我因為期待，而無法呼吸，胃部打結。酒保問我要不要再來一杯，我草草對他點了一下頭。一滴汗從我頸背上滴落，我拉著領子，覺得好熱。

接著樂聲戛然而止，響起一首好聽的新曲——我記得那是阿嵐寫給凱西的歌。我的心絞痛著，引頸期盼的群眾齊一地轉頭看著房間前方。我還來不及做好心理準備，他們已經出現了。新人進來時，婚禮賓客發出歡呼，阿嵐笑得一臉燦然，他揮著手，驕傲地帶引著他的新婚妻子。他穿著婚禮禮服，黑髮後梳，看來帥氣極了，但凱西則是令人屏息。

我的眼神一旦找到她，便再也無法移開。房中所有燈光似乎都射往她身上，框出她美麗的面容。我嘴巴發乾，只懂得吸氣跟呼氣。新人一起開始彎行穿過房間，接受賓客的祝賀。

我心中一片混亂——我的虎牙與爪子在啃噬撕抓，渴望掙脫，去攻擊我的對手。我那看似冷漠麻木的外表，像陽光下的雪般緩緩融化，輕快愉悅的樂聲從我身邊飄過，絲毫無法停駐，我像個一無所有的人，呆呆僵坐著。

我緊盯住他們，看著那襲緊貼在阿嵐虎背熊腰上的精裁外衣，看著他自信、快樂、洋溢生氣的臉。接著我用躲藏在染色鏡片後的黃褐色虎眼，尋找我仍深愛的那個人。穿著白紗的她，像一團明豔的火焰，看到她的新娘裝束，一股甜蜜刺過我胸口，融入我的骨頭中。

他們朝我走來，我靜默不動地坐在那兒，有如一座雕像，只能望著他們越走越近，然後在我前面停下來。我的嘴巴一乾，停止呼吸。

阿嵐伸出手說：「謝謝您來。」

我張嘴想回答，卻發現自己說不出話，只好微微點一下頭。阿嵐抬起頭，彷彿想說點什麼，我心慌意亂地想，也許他識破我的喬裝，認出我的氣味了。可是他沒有，阿嵐已不再具有那份能力了。想到阿嵐只是個平凡人，不免有些難過，但那是他想要的，他從不像我甘於當一隻老虎。

有人引他注意，阿嵐的眼神從我身上調離。我終於把憋住的氣吐出來，然後吸口氣，沒事。可是她就在我面前，近到我能抱住她，親吻她。她柔和的眼眸閃閃動人，嘴唇拉成一朵甜美友善的笑。

離她如此之近，她的香氣包繞著我，像雨水落在旱地，我每一秒鐘汲飲著。凱西對我伸出手時，我輕輕拉住不放，她握了握，將手滑開，就像有人偷走了太陽。凱西和她的暖意離我而去，她每走開一步，我們的距離就拉得更長，就像毒藥慢慢流入我血管裡。

妮莉曼的聲音在麥克風中響起：「新娘與新郎現在要開舞了！」

賓客鼓著掌，低聲竊竊品評這對新人、完美的食物及裝飾，稱讚新娘的美麗。聽到幾個心懷妒意的年輕女子批評說阿嵐娶差了，我的身體像火中的枯樹般燃燒起來。我咬著唇，直到嚐到血味和淡淡的鹹腥。

但他們開始跳舞了。

我的眼神不由自主地跟著他們在地板上打繞，他們搭配得天衣無縫——阿嵐的手風度翩翩而自信地抵在凱西背上，他美麗的新娘眼中只看得到他，她的手指纏在阿嵐頸背上的髮中，他靠過去將唇貼到她耳上，低聲呢喃。人群安靜下來，跟我一樣，被兩人的愛意閃到動彈不得。

他們好快樂。

這討厭的念頭不請自來，我將它推開，像是有毒。

我早知道他們會很幸福，但我必須眼見為憑。我原本希望，看見他們新婚之日，正濃情蜜意時，會產生神奇的效用，堅定我的決心，助我拋開過去，忘掉凱西。可是效果卻恰恰相反，阿嵐得到了我的幸福快樂，我不怨他渴望幸福，但我跟他一樣有資格獲得這些。

時間慢慢過去，我抗拒地生著悶氣，接著阿嵐與凱西分開了，他邀妮莉曼跳舞，凱西則與桑尼爾共舞。侍者端來一盤盤美味的開胃菜，當他們停下來供食，但我不耐煩地揮手叫他們走開。

另一首曲子奏起，凱西換到另一個舞伴，我幾乎想都不想地站起來，將西裝外套拉挺，故意大步走向前，等待自己的機會。再度換曲時，我站到凱西前方，抓住她的手，彎腰欠身。

「我能與妳跳下一支舞嗎？年輕姑娘？」我問。

「可以呀。」她愉快地答道：「謝謝您賞我這份榮幸。」

「榮幸的人是我。」

音樂奏起，我雖努力提醒自己正在扮演角色，卻發現在她身邊，怎麼也假扮不來。我任由想像力馳騁，幻想這是我們的大婚之日，而我就是她的新郎。她發誓成為我的人，而不是我老哥的。我閉起眼睛，重溫兩人許多個月前的甜吻。

她怎能離我如此之近，又如此之遠？難道她無法感知到我？她會想到我？會思念我嗎？她會後悔將我留下嗎？

我望著她的明眸，看不見裡頭有任何疑慮。曲子演奏到一半了，我甚至還沒跟她說話。我的手抱緊她的腰，說道：「很遺憾聽到新郎的弟弟和祖父去世的消息。」

她移開眼神，然後又回來看著我的臉。「謝謝你，那是天大的損失，我們都希望他們今天也能跟我們一起在這兒。」

「也許他們有。」我輕聲說。

她沒做回應，只是感激地對我微笑，點一下頭。「你為公司工作多久了？」凱西客氣地轉變話題。

「不算久。」我答說：「令夫邀我來的。」我絞盡腦汁，想在她問我更多有關工作的細節前，找出別的話題。我說：「這些花好美啊。」

「是啊，大大小小全都是妮莉曼打點的。」

「她甚至添上妳最喜歡的花。」我說。看到凱西皺著眉抬起頭，我又猶豫地說：「幾個月前，我曾被指派送妳花。」

「噢。」她接受了我這個掩蓋失誤的三流藉口。

凱西瞄向我肩後，微微一笑，那是我見過最令人屏息的神情。我的鼻孔一張，阿嵐靠過來了，凱西將頭髮往肩後一撥，脖子上有個東西一閃，攫住了我的眼神。我認出那是mangalsutra（吉祥之鍊），知道那是什麼東西——婚禮之日，新郎贈予新娘的傳統禮物。但吸引我注意的，並不是吉祥之鍊。

有兩條鍊子，金的與藍的，彼此相纏。整條鍊子都由鑽石與藍寶石的花朵構成，但鍊子中央部分，是顆鑲著紅寶石蓮花瓣的淚珠型鑽石。那是我送她的戒指，那是凱西的淚珠，杜爾迦將它變成鑽石，而紅寶石則是我們一起在香格里拉時，以我在葫蘆屋贏來的大寶石切割製成的。

我潤著嘴唇，「妳的……妳的吉祥之鍊，我知道那是一種傳統，但我從沒見過原物，告訴我，那代表什麼？」

她的手抬向脖子，摸著鍊子上的蓮花，「這是阿嵐的弟弟送的禮物，我戴著紀念他。」

「啊，原來如此。」我說：「我忘記他叫什麼名字了。」

「季山，他的名字叫季山。」

我在她臉上尋找蛛絲馬跡，什麼都行。後悔、痛苦、渴盼，然而我只看到柔和的寧靜。

「傳統上，不是要……呃……讓新娘子戴上某種能幫她記住新郎的東西嗎？」我哈哈笑著，努力問得輕鬆，但連我自己聽了都覺得牽強。

「是的。」她坦承說：「但這是阿嵐的主意，我們都希望能榮耀他，若非他如此無私，我們今天就不可能在一塊兒了。」

我的喉頭一哽，害我差點噎著，我好怕所有心情寫在臉上，便低頭看著兩人共舞時，投出的影子。我突然想到，我的出現，為這歡樂的婚禮帶來了一絲憂傷。「你們顯然很想他。」我說。

「是的。」她說著，眼中泛著光。

*我怎能這樣待她？而且還是在她的大喜之日？*在凱西心中，我是無私、犧牲奉獻的人，而我卻試圖破壞她生命中，他們生命中，最快樂的時刻。我垮著肩，羞愧得彷若戴了一條勒得過緊的

領帶。

剩下的曲子，我便不再作聲，只在地板上滑步，記下抱著她的感覺。阿嵐在曲終時找到我們，就在我把凱西交還給他時，我抬起頭與另一名女人四目交接。她做了偽裝，可惜技巧拙劣，在人群裡竟像一群鴿子裡的孔雀般醒目。

我對阿嵐點一下頭，很快跟凱西道謝後，邁步穿過人群，拉住阿娜米卡的臂膀。「妳在這裡做什麼？」我斷聲說，將她拉到幽暗的走廊上。因為有別的人在，安娜才沒把手抽開。

「季山？」她皺眉盯著我，一邊搓揉自己的手臂，彷彿被我身上的細菌染著了。我從妮莉曼那兒學到何謂細菌，她身上隨時帶著一瓶液體之類的東西，預防生病。我當然不在乎細菌了，我懷疑女神知道什麼叫細菌，因為我從沒跟她解釋過。

「不然還會是誰？」我問。她想把我的碰觸擦掉，令我有點不爽。

「你看起來……好老。」她漂亮的臉皺了起來。

「是嗎？妳的頭髮……也太金光萬丈了吧。」我拉著她一綹紅金色的頭髮把話說完，「阿嵐也許不再具有靈敏的嗅覺，但我可以跟妳保證，他的眼睛還是很銳利的，即使換成金髮，他們還是老遠就能看到妳。妳在這裡幹啥？還有妳為什麼……穿成那樣？」

「我才想問你同樣的問題呢！」她罵道，眼睛像生了鏽的劍，利得足以造成傷害，但又鈍到會造成不必要的痛。

我不理會她氣到七竅生煙，仔細端詳她的打扮。她那絲滑的露背洋裝，像海灘上的白沫般貼在她身上。我本以為她的綠色獵裝已經夠讓人陶醉了，但她此時穿的淡藍色洋裝，則令人渾身酥軟。低裁的衣領，比凱西或妮莉曼穿過的任何領口都低，衣服側邊的開岔，幾乎露出阿娜米卡整條腿。

我嚥著口水退開一步，我連她怎會來到這裡都不確定了，更甭提她怎會穿成這樣。月光從窗口灑下，皎白的月光照亮她的皮膚，我擦著太陽穴上滴落的汗水。頂著金髮的阿娜米卡，看起來像從海水中浮現的愛神，我用手抓著自己的頸背，不知該從何開始。

她將雙臂交疊胸前，嚴厲地瞪我一眼，但我的眼神從她臉上飄開，因為她這個姿勢一擺，胸口便跟著拱起，害我心神撩亂。她凹凸有緻，在我看來太過曝露的身材，像閃閃發光的珍珠，供派對所有男士觀賞。我脫下自己的夾克遞上去，「拿著，把這穿上。」

「不要。你的夾克跟我的衣服不搭。」

「跟妳的衣服不搭……」我發現自己又在看了，便甩甩頭，讓自己清醒。「安娜，現在不是跟我吵的時候。穿上去，妳幾乎跟裸身一樣。」

「我才沒裸身。」她邊套上我的夾克邊忿忿埋怨：「而且你的夾克太暖了。」

「妳的穿著實在……不太恰當。」

阿娜米卡垂眼望著自己的身材，蹙眉道：「可是派對裡很多女人也做同樣打扮啊。」

「是的，呃……也許是真的。」有嗎？如果有哪個女人穿得跟她一樣，我一定會注意到，至少我認為我會。

「本來就是真的。我完全模仿某個女生的打扮，只是顏色不同罷了。」她說。

「是嗎？」我用手揉著自己的臉，「就算妳說得對，妳也太……太……」我朝著她的身體揮揮手，畫著圈，指指她的頭髮，「還有妳的臉太……」我一時語塞，「安娜，反正妳不能那樣穿就對了。」

「為什麼不行？」她插腰逼問。

我呻吟著閉起眼睛。

「是這顏色……不好看嗎？」

「不是，這顏色……很好。」我說：「非常……」我停頓下來，眼神飄向她豐潤的嘴唇，「迷人。」我把話說完。

「那麼告訴我，到底哪裡不對，我將來才能修正。」她靜靜表示：「我得學習。」

她天真的說法令我心頭一鬆，重拾自信。這正是她需要我的原因，我在這個她不了解的世界裡，是她的導引。「安娜，妳是個很美麗的女人，這點妳一定知道吧。」

「我……」她支支吾吾地退後一開，突然猶豫起來，「我是女神。」

「是的，但妳也是女人，妳在當女神之前，便是一位美豔的女人了。」

「但我在這裡喬裝過了，他們又不認識我。」

「這些人看到妳，看到的也許不是女神杜爾迦，而是一位女神級的女人。」我用手掌扣住她的肩，安撫地捏了一下，像哥們似地對她微笑，「這個時代跟其他許多世紀一樣，有的人看見美女就想據為己有，即使美女並不想被擁有。妳明白嗎？」

她揚頭打量我，「所以你希望我變得跟你一樣又老又醜，」她倒抽口氣，「是不是這裡有女人想占有你？跟我說她在哪兒，我會告訴他，你不能被她占有！」

「沒有，安娜，這裡沒有人想要我。」

她的皺眉化作一朵淡淡的笑。「我想也是，沒有女人會想拿湯匙去餵衰弱的伴侶。」

我的嘴角一揚，正想駁斥她的說法，卻見她瞪大眼睛，驚抽著氣。我轉過身，低聲咒罵。我看見妮莉曼挽著桑尼爾的臂膀，他護送她去搭電梯，並按下按鈕。妮莉曼說他終於學會按按鈕了，然後把黑髮掖到耳後，桑尼爾眼睛一亮。

桑尼爾拉近兩人的距離，把手探向她仰彎的頸背，然後垂首吻她，初時輕啄淺嚐，接著將她抱緊，吻得更深了。妮莉曼的手滑抱住他的腰，兩人都沒注意到電梯到達、打開，又關上門。

「桑尼爾。」阿娜米卡啞聲喃喃說，她還未繞過我走向她哥哥之前，已被我一把抱住，將兩人隱身了。阿娜米卡豐腴曼妙的身材貼在我身上，我及時將兩人帶開，她的淚水濡溼我的衣衫。

9

救災

返回被我視做我們年代的時間點後，阿娜米卡奮力掙脫我，結果一個踉蹌，差點摔倒。我皺著眉，我很確定自己沒傷到她。安娜的胸口起伏不定，眼睛泛光，她瞪著我，像在看一名陌生人——一個背叛她的陌生人。

「她是誰？」阿娜米卡問：「告訴我，季山，你知道他……他們的關係嗎？」

「我……不，我並不知道桑尼爾和妮莉曼相戀。」

「妮莉曼？」她啐著那個名字，「那女的是誰？」

我抬手示意她安靜，「妳會喜歡她的，安娜，她是我……她就像我妹妹。妮莉曼是卡當的玄孫女，其實我也不確定她到底隔了幾代，但她知道我們的祕密。我很信賴她，妳也應該相信她。」

「我要怎樣相信？」她顫唇說：「你從沒提起過她，卡當也沒有。」

「對不起，我想，我們都沒想到你們兄妹會有相遇的場合。」

「那個女的在乎他嗎？」

「她一定很在乎他的，妮莉曼很少跟男人約會，她不讓男人接近，不過那點顯然不適用桑尼爾。我在婚宴上觀察他們，他們像行星跟其衛星般地共舞。」我閉上眼睛嘆口氣，「妳不懂什麼是星球。」我喃喃說，然後接著解釋，「他們像春天的鳥兒，彼此追逐。」

安娜雙臂抱胸，悶悶地說：「桑尼爾從來不會像春天的鳥兒，而且他拒絕跳舞。」

「他現在就有跳舞啦，」我說：「愛情就是那樣，會讓男人變得迷糊。」

「愛情會讓女人變怎樣？」

「也會變得糊塗。」

「哼，我絕不會讓自己淪落到那種地步。」

「到時妳可能不會那麼介意，當然了，妳得找對人。」

想到什麼樣的男子會吸引安娜的興趣，我忍不住雙肩繃緊。我得確保他配得上這樣的女生。安娜太容易相信人，太天真了，無法自己做出好的決定。我搜索枯腸，試著回想杜爾迦可有尋找伴侶的故事，可惜我不像卡當是位學者，何況我並不確定阿娜米卡的故事會跟杜爾迦一樣。安娜是個有血有肉，真真實實的女孩，跟我小時候聽到的故事很不相同。

這位活色生香的真實女孩打斷我的思緒，「所以接吻這檔事，是表示他們彼此相愛嗎？」

「通常是那樣。」我輕聲一笑。

「我對這事，可沒你有把握。」

我聽出她的語氣很受傷，安娜發抖著站在那兒，我不禁感到迷惘，此事對她的影響，超乎我想像。我雖有各種疑慮，但決定利用兩人的連結，釐清問題癥結。我輕輕對她敞開心扉，讓她看到我對妮莉曼的記憶，心想她若看到妮莉曼，並了解她，也許能學著接受桑尼爾對女孩的感情。

連結的那一瞬，我接受到的並非平日分享的和平情誼，而是巨大的衝擊，阿娜米卡混亂的情緒幾乎令我無法招架。我從不知道女神會如此失控，瀕臨崩潰。她心中充滿了黑暗恐懼的念頭，她沒有對我隱瞞，表示她見到兄長後，衝擊有多麼的大。

我先從最輕鬆的事情入手，等稍後再深挖。表面上，安娜痛恨與桑尼爾分開，這件事我已經知道了。她渴望知道哥哥的現況，他是否快樂，而她最希望的是哥哥能留在身邊。桑尼爾對她的安慰作用，是我永遠無法辦到的。安娜很難親近，但我也沒有特別努力。我發現她其實很需要一位能傾吐的人，忍不住心虛。

她漸漸意會到我在做什麼，便封閉自己的心，但她勇敢地與我對視，尋找妮莉曼的資料。我讓她知道妮莉曼的勇敢堅強，她如何照顧我們所有人，獨力經營公司。我讓她看一段妮莉曼訓斥我不該太過自憐，罵我若不重振虎威，離開地板到外頭去，她就要把我從尾巴吊起來，拿鞭子把我當毯子抽。我專注回想妮莉曼在我身邊的那些時日，回想她耐心教導我現代世界的情形。

「她現在很可能在對桑尼爾做同樣的事。」我說：「她是位好老師，對我們這些搞不清狀況的人，非常沉著冷靜。」

安娜美麗的面龐一頹，低下頭，淚水從臉上淌落。她的情緒再次刺痛了我，我不再回想妮莉曼，本能地踏近一步，用手指觸著她淚痕遍布的臉。我們的連結在身體接觸時，會變得更強。

我再次試著潛入她心裡，了解她的思維。她的心中有塊黑暗、空虛的地方。我歪抬著頭往前推，安娜把手按到我的手上，我眩暈地眨眨眼。

她直視我的眼睛，「不要。你打探太多了。」

她黑色的睫毛溼沾著淚，「妳到底在躲什麼？」我問。

「這是私事，季山，別要求我讓你看那些回憶。」

「是跟那個男的有關嗎？妳試圖面對的那個男人？他到底做了什麼，安娜？」

我可以猜得到，但希望我猜錯了。我停下來思忖，無論安娜想隱藏什麼傷痛，顯然因為看到桑尼爾和妮莉曼的事，而被勾動了。我想知道答案，想幫她忙，但也希望她能夠信任我。當我需要空間、劃出界線時，安娜便會退開。至少我應該以禮相待。「好吧，」我說：「但請告訴我一件事，妳不希望桑尼爾找到幸福嗎？」

她嘆口氣，從我身邊走開，轉身背對，切斷我們相連的心意，將自己封閉起來。「我當然希望他快樂。」她輕聲說。

星星在頂上放著冷光，刺穿濃黑的夜色，灑在安娜裸露的肩膀。我的外套從她肩上滑下，堆擠在她的臂上。她輕顫著，我將外套拉起，再次覆住她肩頭，幫她蓋穩。阿娜米卡拉攏衣襬，坐到噴濺的噴泉邊，不顧水花在絲質洋裝上留下水斑。花園中唧唧鳴唱的蟲兒似乎充滿愁緒，彷彿反映女神的心情。

「你為什麼會去那裡？」她問：「你剛才問，我是否希望桑尼爾幸福，對於凱西與阿嵐，我也對你提出同樣的問題。」

一開始我並未回答，只是坐到她腳邊，摸著她的衣襬，感覺聖巾的魔力在我指上震盪。「請幫我換回我正常的衣服與模樣。」我說。

當沙沙的絲線聲停止後，我伸展背部，左右扭動脖子，然後撫著頭髮。再次做回自己，感覺真好。

安娜追問：「你希望藉由看見他們，來傷害自己嗎？如果你想自討苦吃，我有很多兵器可以用。」

我很快抬眼瞄她，看見一朵淡淡的笑容。她是在逗我，同時也給了我某種我需要的東西。不知是不是我們的連結給了她這個點子，或者她只是單純地出於本能。我嘟囔著說：「也許一起練武是個轉移注意的好方法。妳若同意，咱們明天開始。」跟她演練，能抒發我用不完的精力。自凱西走後，我尚未與任何人比過拳，凱西雖然能幹，但還只是新手，程度遠不及我，完全不構成挑戰。

跟凱西鬥拳的難處在於心手合一，因為我會忍住不想吻她或將她拉近。跟她比畫，全無驚喜可言，因為她知道的一切，全是我教的。我挺好奇，想測試安娜的強處與弱點，事實上，我很期望兩人能旗鼓相當。

安娜點點頭，「我很感激你幫忙維持我的戰鬥技能，但你還是在逃避我的問題。」

我拿自己的疑問反問她：「妳可曾愛過他？我是指阿嵐？」

「我對愛情知之甚微，」她說：「我跟阿嵐在一起時很自在，他待我很君子。」

「君子？」

「是的，他不會像其他男人那樣苦苦追求，這點我跟你說過了。」

「啊，是的，妳喜歡他不討好妳，或硬做肉體接觸。」我心中晝過一念，身體一凜。「有其他男人追過妳嗎？」我問。我不該感到震驚，阿娜米卡非常漂亮，男人想追她，是再自然不過的事。以後談到這類事情，我得更加小心，也許我在叢林裡打混的那幾個月裡，甚至有男人騷擾過她。我得多加保護她才是。

「有人試過，但都沒成功。」她說。

「很好。」我鬆口大氣，她用銳利的眼神看著我，我屈膝抱住，「妳可曾戀愛過，安娜？」

「沒有，我看不出戀愛有何目的。」

「妳父母相愛嗎？」

「我父母彼此關心。」她坦承說：「他們的結合是媒妁之言，兩人似乎沒有一件事情是對眼的，但隨著時日積累，彼此有了尊重與情感。」

「原來如此。」我說：「我之所以這麼問，是因為我的父母在一起非常幸福，我也希望自己能那樣。」

「你希望跟凱西在一起。」

「是的。」

「阿嵐也期盼這種關係嗎？」她問。

「是的。」

「所以你在觀察他們，看他們是否真心愛對方？你覺得自己變成老虎留在此處，而讓阿嵐離去，可能是錯的。」

我張著嘴，她真是一語中的。「也可以那麼說。」我表示。

阿娜米卡咬著唇思考，她那麼做不是為了引我注意，但我卻發現自己為之神迷。「很好，」她終於說：「在我們繼續完成卡當的清單之前，我們先決定我們所愛的人是否幸福。」

「萬一我們覺得他們不幸福呢？」

「到時我們再討論下一步行動。」她轉身直視我，「但這件事我們得一起做，季山。」

「同意。」我說。反正她橫豎要跟著我到處跑，我最好還是指導她將來怎麼穿搭衣服。

我們正要討論先做什麼時，一名士兵出現在花園入口。

「女神！」男人衝向我們，跪到她腳邊，「我好高興終於找到您了。」

「怎麼了，柏文？」

「有個信差有急事相求，說是山腳兩河交匯處有座村莊被軍閥包圍了，求您幫忙。」

「此人何在？」我問。

「他……他死了，他身受重傷啊，女神。」

「達門？」她正式稱呼我說：「我們有工作要做了，訓練的事就先擱著吧，我們去跟敵人較量，磨練咱們的身手。」

我點點頭，把護身符掛到她脖子上，小心地將她的頭髮拉起，以免鉤住，然後自己變回黑虎。柏文是個很可信賴的守衛，在與羅克什交戰前，便一直跟著阿娜米卡。他認識我們，也知道女神及愛虎的身分。我看著阿娜米卡幻化成八臂女神，她的戰甲跟我的同時出現。金色甲片覆住我的胸腿，虎背上出現一副鞍具。

杜爾迦的兵器從打開的門口飛過來，那是一堆尖利的拋射物，朝她伸出的手上飛去。她輕而易舉地在空中一個個攫住這些同時抵達的兵器，大部分兵器都兵刃朝上。黃金果也朝我們飛來，阿娜米卡把果子塞入我鞍具旁邊的皮袋裡。接著卡曼達水壺也到了，她把水壺繫到我項上。阿娜米卡將部分兵器固定好，其他的則用其中一隻手抓住。

她的頭髮散落在背後，眼神凌厲凶猛，十足的戰士。我們隨時戴著護身符，由於我們最近剛穿越時空，因此火繩已在手邊，被她當成皮帶戴著了。此外，聖巾也在。我們需要的最後一樣物件來到她光裸的腳上。阿娜米卡彎下腰說：「妳來啦。」

女神伸出手臂，金色的眼鏡蛇扭身一纏，便就定位了。芳寧洛在女神工作時，從不化成飾品，她似乎寧可維持蛇的樣態。阿娜米卡並不介意手臂上纏著活蛇，凱西則不然。

芳寧洛經常待在安娜房間後方，即使在我們出門去幫助他人時，但芳寧洛似乎知道我們並不需要她。大部分時間，她會蜷著身子，睡在安娜窗口的陽光下，僅偶爾才會在我們面前出現。阿娜米卡撫著愛蛇的頭，金蛇安頓下來，吐著蛇信，一邊用珠寶般的眼睛看我。

接著安娜走到我旁邊，搭住我的頸子，施展女神的神力。幾十幅影像從我們面前掠過，呼喊、禱告、死亡與破壞，撲向我們的五感。我們被衝擊得踉踉蹌蹌，最初我們試著快速過濾各種祈求，看誰最先需要照顧，但我們發現，有時最大的哀求聲，未必就是最需要幫助的人。

我們在安娜接受她的角色不久後，便發現了凱西和阿嵐使用的神力——那股一度由一對女神和虎兒共享的力量，徹底降臨我們身上。我們法力全開，結果每間神殿的每則祈求，無論是在哪個年代，都充盈著我們的感官，這得耗費洪荒之力才能將之關閉，但兩人合作則沒有問題。只要一恢復，祈求就會如潰堤的水霸奔流而出。我們把力量減弱，直到唯有最迫切，最頻繁的祈禱浮到表面。

「我們最近很怠忽職守，達門。」

是的，我在心中答道。

阿娜米卡拿起火繩打繞成圈，眼前打開另一處入口。等入口穩定下來，她騎到我背上，我奔向前，躍入火圈中。我們重重落在一條破敗的小徑上，我火速衝向一座城市。

上方是滾滾濃煙，士兵在茅草屋頂放火。安娜用聖巾聚集風力，聖巾在我們背後鼓脹翻動，就像我在電視上看到的熱汽球。空氣灌入袋子，幾乎就要爆滿，安娜甚至無須抓住袋子。接著，她用比我或凱西之前更輕鬆的手法，將手一翻，在我們頭上射出陣陣強風，將烈火吹滅。

我大步跳躍，奔過血跡斑斑，倒地不起的士兵，進入戰場，微風送來伴隨焚香的祈禱，天色染上夜晚的第一抹紫彩，那色澤像皮膚下的瘀傷般橫過天際。像薄霧般在地面盤繞不去的煙氣，刺著我的鼻孔與眼睛。

等我們來到歪七扭八的石堆，及斷牙般的建物旁時，我知道我們來遲了。鮮血像漆料似地濺灑遍地，我們看到正在大肆破壞的士兵，孩童與嬰兒跟著老人與病弱者一起被屠。

我感覺有少數倖存者仍躲在尚未損毀的住宅陰影裡，但村子已被圍，無路可逃了。我的腳掌在死者濃稠的血液裡打滑，我伸爪一刺，發出怒吼，所有行動戛然而止。

辨識女神的低語聲，在轉瞬間變成了驚駭。許多士兵扔下武器逃逸而去，沒入漸黑的夜色中，他們像一窩被掀露的老鼠，各自竄向最近的洞口——只見步履匆忙，蹄聲雜沓。但還有許多人留了下來，他們舔著唇，用熾熱的眼神盯著美豔的女神，我發出低吼，露齒朝空張咬。

杜爾迦從我背上騰入天際，在我上方飄飛，她的身體被一股氣場撐得挺直，指尖劈啪地響著閃電。她的影子在吞噬村屋的大火餘煙上跳動。我從她眼中看到狂怒與燃燒的餘燼，安娜大喝一聲，傳喚凱西之前施用的光能，然後出擊滅去第一波人馬。一記劈雷震動大地，許多人倒下了，但其他人則衝向前廝殺。

阿娜米卡迅捷地落到我身邊，我們開始死亡之舞，將戰士們一一擊倒。這些傭兵舉劍相迎，以劍抵劍，以劍對抗三叉戟，但安娜太厲害了，沒有人能占上風。那些欺近的人很快發現，芳寧洛本身也是個厲害角色，蛇身一竄，咬中了便要斃命。

阿娜米卡同時抵抗六、七個人，她舞動臂膀身體，閃躲穿行，姿態曼妙，令我只想坐在血流成河的戰場觀賞她，但我有自己的敵人要對付。安娜身邊的屍體逐漸堆高，有些被肢解，有些被咬，有些被刺。

當屍體阻礙她行進時，她便飛入空中，飄到新的位置，但她總是待在我附近。知道她在保護我，就像我在保護她一樣，我應該覺得很沒面子，但我也很以能與這樣的戰士並肩作戰為榮。

有個男的胸口冒血地從我身邊旋開，另一名在我用爪子撕裂他後，緊揪著自己溢出的內臟，第三個人在我撲倒按住他的脖子時，放聲尖叫。我切斷他的氣管，他的哭喊登時化為咯咯的斷聲。我躍入空中，落到一名男子身上，用我的體重將他壓碎，然後繞回阿娜米卡身邊，揮向兩名攻擊她的男子的腿。

我可以看到他們殘暴的天性反噬自己的那一瞬，他們加諸別人的恐懼啃蝕著他們，融化了他們冷硬的心和膝蓋。我咬住一名企圖逃脫的男子手臂，他的武器無用地落在地上。接著安娜舉劍劃過他的手臂，臂膀當即離身，男子尖聲慘叫，揪著骨頭外露的殘肢。

我們雖大開殺戒，但找死的人似乎源源不絕。我們幾乎毫髮無傷地一一將來軍撂倒，只是有人幸運地突破了盔甲，在安娜臂上畫了道口子，安娜的血噴灑而出。

想到竟有士兵能偷偷繞過我的防禦，便令我勃然大怒，我提氣再度開殺，連環強攻猛擊，用尖牙利爪擊倒眾人，完全就是一個披著虎皮的殺人機器。我們並肩作戰，動作流暢，配合得天衣無縫。唯一令我懊悔的是，我希望能以男子的身分陪她作戰。雖然我很享受以老虎之姿參戰，但也渴望像以前那樣面對敵人。我想像與安娜背貼背靠立，砍倒所有敵人的情景。

戰役終於結束了，安娜氣喘噓噓地站著，臉上的污泥與血跡絲毫無法減損她的美麗。有少數幾個夠聰明的逃走了，但他們不值得一追。最初肇禍的領袖已被我們斬掉了，那是個貪婪的人。

我們發現村人在山上採礦，收入甚微，但軍閥卻對報酬不滿，決意懲治村民，以對其他治下的村莊起殺雞儆猴之效。若非信眾的哭喊，我們甚至連要去哪兒都不知道。報信者說的任何山，任何村子都有可能，我們能找到算運氣好了。

杜爾迦召集倖存者，舉臂朝天，降下甘霖。豆大的甜美雨珠重重落在被戰火蹂躪的大地上，等火勢終於控制住後，我們評估損傷。幾百個人的村落，僅剩下幾十個人還活著，大部分都是婦女。大火肆虐村子，毀去大部分建物，包圍家園的護牆已殘破燒毀了。

我們留下來處理屍體，用護身符的火片將他們燒化成灰，然後利用卡曼達水壺治癒傷者。安娜施用黃金果，提供足以維持多年的食物，她拿果子碰觸地面，然後將它與護身符做連結，新的穀物便在燒毀的原地上長了出來。

等我們覺得已盡力幫助村民後，才離開他們，再次躍入火圈，尋找下一處需要我們的地方，然後再往下一處去。我們花了整整三天，才來到最後一個地方。

我們被召到印度東邊一塊地區，腳下的土地乾燥到一踩便塵灰飛揚，沾在她的皮膚和我的毛皮上。雖然我大半輩子都待在悶熱的叢林裡，但照在我們身上的太陽前所未有地毒辣，我不確定我們可以撐多久。

「我們在哪兒？」她問。附近沒有半個人，連村子都看不到。暑氣教人吃不消，因此安娜撤走我們身上的盔甲，不時用護身符喚來雨水，淋在我們身上消暑。就連芳寧洛都抖著身子，變成金環，彷彿她已盡完保護女主的責任，現在不管我們也不會有事了。我猜那是個好徵兆。

芳寧洛變成臂環後，便不需要食物或水了。以前我都不知道她到底會不會口渴或飢餓，直到她變成真蛇，跟我們生活一段時間後才曉得。我喃喃對芳寧洛道謝，感謝她之前保護我們。也許是出於我的想像吧，但我覺得她的眼睛亮了一下，像是聽到我的話。我對芳寧洛真的由衷感激，尤其在看到她無數次地解救凱西和阿娜米卡之後，若非有她，我們絕無可能存活，更甭說是擊潰羅克什了。

我們經過的少數幾棵樹木，乾枯而發育不良，勉強留在樹上的捲曲葉子，像細薄的棕色彩帶般在熱風中擺動，令我想到星光晚宴上的許願樹，只是這些樹屬於地獄的晚宴。不久我們看到一畦畦的長排土地，卻不見生長的作物，連雜草都沒有。

我們終於找到一座被遺棄的村莊了。地面遍布著垃圾和稻草，我朝空中抬起鼻子，空氣乾到幾乎聞不出什麼，但我嗅過城鎮，把鼻子探入每個黑暗的建物，直到找到一座擺了一堆乾枯供品的小廟。

他們就是在這裡向妳祈禱的，我說。

「你能找到他們嗎？」她問。

我試試。

我花了兩個小時，才找到一群餓壞的村民。他們坐在一條離村子至少半個小時，乾涸掉的河流附近。河流原本十分寬濶，水量豐沛。河岸延伸得很遠，河床相當深，河底的岩石上覆滿魚的枯骨，看來很不自然。

我不寒而慄，就我看，那些魚是瞬間死亡的，就像有人在水裡下了毒。我們經過的河岸上，是成千上百前來河邊居留的動物殘屍，但願河流早日恢復水流，那麼大的河，不該乾掉，因為遠處的山巒會經年為其注水。

身為老虎，夏季時我會本能地移居到水源穩定的地方。我第一次遇見凱西的瀑布，三百年來曾經枯過一次，但為期僅一個月左右。那個夏天，池深大幅下降，許多動物跑到池邊飲水，可是雨一下，池子很快又填滿了。

我以前從不太擔心水的問題，但沒水的日子很難過。我無法想像這些動物和村民吃了多少苦。即使現在，這些人還幾乎無法起身歡迎我們的到來。婦人哭喊著，但淚水在熱氣中瞬間蒸乾。男人大聲笑著，但笑聲隨即化成陣陣咳嗽。

一名孩童坐起來，我在擠簇的人群中甚至沒看到她。她可憐的嘴唇裂了，正流著血，她的四肢如此枯瘦，我沒料到竟還能支撐她的體重。其他孩子從匆匆搭就的帳篷，以及掛在樹間用以遮陽的布塊底下向外窺望。

「這裡出了什麼事？」阿娜米卡問，她的聲音順風而飛，放大到所有人都聽得見。

「旱災。」一名婦人說：「大地受了詛咒，一個邪惡的人用法力對付我們。半數的村民都死了，另外一半也快完了。」

「是誰對你們幹這種事？」阿娜米卡問。

「是誰不重要，他已經離開了。」

「我會找到他的。」阿娜米卡保證說：「他會為自己的惡行受到處治。」

婦人哈哈大笑，「妳永遠也找不到羅克什。」

我聞言一凜，鞍座上的安娜一震，婦人說出羅克什的名字後，朝地上吐口水。我發現地上並沒溼，如果我化成人形，也會跟著吐口水，以表支持。

「他就像夜裡的狼。」婦人又說：「連女神都無法把他從他的巢裡趕出來。」

有可能嗎？他會在這裡嗎？安娜問我，語氣有些慌張。
不會的，羅克什已經死了。我篤定地說。
那怎麼會這樣？他如何做出這種事？
我想了一會兒，然後說，我們必然來到他年輕時，正在尋找護身符片的年代。妳有沒有感覺到我們去過的地方都不太一樣？我們橫跨地區，但也穿越了時空。胃部的抽動便是在告訴我們這件事，腹部拉扯越凶，我們跑得就越遠。
你確定嗎？她問。
我扭身咬著腳掌上一根討厭的刺。那說得通，連羅克什都聽說過杜爾迦女神的傳聞，這些人雖遠離印度，可能也聽過妳的故事。或許把杜爾迦的故事告訴羅克什的，正是這些人，羅克什並不知道自己會變成被杜爾迦擊敗的惡魔。我們聽到人民的哀求、祈禱了，現在我們得修補羅克什對他們造成的傷害。
可是如果他就在這裡，我們何不趁他還很弱時，將他毀去。
卡當試了，他說唯一能擊敗羅克什的方法，就是我們以前的那種方式——跟妳一起聯手。卡當說那是我們的命，他因為那份信念而亡，安娜。
我能理解安娜想殺羅克什，我也多次想回去在他殺死葉蘇拜之前，先將他宰了。倒不是我還愛著葉蘇拜，而是沒有人應該死在自己親生父親手裡。卡當堅持必須讓詛咒發生，杜爾迦和她的愛虎必須崛起。看到我們正在著手的事，多少更堅定了我的信念。
那是我還在父親治下當王子時，為自己所想像的未來嗎？不是，但我希望能在世間留下痕跡。我微微挪身，垂眼瞄向自己的足印。我的腳掌陷入土中，留下深深的彎弧，虎爪留下的深溝，確實是一種痕跡。也許這個印子不會久留，但我知道杜爾迦和她的愛虎將流芳青史。

等我們幫完這些人後，再討論這件事吧，季山。阿娜米卡說。

安娜雙手舉在空中，導出護身符水片的法力，在熱氣中閃動的蒼藍天空慢慢起了變化。一開始，僅有幾縷白雲在地平線上聚攏，但接著白雲聚攏，逐漸膨大變黑。風將塵土捲向雲朵，帶來雨的氣息。

雨珠始滴落，村人仰起頭，讓清涼的驟雨沿他們的臉頰淌落，振作他們的精神。安娜天生具有融會我們各種利器的本領，她能以極具創意的方式，重建被毀去的事物，不僅灌注河流，還融合黃金果與卡曼達門水壺的力量，復育大地，讓河流恢復生機。

樹林在岸上生長，拓成寬茂的林蔭。安娜把三叉戟放河中攪拌，河水嘶嘶地冒著泡泡，各類魚種便從三叉戟衝出來，朝四面八方竄游而去。她發現一顆破掉的蛋殼，對它吹氣，一隻小鳥便出現了。小鳥飛到樹上，接著化成千百隻鳥兒振翅飛離。

安娜取來一根骨頭，她從河裡撈起一些泥，用箭頭輕輕一觸，骨頭就變成鹿了。她拿箭在地上畫出一條長溝，大地裂開，幾十隻，不，是成千上百隻動物便從溝裡躍出來。最後，她拿起戰錘，擊打一墩土丘，土丘化成各式各樣的昆蟲，中央更竄出各種爬蟲。

我重重一屁股坐下，驚訝於她的所為。即使我們擁有杜爾迦的全部神力，阿嵐、凱西和我，也從未嘗試過安娜所完成的事項。我們並不知道這些事是可能的，我走到一旁，看著一條毒蛇扭身繞過我，離開人群。

妳非得創造這些蚊蚋和毒物不可嗎？我問。

世間萬物各具其位，她答道。

等一切穩妥後，安娜走向我。她的眼神疲累，雙肩頹垂。怎麼會？我問她，妳怎會知道如何做那些事？

她聳聳肩，看得出每條手臂都已力竭，「我老師教的。」她答說。

卡當嗎？我不可置信地問，想到是他教導安娜的，我便覺得被徹底打敗。到底是……什麼時候教的？

你在叢林那幾個月，斐特跑來找我。當時我並不知道他就是你們家卡當。安娜朗聲對村人說：「各位能帶我們到井邊嗎？」

少數幾人試圖站起來回應安娜，可是他們顯然需要先吃點東西。安娜退開，在他們面前的空間裡填滿食物和一壺壺營養的肉湯，包括凱西跟她介紹的火焰果汁，然後耐心等候村人吃飽喝足，細心觀察他們是否還有別的需要。安娜筋疲力盡地坐下來，把頭靠在我背上，然後睡著了。

她睡著時，我思索她對我展現的事。我在森林裡自苦自愁時，人家一直在磨練技巧，奮力練習。我不懂這些用法，委實可笑，我還自以為更厲害，更懂得善用武器與護身符，殊不知我大錯特錯。我真是個爛搭檔。

我極不願吵醒安娜，但我知道她在家裡更能徹底休息。村人已準備帶我們去看井了，因此我在心中呼喚她。安娜，安娜，醒醒了。

「不要，穌漢，讓我睡吧。」她喃喃說著側過身，把頭枕在其中一條臂上。

穌漢？我好像沒跟她說過自己的全名，只有我母親會喊我穌漢，其他人都叫我季山，連卡當都是。我雖然吃驚，卻不介意她那樣稱呼我。

醒來了，安娜，人們需要妳。

她立即張開眼睛，這對阿娜米卡來說很不尋常，因為她很享受睡覺，被吵醒了會很不高興，可是當她成為杜爾迦，受萬人依賴時，便會即刻回應。我們折回村子，安娜發揮神力，將井水注滿，井口溢出甘甜的水。一名小女孩把水桶擺到我面前，我開心地喝著裡頭的水，安娜則重新把村子打造成一個長滿樹林，以及她喜歡的花卉的熱鬧小村。

綠色植物在我們四周形成一個寬大的拱弧，一路拓到山區及山區之外。等安娜滿意後，才靠在我身側，舀滿一瓢水送到自己唇邊。我們道過別後，朝村外走，等走了一大段距離後，安娜用聖巾將自己換回平日所穿的綠色獵裝。

我抬起虎頭，跟著變回人形。安娜一手抓住火繩，另一手拿著聖巾。聖巾變作一只袋子，很像凱西的舊背包。安娜把所有武器收入袋內，只有弓背在背上。我從她手中接過袋子問：「咱們不回家嗎？」

她搖搖頭，「還不行，還有些人需要我們幫助。」

我很哀怨，「不能等明天嗎？我累死了，我知道妳也很累。」

「這件事又不費力，有個你那時代的女人在齋戒。」

「是嗎？很多女人都會做齋戒，這算啥急事？」急事這個詞是我教她的，結果變成她最愛用的詞之一，每次我找不到叉子或行事匆忙，她便喜歡問我，*你有急事嗎，季山？*

聽到我用這個詞，她衝我疲累地笑了笑，「這件急事就是，那位需要跟我談話的女子，就是你們家妮莉曼。」

10 海灘派對

「等一等。妮莉曼？妳確定嗎？」

「很確定，我們在談話時，她一直在懇求杜爾迦，且求得十分殷切。」

我用手揉著頸背，「妳聽得出原因嗎？時間點？」

安娜抬起頭，閉上眼睛。片刻之後，她說：「她在為凱西的安全與幸福祈禱，我不確定這份祈禱的時間點，但我覺得，咱們立即回應她的祈求挺重要的。」

聽她提到凱西，我屏住氣。「是的。」我很快答道：「我同意。」

她皺起眉頭，拉下豐潤的唇角。「話又說回來，也許我們該等一等。」她遲疑地說。

「不行，」我搖頭道：「凱西也許需要我們。」

安娜瞅著我，我被她看得渾身不自在，覺得罪惡感重重，但我還是堅持不退。

「很好，」她終於說，然後拿起火繩打繞，直到出現漩渦。

我們跳過去時，我的內臟揪成一團，這表示我們真的邁入未來了。等我們落地時，我立即看出我們在印度，至於何地何時，則一無所知。

時值白晝，我遮住眼，擋去豔陽，試圖辨認這座城市。我光著腳，安娜穿著綠色獵裝、靴子，背上還背了一把弓。我們在現代世界裡，顯得格外突兀。她將火繩纏到腰上，像皮帶一樣繫著，我以聖巾為自己製鞋，幫她在衣服下弄了條緊身褲。

安娜很不高興，說我無權擅自幫她裝扮。她說得沒錯，因此我含糊地道了歉。安娜還是太搶眼了，我拿那把弓沒輒，只好把弓藏到垃圾桶後，實在是褻瀆這把美麗的武器。我在取得安娜同意後，用聖巾蓋住她絲亮的長髮。聖巾變長了，配合她衣服的顏色。

「我們在哪裡？」安娜問，我幫她調整聖巾，把頭髮塞到巾子下。

等滿意後，我才發現兩人的臉靠得有多近。她的嘴唇看來柔軟無比，我僵在當場。我們四目相鎖，我壓抑著緊張的情緒。她的手緊壓在我胸口，我的心跳急如擂鼓，但她的心思顯然並未與我同步，因為她將我推開。「你弄完了嗎？」她問。

我眨眨眼，轉向一旁。*我哪裡有病？是因為太思念凱西，所以任何女人都可以嗎？*我光憑虎鼻就應該懂得節制了，我身上還飄著戰爭與死亡的氣味。變成人形雖有些幫助，但我真的需要好好洗個澡，去除血水與汗臭味。安娜本該一樣發臭，但她並沒有。每次我接近她，便彷彿走入她的花園。她身邊飄散著玫瑰與茉莉香，香氣沾在她髮上，她該不會趁我沒注意，偷洗澡了吧？

我心中突然跳出她躺在泡泡浴裡的畫面，我甩甩頭，將那景象從腦中拋開。她就像姊妹，不是嗎？當然，她是很美，很強大，甚至令人驚豔，尤其在戰鬥時。我會有這種反應，大概是因為一個人待太久了。我退後好幾步，這動作也太明顯了，或許會令她感到困惑，但問題是，即使隔了一段距離，我還是聞得到茉莉花香。

我閉起眼，咬著牙，沒回答她的問題，問題尷尬地懸盪在我們之間。我扭身走進附近一家店裡，我才進店，安娜便跟進來了。我跟老闆詢問日期時間，安娜嘖嘖稱奇地看著各種商品。我問老闆可有名片，他果然有。

他把名片遞給我，我一看，倒抽口氣。芒加羅。妮莉曼在印度的芒加羅做什麼？

我當即會意。「走，」我伸出手，知道安娜很討厭我抓她。她緩緩接住我的手，小心翼翼地把手放到我掌中。這對她來說，意義非凡，對我亦然，但在那個當口，我不願多想。「海在哪邊？」我問老闆。

「西邊。」他答道，我往外頭走。

我很快瞄一眼太陽，兩人在商店之間及街道上疾馳，人們紛紛閃避，以免被我們撞倒。等海洋終於映入眼簾後，我聽到安娜驚奇地抽了口氣，我掃視海岸線，等找到目標物後，鬆了口氣。我的心在胸口狂跳，彷彿剛剛跑了五哩路。

「他們在這裡。」我說。

「誰？」安娜問，小心地在街上張望。

我抬手指向海邊，一個引我注意的物件。

「你到底要我看什麼？」她問。

「那是『黛絲琴』，」我答道：「我們家的船，我在看凱西時，妳就是在那條船上找到我的。瞧見沒？」

「你是指……指那條水上的白色大鯨魚嗎？」

「那不是鯨魚，是遊艇。一艘大船。」看到安娜還不明白，我對她解釋。

「這跟妮莉曼有什麼關係？」

我走向棚子底下的遮陰，我從那裡仍看得到船隻。安娜過來後，我說：「我們把船停在這裡，打算去杜爾迦廟，這是在香格里拉之後，去找五洋巨龍之前。」過去幾個月，我耐著性子為她描繪老虎之咒的時間順序，以及我們為了完成凱西發現的預言，打破虎咒，而去過的不同地點。不過我還是看得出安娜搞不清楚，我不怪她。

「所以如果我們找到妮莉曼，也會遇到過去的你嗎？」

我用手磨著下巴，「我在夜裡去神廟之前，都不在城裡，我僅能變成人形十二個小時。我猜，我白天應該在船上，化做虎兒打盹。」

「所以你認為我們在城裡很安全？」

「目前來說，是的。」我答道。

她點點頭，然後頓住，抬起下巴，狀似聆聽某個東西。「她在對我呼喚，」安娜說：「我可以聽得到她。」

我豎起耳朵想聽她聽見什麼，可是安娜並未用手搭住我，我沒法連線到女神的神力，僅能聽見一般的塵囂——人聲、犬吠、嘈雜的車聲、遠方的海洋、自行車鈴聲，以及小販的叫賣聲。安娜凝視遠方，眼中泛光，用牙齒咬住下唇。我瞪視那對豐唇良久，然後問：「怎麼了？」

「是……是這個城市的女人，她們許多人一直在尋求我的協助，幫她們……尋覓一位伴侶。」

阿娜米卡震驚地轉頭看著我，「我該怎麼做？」她問。

我聳聳肩，「不知道，妳有需要做任何事嗎？」

「我從沒幫過這一類的忙，我又沒經驗，對我來說，戰爭比戀愛自在多了。」

她的臉白得跟碎浪一樣，「也許這類祈求，聆聽即可，就像心理醫師一樣。」我建議。

「心理醫師是什麼？」

「就是顧問、老師。」

「可是做老師的一定會幫忙。」

「是啊。」我承認說。

「我如何能教她們？我自己都需要建議了，哪能給人建議？」

我笑了笑，「妳需要幫忙尋覓伴侶嗎？」

「是啊。不是啦，我從沒想過要找伴，這些女人為何不乾脆選擇獨居就好了？」

「獨居並不容易，即便她們選擇不顧社會風俗，但離群索居實在不叫過日子，這點妳就信我吧。」

「也許你能幫助她們。」

「我？」我悶笑一聲，安娜輕拍一下我的手臂，以為我在嘲弄她。

她的綠眼銳利如刀，「別用這種事嘲笑我，季山。」

她一臉嚴肅，害我嚇一跳。「妳真的想要我幫忙？」

「是的。」

我重重嘆口氣，「如果妳確定的話，好吧，我會試著幫妳，但我真的覺得沒必要，畢竟妳是戰神。」

她的臉一垮，像被主人踹中的寵物。「我雖然擅長戰鬥，但我不希望只會打仗。」她說。

「是啊，我……」我用柔軟的新鞋鞋尖推著破損的石板，突然不知如何收拾自己搞出來的爛攤子。「聽我說，」我表示：「我的意思不是妳當不了其他事項的女神，妳提供食物，療癒大地……想想妳幫過的所有那些人，我只是會先想到戰爭罷了。」

「我知道，」她輕聲說：「如果人們只看到女戰神的一面，我如何讓他們把我當成一個人，一個女人去緬懷。」

我伸手拉住她的手指，一陣酥麻竄上我的手臂，我感覺到連結的力量將兩人串在一起。「女神杜爾迦已經不僅僅是位戰士了。」

我用指節輕觸她的下巴，等待她看我。她望著我時，我看出她的焦慮與脆弱。「你能找得到她們嗎？」我柔聲問。

她點點頭。

「那就帶路吧，我會盡力幫忙。」

「謝謝你。」這回她拉起我的手，緊緊握住，然後對我露出溫暖的笑容，害我像穿越時空一樣地腑臟揪緊。

我們越過街道時，我又說：「別忘了，我也從來沒把男女關係搞好過。」

「是的，但你以前愛過女人。」

我咳說：「是啊，那倒也是。」

她點點頭，「你會是個好顧問，因為你跟所有其他男人一樣粗魯喧鬧，你一定能幫我告訴這些女子，男人真正想要什麼。」

「等一等。」我忿忿地說，一時忘了她不喜歡被抓。我抓住她的手肘將她轉過來，「妳剛才說粗魯喧鬧嗎？我才沒有。」

「你當然有，你雖不像有些人那麼霸道，卻跟任何人一樣喧鬧而愛抱怨命運。」

就這樣，我忘記自己最近對這位戰神的崇敬與對她那對豐唇的喜愛了，她令我想起當初丟下她的所有理由，其中最主要的原因就是她那張嘴，要說粗魯直白，沒人比阿娜米卡更直腸子。

「霸道？」我壓低聲吼道，不想在公開場合引人側目，但我的聲音尖到令人難堪。

我正想炮轟她，狠狠訓她一頓時，安娜卻看到我們背後某個東西，瞪大了眼睛。她將我拉進暗巷，對張著嘴的我發出噓聲，並用手摀住我的嘴巴。「是凱西！」她抽開手，用幾乎聽不見的聲音說。她的手擦過我臉上的鬍渣，造成一陣酥麻，害我接下來的思緒全亂套了。

「什麼？」我低聲問。

「是凱西！」她撮嘴說，抓住我的下巴將我的頭轉過來。果然，我聽到一個熟悉的聲音，看到凱西和卡當在對街的小餐廳，他們坐在戶外，兩人正啜著加了檸檬的冰水，一邊讀菜單。

「你不是說他們在船上嗎！」安娜在我耳邊吹氣說。

「不，我是說，我在船上，他們一定是上岸了。」

我的眼神又飄回對街的桌上，凱西頹著肩，卡當正在拍她的手臂，我驚訝地發現，這是在阿嵐和她剛分手時，她就是這時才不再是阿嵐的凱西，而成為我的。

「怎麼樣？」我聽到安娜冷冷地說。

「什麼怎麼樣？」

「你到底要不要陪我，還是你打算坐在這裡自傷自憐？」

「我才不自憐，安娜。」她用「沒有才怪」的眼神瞥我，我氣勢一萎，點頭表示我們應該繼續前行，但腳卻站著不動，凝望凱西，我知道她所掉的每一滴淚，都把她向我推近。雖然那是以前的我，但我還是很在意。

安娜突然大步繞過我身邊，逕自沿巷子走去，連回頭看我是否跟上都省了。「安娜。」我又喊了一遍，「等一等。」我很快追上去，但她面無表情，十分冷漠。我碰碰她的肩膀問：「怎麼了嗎？」她沒回答，故意不理睬我伸出去的手，拒絕露出一絲軟化的神色。

我們匆匆走過另一條飄著垃圾和腐味的巷子，朝一座神廟走去——並不是以前的我在今晚稍後去會見女神杜爾迦（或安娜）的神廟。想到真的見過我身邊的這名女子，我仍覺得不可思議。

寺廟地面上擠滿了人，那是個有亭子和石椅的戶外區，祈求者慢慢走到女神的雕像前，在她腳邊擺放供品。其他人則靜靜坐著，閉上眼睛，嘴巴輕顫，喃喃將他們的祕密低聲送向天地。

我找到一張空椅，便帶著安娜走過去，她坐下來；很快不再想剛才生我氣的事了。她的眼神從一個人身上看向另一個，微張著嘴，抬頭仔細聆聽。我坐到她身邊等候，一邊將腳跟踩入泥地裡。我傾身檢視自己踩出的凹痕，垂著眉，故意將泥土往外推，直到泥上出現類似我腳印的痕跡。然後我把印子刮掉，再次抬眼一瞄，孰料竟看到安娜在哭。

她一臉淒涼地指說：「那一位，那邊那個女的，她失去心愛的人。長椅上的那位求我保佑，讓她所嫁的男子能愛她。那個跪在雕像邊的女子下週就要結婚了，而她從未見過新郎。她要求的不是愛，而是慈悲。有些女生很年輕，她們只想嫁給俊男或有錢人，有些則想得到一份深刻綿長的愛。」她頓一下後問：「我要如何回應這些女人？」

安娜雙肩發顫，我好想拭去她臉上的淚，但感覺這動作太過親密。於是我只好輕拍她的背，用大拇指揉著小圈，按揉她的肩胛。這招似乎有幫助，安娜放鬆下來靠坐著，聖巾從她背上滑落，露出她漂亮的頭髮。我想幫她把頭髮挽起來，但她輕輕打了一下我的手，我便放棄了。

「告訴我如何幫助她們。」她轉向我堅持說，一對綠眸緊盯住我，有那麼半秒鐘，我迷醉在她的眼神裡。兩名男子從我們的長椅邊經過，欣賞地看著她。安娜甚至沒見到他們，我皺起眉頭，覺得喉嚨發癢，想發出低吼。我故意朝長椅伸出手臂，用眼睛跟循他們的目光，直到他們看到我銳利的瞪視。

兩人很快離開了，我看到安娜再次沉浸在聽到的禱告聲中，眼睛泛著淚光。安娜的秀髮搔著我的手腕，我用指尖勾起一綹鬆落的頭髮，安娜若不是沒注意，就是不在乎。

「嗯。」我把玩她的頭髮說：「我們先打理那些容易解決的，好嗎？我會建議，無須幫那些想嫁非富即帥的年輕女生，幸福並不取決於財富或美貌。」

「那點我同意。」她說，熱切地想討論我們的選擇。

「至於那位丈夫不懂疼惜她的女人，或許先讓她離開老公一陣子，他就會了解自己擁有什麼了。」

安娜眨著眼，「你希望我把她送走？」

「也許讓她去度個長假或外出工作？」我提議說。

安娜揮動手指，低聲唸了幾個字，然後表示：「辦好了，有幾位婦人有相同的境遇，我全都幫她們了。」

「怎麼幫的？」我問。

她咬著唇，「我也不是很清楚，但護身符聽到我想要什麼後，起了反應。」

我驚異地問：「有……有多少人？」

「很多，我猜有好幾千個吧。」

我張大嘴。

安娜接著說：「她們不全住在印度，看來，男方不懂得感激，是許多婦女受苦的通病。」

就在那一刻，一名婦女興奮地從長椅上站起來，說她被挑中，選為百名免費參加電影節的女生之一，她可以在那邊見到自己最愛的寶萊塢明星。她從亭子裡衝出去，大聲把消息告訴每個路人。「一定是妳弄的。」我大笑說。

「什麼是寶萊塢？」安娜問。

我咧嘴一笑，「稍後提醒我告訴妳。接下來是誰呢？啊，是了，那個從未見過她新郎的女生。嗯，我們不能假設他不是善良的人。」

「是啊。」阿娜米卡同意說：「如果那些男生不善良，咱們以後再看著辦。」

我點點頭，「還有什麼沒處理的？」

「那名失去摯愛的女子。你經歷過那種痛，你是怎麼處理的？」

「我不知道。」我靜靜答道：「我想，我還沒想出辦法。」

「那麼那位渴望深刻綿長愛情的女子呢？」她抬眼看我，氣氛一緊，變得有所期待。

我舔著唇，指尖此時纏在她髮裡，難以鬆解。她濃密的髮浪誘惑我探得更深。我嚥著口水，啞聲說：「妳……妳找到妮莉曼了嗎？」

阿娜米卡動也不動，像隻躲在長草裡的兔子，不知她是否曉得，我的心緒又飄到她的唇上了。「尋找永恆愛情的人，就是妮莉曼。」她用悠揚悅耳的聲音說。

這是我第一次聽到印象中，神廟裡的女神之音，那股力量令我由衷震動。那正是我記憶裡的聲音，那就是女神的聲音，我無力抗拒的聲音。她的眼睛綠如深潭對我召喚；它們帶給我和平與寧靜，還有更多。女神芳唇微啟，閃著潤光，吸引著我。我想都不想地拉近兩人之間的距離。

安娜的拳頭重重地擊在我下巴上，我的頭刷地一下歪向一側。我甩著頭，眼中全是金星。安娜抽開身，這點我或許能夠預期。她若摑我巴掌，算是我活該，可是掌我一拳？太誇張了吧。

挨阿娜米卡的拳頭可不是小事，她很強壯，即使你只把她當女人，而非女神看待，她的身材還是非常結實有肌肉。安娜受過戰事訓練，聰明、厲害，但習慣當阿嵐沙袋的我也不是省油的燈，應該能承受她的任何攻擊。

我的脖子肌肉一緊，用手指摸著我腫脹的嘴唇。我的下巴堅硬如石，有些人攻擊我的臉，結果反把自己的手打斷了。我忿忿地觸著自己柔軟的皮膚，怒目瞪著打傷我的女子，臉上痛得像被鐵棍擊中。

痛楚慢慢退去了，但「加害」人還坐在我旁邊——一個活生生提醒我，不該犯那種錯的人。**我到底在想什麼？**我覺得自己像個傻瓜，一個乳臭未乾，被逮到愛女生的男孩。但真正令我懊惱的是，安娜竟然絲毫不痛，其他人一定會揉著他們的手。

安娜幾乎不帶感情地說：「你不該那麼做，季山。」

「是嗎？」我嗆回去，揉著我的頸背，「我沒那麼笨，我已經知道了。」

我從長椅上挪開，安娜抬眼看我，有種無以名狀的情緒從她眼中褪去。她緊抓住長椅，抓到手指都發白了，她垂著頭，秀髮散在肩背，遮去了她的面容。她以前惹我生氣，似乎是因為情不自禁，有時我覺得她甚至喜歡激怒我。

但這次不同，以前她從不動粗，但話又說回來，我以前也沒試過去吻她。說到這點，我實在搞不懂幹嘛吻她，我又不愛她，大部分時間甚至不喜歡她。也許戰士會這樣吧，就像**嘿，咱們活下來了！**算是一種慶祝的反應。可是不對，那情形並不適用，我看著她時，心裡想的絕對不是戰爭。

一開始，我沒發現她在說話。「妳剛才說什麼？」我問：「耳朵挨過揍後，沒法聽得太清楚。」

「你的耳朵沒事，」她說：「我打的是你的嘴巴。」

「是哦，好吧。」

「要不是你想要……想要……我也不會打你。」

「吻你，安娜，那叫就親吻。還有，別擔心，我再也不敢了，永遠不會了。」

她雙肩顫抖，「我……對不起。」她聲音斷續地喃喃說。

我細看她的側面，從未見她如此頹喪。你一定會以為，沮喪的人是挨拳的我，而不是她。我嘆口氣，「沒事，我全好啦，別再多想了。」

「你確定嗎？」她問，隔著秀髮偷偷瞄我。

「確定。」我說：「況且，該是我向妳道歉。我知道妳不喜歡這些事，我跟妳保證，我真的沒別的意思。」

她抬起頭，「所以你並不想追我？」

我哈哈大笑，聲音宏亮，也許有點太宏亮了。「不想，我根本不想追妳，安娜。」

「很好。」她說，雖然表情不若語氣那般篤定。

「很好。」我重述道：「咱們就當這事沒發生　。」

「好，我會努力忘掉。」

她點點頭，又回去掃視群眾。她似乎可以很輕易地擺脫任何情緒攪擾，僅專注於我們所從事的事物上。她說她會忘掉此事，我知道她辦得到。問題是，我似乎無法輕易忘卻。想到剛才易如反掌的事，我的心便陷入一片混沌，擠不出半分清明，這使我的思緒變得灰溜溜的。

「她在這裡。」安娜表示：「我去跟她說話，你能幫我適度裝扮嗎？」她把聖巾遞給我。

我接過巾子，慢慢從她肩上拉下來，用雙手捧著，仔細研究後，說：「妮莉曼從沒見過妳，沒在神廟裡見過妳變成活人。」我再次拿聖巾裹住她，蓋到她髮上，用手指沿她的髮線輕描，調整聖巾的位置。我發現巾子變成與她眼睛同色的綠，我的手還停在她髮上，「對她而言，妳就只是位長得極像女神的美麗女子而已。」

安娜點點頭，取下護身符，跟著我們的袋子一起交給我。她整理身上的衣服，走向一名剛進入寺廟的女子。我揪著護身符，調開四周的時間，讓自己隱身，然後跟在安娜背後。妮莉曼坐到噴泉邊，安娜在她附近坐下來。我感覺空氣一晃，安娜的聖巾從她髮上飄起，像絲線一樣地飛到地面上。

在我看來，聖巾飄落得極不自然，像是在海中扭動的芳寧洛，最後巾子纏到妮莉曼腿上。這位卡當的玄孫女彎身拾起巾子，安娜起身說：「唉呀！真是太謝謝妳了，那巾子是我們家傳好幾代的東西，丟掉了我會很難過。」

「這巾子好漂亮。」妮莉曼把聖巾交還給安娜。

「我可以坐這裡嗎？」安娜指指妮莉曼身邊的位置問。「我母親建議我來，我再兩個月就要結婚了。」

「恭喜妳。」妮莉曼說。

「妳也是快要結婚了嗎？」安娜問。

妮莉曼哈哈笑說：「噢，沒有啦，我都還沒遇見我的真命天子呢。」

「妳父母一定能幫忙安排……」安娜才剛開口。

「不，」妮莉曼搖搖頭，「我對任何安排的事都不感興趣。」

「啊。」

「我沒有貶低妳選擇的意思。」妮莉曼很快補了一句。

安娜安靜片刻後說：「老實講，我並不確定我這樣的女人是否適合婚姻。」
「哦？」妮莉曼說：「為什麼？」
阿娜米卡對她淡淡一笑，「男人……令我害怕。」
聽到她的話，我感覺自己的嘴往下撇。我嚇到她了嗎？那不是我的本意。
「何況，」安娜接著說：「我是一個……很難搞的女生。」
「難搞？」妮莉曼笑道：「怎麼說？」
「我不想受男人擺布。」
「噢，」妮莉曼說：「那是可以理解的，如果那是妳對難搞的定義，那麼我也很難搞。」
安娜臉上露出戒色，「可是桑尼爾絕不會……」她很快打斷話，咬住自己的唇。
「什麼？」妮莉曼問：「桑尼爾是誰？妳的未婚夫嗎？」
安娜苦著臉點點頭，我則望著天空，不知她要如何收尾。
「我的意思是……我不是那種大部分男人想要的類型。」
妮莉曼這回是真的笑開了，「妳是指高䠷長腿美豔型嗎？對，男人最討厭那種類型了。」
「不，我不是指外貌，我不在乎外表，我指的難搞是……是我這個人刀子嘴，不會像灌蜜似地對男人說好話。」
「妳不必對他們灌迷湯，這點我跟妳挺像的。妳說得對，心直口快確實令很多男人熄火。」
「熄火？」安娜問。
妮莉曼揮揮手說：「讓他們沒興趣再追求妳。」

「我明白了。可是妳相信，某個地方，也許會有個男子，會被坦白誠實『點燃』嗎？」

「點燃？」妮莉曼咯咯笑著，我輕哼一聲，但很快打住，因為妮莉曼正四下張望。「是吧，我大概相信會有。」她說。

「妳去哪裡找這種男人？」安娜問。

「我若是知道去哪裡找，早就幫自己找一位了。」

「那麼當妳遇到這樣的男人，又如何能識別出他？」安娜問，臉上表情十分嚴肅。

「有時妳會看不出來。」妮莉曼悲傷地說：「但我來這裡並不是為了男人，我是為我的朋友凱西來的。」

「為朋友？」

妮莉曼笑了笑，「是啊，她的未來十分坎坷，我覺得祈求女神保佑，會有幫助。」

「是的，女神……」

阿娜米卡按了按妮莉曼的手，「很高興遇見妳，我想女神一定會回應妳的祈求，妳的朋友將找到她要的幸福。」

「妳真的這麼認為？」

「我很確定。」

「對了，我叫妮莉曼，很高興認識妳。」

「我也是。」

「我不知道您的芳名。」

「我叫安娜。」

我憋住嘶聲，摟住安娜的腰，等我們離得夠遠，來到妮莉曼無法聽到的地方，並繞過一棟建物，重新聚形後，我問：「剛才那是怎麼回事？」

「你是指什麼？」她嗆聲問。

「跟她說妳的名字，妳不認為她有可能記得嗎？」

「她記住了又如何？安娜這名字很普遍，不是嗎？」

我雙臂交疊胸前，「算是吧。」

「那說了又有什麼關係。」

「好吧。」

「很好。」

我頓一下，然後問：「怎麼樣？」

「什麼怎麼樣？」

「妳有達成到妳到此的目的嗎？」

「噢，那個呀。有，我想我有。」

「所以……？」我讓問題懸著。

阿娜米卡好整以暇地思索她想說的話，我杵在那兒等她，等了好久。我開始以腳點地，「妮莉曼，」她終於說道：「值得讓人考慮。」

我劈哩啪啦地說著，一邊看路人，彷彿尋求他們幫忙。「什麼啦……妳到底是在講什麼？」

我問。

「我的意思是，我得進一步研究她。」安娜一個華麗轉身，沿街而去，「來吧，季山，我想在參加派對前先泡澡，休息一下。」

「派對？」我在途中停下步子。

「是啊，派對。我摸妮莉曼的手時，潛入她一部分的回憶，你知道她去參加一場派對，並在那裡許願嗎？我想，參加那樣的活動，會讓我更了解她的性格。首先我們得把弓拿回來。」

我們循原路回去，輕易找到弓箭。接著因為安娜想融入我們的世界，以了解妮莉曼，我們便住進旅館裡。我找到城裡最大的一間旅館，用護身符讓自己隱形。我們輕鬆地來到頂樓，這裡幾乎從來沒有人使用，然後施法力進入裡頭。

屋中的浴室不僅一兩間，而是三間。我走入其中一間，拋開身上的襯衫、褲子，踏入熱氣氤氳的淋浴間裡。等把自己搓到幾乎脫皮後，我用毛巾擦乾身體，倒在床上，拉起毯子蓋住，至少昏睡十二個鐘頭。

等我終於醒來，安娜正躺在沙發上，按著開關，將窗簾開了又關，把音樂關了又開，還有燈光。「這很方便呢。」她說。

「是的。」我答道：「需要幫忙嗎？」

她專心地玩著遙控器，約略指指她張羅的滿桌食物。菜色挺簡單，比較像她出征時在營地吃的東西，不像現代世界的菜，但我還是很感謝她的用心。

「呃……謝啦。」我說：「不過我想先穿衣服。」

她瞄向我用毛巾圍住的腰部，臉頰轉成粉紅，然後快速邁步走到書桌邊，她把所有兵器都放在那兒。安娜與我保持一大段距離，用手指拎著聖巾遞過來，死都不肯看我的眼睛。

我嘟囔地道了謝，拿著聖巾走回自己房間，幫自己做一些新衣。等我出來時，她又在玩遙控器了，但手指在按鈕上方懸遊，彷彿無法決定該按哪個鍵。

「有什麼問題嗎？」我問。

「沒事。」她很快站起來，七手八腳地拿著遙控器。遙控器掉在地上，我彎身撿起，把它放回她手中。安娜先想了一會兒，然後退開，差點被玻璃桌絆倒。

等我吃過飯收拾東西時，安娜說：「我們去派對吧，就是你跟凱西一起去的那場派對。」

「好。」我拿起袋子甩過肩頭，然後伸出手。安娜瞪著我的手，彷彿有毒。「我不會傷害妳啦，安娜。老實說，妳對我有那種念頭，挺侮辱人的。所有人裡頭，妳應該最清楚我的用意。」

「你說得對，」她輕聲承認，「我知道你無意傷害我，我很後悔今天那樣揍你。你可以……你想要的時候，可以碰觸我，但拜託別突然抓我，還有別再想來親我。同意嗎？」她問。

我垂眼凝望她良久，「同意。」我答說。

她抽了口氣，從我伸出的手掌往上看向我的臉，然後把手放到我手中。我握住她的手輕輕將她拉近。「撐住了。」我說。

我們被吸入漩渦裡，但過程很快，因為不像以前那樣穿越至遠方。時值夜晚，鼓動的樂聲在海灘上回響，我們的腳陷在沙子裡，我可以聽到不遠處的浪濤。

安娜皺著眉，「這看起來不對，樹呢？」

「樹？」我抬起眼，然後低聲說：「快躲起來！」

我們及時在魏斯和凱西經過時，躲到樹後。穿著黑色洋裝的凱西看起來好美。魏斯在她耳邊低聲說話，凱西揚聲大笑，我的手指掐入樹皮裡，我完全忘記這個意圖將凱西從我們身邊偷走的牛仔了。

「那是誰？」阿娜米卡問。

「誰也不是。」我答說。

「你把我帶錯派對了。」她說：「不，等一等，我好像看到妮莉曼了。」

安娜正想衝出去，被我嘶聲制止。「安娜，她會認出妳的，過去的我也在這裡，阿嵐也是，咱們得喬裝。」

我用聖巾把自己打扮成典型的海灘流浪漢，寬褲、夾腳拖。我的頭髮變長了，我化身成以前在船上見過的漁工，臉上皮膚癢死了。安娜接著拿過聖巾，僅換掉身上的服裝。當她穿著低露的白色連身泳衣，腰上纏著裙布，露出修長美麗的雙腿，強調出健美的身材時，我差點嗆著。

我抬手一揮，「不成，」我果斷霸氣地說：「妳不能穿那樣出去。」

「為什麼不行？」她插著腰問。

「因為……因為，首先，妳看起來就像妳自己。」

「好吧。」她把聖巾纏到身上，等她掀開巾子後，依舊是位美女，而且還有股熟悉感。

「妳是誰？」我問。

「我喬裝成以前在我們家工作的女傭。」

「以前？妳不像是會解雇傭人的人。」

「她……她看你時，眼神別有意圖。」

「呃，謝謝妳幫我擋掉那些別有意圖的女傭啊。」

她皺著眉問：「你要我再變身嗎？」

「不用了，沒關係，不過妳得穿點別的。這次的裝扮太俗豔了，相信我。」

她無奈地揮著手，把聖巾遞給我。等我抽開巾子時，安娜穿了件夏威夷的寬鬆花洋裝。「這是什麼東西？」她扯著厚重的布料問。

「這能幫妳遮陽，以免曬傷。」我虛應道。

「太陽都要下山了。」

她伸出手，我把巾子遞給她，然後退開，湊著鼻子追尋凱西的氣味。我邊嗅邊說：「小心點就是了，一小時後回這裡跟我會面。」

「好，那樣我就有時間跟妮莉曼談話了。」

我留下她跟聖巾，好讓她把那件毫無線條可言的洋裝換掉，自己去跟蹤魏斯和凱西。我觀察他們半個小時，然後皺起鼻子，抬眼一望。我震驚地張著嘴，我看到自己——過去的自己——正在側邊監看凱西與魏斯。我想起卡當的警告，絕不可與自己相遇，我立即往反方向走。

我穿過歡聲嘻笑的派對人群，他們邊跳舞邊踢著沙子，我在他們之間穿梭。接著我聞到一股新的氣味，當場僵住。我緩緩轉身，看到老哥阿嵐。他正在一群女生中央跳舞，每個女人都很漂亮，每個人眼裡都只看到他。

妮莉曼也在那附近跳舞，但引起我注意的人不是妮莉曼。不，我目不轉睛地看著一名女子，一位秀髮烏長，穿著綠色比基尼和罩衫的女子，那罩衫穿了等於沒穿。她向阿嵐逼近，單手觸著他肌肉結實的前臂，她凹凸有緻的身材發著光，皮膚像似被銀雨吻過。

我對老哥的妒意油然而生，我想平定心中的怒火，卻有如在火山裡扔一顆冰塊般徒勞。她隔著老哥的手臂瞧見我，我們四目相接，我心中一橫，對她伸出手。

那是一種祈願。

一個疑問。

一種挑戰。

11 稚愛

阿娜米卡很快低聲與阿嵐道別，朝妮莉曼揮揮手，然後才往我的方向走過來。等她近到能拉到我的手時，她看著我的手，然後抬眼望我。安娜仰頭思忖我的表情，不急不徐地用指尖觸著我的，把手掌滑入我手中。我雖情緒翻攪，表面卻不動聲色。

我握住她的手將她拉近，開始與她共舞。鼓動的節奏反映了我的心情，我們在擁擠的人群裡跳舞，安娜的身體擦著我的，她其實可以啟動我們的連結。若是如此，安娜應該能輕易地解讀我的心緒，可是她按捺住自己，這稍稍平定了我心裡的那頭野獸，但仍不足以完全消氣。

當音樂轉成慢舞時，我僵硬地站在那兒咬著牙。安娜轉身看著其他愛侶，然後朝我踏近。我可以感覺她身上散放的熱氣，那令我血液鼓譟。她環住我的頸子，我們本能地開始一起擺動。

我緊攬住她，聽到安娜發出驚喘，我稍稍放鬆，並張開手掌輕貼在她裸露的腰上。我的指尖觸著她柔軟的肌膚，心神一盪，不再生氣了，但我的血液依然沸騰。

「你怎麼了？」她在我耳邊低語，見我不答話，又追問：「是因為看見凱西嗎？」

「不是。」我嘟囔說，她的長髮搔著我的手腕，我看到阿嵐與蘭笛在跳舞，蘭笛就是阿嵐為了向凱西證明他已不再愛她而帶上船的那名金髮女郎。我看到海灘對面有個小小的人影，知道那是返回船上的凱西。

她看到阿嵐跟那群女人了，阿嵐的行為傷透她的心。第二天早晨，凱西會邀我出去約會。她會剪掉頭髮，我們會在一起吃晚飯，凱西將打扮得很美，然後……無所謂了，最後她還是跟阿嵐在一起了。

一向都是阿嵐，得到凱西的會是我老哥，說不定他也會得到葉蘇拜，然後還有這個蘭笛。她緊盯住阿嵐，眼睛散放堅毅的光芒。妮莉曼說不定也會被阿嵐攻陷，如果阿嵐對她有興趣的話。而現在則是安娜，阿嵐跟她跳舞，成了最後的一根稻草。

看到安娜那樣撫摸他的手臂，我真的受不了。安娜不會像其他所有女生那樣愛上他吧，我絕不容許這種事。她的手該挽住我的臂，不是他的。我才是她的愛虎。阿嵐遺棄安娜，跟凱西雙宿雙飛，將她獨自拋下。留下來的人是我，若說有誰值得安娜垂愛，應該是我。我僵著脖子，妒火中燒地看著阿嵐，阿嵐有一群後宮佳麗，而我什麼都沒有，一個人都沒有，連個爛兄弟都沒有，因為他拋棄我，如同他離棄女神一樣。

安娜牽起我的手將我拉開，我別過頭，不再看阿嵐，行屍走肉地跟著安娜。我們走到離派對一小段距離，可以獨處，但仍能聽到樂聲的地方。海風習習，掀起她身上的罩衫，我發出輕吟，再次拉起衣衫遮住她，結果還是無法掩住她的曲線。

安娜拂開我的手，沒想到她再度環住我的脖子。安娜緩緩擺動，我隨著她輕擺，可惜與她共舞的這名男子，心情惡劣透頂。安娜停下來，用手掌貼住我的頸子，在心裡對我說話。你怎麼了，穌漢？

我喜歡她那種不咄咄逼人的探問。

我在心裡答道，是……阿嵐，他……等一等，妳怎會知道穌漢這個名字？我問，只有我母親會喊我穌漢。

她有些罪惡地瞥開眼神，我……我在你小時候，曾去拜訪過你的家人。

「什麼？」我大聲說著退開一步。

「噓。」她斷聲說。阿嵐聽力極強，他可能聽得到我們，即使我們在這裡。

妳是什麼時候遇見我家人的？我問，在哪裡遇見？

當時你年約十二。

我不記得有那件事。

你不會記得，因為我把它從你的記憶裡消除了。

我一僵，兩人停止跳舞。我知道這種事是可能的，我自己就對凱西和阿嵐幹過這種事。想到安娜也用護身符的法力如此待我，心裡就很不爽。妳刪除我的記憶？我問，覺得不寒而慄。

是的，我怕保留那些記憶，會影響你的未來。

妳只刪掉那個時候嗎？

她沒有立即回答，那沉默的幾秒對我來說，似乎太長了。

是的。

她若說謊，我定能透過連結感知得到。即使現在她觸著我，我的神經都像被電著似的，那感覺令人興奮又定靜，而且有某種程度的親密感。之前看到她的手放在阿嵐臂上，害我嘴巴發苦。

安娜碰觸阿嵐時，也感覺到同樣的火花嗎？宇宙的連結之力也會漫到他身上嗎？他看起來並沒有感受到，不過所有女人在碰觸我老哥時，大概都會覺得渾身酥軟吧。我盡可能地按捺住妒意，我搭住安娜的肩。那麼現在就把記憶還給我吧，讓我瞧瞧妳看到了什麼。

她輕嘆口氣然後點點頭。我的手自然而然地垂落到她的柳腰上，她的皮膚溫暖柔嫩，我不自覺地將她攬近。安娜抬手伸向我的臉，用指尖觸著我的太陽穴，一對綠眸看透我的眼，我陷落在那雙綠潭中。我的心抗拒了一秒鐘，但她的心思與肢體的碰觸一樣細膩，我發現自己抗拒不了。

我閉上眼睛，安娜在我的記憶中搜尋，找到她所尋覓的，然後輕輕一扯，一片薄紗褪去，露出某個神奇的場景。那是她的笑容，是我記憶最清晰的事。她的牙齒如珍珠般在陽光下閃亮，我從未見過安娜笑成那樣，她笑得如此自由燦爛而可愛，年少的我覺得她是全印度最美的女人。

記憶漸漸回來了，像空中旋舞的秋葉般慢慢飄落。我專心看著每道記憶的開展，握在她腕上的手使著勁，我聽到她重重喘了一聲，但她保持不動地為我掀開她從我生命中竊走的記憶。

安娜橫空殺出，獨自走在路上，她揹著弓，身著綠色獵裝，來到我們的國度，受到了熱情的歡迎。安娜為自己的旅程編織了美好的說詞，雖然我父母覺得她獨自旅行，竟不會被人搭訕，十分的不可思議，但他們全心接納她，並歡迎她來到家中，尤其安娜表示她是我父親的遠房親戚——一位他不太來往的弟兄的孫姪女。

她的真實身分並不重要，我父母是那種會把陌生人當成家人的好客人士，因此安娜與我們同桌共食，由僕人照料她，想住多久都隨她高興。安娜開心地接受了他們的招待，並送他們一份小禮做為回報——一顆她隨身帶著的珍貴寶石。我認得那顆寶石，多年後我們逃避羅克什的時候，卡當也隨身帶著，寶石現在可能還放在我們家族的保險箱裡。卡當從沒用過這顆寶石，連他想救阿嵐時都沒動用。

安娜很快變成大家寵愛的對象，包括家母和卡當。我觀看母親與安娜練拳，母親像個青春期的男孩似地，被這位女戰士迷得團團轉。安娜說她只會住幾天，但她留住了一整個星期，那是漫長難忘的一週，尤其對一名十二歲的男孩而言。

更令我印象深刻的是，安娜不太理會阿嵐。我哥哥的魅力和地位正快速竄升，成了羅札朗家中最受寵的一位。他飽讀詩書，辯才無礙，在他身邊，我顯得笨拙而一無是處。那個年紀的阿嵐至少高我一呎，而且已經是騎馬好手了。家父常拉他出去比賽，一起閱讀冗長乏味的文件，他說阿嵐能把最無聊的卷軸變得生動有趣。

就在那時，安娜來了。她優秀、漂亮、迷人，更有甚者，安娜要找的人是我，而不是我老哥。雖然用餐時，我們請她坐到家父與阿嵐之間的貴賓座，但她寧可陪我坐在另一端的桌尾。我教她自己發明的敲桌密碼，兩人用餐時，藉此來回地傳遞笑話。在我吵吵鬧鬧地敲著湯匙，引來父親不悅後，安娜拿起自己的湯匙跟著學樣。我們開始在盤子上敲著短促的節奏，母親在對桌咯咯笑了起來，父親則深皺著眉頭。

我出去跟卡當習武時，安娜問能否前來參觀，並指正我。我覺得好糗，尤其阿嵐比我更常擊中目標。我好想贏過他什麼，尤其安娜在一旁觀看。等我一再錯失目標後，安娜靠過來，用只有我能聽到聲音答應我，會讓我看她最寶貝的武器——一把百發百中的神弓，並說要讓我試射。

翌日早晨，我起了大早去跟她會合。安娜拿出弓箭，我對那工藝讚嘆不已，我箭無虛發地一箭箭射出，安娜站在我背後教我如何瞄準。十二歲的我被她碰觸時，忍不住發顫，我這才明白，即使當時，我已能感覺到我們之間的連結了。才過了幾天，當年的季山已經快愛上她了。

接著她拿起我的舊弓瞄準目標射出，精準地正中紅心，等她射完後，我知道自己已徹底被她迷住。「除了自己，你絕不能仰賴任何事或任何人。」她收拾箭枝說：「武器並不可靠。」

「即使是有法力武器嗎？」我問。

「即使是有法力的。」她強調說：「別人可能欺騙你或因故背叛你，你要信任自己的心和手，更重要的是要記住，奮鬥會帶來力量，心靈的力量定義了一個人。」

我覺得她已將我當成男人了，她的話在我心中引起巨大的衝擊，我發誓要永遠記住她的話。我的胸口盈滿，一心想成為她所說的那種男人。在那之後，我只要得空便陪在安娜身邊，我送她花朵，用自己微不足道的經歷去取悅她，只求看到她的笑顏。

是我要求她叫我穌漢的，那是兩人共享的祕密，我帶安娜去看我所有最愛的地方——冒著泡泡的噴泉、馬廄裡那個總比其他角落更清涼的地點，父親的神壇後一個剛好可以藏身的凹穴。我邊幫馬兒刷洗、打亮盔甲，邊跟她談些幼稚無比的事，看到她想幫我，我心裡樂不可支。

我們一起散步很久，玩遊戲，騎馬。她跟當時的我在一起時，好自由，好放鬆，不像現在陪長大的我那樣。她向來善於和孩童相處，她很嚴格，但溫和而充滿了愛。

有時家母或卡當，甚至阿嵐，會跟著我們一起去冒險，但看到她把眼光轉向他們，總是引我嫉妒。我希望獨占她，安娜是我的，我要霸占她，他們不能擁有。

有天早晨，安娜宣布要離開時，我被食物噎住了。痛苦的淚水在我眼中泛起，我突然從餐桌跑掉。我不知自己究竟想怎樣，安娜早就說過她僅做短暫停留。我的肚子絞痛，彷彿吃了餿食。

稍後安娜在馬廄找到悶悶不樂的我，她問我幹嘛生那麼大的氣。

「我不希望妳走。」我雙拳緊握，臉上滿是稚氣的憤怒。我的心像被鐵網刺著，安娜彎身用指尖摸著我的鼻子，我哭了出來。

「穌漢，」她說：「戰士會為女生哭泣嗎？」

我紅著臉火速擦掉臉上的淚。「如果他愛她，就會哭。」我堅稱：「這是我媽媽說的。」

她對我報以美麗的微笑，「我想那是真的。所以……你覺得你愛我？」她問。

「是的。」我信誓旦旦地猛力點頭。

她眼中泛起淚光，我幾乎可以看到藏匿她眸中的祕密，幾乎就要溢出來了。

安娜的嘴突然往上一翹，「小男生懂什麼愛不愛的？」她問。

安娜起身作勢離開，我大膽地抱住她的腰，「別走。」我懇求說：「妳來教我，」我說：

「教我愛妳。」

一開始她僵住了，然後放鬆下來揉亂我的頭髮，輕輕抱住我，撫著我的背。我從未像那一刻那樣地愛上任何事物，跟我同睡的溫暖貓咪、與母親同處的片刻、從廚房偷來的糕點，都遠遠不及安娜。我不明白自己想從她身上獲得什麼，不盡然懂，但我知道自己願不計一切將她留下來。

「我告訴你一個祕密，穌漢。」她柔聲說。

我吸著鼻子，抬起淚痕斑斑的臉看著她，「什麼祕密？」我問。

「我到這裡唯一的理由，就是來看你。」

我張開嘴，「為什麼？」我問。

「我來，是因為有一天等你長大成人，變得威武強大時，我們會在一起。你會陪我戰鬥，成為我的同伴。我覺得到這裡能讓我更了解你。」

「我現在就可以那樣做啊。」我發誓說：「讓我跟著妳吧！」

她拍拍我的臉，「你還沒準備好，不過我答應你，我們總有一天會再見面，這點我很確定。」

我不再流淚，心中充滿決心，那一刻我自覺已完全長高，邁向成熟男子的第一步了。我拉起安娜的手貼到自己額上，行一鞠躬，「我會把自己準備好。」我誓言：「等妳需要我。」

阿娜米卡點點頭，一頭秀髮被夕陽圈出光暈。「謝謝你，」她說：「你給了我許多思考的空間。」她的聲音宛若叮噹響的鈴聲，令我脊背發顫，那聲音美妙輕靈，彷若潺潺水流。

她靠過來親吻我的面頰，我一口氣卡在肺裡。那親吻如此輕巧，我年輕的心為之狂跳，站在她面前，我像是醉了，她背後的陽光令我目盲。接著有件事發生了，我心中一黯，像是被飄過天際的湧雲遮去了光。

一股輕風吹掠我的頭髮，我吸著氣，四周飄散玫瑰與茉莉花香，但我知道自己並未站在母親的花園裡。那香氣究竟從何而來？我緩緩繞著圈子，不知自己為何站在那裡，臉上為什麼會是溼的。我努力回想，卻像阻攔一隻飛奔的大象般徒呼負負。

事情很不對勁，我不知掉落了什麼，卻總也想不起來。我問母親，但她無法幫我。我雖不明其理，心中卻有股莫名的悲傷。她離去後，唯一留給我的，是一種對某種人事的渴盼。她將自己的造訪，從所有人心中刪除了。

我將找回的記憶納入心中，慢慢地恢復原來的自己。我張開眼睛眨了幾下，然後皺起眉頭，阿娜米卡跟我記憶裡的不太一樣，我捧住她的臉說：「變回來吧，我想看看真正的妳。」

她抬起下巴閉上眼睛，微微動嘴輕喃數語，命令聖巾。我感覺絲線沙沙地在我們四周穿梭，我看著聖巾運作，留意每個細小的變化——她的眼睛形狀與色澤，她精瘦的臂膀長度，她擦在我臂膀上的頭髮質地——我驚詫地看著年少記憶中的女神，一吋吋地慢慢出現在我面前。

等絲線平定下來後，她張開綠色的眼眸。「安娜。」我悄聲讚嘆，溫柔地用拇指撫著她的顴骨，感覺連結造成的痲癢竄過全身，安娜吸著氣，雖然我還是我，而她依舊是一直以來的她，我卻覺得像透過久遠前，那雙年少眼睛，見到全新的她。

在那個充滿愛慕與幻想的年紀，我曾想像擁抱、撫觸她，拉著她的手，一起遨遊冒險，然而在現實中擁她入懷，感覺卻截然不同。我非常清楚自己已是一位能與她旗鼓相當的男人了，至少能與女神平起平坐。我抬手描著她的髮線，將些許細髮纏到指尖。

我緩緩垂下手指，然後大膽地將眼神移至她唇上，看她輕舔嘴唇。當她的雙手滑至我的胸口時，我的心重重敲擊，我好想吻她。我整個心在對我尖吼，要我擁住她，攫住她的唇，將她拉近，讓她成為我的一部分。安娜是我的，阿嵐絕無可能將她從我身邊奪走，我心中那個驕傲蠻橫的男孩大聲喊叫著。我想像自己沉浸在她的擁抱裡，背脊一陣酥顫。

二人四目相鎖良久，呼吸淺促，脈搏加快。我所有本能都叫我挨近，說她跟我一樣急欲彼此相親，也許她就是所有一切的答案、原因，是我一直在等候的那個人。

但我退開一步，努力甩開那名熱情男孩的記憶，並記住後來我所認識的安娜。她討厭別人追求，而我也保證過永遠不再吻她。我極力抑制驚詫與翻騰的情緒，腹中泛起酸楚。我需要時間整理所有衝突矛盾的情感與回憶。

「謝謝妳。」我說著拉住她仍貼在我胸口的手，慢慢抬起一隻放到唇邊，用客氣恭敬的態度親吻她的掌心。「我很高興能恢復我的記憶。」

我鬆開她的手走開，安娜大惑不解地跟過來。「你不生我的氣嗎？」她搭住我的手臂問。

「我為何要生氣？」我閃到一旁朝海灘走去，遠離派對，準備離開。

「我還以為你會氣我奪走你的記憶。」她尾隨我說。

我回頭輕輕聳肩，「你只是做妳該做的事罷了，我不明白的是，妳為什麼要去看我？妳說妳想多了解我，妳有找到妳要尋找的東西了嗎？」

「有。」她說，然後又搖搖頭。「沒有，不算有。」

「呃，那麼妳想了解什麼？」我倒退著走，伸出雙臂，「我就像一本敞開的書，安娜，妳只要開口問就行了。」

我咧嘴對她笑，然後轉身開始奔跑，聽到她在我背後輕巧地踏在沙上，我滿懷感激。她只須一會兒功夫，便會追上我了。我說：「要不要賽跑？」

「賽跑？為什麼？」她問。

「享受這次旅程啊，把它想成是在練拳，測試自己的極限，除非妳怕被妳的老虎打敗。」

「沒有人能擊敗我。」她倨傲地說。

「很難說哦。」我說著立即加倍速度。

我暫時領先，衝過海灘，腳下輕點著溼沙，接著我聽到一聲低吼，眼角便瞧見一對長腿大步跟著，然後超過我。安娜一超前，我便微微放緩速度，讓她領先。我心中有個東西活了過來，我雖披著人皮，虎兒卻玩性大發。我奔跳著跟在她背後，喉中發出吼聲。

我本可重施故技擊敗她，就像我在其他時空那樣贏過阿嵐。安娜的長髮在背後飄揚，我大可一把抓住，將她扯到一旁，可是這想法很快轉變成將她拉到我身上，兩人一起四肢相纏地跌滾在沙子上。

她往後瞄著，看到我遠遠落後，臉上綻出開心的笑容。我心中再次閃過，在另一個非常不同的沙灘上，跟阿嵐競跑的情景，以及我如何要求凱西親吻我，做為獎賞。我跟安娜賽跑前，並未跟她討過價，但想到自己跑贏的話，可能會有這種犒賞，便意興大發。

我重新加速奔馳，在她背後追趕，看來安娜穩贏了，於是我耍詐。一秒前我還是穌漢．季山．羅札朗，下一秒鐘我就變成女神的夥伴，黑虎達門了。我以虎形衝過海灘，邁大步子，縮短兩人之間的短距。

我終於超過她，躍入她的前方了。安娜大聲喊叫，在撞上我前想止住步子，結果卻從我身上跌過去，滾在沙地上。我擔心地走過去用鼻子頂她發顫的背。

安娜，我在心裡對她說，妳還好吧？

她發抖得更厲害了，接著她火速轉向我，朝我扔出一把沙子。等我把沙甩掉後，才發現她是在大笑，而不是在哭，她美妙的笑聲悅耳如銀鈴，如此歡樂而自由。

我玩鬧地低吼著蹲伏下來，抽著尾巴，朝她撲過去，一邊小心避免壓在她身上。她發出尖叫，抬手揮著，可惜太遲了。我用四腿釘住她，低身舔她的臉頰，留下一道亮痕。

「季山！」她大叫著用拳頭擦自己的臉，「噁心死了！」

我假裝作勢再舔一遍，安娜發出尖叫，把頭左扭右轉，大笑著想阻攔我。她若想扭身掙脫，我便伏下去，僅用她能承受的重量壓住她。她笑鬧地捶著我的肩膀，求我挪開，哀怨地說她沒法呼吸。我調整身姿，確保她感到舒服，但仍被我困壓著。

等她不再掙扎後，我輕吼一聲，翻身側躺。我的毛上和爪間都沾了沙子，但是我不在乎。安娜仰躺在沙上，伸展四肢，發出重重的嘆息。她雖然改變了形貌，身上仍穿著綠色比基尼。罩衫在她身下擠皺，安娜臉上一直掛著滿足開心的笑容。在新舊記憶交雜的情況下，看到現在的她，感覺好奇怪，年少時，我對她迷戀至極。

假若我在認識葉蘇拜和凱西之前遇見她……但話又說回來，我的確是。這實在令人困惑，我依然深愛凱西，不是嗎？我很專情，從來不是那種追求各種女子的花心男，我只想要有個心愛的女人，一位完全屬於我的女子，一位彼此信守的生活伴侶。我原本希望凱西就是那名女孩。

我半閉著眼睛，望著女神，沉澱自己的思緒。化作虎兒時，比扮人更容易靜下心，我單純地享受此時此刻。浪濤聲令我平靜，近處草地的泥土香混合著身側女子的香息，令人陶醉。安娜轉向我，用手輕輕支著頭，然後對我伸出另一隻手。

她的手指探入我的頸毛，撫著我的毛髮。我們這樣子待了好長一段時間，彼此注視，感受兩人相連的力量。月兒自海浪上升起，沙子明滅地閃著月光。一縷微風親吻我的皮毛，送來綠樹鮮花和海洋的氣息。我心想，倘若真的有天堂，那麼我正置身其中。唯一缺失的只有一樣。

我一定是睡著了，因為接下來，我只知道阿娜米卡將我搖醒了。

「稣漢。」她說：「稣漢，」她又更大聲地重喊一遍。

「什麼？怎麼了？」我口齒不清地喃喃說，嘴裡都是沙子。我眨眨眼，看著覆在臂上的晶亮沙粒。我一定是在睡著時變回人形了，我從不曾這樣過，想到竟會在不知不覺時發生，令我覺得有些膽寒與不自在。

我坐起來，我的腿往安娜雙腿的反方向伸展，我看到她身上裹著毯子，她一定是在我睡著時用聖巾做的。太陽剛從地平線上探頭，我們在沙灘上睡了一整夜，我的肚子咕咕地叫。

「出了什麼事嗎？」我問：「是不是有人需要妳？」

她曲腿用手抱住，「沒什麼緊急的事，我只是想阻止你打呼。」安娜又笑了。

我用肩膀去撞她的肩，「我才不會打呼，安娜。」我回笑道。

「噢，你有，你呼得跟熊一樣。」

「哼，那麼妳就呼得跟龍一樣。」

「龍？」

「是啊，龍最會打呼了。」

「才怪，穌漢，我的虎兒才是呼王。」

「妳的虎兒？」我逗她說：「我啥時變成妳的了？」

她的笑容一斂，我挺後悔這種小貧嘴造成了反效果。我假裝無視緊繃的氣氛，站起來，伸手想拉她起來。「既然本人是妳的虎兒，」我說：「我建議妳在我決定咬掉妳一條臂膀前，先把我餵飽。我快餓死啦。」我捏著她的手，作勢測試軟度，然後又說：「仔細想想，我還是吃妳的腿好了。妳的腿至少能讓我撐到午餐。」

她起身後，我繼續拉著她的手，看到她臉頰一紅，我挺開心。「那麼也許我得把燉虎尾放在菜單上，以示報復了。」我厚著臉皮瞄她的長腿時，安娜說：「這樣才公平。」

我勾住她的手，帶她離開海邊，走向林線。「虎尾分量很有限，妳需要大塊肉。」我拍拍胸脯，故意挺起胸。

她戳著我的肋骨，嘟嘴說：「只怕你的胸肉對我來說，太乾太柴了，也許用火烤的話還能入口。」

我們邊穿越林子，邊有一搭沒一搭地開著玩笑。安娜拿起火繩時，我按著她的手阻止她。「安娜？」我說。

「怎麼了，穌漢？」

「妳想去哪兒？」

她停下來思索，然後說：「我想……我已準備好去執行卡當清單上的下一個項目了，如果你可以的話。」她補充說，透過長長的睫毛瞄我。

「所以妳放心讓桑尼爾和妮莉曼在一起了？」

「是的，對桑尼爾來說，妮莉曼是個好選擇。」

「我同意。」我說，等她提出下一個問題，那個她非常想問，卻不肯出口的問題。

我把腳埋入沙子裡，不確定自己是否跟她一樣準備走下一步了。安娜耐心靜靜等我說話。她不介意沉默，這也是我喜歡她的另一點。我知道她全心支持我，因此只覺平靜，不覺得有壓力。無論我接下來要說什麼，她都會接受，我們又沉默了好半晌。

「我想，」我終於說道：「我已準備要跟著妳到下一個地方了。」

她搭住我的手臂說：「我們所做的事，並不是最終的，你若想進一步整理自己的情緒，還是有時間的。」

我緊握她的手，「謝謝妳。」

安娜溫暖一笑，彈彈手指，皮袋子便出現了。

「妳是怎麼辦到的？」我問。

她聳聳肩，「我只是到時空中尋找它的位置，然後把它抽出來罷了。女神杜爾迦的物品，會自己尋找主人。」

她從袋子裡抽出清單，找出下一個項目。我思忖安娜的話，不知她的愛虎是否也是自然受她吸引。我不確定我喜不喜歡那樣，不過當我的眼神緩緩再次飄下她裸露的雙腿時，我必須承認，有很多懲罰，比被困在像她這種女人身邊還要糟糕。

安娜甩一下火繩，火焰便劈劈啪啪地燃動起來，然後開出一個洞門。她伸出手讓我接住，兩人一起躍了過去。

12 迷途男孩

落地時，我張大鼻孔，肚子抽了一下。安娜圈收火繩，指示聖巾幫她做平時的獵裝及軟靴打扮後，把聖巾繫到腰間的皮帶上。她表示要幫我製新衣，但我習慣自己的黑襯衫和褲子了，不過還是接受了一雙編織結實的鞋子。時值夜晚，天空布滿星子。對浩大的現代都市而言，這星星實在多得不像話。我們應是來到了遙遠的過去。「我們在哪兒？」我問。

「我不確定。」她說著把袋子甩到肩上，裡面放了她所有的武器，只有弓例外，安娜沒揹著弓時，便用圈環把弓掛在袋子上。她喃喃唸咒，然後遞給我一袋口糧，包括某種肉乾、乾果和堅果。她抓了一把堅果，扔一顆到自己嘴裡，然後說道：「卡當的指示上只說，叫我們一定要解救蠶夫人。」

「蠶夫人？妳確定嗎？」

安娜點點頭，我邊吃邊思索。凱西很久以前跟我說過蠶夫人的事。我不確定自己是否還能記起所有細節。安娜遞給我一只水袋，現在我們擁有杜爾迦所有禮賜，而且護身符也拼齊了，黃金果能利用護身符中的水片，給我們水喝。我雖然很喜歡喝茶和檸檬汁，但水是我最想喝的。我深深汲飲後，把袋子還給她再裝滿。「我只能想起凱西說的一小部分故事。」我表示：「凱西在一間寺廟裡遇見蠶夫人，夫人告訴凱西，是杜爾迦救了她，讓她免於嫁給那位殺害她心上人的皇帝。她的心上人好像是布商或絲匠之類的。」

「那麼我們是要去救他們嗎？救蠶夫人及她的絲匠？」安娜問。

「不知道，卡當從來不希望我們胡亂變動歷史。」

我吃完食物，又喝掉一袋水，然後把袋子還給她。安娜把水袋塞入皮袋後，打繞著圈，然後蹲下來研究我們找到的路徑。「馬車往這個方向走。」她指著東邊說：「我們若想找到皇帝，最好先找到城市。」

我們並肩在日出前步行約一個小時，我表示要幫她揹袋子，但她最多只同意兩人輪流揹。我知道自己拿武器會比較有安全感，可是扛著所有武器真的挺重，即使對我們也是。天色灰黑，但鄉下地方已開始逐漸甦醒，小鳥鳴唱著迎接太陽，不久我們遇見一位旅人，他坐在堆滿乾草的車子上，菸斗的煙氣朝我飄下。

「哈囉？」我抬頭朝他喊道。

漢子粗聲嘀咕招呼，我在腦中搜尋各種語言，直到搞清他的來歷。我的中文很不靈光，但有女神的神力加持，溝通起來還算順暢。

漢子雖然明白我講什麼，但看起來依舊不怎麼友善。

「我們是外地來的，想去見皇帝。」我追問：「您能告訴我們，咱是否走對路了？」

「皇帝？」他驚異地瞪著我們，然後開始哈哈大笑。雖然他覺得我們太天真了，但還是叫我們繼續走這條路，兩個鐘頭後遇到岔路，再走右邊的路。不久漢子把我們扔在後方了，我們放緩步子談話。

「我想我們應該是在中國。」我說：「依照他的打扮和使用的方言來判斷。」

「羅克什不就是從中國來的嗎？」安娜問。

「是啊，但如果他和蠶夫人出生在同一時間地點的話，也太巧了吧，尤其是在中國。就卡當和凱西拼湊出來的羅克什出處資料，我猜，羅克什比現在還早出生幾個世紀，是戰亂時期的人。不過妳說得對，我們應該小心為上。」

我們邊聊邊趕過其他路人，安娜邊問了許多妮莉曼時代的生活狀態，因為桑尼爾如今活在那個年代。我告訴她未來的種種神奇事物，以及女人有機會跟男人一起工作及學習。我們談到現代交通、電影、醫學、電腦和車子，以及金錢存放在銀行中，而不是家裡。雖然我大多只講好事，她還是擔心桑尼爾沒錢，我告訴她妮莉曼相當富裕，桑尼爾願意的話，可以學著做生意。

「他不能當戰士嗎？」安娜問：「他的戰鬥技巧很好。」

「那個時代的戰士不一樣了，打仗不是用武器弓劍，而是用強大的機器或炸彈。」

「炸彈？」

我努力思索能讓她理解的東西，「妳知道那種扔擲石塊的投擲器嗎？」

「知道。」

「炸彈就像大石頭，只是力量更強大，炸彈不僅是轟垮牆壁，而是會夷平整座城市。」

「我懂了。」她思忖片刻後說：「用炸彈打勝仗，其實並不光榮。」

「是啊。」我同意說：「可惜未來並沒有太多機會給桑尼爾或像我這樣的人。」

「可是阿嵐似乎適應得很好。」

「阿嵐向來就擅於外交，他會簽署文件，微笑，迷倒老女人，吹捧老男人。那種技能在未來還是非常管用的。」

「噢。」

清晨的空氣飄著爽淨的秋息，太陽光穿破地平線，我瞄向安娜，她正擔心地咬著唇，「怎麼了？」我問。

「我不想拿我的問題冒犯你。」

「我會努力不被冒犯，妳想知道什麼？」我想讓她看到，我也可以像她待我那樣，善解人意而包容。我排斥她，寧可一個人自怨地過太多個月了。安娜比表面看起來複雜多了，我發現這是認識以來，我第一次想多了解她，並讓她認識我。

「如果……如果你回去跟凱西在一起，將來你會做什麼？」

「我……」我閉起嘴，兩人默默走了一會兒。

「我冒犯到你了，」她說：「我道歉。」

「沒有，不是那樣，我……我好像從沒仔細去想跟她在一起的事。我知道自己想要家庭，我們很有錢，所以我無須工作或拚事業。我想我會每天去辦公室吧。」

「工作？辦公室？你是指那個高聳在天際裡，有玻璃牆的房間嗎？」

「是的。」

「你在那裡做什麼？不斷戳著指頭，讓那神奇的窗口告訴你事情嗎？」

我哀吟一聲，揉著自己的下巴，「主要應該是給妮莉曼製造麻煩吧。我覺得董事會很無聊，我對金融或商業沒概念，雖然電腦，或妳所說的神奇窗口是項非常有用的工具，但我寧可勞動自己的雙手。」

安娜點點頭，但依舊鎖著眉頭。我知道她很努力在理解我的話，我跟她解釋過一些事，但還有很多事情我懶得說。「我也喜歡用自己的雙手勞動。」她說：「我無法想像閒坐的人生。」

路上出現更多旅者了，我們不再說話。我回想自己坐在那間辦公室時，無聊且似無止境的歲月，我努力留意妮莉曼教我的事，我想不出有比那更難熬的日子。我不是坐辦公室的料，叢林才是我的家。老實說，我在過去，比在未來過得輕鬆愉快。我的工作場域裡沒有電話鈴聲或叮噹響的電梯，我的工作場充斥著嘈雜的馬勒聲、戰場上的呼吼、彈射的弓箭，以及咣咣的劍擊聲。

我不是只想到戰役，我喜歡徜徉在大自然裡，都市令我窒息、困頓。相較於奢華的地毯或瓷磚地板，我更渴望踩踏沙響的落葉，踩平的路徑，而不是人行道，我喜歡過去緩慢輕鬆的生活步調。沒有凱西和阿嵐陪著，活在未來的我，經常覺得格格不入，像塊殘片，或一把古劍，在某處的牆上生著鏽。寧靜的古風在對我呼喚。

我越是想到那些噪音——喧鬧急切的媒體，永無止境的廣告，不斷追求更多，彷彿圓滿的生活僅能得自物質——便越覺得那種日子難過。不知凱西靜靜地在我身邊生活，能否過得快樂。

我曾送過凱西一把鑰匙，在我的夢想裡，我想像在以前的叢林裡打造一個家，跟她過著簡樸的生活。可是她會喜歡那種生活嗎？或會因此鄙視我？我們的孩子可會遺棄我們，憎恨我將他們留住，遠離現代世界和其所提供的一切？想到這裡，我覺得嘴巴發苦，我從來沒問過凱西的感受，或她對我們的未來有何預想？

我以為讓凱西愛上我是最困難的部分，也許困難之處，遠比我預期的多。在凱西的時代生活，對我們來說也許都不容易。我咬著牙，不願接受自己有任何極限，不接受按凱西時代的標準來看，自己並不算成功。有愛情應該就夠了，去考慮到接下來可能發生的事，令我十分喪氣。

安娜的手臂擦過我的，我感覺連結所傳來愉悅酥麻。她的步伐與我相合，雖然我們走在一個兩人都未知的時代中，安娜仍昂頭挺胸地自信走著。她的頭髮纏亂，臉上還有一抹泥痕，但她仍是不折不扣的美女，安娜就算沒有女神的仙氣，只要勾勾手指，任何有點腦袋的男人，便會朝她奔來。奇怪的是，她似乎對自己的魅力毫無自覺。

我很篤定，安娜活在未來，甚至會比我更加格格不入，但我仍能想像群眾讓開路，讓她大步穿過的模樣。他們會驚豔地退開，彷彿她是一隻出現在市中心、美麗而罕見的獨角獸。她背後會拖著亮晶晶的仙子粉，所有人將跟隨她的步履，希望能沾點她的仙氣。

我們一起歷經許多戰役，當我思及自己扮演她的愛虎，載她奔赴沙場的情景，便滿心驕傲。我們經歷泥地、跳蚤、死亡，看過屍橫遍野的戰士，而她從來不退縮，一次都沒有。她堅決達成女神的職責，沒有人比她更適合當女神了，安娜是完美的人選，各方面都無懈可擊。

「我想前面就是城牆了。」安娜以權威的聲音說。

我瞇起眼，遮住眼睛，「我想妳說得對，咱們的計畫是啥？」

「我們需要喬裝嗎？」她問，十分信任我的看法。

「我想應該不會有人認得我們，但也許我們得穿上時裝。」

「時裝？」

「就是衣服。」

「噢，那我們就準備換吧。」她簡要地點點頭，兩人一起大步穿過城門。

城裡十分熱鬧，我們跟著一群旅客走著，最後來到中央市集。市集裡飄著膩人的肉味和役畜的內臟氣息，一匹匹絲布在晨風中掀揚。我帶著阿娜米卡朝那個方向走，希望能跟小販打聽一些關於絲匠，以及住在皇帝宮中女裁縫的消息。

一隻狗從桌下張牙舞爪地躍向我們，對我們直吠，最後我在喉中輕聲低吼，狗兒一聽發出悲鳴，夾著尾巴逃掉了。小販終於轉向我們，看到阿娜米卡後，小販瞪大眼睛。

「買些絲布給美麗的小姐吧？」他問：「我有城裡最上等的絲綢。」

「我們想找一位絲匠，他最近好像才失去皇上的寵愛？」

我看到小販眼睛一閉，這是個喜歡保守祕密的人。

「我們聊表一點心意，或許能幫您想起來？」我建議說。

小販遞上盤子，阿娜米卡在裡頭放了個金塊，金塊重重落在盤裡，男子火速用髒污的長指抓起金子。他的指甲長得太長了，但修得相當平整，也許是為了怕纏到絲布吧。男子戒慎地看著我們，然後說：「你一定很放心你的女人，才會讓她管理你的錢財。」

我靠向前，「誰說那是我的錢財了？」

男人輕巧地把金塊收到口袋裡，把焦點整個轉移到阿娜米卡身上。他的嘴角勾出一彎狡滑的笑容，然後拿出一匹漂亮的藍色絲布放到她面前。

「不要藍的。」我喃喃說：「她應該穿金色的。」

阿娜米卡抬眼看我，對我淺淺一笑。「很漂亮。」她淡然地對小販說：「告訴我，你可記得關於這位絲匠的任何事？」

男子挪開身子，嘖嘖彈舌，然後拿出一條繡工繁複華麗的圍巾。「啊，」他說：「可是您還沒看到我們最漂亮的產品。」

他驕傲地攤開方巾，展示方巾的全貌。阿娜米卡倒抽氣，摸著織成眨著眼的龍鳳織線。男子大起膽，拎著夾在指間的巾子，作勢要摸安娜的臉。「妳把巾子蓋到皮膚上感覺一下。」他說。

他還未逼近，已被我緊扣住手腕，阻止他再接近安娜的臉了，我用力推開他的手臂。「夫人不喜歡被碰。」我警告說。

經驗老道的商人滿臉堆著帶酒窩的笑容，立即退開，「當然，當然。」他說，此人性情狡猾，能屈能伸。「我只是想讓夫人看得更仔細點罷了。」

「我想也是。」我答道。

男人朝阿娜米卡擠擠眼，然後表示：「我聽到謠傳，皇上寵愛的未婚妻，喜歡上某個男的，也許就是您所說的那位。」

「我們能在何處找到他？」阿娜米卡問。

「我常跟他們家買絲，若價錢合適，我可以安排你們見面。」

我咬牙說：「要多少？」

「唉呀，不多，不多的，其實只有一點點。」

「要多少？」阿娜米卡說。

男人貪婪地舔著唇，我知道那種表情，他想狠狠咬我們一口，而且他想的不僅是我們的錢。我可以想像他看著安娜時，心裡在想像什麼。這個小販僅看到表相，他看到一名美豔無方的未婚女子，而且只有一個男人在保護她。我頸毛倒豎，好想跳起來保護安娜，但我也知道，世上所有女人中，安娜是最有能力保護自己的。

安娜似乎察覺到我的不滿，她搭住我的臂膀。「這是我們給的報酬。」她拿出一顆漂亮的紅寶石，我不確定她是打哪兒弄來的，但她的袋子裡總會帶著各類珠寶和錢幣應付這種場面。「要就快點回答。」她警告男子，「因為這是份厚賞，那邊還有另一位絲商，也許他會幫更多忙。」

男子垂下眉，從阿娜米卡手中搶過紅寶石，然後彈彈指頭。一名少年從桌底下七手八腳地站起來，正在跟他玩耍的小狗蹭著男孩的腿，討他關注。「星兒，」小販吼道：「帶這兩位客倌去絲匠家，你最好一個鐘頭內給我滾回來，省得挨揍，聽到沒？」

男孩點頭如搗蒜，他鑽入布匹攤位下，然後就突然來到我們中間了。「來。」他朝阿娜米卡伸出手，安娜對他笑了笑，拉住男孩的手，男孩快速地在人群裡穿梭，拉著安娜前行，不理會那些罵他擋路的人。

我僅能擠在人群中，跟著他們忽上忽下的頭。男孩一直等來到新的區塊後，才放緩速度。這裡人少數得奇怪，男孩左顧右盼，緊張地舔著舌頭。「你是在擔心嗎？」阿娜米卡問他。

「這地區盜賊很多。」他回頭瞄我，「妳的手下頂多能應付兩三個人。」

我皺著眉，直到安娜說：「我保證，即使沒有我幫忙，穌漢也能自己對付幾十名小偷。」

我揚起嘴角，精明的男孩扭頭打量我，「我覺得妳太誇張了，」他審視半天後告訴安娜，「他看起來並沒有那麼厲害。」

我們很快獲得機會，證實自己的強大。正如男孩所料，不久我們被六、七名盜賊圍住，這幫人精瘦年輕，有些人並不比帶路的男孩大多少。我抬起雙手，「我們並不想傷害各位，」我用平淡冷靜的語氣說：「請乖乖離開吧，我們會原諒各位對這位女士的不敬。」

帶路的髒兮兮男孩，竟然英勇無比地從腰帶裡抽出一把刀，面露凶色地站到阿娜米卡面前保護她。

安娜悄悄用一隻手抱住他胸口，讓男孩盡量挺立，昂起胸膛。我知道安娜這麼做是為了保護男孩，可是男孩很可能以為安娜是害怕地躲在他背後。我了解那種感覺，她最能激發人的勇氣。

我抬起手，表示自己沒帶武器，然後轉著身，打量這幫對手。數一數，有七名攻擊者，四人帶刀，一人有短劍，其他的則人高馬大，除了拳頭外，不見武器。「很好，」我劈啪地扭響脖子的關節說：「放馬過來。」

我聽到利劍出鞘的咻咻聲，男孩們圈住我們，眼神凶惡，他們留在巷弄的陰影處，我從他們移動的方式，輕易破解他們的計謀。這幫小偷根本沒把男孩或阿娜米卡放在眼裡，他們大概覺得讓最弱的去對付安娜便足夠了。他們聚焦的人是我。

一夥人一起衝上來，拿劍的男孩率先攻向我，引我分神，其他個頭較矮，年輕較小的男生則試圖刺我的腿或背部。我用感覺，而非目視，知道有名男輕男子從側邊攻向我，而拿劍的男孩同時從正面殺來。我見機行事，雙手和眼睛對著第一名男孩，等待適當時機，接著我的手往拿刀的男孩臂上一砍，只一個動作，他的武器便掉下來了，我抓住男孩，將他扔到其他從後面攻來的男孩身上。

眾人倒成一團，拿劍的男孩不斷揮砍，但他沒受過訓練，我的身體左轉右偏，一次撂倒一名男孩，同時讓他繼續朝我進攻。等他們全部倒下，各自照料身上的瘀傷與被打破的下巴，只剩持劍的男孩時，我把注意力轉到他的動作上。

「那樣好多了。」我說。男孩又刺了一次，我指導他說：「你往前時，踏錯腳了。」

「你真的在教他們戰鬥技巧嗎？」安娜問：「他們是小偷欸。」

「您說的是，夫人，該做個了結了。」我轉個圈，在對手刺出劍時，抓住他的臂膀夾到自己腋下。我將他的手腕一扭，劍便落入我手裡了。我將劍一翻，抵住他的下巴，接著瞄向躲在我們上方的男輕男子。他一直準備撲到我身上。「你若夠聰明，就乖乖留在原地。」我說。

年輕賊子僵在當場，安娜抬眼衝他一笑。「做為這幫人的頭子，你得為他們的行為負責，你願意對我們投降嗎？」

年輕人扔下一把刀，那是柄漂亮的短刀，一把可能是皇帝佩戴的刀子。我拾起刀，用拇指沿著刀緣撫著。「我們會留下你的刀子，做為今天對我們行竊的補償。」我說：「將來挑對象時，別忘了放聰明點，人不可貌相。現在給我滾開，回去療傷吧。」

我們離開小巷繼續前行，「你不該那樣輕易饒放他們。」阿娜米卡說。

「他們只是誤入歧途的男孩。」我回答她說。

「也許吧，可是誤入歧徒的男孩會變成可憎殘酷的男人。」

「不是每個人都會那樣。」

「只要有一個變成那樣就慘了。」她輕聲說：「苦難的磨石會將殘忍的劍磨利——劍柄的一方，是加害者與受害者的苦痛，另一方是對自己與他人的鄙視。」

「但妳忘了，苦難也能造就英雄，有些人能超越苦難，因砥礪而變得更好。」

阿娜米卡對我別開臉，直望著前方。「大部分英雄都只是尚未露出真面目的壞人。」

「我不信，安娜，而且老實說，我很訝異妳會那樣想。」

「你不了解我的地方很多，季山。」

我用手臂推推她，「怎不叫我穌漢了？或者妳覺得我現在也是個壞人？」

她抬眼看我，「我不認為你是壞人，也不認為你是英雄。」

「那我是什麼？」我問。

「你只是……我的虎兒。」她答道。

我不確定該對她的答案做何感想，或她那樣想我究竟是好是壞。阿娜米卡雖熱愛助人，但未必享受扮演女神。她在沙場上所向披靡，但我覺得她較像是保護幼獸的母熊，而不像復仇女神。

我若按老虎的直覺去做人生的決定，自然會輕鬆許多，但我不僅是頭老虎。凱西一定會把我捧成英雄，但話又說回來，幸好安娜沒要求我扮英雄，她幾乎對我沒有任何期許，任由我想當什麼就當什麼，無論是人、老虎、英雄、同伴……甚至是當個壞人。

我雖然一點也不像羅克什，但我在考慮奪走凱西的幸福結局時，不也很邪惡嗎？壞人的定義是罔顧別人所付的代價，不擇手段獲取自己所求。我可以易如反掌地倒轉時間，破壞阿嵐與凱西的愛。我擁有法力，可擄獲凱西的心，可是愛不就是需要犧牲嗎？

我的思緒被打斷了，因為年輕的嚮導停下步子，指著一戶人家的門口說：「這就是那位絲匠的工廠和住家。」他宣布道。

「很好。」我說：「安娜會賞你一枚錢幣。」

安娜蹲下去用指尖點著男孩的鼻子，「也許我能給你比錢幣更有價值的東西。」她說。

「那是什麼？」男孩猶豫地問，聲音裂岔，像女孩一樣，這表示男孩要慢慢轉成男人了。我的心思飄回在他這年紀時候的自己——一名十二歲的少年，滿懷希望地看著安娜。

「你想不想來為我工作？」她問。

我搭住她的胳臂，「妳確定嗎？」我低聲問。

「我已查看過這孩子的心了，他勇敢又真誠。絲布商並不是你的父親，對嗎？」安娜說。

男孩搖搖頭，肅然地說：「他是我的主人，我不認為他會用任何代價把我賣掉。」

「那麼我們不買下你，」安娜說：「我們就像那些賊子一樣，把你偷走。」

男孩嚴肅地瞪大眼睛說：「不成，你們不能做這種事，他會找到我，然後處罰我！」

「我要送你去的地方，他絕對找不到你。」安娜把手掌貼到男孩臉頰上，輕聲哼唱，讓皮膚泛起一些光芒。「你能打從心裡信任我嗎？」她問。

男孩點點頭，露出被安娜煞到的表情。

「很好，拉住我的手，我會用法力送你到我家，你會找到一位叫柏文的僕人。告訴他，你是去當他學徒的，以後你會擔任女神的私人僕從。我答應很快會回去，確定你安頓下來。」

「是的，夫人。」

星兒朝著阿娜米卡的手行禮，她用另一隻手抓住護身符，低聲唸咒，將男孩送回我們山頂的皇宮。

男孩消失後，我雙臂往胸口一疊，拉長聲音問：「妳是要把收集年輕男生，讓他們臣服在妳腳下變成一種習慣嗎？」

「我留下他不是出於虛榮，他的狀況逼得我不得不出手。」

我嘆道：「妳心太軟了，安娜。」

「什麼意思？」

「意思是，妳太好被說服了。」

「恰恰相反，要說服我很難。」

我踏近一步，迎向她挑釁的目光。她當場僵住，可是我喉中作聲，垂首欺近她的脖子時，她並未動彈。我閉上眼睛，嗅著她醉人的香氣，我胸口鼓動，用滿布鬍青的臉頰輕輕蹭著她的臉頰，僅不過幾秒鐘，我便感覺她的手抵住我的胸口，將我推開了。

「看來妳是對的。」我迅速退開，「如果男人想追求妳的話，很難說服妳。我若是把妳當成男性朋友，會比較輕鬆。」
「朋友不會……」她指指自己的喉頭，「不會用這種方式碰觸對方。」
她用手指壓著脖子，狀似想擦去我羽絨般的輕觸。
「妳為何如此怕我？」我問。即使她已切斷我們的連結，我還是能感受到她翻騰的情緒。
「我不是怕，我只是不想縱容你……你撫摸女人的習慣。」
「我不是像妳想的那樣，到處亂摸女生。」
安娜嘆口氣說：「我們能不能別再談這件事？我想在下次被召喚前，先完成這項任務。」
一會兒後我點點頭，她拿起吊掛的槌子，敲擊門邊的鑼。鑼發出嗆嗆嗆的金屬聲，一名老人幾乎立即出現。我不知道他剛才聽到多少談話。
「你們有何貴幹？」他問。
「我們有急事前來。」阿娜米卡聲音有點過快，她還是很緊張。我沒去讀她的心，她若不告訴我，我根本不可能知道原因。安娜接著說：「我們認為令主人的生命有危險。」

13　絲匠

「我家主子？」老人用低沉的聲音問：「您指的是哪種危險？」
「我們有理由相信，皇帝想要他的命。」

「皇帝何苦找一個窮絲匠的麻煩？主人幾乎要瞎了，更別說是惹是生非，驚擾皇上了。我想妳弄錯了。」老者虛弱地抬手趕我們離開門口。我站著不肯動，繃緊雙手和腳，他用眼睛掃視我，抬高音尖聲說：「拜託你們離開吧。」他哀求說：「我們家沒什麼值錢的。」

安娜搭住老人的手臂，她的碰觸令老者平靜下來。我不確定那是安娜與生具有的天賦，或是她的一部分神力，但她在我身上施展同樣手段時，總能見效，除非我在生她的氣。安娜甜聲問：「我們懇請與貴主人相見，此事與皇上、您家主子，以及……以及他心愛的女人有關。」

聽到安娜那麼一說，老者倒抽一口氣退開，眼神瞥向陰影處。「你們最好進屋裡，快點。」

他帶我們走一條穿越桑樹林的鵝卵石路，然後在一間大倉庫打開的門口外停住。建物裡傳來奇怪的嗞嗞聲，令我想到凱西第一次跟我介紹蘇打水的情形，但這聲音聽起來像同時倒出千瓶汽水似的。我過了好一會兒才發現這是蟲聲——蠶的聲音。

我看著一名婦人把成堆的葉子鋪到大編盤上，然後把盤子推回原處。接著她拉出另一個盤子，重複剛才的動作。建物裡有數名婦人靠在桌邊，剪下長枝上的葉子。「各位今晚快收工了嗎？」帶路的老人問她們。

其中一名婦人拿著一大籃看似蟲卵的東西走向我們，「快好了。」她說。

我從未見過產絲，對其過程非常好奇。我看著婦人們小心翼翼地照料一排排架子上的圓型大編籃。有位婦人在對面離蠶寶寶有段距離的地方，攪著冒著泡泡的大桶子，徒手用力撈出蠶繭。我在一旁看其他工人篩撿放涼的蠶繭，拉出煮過的蠶蛹，將它們跟絲繭分開。

一位婦人往嘴裡塞了一把蠶蛹，我可以聽到咔喳咔喳的聲音，這才發現，原來空中飄散的是煮蛹的氣味，而不是餐飯。成雙成對的工人，一人將蠶繭抽成絲，另一人把絲線纏到大捲軸上。這裡有許多大染缸，豔麗的絲線掛在椽木的大鉤子上。

帶路的老者揮手說：「很好。繼續做，開飯鐘很快就會響了。」

「不知菜單上有啥菜。」我悄聲對安娜說，她對我露出難得的微笑，我覺得像贏了大獎。

拿著籃子的婦人恭敬地對我們三人垂首行禮，我們也依樣回禮，然後繼續前行。我們繞過角落，來到一棟像營房的大建物，但我看到裡頭有工人走動。我們經過那間大房子，最後來到一棟比其他建物更小的房舍，但屋子的工法要細緻多了。

我們按指示在門邊等候，老者進去通報。等我們獲准進屋後，被帶到一張長桌邊，我交疊雙腿坐下來，安娜坐到我旁邊，然後老者將主人領進來。男子年邁跛行，他的背好駝，一定痛得要命，但他坐到我們對面時，並無半分抱怨。

我們默默吃著送來的點心，安娜只空泛地聊著宜人的夜色，我則讚說月光十分皎亮。當這家的主人用顫抖的手伸向他的杯子時，我很後悔說了那番話。他把杯子遞往自己的唇邊，我看到他混濁的眼眸。我參加過無數漫長的外交會議，知道我們得等吃完飯，才會開始談正事。

我很習慣過去那種緩慢傳統的步調，大部分時候也挺能享受，但凱西時代的高效率辦公方式，也是有好處的。我在未來雖覺得不適應，但確實很喜歡事物的快速更移，尤其是那些我覺得瑣碎的事。我們等待男子用膳完畢，我的腳不耐煩地抽抖著。安娜在桌下按住我的膝蓋，要我別再抖腳，我用手覆住她的，與她十指交扣。

安娜忍不住皺眉，但我沒把手抽開，感覺像另一次勝利，但究竟贏了什麼，我也不清楚。

終於餐畢，收拾妥當。僕人為主人倒了茶，在他耳邊輕聲表示，我們要跟他談談皇帝的事，因為我們說，家中主人因愛上一位女子，而大難臨頭了。老人臉上淌下一滴淚，他好似並未察覺，否則就是不在乎讓我們瞧見。

「所以你知道我們在講什麼。」我說。

「是的。」男子答道：「你們能幫他嗎？」他問：「幫忙犬子？」

「是令公子嗎？」我開口說。

「令公子就是有生命危險的那位。」她彷彿已知道答案，「他就是追求皇帝女人的人。」

絲匠用手擦了一下臉頰，試圖挺起身體。「我老了，」他答道：「內人很早便過世了，我們只有這麼個獨子。他是個很乖巧的孩子，身體結實，但性情柔和。一年前我發現他變了，他不肯跟我說，可是連我都聽得出他步履輕盈，聲音歡樂。以前我曾有過那種感覺，很久之前，我知道那是怎麼回事。」

「愛情。」安娜啜著茶，猜測說。

「是的，但他拒絕多談，後來有一天，我發現那條圍巾。」

「圍巾？」我問。

「是的，那工法精美極了，我知道只有一位裁縫能做出那樣的巾子。」

「但你是怎麼……？」我頓住了，不知該如何提問。

「怎麼用這對昏花的老眼看到作工嗎？我沒看見，年輕人，我是用手摸出來的。我打會走路起，便用手拿絲線了，分辨織工好壞對我而言輕而易舉。」

老人乾咳幾聲，伸手拿他的杯子。發現杯子空了，便在桌上摸索，直到找到茶壺，然後將茶壺拉近。僕人試圖幫助，老人卻輕哼一聲，僕人連忙後退。老絲匠為自己斟茶，茶從杯子溢出來，燙著了他的手指。

老人似乎不在乎熱氣，不知他以前是否也從桶子裡撈出滾燙的蠶繭。老者吮著指尖的茶，然後重重放下水壺，裡頭的茶水跟著嘩響。

「請告訴我們，令公子在何處？」安娜追問。

「今天下午，他說宮裡有急事傳喚他過去，可是時間到了，他還沒回來。」老人扭著他的手絹接著說：「我們不能拒絕皇上，我求我兒子三思，考慮後果，但他不聽。每個人都說，皇上打算娶那女的，至少皇上絕不會放她離開。我愛我兒子，但他若追求這女孩，就死定了，沒有人敢忤逆皇上。」

就在此時，門口一陣騷亂，我們正在討論的那位年輕人衝進房中，他胸口一抬，深深吸氣，臉上既是驚懼，又充滿決心。年輕人跪到他睿智的父親跟前，「您一定得告訴我，那位法師在哪兒，父親！」

「兒啊！你回來了。」老人把兒子的手抓到胸口，但年輕人又問了一遍。「什麼法師？」老人重述他的話說。

「是的，法師，父親，就是您每晚跟我提到，住在山裡的那位法師，我必須找到他！」

「你到底在打什麼算盤？」老人疲弱推著桌子想站起來，卻差點跌倒，桌子咿咿呀呀地抗議著，朝安娜和我的方向挪動，我們都在茶水溢出來之前，接住我們的杯子。

年輕人的眼睛像剛摩擦過的打火石般炯亮有神，他拉住父親的絲袍，父子像暴風雨裡的小樹苗般一起搖晃，唯有相互攙扶，方能保持不墜。「告訴我，兒子。」老人說：「我能做些什麼？」

年輕人的嘴巴張了又閉，閉了又張，看得出內心壓力越積越沉。就像凱西教過我的，微波爆米花一樣，在爐子裡的時間得算得剛剛好，若是太久，爆米花便會焦掉。我前面的男孩正在承受煎熬，不知道我們是否已來不及解救他了。

「告訴我們關於那女孩的事吧。」我說，希望能引導他進入問題核心。

男孩悲悽地告訴我們，自己如何愛上那名囚於皇宮中的女孩，她將被迫成為她鄙視的男子的新娘。他唯一能救心上人的辦法，便是去求法師幫忙，也就是父親從小跟他說的故事中的男子。

「可是兒子，根本沒有這名法師。」做父親的四肢顫抖地說：「我還以為你知道那只是故事而已，你母親相信有法師，在你年幼時跟你說了他的故事，我為了讓你記住母親，便延續她的習慣，跟你那麼說。」

我看到男孩肩上高聳的肌肉頹然鬆懈，他萬念俱灰地說：「那我什麼都沒法做了，我沒辦法解救她脫離厄運了。」

安娜輕聲說：「也許我們能想點辦法幫上忙。」

年輕人像是第一次注意到我們在場，他轉身打量我們。「你們是誰？」他問：「還有，二位為何在這種時候造訪寒舍？」

阿娜米卡不多廢話，導出法力並伸出一隻手。聖巾蛇般地繞下她的手臂，在他們面前攤開，變換顏色。父子雙雙後退。「那……那是什麼？」老人問。

安娜低聲命令，聖巾飄離安娜的指尖，飛向老者伸出的手掌。他在指間揉著布塊，大聲喊道：「這怎麼可能？」

「怎……怎麼回事，父親？」男孩問，他潤著嘴，瞪著聖巾。

老者抬眼對我們說：「我可以看見你們。妳的布碰觸到我的心靈之眼，讓我再次看見顏色與形狀。」他很快行禮道：「小的很榮幸能見到您，偉大的女士。」

看到年輕人跟著學樣，安娜微微一笑，和藹地對他們點點頭，命令他們別拘禮，她攤開雙手，表示無意傷害他們。「我很高興聖巾賜給你這份禮物，但恐怕那只是暫時性的。」

「無所謂。」老者說著轉向兒子，然後又回頭對安娜說：「我可以再次看到犬子的臉，已遠遠超過我所能要求的了。」

「我們獲派前來解救你那位心愛的女子，」她對年輕人說：「如你所見，我們本身就有法力。告訴我們，你打算要求那位法師如何幫你？」

「我……」他結結巴巴地說：「我希望他能偷偷溜進皇宮救她，我會讓他戴上我的圍巾，表示是我派去的人。」

「可是他對皇宮並不熟悉，一定會花很長時間才能找到她。」安娜建議說。

「那倒是真的。」男孩答道：「不過我可以畫地圖。」

安娜在桌上輪敲著手指，一邊思索，「我想你最好親自去救你的情人，因為你熟知地形。」

「是的，可是警衛們很熟悉我的臉，他們都認得我。」

「我們會幫你喬裝。」

「喬裝？」

「是的，聖巾有喬裝能力。」

安娜伸手，聖巾朝她飛來。「很抱歉只能再令你目盲了。」她對老絲匠致歉說。

老者無所謂地揮揮手，安娜把巾子纏到自己身上，掀開巾子後，她已變成我了。年輕人張嘴抽氣，來回看著我和安娜。「妳是怎麼辦到的？」他驚異不已地問。

看到自己感覺實在很怪，阿娜米卡一定也覺察到了，便對聖巾低聲唸咒，我的臉跟著化開，再次露出她自己的面容。「我是女神杜爾迦，這位是達門。」她指指我說。「我們具有強大的法力，我們到此唯一的目的，就是拯救你所愛的人。你能協助我們嗎？」

「當然，女神。」男孩啞聲說著跪到安娜腳邊，用手貼住自己的心口，「我願意不計一切去解救她。」

一個小時後，我們陪著年輕人走入城中，大夥等月亮下沉，黑暗在周邊降臨。我們利用聖巾將他的形貌變成士兵，並把女孩所製的珍貴圍巾繫到他脖子上。他靜悄悄地向前溜進，等來到城門後，他的舉止雖與士兵迥異，但還是摸進城裡了。

安娜和我錯開四周的時間，隱匿身形，以免被查覺，然後尾隨其後，在大門關上之前擠了進去。接著所有會破壞我們大計的衰事便一一發生了。

害相思的傢伙被一隊士兵攔下來，問他為何棄守崗位。可憐的男孩未能正確喊出長官的職稱，或做出適當的應答，結果被銬起來，用車子運到最近的監牢裡。我們等一個小時那群人離開後，才得以解開緊緊綁住他的鎖鍊。

等我們救出男孩後，他卻迷路了。一行人浪費寶貴的時間，在建物間亂跑，最後終於找到男孩經常進出的皇宮城牆入口。他入城時再度遭遇攔阻，我和安娜被迫引開站崗的守衛，好讓絲匠溜進城裡。

我們好不容易來到女孩的窗口下了，男孩正想爬上去時，我聽到有守衛迫近。看到走過來的竟是幾小時前，關押我們的同一名守衛，我忍不住發出哀吟。安娜和我離得太遠，無法警告年輕人，因此安娜抓住護身符，發揮法力。原本會被輕易認出的年輕人，立即變成一匹脖子上綁著圍巾的馬。

「妳在幹嘛？」我嘶聲問。

「我也不知道。」安娜答說，她緊抓著遮藏我們的馬車輪子，「我只是請聖巾把他變成不具威脅性的東西而已。」

「聖巾才沒那本事。我是指把他變成動物。」

「聖巾顯然有。」她溫和地說。

聖巾曾將卡當變成老虎，但沒變成過其他動物，接著我想起羅克什能將人與動物合併起來。看來達門護身符湊齊後，阿娜米卡能發揮出之前護身符被抑制的法力。「很好，」我說：「所以他現在變成馬了，我看他根本跑不快，」我指說：「而且恐怕連車都拖不動。」

「他的形貌又不是我選的。」安娜答得有點太大聲了，「是護身符選的。」

「呃，護身符顯然選錯了，把他變成別的吧，牙齒多一些，或至少讓他的腿變長一點。」

可憐的馬兒，我是說，可憐的男孩朝著上頭的窗口哼哼唧唧，試圖吸引女孩的注意。男孩辦到了，但女孩似乎很猶豫，不敢朝他爬下來，雖然她已經纏好布條，準備垂降到地面上了。

我用手揉著頭，「這樣不行。」我說，至少士兵們沒理會馬兒，已經走過去了，但現在變成馬兒的男孩以為自己安全了，他發現女孩看著他時，發出極大的鬧聲，這樣一搞，定會把士兵們引回來。

他不停地尖聲呼叫，當女孩躲回屋裡，抽走布條時，男孩沮喪地踢著磚頭，用後腿人立。

「完了。」我抽出掛在腰帶環釦上的飛輪，準備幹架。那群士兵又折回來了，若要救女孩，我們就得進入戰鬥模式了。

安娜搭住我的背，將手上的暖意灌入我的背脊裡。「等一等，穌漢。」她說。

果然不出所料，士兵們對鬧聲起了回應，將馬兒團團圍住，馬兒尖鳴著露出牙齒。我嘆口氣，目睹他們抓住馬兒，將他拖往最近的馬廄。我起身準備跟在後頭，但我發現阿娜米卡定立不動，抬眼瞪著窗戶。女孩正探出身，看著眾人將馬兒拖走，而且她並沒有掉淚；她輕微的泣聲穿過中庭，傳向我們。

我看著眾人跟馬兒消失在陰影中，搖搖頭。「他們真是搞得亂七八糟。」我對安娜說。

「是啊。」安娜虛應道，她抓住我伸出去的手，「或者，是我們搞砸了。」

「我們？」我問她：「這都不是我們的錯。」我用拇指比了比肩後馬兒被拖走的方向，「那笨傢伙瞎闖了好幾個鐘頭。」

安娜沒答腔，心情煩躁地咬著唇，任我帶她走向馬廄，連隱身都省了。我不像那名年輕人，我懂得保持安靜，不被人所見。我們隱匿在四周的黑暗裡，我用強大的嗅覺和聽力，輕鬆地避開別人的偵察。

我們溜入穀倉中，找到正用腳奮力踢踹木頭馬廄的年輕人。安娜靠上前拍拍他身側，「很遺憾發生了這種事，我們會盡力彌補的。」

馬兒鼻孔噴氣地嘶叫著，安娜一手按住護身符，另一隻手仍撫著馬兒身側。她閉起眼睛，施用法力，卻毫無動靜。她又試了一遍，外頭的火炬一陣搖晃，然後便滅了。一股旋風捲起細碎的乾草，安娜的頭髮自肩上揚起，在四周散成扇狀。

就連我都能感受到她的法力，那力量注滿我的身體，令我全身毛髮倒豎。地面顫動著，安娜擔心造成地震，才終於停手。「我沒辦法把他變回來。」她說：「護身符不肯讓他恢復原貌。」她頹坐在草堆裡，用手摀住臉。

變成馬的男孩垂下頭，朝安娜的頭髮吐氣。

「嘿。」我蹲到安娜身邊說：「那孩子沒事，我們先把他留在這裡，自己去找那女孩，等安全地救出她後，再放男孩走，在遙遠的地方，幫他們設個不錯的養蠶場，安頓他們。」

「你把事情說得好容易，穌漢。」

我得意地對她笑一笑，「又不是每件事情都會那麼難搞，安娜。」

我牽起她的手，將她拉起來，我看到她臉上淌著一滴清淚。我抬起指尖輕輕接住淚珠，想到以前她把凱西的淚變成鑽石的事。思及此處，那滴閃亮的淚水起了變化，安娜驚訝地倒抽口氣，看我在掌心中把玩鑽石。

「你是怎麼弄的？」她問。

「不知道，以前我在妳其中一間神廟裡見過妳那麼做過，淚水起變化時，我剛好想起來。」

安娜用手指在我掌中推滾著鑽石，「你把那顆鑽石怎樣了？我為你做的那顆？」

「我……我跟凱西求婚那天送她了。」

「原來如此。」

「在她的年代，男生求婚時送女方鑽石，是一種傳統。」

不知怎地，我覺得跟她談凱西和我們訂婚的事，超不自在的，安娜又不是不知道。我結結巴巴地說：「凱西現在還戴著，我在她婚禮看到她時，凱西戴了一串阿嵐幫她訂製的帶鍊，那顆鑽石就掛在鍊子上。」

安娜轉過身，「我們是在浪費時間。」她回頭對肩後說。

我抓住她的手臂，阻止她離開，「安娜，我……」

她看著我，眼神有種我從未見過的情緒。「你無須解釋，季山，我只是好奇而已。」

我踏進一步，輕輕扣住她的手臂，「我想，我比較喜歡妳喊我穌漢。」我沉聲嚴肅地說。

她屏住呼吸，兩人定立著，僅是彼此凝望。一隻貓頭鷹的呼聲令我們驚跳了一下，安娜眨眨眼，然後退開。「我們還有工作做要。」她說。

我點點頭，尾隨她走出馬廄，我們花了好幾個鐘頭尋找女孩，等我們折回到窗口後，我便能輕易地嗅到她的氣味了，可是我們一進入皇宮，她的氣味便消失了，彷彿女孩從不曾離開她的房間。我們好不容易找到女孩的房間，卻發現她已人去樓空，所有家當也都被移走了。

太陽升起，我們用聖巾喬裝自己，可是我們從主廚身邊經過時，安娜卻被喚去廚房工作。我耗了一個小時才接近安娜，因為她身邊都是人，我們不想無故消失，啟人疑竇。等安娜從廚房女工變成宮中僕人，找到一只水罐拿著時，我又被喚去幫一群人扛車，讓他們安裝新輪子。

工作完成後，我們在皇宮裡穿繞，一個個檢查房間，不僅一次的迷路，最後終於再次聞到女孩的氣味。我循著氣味來到一個被守衛擋住的大房間，他瞧了我一眼，伸出手，不許我進屋，卻為安娜開門。

安娜聳聳肩，低頭鑽入屋中。我移到守衛看不到或聽不見我的地方，但又近到能看到安娜出來。我在那邊來回踱步，精緻的地毯都被我磨出洞了，最後安娜終於出現了，我們在建物角落碰頭。「那是後宮，很大的一個後宮。」她眼神因緊張而發亮。

「所以呢？她在那兒嗎？」我問。

「沒有，不過她有很多絲布放在那兒。」

我雙肩一頹，「那咱們只得繼續找了。」

「不用了，穌漢，我知道她在哪裡。」

「在哪兒？」我問。

「她們在幫她準備婚禮，那群女生很快會離開去幫她打扮。」

我有點過於使勁地抓住她的肩膀，「我們遲一步了嗎？」

「沒有，我們跟蹤那些婦女，她們會帶著我們找到她。」

我們候著，但那些女人一直沒過來。

「我去問問守衛。」安娜表示。她回來後說：「她們已經離開了，是從後門走的，我對守衛說，她們會找我，守衛便把方向告訴我了。跟我來，咱們得快！」

兩人匆匆穿越迷宮般的走廊，最後來到一間浴室。有幾名女孩正在擦拭地上的水。「我們來晚了嗎？」安娜問：「我們是來送禮給皇上和他新婚妻子的。」

「他們已經走了。」一名女孩冷冷地說。

「謝謝妳。」安娜嘀咕道，兩人衝出門口。為了避免遭受太多干擾，我們直接穿越時間，最後來到一間大寢室。門開了，一名僕人匆匆走出來，我們趁門關閉之前，從兩名守衛身邊鑽進去。我聽到一記吼聲，以及許多人的呼喊，聽起來像是戰役或排隊行軍的士兵。

我們悄悄挨近，即使我們沒有隱身，厚重的地毯也會掩去我們發出的任何聲音。一名男子的聲音在偌大的寢室裡迴盪，我們看見苦尋不到的女孩和她的許配對象——皇帝了。他們站在一片鳥瞰訓練場的陽台上。

皇帝說：「我有份結婚禮物要送妳，親愛的。」他打開包裹，把裡面的東西拿給女孩看。女孩伸出指尖觸摸男子拿的那片布，淚水自她面頰滾落，皇帝用嘲諷的語氣繼續說道：「昨晚發生了一件趣事，好像有頭犁馬戴著這條圍巾闖入宮裡，馬兒吵得要命，守衛將他帶走，關到馬廄裡。沒想到今早我們在馬廄裡看到的不是馬，而是一名絲匠。我們問他到底用了什麼法術，還有他為何來此，結果他不肯說，拒絕解釋他為何深更半夜闖入寡人的皇宮裡。」

我向前踏出一步，想公然跟他對幹，但安娜搭住我的手臂，按捺我的脾氣。她的手扣住我的二頭肌，將我定在原地，等我回頭想問她時，卻看到她的嘴緊抿成線，臉色雪白。

女孩雙肩顫抖，那卑鄙的男子接著說：「我只能假設他是來暗殺我的，妳真是太幸運了，妳的未婚夫還能安全無恙。」

女孩緊握著拳頭哭喊：「他不是來刺殺你的！」

我皺著眉，這女孩真是缺心眼，完全看不出男人是在套她的話。

「他不是嗎？妳確定？妳又不比這邊任何人更了解他，也許他是為了完全不同的理由而來的，妳認為他為何要來，我親愛的？」

別回答，我心想，*保持沉默*。可惜女孩似乎守不住口風。就某種程度而言，她跟那位絲匠真是天作之合。

女孩狼狽不堪地瞎編故事，「我……我相信他只是想替我多送些絲線過來，也許他被某個術士給害了，需要一些協助。」

她牛頭不對馬嘴地來回掰了一會兒，我真希望那皇帝能快點收尾，好讓我們抓住女孩衝出去，讓她跟她的絲匠團聚。可接著男子帶她來到陽台上，*他是打算把女孩扔下去嗎？*

我聽到鞭子一響，渾身血都涼了。皇帝把拎在手裡的圍巾往女孩臉上一塞，自己氣到臉色發紫。「妳以為我認不出妳的手藝嗎，親愛的？」他說：「妳喜歡的是這個男的。」

女孩求他饒了年輕人的命，但我知道那是在白費力氣。我看著安娜，她似乎完全鎮不住這場面。「也許我們應該先去救那男孩！」我說。

她木然地搖著頭，我抬眼瞅著皇帝，此人狡猾至極，我的聲音壓得很低，他應該沒聽見，但他卻狐疑地掃視房間，最後才把頭轉回女孩身上，進一步羞辱她，要她否認喜歡那名年輕人。

女孩自是矢口否認，但絲毫不具說服力。我挨近望向陽台外，年輕人聽到女孩不要他了，渾身發抖，我翻著白眼，這兩人也太絕配了，他怎會以為她不愛他？更誇張的是，他是怎麼變回人形的？

我意有所指地看著安娜，她再次搖頭，這時皇帝發話了：「我就是需要聽這個。」接著他揚聲喊道：「讓他別再受苦了。」

所有底下的士兵舉起弓，我低吼一聲，衝向陽台，準備在他們射中標的前，擋去箭枝，然而我一碰到石頭，身體便當即僵住，僅能移動頭部，其他部位皆動彈不得。

我轉向安娜，看著她滿眼淚水地走向我。時間停止了，女孩用手摀著嘴，皇帝把身子探到陽台外，眼中散射危險的怒火。「妳到底做了什麼？」我喃喃問。

「我們不該救他。」安娜說。

「妳要強迫我接受這種選擇？」我問：「強迫他們？」

安娜無須回答，因為我看到她堅決的眼神。我們之間營造起來的脆弱關係斷裂了，碎成痛苦的破片，她扭過身，時間再度流動——也就是說，對每個人與每件事——唯獨我例外。我僵在陽台上，眼睜睜看著為情所困的年輕人被幾十枝箭射中，我咬牙聽著自鳴得意的皇帝對女孩說：「別忘了這次教訓，可人兒，我絕不戴綠帽子。好了，把自己收拾好，準備咱們的婚禮了。」

阿娜米卡用聖巾喬裝自己時，我瞪著她，覺得受到背叛，十分氣惱。不知她為何要對我隱藏她的意圖，難道我尚未獲取她的信任？如果安娜肯花時間解釋，也許我會同意她的計畫。

安娜蹲下來，撫著哀哭的女孩，她低聲安慰，講些不痛不癢的話，諸如只要看到她送給他的圍巾上的繡工，她的絲匠便會永遠伴著她。我不屑地搖著頭。安娜和女孩消失了，丟下隱形的我，獨自僵立在原地。我看著士兵們搬走陽台下那可憐人的屍體。

她怎能如此冷酷？我心想。我們原本可以毫不費力地救他，因為我們有法力。我從不像卡當，或像安娜那樣相信命運，我還不確定我已找到自己的命運，不確定目前這種生活，就是我的天命。我之所以會按照卡當的清單去做，唯一理由就是，沒有什麼是鐵定的，我們所做的事沒有一件不能更改，迄今他要求我去做的事，沒有一件是違反常理的。也許現在要有所改變了。

我頸子裡的血液在血管中重重敲擊，我快氣瘋了。清單上並沒有明說，讓那男孩死掉。安娜故意選擇袖手旁觀。為什麼？我一再尋思，她雖是個不折不扣的戰士，但她痛恨殘酷的死亡，而男孩的死正是那樣。

皇帝回來了，他大發雷霆，僕人和兵卒慌忙到處去找女孩。阿娜米卡的做法令我怒不可抑，她回來後，彈了彈指頭，我的身體放鬆下來，又能動了。我越過瓷磚地板怒瞪著她，怕自己開口就沒好話。房裡的人現已散盡，但氣氛異常凝重，兩人之間一觸即發，只要一點星火，便能將我們炸開。

安娜似乎理解我的心情，半句話不吭地伸手揮動火繩，直到出現漩渦。那漩渦劈啪地響著火花，彷彿感知到緊張的氛圍。看到我依舊不動，安娜揚起一邊眉毛。我心一橫，三個箭步衝向前，將她攔腰抱起，雙腳離地。

安娜在我身上掙扎，我緊抱住她說：「別動。」

她靜下來，用手環住我的脖子，我把懷裡的她挪了一下，然後躍過時空的裂口。

14 擅闖

我們落在山居家中的草地上，回到了我們的時代。我放下安娜，然後扭身邁步走向門口。我一進屋，安娜預先送回來的小男孩便衝上來，男孩看到我的表情後連忙退開，老僕亦然。星兒遠遠繞開我，跑去迎接他的女神，而我則進入大廳，重重關上背後的門。

我來到自己房間，這房間我很少用，我忿忿踱著步，卻消不了氣，又走下長長的階梯，走到通往外頭的祕密通道。我三步併做兩步地躍下台階，到了階梯底處，不顧不管地任通道入口開著，然後立即化成虎兒。

我奔向森林，不在乎有誰看見，然後穿過樹林，找到一棵腐朽的樹樁，用爪子和利齒撕咬，直到四周全是撕亂絞斷的木塊。我還是氣憤難消，又去追趕一群動物，朝牠們的腿又咬又抓，我並不想殺牠們，只是想盡量鬧牠們罷了。

等我重重喘著氣，舌頭垂在嘴邊後，才往林子深處走，最後在溪邊找到一個黑洞。我深深汲飲，讓冰冷的河水平靜我腦中澎湃的熱血，然後爬進洞裡蜷起身子，把頭枕在腳掌上。

我八成是睡著了，因為我被聲音驚醒時，月兒已經升空了。我靜靜不動地躺著張開眼睛，掃視森林，我瞥見水花，然後聞到茉莉花香。我抽動尾巴，全身都活了過來。我抬起頭，重新調整身體的位置，持穩重心，然後候著。我皺起鼻子，張著髭鬚，默聲低吼。闖入者悄悄走近，腳步幾近無聲。

等她到了適當位置後，我從藏匿處一躍而起，朝她衝去。我抓準時間，張牙舞爪地躍入空中，像幽暗如夜的死神一樣。我的受害者並未逃逸，也沒有尖叫，反是用一對綠眼轉向我，毫不抵抗地張開雙臂迎向我的攻擊。

硬要撤手是不可能了，但我還是盡力了，結果反而撞得更凶。老虎整個身體撞在她身上，力道大到可以斷腿折骨。我扭身低下頭，以免牙齒刺穿她，同時間收回爪子。可惜那樣還不夠，我們倒了下來，我的身體撞在地上連翻帶滾，安娜用雙臂抱住我，我發現我們一起翻滾。

我的背部重重撞在一棵樹上，兩人才停下來。我的尾巴是唯一沒受傷的地方，但我知道安娜必然傷得更重。我試圖挪開身體，但整個卡在她和樹之間，我不想害她傷得更慘。她的手放在我的肋骨上，我開啟與她的連結，想探知她的情況，幸好發現她只受了瘀傷，並未折斷骨頭，雖然我的爪子還是在她的大腿上抓出一道醜痕。

「沒事。」我粗聲哼哼唧唧時，安娜大聲說道。她朝我的臉伸出手，撫著我的絨毛。「你應該生我的氣，穌漢。」她說：「我不怪你攻擊我。」她嘆口氣，挪開身子，我翻身腹部趴地，伏了下來，打量她用聖巾包紮的腿傷。口子很深，正冒著血，可是聖巾包上後，血流便緩下來，幾乎不再出血了。

知道她沒受重傷後，我的氣又上來了。安娜之前的做法太過殘酷無情，但我知道她不是那種人。她的行為令我不解，我再怎麼絞盡腦汁，也想不出辦法解釋她的坐視不管。一名男孩因她而枉死，她還對我施用法力，不讓我阻止男孩的死。

我站起來，在她四周踱步。我哼著鼻子，發出嘶聲，邊繞邊縮短我們之間的距離。我知道那不是紳士的行為，被老虎這樣困住，她應該嚇壞了。凱西絕不會原諒我幹這種事，然而安娜只是坐在那裡，理所當然地看著我虛張聲勢，她咬著下唇，這是她受我干擾的唯一跡象。

最後，我猛然一撲，落在她面前，然後發出足以震破耳膜的巨吼。巨吼之後的死寂，跟吼聲一樣轟然。安娜動也不動地，沒有為自己辯解，甚至沒有退縮，若非她徹底信任我，就是她根本沒把我放在眼裡——這點挺令人洩氣。

我皺著鼻子，仔細端詳她，發現她正在哭。偉大的女神杜爾迦垂著頭，長髮掩去了她的面龐，正在默默哀泣。要不是我聞到了淚水的鹹味，也許根本不會知道。我在漫長的一生中，從未見過女生這種哭法。

我與她的連結力道奮力地扯著我。我很快坐起，直勾勾地盯著她。凱西哭的時候，會哭得唏哩嘩啦，淚水噴流——內心悲痛，外表狂烈——而且還加上各種錯綜糾結的情緒。凱西的情緒激動張揚，很難收束和安撫。等她哭完後，便會筋疲力盡地睡上十二個鐘頭。

但阿娜米卡的淚水，卻像幽靈般地似有若無，她僅容許最少的情緒進入心中，更別說是讓情緒外露了。這令我想到戰士的眼淚——他們會在營火邊的黑暗裡，羞恥地偷偷掉淚。戰士們在疲累的殊死戰後，用沾著淚痕的毯子將自己裹住。

若非我與她有連結，在評估她的傷勢時，彼此還維持暢通的牽連，搞不好我會以為她沒事。她面頰上的溼痕，或許會被誤為晶亮的月光。安娜是如此的克制，禁抑她的悲傷，但她真的很難過，事實上她幾乎被悲痛淹沒。我聽到上空傳出劈雷聲，一記閃電擊中森林裡的一棵樹。

我不想感受安娜的痛苦，不想拉下身段去安慰她，尤其在她做過那樣的事情之後。可是我不自覺地向她走近，安娜抬手抱住我的脖子，把臉埋入我的絨毛裡，她的飲泣聲跟著消失了。我很訝異她並未主動切斷我們的連結，事實上，她貼得更近了，她將我所有憤怒與遭受背叛的痛承接過去，予以消化並接納。

我的怒意慢慢退去，我打開心懷，進入她的思緒，感覺她壓抑哭聲時，哽痛的喉頭。她輕撫我的背，讓我透過她的眼，明白發生了什麼事。當時卡當出現了，我應該要早點猜到的。

當時安娜要折回來告訴我蠶夫人的去向時，卡當在大廳裡找到她。卡當三令五申地表示，歷史應該按它該走的方式進行，堅持要安娜阻攔我解救男孩，說我必須讓命運決定那位絲匠的命。阻止我們在馬廄裡將馬兒變回男孩的人，正是卡當。他接著告訴安娜，我若救了絲匠，蠶夫人將永遠不會遇到凱西，不會指點我們去見巨龍。若將那名青年從宇宙的千絲萬縷中抽開，後續的事件將會破壞我們所完成的一切。卡當的話和態度令安娜害怕，卡當的無事不知無事不曉，所訂定出來的崇高目標，令安娜充滿畏懼。

那一刻，我好想把這位恩師撕了扔進地獄裡，或至少丟到安娜和我共存的可怕境地中。對我而言，那裡與煉獄無異。自從凱西和阿嵐離開後的漫長歲月裡，我覺得自己困在可怕的地獄邊緣，夾在凡人與仙界之間，迷失在時間的洪流裡。

接著我想起卡當與我們一樣，陷在同樣的可怕循環中。他跟我們一樣，都是受害者。可是現在，卡當真的死了。諷刺的是，我竟會對一名死者如此怨忿，可悲啊。每次他在我們其中一人面前出現時，都只是逝者的回聲罷了。他最後一次來訪會是何時？是否已經發生了？

卡當的死在我心中造成巨大的傷害，就像被連根拔去的大樹一樣，在地面留下了一個大窟窿。我們為他的去世悲傷，但卡當並未真正離開我們，還未完全離開。他在背後四處埋下小小的種籽，即使我們試圖走出自己的路，還是會遇到他的分身，再次感受到他的影響。不知失去他的哀慟，是否有終了之時。

意圖避開卡當希望我們走的路，簡直跟踢踹蟻丘一樣白費力氣，卡當一定會重新建構，或設法繞過我們。無論是哪種方式，我都不能責怪阿娜米卡聽從他的話。卡當是她的老師，也是我的恩師，安娜跟我一樣信任他。卡當安排我們一起走這條路，無論如何，我都不會離開安娜，讓她獨自去面對這場詭譎的人生。

我閉起眼睛，化成人形，然後把渾身顫抖的安娜抱到我腿上。她緊摟住我的脖子，我輕撫她的背。「噓，安娜，我不怪妳，一切都會沒事的。」

「絲匠因為我的決定而死了。」她貼著我的脖子喃喃說。

「我們以前也做過類似的艱難決定。」我說，聲音被她的頭髮悶住。

「是啊。」她抽顫地吸了口氣，然後抬頭望著我的眼，「但他只是個孩子啊，不像其他人是戰士。」

上空再次傳來雷聲，我用拇指拭去她頰上的淚說：「妳只是做妳該做的事罷了。」

「是嗎？」她難過地問。

我重重嘆道：「是的。卡當不是殘酷的人，他若認為年輕人必須死，他就得死，否則……」

我話聲漸落，覺得這番安撫的話十分油滑而不恰當。我不是不信任卡當，我相信他，相信他認為那件事必須發生，我只是不知道自己是否已經真的相信了。

「你也在懷疑我的做法。」她說。

「不，不是妳的。」

「下次我會先跟你商談，穌漢。」她堅持說：「我跟你保證。」

「謝謝妳。」我說。

「我沒找你商量便擅做選擇是不對的。」

現在她比較自制了，我刻意把手從她身上挪開，貼到地面上。「妳以為我會阻止妳。」我簡單地說。

安娜抬頭點了一下，然後站起來對我伸出手。我拉住她的手，瞄著她破爛衣服下露出的腿傷。「無論你是否想阻攔我，」她說：「我們約好了，要共赴任務。」

我起身拉著她的手，但沒讓她分擔我的重量。「很抱歉把妳弄傷了。」我笨拙地說。

「你對我的傷害，不會比我傷你更重。」

我們開始走回家。「我想我傷妳更重了些。」我逗她說：「等我們回去後，我用卡曼達水壺幫妳療傷。」

「我還想泡個熱澡，好好睡一晚。」

「我也是。」

我們並肩默默走回山居的家中，等來到山腳時，安娜停了一下，看著在山腳紮營的大批民眾，那就像一座冒出來的小城市。我豎耳傾聽，聽到至少六、七種樂聲般的語言，但氣氛卻十分愉快，大夥彼此尊重。

「我們必須送補給下來。」她數著大地上的營火，焦急地說。

「這事我會處理。」我疲累地說：「我們要不要繞到後邊。」我想到祕密通道。

「不用了。」她轉向我，環住我的脖子，身體緊挨在我身上。

我雖覺得困惑，卻本能地順勢攬住她的纖腰，我的眼神垂到她柔軟的櫻唇，以及她閉眼時，輕掩在臉頰上的烏黑濃睫。我們四周的空氣起了變化，明亮的金光圍住我們的身體，像染著夕陽的海水浮沫般輕輕冒著泡。風將我們帶往夜空中，她的頭髮隨風飄動，擦過我的臂膀。

我們飄到營地上方，她的法力環繞住我們，兩人臉頰相貼，彼此緊擁。我不確定我們的爭吵是否完全弭平了兩人之間的隔閡，但彼此的距離確實比之前小多了。降落地面後，我拉著她的手送她回房間。離開她時，我在關門前對她淺淺一笑，然後去找我們的年輕學徒星兒，把黃金果交給他。

當我告知星兒黃金果的神力時，他的眼睛都快掉出來了。我為他示範果子的用法，然後把他留在補給室，要他製造足夠餵養兩千名士兵的食物。星兒興致勃勃地開始工作，聞到空中飄著糖和蜂蜜的甜香時，我忍不住哈哈大笑。

我在就寢前火速洗了澡，連身體都懶得擦，我像老虎一樣地用力甩著溼髮，然後鑽進被子裡。我睡了整整十二個小時才挪動身子，我一動，便立即察覺事有蹊蹺。我的頭疼痛溼滑，眼前飄著黑色的線條。有人摸進我房裡痛毆我的頭部，我若是凡人，只怕早被殺死了。

我坐起身，結塊的棕褐色血片從床單上脫落，我頭昏眼花地摸著後腦的腫塊站起來，接著差點摔倒，我喘著氣，急忙去抓床柱，努力站穩發抖的腿。我踉蹌前行，朝安娜房間走去，我猛力拉開門，結果發現她房間已被洗劫一空，床上無人。我的鼻子聞到幾名男子的氣味。*他們是怎麼進來的？*

我出聲喊星兒和安娜的僕人柏文，兩人都沒回答。我慌張地搜尋安娜的房間，她把護身符脫下來了嗎？她唯一會被逮住的原因，就是跟我一樣被擊中頭部，也就是說，她把護身符取下來了。安娜洗澡時有時會拿下護身符，雖然我不僅一次地警告她不能離身。

我翻找她的珠寶盒，看裡面還剩什麼，結果沒找到任何值錢的東西。她的武器和這些年來，人家送她的值錢禮物都不見了，我瞥見簾子後方那條金色的尾巴時，鬆了口大氣。

「芳寧洛。」我說：「妳能幫我找到她嗎？」

金色的眼鏡蛇眨眨眼，鬆開盤起的蛇身，開始膨大至正常大小。她滑過阿娜米卡的床，吐著舌信測嚐空氣，然後纏到床柱上，迅速往下滑到地板上。我跟著她來到安娜的浴室，芳寧洛把頭探到石頭邊緣的一條毛巾底下。

我拾起毛巾，果然，護身符咚地一聲掉到地上了。幸好有芳寧洛，我將護身符掛到脖子上，然後垂手讓芳寧洛纏上來化成金手環，我衝出房間，跟循著那群男子的氣味。他們的氣味從祕密通道傳來，我咒罵自己前一天離開時，竟粗心大意地沒把密門關上。我不想浪費時間奔下階梯，便直接騰空躍入漆黑的空中往下墜落，利用風力減緩跌速，最後輕輕蹲落在階梯底下。

這次我關掉背後的密門後，以護身符將門永遠封住，然後開始循著綁匪的的氣味狂奔。芳寧洛的碧眼為我照亮地貌，雖然我的虎眼在夜裡已看得夠清楚了，但我發現，芳寧洛若把目光轉到動物身上時，牠們的輪廓會格外清晰。「幫我找到他們。」我輕聲對她說：「幫我尋找安娜。」

他們可以擊敗沒有護身符的安娜，使她昏迷。他們應該無法使用弓箭或揮動戰錘，但他們很可能把武器帶走了。假若他們人手足夠，大可輕鬆分擔武器的重量，而我的鼻子告訴我，那幫人為數頗眾。

事實上，他們的數量越來越多，我邊奔跑邊聞到更多的氣味，想到他們可能對安娜不軌，我便渾身血冷。安娜雖貴為戰士，但缺少法力，她無法應付這麼多人。為了不去想她所處的險境，我開始思索對方的身分，試著釐清誰是主謀。老實說，我們樹敵不少，即使只在目前的年代。

奪取女神的法力會是一大動力，我們雖部署許多護衛，但顯然還不足夠。我對自己的工作太自滿，太掉以輕心了，我在有人潛入我房間之前便該醒過來，更別說讓對方趁隙毆擊我的頭。

的確，我們皆因先前的工作而筋疲力盡，但那不是藉口。阿嵐若看到這種疏失，定會把我的尾巴扯斷。我奔馳至天色再度轉黑，然後進入森林裡。我的夜視能力、嗅覺加上靈敏的聽力，我趁他們放慢腳步時加緊追上。

我終於看到他們的營火了，火焰上劈啪爆響地烤著肉，害我口水直流，我已經一段時間沒有進食了。我將芳寧洛放到地上，問：「妳能找到安娜嗎？」金蛇抬起頭，張開頸扇，然後轉向右邊，在空中上下搖晃，接著又轉向左方，她慢慢收起頸扇，垂下上半身，然後鑽入草地裡。

我努力地跟著她，繞過營區外圍，但芳寧洛離一名守衛太近了，守衛大喊一聲奔了回來。我蹲下身子，以免被舉起彎刀往地上砍的守衛瞧見。我張開嘴，但什麼都沒說，男人警惕地跳開，接著另一個傢伙也過來了。

「怎麼了？」男人問。

「有蛇。我從沒看過那種蛇，我想大概是白子吧，我不確定有打到牠，這會兒又找不到啦。」

我正打算再次移動，希望芳寧洛沒受傷時，有個東西擦著我的腳，是尾巴不見的芳寧洛。我用指頭順著她的身體往下摸，她扭動身子，張開嘴，然後就在我眼前，一條新尾巴長出來，取代掉舊的尾巴了。

芳寧洛扭頭檢視自己新生的下半身，然後再次穿林前行，離守衛們遠遠的。我們圍著營地繞行，最後芳寧洛停下來直視前方。我的手觸到一棵蕨類，便將它推到一旁，接著我看到綁在樹上的安娜了。

我撈起芳寧洛，等安娜附近的守護打盹後，才慢慢溜近。安娜的下巴有一大塊瘀紫，頭頹在胸口上，兩臂被反綁在背後的樹上，雙腿也給綑住了。她身上僅穿著睡衣，衣服拉到大腿中央，衣領被撕碎了，酥胸半掩。我看不出那是她掙扎時扯破的，還是她已受到了凌辱。

她修長的腿和胳臂上，有好幾枚指印大小的瘀青，我憤怒地咬緊牙關，真想殺死那些碰觸她的人。那些聚在火堆邊的男人用帶著鼻音的方言，大談他們的奸巧與奇襲成功。有個傢伙暗示他打算對安娜做什麼，其他人則公然亂吹噓。大夥爭執著誰有權先動她，然後恭喜那名用法力把老虎擋住的男子。

我渾身一僵，仔細聆聽。原來這群人跑去找拜賈族的祖輩，其中有位巫師。知道自己並未失職，頗令我釋懷，這其中涉及了法術。阿嵐也是被這種魔法所擄。他們繼續威脅要對付女神，而我能做的，就是不立即殺掉他們。

我不是不打算殺他們，我會的，我只是希望先確保安娜的安全。我探向她，幫她整理衣服，然後拍拍她的臉頰。「安娜？」我悄聲說：「安娜，心愛的，妳得醒醒。」

她呻吟一聲，發出哀鳴，像醉酒似地垂著頭。

「安娜。」我搖著她的肩膀再次說道：「我得帶妳離開這裡。」

她舔著乾裂出血的唇，然後把頭從我身邊扭開。「不要。」她低聲說：「不要！」我摀住她的嘴，免得她吵醒守衛，但她以為我是其中一名攻擊者。安娜斷斷續續地吸氣，我看得出她就要尖叫了。

我把手挪到她的下顎，在心中對她說話，安撫她。半昏半醒的安娜立即放鬆下來，知道我不會傷害她。我取下頸上的護身符，掛回她身上，輕撫她瘀紫的臉，然後挨近低聲說：「回家吧，安娜，妳得回家去。」

「回家。」她用粗啞的聲音說。

我還來不及把手抽開，兩人已捲入時空通道中，落地時，安娜的上半身因不再有樹木支撐，重重地摔在地上。我心疼地抬起她淤紫的身體，把她的頭枕到我膝上。我們所有武器都留在那邊了，安娜昏迷不醒，我前方有一大片莊園，顯然是印度的屋宇。

一名年輕男子從樹林裡衝出來，後面跟著一名長腿綠眸的女孩。

「安娜。」我震驚地喃喃說。

我們來到安娜的過去了。十幾歲的少年正是桑尼爾，而他身邊的女孩則是年少的阿娜米卡。

兄妹兩瞪大眼睛走近，十幾歲的阿娜米卡蹲到我們身邊，「快去找父親來，桑尼爾。」她用充滿悲憐的眼神看著我們，「那女的受傷了。」

桑尼爾跑開了，我還來不及阻止，小美女已伸手撫摸年長的安娜的頭髮了。我身邊的女子身形一閃，消失變成一團化入空氣裡的金光，身上佩戴的護身符跟著跌落地上。

「安娜！」我尖聲大叫抬起眼，金光環住年輕的女孩，將她抬入空中。女孩兩眼翻白，金光吸入她體中，同時往我飄近，然後慢慢垂降到之前安娜所在的位置。女孩整個人軟倒在我懷裡，就在這時，她的父兄朝我們奔來。

那戴著珠飾頭巾的高大男子醬紅著臉。

「請你別碰我的女兒！」男人喝道。

「那個女的去哪兒了？」桑尼爾問。

我什麼都沒說，只是站起來把阿娜米卡交到她父親懷裡。

15 真理石

男人垂眼看著他昏迷的女兒，我腹中一沉，彎身拾起掉下去的護身符，並抓住變成金臂環的芳寧洛，打算跟桑尼爾與他父親一起回屋子，可是我一站起來，便驚覺不對勁了。

我的腳無法移動，我張嘴呼叫他們，卻發不出聲音。就連我想變成老虎，都變不成了。桑尼爾回頭看我是否跟上，他皺著眉頭左張右望，好像再也看不見我。他扯著父親的衣袖，他也跟著往後背後瞄望，然後大聲說了些什麼，可是我聽不見他的話。

我周身的空間擠縮著，我的耳朵鼓爆，聞到空氣中飄散風雨將至時的氣味。我身上承受可怕的壓力，阿娜米卡的父親離我越遠，感覺便越糟，彷若她硬生生地被搶走了，那撕裂的感覺，比我經歷過的任何事都難受。

我聽到嗡嗡的鳴聲，大地像曝曬在太陽底下的漆色般褪去了。接著我的身體被擲入時空通道，腳下沒有地面，腹部有如鉛墜，我四肢蜷縮，昏頭轉向地翻滾著，一邊重重喘氣。

我昏迷了一段時間，醒時，人已躺在草地裡了。我翻身跪起嘔吐，但胃裡空無一物。我發出呻吟，頭痛難耐，整個人癱倒。我背躺在草地上，瞪著頂上濃密的樹葉，希望它能停止旋轉。我不知道安娜出了什麼事，但我知道自己必須導正事態，必須回到她身邊。

我抬起頭深深吸氣，然後再吸一口，又吸一口。我平日會聞到的氣味，此時淡到猶如不存在，即便如此，我很清楚這就是我的森林，是我消磨大部分時光的同一片林子。我認得那些地標，安娜遭受的狀況，將我擲回我的時空裡。

至少護身符還在我手上。

我雙手覆著護身符，指示它帶我回安娜身邊。沒有動靜，我用拇指揉著護身符，瞪著上面的刻字。外緣的文字跳入我眼簾：達門護身符——印度之父——羅札朗之子。

自阿嵐與凱西離去後，我一直沒去細想這些文字，事實上，我寧可不去想。安娜在我變成虎兒時，喊我達門，但我從未真心接納這個頭銜，那並不屬於我。沒錯，我確實是羅札朗之子，但阿嵐也是。沒錯，達門是杜爾迦的愛虎，是我扮演的角色，但我從未真正把護身符當作是自己的東西。護身符泰半時間都掛在安娜的脖子上，我雖感謝有護身符的法力，必要時也會用它，但我寧可不去看它。

「快啊，」我對護身符說：「咱們得把她弄回來。」

我閉眼專心凝神，依舊毫無動靜。我低吼著把討厭的護身符丟入林子裡，卻沒聽到護身符掉落地面的聲音。我擔心地起身踉蹌前行，結果聽到折枝聲，當即僵住。

有個熟悉低沉的聲音說：「我不是教過你，要尊重自己的武器嗎？孩子。」

「卡當。」他從林子裡出現，走過來將我扔掉的護身符交還給我。他靠過來時，以前那片容許他穿梭時空的護身符，在他的頸鍊上晃動。

「是的。」我說，一邊撫著完整的護身符，心想這兩個物件怎會在相同的空間裡並存？我很快拋開這個問題，因為不願多想。「但護身符跟刀子或劍又不一樣。」

「雖然它不是用精鐵所製，但達門護身符可說是你身邊最強大的武器。」

我挫敗地吐口氣，「它雖強大，此刻卻不起作用。」我說。

「是的。」卡當表示：「我想它此刻確實起不了作用。」

我的背一僵，「所以你已知道出什麼事了嗎？」

他嘆口氣，「是的，我知道。」

「如果你知道會出這種事，早該警告我們才是。」

「只因為我知道某些事，並不表示我可以或將會阻止事情發生。」

「是嗎，這令我想到……」我威脅地向他踏近，但不確定要怎麼做。我以前不是沒跟卡當打過架，在我們認識的漫長歲月裡，曾對打多回。我握緊拳頭，血液在血管中鼓動。

「想要的話，你可以打我，孩子。」他輕聲說：「我不會怪你。」

那一瞬間，他看來是如此的疲憊，極度的倦容就像披風般地披在他依然健朗的體態上。我想起失去卡當時的痛心疾首，我強忍悲傷，深埋在心底，但每每思及，那錐心的痛仍像芒刺般地絞痛我的五臟六腑，令我痛苦不堪。事實上，我仍在悼念他，嘴中依舊苦澀不已。

我對他別過身，「所以到底哪裡出了問題？」我拿起指間的護身符問。

「問題就在，阿娜米卡與過去的自己交會時，便把未來的自己，從宇宙的織網中抹去了。女神杜爾迦已不復存在，因此你們之間的連結斷開了，護身符不再具有法力。沒有女神，達門和他的護身符便失去了目的。」

他坐到倒下的樹幹上，接著說：「你們二人所該做的一切，該扮演的角色，此刻都困在虛無飄渺的中界裡了。」

我血管裡的血液凍結了，「你的意思是，阿嵐和凱西……」

「他們從未相遇，在這個星球上，你和阿嵐在很久前便死了，這個版本的你，無法幻化成老虎，事實上，你只是一名絲毫沒有法力的年輕戰士。」

「那些武器呢？」我問。

「那些武器和杜爾迦的禮物正在逐漸消逝，即使你能從匪徒手中奪回武器，並設法使用，但武器還是無法為你所用。記得我如何掙扎著使用弓箭嗎？」

「記得。」

「你會跟我當時一樣，拉不開弓，何況，那些武器將會很快消失掉。」

「那個惡魔呢？」

「羅克什嗎？」

我點點頭。

「他從未變成不死之身，因為達門護身符在這個星球上並不存在。」

「我懂了。」我頹坐在草地上，將雙腿壓在身下，然後心不在焉地用拇指撫著護身符。我失去安娜，失去自己，失去了一切。就在即將被沮喪淹沒之前，我想到了一件事。「等一等，如果護身符從不存在，那麼你現在怎會在這裡？」

卡當對我苦笑說：「你一向機巧聰敏。答案是，你能到我存在的星球上去修補問題。記得我說過，我曾走過許多可能的運程嗎？」

「記得。」我神色嚴竣地說。

「現在這就是其中一條可能的命運，事實上，這是能導致最佳結果的一條路徑。」

「什麼結果？」

「我相信你能克服萬難解救她。」

「可是怎麼做？你會帶我回她那兒嗎？」

卡當搖搖頭，「我自己沒辦法把你從這裡轉移到你需要去的時空，但我可以給你建議。」

「給我建議。」我苦澀地嘀咕說：「真令人驚喜。告訴我，卡當，我跟她處於不同的時空，建議能有什麼用？」

「你可以回到她的時空裡，季山，可是到達後，就得完全靠自己，憑你雙手的力量和機靈的心智了。你得把她從年輕的安娜身上逼出來，現在我就可以告訴你，那並不容易。即使你有護身符的法力，也會相當困難。你救阿嵐免於一死時，也做過類似的事。」

「可是就像你說的，我當時擁有護身符。」

「沒錯，但你雖然擁有護身符，還是犧牲了自己的不死之身去解救他。想救安娜，你得再度放棄某些東西，你一定要有信心，我見過你成功，解救安娜的力量，就握在你手裡。」他抬起頭，眼光熱烈而深沉。「安娜與你分享過多少她的過去？」

我聳聳肩，「不多，她很小心地守護住自己的心事，我知道她有段令她十分懼怕的過去。」

「原來如此。」他吐了口氣，表情有些猶豫。「我不認為我有資格把她的過去告訴你，但你很快便會知道了。你看到的小阿娜米卡是位非常快樂的孩子，可是即將發生的事會改變她的一生。」卡當靠向前，神情肅然，「你必須容許事情發生。」

「是什麼事？」我被自己的念頭弄得心驚肉跳。

他皺著鼻子，「我想你若是知道，便會竭盡所能地阻止事情發生。我很抱歉，季山，可是我認為最好讓你自己去發現這件事，我覺得救她的人必須是你。」

我的胃部糾緊。「救她？你指的不僅是把安娜從她年少的形體中拉回來而已，是不是？你的意思是有人想殺她嗎？」

卡當搖搖頭，「我說的話已經超過我該說的了。」

我又惱火了。「罷了，」我罵道：「那就守著你的祕密吧，只要告訴我如何去那邊就好了。」

我的憤怒似乎令亦友亦父的卡當很受傷，以前我總是對他十分恭敬，我討厭我們之間漸增的不信任，但我實在受夠那些用謎語包繞的祕密和宇宙天命之類的鬼話了。由於此時的卡當代表了一切令我不快樂的事，所以我很容易便拿他出氣。

他的眼光從我身上飄開，似乎難以忍受我的刻薄。「妳願意帶領他嗎？我親愛的？」卡當看著我的腳問。

「你在跟誰說話？」我四下環顧。

「當然是芳寧洛了。」

金蛇扭著身子活過來，舒展她蜷曲的身子，她看起來似乎跟平時的樣子不一樣。芳寧洛身上有好幾處脫皮，眼睛黯然無光。金蛇鑽過草地，來到卡當的靴子邊，然後揚起上半身抬至空中。卡當輕輕伸手將她舉起，保護地抱在懷中輕撫。

「她怎麼了？」我問。

卡當撫著她的背，淡然地看著芳寧洛脫掉一塊皮。

「她快死了。」卡當肅然地說。

「快死了？」我驚喊道：「芳寧洛不會死的。」

「我跟你保證她會，她是杜爾迦的武器之一，不是嗎？」

「是的，可是……」我張開嘴又閉上，噁心難過的感覺又回來了。

「但芳寧洛不僅只是一項武器，不是嗎？」卡當對金蛇說：「她也是份禮物。」綠色的蛇眼發著黯淡的光。

「禮物？」

「是的，就像火繩或黃金果。」卡當揮手解釋說。

「可是只有四項禮物啊。」

卡當數著手指，「四項禮物，五項犧牲，一種轉換。」

「沒錯。」我邊問邊將雙手抱胸，「我們拿到了四項禮物，那芳寧洛算什麼？」

「你知道每項禮物都呼應了護身符上的一部分，項鍊呼應水片，聖巾是空氣。」

「所以芳寧洛是……」

「時間。」他替我回答了。

「時間？」我驚呼說。

「記得我跟你談到杜爾迦的第一間神廟嗎？有柱子的那一間？」

「記得，你跟我說，凱西就是在那裡，想出如何召喚女神的。」

「沒錯，當時凱西發現了四根柱子，每根柱子上有幅場景，約略勾勒出你們不同的尋寶過程。之後我深入研究那些柱子，發現了很多事物。基本上，每根柱子代表土、風、火或水。在地底下的奇稀金達代表土，香格里拉是風。」

「是的，沒錯。我們找到火焰霸王的地方是火，七寶塔市顯然就是水了，但那跟任何事有什麼關係嗎？」我用手揉著頭髮。

卡當看著我，表情跟我少時不想動腦思考他的戰略時一個樣子。「所以有幾個禮物？」

「顯然有五個。」我本能地答說。

「護身符裡有幾個符片？」他輕聲問。

「五片。」我重述道，越來越不耐煩。

「那麼柱子的數目呢？」他意味深長地看著我。

「好吧，」我努力思索他的謎題。「你是說，還有另一根柱子代表最後一片護身符？」

「是的，原本有一根柱子，守護著護身符中，代表時間的那一片，但那根柱子被毀掉了。」

「誰毀掉的？」

卡當揮揮手，「誰毀的不重要，你應該問的問題是，柱子上有什麼？」

「好吧。」我說：「柱子上有什麼？」

「就像你說的，柱子上顯示了每次尋寶，要如何召喚女神杜爾迦。」

「可是我們已經不必再尋寶了，羅克什已經被擊敗了。」

「是的。」他同意說：「羅克什的確死了，但你的未來還有一項任務要做——拯救阿娜米卡。」

我皺著眉，「所以我究竟要做什麼？再次召喚女神嗎？像以前對阿嵐那樣地把安娜拉出來？還是大戰群龍？是你說女神杜爾迦並不存在這個星球的，她若不在，我要怎麼召喚她？」

「她是不在，不過你還是必須召喚她。你得給女神獻祭，召喚她的靈魂，然後將她與年輕時的形體分開。你若成功了，你們便能回歸正常的時間之流，年輕的阿娜米卡將扮演她命定的角色。她已經是一位權貴人士的女兒了，可是當她克服大難歸來後，將成為更了不起的人。

「你若是失敗，」卡當說：「她將永遠成不了鬥士或戰士，不會跟著她哥哥一起受訓，或學習如何帶領軍隊。她的人生未必不快樂，但女神杜爾迦將永不存在，所有她已經施作與曾經做過和即將去做的善事，都會灰飛煙滅。」

我用食指和拇指掐著自己的鼻梁，「好吧。」我說。

「好吧？」

「好吧。」我抬起頭，「我去就是了，我去獻祭，做任何該做的事。如果你認為我能帶她回來，解救她，那我就去。」

卡當審視我良久，感覺像是看著將來的我，但卻覺得我還不夠格。此事對我的干擾遠超乎想像，「好。」他說：「你帶著她吧。」

他站起來把芳寧洛交給我，然後在我腳邊扔了一個舊背包。

「這是什麼？」我把背包扛到肩上。

「裡面有把刀、衣服、補給品，還有……還有一顆鳳凰蛋。」

「你是指我房裡的那顆嗎？」

「是的。」

「你幹嘛把蛋放到袋子裡？」

「因為你該發掘真相了，季山。」

「真相？」我得到這顆蛋時，鳳凰曾警告我說，這顆蛋永遠不會孵化成鳳凰，但它會成為一顆真理石。目前就我所知，它不具任何法力，我試著往蛋裡窺探幾次，對它提問，希望它能賜給我鳳凰應允的智慧。最後我放棄了，理論上，蛋裡頭有一顆鳳凰的心。可是沒有任何光，甚至連杜爾迦的法力，都無法穿透它珠光寶氣的殼。我猜它只是不肯對我做回應罷了。

卡當搭住我的胳臂，「有個裝滿火焰果汁的罐子，那是我唯一能給你的東西，省著點用，因為現在你已成為凡人了，你有可能受傷，甚至被殺死。自己要小心哪，孩子。」

「我會的。」

「還有，帶她回來。」

「我會盡力。」

「一定要做到。」他壓了壓我的臂膀，眼神明亮銳利。我覺得卡當還想說點什麼，卻故意保留不說。他揉著芳寧洛的頭，「你一定得趕在芳寧洛的法力消失前，讓她帶你找到她的女主。祝你好運，再見了。」

我還來不及回應，卡當已抓住項上的護身符，然後消失了。

「呃，」我對芳寧洛說：「看來現在只剩下妳跟我了。」

金色眼鏡蛇扭頭抬望著我，來回吐著舌信。金色鱗片從她身上脫落，掉在草地上。她吃力地抖動轉身，張開頸扇，來回擺動身體，彷若隨著魔術師的音樂舞動。一股冷風降臨我身上，我渾身瘩疙豎起，似被死亡冰涼的手擁住。頭上的樹葉沙沙輕語，沉重的樹枝在風中咿呀作響。

太陽篩過枝椏，射下一柱光，但光線並不溫暖宜人。我恍惚地跟隨芳寧洛仰向陽光，起伏不定的頭。空氣在我肺中摩擦，金蛇平時溫暖的皮膚，摸起來十分冰冷。我一踏入光裡，我們便被吸入真空之中，我感覺自己放聲尖叫，卻聽不見聲音。

前一刻，我還在除了痛苦的白光外，別無他物的明亮空無裡，下一刻，我已在多岩的路徑上踉蹌搖擺了。我在摔倒前勉強站穩，但芳寧洛還是從我懷中跌了出去。背包重重地落在她身邊。

「芳寧洛！」我大喊著蹲下去看她是否無恙。她之前看起來已經不怎麼樣了，這會兒變得更糟糕。我急忙從袋子裡拿出裝著火焰果汁的瓶子，在她張開的嘴裡滴了幾滴，並確定汁液沒滴在她身下的地面上。一會兒之後，芳寧洛稍稍復原，但她的身體還是死白的，不過她勉強把自己變成金環了，我將她拾起，收入袋子裡。

一片熟悉的屋宅落在遠處山丘上，我認出那是安娜的家。我拎起袋子，朝她家走去。那地方遠遠看來雖然平靜，但我走得越近，便很快發現屋中有騷動。僕人們在建物間奔跑，人們聚集在馬廄邊。馬匹一一被牽了出來，我還不及接近，通知眾人的號角便響起了。他們呼喝著揚起劍，朝一條離開屋舍的泥土路上衝去，留下絞著手，哀哀哭泣的老弱婦孺。

「好心的女人。」我對一位在花園裡工作的佝僂婦人說：「這裡出了什麼事？」

女人轉頭看我，大滴淚水滑下她皺巴巴的臉頰，濡溼她髒掉的上衣。「他們奪走我心愛的女孩了。」

「誰？」我輕輕搖著她的肩膀問：「是不是有人擄走安娜了？」看到她只會搖頭，號啕哭著彎身繼續工作，我的心都涼了。

我走向屋子，怎麼樣都無法放下眼前的混亂，我發現倉房裡傳來騷動聲，聽到一聲咒聲，接著是馬匹煩躁的嘶鳴，我聽到durbala這個意指無能、卑微的字眼，便笑了。阿娜米卡曾經用那個字羞辱我，我繞過角落，以為會找到安娜，結果卻看到她的雙生哥哥桑尼爾，徒勞地想騎到一頭暴躁的小馬身上。

「別亂動！」他喊道，一隻腳被卡在馬蹬裡。他跟著轉動的馬兒蹬跳，身體幾乎站不直。

「需要幫忙嗎？」我抓起韁繩。

「謝謝你。」他七手八腳地快速騎到馬上。小馬甩頭想掙脫我的手，但我緊抓住韁繩。「嘿。」他認出我的臉說：「你就是兩個月前失蹤的那個人。」

兩個月？芳寧洛顯然無法將我帶回我們離開的那個時間點，可憐的蛇，我舉起袋子，至少我們來對了地方，即使時間點有差距，應該還無妨吧。

「沒錯。」我答道：「正是在下。令妹還好嗎？她康復了嗎？」我假裝冷淡地問。

「你一離開，阿娜米卡就醒了，她不記得你或跟你在一起的那個女人，甚至不記得自己昏倒過。」

「真的嗎？」

「你失蹤時，我父親真的好生氣。」

「呃，跟我在一起的那名女孩跑進林子裡了，她傷得很重，我只好跟過去。我只是想先確定你妹妹沒事。」

桑尼爾了解地點點頭，「我就是那樣跟家父說的，但他不肯相信我。」

「所以呢，」我說：「她在這裡嗎？我是指令妹。」

桑尼爾一聽便掉下淚，「她被擄走了，所以我才想離開，我比任何人了解安娜，我可以找得到她。」

「擄走？」我的心臟驚跳，「是誰幹的？」

「問題就在那兒，家父並不知道，安娜在夜裡被一群小偷擄走了。」

「你怎會知道是小偷？」我問：「她有可能只是躲起來罷了。」我嘴上這麼說，其實根本不信。我心底清楚，這就是卡當警告我的那種情況。

「我們費了一整天找她，可是今天傍晚，家父在安娜房中找到了足印。」桑尼爾說：「家父請了追蹤專家追尋他們的去向。」

「令尊可有仇人？」我問：「某個想傷害你們家族的人？」

桑尼爾搖搖頭，「我不知道，我不明白誰會幹這種事。」

我抓著桑尼爾的肩頭，「我可以幫忙，我很擅長追蹤。」

他的眼睛一亮，興奮地說：「你可以陪我去！」

我抬著頭考慮他的話，「令堂知道你要加入救援嗎？」

桑尼爾咬著唇，完全露了餡。

「我想我應該先跟令堂自我介紹，也許到時她會讓我們離去，你還有別的馬能借我騎嗎？」

他點頭如搗蒜地說：「來吧。」桑尼爾滑下座騎，「我現在就帶你去見她。」

我跟著桑尼爾來到屋宅，他帶我穿過打開的門廊，來到屋後鬱鬱蔥蔥的花園。拱門上垂著長串垂掛的紫色九重葛，我低頭從下行過時，花串搔著我的肩膀。花園裡滿是開花植物，玫瑰、金盞花、杜鵑、百合、蘭花，當然還有茉莉花。難怪阿娜米卡如此喜愛花卉。

我撫弄一朵精巧的百合，想到自己心愛的女孩，葉蘇拜和凱西都愛花，阿娜米卡也喜愛花朵，感覺滿好的。桑尼爾繞過我奔過去喊道：「母親！」

我們看見一位美麗的婦人，她的眼睛像桑尼爾，頭髮像安娜，但年紀更大。婦人臉頰泛紅，剛才哭過，她儘管悲傷，還是優雅地向我致意，並引我進入屋中。等她傳喚僕人，招待我喝過涼飲後，我表示自己是位返家的朝聖者，聽說有人擄走了她的女兒。

當我表示想幫忙尋找安娜，並請她將所有既知的線索告訴我時，她揮揮手。「外子會找到她的，全世界什麼都阻止不了他。」

我恭順地點點頭，「親愛的夫人，我有找出壞人的特殊技巧，我跟您保證，我會是個很棒的助手。」

「我也是，母親。」

「不成，孩子，你若去了，那麼誰留下來保護我？」

桑尼爾與他母親爭論時，我思忖自己需做什麼。失去老虎的嗅覺，我無法追蹤氣味。我已許久不曾使用人類的追蹤技巧了，但我有自信仍記得大部分的技巧。

「能讓我看看她被擄走的那個房間嗎？」我問。

女人想了一會兒，搖頭道：「我很感激您的好意，先生。」她說：「可是您是陌生人，我雖對您表示好客，但除非外子回來，否則我不能派您去做這件事。」

我們若等待過久，綁匪的行跡就會變淡。我咬唇思索，然後衝她一笑。「那麼我就恭敬不如從命地接受您的招待了，因為我旅途累了，想休息一下。」

桑尼爾悶悶不樂地嘟囔著，夫人叫他去交代廚子，說我會跟家人一起吃飯。我趁隙告訴夫人，桑尼爾打算跟隨他的父親。「您最好看緊他。」我警告說。

「謝謝您。」她說：「希望能表達我由衷的感激。」

「不，親愛的夫人，該表示感謝的人是我，謝謝您在這種非常時期，仍如此寬厚。」

她客氣地點點頭，然後大步離房而去。

耗了半天吃完飯後，我被帶到一個舒適的房間，我得等屋裡的人都入睡後，才能檢查安娜的房間。我在等候時，拿出袋子裡的東西攤到床上，芳寧洛掉在毯子上，咚地一聲敲到鳳凰蛋。我蹙眉拾起金蛇，但金色的鱗片四處散在床上。

「芳寧洛？」我輕聲喃喃說。

金蛇活動起來，伸長身體，然後蜷子身子。她顫抖地張開嘴巴，狀似要與我說話，但卻溜開了。她的尾巴仍十分堅硬，且還是金屬質的，芳寧洛似乎無法完全變身。我推開自己那疊衣服，找到火焰果汁，打開瓶蓋。「再喝一些。」我對她遞上瓶子說。

她看看瓶子，然後故意扭到一旁。芳寧洛用孱弱的身體纏住鳳凰蛋，一次，兩次，三次，金色的鱗片和皮屑也跟著不斷掉落。撕下的鱗片底下，是她潰爛發紅的殘破身體。芳寧洛虛弱地把頭靠在自己的金屬尾巴上。

「告訴我。」我淚眼模糊地說：「告訴我，我能怎麼治療妳。」

金蛇緩緩抬起頭，露出口中的長牙，兩邊牙尖各閃著黃金的滴液。我還以為她想咬我，我會非常樂意。我知道芳寧洛曾用那種方式治療凱西，也許這麼一咬，對她會有幫助。可是她並未把長牙刺向我，反是張口咬住了鳳凰蛋。

她往後仰頭刺擊，我聽到她的長牙啵地一聲刺穿蛋殼。芳寧洛鼓動身體，將金色的毒液注入蛋中，然後拔出長牙，往後倒在床上，露出白色的蛇腹，眼睛眨也不眨地泛著綠光，最後綠光黯淡成黑色。芳寧洛的身體最後又顫動一下，然後便死了。

16 遲來的救援

「芳寧洛！」我大喊一聲。

我眼中滿是淚水，捧起杜爾迦愛蛇的身體，這位同伴陪伴我們多年。我抽著氣，望著她的身體在我手心中慢慢轉化成灰，然後那閃亮的灰粉揚入空中，化作一團金雲環繞住我，細細的金光劈啪響著。我伸出手，徒勞地想捕捉她流逝的元神，我的老友連消逝都如此的華麗。

「別走啊。」我哀求說，但金光漸漸淡去，直到空無一物。我雙肩顫動，極力抑制哭泣，我失敗了，我無法保護阿娜米卡，現在又失去了芳寧洛。凱西和阿嵐在尋寶過程中，從不曾如此慘敗。我頹倒在床上，用手擦拭臉上的溼淚，然後瞪著天花板。

四周好安靜，入夜後每個人都休息去了。芳寧洛走了，阿娜米卡被擄，我覺得徹底孤單。在叢林裡獨自過活的許多年，那是自己要的，我告訴自己，我喜歡那樣，我不像阿嵐，我不需要別人。但那是謊言，當凱西和阿嵐突然撞進我的生活裡，請求我離開叢林時，我真的挺想跟他們走。當時我與我哥的關係太脆弱了，我以為他因為葉蘇拜的事而怨我、恨我。即使經過幾個世紀，我還是未做好面對他的準備。

現在我好想他，想念他們所有人，雖然在大婚之日見到阿嵐和凱西，令我很難受，但此時那份回憶卻苦樂相摻。他們好幸福，他與新婚妻子共舞時，是如此的眉開眼笑，而她看著阿嵐時，表情亦充滿愛意。我無法奪走他們的情感，我真的好希望他們能在這裡陪我，我們三個人一起同赴這場最終的尋寶。

阿嵐能把死的說成活的，也許他只須對安娜的母親露出招牌笑容，就能迷倒她，讓她說出他需要的訊息。凱西向來擅長轉移我的注意力，讓我專注於正面的事物。她會在日誌中寫滿卡當的研究，早早籌策出救援的計畫。我好愛他們那些優點。

我愛他們，距離與時間都改變不了這點，他們是我的家人。

但安娜也是，這女孩對我日形重要，無論好壞，我們都需要彼此。她英勇、固執、忠貞不二，而我……我必須救她。我對她有責任，她被擄走是我的錯，我的粗心害大家承受風險，她還沒死，算是運氣了。

我吸口氣，從床上起身走向門口，結果一頭撞在入口的粗木上，我都忘了房間的門有多低了。我躡手躡腳地走到隔壁房間，結果看到桑尼爾正在睡覺。相接的寢室是桑尼爾父母的，他母親衣裝整齊地睡在床頭，彷彿隨時準備聽到阿娜米卡回來的呼聲。

再下一個寢室是安娜的房間。我蹲下來研究地板，詛咒自己不再具備靈敏的嗅覺或強大的視力。我想到讓芳寧洛用她眼睛的光，可是芳寧洛已經死了，我忍住悲傷，繼續工作。

安娜的寢間跟長大成人後的房間看起來差別不大，她喜歡蒐集東西，屋裡有一堆平滑的白石頭、陶罐裡插著乾燥花、一條漂亮彩帶、一把梳子。安娜的家當很簡單，每樣東西都擺設整齊。雖然她前一夜才被擄走，卻看不出打鬥的痕跡。屋裡甚至沒有半點灰塵，我皺著眉，就算地板之前有靴子印，之後也都被掃掉了。安娜的母親很可能清理過房間，期盼女兒歸返。

我看向窗外，推開掀動的簾子，一眼便看出綁架者是如何進來，輕易將她拉出去的。這建物有道便利的階梯，我想，大概連安娜偶爾都會在大家睡著後，利用這道階梯四處遛達吧。我探出窗外，看到一只乾掉的靴子印。我撿起一根落在窗台上的樹枝，那一定是附近樹上折斷下來的。我將身子盡可能往外探，然後刮起乾掉的泥巴。

我把泥巴拿到鼻尖聞著，氣味很淡，但錯不了，定是駱駝糞。阿娜米卡很可能被商隊擄走。商隊經常到各地販賣商品，安娜年紀雖輕，但她的美貌已足以吸引那些無恥之徒的注意了。想到她很容易被賣到奴隸市場，或賣給有錢人當玩物，這令我血冷。

我很快回房收拾自己的東西，我若有紙筆，定會留張字條給桑尼爾，但再仔細一想，就我對桑尼爾的了解，他一定會試圖跟過來。我溜出屋子，沿小徑追索阿娜米卡父親所走的途徑，月光照亮了我的路。

直到翌日，我才偏離救援者所走的路。追蹤安娜的騎隊雖然仔細地跟隨駝隊留下的足跡，但後來駝隊的足印神祕地消失了。從安娜父親和騎隊所走的路徑，看得出他們停住後，四處打繞，最後又繼續朝同一條路前行。

我快速地跟著走了一個小時，最後來到一處人馬雜沓的道路，路面有許多印子——馬跡、車輪，甚至是大象——卻不見駝印。然而追尋的騎隊並未因此氣餒，他們繼續循路而行，足跡遁失在漸逝的陽光中。我思忖片刻，考慮跟上他們，但駝印的消失實在令我不安。

我繞回駝印終止的地區，仔細研究地面，耗去一整個下午，才弄清楚是怎麼回事。那個區塊的地面石頭特多，且通往一條極深的山溝。從上面望去，似乎太過危險，大群動物難以穿越，可是我又花了幾個鐘頭仔細研究那邊的草叢後，我找到進去的路了。

路徑極為隱匿，而且掃除得很乾淨，這在石地上十分容易做到。只是這會兒我知道自己要找什麼了，所以定是這條路錯不了。那晚，我爬到斷崖一側，睡在一處能俯看遠處底下大河的淺洞裡。我若滾得稍遠，可能便會魂斷萬丈深淵，不過我已兩天目不交睫了，而且為了維繫體力，我已慢慢喝乾火焰果汁了。

那晚我打開瓶塞，打算不顧疲累地繼續趕路時，我頓住了，心想或許會需要用果汁解救安娜。我雖捨不得花時間睡覺，但我真的需要睡眠。那一夜，我夢到安娜在呼喚我。她被困在一處連四肢都無法伸展的空間裡，痛苦萬分。我驚醒了，天色仍暗，但有些細碎的天光灑在窄洞天花板的石頭上。

我眨著眼，抬手去摸其中一小片天光，結果發現我的皮膚隨之泛光。我垂眼一看，發現我的袋子打開了，露出了鳳凰蛋。蛋自深處閃爍光芒，我看到裡頭有道小小的閃光，接著又是另一道，像是蛋裡頭有心跳。我挪動身子，拿起鳳凰蛋凝視裡頭。

*這怎麼可能？*鳳凰說過這顆蛋永遠不會孵化，我將蛋捧在掌心中，問：「你活著嗎？」

暖意流入我雙手，那小小的心臟鼓動著，貼住我的皮膚強烈地震動。

「你能幫我找到阿娜米卡嗎？」我問它。這回我手裡的蛋變冷了，光線隨著我的希望轉為黯淡。「你沒辦法呀。」我替它回答說：「那麼你到底有什用？」

一個微小的脈動竄過我指尖，我悲傷地笑了笑，「我不怪你。」我歉然地說，雖然我不明白為什麼。「把她弄丟的人是我。」

我躺回去，一手撫著蛋，知道自己不再孤單，感覺挺安慰。我睡著了，很快地度過這一夜。

翌日我走出淺洞後，大皺眉頭，因為我發現一直追蹤的駝隊，又增加了人馬。到了下午，已有幾十名新的騎士加入這個大隊。有些人離開了，其他人留下來，我無法確定是哪一個團隊帶走阿娜米卡。

那晚我終於看到一處商隊的營地，便去找他們的領隊。男人們都很凶，但有少數婦女和孩子似乎頗為謹慎客氣，多少緩和了我的憂慮。我問他們是否在這個區域待很久了，以及他們是否有東西要販售。他們帶我看了許多貨品，但都沒提到奴隸的事。我暗示，我的老闆可能有興趣娶新妻子，因為他老婆變成黃臉婆了，而且又愛抱怨。

男人們聽了哈哈大笑，但表示無法幫我的忙。「太可惜了。」我說：「我主子很有錢哪，若能找到適合的女孩，他會付一大筆的。」我抬起袋子，在火邊坐下，感激地接受婦人們給我的食物和飲料。當我攤開他們給我過夜的毯子時，一名男子走過來。這位渾身髒污的男子搔著他亂七八糟的鬍子。

「我認識一個男的能幫你找到你要的東西。」他壓低聲說。

「哦？」我問，作勢探身到袋子上，假裝檢查自己的物品。

「是的，當然啦，你一定得提我的名字。」他匆匆又說。

「當然，我一定會讓我的金主知道該感謝誰給的消息。」

他對我提到稍早經過的一個商隊，並描述他們的去向，我的手一直擱在鳳凰蛋上，蛋很快地變暖，我感覺到跳動，我知道此人說的是實話。

「謝謝你幫忙，」我說著，從卡當放入袋子的錢包裡，拿出一小枚錢幣扔給男人，「我若找到他們，稍後會給你更多。」

男人貪婪地舔著嘴，刻意不去看我的袋子，接著他溜開了，眼中賊光閃動。

我雖躺著，卻未睡著。我知道男子會來奪我的東西。他偷偷朝我逼近，我悄悄伸出一隻手，將他擊倒在地，並在他發出尖叫前，用雙手掐住他的脖子，緊壓住咽喉。

「哈囉，又是你呀，朋友。」他在我膝蓋下扭動，「你該不會是想趁你們商隊對我表示好客時，來打劫我吧？」

他搖著頭，眼睛暴突。他打劫不成，反倒被我伸手到他口袋掏出他僅有的錢，和一把他掉在地上的利刀。我拿刀緊抵住他的咽喉，「這事就咱倆知道，好嗎？」我問：「否則我就只能讓你濺血了，如此豈非可惜了這般良夜，同意嗎？」

他拚命點頭，我放開他，等他逃入黑夜後，我拿起袋子，另外再拿起毯子，不久便將商隊拋在後方了。我又花了一天時間，才趕上攻擊我的賊人所說的隊伍。這個隊伍比另一組人龐大多了，事實上，除了載滿貨物的駝隊之外，還有好幾輛馬拉的大貨車。我聽到頂上傳來猛禽的尖嗚，抬眼看到鳥兒朝馬背上，一名伸出臂膀的騎士俯衝而下。

商隊的移速十分緩慢，我輕易便趕上他們了，但我一靠近，便立即被傭兵團團圍住。我雙手舉向空中，表明是遇到的另一支車隊派我來這個方向找他們的，我想買點值錢東西，並暗示跟我議價絕對有油水可撈。

其他一人吹了聲尖哨，另一名騎士便過來了。想來此人就是領隊了，長長的皮手套顯示剛才的猛禽就是他的。此人一隻眼睛中央有道難看的疤，虹膜呈乳白色。他看著我時，我知道他雖殘缺，但絕對是個狠角色。

這人個頭魁梧，比許多我見過的戰士更高大，他的臂膀胸膛上盡是厚實的肌肉。他的顴骨上刺著交叉的劍支，長劍的刺青沒入他的襯衫底下。連他的座騎都相當精采，我已很久不騎馬了，但馬兒的胸部輪廓清晰，眼神精銳，顯然受過戰事訓練。

我低垂著頭，但願這樣顯得夠尊敬，我以本名做自我介紹。阿娜米卡活在一個遠離我出生的年代裡，連我的高曾祖父都還未出生，因此我覺得使用本名應該很安全。

「你是不是一直在跟蹤我們？」男人用沙啞的聲音問。

「我的主人派我來辦事。」我接話答說：「我得幫他找個新老婆。」

頭目從他的皮短衣裡抽出一把刀子，用拇指撫著刀柄。「你憑什麼認為我們有買賣女人？」他問：「那可是下三濫的事，對吧，各位？」

圍在四周的商販粗暴地哄笑，於是我知道阿娜米卡必然是在這些人手上。他們使用馬車就是第一個線索，如果他們擄了女人或小孩，絕不會希望任何人注意。他們也許利用飛鳥，將訊息傳往各方人脈，以便暗地商議奴隸交易。我皺著眉，覺得這些馬車不可能越得過山谷，我想他們應該很快會跟買方碰面。

接著我閃過另一個念頭，為什麼是駱駝？這些人顯然不僅是單純的商人。是的，他們有駱駝，卻以駱駝載貨，而非拿來當交通工具。為什麼利用駱駝來綁架阿娜米卡？

其中一人揚劍指向我，「我該教訓他，教他別侮辱你嗎？」他問刀疤男，一邊將座騎挨近，他那種輕蔑的態度，透著一種殘酷。

頭目歪抬著頭看我，然後抬眼看看太陽，嘆口氣：「如果要跟買家碰面，咱們速度得加快了，帶著他吧。」說罷男子繮繩一勒，將馬兒調過頭，回到移動的車隊邊，我們繼續討論。

男子靠近時，我抗議說：「我可是手無寸鐵，誠心誠意來做買賣的。」

一群壯漢放聲高笑，騎著馬將我團團圍住。其中一人說：「只有傻子或信徒才會手無寸鐵地離開家園。我不認為你是傻子，所以你必然是信徒。」他探下身子，「我很不想告訴你，不過看來你的誠心太不夠了，只怕你的上帝或女神不會來救你啦。」

當然不會，我心想，因為我是來這裡救她的。我張嘴想說點別的，卻在轉身時看到一隻靴子朝我的臉踹來。我的頭往後一仰，嘴中噴血，袋子從我肩上滑落，我才剛抬手準備幹架，卻覺後腦傳來劇痛。我耳中轟地一聲，然後天空便黑掉了。

我意識到的第一件事，是固定的來回擺晃，搖得我都快反胃了，而我僅能做到的，就是轉過頭，以免吐到自己的胸膛上。

我發出呻吟，抬顫著手去摸腫脹的臉頰，感覺脖子後面的腫塊。一塊溼布啪地一聲掉在我腿邊，接著是一個尖細的聲音抱怨道：「麻煩你把自己吐出來的東西清乾淨。」

我在黑暗中斜睨，僅能用眼角辨識出一大塊形體。「你是誰？」我問。

「哼。」那聲音說，拖著步子靠近，「我是誰並不重要吧？」

我發出嘶聲，奮力坐起，背貼著馬車車壁，聽到鐵鍊聲，我的腳踝和手腕都被鍊在地板上了。「我是季山，」我表示：「我是來救一名女孩的。」

對方發出不屑的笑聲，「所以你找到女孩了嗎？不過看你現在這副德性，只怕無濟於事。」

我拿起溼布抹拭胸口，然後拿布壓住後腦。對我來說，疼痛不會持續太久，自從我變成虎兒後，即使劇痛也會很快消散，當我知道阿嵐曾被羅克什綁架後，那是唯一令我感到安慰的事。他受盡可怕的折磨，我們曾談過一次，兩人都發誓絕口不跟凱西提他的遭遇，因為光想著，我都會做惡夢。

此刻我所感受的疼痛，跟阿嵐受的苦相比，根本不算什麼，但我卻必須仔細思量，因為我有可能命喪此地。這些人可能殘害我，害我無法達成目標。我必須更小心，我手無寸鐵地在鄉間亂闖，實在是太蠢了。我從不曾沒有武器，我向來有利齒或爪子，如今杜爾迦的武器都不見了。事後想想，我在阿娜米卡家應該找一把傢伙，或要求卡當幫我帶一個來。

當然了，據我對卡當的了解，他一定會找個理由說我從未來帶武器到過去，會破壞時間軸。我的袋子是他親自打包的……等一下……袋子！我在黑暗中四下摸索，拍著馬車的地板。

「他們把你所有東西全拿走了，傻小子。」女人嘲弄地說：「這裡找不到你的東西。」

「妳……妳知道他們要把我們帶去哪兒嗎？」我問。

「奴隸拍賣場。」她答道：「我想，像你這樣的壯漢，應該能賣到好價錢。」

「拍賣場在哪裡？」我說：「在哪個城市？」

「地點會更換，有時在綠洲中央，有時在城裡，有時在海灘邊，我最喜歡海灘了。」

「所以妳跟著他們一陣子了？」

「我負責讓被抓的人保持活命。」她說。

「那麼妳一定知道我在找的女孩。」我感覺她看著我，雖然馬車裡漆黑如墨。「拜託了。」我哀求說：「我是那女孩的保護人，請告訴我，她還活著嗎？」

女人默默吸了兩口長氣，然後輕聲說：「是的，孩子，她還活著。」

直到我呼出氣，才知道自己竟一直屏著呼吸。「謝謝妳。」我說。

「看來你也不是什麼稱職的保護者，你自己都被抓了。」

「我只是暫時被監禁而已。」我說。

對方發出刺耳的聲音，我還以為老婦一下嗆著了，後來才發現她是在笑。

「妳懷疑我沒能力解救我們？」我問。

「孩子，我在這裡待很久啦，」她說：「我敢打賭，比你活的命還久。」

她賭輸了。

「從來沒有人逃得掉，至少逃掉的沒人活下來。」

「那麼我會是第一個。」

「咱們走著瞧，孩子，走著瞧。」

我扭身把手指探到腳踝和腳鐐之間，試圖找出鍊子中的破綻，過了好一會兒後，我放棄了。

「現在最好先休息。」女人警告我，「他們希望你明天能有個人樣。」

「明天？」

「明天是拍賣會。」

只有一天？我僅剩幾個小時能設法救出阿娜米卡和自己了，時間不夠用。

第二天，我被拖出馬車潑了一桶水，然後被隨意扔進一棟建物裡。我被迫跟著十幾名其他俘虜坐在泥地上，我掃視眾人，失望地發現只有男的。我在馬車中遇見的老婦拖著步子，拿了一籃大餅，發給每人一塊，然後拿了一罐水和勺子回來。我們每人只准喝一杯水，然後老婦繼續往前走。

等她來到我身邊時，婦人傾身對我低語：「試著引起那個戴紫頭巾的男人注意，打算買你女孩的人就是他。」

老婦離開前，我拉住她的手。我們的鍊子撞在一起。「謝謝妳。」我說：「等我救出她後，一定回來救妳。」

她老皺的臉上露出疲備的笑容，默不作聲地緩緩走往下一位俘虜。下午慢慢過去了，男人們一個個被帶出去。我聽到拍賣進行時的歡呼及喝倒采聲，然後輪到我了。我被一名腰間插著恐怖刀子的粗漢拖到屋外。見到我掙扎，他便擊打我的頭側，我耳中嗡嗡地響，蓋去了群眾的鬧聲。

那地區擠滿人潮，奴僕們站著為他們的主人撐傘、搧扇子，主人則坐在豔陽下的毯子或椅上。我被帶上了台子，轉到一邊，再轉往另一側，讓所有人仔細打量。他們扯去我的襯衫，露出我的臂膀和胸膛。拍賣會開始了。

我只花了一會兒功夫，便看見戴紫頭巾的男子了。他似乎覺得拍賣會挺無聊，逕自端視一盤食物，沒去理會拍賣的過程。一開始我並不知道該如何引他注意，接著我留意到坐在他周圍，那群瑟瑟發抖的女孩。她們的臉被蒙住了，年紀都很輕，跟阿娜米卡的年紀差不多。

一旁服侍的男孩不小心灑了東西，男孩一僵，害怕到臉色發白。男人只是笑了笑，拍拍男孩的臉。他摸著男孩臉上的一道疤，然後男孩便顫身離開了。我心想，*原來他喜歡傷害小孩子*。

我立即知道如何讓此人買下我了。我很快地把拉著我鍊子的男人推到一旁，然後躍下台子，落到紫頭巾男的前方。那些女孩連動都沒動，雖然我很可能會落在她們身上。我對奴隸買家大喊大叫，朝頭巾男踢沙子，對他的臉吐口水，然後告訴他，我知道他喜歡對小孩做什麼。

男人緩站起身，笑了笑，在人口販子將我拉回去之前，替我出了一大筆錢。販子立即收下錢，然後我便被帶走了。就在他們把我拉回屋裡前，我聽到一陣歡呼，便轉頭看向台子。阿娜米卡站在台子中央——獨自一個人，渾身髒污，卻天真而美麗。買下我的男人站起來，露出一臉飢渴。

當人口販子喊說，頭巾男買下安娜時，我真希望自己能慶幸達成了目的，可是我覺得噁到想吐。安娜被帶到同一間屋子時，我的胃部揪緊，她被鍊到我的對面。

我很快將她從頭到尾掃視一遍，看到她沒受傷，我鬆了口氣。安娜垂著頭，黑色的頭髮遮住她的臉。

「哈囉？」我輕聲說，現在只有我們兩個了。

安娜抬起一對綠眸看著我，含淚的眼睛，在幽暗的牢房裡閃著光。發現安娜認不出我，我的難過超乎想像。

「我會救咱們離開這裡，安娜。」我說：「我保證。」

我聽到安娜倒抽一口氣，接著一名男子走進來喝斥：「你是在跟她說話嗎？」

「沒有。」我說。

「給他點教訓。」守衛後方有個聲音說，說話的人正是那個戴紫頭巾的男人。「給他點教訓，咱們再上路，太陽熱死了。」

「是，主子。」守衛說著往後舉臂，一拳重重捶在我臉上。

17 惡徒

我的頭猛力往旁一扭，滿嘴都是血腥味。我幾乎沒注意到自己有顆臼齒鬆了，立馬又挨了第二拳。等我有顆眼睛腫到睜不開，咻咻喘氣時，男人才被叫走。我靜躺不動，等待療癒開始啟動，讓疼痛退去，可是痛楚似乎加劇了，絲毫沒有好轉。我呻吟著伸手去拿治療的火焰果汁，卻想起袋子已被拿走了。

知道火焰果汁不見了還不是最慘的，失去真理石才真是白痴至極。如果這是專屬我的冒險，是我必須獨力完成的任務，那可真的徹底被我搞砸了。阿嵐和凱西絕對可以遠勝於我。

我勉強撐開一隻眼睛，看到坐在對面的阿娜米卡。她張著恐懼的大眼瞪著我，在她身邊，兩人在一起時，我應該表現得更勇敢些。我忍住疼痛，企圖對她露出安撫的笑容，可是她很快避開眼神，若非害怕自己被揍，就是擔心男人會回來把我宰了。

我們被帶走時，我乖乖地跟著走。我雖被揍得很慘，但總會隨時間復原。我的骨頭沒斷，身子還很強壯，只是臉被打花罷了。我可以感覺臉頰和下巴腫脹瘀青，最糟的是，我知道這張豬頭臉大概嚇到年輕的安娜了，八成變得很醜。

長大後的安娜曾一度嘲笑我利用顏值騙吃騙喝，尤其是想多要些配給時。我說她亂講話，女生喜歡的都是阿嵐，不是我。沒錯，我進入食堂時，服務員總會遮著嘴竊竊私語，而且會多給我食物，但我懷疑是因為我太嚴肅，不與人來往，她們想盡少與我接觸之故。基本上，她們把食物一扔就跑了開。

我表示她們是因為怕我時，安娜用慣有的嘲諷方式哈哈大笑，說她們是想引我注意，人家女生喜歡我，我這大笨牛卻不解風情，真是太糟糕了。「我根本沒有值得喜歡的地方。」我冷冷地對她說，頗為自憐。安娜聽了捧起我的臉，直到我抬眼看著她，看到她難得展現的溫柔。

安娜說：「聰明的女孩，會看透男人盔甲下的他，何況。」她瞄著我下巴上一道白色的小疤，那是很久前一場戰役留下的，「最堅硬的珠寶最為珍貴，它們不會碎裂，倒是會敲碎較脆弱的石頭。女人喜歡將這些珍貴的珠寶戴在指上，做為愛的表徵，對不對？」

「沒錯。」我答道：「但妳忘了，女人愛的是鑽石的閃亮，而不是它們的耐受度。」

「女人為什麼不能二者兼得？」她問。「只要稍加打磨，鑽石便能燦然生輝。」說罷，安娜把手貼到我鼻子上開始用力搓揉，我哈哈笑著推開她，但她轉身站起來，掬起一把泥土追我，說她得把泥揉到我皮膚裡，好把我變得更美。

那是我跟阿娜米卡少數幾次歡樂的回憶，她總是能轉移我的注意，不再讓我鑽在黑暗的念頭裡。問題是，當我思念凱西，自怨自艾時，並不想被轉移注意。那次之後，每次我們一起吃飯，而我多分到配給時，安娜就會擠眉弄眼，故意惹我發笑。我不喜歡那樣，最後常丟下她一個人，不久她就懶得來逗我了。

以前我覺得她很冷硬，太過嚴肅、強大，容不下半分溫柔，但現在我見過她的諸多面向，且我與她的情緒直接相通。對那些傷害別人的人，安娜會不假辭色地施以報復，但對老弱殘兵，安娜則滿心慈愛與溫柔。她不會去呵護人，但她的善良慷慨表現無遺。我原以為那些特質只是女神的一部分風範，但我在年輕的安娜身上，也看到了相同的特質。

即使現在我們跟在新主子後方，她都對我露出悲憫的淺笑，彷彿知道我在想些什麼，也希望我了解她的理解。她雖不知道我是誰，或自己將來會成為女神，而且她幾乎還只是個孩子，但她的出現，多少讓我感到安心。我不了解，自己竟變得十分依賴她的陪伴了，雖然我們處境堪虞，但在安娜身邊，感覺就對了。

阿娜米卡被安置到馬車上，我則騎著駱駝。他們沒讓我控韁，我騎的這頭溫馴大獸，尾隨我前方的男子。我的臉被旅途的豔陽曬傷了，我斷斷續續打著盹，每次他們拿水壺餵我喝一小口，我就感激萬分。我盯著安娜的車子，祈禱他們不會將我們分開。

我騎駱駝若算是受罪，那麼跟著其他新奴童一起坐在馬車裡的安娜，必然更難受。我雖聽到車中傳出孩童輕聲啜泣，卻聽不出聲音是否出自安娜。長大後的安娜鮮少表露這種情緒，也許年輕的她不一樣。

當太陽落在灰撲撲的山丘後時，車隊終於停了下來。一群群的動物，大部分是駱駝，散置在大地上。也許我的新主子是駱駝商，接著我注意到傭兵們開始站崗了，每隔約五十呎，便派駐一名守衛，每個人都揮著可怕的短彎刀。我數到超過六十，便不再往下數了。如果頭巾男是個單純的駱駝商，那麼我就是……凱西是怎麼稱呼的，太空人。駱駝不太需要保護，這些人如此戒備森嚴，緊盯著地平線，底到是為了哪樁？

蒼淡的月兒冉冉升起，我快速眨動完好的那隻眼睛，將月亮看清楚，太陽已經下山，溫度似乎較為宜人了。一名漢子開始點燃守望台上的燈火，火光靜靜打在沙地上，所有新來的奴隸在那兒排列著接受檢查。年輕的奴隸，包括阿娜米卡在內，被帶過一扇門後，留下我和另外兩個男的，被送往另一扇門。看到安娜被帶走，我貼在鍊子上的肌肉緊繃起來，鍊子發出聲響，引起幾個包圍我們的男子注意，很快對我重檢一遍。

「這傢伙在搗亂嗎？」一個漢子問。

「他跟那些小孩子講話。」另一名說：「旅途上還算安分，現在應該搞清自己的斤兩了。」

第一名男子咕噥說：「最好盯緊他。」然後示意要我們跟著。

等我被鎖進牢籠，旁邊關了另外兩名新奴隸後，他們給了我們幾盤食物和一杯水。兩個男奴癱在泥地上，找個角落窩起來睡覺。我保持警醒，聆聽守衛的動靜。

羅札朗家的護衛都非常盡責；夜裡談話會壓低聲，但氣氛愉快。此處則大異其趣，氣氛暴戾邪惡，像海上將至的風暴般詭譎可怕。這些人很悍，不是戰鬥時的那種悍，而是冷血的殘酷。他們令我想到那些為羅克什工作的人，他們見過太多了，顧不擇手段地維護自己的地位，或保護自己的項上人頭。

那天晚上，我觀察他們好幾個小時，反正我臉上的痛楚，令我很難入睡。天亮時，我們被帶去見奴隸頭子。之前我已覺得這些士兵很凶狠了，沒想到這個頭子更上層樓。他的右手斷了好幾根手指，因此他戴著手套。特別訂製的手套上縫的不是指頭，而是刀子。他做的第一件事就是威脅我們，男子揮著戴手套的手說，我們若敢輕舉妄動，就要把我們開腸剖腹。我相信他的話。

我們立即被派去工作，虎背熊腰的我，比另外兩位奴隸能擔任更粗重的活，我很快證實自己的價值了，他們不像我那般健康魁梧，因而受到責打。不久我發現，一開始我就猜中了，那些駱駝是用來掩飾武器交易用的。

頭巾男把武器賣給任何願意付錢的客戶，他雇用了幾位車隊駕手，跟各地方的富有部落交易——甚至是印度以外的部落。為了避免販售武器給敵對的國王，或提供武器給交戰雙方，而引起麻煩，此人的身分極為隱密，大部分交易都是透過商人完成。我在一星期內，便打包了成千上萬的刀子、匕首和鑲著鋼製箭頭的箭枝，將它們裝在適合駱駝馱運的祕密箱子裡。

我在箱子上方裝載了穀物、布匹、香料、蜂蜜及各種其他物品，用以掩飾武器的交易。每天都有車隊在做布料交易，若被人知道，一綑綑豔麗的布匹中藏著炙手可熱的武器，很可能引來更邪惡的歹徒偷襲商隊。商隊通常會多帶了幾個人隨隊而行，守護物品，但那並無任何異常。

我必須承認，這整套設計相當周到而無懈可擊。

一個星期後，我仍舊看不到阿娜米卡的行跡，雖然我看到另一名孩子——一個年約十四、五歲的男孩。男孩雙臂都是瘀傷，他的腳跛了，嘴唇腫脹，形體消瘦，兩眼凹陷，看來十分饑餓。我之前沒空仔細觀察其他孩子，因此不知他是否與我同時被買進，或他已經在這裡待一段時間了。我猜他最近才被這批新的孩子取代掉。

男孩把麵包遞給我，在我的杯子裡注水，我同情地瞄他一眼，但什麼都沒對他說，只是低聲表示感謝。奴隸頭子小心地監視我，男孩離開後，他警告說：「別跟孩子們說話，還有也別談論他們。」

我緊閉著嘴，抬眼表示聽到他的話了，然後在嘴裡又塞了一口麵包，我知道自己需要所有力氣帶安娜逃離。除了有限的自由，我尚未想出計策，我被囚在牢不可破的堡壘裡，堡壘以厚石蓋在山腰上，牆邊由哨兵日夜看守。弓箭手透過可安裝發射器的箭孔監視遠處，發射器的威力足以射倒武裝的戰象。

少了法力，我甚至不確定自己能否逃得出去，更甭提要救安娜了。她甚至沒跟我關在同一處，我只知她被帶到堡壘另一側的要塞，那裡由另一道牆圍住了。我目前僅知唯一的通路就是穿過厚實的鐵門，而只有奴隸頭子握有鐵門的鑰匙。

那裡護衛森嚴，想闖進去，便得設法取得鑰匙，神不知鬼不覺地通過城牆守衛，擊倒守門的兩名護衛，還有問題是，我在城牆另一側，究竟能找到什麼。我只知道安娜被關在要塞深處下的牢房裡，我揉著下巴，思忖自己是否有足夠的繩索，或許我能攀上城牆，從窗戶爬進去。我可以瞥見從城牆後方冒出來的屋頂尖端。

奴隸頭子在我的後腦勺上敲了一下，幸好是用他正常的那隻手。「專心點！」他說：「我聽說你那天嘲弄我們主子的事了，他現在正忙著處理那些孩子，但他也很喜歡搞垮你們這種年輕人，他最後一定會來找你，相信我，你不會希望發生那種事。」

他在我面前晃著他那要人命的手指，鋒利的刀刃擦在我的頰上，我的血都涼了。他的手指是被頭巾男弄斷的嗎？

「我跟你說這些，是因為我喜歡你。」男人說道，我極力抑制臉上的驚懼。「你很聰明、勤奮又低調。以前我也是戰士。」他頓一下，「那是很久前的事了，但我還沒老到認不出戰士。」

「你……你怎會知道？」我問。

他嘟囔說：「雇來的人都很狡猾，可是真正的戰士在殺人時，會看著對手的眼睛，戰士不以殺人為樂，而你的眼睛對我透露了你的本質，孩子。」

我點點頭嚥著口水說：「謝謝你的意見。」

男人靠向前，「別輕忽我說的話，孩子。那房子裡發生的事，令我想到就腿軟。」他戒慎地環顧四周，看是否有人在聽我們談話，我只覺血管凍結。無論頭巾男在他那防護極嚴的家中幹什麼勾當，顯然已邪惡到足以令奴隸頭子如此強悍的人心生畏懼。

第二週時，我最多只攢到了一小段繩索，並查看圍牆，尋找攀爬的地點。當我獲派任務，去盤點一批新貨時，我注意到奴隸頭子正在測試一把亞洲來的鋒利兵器，便順口點評了幾句。

他立即用刀刃抵住我的咽喉，他連串問了幾個問題，我快速交代母親家族來自遠方國度，並懂得用幾種不同的語言說話後，頭目問我對兵器了解多少。

幸好我當過卡當的學生，比旁邊任何人對頭子所問的問題了解更深。我問是否能示範劍的使用方式，頭子同意後，小心翼翼地盯著我。我很快被一群舉弓相脅的傭兵圍住，然後頭子把武器遞給我。

我使劍舞出一連串動作，然後找到裝載劍的箱子，拿出第二把劍，在空中掄動，耍出多年演練的純熟複雜劍招。等舞完劍後，我捧劍彎身鞠躬，手掌朝上地把劍遞還給奴隸頭子。

他瞄著另一名男子，點一下頭，意思是要他接劍。等劍支安然擺回箱子後，頭目叫人拿來另一把武器交到我手裡，我一個側手翻，把刀刃送往一名漢子的頸部，他根本來不及放箭，接著我又削去另一名傭兵頭上的辮子。

送上來的武器更多了，我一一展現技法，然後我的工作便轉移到其他奴隸身上了，我被派去檢視武器的瑕疵，並測試刀鋒的銳度。奴隸頭子很滿意我的表現，在那之後，待我更像一名值得信賴的好友，而非奴隸，尤其在我揭發有一整艘船都裝了次等貨之後。

我聆聽那些商販用他們的語言交談，結果發現他們不僅打算騙我們的錢，還私藏了他們最好的劍。結果他們被迫搬出精銳的武器，與我們敲定了一筆利潤豐厚的生意。奴隸頭子賞賜我額外的配給，放我一個下午的假，還給了我一枚金幣。

第二週快結束時，奴隸頭子將我拉到一旁。「你對我來說非常有用。」他直白地說：「我想帶你陪我去談一次買賣，你比任何人通曉武器，又懂得各種語言。而且跟著我去，便不會被人識破了，這對我們都有好處。」當他瞄著牆上突出的屋頂時，真的在發抖。

「你若能證實對我有價值，」他接著說：「我便能給你更多自由，甚至在睡覺時，卸下那些鍊子，你會有更多食物，一張舒適的床。但你若企圖逃跑、破壞生意、妄想贖身，那麼你的手或項上人頭就難保了，到時就看老子覺得哪項更合乎我的目的。明白嗎，孩子？」

我喝乾一杯水，「明白了。」我說。

他哼了一聲，然後我們又繼續工作。

能到城堡外，是個很好的轉換，但扔下被困的阿娜米卡，卻令我心情沉重。我在奴隸頭子身邊混得挺好，我們為自己做出有利的談判。隨著時日過去，頭子對我的信與日俱增，我們回來後，他信守諾言，給了我張舒適的睡床，並隨我意願索取食物與水，鎖鍊也變成過去式了。

一整個月過去了，這期間我慢慢爭取到了自由。有天早晨，我在睡夢中被吵醒，有個男的粗暴地用刀鞘戳我的肋骨。

「什麼事？」我問。

「主人想見你？」

「這麼早？」

我揉著眼睛，踉蹌地爬下床套上靴子。我的手臂被扭到背後，手腕銬上手銬。我身體一僵，這太不對勁了。「我們要去哪裡？」我問。

男人沒答腔，逕自將我拖到外頭。六名壯漢向他迎來，將我圍住，陪我來到大門。我看到奴隸頭子站在大門附近，我經過時，他冷著臉，與我對視，然後刻意瞄向遮在牆後的房子。

我吐了口氣，微微點頭表示明白。頭巾男終於決定把注意力轉向我了。我挺起肩膀，跟著一群人穿過大門，仔細觀察大門如何上鎖，然後打量拿鑰匙的男子面容，觀察他將鑰匙收放何處。

如此鉅細靡遺地觀察周遭，讓我暫忘即將面臨的痛苦。阿嵐在羅克什手下受盡折磨，心臟曾被挖了出來。我當然也能像他一樣忍受痛苦。

我們一進入房中，地毯便被推到一旁，露出通往地下室的暗門。暗門打開時，鉸鍊咿咿呀呀地響著。一名漢子走下去，從牆上取來一盞燈籠，其他人則推我下去，跟在漢子後頭。我的眼睛過了好幾分鐘後，才適應幽暗的房間，適應之後，我真希望自己沒看到眼前的景象。

地窖每道牆邊都排著小小的籠子，每個籠子裡都有個孩子。有些人睡著了，有些低聲啜泣，許多人的手腳都纏著繃帶，我想到外頭的奴隸頭子，那些斷掉的手指。有名男孩戴著眼罩，所有孩子看來都十分瘦弱乾渴。

我們經過時，孩子們盡可能地躲到籠子最底處，把身子縮得極小，設法遁失在陰影中。我掃視每個籠子，搜尋阿娜米卡的身影，卻見不著她。如果女神杜爾迦被喚到這種地方，一定會殺盡所有人，解救每個孩童，或者幫他們找到一個像我們那樣的家，或幫他們找到自己的父母。

我緊緊握拳，折磨一個人是一回事，但折磨兒童？我在那一瞬發下重誓，在我離開之前，定要宰掉那個頭巾男，而且我一定會離開，並帶著安娜跟我一起走。我被領到地窖後方的一個小房間裡，然後被安置到椅子上。我的腳被鎖進烙在地板上的鍊子裡。

之後眾人便帶走燈籠，把我丟在地窖裡了。我思索這房子的狀況，這裡飾滿了財富和豐裕，但地板下卻藏著黑暗的祕密，像老鼠，像疾病一樣地啃蝕這個家的心。除非剝開層層掩飾，否則是看不到的，然而坐在黑暗中，聆聽老鼠爬行的窸窣聲和孩子們輕聲的啜泣，我可以感受到邪氣像伸手可觸的存在般，在我周邊鼓動。

我不知道自己在那裡坐了多久，直到一道光束穿過黑暗，沉重的腳步慢慢挨近，孩子的哭泣聲徹底停止。腳步來到我的房門口，門被慢慢打開了。頭巾男走進來，但這回他沒戴頭巾，我發現他圓呼呼的頭幾乎全禿了，稀薄的長髮被他從額上撥開，他額上正冒著汗。

一名傭兵陪他進來，放下一盞燈，然後站到外頭，在男子背後將門關上。

「咱們終於見面了。」男子說，眼中泛著好奇的光芒。

看到我閉口不答，他靠向前，把一雙肥手放到我們之間的桌上。我之前不知道這男的有多胖，因為在奴隸拍賣會上，他身上纏了許多布塊，難怪他在太陽下會熱成那樣了。他在椅中挪著身子，慵懶地脫下外套。

男人從內襯中抽出一只小袋子，放到我面前的桌上攤開。袋子的小口袋裡，裝著各種像是剛打磨過的工具。他抽出其中一根，開始用它清理指甲。我嘴角微揚，也許他能用那種方式嚇唬孩子，但迄今為止，我實在無感。

「你想幹嘛？」我問，懶得陪他玩遊戲。

「你以為你在這裡為自己掙到一點地位了，是吧？」他表情淡漠地問。

「我能有什麼其他選擇？」我答道。

「也是，的確是。」他答說，然後嘆口氣，把工具放回去。他的眼光刺向我，在桌子對面用手指敲著桌子打量我，「我就對你老實講吧。」他說。

「謝謝。」我不帶感情地回道。

「我拿到以前屬於你的一項物品，令我非常好奇，所以你最好乖乖跟我合作。」

「哦？」我裝作無知地問。

他出聲發令，外頭的漢子便走進來，把一只熟悉的袋子放到桌上。

漢子離去，再度留下我們二人。男子打開袋子，掏出鳳凰蛋。「這顆……寶石，以前是你的，對吧？」他問。

「是我的。」我說。

「以前是。」他尖起嗓子撇清說：「現在是我的了，我想知道……這是什麼東西？」

我聳聳肩，「就像你說的，是顆寶石。」

他哈哈笑說：「你當我是白痴嗎？」男人問。

我選擇不回答，坐回椅子上。我的沉默令他眼神惱怒，禿掉的頭皮顏色都變了。「我跟你打包票，」他警告說：「你一定會告訴我的……」

我打斷他說：「否則呢？」

男子之前的不悅此刻變成了暴怒，他的禿頭簡直快著火了，紅得跟外頭的火炬一樣。他像燙熱的劍淬入水桶似地很快坐回去，斂住脾氣，耳朵冒煙地對我露出冷酷的微笑。「否則呢？說得好。」他表示：「你一定會把我想知道的事告訴我，我絕對跟你保證。」他威脅說。

男人往外喊著，然後消失在門外，留下我跟那名壯漢，漢子拆掉我腳踝上的腳銬。

「你不該那麼做。」漢子帶我到一個空籠子時低聲說。「那只會讓你更難過。」

「我不喜歡受欺凌。」我答道。

漢子帶我到一排籠子前，打開一只空籠，將我推進去。「這關乎你的人頭，切記。」

說罷漢子走出去，黑暗再度降臨地窖。我不知道我在那裡待了多久，我一定是睡著了，可是當我聽到地窖門打開，另一名囚犯被帶下來時，我醒了。我對面的籠子開了，一名瘦弱的孩子被扔進去。可憐的孩子連忙爬到籠子底處，用手環住骨瘦如柴的膝蓋。

等幾名守衛離開後，我望著陰影，卻看不到孩子的臉。「哈囉？」我輕聲喊道，確定沒讓守衛聽到。我聽到窸窸窣窣的聲音，然後看到一頭烏長的頭髮，和一對綠眼，在地窖的門轟然關上時，從籠子後向外窺望。

18　公主與老虎

「阿娜米卡？」我輕輕呢喃，「我的名字叫季山，我是來這兒救妳的。」

她沒有回應，我不怪她，安娜並不認識我。她哥哥說過，她根本不記得之前的我了。有個東西擦過我的肩膀，我猛然抽回身體，以為是老鼠、蜘蛛或故意要來整我的守衛。接著我聽到一名年輕男孩的聲音，從隔壁的牢房傳出來。

「你也會救我嗎？」他問。

我在伸手不見五指的地窖裡什麼都看不見，但我伸出手，找到一條細如竹竿的手臂和碰觸我的手指。那一刻我的心都碎了，我輕輕拉住他的手握著，「我會幫助你們所有人。」我說：「我跟你保證。」

雖然我不再具有虎眼，但我可以發誓有幾十隻飢餓的眼睛朝我看過來，我幾乎可以嚐到他們的希望，和單純的信任。「你們得對我有點耐心，」我警告說，試著提高聲量，讓他們全都能聽到，但又要夠安靜，以免引起守衛注意。「我需要一些時間，籌劃如何讓大家逃出去。」

「我們會等的，等你準備好，我們會幫你。」我身邊的男孩說。

「很好，到時你來當我的隊長。」我告訴他，並伸手拍拍他瘦骨嶙峋的肩膀。想到他被餓得如此消瘦，我便怒到皮膚發燙，我好想徒手勒死對待他們的惡人。

到目前為止，阿娜米卡都沒說話，我的另一邊傳來咕嚕嚕的聲音，我發現那是某個孩子的肚子叫。「要不要跟你們大家說一個英勇的偉人故事？」我問大夥。

我想把他們對挨餓及受苦的注意力轉移開，卡當常對我們使這種花招，效果絕佳。

我左手邊的女孩悄聲說：「你的故事裡有公主嗎？」

「有啊。」我答：「剛巧有個公主，一位仁慈的公主。這個故事叫『公主與老虎』。」

孩子們彼此提醒安靜，以便聽我說，我開場道：「很久很久以前，在一個已被我們遺忘的世界裡，有一棵很特別的樹。樹上長著最可口的水果，但那水果只有諸神可以吃，若是凡人吃一口，就會變成不死之身。」

「聽起來挺不壞嘛。」女孩說。

「哦，是啊，妳說得對，可是神仙不能住在人間，所以諸神的腳從來不能觸到土地。他們坐在蓮花和魔毯上面，要不然就是騎著巨大的野獸，飄在空中。任何人，就連天神也不例外，如果吃水果時腳碰著了地面，後果便不堪設想。」

「他們會怎樣？」男孩問。

「他們的身體會消失，變成純然的光。一旦發生那種事，諸神便會把他們的光拿來用，因為那些人再也無法在大地上遊盪，任何遇到他們的人，都會被他們的火燒掉。儘管如此，許多人還是偷了長生果，且在吃果子時，犯了腳踏土地的大忌，因此天上才會有那麼多星星。」

「你是說，每個被諸神逮住的人，都變成星星嗎？」

「沒錯，諸神將他們高掛到空中，在黑暗中對世界放光。」

「那有很多人哪！」女孩說。

「是啊，雖然有風險，追求長生不死的人還是很多，結果天空的星星太擁擠了，諸神決定想點辦法，便造出一頭老虎——世上的第一隻老虎——然後派老虎到樹下守護。任何想偷果子的人，會先被老虎吃掉。」

「我很怕老虎。」男孩說。

「老虎很凶惡，又力大無窮。」我笑著說，然後靠在牆上，交叉著腿，「在老虎附近，的確應該要很小心，但是這頭老虎，這第一隻老虎很不一樣。他雖然應該吃掉接近果樹的人，但他並不喜歡人肉的味道，他反正不是為了吃肉才殺人的，因為他的身體並不需要這些東西。

「老虎喜歡狩獵，但他的責任是守護大樹，所以他絕不會離開太久。大部分人一見到老虎就害怕，連果子都不敢偷了，因為老虎有凶惡的吼聲和最尖利的爪子。人們一靠過來，他便露出牙齒，刨著地面，通常這麼做便能把人嚇跑。

「有些人想騙老虎，但他非常聰明，雖有不少人試過，都沒人能成功。多數老虎聽覺靈敏，嗅覺甚至更強，但這頭老虎能聽見遠方山上的鳥鳴。暴風雨來臨時，能預測風雨何時停止。

「他可以蹲伏著，躲在草叢或樹葉間，讓別人瞧不見。等你看見他時，就已經太晚了。大部分時候，老虎只須裝凶，便能把靠近的人嚇得逃之夭夭了。這是他比較喜歡的做法，可是有時候，人類太過頑固，老虎只得被迫殺死硬闖的人。但他並未按諸神的意思將闖入者吃掉，而是把屍體拖到離大樹很遠的深溝裡，那樣他就不會被屍臭味干擾到了。

「老虎偶爾也有失誤，讓凡人從樹上摘走果子，並在他還來不及阻止前，讓人咬了果子。遇到這種情形，老虎只能眼睜睜看著凡人化成光，接著諸神由天而降，把那人帶往天堂。每次發生這種事，天神便會處罰老虎，用可怕的鞭子鞭他一下，因此第一隻老虎身上才會出現斑紋。」

我聽到孩子們發出驚喘，沒想到他們以前竟然從未聽過這個故事。我咬唇頓了一下，不知自己此刻與他們分享的故事，是否就是這則故事的起源。卡當若是知道了，一定會大吃一驚。我嘆口氣，不知跟他們說故事，算不算錯，但接著男孩求我繼續往下說，我很樂於從命。

「好吧。我剛說過，這老虎是世間的第一頭，第一隻老虎最初是沒有斑紋的，他的斑紋是眾神處罰得來的——一條斑紋，代表一個變成星星的凡人。」

「我還以為這故事有公主呢。」女孩說。

「我正要講到她，」我答說。兩名牢籠與我相連的孩子靠了過來，我可以聽到男孩粗重的呼吸，和小女孩靜悄的呼氣。到目前為止，我都沒聽到安娜的牢籠發出半點聲響，她的安靜令我擔心，那一點都不像她。「所以，」我接著說：「有一天，有位公主跑來找老虎。」

「她漂亮嗎？」隔幾個牢籠外的孩子問。

「她美到令人屏息，事實上，老虎從沒見過那麼美麗的人。他活了這麼久，身體後半部其實僅有幾道斑紋而已，他覺得有點不好意思，便把後半身藏在草叢中，他若想保持隱身，公主未必能看得到她，但老虎有自己的尊嚴要顧。

「公主靠近時，老虎覺得相當沮喪，心想他非殺公主不可了。不過有趣的是，女孩的眼睛根本沒看著大樹，反而望著老虎。她竟然能看到扭著尾巴的老虎藏在草叢哪個地方，這令老虎非常驚訝，因為大部分人根本看不到他，除非他自己願意露臉。老虎突然好想會會這名女孩。他先從草叢裡探出鼻子，然後露出臉，接著停下來嗅著空氣，發現四周並無別人。

「老虎向女孩踏近一步，然後再踏一步。女孩看到老虎的大小，驚抽了口氣，因為就老虎的標準來說，他的個頭算大的，但女孩眼中並無懼色。事實上，她伸出手，然後跪下來。老虎看著她伸出的手，輕輕朝她的手吐氣。

「女孩說話了。『偉大的老虎，』她說，『我不是來偷你守護的果子，而是來求你別奪走我兄長的性命。』

「老虎不知道如何是好，『妳兄長會來這裡嗎？』他問。

「女孩渾身發抖地回答：『是的，我們的父親，也就是國王，受疾病所苦，將不久於人世。父親說，倘若我長兄能取回果子，讓他長生不死，便馬上讓兄長擔任下一任國王。』

「老虎坐下來說：『原來如此。妳可知道人類吃了果子之後，會發生什麼事嗎？』

「女孩回答：『知道，我父親知道會出什麼事，他渴望能上天堂，好讓他永遠看護他的王國。』

「老虎考慮後說：『我從未見過任何人，取了果子之後自己不吃的。』

「公主挺直背脊說：『我哥哥是正人君子，不是為自己追求長生不死，而是為了父王。』

「老虎被公主的懇求感動了，尤其當她抬手撫摸他的脖子時，大家都知道，老虎最喜歡人家按揉他們頸子上的毛了。」

「老虎怎麼決定？」男孩問。

「呃，老虎考慮後，覺得很喜歡公主對他的尊重，也喜歡他跟公主表示，願意讓她哥哥取走一顆果子後，公主在他頭上親一下的感覺。老虎覺得，若能幫助一名垂死的國王和他漂亮的女兒，就算背上多一條斑痕，也很值得。」

「結果有用嗎？」女孩問。

「可惜沒有。王子輕易取得了果子，可是他在回途中受不了誘惑，自己把果子吃了。王子立即化成光，被天神逮住，放到天空了。

「老虎挨了一頓訓，還多了條斑紋，當公主再度前來找他時，斑痕還紅著。這回公主是為第二位哥哥來的，老虎再次讓王子前來，年輕人卻又在把果子遞給父親之前，自己先嚐了。

「公主回來看到老虎身上第二道還紅嫩嫩的斑痕時，想到都是自己害的，便抱著老虎哭了起來。老虎很喜歡被女孩擁抱的感覺，便決定原諒她了。接著公主說，『我很不想要求你，可是我還有另一位哥哥，你能讓他來嗎？』老虎嘆口氣，但他已開始享受女孩的到訪了。『我會讓他來，』他說，『如果妳同意今天剩下的時間都陪著我。』

「女孩痛快地答應了，老虎度過有史以來最快樂的一天，他甚至把頭枕在女孩腿上，女孩用手指揉著他的毛髮時，老虎還睡著了。太陽西沉時，老虎懇求女孩別走，他怕有其他喜歡人肉的獵食動物會傷害她。

「公主同意留下，那晚便睡在老虎身旁。第二天早上公主離開後，老虎好難過，他鬱鬱地來回踱步，想著自己也許永遠再也見不到她了。第三位王子出現後，老虎任由他取走果子，並罪惡地希望男孩會跟他兩位哥哥一樣，結果老虎的願望實現了，他既開心，又罪惡，老虎心甘情願地接受另一條斑痕，一邊看著公主熟悉的身影出現在彎曲的路徑上。老虎從草叢裡跳出來，歡天喜地的與公主重聚。

「女孩軟倒在地上，為失去的哥哥們感到哀慟。『我還以為他們是正人君子。』女孩悲傷地說。

「老虎為了安慰公主，便說：『我很抱歉，但願我能幫更多忙。』老虎當然有辦法幫更多忙，可是那樣一來，必定會觸怒眾神。也不知道是幸還是不幸，就看你怎麼想了，總之，公主還有六位哥哥。每次一位哥哥出現，老虎便讓他取走一枚果子，然後王子咬一口，任務就告失敗。每次公主回來，老虎便同意讓另一位王子試試，但公主得同意留下來陪他。每回公主來訪，老虎便說服她多陪自己幾天。

「兩人共處的時日，是老虎最快樂的時候。他為公主狩獵，帶回成熟的莓果。老虎告訴她，陽光底下哪裡最適合休憩，以及到何處找到最甘甜的水。公主跟他同處時，似乎跟他一樣快樂。兩人相處數週之後，分開了都萬分難過。每次公主返家，老虎便傷心欲絕。

「後來僅剩下一位哥哥了，公主來訪最終一回，她跪下來抱住老虎，埋首在他的皮毛裡哭泣。那時老虎已經愛上女孩了，因為他們在一起度過許多星期，完成了他跟公主的協議。老虎的心都碎了，他再無任何東西可以送她。老虎無法向她表示愛意，接著虎老想到自己的祕密，知道他能送公主一樣東西，那對她的意義，大過其他任何東西。

「老虎不該告訴公主這項祕密，但他不願看到公主絕望的模樣，尤其他知道，公主若能解救最後一位來訪的哥哥，將會多麼的開心。老虎違抗了眾神，知道自己的背上會多出更多斑紋。他說：『妳的兄長們確實都是正人君子。』他嘆道，『他們吃果子並非他們的錯，因為果子一旦接觸到皮膚，便會對凡人施作法力，如果不咬上一口，壓力就會累積，變得異常痛苦。』老虎挪著身子，讓女孩撫觸他背上最舒服的點。老虎用頭蹭著女孩的肩膀，『很抱歉我一直沒告訴妳這件事。』他說。

「公主為死去的哥哥們痛哭，可是等她恢復鎮定，能說話時，便表示：『你千萬別怪自己，我看到你為了哥哥們受了多少苦，我知道你告訴我真相後，會受到更多折磨。』她用手指描著老虎背上已轉成黑色的條紋，那撫觸令他發顫。『你若允許，』公主說，『我會警告我最小的哥哥，叫他別用手去摸果子。』

「老虎同意後，心情十分沮喪，知道這是自己最後一次見到公主了。當公主詢問，這次得陪他多久時間，才能讓他高興時，老虎說：『我不會要求妳留下了，妳若願意，請偶爾思念我，並請知道，在我漫長孤獨的歲月中，我會日日思念妳。』

「公主一再地親吻老虎的頭，然後帶著撲簌的淚水離開老虎。不久最小的哥哥，國王的最後一名兒子也來了。他帶著背包，戴上手套，老虎在草叢裡觀察，男孩小心翼翼地找到地方，從樹上摘下一顆果子。可惜較低的枝子已經沒有可摘的果子了，因為全被他的哥哥們摘光了。小王子被迫爬上樹，這時他裸露的手腕擦到了果子，雖然他並未注意到。

「小王子拿著果子離開了，臉上露出燦爛的笑容。老虎真心希望男孩能安然返家，活下來成為國王，並照顧他妹妹，可惜命不該如此。天神在短短幾天中，為小王子的事賞了老虎一鞭，另外因為老虎把果子的祕密告訴女孩，又賞了他十幾鞭。老虎都心甘情願地接受了，因為挨鞭子能稍稍化解他心頭的想思之苦。

「有一天，老虎躺著養傷時聽到一個傳自遠處，熟悉的腳步聲，那是他的公主。老虎來回狂奔，以為能再次見到她而興奮不已。想到她跟他一樣彼此思念，老虎的心便在胸膛中狂擊。公主出現在小徑上時，老虎衝向她，連一刻都不願多等，可是當他靠近時，卻見公主苦垂著眼。

「『公主！』他大聲喊道，『妳怎麼了？』

「『我最後一位哥哥也失敗了，』她表情悲淒而受傷，像被暴風雨肆虐過的紙窗。『為父王取果子的重任現在落到我身上了，但我好怕自己來不及實現他最後的願望，父王看到先祖們的幽靈盤繞著他，他們越來越近，並以禿鷹的叫聲呼喚他。』公主傲然挺起背要求道：『偉大的老虎，你能容許我取走一顆果子嗎？我若成功，父王一死，我便會回來，伴你度過餘生。』

「老虎立即答道：『妳當然能摘果子，但妳必須格外小心，我們一起去，妳站到我背上，這樣妳的腳絕不會碰到大地。』

「『謝謝你，我的朋友。』」公主說。

「雖然老虎覺得朋友一詞讓他覺得自己像一張可以揉成一團，扔到肩後的羊皮紙，但他還是力挺公主，絕不令她失望。老虎挑定地點後，再次告誡公主別讓果子碰觸到皮膚，然後命她站到自己背上。公主站穩後，抬起戴著手套的手，輕輕拉住一顆發光的果子。樹枝啪地一聲折斷，果子便從樹上摘下來了，公主連忙把果子收入乾糧袋裡。

「『一切都還好嗎？』女孩從他背上下來時，老虎問。

「『我想是的。』女孩答說。

「『妳確定沒讓果子碰到皮膚嗎？』老虎抽著尾巴，緊張地告誡。

「『確定。』

「『那麼我送妳到我的領地邊界。』老虎說。

「兩人一起走下小徑，袋子在女孩腰上彈著。兩人默默行走，不知道該說什麼。等他們來到邊界，女孩要離開老虎的領地時，她跪下來撫著老虎的臉。『我答應一定會回來，』她說，『你看著地平線找我。』

「老虎重重嘆息，自覺像收割後，剝落變枯的玉米皮。『我會的。』他答應說，然而就在公主踏出第一步，離開老虎守護的領域時，大地震搖起來，公主跌在地。上空傳出轟然雷響，一道劈雷擊落他們之間的地上，把土都擊黑了。劈啪暴響的雷電阻隔著他們，根本無處可逃。

「另一道雷劈下來，隨之飄出嗞嗞的香氣，表示天神出現了。老虎縮著身，揚著髭鬚，『老虎！』一股宏亮低沉的聲音說，公主後方的樹林從中分裂，往兩側壓倒，公主哭了出來。

「老虎什麼都不能做，只能跪下來，望著站在他上方空中的一對光腳。他挺起背脊，準備承接即將降臨的鞭打。『這是你最後一次背叛我們了。』天神宣布：『你的做法，對這名女孩或她的父親並無幫助，你只是毀滅自己的威信罷了。你將因此受到懲罰。』天神轉向公主，『妳，凡人女孩，妳得把果子從袋子裡拿出來咬一口。』

「『不！』老虎大喊，『求求您！您可以鞭打我！毀滅我！但我求您別傷害她。』

「『蠢老虎，』天神說，『這不是在處罰她，而是你。她的身體燃放時，將在冰冷的夜空中找到撫慰，我們會以她的光芒引導別人，而且她還有那幾位笨哥哥陪伴。』天神轉向公主，『令尊已經死了。』他輕描淡寫地對她說，『這裡再無妳可以留戀的東西了。』

「『可是我在這裡啊。』老虎說，『我愛她，我會照顧她，求您別逼她吃果子。』

「『她對你也有同樣的感情嗎，老虎？看看你背上的斑紋，告訴我，一個愛你的人會容許那種事發生嗎？』

「公主站在那裡揪著袋子，淚水潸然流下面頰。她臉色雪白，有如滿月下的皎光，但她烏黑的眼睛充滿悲傷。公主望著老虎，美麗的嘴中輕輕吐出喟嘆，看得老虎心痛無比，他無法動彈，連大氣都不敢喘。

「『我的確愛他。』公主靜靜地說，聲音柔滑如絲。她的話補綴了老虎破碎的心，『我將心甘情願地承受他的處罰。』

「『原來如此。』天神說，『好吧，那就開始，咬一口吧。』

「老虎渾身顫抖地吼道：『不要！』可是心意已決的公主翻著背袋，掏出果子往嘴裡送。

「『很抱歉害你受那些苦。』她對心愛的老虎說，『請你原諒我。』

「說罷女孩咬了一口，然後張大嘴，不死之光慢慢注滿她的身軀。被遺忘的果子從她手中掉落，滾過邊界，來到老虎所坐的隱形囚籠裡。不知所措的老虎撲到果子上，一口吞下剩餘的果子。由於他是頭不凡的老虎，本已是不死之身，因此果子對他的影響異於他人。」

「有什麼影響？」附近的女孩問。

「果子改變他了。老虎背上生出巨大的翅膀，在公主徹底變身之前，老虎衝破天神設在他身上的屏障，攫起公主。公主抓住老虎，雙臂環住他的頸子。這時她全身都放著光，老虎在天神還不及阻止前，便躍入天空了，他巨大的翅膀載著兩人越飛越高，直到消失在星群裡。」

我停頓片刻，聆聽孩子們的反應。「噢。」旁邊的男孩發出輕嘆，「他們後來怎樣了？」男孩問我。

我在黑暗中聳聳肩說：「沒有人知道，有些人覺得他們在天空的星河裡流浪，有人說在星星殞落或劃過空中時，看到了他們。但所有人都認為他們仍然在一起。」

我的故事說完了，我在自己的籠子裡蹲下來，把頭枕在臂上。「最好睡一下。」我對孩子們說：「天很快就要亮了。」

不久四周便安靜下來了，我聽著周圍孩子們輕柔的呼吸。我閉上眼睛，就在快要睡著時，我聽到地窖對面的籠子傳來細小的聲音。是阿娜米卡，她用幾乎難以聽聞的聲音說：「希望有一天，也能有隻老虎把我帶走。」

我在這兒呢，安娜。我在心中說，希望她能感受得到我的心意，我在這兒呢。

19 千鈞一髮

早晨須臾將至，我一聽到地窖門口有動靜，身體便立即緊張起來。我覺得四肢冰冷而遲緩，我已很久不曾感覺刺骨的寒氣了，我體中的虎兒總能為我保暖。如今恢復原本單純的自己，感覺好怪。我不僅想念自己毛絨絨的那一半，也渴盼與女神的心意相連。

年輕的安娜坐得極近，但我們的連結被切斷了，彷彿女神與她所有的過去都不曾存在。這世界需要她，但我驚懼地發現，我也需要她。感覺一直有人陪在身邊，是何等巨大的安慰，即使我們分開了，她仍像錨一樣地將我栓穩在她身邊，栓在人世間。

我想念她的怒容與自信，她嘲弄的笑聲以前會惹惱我，但現在不知怎地，成了她的自嘲，而不是拿來傷害我的東西。如今我比較了解她，看出了事物的本貌。安娜是在測試我、督促我，看我究竟想留下來還是想逃離。我往往選擇後者，諷刺的是，我必須憶起年少的自己，才能懂得安娜的價值。

她表面上勇敢無懼，美麗動人，不可一世，但每次她發現有孩子需要她時，便會心軟。我看著安娜竭力捍衛弱者，毫不自負虛榮，她絕不委過，我知道她對手下，對我，也有相同的期許。我是天地賜給她的夥伴，但我的感情與心思卻從不在她身上，未能全心待她。

一名舉著火炬的男子來到籠子邊，把孩子們一一拖出來，用鐵鍊銬住他們細瘦的手腕，縛住他們的腳踝，防止孩子奔逃。男人給他們喝了一口水，一小片麵包，然後分派各種工作。孩子們一個個上樓去，從視線中消失了。

當他們從我身邊經過時，孩子們瞪大眼睛瞄向我的籠子，我看得出他們認出我是說故事的人，有幾個孩子怯怯地笑了。目睹這整個過程時，最令人害怕的，就是看到他們聽見今天只是要去掃地、打毯子或幫忙把木柴搬到廚房時，那種鬆口大氣的表情。如果他們會那麼開心，就表示其他地方問題很大。不久地窖裡幾乎空了，只留下阿娜米卡和我還被關著。

幾名男子停到她的籠子前。「妳今晚得再次親自服侍主人，最好趁空好好休息。」其中一人說著，丟了片麵包給她，然後遞上一杯水。男人放聲怪笑，他那巴結的表情，確認了我心底的恐懼。「主子挺喜歡妳，不過這不能怪他啦。是她那對眼睛，是吧？」他問他的同伴。

「想像她再過個兩年會長成什麼樣子。」他朋友說完，吹了聲口哨。

「沒錯。」第一名男子說，然後皺著眉，「當然啦，主子一定早在她變成女人之前，就把她折磨死了。」

我忿然起身，緊抓住籠子上的鐵條，脾氣火到可以把鐵條熔化。「不許跟她說話。」我警告說，聲音沙啞而殺氣騰騰。「你們再敢靠近她，老子就宰了你們。你們會慢慢受盡恐怖的痛苦與折磨，讓你們只想求死，那點我可以跟你們保證。」

其中一人往後退開，彷彿感受到我的殺氣。另一人則大膽走向前，暗指我對綠眼女孩也有幻想。那是他犯的最後一個失誤了，我如蛇般地射出手，抓住他的襯衫前襟，用力把他拉向自己。男人的臉重重撞在籠子上，鼻子當場撞斷，血流滿面。男人還來不及伸手拔劍，我已拍開他的手，自己抽出劍了。

我抓住奮力掙扎的男人脖子，刺穿他肚皮，然後將劍抽回，再刺向他的朋友，但那男的已衝向階梯大聲呼救了。我舉劍砍向籠鎖，把死人推到一旁，接著去砍安娜的鎖。鎖斷了之後，我打開她的籠子，示意要她走向前。安娜搖著頭，瞪大一對驚懼的綠眼。

「我不會傷害妳。」我說：「真的，是妳父親派我來救妳的。」

「我……我父親？」她問。

「是的，我只能那麼做，桑尼爾才不會跟著我來。」我企圖微笑，但看起來怕像是在做鬼臉。

安娜一聽到哥哥，眼睛便泛滿淚水，她抬起顫抖的手拉住我的。安娜猶豫地站起來，我瞄著打開的地窖門口。援手很快就會趕到了，這樣慢悠悠地取得她的信任，真的很耗時間。我不願多想安娜遭受過什麼，尤其看到她跛著腳時。等我確定她會跟著我後，便說：「妳乖乖待在我背後，我得跟人幹架，等我們上了樓，妳去找個地方躲起來，我會去找妳，一定。」

她點點頭，我開始爬上地窖門口，有名傭兵在樓梯口與我遇個正著，但被我火速滅掉，將屍體丟下梯子。我伸手到後面摸安娜，手指擦過她的肩膀，安娜立即抽開身，我故意不加理會。

「來。」我柔聲說：「我們得繼續走。」

在黑暗中囚困如此之久，乍見光線，我覺得眼睛好刺。我們抵達主樓層時，只見到兩名一臉驚懼的孩子，我示意要他們加入，跟在我背後。一行人慢慢穿過各個房間，孩子身上叮噹響的鍊子讓我大皺眉頭。不久我背後已經跟了阿娜米卡和其他六名孩子了。我完全不知道自己要如何讓一夥人安然逃離。堡壘守衛數量眾多，根本不太可能逃，但我非試不可。

我用手指抵住唇，要孩子們保持安靜，我窺探一個又一個的房間。房中全是空的，我雖盡可能悄然無聲地打開櫃子，尋找更多武器或孩子的鍊子鑰匙，可是除了一把菜刀外，啥都沒找著。我把刀子插到纏在腕上的腰帶裡。一行人躡手躡腳地穿越房子，來到前門，我將門拉開一條縫，外面守衛實在太多了。

我用頭抵住門，默默祈求協助，不過我實在不知道誰能來幫我。孩子們盡可能悄然無聲地跟隨我來到房子的內部，他們如此善於保持安靜，著實令人驚奇。這真的很異常，兒童應該是愛笑愛鬧，而非膽怯害怕的。

我們穿過房子內部時，我將一切瞧在眼裡——這裡沒有大人，廚房裡一片凌亂，人們顯然剛剛才離開，地板上有堆掃了一半的泥土。這是個陷阱，我可以感覺得到。當我往外偷窺看不到半個人時，我稍稍鬆了口氣。我轉身警告孩子，要他們走在我後面，跟隨我的領導。從太陽的角度判斷，應該是上午十點多吧。我們一路來到房子角落，可是人太多了，我無法應付。

我們偷偷循原路折回去，查看另一處角落，結果看到類似的狀況。接著我清晰地聽到拔劍聲，我緩緩轉身，發現我們已被團團圍住了。我們在屋中四處溜竄時，另一側的人馬已悄悄就位。其中幾人緊緊抓住孩子，還有更多人張著弓箭瞄準我，隨時準備發射。

此刻我只有緊貼在背後的幾個孩子、一把破劍和一柄小刀。我失敗了，祈求好運會降臨的幻想已燃成焦黑，在我口中留下一股灰味了。我抬起眼，看到幾十個之前隱匿起來的援手，突然站到上方的城垛上。奴隸頭子站在他們中間，用既失望，又難過的神情俯望我。

買下我的頭巾男這回戴了綠色的新頭巾，他推開手下穿出來，然後拍拍手，臉上帶著甜膩的笑容。「幹得好。」他說：「我必須稱讚你，竟然能逃到這裡。」

我默不回應。

他銳利地打量我，「我必須說，我有點訝異，你並不是來追討我以為的那項寶物。」男人看著我背後的孩子，尤其是阿娜米卡。「雖然你還品味不錯，」他伸手掏出袋子裡的鳳凰蛋，「可是我必須承認，看到你選擇拋下這個，我還滿失望的。也許這玩意兒並不如我想像的那般值錢。」

頭巾男在手中轉著蛋，然後接著說：「這東西明明白白地放在桌上給你看，可你卻視而不見地從它旁邊走過，彷彿根本不在乎它。不過我猜，你有可能稍後才會回來找它。」

鳳凰蛋在陽光下熠熠生輝，老實說，我根本沒看到它，一心只想著救阿娜米卡，無暇顧及真理石。

男人指揮幾名士兵，把孩子跟我的劍拿走，我認命地交出劍。到目前為止，他們還沒發現小刀，當他們忙著應付孩子時，我不經意地把刀從帶子裡抽出來，塞到一名站在我左後方的小男生手裡。我認出他就是住在我籠子旁邊的男生。我回頭瞄望時，小刀已完全不見了，也看不出男孩把刀藏在衣服裡。男孩對我微微點頭，我朝他擠眼。

頭巾男走過來，對我毫無忌憚。他有五十名以上的手下可支使，應該不用怕我吧。當守衛帶著每個孩子離開，只留下阿娜米卡時，一名男子走過來抓住她的手臂。「輕點，輕一點。」頭巾男警告說：「除了我，不許任何人傷害她。」她對安娜露出甜笑，用手指碰著她的臉，安娜縮起身子，彷彿她身上所有骨頭，會被他的注視蝕散掉。

「把你的手拿開。」我威脅說。

我的新主子轉過身，用好奇的眼光看著我，然後縱聲大笑。「你也被她迷倒啦？我必須承認，她是個賞心悅目的東西。」

他盯著安娜，直到她纖弱的身子遁入屋內。我緊握著拳，好想用爪子刺入他顫動的肚皮，慢慢挖出他的內臟，然後看著食腐肉的動物靠過來。唯有在他受盡折磨後，我才會張嘴咬住他的頭顱，將他的頭從頸子上扯下來，在他旋落惡靈所屬的黑暗之前，讓他僅能看到我的牙齒。

「好啦。」男子無視我的凶惡，「我想你和我有很多事要談。」對一個胖子來說，他的動作算敏捷。他旋身嘲肩後喊道：「把他帶過來。」

我來到外頭待著後，即使沒有老虎的靈敏嗅覺，也覺得地窖裡的濃重惡臭，格外地嗆人。被我宰掉的男子還躺在同一個地點，頭巾男在他的血泊中滑了一下，一肩撞在籠子上。「把那東西清乾淨。」他憤怒地對背後的漢子嘶聲說，一邊扶正頭上的頭巾。

他們二話不說，把我重重摜到之前所坐的椅子上，我的腳被銬在地板上，但只有一隻手被綁在背後。粗暴的守衛抓住我另一隻手，重重壓到桌上。我試著抽手，尤其當頭巾男從他放下的袋中抽出一把刀時。「把他抓穩了。」他說著逼上來。

他們得動用另一個人才能把我按住，一小時後，我筋疲力盡地淌著血，前臂上被割了好幾道深痕，而他甚至還沒開始問我問題。「好了，」他走在我後頭說：「我暫時先留下你的手指和雙掌，因為我覺得你可能會需要它們，才願透露蛋裡的魔力。」

「你為什麼會認為那顆蛋有魔力？」

他揚著眉，「這種寶物的相關傳說很多，我是個賣貨取錢的人，但也會交換祕密，看到價值連城的物品，我是識貨的。這石蛋有魔法，我可以拿自己性命去賭。」

「我看到有價值的東西也是識貨的。你還不配當一隻吃駝糞的甲蟲背上的跳蚤……」我罵道。

拳頭從側邊揮來，我感覺嘴巴後方的臼齒鬆動。我吐出血，很高興看到牙齒落在頭巾男那雙飾著珠寶的新鞋上。他往後跳開，拿起一把有雕柄的小刀。他臉色陰晴不定地用刀抵住我的咽喉，大可輕易地一刀劃過，尤其他的守衛抓住我的頭髮，將我的頭往後扯，露出咽喉。

男子似乎想到比殺我更好的主意，他若有所思地用刀子順著我一邊顴骨往下滑，然後再用陰毒無比的方式去畫我另一邊臉。「你會後悔的。」他說，語氣有些開心過頭。「好了，剛才我說到哪兒了？啊，對了。我說到價值，以及我為何還讓你保留手指。我猜你應該夠聰明，懂得手指的價值，不過我確信，你並不需要兩隻耳朵。」

他把刀壓到我耳朵跟頭皮之間的皮膚裡，「你想知道什麼？」我問，溫暖的血從我臉上滴落。

「你已經知道這個問題的答案了，」他狂喜地喘著氣，「別浪費老子的時間。」

「我會告訴你如何使用法力。」我說：「但你得給我一些回報。」

他頓一下，「饒你一條命還不夠嗎？」他問。

「放她走，我會留在這裡替你工作，當你的奴隸，無論你想要什麼。放她走吧。」

「你是在說誰呀？」他繞過來面對我問。

「你已經知道這個問題的答案了。」我嘲弄地咧嘴一笑。

他鐵青著臉，忿然重重將刀子一插，把我的手釘在桌上，雖然很痛，但老子以前受過更重的傷。他臉上露出獰笑，但興頭一下便垮了，因為我並未尖叫求饒，甚至退縮。

我低頭看著刀子，然後抬頭對他表示，他所做的任何事都嚇不了我。他狡猾地瞇起眼，抬起另一把刀刺入我的肩膀。血水在傷口邊聚積，他扭著刀，血積得很厚，我低哼著，但也沒慘叫，不想稱他的意。

他凝視我的臉，尋找我的弱點，呼氣一直吹在我身上。此人顯然很享受凌虐別人，那點比起他加諸我身上的痛苦，更令我想吐，但我的肚子其實沒有一丁點食物。

「這事變得越來越無聊了。」我說：「你要嘛殺掉我，要嘛放她走，我不怕死，我面對太多次死亡了，但我可以跟你保證，我說話算話。你若放了她，我會把蛋的祕密告訴你，你只要決定你有多想要那顆蛋就行了。」

他仔細打量我的臉，最後終於退開，對他的護衛點點頭。守護拿開刀子，為我緊緊地包紮傷口。房中飄著我自己的血腥氣，頭巾男緩慢而有耐心地清理他的刀子，然後插回他施酷刑用的工具袋裡。我冷眼看他，一邊用舌頭壓住鬆脫的牙齒。

我覺得頭巾男跟羅克什有很多相似處，只是羅克什很難超越，我見識過比這傢伙更惡質的手法。鮮血浸溼纏在我肩臂手上的繃帶，且繼續從我臉上滴下。溫熱的血珠從我下巴滴落，沾髒了我的襯衫，但我對整個狀況十分抽離。

奇怪的是，我竟然因此感激起羅克什。擊敗他，賜給我前所未有的自信。他的慘無人道，激發我們的本能與勇氣，與他旗鼓相當地抗衡。當初若沒有羅克什，我不會有現在的堅毅與力量，經過他之後，我面對其他惡徒——軍閥、暴君、昏君與罪犯——根本沒放在眼裡。不過這個傢伙非常該死，事實上，只要我一逮住機會，定然會用我的雙手或爪子，讓他死無葬身之地。

他嚇唬不了我，他的刀子、虛張聲勢和怒氣，只是造成一點不方便罷了。老實說，我壓根不在乎他買賣武器，或他買賣奴隸的事。但一個如此蹂躪兒童的人，會觸怒女神與她的愛虎，無論如何，我們一定會好好處置他。

他的刀子收走後，我說：「把石子拿在手裡。」他用兩手拿好後，我又說：「現在告訴我，你會放女孩自由。」

他僅遲疑了一會兒，便說道：「會啦會啦，如果你把魔法的祕密告訴我，我定會放她自由。」

鳳凰蛋保持黯然。「你說謊。」我表示。

「你沒有立場來質疑……」

我搖搖頭，「我的意思是，我知道你在說謊，因為蛋還是暗的。若說實話，蛋會自裡頭發光。你仔細瞧好了，我展示給你看。」我傾向前，「等我逃跑後，我保證一定會逃出去，那麼無論再黑的陰影，再隱密的櫃子，我都能把你找出來，等我找到你後，會在一小時內讓你死透。」

等我說完話，真理石便自內部發光了，頭巾男快速地把手抽開，大聲喊道：「它是活的！」

「是的。」我說：「它是有生命的，聽到真話，便會發光。」

男人坐回去，轉著石頭，仔細凝視逐漸變暗的石頭。他歪抬著頭說：「這是在耍花樣吧。」

「不是。」我說：「你自己測試看看，看能否用謊言騙過它。」

男人坐回去，舔著唇，用一對眼皮沉厚的眼睛來回看著石頭和我。「我母親在我四歲時去世。」他開口說。

石頭發亮了，用一股妖光照亮他的臉。

「我喜愛駱駝。」他第二次測試，石頭裡的火光變暗了。「我可以信賴我的私人護衛。」男人說，石頭保持黯然。他跟我旁邊的守衛互看一眼，守衛嚥著口水，緊繃前臂。

頭巾男暫先不理守衛，一個接著一個地提問，從最愛的水果、以前養的寵物鼠名字，到他藏放金子的地點。真話、謊言、謊言。接著他拿他的守衛練習，問他一連串問題，結果很快看出，他家中的情況與他所想迥異，他試了好一陣子，最後才心滿意足地坐回去。

「這真是一件價值連城的寶物。」男人說：「有了這個東西，再也沒有人能對我撒謊了，有太多種可能性了。」

他忙著思索，我的心也沒閒著，像他這種人，可以用鳳凰石做太多事了，石頭落到這種人手上，相當危險。

「你為什麼把這東西留下？」他問，將我從思緒裡抽回來。

我聳聳肩，「因為解救孩子更重要。」

他垂眼瞄著石頭，但石頭還是暗的。

我嘆口氣說：「我沒看見它。」

鳳凰蛋發光了。

「啊。」他滿足地笑了笑，「我發現我有很多事想問你，但我承認，我想先進一步測試這顆石頭。把他關回牢裡。」男人對守衛下令，然後警告他說：「還有，別以為我會忘記，石頭覺得你的忠心有問題。」他說：「我若是你，我會非常謹慎。」

緊張的守衛快速行禮，然後將我拉站起來，在主人離開關上背後的門之前，將我仔細銬住。

「他將來會殺掉你的，你知道吧。」守衛送我回牢房時我說。

「閉嘴。」他警告道。

男人將我推入牢籠，然後爬上樓梯走出地窖大門，緊緊鎖上。時間雖才傍晚，我們全都陷在漆黑之中。我拿起衣角按住自己流血的嘴。

當樓上的腳步聲消失後，我聽到附近有人輕聲說：「刀子還在我手上。」男孩悄聲表示：「我已用刀撬開我的鎖了。」

「幹得好，孩子。」我說：「你想你能幫我開鎖嗎？」

「應該可以。」

「小心點，你若聽到他們回來，一定要回自己牢裡，把門關上。」

「我會的。」

一會兒後，我聽到他的門咿咿呀呀地開了，不久男孩已在幫我解鎖。

「我解不開，」他說：「拿去，你可以自己試。」他又說，試圖把刀子從鐵欄間遞給我。

「這得由你來解。」我輕聲說：「我的手受傷了。」

「他剁掉你的手指啦？」隔兩間牢籠有個聲音問：「他弄掉我兩根指頭。」

我深深吸口氣，試著忍下對這孩子的心疼，那個沒有人性的頭巾男竟如此折磨他。「沒有。」我悄聲答說：「只是我的手沒法動，很遺憾他傷害了你。」我告訴他，「我們會獲得自由的，我們所有人都會。」

男孩花了幾分鐘才解開我的鎖，然後他移往下一間牢籠。他解開了幾個鎖，就在他開始去撬另一側的鎖時，我們聽到樓上地板傳來皮靴聲。「快回你的籠子！」我說：「別忘了關門，還有把刀子藏起來！」

男孩剛剛回到囚籠開上門，地窖的門便開了。「這是你們的晚餐。」男人說著把刺鼻的燉菜舀到碗裡，然後把碗推向每個孩子伸出的手。當他來到第三間牢籠時，他的手撞到籠子，結果門稍稍開了。

「你這他媽的白痴！」男人對他的助手說：「萬一被主人發現你沒把牢門鎖好，看他不打斷你的腳踝，把你扔到沙漠裡發爛！」他厭惡地鎖上門，然後去細看第二道門。「怎麼這扇門也開啦？真是難以置信！把所有門檢查一遍。」

當他們來到我的牢籠時，兩人一起疑心重重地瞄著我，但我躺著面對他們，把襯衫貼在嘴上發出呻吟。他們搜索我身上，但什麼都沒發現。兩人繼續檢查，一一測試所有牢籠，由於沒上鎖的門僅有幾扇，守衛只顧罵他的助手，並沒有懷疑是我們搞的鬼。

等所有人都拿到一碗燉菜和一杯水後，他們打開安娜的籠子將她拉出來。「主人想見妳。」男人說，他們離我遠遠的，雖然我還躺在牆邊，但他們一定聽說我殺掉另一名守衛的事了。

他們一離開，關上地窖的門，我的年輕朋友便又開始解鎖。「快點。」我說：「我得去救她。」

男孩打開他的籠子後，開始瘋狂地幫我開鎖。等我的解開後，我從他手裡接過刀子，朝地窖門口走去。我雖有武器，卻開不了門。我咒罵讓安娜落在頭巾男的手中，自己卻無計可施。

男孩拉著我的襯衫，問他是否該打開其他牢籠。我搖搖頭，然後對他解釋，因為他本根看不到我。「不用了，今晚不行，咱們得等待良機，我得想出能成功逃脫的計策。」

我們返回各自的牢籠，我把自己的燉菜給他，但喝乾水杯。我把頭埋在手裡，醒坐一整夜，想像我的安娜會遭受什麼可怕的折磨。這都是我的錯，若我能更擅長追蹤……如果我沒放任家裡的門開著……如果我沒有每次遇到困難就逃開……我一再責備自己。

每天，我觀察她小小的籠子，看著她抖顫的四肢，看她茫然地呆視遠方。每天晚上，我逼自己看著她從籠子裡被帶到樓上，去服侍頭巾男。那男的僅有一次親自下來找安娜，當時他直接瞪著我瞧，知道自己徹底失信，沒有放安娜自由。我在火炬下，看出他有些許差異。

他的膚色蠟黃，整個人變瘦了，手上的血管看來十分黯沉，在膚下幾乎呈黑色。他的眼白充血，喝令手下動作快點時，手指還發著抖。於是我想起鳳凰對我的警告，他說，真理石中的鳳凰之心會毀去任何拿它來傷害別人的人。或許頭巾男的病容，便是一種表徵。

第五個晚上，我們的機會來了。安娜被帶上樓後，大夥聆聽地窖門上鎖的聲音，但一直沒聽到。我的皮膚燒燙，知道自己的血液受了感染，我的傷口一直沒治好，已經開始化膿。儘管如此，我橫了心要不計一切救出安娜，即使一死也在所不惜。

我的年輕朋友用藏匿的刀子打開他和我的籠子，然後繼續打開剩下的籠子。由於孩子們都沒被銬住，因此能悄然移動。我們在一起時，他們已跟我詳實地描述過屋中的狀況了。其中一人甚至知道有條可以從主人寢室離開的祕密通道，以防大家遭到攻擊。我們計畫直接衝到主人房間，殺掉他和任何前來阻攔的守衛，然後從通道逃走。

我靜靜頂開地窖門，揮手要孩子們先出去。他們很習慣找地方藏身，我指示他們在我跟守衛對打時，繼續躲藏，然後盡可能靜悄地跟著我。當最後一個孩子也消失後，我溜出來，直奔主人的寢室。

我在守衛的咽喉畫了一刀，在他倒下前接住他的身體。我把他扔到後頭，自己繼續往前。我回眸一瞥，看到孩子們把他的屍體藏到櫥櫃裡，並清掉血跡。接著是一小陣扭打，我又宰掉兩個護衛，他們的屍體跟第一具一樣，很快被收拾掉了。接著我們來到通往主人寢室的走廊，我知道自己必須正面攻擊，因為沒有任何容易的方式偷溜過去。

我還未出手，被我喚做隊長的英勇男孩，已衝到走廊上，站在那兒，故意讓守衛看見他了。他們在他後邊追喊，我宰掉其中一人，然後把刀刺入第二名守衛的背部，他正把男孩往地窖拖。孩子們把屍體扔進地窖裡鎖住，現在已經沒有人攔在我們與寢室的門之間了。

我試了一下門把，但門鎖住了。我悄聲把刀插入兩扇門間，抬起門閂。一小堆炭火照亮了房間，房中央擺了一張大床，旁邊桌子枕墊上，放著散出光芒的真理石。我對一直擔任我左右手的年輕男孩一指，然後指向石頭，男孩點點頭，猛然抓過石頭交給跟在他後面的一名女孩，然後在一堆衣服中翻出一件襯衫，做成裝石蛋的臨時袋子。

主人攤開四肢，鼾聲雷動地睡在床上，我走過去時，發現他的皮膚泛著淡淡的藍調，且有多處脫皮。一直等我靠得夠近後，才看到有副瘦小的身體貼著他的。我將毯子稍稍拉下，看到了阿娜米卡。她抬眼看到我時，眼中泛起淚水，她瞪大眼睛，臉部痛苦地扭曲著輕聲哀泣。我低聲咒罵，知道自己看起來可能像另一個在黑屋裡向她逼近的男人。我很快退開，免得讓她看到。

我在床邊時，孩子們已找到祕密通道了，小隊長揮著手，確定所有小囚犯都逃走了。我舉刀刺入打鼾的男人脖子裡，他猛然驚醒，像豬一樣地尖號。我火速繞過床邊一把抱起安娜。她突然活了過來，又踢又踹，但我同時抓住毯子包住她，固定住她的四肢，我真希望自己能有更多時間溫柔地待她。

我最後瞥了垂死的男人一眼，扭頭衝下通道，跟著其中一名孩子舉著的火炬。安娜突然不再掙扎了，她的頭垂向一邊，眼睛依然睜著，彷彿把自己封藏在遠處。我的眼中盡是淚水，我彎身貼近對她輕聲說：「請原諒我。」

20　老虎與奇蹟

我們循著幽暗的通道走了一個鐘頭，最後終於穿過一處荒山的洞穴開口，走了出來。孩子們將灌木叢推到一旁讓我通過，以免荊棘刺到安娜的腿。我瞇眼望著黑暗，看出地面上有許多一坨坨的動物形狀，想到應該是駱駝，才鬆了口氣。

孩子們幫我趕來三隻駱駝，我用手腕上的腰帶和男孩們的襯衫，將牠們綁在一起。等孩子們爬坐上去後，我騎到帶頭的駱駝背上，將安娜蜷縮的身體抱在前方。眾人往西行進，雖然與我想去的方向相反，但那樣離頭巾男的城堡較遠，我想最好盡量拉開與傭兵之間的距離。

但願知道祕密通道的人不多，我們極為謹慎地把通道入口關上了，孩子們把所有被殺的守衛屍體藏起來了。假若我們運氣好，早晨之前，不會有人去查看主人或我們的囚籠，那麼在他們發現出事前，我們早已逃遠了。

若是運氣差，我想我們只能領先不到一個小時了。我希望我們能遇到一位友善的商人，一位與賣武器的頭巾男毫無瓜葛的人，但機會也許不大。如果我僅需要救安娜，那麼我們尚有機會逃脫，可是我帶著十幾個需要仰賴我的孩子，他們需要食物、水，和幫忙醫治傷口的治療師。我的傷癒合得很慢，傷口已經感染了，而我僅有一把刀子，我們存活的機率實在不高。

我們快速默默穿越沙漠兩個小時，這樣已經夠神奇了，沒想到竟然還遇到一口井，運氣簡直好到匪夷所思。孩子們深深汲飲，甚至替駝隻打水。我試著讓阿娜米卡喝水，硬把勺子塞到她唇間，但她擊打我，前後擺動頭部，像發狂似的。我知道太陽升起後，沙漠有多麼炎熱嚇人，因此盡可能給她餵水，但只勉強逼她喝了幾滴。

最後我被迫放棄了，我指示孩子再次騎上駱駝。我們找到水井時，我原本希望井的主人天亮時，會帶著自己的牲口過來喝水，可是在那寂靜的破曉時刻，並沒有人前來。我們繼續前行，離一條殘破的小徑有點遠又不會太遠，一來看能否找到援手，二來不至於立即被發現。

直到日出一個小時後，我才想起有鳳凰蛋。我召喚那名對我幫助極大的年輕男孩，孩子踢著駱駝騎近。

「你能給我石頭嗎？」我問他。

男孩把石頭包在襯衫裡，綁在自己瘦弱的身上。石頭的重量沒讓他翻倒，也算奇蹟了。他是個堅強的孩子。男孩二話不說，把包袱轉過來，解開襯衫袖子，遞上石頭。

「求求你讓此事成功。」我悄聲喃喃說，用手掌貼著石頭兩側，凝望石頭深處。「我需要你的智慧。」我低聲對石頭說：「求你幫我拯救這些孩子。」

一開始毫無動靜，接著真理石內部發出金光，石頭貼在我手上溫暖地鼓動著。鳳凰之心在我心中說話了，那聲音溫柔卻難以辨識，然而不知怎地似乎又覺得熟悉。我一陣暈眩，身體搖晃，差點從駱駝上摔下來。接著地平線變穩，我的焦點又聚回石頭上。有個概念突然變得清晰無比。

安全，石頭說，接著它讓我看到一幅景象。

那是我們此時所走的路徑，我在心中看到了該走的路，以及道路盡頭的一棟大房子。這份地圖不知怎地烙在我腦海裡，我知道我們該往何處去，以及抵達後會找到什麼了。我還知道，這趟路大概要騎三天的駱駝。

我信賴真理石的指點，我把襯衫纏到脖子上，將袖子綁在一起，然後領著孩子們繼續前行。接近中午時，貼在我胸口的重石開始發燙，我摸著石頭，看到一群騎馬男子的景象。我們及時把駱駝趕到一大片岩石及矮樹後，大夥爬下駱駝，讓駱駝跪在地上，孩子們躲在駱駝背後。

男人靠得頗近，我聽見他們喊叫，十分擔心他們會找到我們的足跡，然而當我回頭一望，駱駝的足印竟已消失無蹤，連我自己踩在深沙裡的足印也不見了，但我知道，這地區應該到處都有我們的痕跡。是某個東西或某個人在保護我們。

*是卡當在幕後主使嗎？*他說過我得靠自己，所以我排除了這項可能。杜爾迦並不存在這個星球上，至少卡當是這麼說的。也許庇護我們的是鳳凰之心。無論是誰，我都沒啥好抱怨。我們躲在那兒靜靜等候，直到他們遠去，接著我決定大夥該休息了。我的肩膀鼓脹，頭疼不已，雖然所有人都熱得要命，被太陽曬得難過已極，但我知道自己還發了燒。

我們在細長的林蔭處睡了幾個小時後，繼續推進。我不時回頭瞄望背後，看到我們明顯的行跡一走過後，數秒內便化入沙漠裡了，想追蹤我們，簡直難上加難。這是一種奇蹟，也是我們急需要的。到了黃昏，我把手放在鳳凰蛋上，告訴它，我得設法找食物、飲水和過夜的地方。

片刻後，我便聞到空中傳來燃柴的香氣，看見煙霧飄入無雲的空中。當我詢問真理石，這煙火對我們而言，是否代表安全時，鳳凰心在石中加快了跳動。

我帶領孩子們朝炊煙走去，我們在荒野中找到一間小屋。小屋四周環樹，遮去豔陽，且每棵樹上都結滿了沉重渾圓的熟果。我一邊綁定駱駝，一邊看著樹林，我知道這種樹在這時節通常不會結果。

儘管如此，我並未質疑我們的好運，只是釋然地抒了口氣。餓壞的孩子們顧不得危險或得罪屋中主人，他們衝向水果，相互幫忙盡可能地多摘取果子。我叩響小屋的門，然後等著。發現沒人應門，便開門走進去。

劈啪作響的火堆上烤著肉，屋裡有一疊衣服和軟鞋——足夠讓所有孩子穿戴，而且還有件適合我大小的長衣及馬褲，旁邊擺了一雙大靴子。另外還有個大水盆，裡頭裝著熱水，一鍋滿到邊緣的濃稠熱粥、一罐蜂蜜，以及一籃子的麵餅，冒著熱氣的餅還鼓呼呼地。

看到這番情景，我忍不住紅了眼眶。在我漫長的一生中，從不曾為如此簡單的東西而感激不已。孩子們抱著滿懷的水果，吱吱喳喳地進了屋子，看到前面擺著如此豐盛的食物，忍不住歡呼起來。我叫大夥快吃，自己則去照顧安娜。孩子們衝向食物，大孩子幫年幼的孩子，我那位年少的隊長則負責指揮大家。

阿娜米卡依然沒有反應，不肯自己站著。我將她抱在懷裡，拿布去沾熱水，然後把水擰掉，用布貼著她紅通通的臉頰與額頭。我鬆開她的長髮，輕輕從她臉上撥開，看到她脖子上的瘀傷和腫脹割破的嘴唇，我皺縮起身子。

我快速脫掉蓋著她的薄毯，替她清洗身體。看到她身上的鞭痕、割傷和大腿上乾涸的血跡，令我怒不可抑，渾身發抖。若非頭巾男已經死了，我一定回去一遍又一遍地宰殺他。

他竟然拿青少年和天真的孩子洩慾，看得我心都碎了，我再次詛咒自己的懦弱。都是我的錯，我永遠不會原諒自己害她至此，我發誓用餘生去彌補自己鑄下的大錯。

等安娜清洗乾淨後，一名女孩為我送來一些衣服，幫我為安娜著裝。安娜雖張著眼睛，四肢卻像布娃娃似地垂軟著，而且我幫她套上長衣，從頭上沿她細瘦的身體拉下時，她並無反應。我小心翼翼地把她的頭髮撥到肩後，用一小條繫帶綁緊。

「回到我身邊吧，安娜。」我輕聲觸著她的下巴說，並按了按她的手，「妳的虎兒在這兒呢。」

我不知道自己在哭，直到我看到一滴淚水落在她臉上，滑下她耳邊。安娜眨了一次眼，眨兩次，然後轉頭看著我。她發出輕嘆，拍拍我滿是鬍渣的臉，然後閉起眼睛，把頭抵在我肩上。我輕輕將她拉到胸口，在懷裡輕晃著，撫摸她的頭髮。等知道她睡著後，我將她安置到孩子們攤好的毯子上，然後幫忙其他孩子洗澡更衣。

大一些的孩子洗完澡後，開心地從外頭的井幫我打水，重新注滿浴缸。他們把我當成將軍之類的人物，很樂意努力服侍我。他們在飽餐及換上乾淨衣服後，似乎活力滿滿，因此我便任由他們去張羅，並趁他們忙碌時吃東西。

浴缸水放滿後，我告訴他們該去睡覺了，優良的戰士逮到機會，便會很快入睡。他們立刻乖乖聽話，睡在安娜附近的毯子上，小的幾個拉住大孩子的手。夜色降臨，我望著燃動的火堆，沉浸在自己的思緒裡，想著該打包什麼東西帶走。

一會兒後，孩子們都睡著了，我終於拆掉髒污的繃帶和衣服，泡到浴缸的溫水裡，我皺起眉頭，水蓋過我所有刺痛及割傷的地方。當水泡到更嚴重的傷口時，我差點叫出聲。我拆掉黏在傷口上的繃帶，傷口重又被撕開了，那些傷比我原本想像的還要糟糕。

我的手指腫大，沒有血色，光想到要彎折手指就覺得疼。我的肩傷隨著心跳鼓脹，我用完好的那隻手舀水，盡可能地將傷口洗淨，結果差點沒昏過去。我喘著氣，世界在我周邊旋繞，我躺靠在浴缸上，努力讓自己別那麼暈。

我勉力撐開一隻眼，再次去戳我的肩頭，我看到發炎的細紅血管，從傷口往外拓，傷口四周的皮膚看起來就像卡當的紙地圖。黃色膿液沿著我的手臂流淌，之前傷口只是溫溫地痛，現在我的手和肩膀卻像著了火。我潛到水下，用未受傷的手把一頭亂髮往後抹平。

我在溫水中重新坐定，過去幾週壓抑的情緒排山倒海而來。我怎會把任務搞砸至此？安娜被擄，受一個喪心病狂的怪物凌虐，十幾名孩童仰賴著我，而安然拯救所有人的機會卻微乎其微。就算我們找到一處安全的天堂，我也不知如何從阿娜米卡年少的軀殼裡，喚回成人的她，而且我覺得我們根本不可能返回我們的時空。

我需要源源不絕的好運，可是現在的處境，離成功達成任務，跟宇宙一樣遠不可及，我找不到跨越那道鴻溝的辦法。我心思飄忽，後來一定是睡著了。我猛然警醒，水都潑到浴缸外了，我看到火堆快滅了，自己的手指變得又皺又軟。

我爬出浴缸，用舊襯衫擦乾身體，然後拿起他們為我留下的新長衣。衣料十分柔軟舒適，且剛好符合我的體型。我再次猜想神祕的好心人是誰，他們是否會現身？等我穿好衣服後，坐到將滅未滅的火堆前，靠坐在牆上，把鳳凰蛋放在腿上搖著，希望它能指點我更多智慧，或在夢中指引我該怎麼做。

我沒夢見自己該去何處，或必須做什麼。我夢見光明之城玻達，有人走在我前方，我看不到那人的臉，但知道是個女的，因為我聽到她的笑聲。「來吧，穌漢。」女人說：「過來讓樹林治療你。」

女人帶我來到一片火樹林，其中一棵樹伸下枝子碰觸我的臉，然後移向我的肩膀，戳刺我的傷口。我嘶地一聲向後退開。

「別躲。」女人說：「要信任火樹，它會清除你體內的毒素。」我尚猶豫不決時，感覺有隻手牽起我，將我拉入林子裡。

我站到樹林中，火樹紛紛垂下枝子纏住我的身體，女人本想離開。「別走。」我說：「拜託妳。」

女人僅停頓一下，然後便轉回我身邊，她的手臂滑向我的胸口，然後纏住我的脖子，用身體貼住我。我緊抱住她，輕易地承受住她的重量，火樹將我們抬入空中。暖意在我四周湧動，將我自裡向外地燃燒。我痛得大叫，但女人撫著我的髮，在我耳邊輕語，說一切很快便會過去。

我把頭埋在她頸邊，吸著她的香氣——茉莉花與玫瑰——我的淚水濡溼她的肩膀，淚水在她灼熱的皮膚上乾涸了，她的皮膚跟我的一樣燙熱。熱氣終於退去，火樹緩緩將我們垂至地面上，但我仍緊抱著她。我無法忍受讓她離開，女人陪著我，兩人就這樣緊緊相擁，彼此慰藉、陪伴。

最後她終於推開我，摸摸我剛痊癒的肩膀，然後微微一笑，我正想探問她是誰，她又去推我的肩膀了。我陡然張開眼睛，發現已是早晨，我的小隊長正試著叫醒我。「我醒了。」我說，他正想再次用力推我，我想叫他別推那邊肩膀時，卻發現肩膀不痛了。

我扯開長衣領口往肩上一瞥，肩傷已完全癒合。我抬起手掌轉向手背，然後動動手指，輕鬆地彎折著指頭。我的手上僅有少數幾道新疤，顯示之前受過傷。真理石躺在我的大腿邊，鼓送暖意。「謝謝你。」我悄聲對它說，用復原的手摸著它。

我轉向男孩，要他確保所有孩子都吃過飯，駱駝也都餵過水了。男孩立即執行工作，忙著張羅。我拿起一顆芒果和一片麵餅，走向阿娜米卡，她靠牆而坐，雙手抱著屈起的腿，我覺得那是不錯的跡象。

我坐到她身邊遞上食物，「妳一定餓了。」我說，她只是警戒地看著我。我努力把語調放柔，「妳知道嗎？」我用刀子切開芒果，「這顆果子的樹，能結出四種不同的芒果，很神奇吧？等我們看見桑尼爾時，我一定得告訴他。也許我會帶一顆給他。」

「桑……桑尼爾？」她的聲音很沙啞，似乎是因為哭泣或尖叫給喊啞的。我盡可能不皺眉。

我扔了片芒果到嘴中，點點頭，「挺好吃的。」我說：「當然了，目前我只試過其中一種，其他幾種也許吃起來跟看上去一樣美味。來，試一片吧。」我給她一片芒果，她猶豫地接下了。

我不想嚇著她，便專心去削另一片，然後吃著，當我抬眼瞄到她正啃著芒果邊緣，汁液潤溼她的手指時，深感慶幸。

「我覺得有點飽了。」我挪動身體站起來，「拿去吧，刀子給妳，妳愛吃多少就吃多少，我去叫其他人再多採一些，準備旅途上吃。」

我把剩下的芒果和刀子給她。我把刀子塞到安娜手中時，她瞪大一對綠眼，一開始她像看到蛇一樣地盯著刀子，接著她繃緊下巴，握緊刀柄。安娜點點頭，棄刀不用，直接咬芒果。

我轉身吃著麵餅，看孩子們清洗餐具，準備離開。年輕男孩從外頭進來，「我們找到這些袋子。」他兩手各拎著一只袋子說：「就疊放在小屋門外。」

「很好。」我笑道：「用袋子裝滿水果、麵包和肉，把一切都帶走。」

男孩點點頭，開始去打點。

一名女孩又說：「井邊還有些空的大水壺，我們已經都裝滿水了。」

「太棒了，等一切就緒後，告訴我一聲。」

孩子們不到十分鐘便把一切收拾好了，他們把袋子放到駱駝背上，自己騎上去，大孩子把小的孩子們夾在中間。阿娜米卡從小屋中出來，慢慢走向我們，我讓我的座騎停下來。「挑一隻吧。」我說，故意裝作不在乎她想騎哪一隻。

我希望她能與我共騎，但我不想逼她。安娜走向最後一隻駱駝，但上面已擠滿五個孩子了，他們彼此緊緊互抓。接著她回到我的駱駝旁，「我能跟你一起騎嗎？」她問。

「嗯。」我揉著下巴做考慮狀，「應該可以吧，妳會很占空間嗎？我可不想從駱駝背上被擠下來。」

看到她淡淡一笑，我有種勝利的感覺。「我不太占空間。」她說。

「好，咱們試試看。」我伸出手，她遲疑了一下，眼光從我的手上調到我的臉，最後才終於拉住我的手。等她跟我都坐定後，我彈著舌頭，駱駝笨拙地挪動身體站起來，輕聲抗議了一聲。

我們持續行進，中午休息吃飯，當晚在星空下露宿。翌日我們走得更快了，並在一條湍急的小溪附近找到一片平地。大夥吃掉所有的麵包和肉，但我們將水袋注滿，且有足量的水果，夠每個人吃兩顆，留一顆做為早餐。

真理石顯示我們走對了路徑，而且在明日下午之前，便能安全抵達目的地。第二天早晨我們準備拔營時，我感覺到頸背上有個東西刺刺的，駱駝緊張地大聲叫著，瞄向最濃密的樹叢。我凝視良久，然後抽了一口氣。

我雖然看不出樹叢後有任何東西，但我完全知道那是什麼——一頭老虎。如果它打算攻擊我們，則表示牠是頭餓虎，因為老虎一般不會攻擊人類。獵殺人類的老虎很罕見，除非老虎傷得太重，無法獵殺平時的獵物。「孩子們，」我悄聲說：「到我後邊待著。安娜？我需要用那把刀。」

我把手伸到背後，感覺刀柄擦在我的掌心。我握住刀子，向前踏出一步，將刀舉在面前。我直視矮叢，知道老虎被看見了會很緊張，我朗聲說：「這裡沒有你要的東西，這位大貓朋友，我建議你到別處去。」

矮叢一陣抖動，我聽到一記深沉的吼聲，一隻大爪掌將草叢分開，接著又是一隻爪子，然後出現一張斑紋橫陳的臉，那對黃眼死盯住我。牠蹲伏著，一邊打量我，一邊輕輕甩尾。這頭老虎很大，不知我化成虎形時，看起來是否也那麼大個子。我變成老虎時，感官會不一樣，我從不曾仔細去看自己的反影，除了在水池邊外。

老虎不確定如何估量我們，便開始往我左側移動，孩子們大部分都擠在那裡。「大夥待在一起。」我警告他們，「你們要是分開了，牠會撲過來。」

我聽到其中一個孩子哀叫一聲，但哭聲當即收住。「你休想，我的朋友。」說著我把身子擋到牠和孩子們之間。老虎一僵，退後幾步，齜牙低吼。我若是一般人，聽到牠低吼必然會嚇壞，但老虎的吼聲戛然而止，我聽出牠的猶豫。

牠向後退一步，這時我注意到牠殘斷的後腿。原來老虎曾誤踏陷阱，腳斷了一截，跛得很明顯。「我為你感到抱歉，老兄。」我說：「可是你休想在這裡找到早餐。」

我們彼此瞪視良久，老虎一定是苦無退路了，因為牠不肯放棄。真理石包在駱駝背上的袋子裡，我小心翼翼地把手伸到掛在駝背上的袋子中，去摸石頭，並低聲懇求協助。石頭漸漸變暖，接著我聽到嘶嘶的蛇響，為數極多。就在離我所站處不到三呎的地方，有顆三角型的棕色蛇頭，從洞裡竄出來，另一條很快地滑下小丘，接著又來了第三跟第四條蛇。

孩子們急哭了，因為地上鑽出的蛇越來越多，這群爬蟲像扭動的地毯，向前移動，在我們和老虎之間形成寬大的屏障。牠們緩緩逼近巨大的老虎，牠皺著鼻子，哼哼作聲。老虎挫折地來回踱步，並快速往後跳開，幾條蛇朝牠的腳吐著蛇信，還有其他差幾吋便咬中牠了。最後老虎終於轉身跑走，尾巴慢慢穿失在草叢裡。

蛇群注視前方片刻，然後滑開，有些鑽入草叢，有些竄入洞裡，其他則游回沙漠裡消失不見了。等牠們全都離開後，我轉身走向瑟瑟發抖的孩子，將他們攬近，盡可能地抱在懷中。

「你們都非常勇敢。」我說：「好了，危險已經過去了，騎回駱駝背上吧。」

剩下的旅途便一帆風順了，當幻象中的那棟屋子映入眼簾時，我心中的感激與釋然，簡直難以言喻。我們走近時，一對老夫婦從屋中出來，老先生對我打招呼。他們一定很訝異與不解，怎麼會看到這麼多孩子跟著一名男子旅行。

老太太領著疲憊的孩子進屋裡，餵他們，給他們洗澡時，我很快對老先生解釋我們的身分，我們雖然感激他的熱情招待，但他對我們的協助，很可能給家人帶來危險。老先生搭住我的肩，告訴我說，他聽過被我殺掉的男子的傳言，他很樂意幫助我們。

那晚稍後，我才知道他們位獨自生活多年，一直希望能有個大家庭，他妻子無法生育。老先生同意盡可能幫幾個小的孩子尋找家人，那些記不得自己來自何處的孩子，他會欣然收留。

我說我是被派來尋找阿娜米卡，把她送回家人身邊的，我得盡快完成任務。老夫婦力邀我留下，在歷經大難後先休息一下。第二天早上我要出發時，他們幫我們打包了好幾袋的補給品，甚至拿馬匹來交換駱駝。

老先生送了我一把舊劍，叫我往南行，他告訴我說，商隊和駱駝商比較愛走北邊的路徑，雖然往南去安娜家更耗時，但最好盡量避開那些人。

孩子們雖捨不得我走，但他們顯然很快便黏上老夫婦了，大夥開心地與我道別。阿娜米卡二話不說地跟著我，老先生給她一個裝刀子的護套，安娜驕傲地戴上這條皮帶，她常握住刀柄，彷佛安撫自己。

我助她騎上馬背後，自己坐到她背後，兩人往南騎行。真理石被收入袋子裡，穩當地放在我們身側。

21 最後一項禮物

一開始我們不太說話，這會兒安娜安全了，我樂得不再吵她。她剛經歷一場浩劫，我希望她的身心都能開始慢慢療癒。我不時停下來讓馬兒休息，也讓安娜趁機伸展四肢。她比凱西更習慣騎馬，但我希望盡可能使她舒服。

我們紮營時，她幫我蒐集柴火，我用老太太給的毯子幫她鋪床。我們默默吃飯，我把馬栓在青草豐盛的樹邊。等我裝滿水罐從小溪回來時，發現安娜已經把頭靠在鞍具上，用手枕著臉很快睡著了。看到她跟在家裡一樣放鬆地入睡，我感到心疼。我雙眼一痛，好想念她，即使身邊的她是那個年少的安娜，我渴望成為女人的安娜的陪伴。

我化作虎兒，住在印度叢林裡的那段日子，離群索居對我不是問題，至少我是那樣說服自己的。我陷在自憐中，不容自己追求夢想。直到卡當前來找我，我才了解我有多麼想再回到人群。

我渴望家庭，擁有一個自己的家，置身愛我的家人之中。很長一段時間，我以為凱西會是那個家庭的一份子，就某方面而言，我想她的確是。然而看到她跟阿嵐在一起，坐實了我最大的疑慮。凱西對我的需要，不若我對她強烈。她有阿嵐，擁有自己的家庭和人生，我再也無法成為其中的一部分了，至少不是如我所願那樣。

我在附近坐下，把真理石放到腿上，看著這名依賴我的女孩。如果我要救她，便得想清楚接下來的做法。「我能給她什麼？」我喃喃低聲問石頭，「我如何把安娜抽出這個時間點？」石頭依舊冰冷無光，如果真有答案，石頭要嘛不知道，或者它無法幫我。

以前每次我們為女神獻上供品時，我們都有一只鈴，而且我會化成虎形。我在這裡沒辦法那樣做，而我們簡陋的物品裡，也缺少了鈴。雖然如此，我還是擺上一顆水果、一根我找到的羽毛、一瓶水，和火堆中取出的暖炭。我想獻上能代表每一種元素的供品，基本上就算齊備了。接著我跪到她身邊，垂頭磕著她腳邊的地面。

「偉大的女神，」我說：「我……我非常思念妳，請傾聽達門，妳的愛虎的召喚，回到我身邊吧。」

除了爆出一顆紅色星火，飛入夜空之外，什麼事都沒發生。我又試了一遍，摻雜我自己的話，努力複製我從凱西那兒聽來的事物，但依舊沒得到反應。我甚至模仿噹噹的鈴聲，結果只覺得自己很呆。

最後我放棄了，愣愣地躺下來，把頭枕在手上，抬眼望著星空。「告訴我該怎麼做。」我對天空喃喃自語，但冰冷的星子並未回話。

第二天早晨，安娜伸著懶腰，把鞍具交給我。那上面飄著皮革和油的味道，而且在我聞來，還有安娜天然發散的淡淡茉莉花香。我把真理石安置到鞍袋時，安娜遲疑地問：「你能教我用刀嗎？若是有人來追我們，我希望能助你一臂之力。」

我一時愣住，手停在鞍具上。「我……可以啊。」我清了清喉嚨，調整韁繩，沒去看她。「不過首先，妳得學會如何保養刀子。」

「我會的。」她答。

我轉身打量她的臉，然後輕輕對她點一下頭，「等太陽太大，馬兒休息時，我們就可以開始上課了。」

我們的訓練於焉展開。

阿娜米卡十分聰敏，學習極快。我才教她如何找到適合磨刀的石頭後，她便立即去磨刀了。每隔十分鐘，她便把刀子交給我檢查，我會指出她遺漏的地方。等她磨好刀子後，又開始去磨那把舊劍。她帶著那把劍四處跑，其實太沉了，但我還是丟給她去照顧。

我希望她能找到控制感，而負責照顧自己的武器，就是卡當傳授我的第一課，因此我也從那裡教起。我與她共騎的時間中，會談到戰鬥的哲思，分享自己參與戰役的經驗，以及開戰的理由，也談到自己多次從挫敗中記取的教訓。

當我提到，人可以磨練自己的體魄與心智，正如磨利武器一樣時，她問：「女人也可以那樣做嗎？」

「當然。」我答說：「心智跟刀子一樣，需要時時砥礪，因此妳必須不斷自我挑戰，這跟妳是不是女人無關。我常發現女人天生比男人聰明，妳只要記住，腦袋是妳最強大的武器就行了。一個妙計便能摧毀一整個軍隊，我親眼見證過。」

我在下午和晚間，訓練她如何偷襲敵人，教她如何避免比自己強大的敵人正面交鋒，並給她一些謎題，讓她動腦去解。冰雪聰明的安娜在解決卡當的謎題時，比我快多了。

每夜安娜睡著後，我會試著再次召喚女神，但每次都以失敗作收。時間在流失，我開始急了，卡當為何不乾脆告訴我要拿什麼供品？這實在說不通啊。我試過送她小蜥蜴和老鼠，但牠們跑掉了。我找來鳥蛋和束帶蛇，但沒有一項奏效。

我們騎馬前行時，我常停下來蒐集有趣的東西——漂亮的葉子、完美的圓石、花朵——但都沒用。阿娜米卡問我在做什麼，我說我想贏得一位女神的歡心，安娜便也開始幫我留意有趣的東西。即使有年輕版的女神幫忙，我的努力依舊徒勞。當我們遇到一位跑單幫的，我們用食物跟他換了一塊令我想到聖巾的豔麗布料。

那塊布雖然也沒收效，但安娜還是很喜歡這項禮物。她把布纏在髮上，或用它當成面紗，遮去毒辣的豔陽。安娜意識到我失敗後的挫折，常要求我多講些老虎的故事，我也跟她說了我們的冒險故事。我常把自己講成英雄，雖然安娜並不知道。

她特別喜歡老虎為了救漂亮的女孩，在雪地裡大戰惡熊的故事。我也許誇大了熊的個頭，但安娜不必知道。她也沒問老虎怎能把女孩揹下山。

我們不交談時，我會想到自己若無法達成任務，代表什麼意義。至少目前安娜是安全的，她會跟著桑尼爾一起長大。長大的安娜顯然很愛她哥哥，至少在這個時空裡，安娜有哥哥。她若不扮演女神的角色，桑尼爾便不會離開她了。至於我，我可以留在她家中，我若替她家人工作，他們也許會收留我。我揉著滿是鬍渣的下巴，想像自己像卡當那樣幫忙訓練士兵，我合理地解釋，跟她一起被困在過去，或許並不是最糟的狀況。

那雖非我對未來的想像，而世界沒有女神的協助，日子也還是必須照過，但至少安娜可以回到愛她的家人身邊，對我來說，那比其他任何事都重要。

卡當的警言依然如芒刺在背，但我除了眼前的事，其他一概無能為力。我知道我的恩師不能再多要求我了，而我的失敗所衍生出的結果，是我極不願多想，且被我蓄意拋諸腦後的。隨著時日漸逝，安娜變成了我唯一在乎的人，是我所有的焦點。

「黑暗能掩護妳，」有天晚上，我們做完訓練，安娜拿棍子戳著火堆時，我說：「妳記得攻擊我們的那頭老虎嗎？」

她點點頭。

「老虎會利用草叢和矮叢躲藏，牠們的毛皮能融入四周的環境，隱形是牠們最佳的利器。妳也許以為利牙或爪子才是，那些雖然厲害，但牠們要獵殺的動物十分迅捷，偷襲是老虎生存的重要技能，妳要學著善加利用。」

安娜不解地皺著眉，「你是要我扮成老虎嗎，季山？」

「不是。」我答說，我本想在她身邊用別的名字，但又覺得如果我們會被困在過去，用什麼名字都無所謂，我若真的能喚出女神，我們便能刪除小安娜對我的記憶了，一如當初這些年來，阿娜米卡把她從我心中消去一樣。我回到她的問題，「我的意思是，善用妳的外貌，讓別人以為妳沒什麼本領，就像在大白天裡隱形一樣。」

「我不懂。」

我用手爬著頭髮，「妳是個美麗的女人……我的意思是，女孩。沒有人會想到妳也擅長格鬥，他們只看到外表，男人尤其如此。他們會卸下防衛，因為他們無法想像女人能比他們強，那就是妳趁機攻擊的時候了。」

她用力點頭，然後表情變得十分暖甜，她快速地眨著眼睛，把辮子甩到肩後，「你是指像這樣嗎？」她問，眼睛在火光中閃動。

我忍不住哈哈大笑，「是啊，就是那樣。」我伸手拉住她的辮子，「沒有人會想到，像妳這麼可愛的人，袖子裡會藏一把刀。」

安娜的臉一垮，「我真希望我被擄走時，能有把刀子。」

「我也是。」

「不過那無所謂了，他們大概會搜我的身，把刀子拿走。」

「有可能。」

她沉默片刻，然後問：「季山？」

「嗯？」

「你……你覺得我父親會讓我回家嗎？」

「他會的。」我很快跟她保證，一邊往火裡添柴。

「你怎麼會知道？」

「因為他是好人，是個有智慧的人。講情理的人，不會怪罪別人的失誤，尤其像妳這麼年輕的孩子。」

「可是現在不會有人肯娶我了。」

我想告訴她那不是真的，但我了解她生活的那個時代，也知道阿娜米卡後來沒有結婚。

「妳希望當人家妻子嗎？」我問。

「如果他像那個男的那樣待我，我就不要嫁了。」

「愛妳的男人，絕不會那樣傷害妳。」我靠坐在倒地的樹幹，腳踝交叉。她也模仿我的坐姿靠著。「我的恩師曾跟我說，壞人可以傷害你的身心，奪走你最珍惜的東西，但他無法踐踏你的人格。妳的心和妳的靈魂，都是屬於妳的，阿娜米卡。

「也許妳會把心交給一位配得上妳的人，但得由妳來決定，是誰有那個福分，如果他濫用這項禮物，妳只要將它收回就好了。沒有一個人——無論是陌生人、妳的父親，當然更不會是這個傷害妳的人——能逼迫妳放棄珍貴的自己。愛是一種天賦，假如妳選擇結婚，妳所選擇的對象將拜倒在妳腳下，像女神一樣地崇敬妳。」

她聽完輕哼一聲，用手摀著嘴，抑住咯咯的笑聲。「他們才不會呢。」安娜哈哈笑說。

我微微一笑，「我跟妳保證，我說的是實話。男人真的愛一個女人時，會一輩子疼惜她，犧牲一切，只求她能幸福快樂。」

我們望著火堆，我拿起真理石，在手中搖著。

「就像你跟我們講的，老虎的故事一樣。」安娜說：「他好愛那個女孩，他放棄了一切，只求跟女孩在一起，甚至不惜違背眾神，所以他才會得到翅膀。」

「是啊。」我說，苦笑地揚起嘴角說：「有時候，連老虎都能找到真愛。」

「我……如果我父親不肯讓我回去，我能跟著你嗎？」

「噢，安娜。」我輕聲說，吐了口氣，「當然可以，如果那樣能讓妳安心的話，我答應妳，只要妳需要我，我願與妳長相左右。」

「謝謝你。」她說。

那晚我再度試著召回成年的安娜，結果一陣輕風揚起，吹走了我的孔雀羽毛。我深深吸氣，研究天色，風暴雨就快來了。我雖然失去老虎的嗅覺，卻能聞到雨氣。三個小時內，暴風雨來襲了，我本希望盡可能讓安娜久睡，但刺人的雨珠落在火堆上，發出嗞嗞的響聲，同時灑在我們周圍的石頭上，帶來一種溼甜的氣味。我將安娜喚醒。

我並不知道前方有什麼，但我記得數小時前，我們曾經過一處地表露出岩石的區塊。我把安娜放到我前方的鞍座上，叫她試著再睡，一邊折回剛才那片岩區找地方躲。我們之前的足印很快消失在雨裡了。我盡可能地幫她遮雨，可是風狂雨驟，有如敲在鐵砧上的槌子般粗暴。

我們的衣服很快就全溼了，雨水從我的脖子和鼻尖滴下來，而且很冷。刺骨的寒風呼嘯著吹過我們身邊。在馬上騎了三個小時後，我知道我們錯過一直尋找的岩區了。我撫摸真理石，求它指引或賜與智見，石頭像是感知到我們的急迫，為我指點出左邊一條路徑。我踏上小徑，很快便看見一個山洞。

我鑽進去，希望沒有老虎或其他獵獸躲在漆黑的凹洞裡，我發現洞裡空無一物。我回頭找安娜，抱住渾身顫抖的她。她靠在馬匹身上，想擋去臉上的雨。「來。」我揚聲蓋過呼嘯的風聲說：「我們在這裡等風雨過去。」

等她安全地進到洞內，我卸下馬鞍和行囊，將馬栓在附近的一棵樹邊。這裡的空間擠兩個人都很勉強了，甭提說是馬了，馬兒雖然出聲抗議，但我知道牠在外頭挺安全。我擠掉身上衣服的水，脫下襯衫，掛到石頭上。洞穴裡僅有兩根乾柴，因此我生了一小堆火，兩人坐在火前盡可能把自己烤乾。

安娜發抖著，小火堆的熱氣連烤棉花軟糖都不夠，更甭說是溫暖一名凍著的小女孩。外頭劈著閃電，馬兒大聲嘶鳴，我聽到轟轟的水流聲，想到之前乾裂的土地，突然屏住呼吸。**我們有可能踏進暴洪區嗎？**

風急雨驟，安娜睡覺時，用細瘦的手臂抱住自己，我望著外頭翻攪湧動的天空，那晚我沒有召喚女神。火堆很快燒盡，沒有可添的乾柴了，我只能將安娜抱在懷中坐著，背貼石壁，讓她依偎著我。她沒醒來，那也許是最好的狀態，她在經歷大難後，我不想再嚇著她了。

我若仍有變身的法力，虎兒應能輕鬆地為她保暖，但我的人體凍得發顫，讓她緊依著，已是盡我所能了。我斷斷續續地睡著，後來迷迷糊糊地被外頭的鳥鳴叫醒。

黎明的天際仍覆滿雲朵，並飄著細雨，但至少風已止息。雨薄薄地飄蕩，騎在馬上就算不舒服，應該還能忍受。直到我把注意力轉向胸口的暖意，才驚覺到事態有異。

「安娜？」我輕輕搖她，但安娜張眼時，眼神十分渙散。她很快又合上眼睛，輕聲呻吟，她試著說話，卻模糊不清。我聽不懂她在說什麼，便更使勁去推她，但沒得到回應，我捧住她的臉輕輕搖晃，她的臉燒得發燙。

我焦急地輕輕放下她，到袋子裡翻找水瓶。我把水瓶送到她唇邊，但水流到她喉部，滴溼了她身上未乾的襯衫。「安娜。」我又喊一遍，這回更大聲了，「安娜，妳怎麼了？」

那真是個笨問題，她怎麼了？她被迫離家、挨餓、受虐，而我又粗心大意地害我們毫無遮攔地困在滂沱大雨中。我應該訝異的是，她竟然能撐到現在。我粗心地搞丟了我的火焰果汁，卡當叫我要小心保存，我聽他的話了嗎？當然沒有。

接著我想起真理石，它曾治癒我，或至少我認為是它治好的。我相當確信自己在夢裡並未真的到過火樹林。我從袋子裡翻出真理石，把安娜的手放到石頭上。「能拜託你治好她嗎？」我問石頭，「她需要你。」

鳳凰蛋裡的脈動雖然跳了幾下，但石頭依然黯然無光。我等了一分鐘，又再等一分鐘，到目前為止，什麼都沒發生。我用手揉著光滑的石頭表面說：「你若不能治她，那麼就賜給我智慧，告訴我該怎麼做。」

我在等待答案或景象時，幫安娜把頭髮從臉上撥開，她黑色的睫毛看起像臉上的兩道小月彎，她的皮膚燙熱，我完全無法讓她退燒，我沒有凱西的靈藥，身邊唯一有法力的物件就是真理石，它雖閃著光，卻毫無助益。我不想貿然離開安娜，去尋找能退燒的藥草或植物，反正我也很懷疑能找到需要的草藥。

我拿起她用來遮陽或綁頭髮的布，擦淨她的臉，坐到她身旁，用冰涼的布按住她的頸子手臂，一邊跟她說話。當她呻吟翻騰時，我便將她抱緊，試著安撫她，當她靜躺時，呼吸變得越來越淺，我按揉她的手，求她能好轉起來。

我盡可能幫她補充水分，我咒罵這裡沒有能帶她去看病的現代醫院，說不定她是被帶菌的蚊子給叮了。也許她的病是暴風雨或受虐的遺害所致。無論病因是什麼，都在損耗她年輕的身體。安娜快死了，我只能一籌莫展地眼睜睜看著。

一天過去了，第二天過去了，然後是第三天。她的力量每個小時都在減弱。我榨出最後幾顆果子的汁液逼她喝下，努力將潮溼的木柴點燃，用肉乾煮湯，但她卻喝不了。

我把真理石放到她身邊，不時對它說話，哄它、懇求、威脅及咒罵它。我絕望地把安娜的手放到石頭上，讓石子像娃娃般地貼靠在她胸口，然後哭道：「石頭現在是妳的了，安娜，拿著吧！讓石頭的力量灌注到妳身上，治癒妳，拜託了。」她垂軟的手滑落了，我拉著她的手握住。「鳳凰燒灼過凱西，」我喃喃說：「但鳳凰把她帶回來了，求你對安娜也這麼做。」我對石頭說：「你非這麼做不可，她的心值得你這麼做。」

鳳凰石裡的心依然不肯燃燒，我注視它好幾個小時，將石頭摩擦到發亮，希望裡頭的法力能夠奏效。數個鐘頭後，為了讓自己的手和心思有事可忙，我幫安娜梳理頭髮、綁辮子，然後重新再綁過。我用生動的語調跟她講述一個又一個的故事，希望藉此喚醒她。到了第四天早晨，我知道她的生命已瀕臨終了。我有好多事還沒告訴她，保留著沒說的事。

我對她悉數傾吐——為自己的桀傲不馴和被留下來當女神護衛後的粗魯無禮致歉。我用拇指揉著她的指頭，傾訴我所有被遺棄的夢想與希望。我談到兩人共同經歷的戰役，輕聲訴說對她的欣賞與敬意，說她是我見過最佩服的人。

她淺淡的呼吸間隔越拉越長，我揪緊她的手貼到頰上，哭訴所有年少時對她的情感，然後親吻她每根手指，為永遠無法與她共享的經驗而哀泣。沒有安娜，我再也一無所有，我害了她，害了整個世界。「沒有妳，我該怎麼辦？」我低訴道。

安娜吐出最後一口氣，瘦小的胸口最後一次膨起又沉落，我心中有個東西崩潰了。結束了，我失敗了，女神永遠不會出現，不會拯救任何人，阿嵐和凱西永不會相遇，所有一切和我認識的每一個人都消失了。只剩下我一個。

可怕，且徹底的孤絕。

我抬手用力去扯脖子上的達門護身符，皮帶應聲而斷，我用拇指撫著護身符上的老虎，輕輕把它放到安娜胸口，然後把她的小手交疊放在上面，護身符自她指間微微露出。

我心力憔悴，用手擦著依然婆娑的淚眼和頭髮，我得埋葬安娜。我雖知道自己需要做點什麼，身體卻動不了。我怎能將她埋在地裡？用砂粒和泥土覆蓋如此美麗的容顏？

我摀臉啜泣，哀慟不已，以致一開始沒聽到碎裂聲。等我終於聽到聲音後，我抬起眼，擦去淚水，以便能看清楚。躺在安娜屍體邊的真理之石正在顫動，石頭中央出現一道參差不齊的長長裂痕，接著側邊竄出另一道裂痕。

蛋在孵化，**這怎麼可能？**鳳凰說過這顆蛋在離開火域之後，便不會再發育了。

一片蛋石崩落在一側，一條舌頭從裡頭射出來。我愣坐在那兒，鳳凰有那種舌頭嗎？我不記得了。那看起來更像是龍的舌頭，而不是火鳥的。我探身靠近，往裡窺望，但除了寶石外邊的閃光外，我什麼都看不見。接著一顆頭出現了。

那顆金色的頭上，有對小小的綠眼，色澤就跟安娜的一模一樣。那顆頭又縮回石頭內不見了，我說：「很安全的，如果你想出來，我不會傷害你。」

舌頭再次伸出，接著那小東西出來了。牠快速地滑出石頭，小小的身體在石頭旁邊蜷成一圈。牠揚起頭在空中擺盪，張開頸扇。那是一條眼鏡蛇，一條初生的蛇。牠的身體跟我的小指一樣粗，長度僅約十吋。

「瞧瞧你，」我不可思議地抽著氣說：「你看起來就像芳寧洛。」

也許我應該感到害怕，但我並沒有。我已失去一切了，如果被神奇的蛇咬死是我的命，那我就認了。我伸出一根手指，小蛇便纏到我指上。我撫著牠泛白的肚皮，金蛇吐出舌信，碰觸我的指甲。那舌信是白色的，就眼鏡蛇而言，十分罕見。我皺著眉，轉動手指，仔細打量頸扇背後，小蛇鱗片上的圖紋比芳寧洛的顏色更淡，可是看起來一模一樣。

「你跟芳寧洛有關連嗎？」我朗聲問，想弄清眼鏡蛇寶寶怎會跑進鳳凰蛋裡。我的傻笑迅速消失了，因為想起了阿娜米卡，我擦掉眼中的淚。

金蛇當然沒回答了。

我輕輕捧著她解釋說：「芳寧洛是條非常美麗的金眼鏡蛇，她是女神杜爾迦的愛蛇。」我說，小蛇把小小的頭轉向我身邊的屍體。「如果安娜還活著，我想妳也會是她的。」

她伸長曲彎的身體，落到安娜的手臂上，然後滑向她的雙手。小蛇吐著舌信，移向安娜頭部。小蛇將小小的蛇身抬到最高，望向年輕女孩的面龐，然後張嘴攻擊，將細小的長牙，深深刺入阿娜米卡的咽喉裡。

22 第五項犧牲

老實說，我並不知道該怎麼辦。小蛇像條長長的水蛭般黏在安娜的脖子上。蛇身波動鼓縮，將金色的毒液注入安娜蒼白的脖子裡，有滴金液緩緩流下，在火光下閃著晶光。

「繼續吧。」我對新生的小蛇說：「可以的話，求妳救她一命。」

小蛇終於鬆口，滑過她的肩膀，鑽入她髮下不見了。我只是張口結舌地坐在那兒，不確定如何是好。

我閉起嘴，向前探著身子。「妳去哪兒了，小蛇？」我問，遲疑地拉起安娜的辮子看看底下，發現小蛇蜷曲著，躺在安娜的脖子和地面之間的空間裡。牠把頭枕在蜷身的最頂層，翡翠般的眼睛在幽暗的隱匿處閃爍發光。我放下辮子，不再去打擾小蛇，然後用手環抱屈膝。我呆坐良久，額頭頂著膝蓋，整個人十分麻木。

時間已過了正午，我不能再坐下去了。我不知道自己在等什麼，我大概只是希望能有奇蹟吧。金色的毒液看起來就像拯救過凱西不止一次的金液，這條新蛇雖像芳寧洛，但畢竟不是，而且阿娜米卡已經死了。難道那只是我一廂情願的想法，期待一條生自鳳凰蛋的神奇小蛇，能讓她起死回生？

我來到外頭，用一整個下午的時間掘墳。如果達門護身符還具有神力，我可以僅憑起心動念，在幾秒鐘內就完成這項工作了，不過這樣的勞動感覺很好，也很恰當。這是我能為女神所做的最後一件事了，我的長衫被汗水打溼，黏在背部和臂上，最後我把衣服一脫，扔到岩石上。

如果我有適當的工具，工作起來會順利很多，但我只能用粗大的樹枝為安娜挖掘她的安息處，木頭的碎片刺入我手中，我喜歡那樣的痛，汗水滴在我的肩胛之間，在我的胸口發亮，從我臉上滴落，與簌簌流下的淚水交融在一起。

挖掘中途，我曾考慮將她火化，但想到那樣她將永遠消失，骨灰會飛失在我再也無法觸及的夜空裡，便心痛不已。我無法接受安娜沒有安息地，那份鬱結在胸口的情緒，久久無法平息。

我掘墳直到夜色降臨，四肢累到發顫，雙手皮破肉綻，我沮喪的心情瀰漫全身，浮到表面，污染了我的思緒，讓我一心只想到報仇。我把安娜的死、安娜的痛苦，全怪罪到一個人頭上，而我唯一能做的，就是取走他的命。

但他若莫名地活下來——我私心希望他還活著——那麼我會試圖再殺他一遍。我會殺掉他們所有人。我的怒火無處發洩，要引爆它，就跟劃火柴一樣的容易。

我終於完工了，我在自己臉上身體潑水，用手耙理汗溼的溼髮。我臉上沾滿了泥，我洗臉後，吐了好幾次口水，才把嘴裡的泥清掉。等我清洗得差不多後，我鑽入山洞裡，小心翼翼地拉開蓋著安娜瘦小身體的毯子，將她抱入懷中。我在她額上輕輕一吻，跪下來將她放入墳穴裡。就在那時，我感受到脖子上有風搔癢，我皺著眉，仔細看她的臉，然後一手撐起她的身體，把手掌放到離她嘴巴幾吋的地方。我第二次感覺到微微的呼氣。

「安娜？」我的聲音充滿希望，「阿娜米卡？」

她沒移有動或眨眼，但我檢查她脖子上被蛇咬的地方，看到兩個細小的刺點，那傷口竟神奇地癒合了。我把安娜放到地面上，用手掌貼住她胸口，感覺到一記跳動。我屏住氣想確定，過了好久，我感覺到第二記跳動。她活過來了！我放聲大笑，接著又哭了起來，然後有個東西觸到我的手臂，我猛然往後抽身。那條小蛇一定是被困在安娜的毯子裡了。

我輕手輕腳地把小蛇拉出來，小蛇立即繞到我指間，抬起頭望著我。「妳真是我出乎意料的好運氣。」我說：「大恩大德無以回報。」我把蛇放到附近的石頭上，小蛇蜷起身子，兩眼盯緊安娜。

知道安娜還活著的狂喜，很快被想救她的強烈渴望所取代了。顯然我力有未逮，尚無法解救她。我必須送安娜回家，那晚我睡得斷斷續續，不時醒來檢查，確定她仍有呼吸。

次日早晨，我收拾所有東西，用毯子裹住她。小蛇已鑽到我的背包裡了，我很樂於讓牠待在那裡。等收拾妥當，山洞裡僅剩下真理石的殘殼後，我拿起一大片殼仔細研究。「我要救她，」我說，沒想到石頭竟發出亮光。在安娜生病的這段期間，石頭連一次都沒對我回應。

我趁機利用石頭新生的法力，對它提出一大堆要求和聲明。「我會送她回家，」我說，石頭堅定地回應了，「她不會死在此地。」石頭再次發光。我精神大振，火速蒐集所有真理石的碎片，放到其中一個鞍袋裡，並保留一小片，塞到自己的長衣口袋中。然後我把水瓶注滿，綁到馬鞍上，抱起阿娜米卡。

馬兒被栓住很久了，急著想走。我也很想走，這次一定會成功的，我會解救安娜，設法喚回阿娜米卡，修補一切。我懷抱著年輕的安娜，再次出發上路，用一小片真理石為我導引。

兩個星期過去了，我們終於抵達安娜父親的家。我靠近大門時，幾名武裝騎士向我迎來。我渾身髒污，加上一個月沒刮鬍子，看起來活像個流浪漢。我一個星期前補給就已耗盡，勉強抓到一隻兔子烹食，但卻遠遠不夠。

我們有很多水，但我餓壞了，安娜則日漸消瘦。我強行灌入她喉嚨的水，從她嘴邊滴了出來，我確信她還是喝下了一些水，但我知道她遲早會死於脫水。

安娜仍睡得有如瀕死，但她的脈搏十分穩定，呼吸也相當均勻。我不明白是什麼導致她沉睡不醒，但我還是十分感激。有件事是可以確定的，阿娜米卡曾經死過，但現在不知怎地活過來了。活著就有希望。沒有人比我更樂於遠離那個淺淺的墓穴了，但願不再需要另一個墓穴了，至少很久很久都不需要。

筋疲力盡的我，讓幾名男子帶引我們，但我拒絕放開阿娜米卡。她父親慌忙騎著快馬奔向我們，在靠近時用力勒緊繮繩，匆匆來到我身邊。我掀開蓋在安娜臉上的毯子，他眼中垂淚，伸手要抱女兒。我僅稍事遲疑，便輕手輕腳地把安娜交給他，他踹著座騎，抱緊女兒，然後朝家裡疾馳。我跟在後面。

安娜的母親朝我們奔來，揮著雙臂號啕大哭，兩人七手八腳地把女兒放到地上，做父親的大聲叫人去找醫師。兩名手下當即騎馬出發。我的馬停下來了，但我的身體繼續移動，接著我只覺世界一傾，我重重摔在地上，然後一切就黑掉了。

我醒時已是晚上，我認出這是我之前住過的客房。有人坐在旁邊的椅子上。

「你醒了嗎？」一名年輕男孩問。

「桑尼爾？」我的聲音非常沙啞。

「你找到她了。」他說。

「是的。」我在床上挪著身子坐起來，把鼓脹的頭埋在手裡。

桑尼爾突然跑開，我花了一會兒功夫才下定決心，騎了幾週的馬，我整個身體變得非常僵硬，我還沒能站起來，桑尼爾的母親已進入房間了。她大聲對桑尼爾喝令，男孩火速照做，她坐到桑尼爾的椅子上，把杯子遞到我唇邊命令說：「喝下去。」

我先是啜飲，然後把手放在她的手上，將杯子一傾，大口灌下清涼甘甜的水，直到飲盡。

「很好。」她說：「現在該吃飯了。」她轉向空盪盪的門口，「桑尼爾？拿肉湯來，快！」

十幾歲的桑尼爾手長腳長，笨拙地衝入房間，交給母親一碗湯。

「你能自己吃嗎？」她問：「需要的話，桑尼爾可以餵你。」

男孩瞪大眼睛，重重吞著口水，我看著他，揚起嘴角，男孩點點頭。

「我可以自己吃。」我答說：「安娜還好嗎？」我很快糾正自己說：「我是說阿娜米卡。」

「她還在昏睡。」安娜的母親說：「但我設法餵她吃了些東西。」

「很好。」

「我想謝謝你送她回到我們身邊，我好怕自己再也見不到她。」

「她……經歷了很多事。」我說著瞄向桑尼爾。

他母親看看兒子，然後看看我。片刻後，她僵硬地點點頭。「吃吧。桑尼爾會趁你吃東西時，幫你送洗澡水跟新衣服過來。麻煩你了，兒子。」她離開房間時說。

「好的，母親。」桑尼爾用正在成長變聲的尖嗓說，聽得自己都皺眉頭了。他揉著惺忪的睡眼，開始推來一桶桶的熱水，倒入一個大小剛好能讓我坐進去的小金屬缸。我享受香料濃郁，盛滿肉塊和蔬菜的美味肉湯，然後脫去骯髒的襯衫。

桑尼爾留下來幫我搓背，我雖告訴他不必那樣，但他堅持，說是我救了他妹妹，這是他至少能做的事。等我在頭髮身上抹完肥皂後，桑尼爾在我頭上澆了一桶冷水，然後遞給我一條薄毛巾擦乾。

「謝謝你。」我把毛巾纏到腰上說：「令堂之前是不是提到有衣服？」

他連忙跑開，很快拿了件長衣和舒服的睡褲回來。我套上衣服，綁緊褲腰，以免鬆落。他給了我一雙涼鞋和髮梳，等我打理出一點人樣後，我想立即去見安娜，可是時間很晚了，我聽到她房間傳出女人輕柔美妙的說話聲，我只好跟著桑尼爾下樓。我發現有一群男人正在低聲討論。

他們一看見我，便安靜下來。安娜的父親要我坐下，我一坐定，他便不多廢話。

「告訴我們。」他單刀直入地說。

我扯著自己的短鬚，不確定該告訴他多少。我思忖若是自己的女兒被擄，我會想知道多少，這才做出決定。

「她被賣去當奴隸了。」我說：「我想應該不是因為對方想害你或你家人的緣故。我在她買主那邊並未聽到這類的談話，而且抓她的販子似乎不在乎她是誰或她來自何處。」

阿娜米卡的父親嚥著口水，嘴唇嚴肅地抿成一條線，火亮著一對眼睛，「那麼到底是誰幹的？」他問。

「我不確定。」我說：「也許是路過的奴販看到她的美貌，知道她能賣出好價錢吧，但話又說回來，也可能有人挾帶私怨，想傷害你的家人，而提議將她擄走。我不知道是哪種情況，但我跟你保證，我一定會查個水落石出。」

安娜父親緩緩說道：「有個商人對安娜很感興趣，問她是否已有安排的對象。我討厭他賊溜溜地看我女兒的樣子，便趕他走。也許就是這個原因。」

「你還記得他的名字嗎？」

「不記得了。」他搖搖頭，「這事發生得太快了，我在深入了解他之前，就把他從我的領地趕跑了。」

「那麼等我復原後，我會盡一切力量查明他的身分，以及他的住處。」

「你已經做了這麼多，我們欠你太多了，陌生人。請把我們這兒當成自己家，愛住多久便住多久吧，可是身為她的父親，我堅持從現在起，這件事由我自己來處理，這也是我的權利。」

這時，安娜的母親進房了，「如果這位年輕人想留下來幫你找出凶手，就讓他留下吧。」

「這件事咱們稍後再討論。」她丈夫說。

「我要說的已經說了，我們根本不必再討論了。至少你不能喊人家是陌生人吧。」

「他有跟我說他的名字，讓我稱呼他嗎？」

男人站起來面對他的妻子，表情十分不悅。我覺得這兩人應該經常拌嘴，令我想到阿娜米卡。她像到母親的愛抬摃了，我坐回去，面帶微笑地聆聽他們二人吵嘴。

「我叫季山。」我表示：「季山．羅札朗。」

「看到沒？」女人對我搖著手指，然後對丈夫說：「你應該好好謝謝人家，現在知道人家大名了還不快叫，老實說，你根本應該重重賞人家金子，跪到他腳跟前。」

「他不必那麼做。」我才開口，卻很快被安娜的父親打斷。

「我要感謝誰，自然會去謝他，而且當我覺得適合用他們的名字時，自然會說，用不著妳教。」他說著脖子越來越紅，「我若想跪下來以示謙卑，我自會那麼做。我若想送他黃金，我也會的，但妳不能決定我要做什麼！」

「哼。」她說著轉身背對丈夫，但在門口停了下來。「我們不能讓他輕易就走了，人家送我們米卡回家，那對你來說都沒有意義嗎？」

男人的臉從不悅很快轉成溫柔，「當然很有意義，她的歸來代表了一切。」他說完後問：「她有任何變化嗎？」

女人雙肩一頹，「還沒有，她似乎有所等待，但我不知道是什麼。」

阿娜米卡的父親走向妻子，然後搭住她的肩，女人倒在他懷裡，他抱住她。我拿出真理石，在指間揉著，這在旅途中已成為我的習慣動作了，沒想到我竟看到安娜的父母身邊出現輕柔的光圈，他們輕聲交談時，光圈變得更加明亮了。

於是我想起鳳凰曾經說過，真理石會讓我看到人心。阿娜米卡的父母雖然喜歡拌嘴，卻顯然彼此相愛。她的父母結束擁抱後，父親輕輕吻了母親的額頭，然後母親便離開了。男人轉向我們，脖子有些發紅，他的眼神避開我的，彷彿被我聽到他們談話，有些尷尬。

「內人說得對，」他表示：「你做了那麼多，我對你的表示實在不夠。」

「我很高興能找到她。」

我手裡仍握著真理石，我發現安娜的父親與妻子分開後，四周的光稍稍變暗了，但光暈猶在。我好奇地看著其他人，我猜他們都是親戚或雇來幫忙尋人的人士。我輪番打量每個人，結果發現他們四周都有程度不一的光芒。

有些人是藍或綠光——安娜的父母是陽光般的黃光——但有個傢伙毫無光芒。此人並無特出之處，他安靜地坐著，偶爾插句話，似乎有些心不在焉，我覺得有些奇怪，便不時地瞟他。

「拜託了，你可以告訴我事實。」安娜的父親說。

我回過神，「發生的事實嗎？」我問。

「是的，我們有我們的懷疑，但我想聽你親口說。」

我點點頭，輕聲一嘆，希望我沒料錯安娜的父親。他知道發生什麼事後，會以安娜為恥嗎？

「你信任這裡每個人嗎？」我問他，「這事很敏感。」

「全心信任。」他答道。

「很好。」我靠向前，把石頭放到手掌裡，來回地慢慢挪動。「安娜被一個車隊的商販擄走，然後交給另一隊人口販子。我趕上第一隊人馬時，探聽到其他人的去處，我原本想將她贖回，結果自己也被抓了。

「有個好心的奴隸婦人警告我說，她猜有個男的會買下阿娜米卡。我被拖出去賣時，故意激怒那男的，讓他順便將我買下。好幾個星期後，我才有辦法溜入關閉阿娜米卡及其他被買下的奴童的地方，然後又花了更長的時間，安排逃亡。我們逃出時，我不僅帶著阿娜米卡，還帶了其他幾名需要照顧的孩子。我把他們交給一對熱心的老夫婦，自己帶著阿娜米卡離開。老夫婦給了我補給品，但誠如各位所見，我們的東西都耗盡了。」

安娜的父親問：「那些奴童是在男人家中工作嗎？」

「有些是。」我答道：「其他人則關在那裡，供主人娛虐。很遺憾，阿娜米卡也是其中之一。」

四周的男士驚呼著站起來，各個忿忿不已。唯一還留在座上的，就是阿娜米卡的父親。他雙手顫抖，閉上眼睛，「這個男的如今何在？」

「我想他已經死了，因為我在他喉上刺了一刀。」我探向前，搭住他的肩膀，「我真的很遺憾沒能在她被賣之前救下她。」

「我也是，季山，我也是。」

阿娜米卡的父親像似在十分鐘內老了十歲，男士們開始討論報仇的事，問我能否帶他們回到本營。他們猜想是哪個車隊幹的，討論還能召集多少人去報仇。這期間安娜的父親只是動也不動地木然坐著。

「你能辦得到嗎？」他問。

「帶大家回去嗎？」我緩緩點頭，「我可以，可是營地裡有很多人，都是訓練有素的戰士和傭兵。我們雖有絕對理由施以報復，但你需要有支軍隊才能擊潰他們。他們擁有我多年來，不曾在同一處見過的大批武器。我認為，公開跟他們對幹，是不智之舉。」

氣氛變得非常緊繃，我知道坐視不管有多麼煎熬，我也非常惱火，但我知道復仇很少能真正撫平心靈。

我們坐在一起輕聲討論了許多個鐘頭，就像被困在一顆充滿毒氣的泡泡裡。男士們越是忿然地談論要報血海深仇，毒氣便越滲透我們，令我們四肢僵硬而目盲。我覺得有意思的是，唯一沒有光暈的人，就是對阿娜米卡被捕一事，最保持緘默的那位。

太陽升起了，我離開眾人，問能否到花園走一走。阿娜米卡的父親陪著我，似乎沉浸在自己的心事裡，而我也樂得不說話。他走下一條小徑，我跟在他背後，沒想到他竟然停在一個小紀念碑前。

「這是什麼？」我問。

「為阿娜米卡打造的衣冠塚。」他說著笑了一下，「我在打造時，孩子的母親氣壞了。」他轉向我，布滿血絲的眼中含著淚，「我放棄她了，可是米卡的母親從來沒有。她比我還堅強，充滿了信心。」他抬起手又說：「別跟她說我講了這番話，否則會沒完沒了。」他蹲下來，撿起紀念碑底處幾根枯掉的花朵，將它們扔到一旁。

「這是立意很好的做法。」我不知該如何應答，只好這麼說。

「是嗎？」他問：「或者這只是為我自己的無能立碑？」

「你覺得未能保護她的名節，很無能嗎？」我猜道。

「是的，難道你不會那樣覺得嗎？」

「我也會的。」我同情地答說：「他真該死，我相信他已經死了。」

「可是你並不確定。」

「是的，當時更重要的是救出孩子，而不是確定他是否死透。」

「我們運氣很好，能有你這樣的人進入我們的生活。」

我正想表示，運氣好的是其實是我，現在我已充分了解安娜了，那真是我的福分。她好特別。但我沒告訴她父親，這種話由一個他們幾乎不認識的人講出來，會顯得很奇怪，於是我只是跟他道過謝，便回屋裡了。

路上，他對我提出一個我一直在等待的問題。「為什麼？」他低聲喃喃問：「你為何要為我們，為她，去冒這種奇險？」

我知道他遲早會問，但我絞盡腦汁，總也擠不出合理的回答。我感覺他的目光盯在我背上，渴求我回話。我幾乎不加多想地說：「我曾經愛過的一位女孩，被這種男人毀了，我無法救她，差點哀慟至死，我不能再容許這種事發生了，只要我有能力去救的話。」

他沒答腔，因此我離開兀自陷於沉思的他。

幾天過去了，對於該如何將我的安娜，從她年輕的軀體中喚回來，我依舊毫無頭緒。我每個晚上都去獻供——點起蠟燭，製作給女神的祭品。安娜的母親給了我一只小鈴，當我在花園小徑漫步時，她會斥退所有僕人，讓我獨處。

她第一次問我在做什麼時，我告訴她是在幫安娜禱告，而建議我用花園的人也正是她。事實上，她對我信念十足，開始問我每晚吃過晚餐後，還需要些什麼東西。當我要求要蠟燭、羽毛、一些布塊或芒果時，她都很乾脆。有一回她陪著我，那晚我默默地唸著禱文，她一定是感受我的不自在了，因為之後她便不再來打擾我了。

日間，我坐在安娜身旁，為她閱讀，我們獨處時，我會對著睡著的她說話，告訴她，我想念跟她同處時的所有事。她的身體似乎還算健康，她雖不吃，也不算真的喝了什麼，但身體慢慢在復原。我不知道那是女神的法力，或是蛇咬之故，無論如何，我都心存感激。

我拿著真理石的殘片，想將它們再次拼湊起來，重塑鳳凰蛋，但這些殘片似乎拼不到一起了。我拿起其中一片較大的，心想，或許能切掉尖角，於是某天下午，我拿出刀子刻石頭，一開始雖花了點力氣，但我發現，刀子擺到特定角度，便可削石如木了。等邊緣削平後，我開始去修整另一邊，覺得可以削成漂亮的寶石，掛在安娜的脖子上。

一個月後，安娜的狀況依舊沒有改變，我已成了家中固定一員，常常出去打獵，或幫忙阿娜米卡的父親，但我每天一定會坐到安娜身邊刻石子。安娜的母親對此事不解，但她父親叫她媽媽別管我，說我在安娜身邊，心裡的傷痛會慢慢好轉。他並不知道，他的話有多麼一針見血。

我完成了一小片石殼，把它雕成一頭老虎。老虎就收在我房間的一個小盒子裡，擺在小蛇旁邊。小蛇慢慢長大了，但每次有人進我房間，她都把自己藏得好好的。我為她送水和從穀倉抓到的小老鼠，但她不理會老鼠，任牠們逃掉。我不確定魔法蛇要吃什麼，事實上，我從不曾見過芳寧洛吃東西，也許她不需要食物吧。

那名沒有光暈的男子不久便被逮住了，他帶了一批珍貴的刀子想離開。他被人跟蹤，在經過一番嚴厲的質問後，男子坦承與販子勾結，擄走阿娜米卡。他的協助顯然為他賺得豐富的報酬。此人帶領眾人去尋找販子，做為交換條件，販子很快被殺死了，眾人最後放他一條活命。

為了感謝那位出手幫忙的女奴，阿娜米卡的父親去找女奴的主人，為她贖回自由之身，然後送她到照顧所有獲救奴童的老夫婦那兒，並送他們三頭載滿用品和錢的駱駝，夠他們所有人使用了。老夫婦捎信說，有三個孩子已經返家了，其他人則尚未尋獲家人。

我雕刻石片已快兩個月了，我的刀子一滑，崩落了一片石子，我割到手指，立即把指頭含到嘴裡，想著自己哪裡沒刻好。這石片看來挺熟悉，我望著它，想看出躲藏在石頭表面下，將來的形貌。我屏住呼吸，心臟開始狂跳，嘴中愚蠢地咯咯笑著，我轉動石片，確定看到的，就是心中所想的形貌。

「有可能嗎？」我喃喃說。房中只有阿娜米卡一個人，就我所知，她聽不到我說話。那些顏色是對的，大小也適合，但我實在很難相信會這樣。為了測試自己的想法，我又開始去刻它，這回心中有了新的圖像。寶石的外層像柔軟的奶油般，隨著刀子削落，石頭像是在協助我，將它塑成它將來該有的樣貌。我用手撫著新刻的石頭，心中非常篤定。

我手裡拿的東西雖然還未完成，但它有一天，將成為羅札朗家族的家徽。

原來我手上一直握有某個非常簡單而珍貴的東西，但我卻看不見。我認命地相信自己尋寶失敗了，並決定在過去快樂地度過一生，為阿娜米卡的家族服務，看顧她，直到她死去。看到我的家徽在自己手中重現，無異是項奇蹟。那代表了未來。

我重新燃起希望，把刀子擱置一旁，跪到安娜身邊，將真理石放在她的床側。我拉起她的手吻著，試圖看清自己以前看不到的，安娜的珍貴特質，就像我的家徽一樣。

「我知道自己配不上妳。」我用拇指揉著她的指節，「我沒在妳需要我時拯救妳，我不是妳的好同伴。」真理石在原地發出光芒。我心中的堤防潰決崩塌了，所有隱匿的思緒與話滔滔流出。「當斐特說，有隻虎兒必須留下來時，我並不希望是我。我暗自希望阿嵐會像平時那樣義不容辭，我就能跟著凱西回去她的時代了。我當時並不了解真正的妳。」

我伸手撥開她臉上的黑髮，「我現在了解了，安娜。我了解妳以前是什麼樣的女孩，了解我十三歲時愛上的那名女子，了解那位令我發狂的戰士，以及妳所成為的女神。給我一次機會，回到我身邊，這次我會毫無保留地選擇這份人生。我保證餘生將伴隨妳的左右。」

我親吻她的額頭，愛憐地吻了她。我過了一會兒才發現我那比平時留得更長的頭髮，在我脖子上翻揚。我抬起頭，看到房間變亮了，一股風翻動窗邊的簾子。外邊黑暗的天空被閃電擊亮，我的手臂頸背汗毛豎直。

有個聲音在房中迴響，那聲音悅耳如鈴，但力度之強，如雷電般穿心而過。

阿娜米卡張開眼睛，然後轉向我，對我露出甜美的笑容說：「穌漢，你的獻禮我收下了。」

23 老師

阿娜米卡年輕的身體飄入空中，一股旋風環住她。我很快站起來想抓住安娜，否則我實在不曉得該做什麼。我知道那是女神在施作法力，希望那意味著我終於做足了努力，能帶她回來。

年輕女孩閉上眼睛，一束束的光線、風和水，同時注入安娜及我的身上。熱氣在我身上竄流，我四肢發顫，身上的護身符發出白光，白光射向女孩，抽出某個亮閃閃的東西。安娜發出尖叫，那飄在她上方的光體突然像星子般地飛射離去，消失在窗外的夜色中。我重重喘氣，在安娜落下時接住她的身體。

我把她放回床上，調整毯子時，她眨開眼睛了。「安娜？」我輕聲說：「阿娜米卡，妳能聽到我的聲音嗎？」

安娜沒有回應，不久我聽到門外傳來重重的腳步聲，安娜的父母衝了進來。

「發生什麼事了？」她母親警戒而抱持希望地問，眼神毫無斥責之意。他們知道我常花時間照顧安娜，即便是在深夜。她母親對我似乎有種第六感，而且認為我有法力，能夠幫助安娜。有回我無意間聽到她跟丈夫說，我是個幸運符，過去幾個月安娜之所以一直沒死，是因為我與她分享自己的生命能量。

就某個角度而言，她說得並沒錯。阿娜米卡和我確實有連結，至少未來會有。至於有沒有分享能量，就很難說了，但我可以理解她母親為何會那樣想。我的眼底都腫出眼袋了，我雖然經常筋疲力盡，卻很少能好好睡上一整夜。當我偶爾在她房間椅子上睡著時，醒來會發現阿娜米卡的母親來看過我，在夜裡幫我蓋了毯子。

「媽？爸爸？」阿娜米卡坐起身，用手掌揉著眼睛。

「我們在這兒呢，親愛的女兒。」

安娜的母親一把抱住女兒，我往後退開。

「米卡！」她父親哽咽地說：「你到底做了什麼？」他踏上前撫著女兒的頭髮問我。

「我沒做什麼，」我答道：「閃電擊下時，她就醒了。」

「我沒聽到任何雷聲啊。」她母親說，一邊抱著女兒前搖後晃。「謝謝你。」她眼中含淚地說：「你是天神送來的禮物。」

阿娜米卡咕噥說：「我餓了，爸爸。」

安娜的母親朝樓下大喊，要僕人去熱碗湯，拿些扁餅過來。閃電再次擊落地面，安娜的父母似乎未加留意，我瞄著窗外，看到樹蔭下站著一個人影。當閃電再次打亮天空時，我倒抽口氣，渾身一震，認出那個人。閃電擊落第三次時，我發現那人已經消失了。

「不好意思，」我說：「我先離開一下，你們三人先聊聊。」

他們對我的離去沒說什麼，我出門來到孤樹下四下環視，但不見半個人。柔軟的地面上有對腳印，但看不見離去的足跡。「你還在嗎？」我輕聲問。

「我在這兒，孩子。」

卡當搭住我的肩，我轉過身，脈搏加速，在我喉頭重重地鼓動，我嚥著口水，激動不已。我從未想過我會再見到他。事實上，我從未想過，在營救阿娜米卡失敗後，我會再見到任何我所愛的人。

卡當彷彿了解我翻騰的心情，他拉住我的胳膊，將我拉近。我抱住他，想牢牢抓住自己僅剩的一點過往。他雙肩發顫，身上飄著茶香、香料、書本和家的氣味。我好想念他啊。

「我害她失望了。」我哀嘆道，過去幾個月來，揮之不去的空虛感在我胸口膨大，慢慢吸乾我所有的希望與目標。雖然安娜最終醒過來，現在連卡當都站在我面前了，但黑暗張大嘴，打著呵欠，欲吞噬我緊抓不放的細小殘片。卡當是來道別的，無論我的命運如何，都是我活該應得的。卡當是來告訴我，一切都結束了。

「不。」他退開用手搖著我的臂膀，凝視我的雙眼說：「沒有，你並沒有害她失望，你救了她，事情本該如此。」

我目瞪口呆地望著他，邊搖頭邊急著反問：「本該如此？」我想起他很久前說過的，那些倉促而含糊不明的話。他曾警告我，安娜會受到某種傷害，而我必須接受，任事情發生。

我避開他的手，但不是很用力，他還有一隻手抓著我的臂膀。「我應該要讓她受到虐待？」我不可置信地責問：「應該讓她死掉？你知道會發生這種事，而你卻沒有設法阻攔。你根本不是我所想像的那種人。」

「也許我不是。」他輕聲說：「我跟你說過，穿越時空對我起了影響，當然，我們大家都變了，宇宙將決定那是好是壞。」

我踉蹌地往後退開，他苦起臉；剛才在我血管中，灼如強酸的正義感，慢慢冷卻成黑暗的悲痛。我為自己感到難過，但更為阿娜米卡傷心。我所認識的甜美少女，不該遭受那樣的對待。

「我知道你感到很不平。」卡當說：「我不怪你，孩子，但這是她的道路，季山，你記得那些故事吧，女神杜爾迦出生於河流中，當雨水降臨時，你認識的阿娜米卡必須死亡，女神才得以誕生。她對你隱瞞被擄的黑暗記憶，但那記憶一直都在，從來都在，季山。」

我用嘲弄，且對自己和卡當都深惡痛絕的語氣說：「一定還有別的方式。」

「沒有。」他答說：「你給了她第五項禮物，真理石。而且第五項犧牲現在也徹底實現了，沒有過去的慘痛遭遇，安娜永遠不會踏上那條孤獨之路，永遠不會有你陪在她身邊，也永遠不會成為女神。」

「也許那樣反而正好。」

「對誰更好？」卡當問。

「對她更好。」我罵道。

卡當的嘴巴緊抿成線，背對著我，「你知道嗎？她在等你。」

我的眼光飄向安娜的窗口。

「不對，不是那一位。」他澄清說：「是你喚回的那一位。」

我掃視幽暗的大地，「她在這裡嗎？」我突然急欲見她。

卡當搖搖頭，「不是在這裡。」他說：「是在家裡，在你們共享的時空中。即使現在，她也在呼喚你，她希望你回家，你難道沒聽見嗎？」

我皺眉深深吸氣，閉起眼睛。一股輕輕震盪的能量在我膚下鼓動，我覺得煥然一新，充滿活力，我已經很久沒有這種感覺了。我扭動脖子，噴張著鼻孔，各種氣味隨之灌入我腦中。我訝異地張大眼睛，聚集變身的能量，在短短幾秒間，我的視野就變了。

鬍鬚從我上唇冒出來，我的牙齒變長，整個人低伏在地上，爪子熟悉地刺入草地裡。我甩著尾巴，拱背伸展四肢身體，那感覺棒透了。我的虎兒回來了，沒想到我竟如此想念他。

我輕聲低吼，在卡當腳邊哼哼發生，在他擦得晶亮的鞋上呼出一層霧氣。遠方傳來曲調，搔動我耳上敏感的絨毛。我歪抬著頭，那是女神杜爾迦呼喚虎兒時的輕細歌聲。我萬般不捨地變回人形。

「我很遺憾你失去了那麼多，孩子。」

「你是指安娜所失去的吧。」

「不，我指的不是那個，雖然我也感到遺憾。」

「那究竟是什麼？」

「是指這回你為了救她，帶她回來，所放棄的東西。」

「你是指，終生為女神服務的事嗎？」

「正是，可是為了讓安娜起死回生，你還放棄了別的。」

我的心凍住了，想起很久前拯救阿嵐的事。卡當，或斐特，曾要我放棄當人，以救活阿嵐。當時我並無太多感覺，老實說，我不想長生不死。然而我已是會死之身了，我還能剩什麼？

「告訴我吧。」我僵硬地說。

「你再也不能與虎兒分開了，你若選擇這條道路，決定貫徹清單上所有的事項，那麼虎兒將成為你的一部分，至死方休。你的一生將永遠與虎兒交織在一起。」

「我明白了。」我站在那兒考慮拯救安娜的後果，當下決定一切都值得。我與虎兒生活過很長一段時間，彼此互為一環，我並不後悔解救阿嵐，也不會後悔拯救安娜。

「我知道你現在並不信任我，季山。」卡當說：「但請相信我，我若能改變安娜年少時遇到的事，我一定會的。」

「你的意思是，那件事若不會影響女神，你才會去改變它吧。」

他飄開眼神，「是的，我正是那個意思。」

我挺直背脊，冷臉說道：「所以接下來是什麼？」我問：「我回她身邊就好了嗎？」

「不全然是。今晚你先回安娜家，好好歇會兒，明天你會見到我，到時你自會明白一切。」

我疲累地抬眼看向房子。「好吧。」

我離開卡當數步，聽到他輕聲說了幾句話，便停下來。「希望有一天你能原諒我，季山，但我鼓勵你至少要原諒自己，發生那種事不是你的錯。」

我沒回頭，逕自走進屋子。阿娜米卡正在廚房裡，撥弄湯碗裡的食物，她母親說：「妳不是說妳餓了嗎，米卡？」

「如果妳能別東管西管，跟老母雞一樣的囉唆，也許她就會吃了。」她父親說。

小桑尼爾坐在他們對面，用雙拳支著臉，看他們談話。「妳有看到很多土匪嗎？」他問。

「閉嘴！」他父親罵道：「不許談這種事。」

阿娜米卡抬眼望著桑尼爾，然後瞄了我一眼。我剛才甚至不確定她知道我在房裡，她滿面通紅。「是有很多土匪。」她對桑尼爾說：「有奴隸販子，還有會鞭打孩子的男生，還有……很邪惡的壞人。總有一天，我要去把他們統統殺了。」

阿娜米卡的母親立即哭了起來，嗆嗆呼呼地嚷說她的寶貝不知道自己在說什麼，安娜的父親則拉長臉，但安娜看著她哥哥，嚴肅地點著頭。從他們年輕的面龐，我看出他們將來必成為戰士。我雖心痛，卻也能明白，這是安娜的轉捩點。

卡當說得對，阿娜米卡的遭遇，決定了她的道路，塑造她未來的模樣。我無法否認自己是其中的一環，或自己很欣賞以前及未來的安娜。我只是希望事情不必那樣發生，我也不完全確定，我會原諒自己或卡當容許那樣的事情發生。

阿娜米卡把湯匙遞到嘴邊，開始放懷大吃。我離開房間時，沒有人阻止我。我斷斷續續地睡了幾個小時，然後回去雕刻真理石。現在安娜醒了，我把自己為她雕的頸鍊完成，裝上一條長長的皮繩。我把雕好的小老虎串上去，加上幾顆她母親拿給我的珠子，我把項鍊收入一個軟袋裡，打算下次我們談話時送給她。

第二天早晨來了一位旅客，屋中一陣忙亂。客人被請入屋中，一早在花園幹活的我，立即被召了去。桑尼爾找到我，拉著我朝屋裡走。我看到阿娜米卡時，給了她一小枝茉莉花，她接過去，在指間繞著。安娜剛洗完澡，長髮還溼著，臉頰泛著健康的光芒。她害羞地衝我微笑，「我們討論過了，不知道……你能也訓練桑尼爾嗎？」她問。

她哥哥熱切地點著頭，「我們得做好準備，以防匪徒又跑回來。」

我吸了口氣，看著他們。「能否等我見過訪客後，再討論此事？」我問。

二人均表同意。

我走往眾人聚集的房間，不知兄妹倆接下來會發生什麼事。就我目前看來，他們的父親不是當戰士的料，我猜訪客應該是卡當，但我無法確定。這不是我第一次痛恨他保留太多祕密了。

我進入房間，看到坐在那兒的人是誰後，愣了一下，定定看著訪客。當然了，這樣才合理。咧嘴而笑的斐特坐在椅子上抬眼瞄我，他的眼神像飛箭似地射來神祕的訊息。我譏諷地挑起一邊眉毛，也傳達會心的訊息。

「我的孩子！」斐特立即站起來，兩手拍著我的肩膀，墊起腳尖在我耳邊輕聲說話。卡當幾乎跟我一樣高，我知道是聖巾改變了他的樣貌，但這是我第一次想到，他多出來的身高跑哪兒去了？斐特拉著我一起坐了下來。

斐特負責做大部分解釋，放我一馬。他介紹自己是我以前的老師，說他被派來找我回家。阿娜米卡聽了垮下臉，突然走出房間，大家都看到了，她哥哥一會兒後跟了出去，連她母親的針線活都掉在地上，她火速彎身撿起。「他現在一定得走嗎？」安娜的母親問。

「很抱歉，」斐特誠心誠意地說：「但家裡需要他。」

安娜的父親點點頭，「我們家福氣好，能有他待在這裡。我們欠他和他家人一份永遠還不清的恩情。」他轉向我，「當然了，我們會把最好的馬兒、供給品和黃金送給你。」

我抬手說：「過去幾個月，你們收留我，已經極為慷慨了，我喜歡輕裝旅行，沿途打獵，但很感謝您這麼說。」我頓了一下，無法忽視斐特挑起的眉毛，又補充說：「不過有件事您倒是可以替我做。」

「只要你開口，任何事我們都會盡可能完成。」安娜的父親說。

「我們來這裡的路上，在安娜生病之前，她曾要求我教她刀法。」

安娜的母親用手摀嘴輕聲抽氣，但清晰可聞。

「我覺得學會使刀，能讓她更有自信。萬一她遇到突襲，至少有方法自保。」

安娜的父親緊抓住椅子扶手，指節發白，母親則欲言又止。我知道她想反駁我的建議，因此便試著用阿嵐的手法，以他們能理解的方式做解釋。

由於他們沒說什麼，我便繼續推逼，希望能得到最好的結果。「安娜相當有天分，本能反應非常自然敏銳，我認為持續的訓練，能協助她平衡過去的遭遇。」

「可……可是女人怎能學使用武器。」安娜的母親說，她的針線活再次掉到地上，這回她壓根沒想去撿。

「有些人會學。」我說：「事實上，家母便是位知名的劍客，斐特訓練她無數次了。」

安娜的父母一臉狐疑地瞄向斐特，然後咯咯笑著。「他現在看來雖無以前的氣勢，但我便是師承於他。」他們揚起眉毛，他們見過我跟雇來的幾位戰士格鬥過，我為他們做過好幾個小時的訓練，加強他們的技能。他們無人能及上我的武術水準，這點安娜的父母非常清楚。他們彼此相覷，然後回來看著我們。

「二位若是允許，」我說：「斐特想留下來幾個月，他的身體雖不若以前硬朗，但腦子還是很機靈。」

「我們當然歡迎你的朋友留下，」安娜的母親說：「但你確定你不能留下來，等安娜痊癒後再一起走嗎？」

我搖搖頭，「可惜沒辦法。我已經逗留太久了，家裡人需要我。」

安娜的父親不安地在椅子上挪動，他靠向前，我從他的肢體語言看出他打算拒絕我的要求。不過我在他開口前，便往他挪近沉聲又說：「我會把這當成一份恩情，如同我送阿娜米卡返家一樣。斐特的旅行速度跟不上我，因此，他若能留下來陪你們一段時間，會讓我很放心。」

我知道扮成斐特的卡當能聽到我說的一切，但他望著窗外，朝一隻停在窗台上的小鳥抽動手指，然後靈巧地撿起掉在地上的針線活，交還給安娜的母親。她謝過斐特，斐特咧嘴對她一笑，露出疏落的牙齒。

我朗聲繼續說道：「他是位傑出的戰略家，能取代我來訓練你的士兵。他能照料阿娜米卡和桑尼爾，培訓任何你希望他們學習的課程。你若真的需要我，隨時派他回來找我即可。」那句話終於促成對我有利的決定了。

「我們會竭誠地歡迎……斐特。」安娜的母親對斐特點頭說：「請把這裡當成自己的家。」然後轉向我問：「你何時離開？」

「一個小時內出發，可以的話，我想先去跟阿娜米卡和她哥哥道別。」

我起身去尋找安娜。我閉上眼睛，打開我們的連結。在未來等待我的成年安娜，連結最強，但我仍可以感知安娜此刻的位置，而且我們的連結已完全敞開，足以讓我知道她是個受虐過，依然非常純真而心碎的女孩。

安娜坐在地上，背靠著父親為她立的碑塚。桑尼爾坐在一旁，保持警戒。我發現他手裡拿著一把小劍，看到我過去，他站了起來，狀似要保護妹妹。

「你是來道別的嗎？」他問，年輕的臉龐十分生氣。

「是的。」我說。

「所以你就這樣丟下我們？再也不在乎我們了嗎？」

「我當然在乎你們，但我家裡需要我。我倒是有個好消息。」

「什麼好消息？」他的雙臂在單薄的胸口上交疊。

「令尊同意讓你們接受訓練。」

「你若走了，誰來訓練我們？」一個細小的聲音問。

我瞟著阿娜米卡，她的長髮一綹綹垂著，覆住了她的臉。桑尼爾因憤怒而僵緊，安娜卻截然相反。她彎著背，雙臂軟軟地垂在大腿上，看起來像抽空似的，有如一片美麗，但不小心被扔到一旁的蕾絲。想到她會那樣，都是我造成的，我心痛如絞。

我在她身邊蹲下說：「桑尼爾？你能讓我跟阿娜米卡私下談一會兒嗎？」

他似乎想反駁，但接著點點頭，逕自走回屋裡。

「安娜？」我拉起她的手，但安娜把手抽開，轉身背對我。我嘆口氣坐到她身邊，也把背靠到石碑上。「很抱歉我必須離開，但我說服妳父母讓你們受訓了。我可以保證，斐特會是個很棒的老師，我知道的一切都是他教的。」

她懷疑地抬眼看我，從簾子般的頭髮下露出一隻眼睛。「那不一樣。」她說。

「我知道，但妳已不需要我了。」

「但我感覺並不是那樣。」

「是啊，」我同意，「感覺不是那樣。」

我聽到抽鼻子的聲音，看到她用手擦著眼睛。

「我幫妳帶了點東西。」我說。

「什麼東西？」她問，對我半轉過身。

「讓妳能記得我的東西。」我拿出小袋子，抽出老虎項鍊交給她。

「這是我們在旅途上看到的那頭老虎嗎？」她問。

我搖搖頭，「不是，這頭老虎非常特別。當妳覺得孤單寂寞，或不確定該怎麼辦時，就問問妳的老虎。他永遠會陪著妳，告訴妳正確的方向。來。」我扳開她的手指，將老虎放到她掌心。「問他一個問題。」

「呃……」她頓了一下，舔著唇。「我將來會再看到季山嗎？」老虎發出光芒，安娜驚詫地抽了口氣。

「妳瞧吧？他身上有法力，我保證他會永遠照顧妳，盡最大力量不讓妳受到傷害。他在妳掌中若變暖，答案就是肯定的，身邊的人也說了實話，可是當他維持冰冷時，妳就得小心了。明白嗎？」

安娜點點頭，驚奇地瞪大眼睛。「謝謝你送我這份禮物。」

我摸摸她的下巴，笑說：「只要妳開口，我什麼都能送妳，阿娜米卡．凱林佳。」

她眼中含淚，「那你能留下來嗎？」

「我會永遠與妳同在，即使妳看不見我。」

她似乎接受那個答案了，我離開她，讓她逕自沉思，希望斐特能真正指引她。這孩子好脆弱無助，陪伴她，了解她遭遇什麼事後，幫助我深入日後長大的安娜。我走回屋子，發現自己十分渴望與長大的阿娜米卡重新連結，也許現在我們不會那麼常吵架了，也許我們會找到一種能讓彼此舒服的相處方式。

我回自己房間收拾衣物，這時一顆金色的頭從我枕頭下探出來。「妳在這兒啊。」我捧起小蛇，她纏到我手腕上，當我打開袋子，小蛇便一頭鑽進去，整個身體也跟著滑了進去。我跟安娜父母道過別後，斐特表示要陪我走到宅邸邊緣。

我們一離開房子，斐特便打直佝僂的背，變成平時的模樣。「你最好現在就回她身邊，孩子。」他說。

「將來會如何？」

「你是指阿娜米卡嗎？」

我點點頭。

「她父母最終會想通的，但我得偷偷私下訓練她和桑尼爾好些年。等他們的父母了解孩子們的技巧有多麼高超後，兄妹自會成為戰士。桑尼爾會每日守在他妹妹身邊，自願成為安娜的私人護衛。他怪罪自己讓妹妹遭遇不幸。

「事實上，他之所以離開，投向未來，是因為相信自己若是留下，會對妹妹不利。羅克什傷害他妹妹的記憶太強烈了，令他無法忽視。他最不希望的就是傷害安娜。」

「你看到他的未來了嗎？」我問。

「是的。」扮成斐特的卡當笑道：「他們在一起很幸福。」

「你是指妮莉曼跟桑尼爾嗎？」

他安詳地笑說：「我希望你們所有人都能那樣，她也是。」

我不確定他是否還在談妮莉曼，或他的思緒已飄到別處了，但我覺得最好不要多問。

「去吧。」他輕輕推我一下，「我有很多事情要做。」

「你是怎麼辦到的？」我問：「你培訓他們好多年，你怎會有時間？」

他一臉倦色，「時間是我最棒的盟友，季山，也是我最大的敵人。只怕以後你自己就會明白了。」他拍拍我的肩，「但在你明白之前，還會遇到很多事，我很快就會再見到你了。」

掛在我脖子上，用皮繩繫著的小片真理石發出暖意。「再見了。」我說。

他轉身走回屋裡，我望著他從高大健朗的男子，變成佝僂的智者。等他消失後，我深吸口氣，讓我與阿娜米卡的連結在胸中展開。對她的感知，穿射了我的心，像強光般灌注我的身體。

「我來了。」我輕聲說。

我緊緊將護身符揪在手裡，想到被我留下來的小女孩，被困在一個殘破脆弱少女中的女神。我所認識的阿娜米卡，花了好大力氣去隱藏那個小女孩，將她深深鎖在心底。也許現在，她會對我敞開那一部分。也許當我望著她的眼眸，她會讓我瞥見被遺忘甚久的那一面。

在旋起的能量中，我身邊的時空彎折了，不久，我望著我們熟悉的山區。我面帶微笑地朝家的方向走，感覺自己現在已徹底了解阿娜米卡的方方面面了。

但我錯了。

24 池畔告白

我在回家路上，思及二人重聚的情形，覺得既興奮又生怯。事實上，自從我與凱西第一次約會後，我就不曾這樣緊張過了。我跟安娜雖非約會，但我們共同經歷過的事，已改變我、我們，或我們的關係了，*不是嗎？*

感覺上是有。

我打開山腳下一扇新的門，位置跟舊的那扇門約略相同，我以自己的手印造了鑰匙，並要自己記住，稍後也把安娜的手印加上去。我走進去，小心翼翼地把門關上。我的虎眼立即派上用場，在沒有燈光的情形下，爬上通往我們家的長梯。我用手梳理過長的頭髮，摸著頰上粗糙的鬍子，心想，也許應該先回房間把自己打點得好看一些。

我告訴自己，梳理乾淨再去見她是出於禮貌，不是為了拖延，至少我是這麼告訴自己的。我很快洗了澡，在簡陋的房間裡翻箱倒櫃，尋找剪刀。等頭髮剪短，並在缺乏凱西年代的整髮產品幫助下，把頭髮整理有型後，我照著鏡子。

我雖把鬍子刮乾淨，恢復以前不死之身的模樣了，但眼神看起來好蒼老。過去幾個月我瘦了，困在安娜的少年時代裡，我缺少老虎的胃口，但我的胸膛和胳膊依然強壯，肌肉厚實。我摸著身上一些熟悉的戰痕，這些傷口很久前就變淡，變平了，它們是我當凡人時的遺物。

在那之後，我就再也沒有新的傷口了；虎兒的治癒能力，總能修復我受的任何傷損。然而現在我身上多出幾條滯留過去時的新疤，那是拯救安娜留下的傷痕。我摸著手背上的一道疤，覺得這道傷口太值了，無論未來發生什麼事，我知道它會永遠提醒我，自己曾發誓要留在她身邊，為她服役。

我連在穿上寬鬆長衣和褲子時，都能感覺到她的拉力。安娜知道我回來了，也安於等候，但她的召喚卻是我所無法忽略的。阿娜米卡就像磁鐵，我們彼此離得越近，想接近她的渴望就越強烈。以前我總覺得我們的連結像枷鎖，但現在感覺變了，像是一種允諾。

我循著拉力，朝謁見室走去，孰料她並不在那兒。我考慮去她的房間看看，可是當我閉起眼睛，便知道她在何處了，我轉向她的花園。我的腳踏到草地時，好想化成虎兒，因為變成老虎時，我們總能相處得較好，但那是懦夫的做法，至少我應該給她機會，親自痛罵我的失職。

老實說，我讓她失望的地方不僅一處。掛在我脖子上的真理石碎片變暖了，我知道它是在安慰我。見到安娜時，我的腳步猶豫了起來，她正在修剪玫瑰，長髮飄在腰際。我的喉頭發哽，招呼之語卡在舌上。我知道自己將年少的安娜留在過去，然而我從她熟悉的動作上，仍看見當年的她。

我無法動彈。*她會怪我嗎？她怎能不怪我？*我的勇氣潰散，肌肉一軟，沉痛的心情撲捲而來。*我怎能容許那個惡徒去碰她？我怎能離開那個求我教她格鬥的女孩？*我再次想起自己做過的那些事和選擇，那些我不時想起的事。**她怎麼可能原諒我？**

原本看見安娜的喜悅之情，像被烈火燒掉的脆弱幼苗般蜷縮了起來，結成一顆緊實的焦球，深植在我的內臟裡。焦球覆著層層疊疊的自責，像石頭般的重量將我往下拉墜。我無話可說，無法可想，無能刪除她遭逢的慘況，她是受害者，沒有人該承受那種令人髮指的事。

我能說什麼？我再如何搜索枯腸，也想不出能夠表達歉意、糾正過往的話。這跟對一個內臟被挖去的人抹藥膏一樣——徒勞而愚蠢。

阿娜米卡微微轉頭，我看見她的側臉，但她仍聚焦在花朵上。「怎麼樣？」她酸溜溜地問，在一條長蔓上用力一剪。「你也太久沒出現了吧，你是打算站在那兒蹭腳，還是想好好地跟我打個招呼？」

我試著回她話，結果只擠出一個顫音，「我……」然後嘴巴就跟離了水的魚一樣，張了又合，跟我原先預想的美好寒暄，相差千里。既然我說不了話，只好單膝一跪，垂下頭，「我是妳的僕人，夫人。」我終於說出口了。

阿娜米卡瞄著我，眉頭一皺，揪緊一對眉毛。她嘟起嘴，大步朝我走來。她把剪子收進纏在腰上的皮帶後，兩手插腰地打量我。我再次垂首，雙眼一紅，感覺到熟悉的刺痛。

我腳下的草地變模糊了，接著她用手輕撫我的頭，蹲到我身邊，手滑向我的脖子。她在心中詢問我，我對她攤開自己的思緒，讓她看到自己搞砸的種種事項，所有啃蝕我內心的罪惡與羞恥感，我全都攤給她看了。安娜在展讀我的心思時，我蜷縮著，她一定會瞧不起我，是我自己活該。

「我真的很抱歉，很抱歉，安娜。」我甚至不知道自己說出口了，直到我感覺這幾個字在我喉嚨深處震動。

阿娜米卡環抱住我，以示回應。我攬住她的纖腰，將她緊抱胸口，把頭靠在她纖秀的脖子上。「噓。」她輕聲呢喃，兩手緩緩梳過我的頭髮，「我在這兒呢，穌漢。」她用溫暖沉厚的聲音安慰我說，雖然我知道自己並不配。她觸摸我時，光明灌注我的心靈周邊。

我知道那光來自她，我看到的是被真理石掀露的，阿娜米卡的靈魂，她的靈魂明亮而美麗，當她以女神之姿俯視我時，我心中的黑暗與罪惡便跟著縮退，並被燒盡。我沐浴在層層的光熱與女神強大的力量中，我的意識慢慢退下，然後便睡著了。

等我在自己床上醒來，只覺得心靈平和，如覆雪的大地。四周的世界變得柔軟、嶄新而潔淨。我把手枕到頭下，思索發生了什麼。安娜送了我一份禮物，一件稀罕而珍貴的禮物。她的寬宥與理解，像柔軟的棉花糖般，埋藏了我的負擔。

我仍保留了記憶，還是知道我的靈魂深處有些什麼，但她對我施予女神特有的慈悲，開脫了我的罪惡，也要求我學著原諒自己。

那得需要一些時間。

阿娜米卡的特殊出眾已無庸置疑，她年少時便與眾不同，年長時亦然。我花了好長時間才認清這點，現在既然明白了，我會以餘生，無論餘生可能有多久，待她以尊重。

我扔開毯子，起身著裝，然後走向王座室。進去時，發現她正與各行各業的訪客打招呼。她脖子上掛著達門護身符，我抬手摸著自己的脖子，不知她是何時拿走的。接著我皺起眉頭，她是怎麼進我房間的，她是位強大的女神，但我從未見過她抱起像我這麼重的人。

我覺得最好別再多想。女神讓訪客離開，並指示守衛，今天不再接見請願者後，我對她深深鞠躬。她對我伸手笑說：「你睡得好嗎？」她問。

我輕輕握著她的手指答道：「很好，拜妳之賜。」我四下環視，看到房中散置著數十份禮物，知道她大概已工作好幾個鐘頭了。我又說：「妳應該把我叫醒，妳這麼忙。」

「是啊，我們忙了很久，很多事要做。」

「我準備好了，妳隨時可以差遣。」我誠心地表示。

「稍後會有事要做的。」她說：「來，坐我旁邊。」

安娜從王座上站起，坐到大理石台階上。她抬手示意，我握住她的手並坐到她身邊，兩人並肩相依，也都不覺得有必要像以前那樣挪開身子。安娜沒抽回她的手，所以我也就繼續握著。

既然我找不出話，安娜便開始說了：「我……我想謝謝你。」她說。

我立即轉頭看她，心想她瘋了。安娜嘴邊綻出一抹笑意，準備綻放。這沒道理啊。「謝謝我？」我猶疑地問：「妳到底為什麼要謝我？」

「我之前並不知道，」她說：「我是指，原來那就是你。」

「就是我什麼？」

「救我的人就是你。」

「救妳？我並沒有成功。」

「不，你成功了。」安娜嘆口氣，把我的手拉到她腿上，撥弄我的手指。這令我格外意識到兩人的親近，我不安地挪著身。「我趁你熟睡時跑回去了，」她輕聲說，彷彿在坦承犯罪，「我奪走了她對你……我是指我對你的記憶。」

「是嗎？」

「是的。我第一次見到你、阿嵐和凱西時，並不認識你，以前從未見過你。」

「那倒是真的。」我說。

「我必須回去取出那些記憶，年少的我只知道有個男的救了她，那名男子教她如何使刀，但她現在想不起他的面容了。我父母和桑尼爾也忘記你了。」

我點頭說：「那是很聰明的做法。」

「是嗎？」她問，十指與我相扣，然後抬眼對我說：「也許年少的我若了解你，當我再次與你相會時，我們就不會那麼愛吵架了。」

「也許吧。」我答道，突然覺得脖子發熱，我用肩膀去蹭自己的臉。「不過現在都無所謂了，事情已經發生了，對吧？」

「對。」她同意，用綠眼望著我，「可是我現在想起來了，我記得一切的事。」

我嚥著口水，企圖濡溼突然變乾的嘴，我說：「妳……妳想起來了？」

「是的。當時我跟你在一起。當我的意識與年少的我結合時，感覺就像被困在她身體裡，那時我看到了一切，也重新經歷了一切。」

我轉過身，「我很遺憾。」

「但我並不會。」

「妳怎會不覺得遺憾？」我不可置信地問。

「我並不想清晰地憶起被擄的事，如果你指的是那個，但回想本身，給了我新的洞識。從我成人的觀點去看，他是我逃避男人的可悲藉口，我很想出手保護年少的自己。現在我擁有強大的力量了，光是起心動念，便能夠將他殺掉，但年少的我畏懼他，那份恐懼伴隨我許多年了。

「在我的回憶裡，他是怪獸、非人類、強大無比。現在我覺得他是個孬種、病態，而且他真的死了。這份醒悟對我而言非常重要。我困在女孩的身體裡，等你前來呼喚我的那段期間，有漫長的數個月可以思索此事，那個女孩也被自己的心給困住了。」

「所以妳是說，那整段時間，妳都是醒的嗎？即使在她睡著時？」

「是的，連她死時亦然。因為我的存在，才讓她與凡界相連，有時間慢慢痊癒。沒有我，她——我的意思是我——必死無疑。你瞧？你真的救了我，而且不僅一次。由於我就是抹除那些記憶的人，現在我可以憶起多年前，年少的我心中封藏的一切了。」

「回到過去很危險，」我說：「妳有可能再次被吸進去。」

阿娜米卡聳聳肩，「我是在她睡著時才去的，她不太可能醒來。」安娜笑說：「桑尼爾睡著時我也看了他好一會兒，我都忘記他把自己當成我的守護者了。」安娜望著我又說：「你也應該知道，你拯救孩子們時，滅去你們的足跡，提供你們食物和住所的人，就是我。」

「我們真的非常需要。是妳帶我去火之林，幫我治療的嗎？」我問。

她皺皺眉。「不是，至少我覺得不是。我被困時有夢見過，真理石來自火之林，也許是它輸導火樹的治療能量。」

「原來如此。」

安娜遲疑了一下又說：「我還去查看了，確定凌虐我的男子死了。我必須弄清楚。」

我點頭答道：「若是妳沒去查看，我也會去。」

安娜從腰帶中抽出一把熟悉的小刀，就是我用來雕刻真理石，逃難時拿的那把刀子。「妳一直留著嗎？」我問，從她手裡接過來，用拇指撫著刀刃，一小道鮮血滲了出來，但割口很快便癒合了。「刀子一直保持得很鋒利。」

「那是我當戰士的第一堂課。」安娜笑著撞我的肩膀。「拿去吧，這些年我一直替你保留，雖然我並不知道。」

我謝過她，把刀子放到一旁。兩人不再說話，我們之間的沉默有種凝重與無可名狀的緊張。我輕柔地按著她的手。「妳準備好要上工了嗎？」我問。

「如果你準備好的話。」她平靜的臉上一亮，起身喚來她的各種武器與禮物。這些物件朝我們飛來，我輕易地接住飛輪，綁到腰帶上的皮繩。接著飛來的是三叉戟、卡曼達水壺、黃金果。阿娜米卡快速伸手，從空中一一接住。她把卡曼達水壺扔給我，我套過頭上，讓水壺掛在小片的真理石旁邊。

她拿起火繩，纏在自己腰際，當成皮帶，我發現她脖子上掛了一片老虎的首飾，我拿起它笑了，原來那是我在離開前送她的禮物。安娜握住我的手踏近，聖巾在她肩上掀動，變成披肩。

珍珠鍊子往她頸上繞去，自行繫緊。安娜接住戰錘、弓與箭，將它們一起放入背上的袋子裡。兩枚胸針彼此交纏，彷彿它們是同一軌道裡的兩顆月亮，其中一只別在她的披風上，另一個別在我的長衣。

劍朝我們疾飛而至，在最後一刻劈成兩半，我們各自抓住一把，插在聚形於身邊的劍鞘裡。在我看，我們已取回所有武器了，但安娜搭住我的臂膀說：「等一等。」她說：「她就快來了。」

我不懂她在說什麼，接著我看到一顆燦若陽光的頭從角落裡射向我們。阿娜米卡開心地笑了，她蹲下來伸出手。小蛇纏上她的手臂，但身體還不夠長，僅能纏出一圈。

小蛇把頭抬向安娜的臉，女神撫著小蛇頭頂。「哈囉。」她說：「我覺得現在變成戒指是最合適的，不是嗎？」

「戒指？」我不解。

「是啊。她還沒變形吧？」安娜問。

「變形？」

安娜皺眉說：「你以為這是誰呀？」她問。

我聳聳肩，「她看起來很像芳寧洛，但這條蛇是從鳳凰蛋跑出來的，所以我也不清楚。」

「這就是芳寧洛啊。」阿娜米卡說。

「不會吧，」我說：「芳寧洛死了，我看到她的身體消失的。」

「她死亡前發生什麼事？鉅細靡遺地告訴我。」

「她……她的身體變僵，身體有一半還是金屬的。她很虛弱，耗盡所有能量將我帶到了過去。」想到這裡，我喉頭哽咽，「就在她死前，她咬住鳳凰蛋，我覺得她並不知道自己在做什麼，然後她就死了，身體也跟著消失了。」

「原來如此。」安娜蹙著眉彎身探向小蛇。「是的，」她輕聲說：「我明白了。」她頓一下後說：「噢，我從沒想過那點。」

「妳在跟誰說話？」我四下探看。

「芳寧洛呀，你聽不見她嗎？」

「聽見她？」我搖搖頭，「芳寧洛或這條小蛇都不會說話。」

「她當然會說話。」她再次遲疑著，狀若聆聽，「是的，我沒想過那點。」她說：「你能先拿著她一會兒嗎？」安娜問。

我點點頭，小蛇纏到我指上，阿娜米卡拿下她頸子上的達門護身符，用邊緣觸著芳寧洛的身體。她閉起眼睛輕聲唸誦，一條金色項鍊隨風飄向我們，風將安娜的頭髮往後吹散。項鍊像被引爆似地，炸成細小的碎片，在我們面前旋繞成雲。

「妳確定嗎？」安娜問。

「確定什麼？」我答道。

「噓。」她嘶聲說：「我不是在跟你說話。」

小蛇揚起頭在空中擺盪，彷彿被旋飛的金粉吸引住。

「很好。」安娜說。

她轉著手，將閃閃發光的雲團導向我手上的小蛇。強光啵地炸響，細碎的金粉吸入小蛇體內，她長長的身體發出熟悉的光澤，鱗片的紋路勾勒出閃亮的輪廓。

「好了，」安娜說：「放手試試看吧。」

說罷，小蛇纏上她的手指，然後身體一定，開始縮小，直到變成有對寶石眼的戒指。

我伸出一根指頭，撫著小蛇的頭。「妳確定真的是她嗎？」我問。

「是芳寧洛無誤。」安娜保證說：「她是從鳳凰蛋裡生出來的，你親眼目睹她的出生與死亡。」

「可是怎麼可能呢？」

「我們所做的任何事，有哪件是可能的？」

「而且……而且她還跟妳說話？」

「她告訴我，只有被她咬過的人，才聽得到她說話。凱西以為那是她自己的心念，或女神，或她母親的指引，可是必要時，她也能聽到芳寧洛的聲音。現在對芳寧洛而言，我們是她新認識的，但她說很高興能跟我們在一起。」安娜垂眼愛憐地看著小蛇，「雖然她是個獨立自主的個體，但她並不介意你把她送給我。」

「妳……妳對她做了什麼？」

「我賜給她變形的能力，記得以前羅克什用護身符創造新的生物嗎？」

我點點頭。

「法力本身並不邪惡，但羅克什硬逼別人變形。斐特，或你眼中的卡當曾告訴我，我們將能駕馭同樣的法力。他當然沒跟我坦白一切，但他告訴我，芳寧洛會帶領我們。」她伸手摸摸我的手臂，「你準備好了嗎，穌漢？」

「準備好了。」

「你會介意我們在開始前，先去一個地方嗎？」

「隨妳差遣，女神。」

阿娜米卡的臉色一沉，但她吸了口氣，對我淺淺一笑。我們被捲走，然後在一處非常熟悉的地方聚形。

「安娜！」我嘶聲問：「我們為何在這裡？」

「噓。」她用力把我拉到一個高長的衣櫃後，撫著護身符，我感覺兩人一晃，成了隱形。

我正想再次問她，卻聽到水濺聲和氣憤的喘息。「桑尼爾！」

緊接著傳來低沉的笑聲，安娜拉起我的手，帶我走近，以便看清池畔的兩個人。大陽傘下，妮莉曼正躺在戶外用的躺椅上，她雙腿滴水，氣呼呼地擦掉正在讀的書本上的水。

「我不知道妳在看書。」桑尼爾說，他顯然知道妮莉曼正在讀書，「我若弄壞妳的書，我道歉。」

「算了，」她發牢騷說：「以後別再犯就對了。」

桑尼爾疊著手臂靠在池邊，下巴抵在臂上，「妳確定不想跟我一起玩嗎？」他說：「水很涼，妳看起來很悶騷耶。」

他咧嘴笑到耳邊了，妮莉曼擰著眉怒視他，「別再亂用那句話了。」

「什麼……悶騷嗎？」他天真地問。

「我真不該教你那是什麼意思。」她抬起書，把他擋在視線外。

桑尼爾從水裡跳出來，抓起毛巾纏到腰際。拿起另一條擦乾頭髮，然後把溼毛巾扔到妮莉曼腿上。

「桑尼爾！」她說著跳起來，抓起毛巾往他臉上扔。桑尼爾輕鬆接住追過去，但她拿椅子擋在兩人中間。桑尼爾慢慢欺近，咧著嘴笑，她則拿起滿滿一大杯檸檬汁。桑尼爾瞇起眼睛。

「不會吧。」他說。

「我覺得你看起來很悶騷，桑尼爾。」妮莉曼勝利地說。

桑尼爾跳開時，她把杯子裡的東西朝他臉上一潑，尖叫一聲，然後逃之么么，可是桑尼爾逮住她，將她攔腰抱起，然後往池子裡一跳，拖著她一起下水。妮莉曼掙扎出水面，喘著氣，噴著水。桑尼爾冒出來吸氣，「誰教妳活該，女人，妳這幾個月快慢慢把我逼瘋了。」

「那你呢？」她回罵道，一邊撥開臉上的頭髮，然後開始往泳池台階邊游過去，「打從你到這兒後，就跟個芒刺一樣，搞得我煩死了！」

「妳脾氣那麼大，居然會注意到我這根小刺，才讓我驚訝哩。」他答說，跟在她後面。

「真希望你是我的雇員，這樣我就可以噹你了。」她回嘴抱怨說：「還有，休想我解釋什麼叫噹，你自己去搞懂！」

桑尼爾把她逼到池邊一角，她轉身面對他，假裝要逃，但很快便放棄了。她的呼吸變得淺促，眼中滿是怒火。

「所以，」他用手指撫著一綹溼髮，撥到她肩後，輕輕擦著她的皮膚，「妳終於承認妳一直在注意我了。」

「你好大膽！我……」

桑尼爾游近，用嘴堵住她的。妮莉曼掙扎一會兒想推開他，但他拉起她擋在他胸口上的手，繞到自己脖子上。妮莉曼發出輕吟，將手滑入桑尼爾髮中，他摟住她的腰將她緊攬在身上。兩人的吻與他們爭吵時一樣激烈，接著桑尼爾的親吻變得柔緩了，在妮莉曼尚且不捨時，他停止吻她，並用額頭貼著她的。「妮莉曼。」桑尼爾說，撫著她溼長的頭髮，「告訴我，妳愛我。」

妮莉曼推開他，但並未推遠。「不，桑尼爾，我……」妮莉曼頓住，一句話凝在唇邊。

桑尼爾揉著她的脖子，用拇指輕撫她的下巴。他靠過去，妮莉曼的眼神垂落在他唇上，桑尼爾笑道：「好吧，妳這個頑固的女孩，那我先說。」他用一雙大手捧起她的臉，「我愛妳勝過世間任何事物，勝過我珍貴的回憶，勝過當前的種種奇蹟。我把自己的未來放在妳腳邊，我將伴隨妳踏向未知，發掘這個世界給予的每項新事物。成為我的新娘吧，妮莉曼，妳不必說妳愛我，只要說妳願意嫁給我，我會每天努力爭取妳對我的愛。」

妮莉曼眨著眼，池水在她肩上輕拍。「噢，桑尼爾。」她嘆口氣說。

「妳是想令我心碎？讓我的靈魂無依嗎？」說著他故意裝出驚恐的表情，「坦承妳的感情吧，我知道妳在冰冷的外表下，」他戳戳她的手臂，「是位非常溫暖的女性。我應該知道，」他又別有意指地抬起眉毛，朗聲宣布，「她說她對我沒感情，卻持續過分地攻擊我，破壞本人的名譽，現在她又把我推入池子裡，任意戲弄我！」

「停！住手！」她哈哈笑著用手摀住他的嘴。

他眼睛炯亮地親吻她的手心和手指，「說妳要嫁給我。」他柔聲懇求，「拜託。」

她用手貼住他的面頰，「好的，桑尼爾，我願意嫁給你。」

桑尼爾開心地哈哈笑著抱起她打轉，直到妮莉曼尖叫地陪著他笑，她緊緊抱住桑尼爾，「現在說妳愛我吧。」

「我愛你。」她重述道。

桑尼爾放緩速度，將她放下，然後又說：「真心真意的。」

妮莉曼用手撫著他稜角分明的胸肌，手掌撫至胸口時，妮莉曼停了下來，同意道：「真心真意的。」

說完，桑尼爾握住她的手，低頭再次吻住她。

安娜握緊我的手，然後我們眼前的景象便消失了。

25 馬戲團與石窟

我們在一片密林裡重新聚形，空氣溫暖，但天空雲朵積聚。我吸著空氣，立即認出此地。

「奧瑞岡。」我說：「我們為何在這裡？」

阿娜米卡舉步邁過樹林，回眸說：「我們得釋放阿嵐。」

我皺眉尾隨其後，「釋放他？從哪裡釋放？」

「他目前被困在老虎的身體中，他被捕時，你對他下了咒，對吧？」

「是的，可是……」

「我們來釋出他人類的一面。他不像現在的你，阿嵐維持人形的時間會受到限制，但那能給他必要的機會，讓他最終解除他的詛咒。」

我全身一僵，「凱西就是此時在馬戲團裡遇到他的。」

「清單上是那麼寫的，」她轉向我，「馬戲團是什麼？」

我自己從未看過馬戲團，但從我信賴的幾個人口中聽過第一手資料，便說：「凱西和阿嵐對馬戲團持相反意見，也許我們應該自己去發掘。」

「同意。」她說。

我們來到樹林邊緣，我看到前方的大建物，以及停滿車子和拖車的停車場，我碰著她的手肘。「也許我們應該換裝，才能融入當地人？」

安娜點點頭，凱西在她生命這個階段，雖然尚未遇見我們，但我們決定最好還是易容。我們用聖巾喬裝成奧瑞岡的一般年輕夫婦，夜裡出來……呃，看馬戲。至少我希望我們看起來像是。就我在凱西國家的經驗，只要穿上她所說的牛仔褲，大部分場合都可以參加。安娜用手搓著大腿上的褲子，覺得很不舒服。

「你確定這個時代的女人穿這種東西嗎？」她問。

「這比妳在阿嵐婚禮上穿的衣服，遮住更多身體。」我說。

「是啦，可是……」安娜踏近在我耳邊低聲說：「這樣太顯身材了。」

我低眉後退一步，從頭到尾打量她。那條緊包在她身上的牛仔褲確實很顯身材。即使我們喬裝成別人，但她的身材根本沒變，我恣意地欣賞了好幾秒鐘，安娜則不安地扭著身體。

「妳會比較喜歡穿裙子嗎？」我問。

安娜垂眼望著自己的長腿思索，「不會。」她終於嘆道：「如果這邊的女人穿這個，那麼最好還是融入她們吧。」

「是的。」我同意說。

她對我點一下頭，牽起我伸出的手，我帶她來到建物前方，有個年輕人在賣票。

「多少錢？」我問他。

「一人十元，總共二十。」他說。

我嘀咕著拍拍自己的口袋，安娜給了我一顆大寶石，我輕輕搖頭。有一家人排到我們後邊，「我一定是把皮包忘在車裡了。」我說：「我們馬上回來。」

我轉身尋找提款機的標示，不確定我們的法力能否奏效，但試試無妨。我找到機器讓安娜看，她拍著機器側邊問：「鎖在哪兒？」

「我不是很確定，」我答說：「而且那邊有攝影機，我們不能太誇張，否則會驚動銀行。」

「攝影機？銀行？」

「攝影機會拍下妳的樣貌，就像有人畫出妳的形像，只是畫圖的不是藝術家，而是機器。銀行則是擁有這種機器的行業。」

「我懂了。」

我不確定她真的懂了。「能借一下護身符嗎？」我問。

她從頸上拿下護身符交給我，我緊握在手中，告訴它想要什麼，但機器連哼都沒哼。我又試了一遍，聽到安娜的聲音說：「非常感謝你。」

我回頭瞄向肩後，發現她正在跟一名看起來像大學生的年輕男生聊天，他給了她一些東西，然後咧嘴笑著倒退離開，直到差點被水泥做的停車格絆倒。

「剛是怎麼回事？」我問。

「他給了我二十塊。」安娜答說。

我低頭看揪在她手裡的錢，安娜把錢交給我。她手裡不只二十塊，看來年輕人把整個皮夾都掏空了。安娜有好幾張紙鈔，加起來至少三百元，還有他的名片，上面圈出他的電話號碼。

「這樣夠嗎？」她問。

「太多了。」我伸出手，安娜牽著。

「你幹嘛皺眉頭？」她問：「我們有二十塊錢你不高興嗎？」

「沒錯，我就是不喜歡年輕男生把他們的電話號碼給妳。」

「我不懂那是什麼意思。」

「我知道妳不懂。那表示他喜歡妳。」

「如果他不喜歡我，我們就不會有二十塊錢了。」

「我不是不想別人喜歡妳，我知道他們喜愛妳，他們會受妳吸引。」

「他們是在回應女神。」她說。

「是啊，但不單是那樣而已，就算妳還沒成為女神，妳的手下也會盲目地跟隨妳。」

「那樣不好嗎？」

「沒有，有，唉喲，不是啦。」我抓著頭髮，「妳的手下應該跟隨妳，我只是不希望他們存有別的念頭。」

「例如什麼念頭……？」

「浪漫的念頭。」

安娜若有所思地凝視付票錢的我，她挽住我伸出的手，跟著我進到帳篷裡頭。等找到座位後，她終於說道：「你不希望我體驗戀愛？」

我重重嘆口氣，「我不認為妳會想要，尤其在發生那種事後。」

「我的遭遇，是很久以前的事了。」

「感覺並沒有很久。」

「是啊。」

有名男子走過去，他抱著一個特大號容器，裝滿了紅白相間的爆米花盒子，我買了一盒。

我打開爆米花，遞向阿娜米卡，她按住我的手，把盒子抬向自己的鼻尖，「這是什麼？」她問。

「這叫爆米花，事實上，這個是焦糖口味的爆米花，比原味的更好吃。」我推推她的肩膀，「妳試試。」

她小心翼翼地拿起一顆爆米花放到舌尖，看到她咔嚓一聲咬下去，臉上露出驚訝的表情時，我咧嘴笑了。

「喜歡嗎？」我問。

她點點頭，我把盒子挪向她，讓她多拿些。之後我抓了一大把，她塞滿嘴巴地發出尖聲抗議，從我手中搶過盒子。爆米花都快從她嘴裡溢出來了，安娜用手背把爆米花擠進去，快速地嚼著，並威脅我若再敢多拿，就要我的命。

我哈哈大笑，假裝要搶盒子，但她敏捷地把盒子挪開，當我看到她狡滑地低喃唸咒，盒子自己又行補滿時，我警告說：「最好別讓任何凡人瞧見妳在幹嘛。」她衝我一笑，然後靠坐著咀嚼她的點心。

人們排隊進入帳篷，把座位填滿，安娜建議我們往前挪幾排，看得較清楚。等我們再次坐定，安娜嗑掉半盒爆米花後，她在指間把玩一顆爆米花，說：「你沒有問我關於桑尼爾的事。」

我聳聳肩，「我覺得那是不證自明的事，妳希望看到他快樂，老實說，我很高興見到妮莉曼找到真愛，她是個很棒的女孩，我想他們在一起會很幸福。」

「所以，你贊成他們……戀愛？」

「是啊，妳不贊成嗎？」

她想了一會兒後答說：「我愛我哥哥，他是位真誠忠心的夥伴，他會全心全意待你們家妮莉曼，如同他待我一樣。她的安全，將永遠不成問題。」

我點點頭，決定不詳述在凱西的時代，危險是何物。「我覺得他應該花了很長的時間，才攻克她的心防。」看到安娜困惑地皺著眉，我解釋說：「說服她嫁給他。」

「他很頑強的。」安娜說。

我咯咯笑道：「這個我記得。就這次來說，他的頑強回報豐碩。」

「是啊，不過打從他離開我身邊後，還是花了兩年多的時間，才贏得她的芳心。」

我吐出一口氣，那是何等漫長的等待。我見過他們在阿嵐的婚禮上接吻，就我估算，那離他們回來後才幾個月。妮莉曼很固執，安娜顯然也這麼認為，因為她接著提問：「如果他們的心彼此相屬，為什麼對結婚還如此猶豫？」

「原因可能有很多。」

「例如？」

「首先是時機，有時生活會造成干擾。」

「我不懂這種理由。」

「這個理由較適用於這個時代，而不是我們的年代。有時一個人會想趁對方在他國工作時，完成學業。」

「兩地分離嗎？」

「是的。」

「那可阻攔不了我。」

「我……我想也不會。」我慢慢說，不太喜歡話題的進行方向。

「別的呢？」她問：「還有什麼其他理由會阻止戀愛進行？」

「偶爾會有一方的感情比另一方強。」

她慎重地點著頭，彷彿我的回答解釋了宇宙的起源。

「那第三個呢？」

燈光暗下，音樂開始響起，我從未因為遭到打斷而這般如釋重負過。一名化著彩妝的高大男子閃亮登場，站在聚光燈下宣布表演開始，安娜很快學會鼓掌，但有時太早拍，太晚收手，還不太自然，但表演讓她看得眼睛發亮。

她不懂小丑在幹嘛，但她愛死了特技，尤其喜歡狗狗，還逼我答應要幫她找一隻。我試著跟她解釋，狗跟老虎處不來，但她揮揮手，要我別再說話。我聞到一股氣味，一股熟悉的人類氣息，面對此地大量的爆米花、棉花糖和熱狗，沒想到我竟然還能聞得到。

我掃視群眾，終於在下頭幾排的長椅上找到她。她穿著亮晶晶的戲服，把一綹頭髮掖到耳後。她那個人色彩鮮明的絲帶就綁在辮子後面，我摒住呼吸，脖子上的脈搏重重擊著。

「怎麼了？」安娜循著我的眼神望向獨自坐在下方的那個人。「是她嗎？」她輕聲問。

我點點頭，手心汗溼，我在大腿上搓著手，然後握拳放在膝上，直到安娜觸著我的手背，我才意識到我的手都握白了。

「她不會發現我們的。」她在我耳邊輕聲說。我翻開手，拉住她的手指，她在長椅上向我挪近了些。我目不交睫地看著凱西，直到聞到另一股氣味。這個絕對錯不了。我的鼻翼擴張。我聽到一聲低吼，爪子點地的聲音，以及他進入表演場前的氣惱。

樂聲巨響，男子回來宣布最後一場表演，他的話像重複播放的歌曲般在我耳中迴響。

「……千里迢迢，自恐怖荒蠻的印度叢林，來到美國。」

四處亂掃的聚光燈令我眼花繚亂，汗水從我的太陽穴冒出來，彷彿感受到群眾用期待的目光瞪著我。掌聲變得太過刺耳，噪音從八方向我湧來。我的脈搏瘋狂跳動，我覺得自己被追獵，他們就要殺掉我了。

一個大籠子被推出來，我的神精繃到最高點，我必須逃開。老虎正在布幕後的籠車中緊張地來回踱步，那是我的兄長。

男人喊出的幾個字在我腦中飄游。

獵獸。

危險。

猛獸。

「仔細看我們的馴獸師，冒著生命危險，為您帶來……帝嵐！」

阿嵐跑下斜板，進入大籠子，朝群眾咆哮。鞭子劈啪地揮響，我跳起來，淚水衝入我眼中。有人用輕柔的手指偷偷撫住我燙熱的脖子，一股麻涼的感覺漫過我全身。安娜輕輕將我朝她拉近，在我耳中低喃說：「別激動，穌漢，有我在這兒陪你。」我感覺她的唇貼在我汗溼的臉上，便點點頭。

我握住她的手，緊張地邊看邊揉著她的手指，感覺就像被困在一場惡夢裡。我知道阿嵐經歷過什麼，他經常對我提起。表演繼續進行，我轉頭去看凱西。她坐在那裡興高采烈地看著表演，當拿著鞭子的男人把頭塞進阿嵐嘴裡時，我忍不住握緊拳頭。「咬斷它。」我恨恨地低聲說。

阿嵐當然沒那麼做，不過他故意張大嘴，以免利齒不小心傷到男子。我覺得那男的若笨到把自己的頭塞到老虎嘴裡，至少該賞他一點刮傷。我根本無法呼吸，直到男人離開，群眾爆出歡呼為止，包括凱西在內。

看凱西坐在那兒鼓掌，感覺像是遭到了背叛。我知道她什麼都不懂，可看她沉醉其間，對我來說實在很不堪跟難過。安娜靜靜陪坐一旁，彼此知道對方的心情。我覺得悲傷不捨，他那樣表演多少次了？他有多常遭到欺侮鞭打？太過分了，阿嵐被捕都是我的錯，都怪我。

「穌漢。」安娜攬住我。

我把頭埋在她頸邊，一開始我並未發現她在使用法力。那是自然而無意識的舉動，安娜感知我的緊張，想用柔和的方式安撫我，結果四周的世界對她起了回應。一縷輕風吹入帳篷，送來她花園裡的香氣，那是我們最愛的地方之一。人們紛紛左顧右盼，心想這該不會是馬戲團的把戲吧，但我知道那是什麼。那是女神無私的愛。

凱西正要轉向我們時，我以達門護身符隱身。

我們坐在那裡，安娜攬著我，由於人群開始散場了，阿娜米卡叫聖巾將隱形的我們變回來。我的身體晃動著，感覺背上一陣麻癢，但這絲毫無法減輕我心中的不安。凱西起身開始工作，顯然是負責清掃的。看到一切快速拆除，以及數百人所留下的髒亂，實在驚人。等終於只剩我們時，安娜問：「你覺得如何，穌漢？」

我悲傷地笑說：「我覺得……好愧疚，他經歷這麼多折磨，都是我害的。」

「沒錯，是你造成的，但他跟你說過，他信任你，不是嗎？」

「是的，他信任我。」

「他會願意再經歷一次，只求與凱西在一起嗎？」

我暫時沒回答。安娜所指的女孩進入大樓裡，開始把箱子從建物的一處搬至另一處。看到她掙扎地搬動箱子，我揮揮手，讓半數箱子消失掉，然後重又出現在建物另一側。我很震驚自己只須動個念頭便能做到，仔細一想，被搬走的箱子應該裝滿了食物，所以一定是聖巾和黃金果合力完成這項工作的。「他會願意。」我終於說。

凱西停下來轉身，把箱子夾到腋下，搜視座椅，彷彿能聽見我們談話。

凱西離開後，安娜說：「這就是你以前說過的，戀愛的阻攔。阿嵐和凱西被時間及地點分開了。當然了，就他們的情況，也因阿嵐的虎形而被分隔開來。這就是你說的第三件事嗎？」

我的嘴角一揚，安娜就是有辦法幫我化解爛心情。我不見得總是喜歡那樣，但還是很有效。

「不是，」我說：「大部分戀情受阻撓，都不是因為其中一個人會變成動物。」

「那麼第三個原因是什麼？」她站起來，等我跟過去，「是家人的贊同嗎？」

「過去的時代確實如此，」我跟隨她走下一排排座位，「但在這個時代不那麼重要了，孩子們大多跟自己喜歡的人約會。」

「約會？」

「追求的現代說法。」

「噢。你以前有跟凱西……約會嗎？」

「算有吧，我們一起吃晚餐。」

「吃飯算追求嗎？」

「吃飯其次，重點是兩人獨處，彼此了解。」

當我們等著凱西回來，好跟著她去找阿嵐時，她在心裡努力參悟。安娜告訴我，阿嵐得等她摸了他的頭之後，才能變身。我不確定那點為什麼會很重要，我們只是根據卡當先生的清單去做罷了。我們觀察凱西一整個下午和晚上，但那段期間她都沒去看阿嵐。

我們等凱西用完晚餐，安娜皺著眉頭，把手放在卡當的清單上，施用能量，我們都感覺皮膚上傳來小小的震動。「時間點不對。」我說。

「你也感覺到了？」她問：「是我不好，我們跳躍時，我……分了神。」

我抬起頭等她解釋，可是她選擇啥都不說。「妳知道如何修正嗎？」我問。

「抓緊我。」安娜說。

我抓住她的肩膀，安娜將時間往前快轉。天上的星星模糊地劃過去，接著太陽在幾分鐘內升起又落下，等她終於放緩時，我們就像掉入一個僅為我們而設的凹口裡。傍晚時分，馬戲團已開始表演了，主持人剛宣布阿嵐上場。

我們隱身偷偷溜入帳篷，坐到前方。那天觀眾不太多，結果我們離籠子非常近。我立刻察覺不對，阿嵐沒有走到馴獸師指定的標記上，而是在籠子裡繞跑，揚抬著頭。

「他聞得到我。」我揮手滅去我的氣味。「我們離得太近了，而且我忘記遮去我的氣味。」

「也許不是那個問題。」安娜答說：「他現在似乎安定下來了。」

安娜說得對，無論之前是什麼原因惹他不安，現在都看不出來了。他敏捷地做著表演，跟那些聒噪的狗兒一樣溫順。我不安地扯著襯衫領子，覺得像被隱形的銬具鍊住。

表演結束，凱西清掃完畢，我們跟著她來到一間大穀倉。我們還沒進到穀倉，我便已聽到阿嵐來回走動。他顯然十分焦躁，我們盡可能悄聲偷偷溜向前，跟凱西及阿嵐保持距離。

「嘿，阿嵐。」凱西走向籠子說：「你今天是怎麼了，先生？我挺擔心你，希望你沒生病或出事。」

阿嵐一看見凱西便安定下來，他盯著她，跟凱西一樣，對我們的存在毫無所覺。凱西似乎被白虎迷住了，如同他對她一樣。凱西緩緩伸出手，撫摸他的額頭，我意味深長地瞄了安娜一眼，她只是搖頭說：「還不行。」

阿嵐舔著凱西的手指時，我聽到她驚喘一聲。她謝謝阿嵐沒吃掉她，然後坐下來為他讀詩。我翻著白眼，牛牽到北京還是牛。若說有兩人是絕配，非他們二人莫屬。孰料我竟會有這種想法。**我真的那樣覺得嗎？凱西從一開始就註定要跟阿嵐在一起嗎？**

我雖不喜歡詩，卻發現跟貓有關的詩，聽得入迷。我喜歡那首詩，剛巧彌補了過去一小時，我對凱西性格上的小缺失的不滿。她還不知道我們是誰，或我們經歷過什麼，我不能怪她對老虎如此著迷好奇，即使是一隻被囚的老虎。

我聆聽她為阿嵐朗讀，與他說話時，了解了兩件事。第一，她和阿嵐註定彼此相屬。第二，我該放她走了，讓凱西自由地去過她為自己選擇的生活。

她低聲說出「我希望你是自由之身」的那一刻，我幾乎能感覺到穀倉泛起神奇的震盪，盪過了我、凱西和阿嵐。女神和她的愛虎發出神力，金光揚起，從我和安娜身上退開，安娜輕輕推了一下金光，光便落在兩個站在籠子邊的人身上了。阿嵐和凱西對金光起了反應。我不確定他們是否能看見我們，或只是我們的法力，但他們確實瞧見了什麼。

掛在我們脖子上的真理石發光，我看到阿嵐的白光和凱西的光暈變成明亮如太陽的金光。凱西抽口氣，往後撞到一綑乾草，抬手抵住自己的嘴，而阿嵐齜牙低吼著退到籠子後方。我走向老哥，讓自己現身，並用達門護身符還給他變成人形的能力，雖然一天僅有短短的二十四分鐘。

我們離他們而去時，他們完全記不得我們，或曾經發生什麼事。他們僅知道的魔力，便是一個女孩摸了一頭老虎。我們回到森林裡。

「接下來呢？」我問。

「康海里石窟。」她看了卡當的清單後說：「我們得去打造石窟。」

「打造石窟？」我不可置信地重述說：「我不確定石窟應該長什麼樣子。」

「既然我完全不熟，只好仰賴您的專業了。」

我揉著自己的頸背拚命思索，然後彈著手指。「我有主意了，但咱們得偷偷來。」

她欣然走入我懷中，讓我將護身符的法力傳給她，然後我帶她回到我印度的家。我們溜入卡當的辦公室，月光從寬大的窗口篩落，卡當在旁邊寢室裡輕聲打著鼾。我利用虎兒的夜視力，翻查他的檔案，最後終於找到了康海里石窟的電子圖檔。那些是凱西在石窟裡拍的照片。

我轉身時撞到一只插滿孔雀羽毛的花瓶，結果花瓶給撞倒了。阿娜米卡要我安靜，接著我聽到卡當砰地跳下床，以及虎爪敲在廚房瓷磚上的擊打聲。我把檔案揪在胸口，將安娜拉近，然後兩人消失，留下被撞倒的花瓶。

回到家中，我們小心翼翼地研究照片。

「石碑看起來並不難做。」安娜說。

「還有陷阱，」我解釋說：「幸好卡當有保存清單的複本。」

「這些聽起來挺危險的。」安娜說。

「是很危險。」我看著資料虛應說。「凱西差點死掉。」我指著卡當寫的清單，「石窟很古老，」我說：「我們得弄清約略的年份，還有，牆壁上有雕刻。」

「如果她差點死掉，咱們就得留下來指引他們。」安娜說：「我們不能冒險，讓他們自行穿越。」

我抬眼說：「是啊。好吧，我們可以那麼做。」

「可是假如我們不該那麼做呢？」

我聳聳肩說：「有所謂嗎？卡當說這事由我們負責，他故意講得含糊不明。」

「好像是。」她說，一會兒後，安娜扔了張紙給我，「這事我們怎麼處理？」她問。

她拿出一張非常清晰的羅札朗皇家家徽照片，我接過照片細看，現在看起來又更加明顯了，我不再雕刻的那枚刻石，有一天會變成照片中的家傳寶物。

「是的，那也許會是個問題。」

「東西不在你那兒嗎？」

「不完全是，我……呃……還沒完成。」

「完成？這話是什麼意思？」

我大略跟她描述了我刻過的真理石片，她知道它們是從蛋殼刻成的，但我還沒找到方式跟她分享我們家族徽章的起源。

安娜說：「我看不出此事是阻擋我們的理由，你將有很多年的時間完成刻石，而且你知道它應該長什麼樣。當然啦，你可以依據它的形狀，設計一個祕密入口。」

「我想應該可以。」我說。

「咱們走。」

有了達門護身符的法力，我們以極短的時間造好石窟。我們回到卡當粗估石窟被發現的時間，用護身符象徵地的符片，打造整個地底結構。我們有照片和石碑的拓印，安娜對創造石窟非常引以為傲，而我則忙著設置各種陷阱。

我們沒有在通下石窟的表層上做太多文章，卡當說過，西元三世紀的佛僧有時會在那裡住下，不過我們倒是打造出一個與家徽相合的標記，按下轉動後，便能打開進入石窟的門。為了偽裝標記，安娜用法力重製凱西照片上所有的字形，我們都讀不懂，甚至不確定那是不是真正的文字，但幾百年過去，那些字符還是會留下來。

我們在凱西和阿嵐進來的地方造了蟲子，否則我們勢必得在山洞裡裝滿蟲子或一堆絕種的昆蟲化石。我們打造印著文字的門時，我告訴安娜關於那個讓凱西入洞的手印，以及印度手繪。安娜來回踱步，思索如何運作。

「卡當是怎麼造出有魔法的印度手繪？」安娜問。

「不確定，也許開啟門的法力來自火符的閃電。」我說，然後轉念又想，「不對，那不可能，因為凱西是後來才得到火符的。」

「不能跟我們家一樣，用同樣的方式嗎？」她問：「創造一種鎖，凱西一碰就會打開。」

「可是那種鎖只對我們起反應。」

安娜思忖道：「我們都看到女神和其愛虎的神力，在馬戲團時包圍住他們了，也許門會對他們起回應。」

「咱可以試試，萬一沒效，再想別的辦法讓她進來。」

安娜觸摸一面門邊的石牆，我把手按到她手上。一股銀光從她掌心底下散出，我們將手挪開後，留下了一記發亮的印子。

等我們確信已詳實地打造出石窟後，才穿越時空，回到凱西和阿嵐進入石洞的那一刻。羅札朗的家徽掛在凱西脖子上，因此，就技術上而言，對我來說它還不存在，但我知道自己有一天會完成這項極具重要性的物件。

安娜和我再度隱身，帶引他們穿過迷宮。我們乘著安娜用護身符召來的輕風，那樣我們便能足不點地，不使阿嵐起疑了。雖然他可能感知我們，並本能地感覺到危險，但他只會更加機警小心而已。我們相信他這種與生俱來的敏感，能保護他們，避免誤中我們設下的陷阱。

當凱西差點走錯路時，我變出一道門，並阻止她退後。她雖然害怕，但還是走向前，朝他們該找到蟲子的地方走。我個人覺得蟲是最討厭的有害物，跳蚤、蝨子、蚊蚋、蒼蠅、蚊子——老虎最煩這些東西了——根本是瘟疫的散播者，但阿娜米卡喜愛所有生物，連蟲子都不例外。

我們在阿嵐和凱西抵達門前穿過隧道，阿娜米卡雙臂一抬，須臾之後，群蟲爬往頂上，沿牆而上，然後爬到我們身上，她每走一步，牠們便讓開路，地板在我們腳底下出現，當她伸出手，牠們便飛到她掌中，揚起銳利的下顎咔咔咬著，彷彿討食的寵物。安娜輕聲逗弄蟲子，我則噁心到發抖。

出來之後，我前後甩著身子，想把蟲子全都甩掉。安娜嘶聲阻止，要我站定了，自己耐著性子把牠們從我衣服髮上摘走。她輕輕把蟲子放回隧道裡，我們一邊等著阿嵐和凱西出來。

當那兩位衝出隧道時，安娜臉一沉，生氣地看著她創造的生物被弄死一狗票。她低聲咒罵，揮揮手，我們便騰空移往下一個陷阱，讓阿嵐和凱西暫先緩口氣。下一個陷阱是有毒的倒鉤，鉤子並非真的有毒，我只是讓阿嵐的虎鼻聞到毒藥的氣味罷了。

這關對他們來說相當艱難，他們非常害怕，但從不至於身陷危險。我慢慢移動時間，隨他們跟進，仔細觀看他們每個動作。雖然凱西滑倒時，我可以輕易地讓倒鉤消失，但我讓刺鉤穿過她的背包，以確定阿嵐接下來真的會好好地照顧她。沒有什麼比看著自己的女孩差點死掉，更令人心驚肉跳了。

下一個陷阱是水槽，他們花好久才逃走，把我給擔心死了。我以為這是個很單純的陷阱，凱西只要用徽印打開它，讓水流乾即可。事後他們似乎還挺能苦中作樂的，這是個好現象。可憐的阿嵐和凱西，真希望我能直接告訴他們我在，或用法力幫他們解決整件事，可是如此一來會破壞他們的時間軸，而且就像卡當經常警告我的，做這種事，會有不堪設想的後果，有時會是災難。

安娜和我跑到小室的遠側，她抬起手，大地震搖，出現一道裂痕。她利用風的力量幫助他們越過去，看到阿嵐抱著凱西的溫柔模樣，我別開眼，心中很不是滋味。我扭頭發現安娜也在看他們時，覺得脖子都熱了起來，他們終於來到大石碑隱藏的門邊了。

凱西把手按到門上的印子裡，對著發出的光大叫，但她看不到我們做了什麼。對凱西而言，手繪只是發出紅光而已，但我們卻看到了她和白虎之間的連結。凱西和阿嵐都散發金光，那光暈表示他們的連結與心意相通。金光環繞他們的身體，門鎖起了回應，不僅對我們，也對另一版本的女神和她的愛虎做反應。

門滑開了，安娜和我跟著他們進去。

凱西按照必要的步驟啟動了石碑，安娜揚起雙手，引發化學反應，顯露石碑上頭的雕刻。我們坐到一顆大石頂端，看酸液開始沿石頭側邊拓散而下，流過地面。我們想待久一點，確保他們沒被灼傷，兩人能在我們毀去山洞之前，安全地撤離。

凱西對漫沿開來的黃金液體不太留意，彎身在石頭上拓印照像，阿嵐已看出危險了，凱西卻渾然不知。他輕聲低吼，安娜覺得激刺他們一下，也許能讓他們快點離開。於是她輕輕震搖石窟，一顆石頭從上頭落下，濺起酸液。

有一滴金液濺在我手上，我嘶地一聲將金液甩開，阿嵐的眼神射向我們，彷彿能聽到我們的聲音，但我有把握他看不見，也聞不到我們。反正他對凱西的關注，遠高過即將塌陷的石洞裡的怪聲音。

酸液在我的手背上灼燒起泡，快速蝕破我的皮膚。我雖一邊癒合，它卻繼續酸蝕，無論安娜是用什麼製成的，這玩意兒著實厲害，我只能希望酸液不會碰著凱西或阿嵐。

阿娜米卡嘟起嘴，靠過來拉起我的手，對著酸蝕之處輕輕吹氣，酸液乾掉後飄走了。安娜用手指輕撫現已癒合的皮膚，然後把我的手抬向她的嘴，看到她豐潤的嘴唇碰到我的皮膚，我肺裡的氣都凝住了。我雖然屏著氣，心臟卻開始咚咚亂敲。

好點了嗎？她輕巧地吻完後，默聲問道。

我呆呆地點頭，張著嘴。我告訴自己快點回神，我聽到阿嵐發出吼叫，他跳開來拚命甩著腳掌，安娜對阿嵐送出女神的飛吻，治好他的傷口，我很高興她不用像親我那樣地親吻阿嵐。接著安娜動動指尖，震動加劇了。就在石碑震碎崩坍，沉重的石塊紛紛掉落時，安娜震出一個通往外頭的洞孔，阿嵐趁勢扒著裂洞，直到足以讓他們鑽離。

兩人安然逃出石穴後，一塊大石重重落到洞口上，然後我們便墜入黑暗中了。

26 成為斐特

阿嵐和凱西一逃出去，地震便停了，但石頭還在移動，有顆大石落到我們所坐的石頭附近，這塊石頭被震到移動，兩人跟著滾落，我抓緊安娜，一心想保護她別摔下去，沾著了在黑暗中拓展，閃亮得有若金湖的酸液。安娜驚訝地大叫一聲。

我的肩膀撞在牆上，頭磕著了，我將安娜緊抱於胸，在空中轉身，就像阿嵐抱著凱西跳過裂隙那樣。不管是多麼嚴重的傷，應該都無法絆住我們太久，但我不想冒任何險。

安娜有可能跌斷頸子或一頭撞在石上，我們的法力有其極限，而變數太多，我拒絕粗心地再次失去她。卡當警告過我，我因為救阿嵐，失去了自己一部分，為了救安娜，又失去另一部分。我最近才嚐過當凡人的滋味，不想那麼快又再次受重傷。我等待背部重重摔在地上的一刻，但卻遲遲沒發生。

我在黑暗中眨眼，發現阿娜米卡的體重仍壓在我身上，但我們飄在離地面幾吋的空中。她的長髮垂落四周，像個有茉莉花及蓮花香的繭一樣地包住我們。安娜的腿與我的交纏，我的手扣貼在她的背和腰上，將她緊抱住。我把腳往下伸，碰觸下頭的地面，然後說：「妳現在可以放我們下來了，安娜。」

她輕輕讓我們落到地面，看到我們離酸液還遠著，我鬆了一大口氣。

「妳還好嗎？」我將她的頭髮往後撥，以便看到她的臉。

「你知道你的眼睛在黑暗中會發亮嗎？」她抬頭望著我的眼睛說。

我眉頭一皺，沒想到她會這麼問。「不知道，從來沒有人告訴我。」我突然清晰地意識到兩人的姿勢。她姣好的身體，每一吋都壓在我身上。我們腿貼著腿，腹部相壓，胸口對著胸口。她貼在我胸上的手發著顫。「我……我很抱歉。」我笨拙地從她下頭抽身而出，「來，我扶妳站起來。」

「你幹嘛道歉？」她站起身問。

「我不是故意要……我知道妳不喜歡……」我虛弱地開口說，然後把話講完，「以後我會更小心。」

「小心？」安娜環顧狼藉的四周，「石頭掉下來又不是你的錯，是我弄的。」

「是啊，但我抓住妳，把妳從岩石上拉下來，那樣有可能造成妳更多傷害，還不如不管妳。」我扣著頸背嘆氣，安娜探詢地看著我。我希望能解釋得更清楚，便說：「我覺得有需要照顧妳，保護妳，安娜。我老是忘記妳很強大，可以保護自己。」

「是啊，那倒是真的。」她說。我們一起離開石洞，安娜揮揮手，石頭便填滿整個洞穴了。

「不過有的時後，即使是女神，也希望能受到照顧。」

我回望著她，感覺她還有話要說，但她卻沉默不語。我們折回去，穿越所有之前設下的陷阱，大地在我們後方隆起，跟隨我們的步履，將康海里石窟隱藏起來，掩埋每段通道，彷彿石窟從不曾存在。就算將來有人想一探究竟，也找不出女神或她的預言曾在這裡出現的證據了。

當我們遇到她的蟲子時，安娜對牠們呼喚，蟲子圍繞住她，彼此攀擠著想靠近，就像非常醜陋的鐵塊，吸附在磁鐵上一樣。牠們張揚的腳和咔咔張合的下顎，安娜似乎毫不為意。有隻蟲子爬到她肩上，鑽到她髮裡不見了，我忍不住皺眉。安娜喃喃唸著指示，在我們上方的洞穴開啟一個洞口，露出夜空。蟲群齊一鼓動翅膀如雲般地騰起，遵循女神的命令，消失在夜色中。

「妳讓牠們上哪兒去？」我問。

「到一個牠們能繁衍的時空裡。」

「那是哪裡？」我問，希望等我們回家時不會看到牠們。

「我派牠們去埃及了。」她說：「那邊的人會欣賞牠們的魔力。」

「原來如此。」我說，不太想知道她新造的蟲子法力有多強。我們繼續前行，我心想，不知安娜為什麼似乎知道很多，她的舉止令我想到卡當。我雖然也能運用護身符，但不表示我了解宇宙的運作。也許我只是頭蠢笨的野獸——一名非學者的戰士。

阿嵐以前說我勇敢，就某方面而言我是，但想到在星群間漫遊，跨越時空，看到所有過去、現在及未來的事，實在令我難安。我本以為安娜跟我一樣，但也許身為女神，她有更多洞見。等哪一天我真的夠勇敢了，我再來問她這件事吧。

「下一步呢？」工作完成後我問。

她看著清單，「上面說，跟羅克什打完仗後，夷平他的本營，並協助拜賈族。卡當還添了一句話，『告訴季山，這是磕斷牙之役。』」阿娜米卡擰著眉，「他要我們把牙磕斷？」

我大笑說：「不是啦，『磕斷牙』是一種大顆的硬糖。所以，原來讓所有一切消失掉的人是我們。卡當說過，在大本營裡的東西全都神祕地消失了，他以為是羅克什弄的。」我吸口氣，接著說：「我想這件事我可以主導，我會小心計算時間，以免撞見自己。」

我們回去後，或者應該說是，從石窟時代前進到未來後，我們在拜賈森林深處的林子外圍停下來，觀察怒氣衝天的羅克什從建物裡奔出來。看到汽車、燈光或現代科技的安娜，並未露出驚詫之色。她在那方面的適應力真是沒話講。

我們先從外頭開始，把羅克什受了傷的部下，送到附近一座大城的郊區，阿娜米卡不想幫他們太多忙。她將找到的拜賈族人治好，他們像忠僕般地跟著我們，盛讚拯救他們的女神，並幫忙到斷瓦殘垣中尋找受傷的人。

安娜不理會那些想找她幹架的人，我們很快拆除控制室的設備，守衛台上的殘木化成灰飄走了，建物裡的金屬融掉了，我看著安娜打開地面，吞沒原本裝滿電腦、電纜、錄影機和攝影機的房間。

我們來到一個滿是糖果的區塊，安娜拿起一顆紅色的「磕斷牙」，抬著一邊眉毛把玩。我往嘴裡扔了一顆咬下去，然後超後悔。「哇！」糖果鼓在我的頰邊，「我現在明白了，這玩意兒真的會害人磕斷牙。」

「凱西是怎麼做出這個的？」她問。

「用黃金果。」

「有創意。」安娜小心翼翼地用舌頭舔著糖果。「我喜歡耶。」她說：「如果用舔的，別去咬它，就會覺得甜甜的很好吃。」

「是啊。」看她閉起眼睛，一臉陶醉地舔著糖果，我的喉頭突然一緊，差點沒被糖果噎著。我趁安娜沒看時，把糖果吐到在我們腳邊滾來滾去的糖果堆裡，然後用護身符把糖果全變成閃亮亮的粉，安娜一揮手，便將它們全掃出門外了。她手裡的糖果也變成粉末，安娜把掌裡的白粉吹掉。我試著不理會她唇上的紅漬，繼續前行。

我們在建物另一端找到羅克什囚禁阿嵐的監牢，安娜在籠子邊停駐一會兒，阿嵐在這裡受了數個月的折磨，安娜撫著鐵欄，開始使用法力讓房中一切消失，先從阿嵐的籠子開始。我站在另一側，目不轉睛地看著羅克什用來折磨阿嵐的各種工具。

我不確定自己是怎麼回事，我以前來過，知道阿嵐歷經什麼。然而當時我一心只想到凱西，想著把阿嵐救出來。此時看到羅克什對阿嵐的殘酷，我再也不能無視阿嵐受過的折磨了。桌上那一道道乾涸的血跡，便是攤放在我面前的鐵證。我顫手用指尖觸摸一把刺槌的手柄，刺槌微微一偏，碰到桌上四個手銬中的一個，輕聲敲響銬具上的鍊子。

突然間，我像回到了馬戲團，嗅到他的焦躁、恐懼。我的血液搏動，一口氣卡在肺裡。這場景令我難以承受，我為何不救他？為何現在不回去及時阻止？我一點也不勇敢，我是個懦夫，怯弱又沒有擔當，無法保護所愛的人，遭受不必要的痛苦。

我把工具挪到一旁，奮力舉起桌子扔過房間，桌子撞在牆上摔成粉碎。我化成虎兒，用利爪撕爛櫃子和木頭，用牙齒咬斷椅子。

有個東西觸在我肩上，我回身齜牙低吼，接著放聲咆哮。那香氣很新鮮，像是花朵，但我怒到無法平靜下來。我朝那柔軟的東西一抓，聽到一記叫聲。我趕開對方，回頭繼續攻擊，等我的虎形再也搆不到任何東西後，又變回人形。

等每根鉤子、鋸子和每把刀子或折或斷地躺在我腳邊，或扔到我再也看不到的地方後，我癱在地上大口喘氣。痛苦滲入我的肺，流入我的心，我的胸口像插入一把殘破的刀子。它躺在那裡，刀刃參差而銳利，將我的呼吸切成一半。

一記哭聲從我唇中溢出，第一聲逃出我的身體後，更多哭聲接踵而至。我背貼著牆，雙腿縮曲地把頭埋在手中，痛澈心扉，前所未有地痛哭起來。這遼濶的世界和所有時空，全對我敞開，我卻覺得囚居在自己所造的牢獄裡。我好想改變阿嵐的苦難，但卡當卻告誡我行不得，我僅能改變自己已做過的事。

假若當初我有勇氣救阿嵐，假如我真的成功了，那麼他便永遠不必在羅克什手下受苦了。阿嵐受盡摧殘，他的苦難都怪我，而且是兩次。一次是在森林跟凱西，我害他失望了，然後他便被羅克什逮住了。現在，我又來了，坐視他繼續受苦。他怎能原諒我的所作所為？我似乎註定要讓每個人失望。

有個柔軟的東西碰著我的手臂，涼涼的指尖將我額上的頭髮撥開，安娜蹲到我面前，心意與我沉重的心思相連，她像站在遠方，靜靜審視我的思緒。她沒有試圖去解釋或勸我，只是任由我難過，讓悲傷的情緒在我們之間流盪，與我分享這份負擔。

我不是很清楚自己在做什麼，但我伸手去找她，需要她的身心都與我靠近。安娜挪著身子，在我懷裡調整位置時，心靈對我封閉片刻。我垂下手，心中往後退縮，我猜她一定很不舒服，但一會兒後，她的心再次對我敞開。安娜抱住我，在我的背上輕輕畫著小圈，我則攬緊她。

「噓，穌漢，」她說：「回到我身邊，我的虎兒。」她的聲音如此溫柔，撫慰了我翻騰的思緒。

她的唇觸著我的太陽穴和眉頭，她不斷輕吻我的額頭，我覺得血管中像是流過清涼的香膏，極具療效。我的視線邊緣模糊起來，內心變得麻木。

「妳……妳做了什麼？」我問。

「我讓痛苦淡去。」她捧起我的臉答道。安娜咬唇吸了口氣，小心翼翼，緩緩靠近我的臉，然後用豐滿的唇碰觸我的。她的吻僅維持了一小會兒，我震驚到沒能回應，或無力回應，但我永遠忘不了她吻住我的感覺。

她的唇如此軟厚，甜美如玫瑰花瓣。安娜豐柔的唇，就像療癒的香脂，我雖動彈不得地坐著，靈魂深處卻希望能汲飲她，忘卻自己的一切與所知的一切。那神奇的吻滌淨我最後一絲痛苦，留下幸福的恬靜和一種渴望，渴求某種我知道不可能的東西。

安娜退開後，歪抬著頭望著我的嘴，彷彿與我一樣，思索此事究竟是如何，以及為何發生的。不過說真的，我並不想知道。在那一刻，我只想假裝有個美麗而關心我的女孩想跟我在一起。我雖然努力不去思忖兩人相吻的理由，腦中卻閃過一個念頭，我心中一凜，那念頭驅走了我剛才的疑慮。

「我並不想忘掉。」以為她不僅只幫我消除痛苦而已。我的聲音沙啞厚重，安娜沒有立即回答，我移動身子，她的手從我身上滑開，但我拉住其中一隻不放。

她終於答說：「我並未真的消除你的痛苦，穌漢，至少不是全部，我只是……只是跟你一起分擔而已。」她的話聽來十分虛弱而猶豫，「我絕不會奪走你的記憶。」她起身拍掉手上的塵土，不知她說的是阿嵐的受虐，或是那記吻。結果這兩件事我都記得，而且說實話，我不知道哪一項影響我更深。

我們摧毀營地裡的一切，除了主建物外，然後便帶著殘餘的拜賈族去找他們的族人了。我們把時間往前調一天，讓以前的我、卡當、阿嵐和凱西有時間逃走，然後我們帶著尋獲的拜賈人走進他們的營地。

孩子們奔向以為已經亡故的父親，妻子迎向丈夫和兒子。他們盛讚自己的運氣，在兩天之內看見了兩次天神。族長若有所思地凝視我，我忘記改變自己的模樣了，但他只是深深鞠躬，表示很高興看到我找到了自己的女神。我嘟囔著回應，待他同意遷移他的部落後，我們將整族的人、小屋和所有東西遷到不同的時空裡。

安娜跟我保證會把他們藏得很隱密，讓他們過嚮往的生活，不受凱西時代的外人干擾。我環顧四周的新叢林，不知究竟身處哪個時代，但無所謂了。安娜以護身符打造一條全年湍流的小溪、豐饒的物產、各色森林動物，以供狩獵，並為他們提供食物。她敦促族人，若有需要便召喚她，她會盡可能前來。

等滿意後，我們走進叢林的林蔭處，安娜檢視清單。「在我們休息之前，你還有力氣再完成一件事嗎？」她問。

「得看要花多少時間。」我答道。

「我想這件事應該很快。」她含糊地說。

安娜拉住我的手，兩人飛離拜賈族在新叢林的家，地面在我腳下凝聚，一間熟悉的小屋進入眼簾。「斐特的小屋？」我皺起眉，「我們來這裡做啥？」

「單子上說，你要扮演斐特的角色，這樣才能指引卡當。」

「等一等……什麼？」我不解地問。

「上面只說這麼多了。」她答道。

就在這時，卡當從角落繞過來了。我的心咚咚地跳，以為我把時間搞錯了，但卡當友善地跟我們打招呼說：「太好了。我就是希望能在你們進屋前先見到你們。」

「你究竟想要我們做什麼？」我問。

「我能看看那份清單嗎？親愛的？」他對安娜伸出手，安娜乖乖把單子交過去。他看著刪去的部分，「非常好，你們很有進展。」他說。一陣風起，小屋附近的長草竊竊低訴它們的祕密，就像海洋嘩嘩的浪濤。我真希望它們全部安靜下來，我真受夠了這些包藏在謎語裡的祕密。

「我就是在這裡，第一次遇見斐特的。」他說。

「我不明白，」我答說：「我還以為你就是斐特。」

「我大部分時候是，但第一次不是。斐特第一次出現時，其實是你。」他看到我的表情，對我微微一笑——理解的一笑。「請進來，我會解釋。」

我們走進小屋，我跟往常一樣在入口時撞到頭。我實在不懂，怎會有人把門做得這麼小。屋裡跟我上次來時，似乎有些不同。我記得有個水槽、櫃子、裝滿磨好的香草和香料的各種罐子，甚至有個浴缸。桌椅都還在，臨時的小床和燈籠也是。

現在仔細想想，我不記得有看過斐特的花園或外頭的晾衣繩。屋外頭堆著木柴，屋裡還是有個小地方可以生火，但小屋看起來不像使用過很久很久的樣子。石頭上面長滿了青苔，屋頂損毀還挺嚴重的。

「這地方怎麼了？」我問。

「沒事。」卡當答道：「你記憶裡的修繕都還沒施作。」

天光從門口灑入，我看到好幾吋的積灰，植物從牆壁與地板接合的隙縫間鑽出來。我吸口氣，然後吐氣。「這裡一直住著各種動物。」我說。

卡當笑了，「我想也是，這間小屋應該是個很舒服的窩。」我在小小的房中走繞，查看每樣東西，卡當的眼神緊跟著我，「我想，這裡有一陣子沒住過人了。」

「是啊。」我承認道：「這裡霉味挺重的。」

他點點頭，對我的評估似乎很滿意。「坐吧？」他指著桌子說。卡當摸著喉頭的護身符，將我們四周的時間凍結住，確保另一個他，不會在我們談話時撞見我們。

我們坐定位置，安娜在我旁邊，她用黃金果為大家弄了些茶點。卡當開心地笑說：「妳還記得我最愛吃的。」他對安娜說，一邊注滿自己的杯子。

我瞄著她，看到她頰上泛著快樂的嫣紅，「我記得你教我的一切。」

「妳是個很優秀的學生，」他說：「比這一位可塑性高多了。」他朝我點點頭又說：「也許現在妳已知道他有多頑固了。」

安娜哈哈大笑，我好喜歡她的笑聲，都忘記氣他們在拿我開玩笑了。等大夥吃完後我說：「告訴我，我該做什麼。」

卡當把滿是餅屑的盤子推開，十指相抵，說：「你得指引我找到凱西，並帶引她來這裡，這樣扮成斐特的我，才能建議她和阿嵐，去找康海里石窟。」

「所以，我要告訴你，她在哪裡嗎？」

「不，完全不用。你到這裡的主要目的，是給我希望，給阿嵐希望。我在見過斐特，知道有個預言後，我會在那些年裡探望阿嵐。我雖然無法讓他自由，但會告訴他，我們若能耐心等候，便會等到破解魔咒的辦法。」

「你是指等候她。」

「是的，一點沒錯。我已經把這座叢林裡有位僧人的事，悄悄傳給我幾位舊識了，他們會跟另一個我分享這項消息。我做了各種安排，並在這座叢林裡尋覓多年，才發現這間小屋。小屋遠離任何道路，即使在凱西的時代裡也十足荒僻。」

我吐了口氣，「好吧，所以為什麼是我？」

「你跟我一樣清楚，跟過去的自己交錯有多麼危險。我最好別遇見未來或過去的自己，這樣較安全。說到這裡，請別忘記告訴我，等我找到預言中的女孩後，她和她的虎兒必須獨自前來此地，而我必須離得遠遠的，因為到時我得扮成斐特。」

「懂了。所以，你什麼時候會在這裡？」

「在重新啟動時間後不久就會到了。」卡當站起來搭住我的肩。「二位幹得很好，祝你們好運，順利完成清單上剩下的任務。」他彎身湊近我的耳朵，「還有別忘了，接下來的幾次冒險，記得帶上那份卷軸。」

一聽到冒險兩個字，我就發苦，但還是點頭了。卡當重新啟動時間，然後啵地一聲消失，留下我們。

「能借一下聖巾嗎？」我問：「如果卡當很快會到，我最好快點變身。」

「我能留下來看嗎？」安娜把聖巾纏到我脖子上問，我彎著身，兩人的臉離得好近。

我的眼神飄往她的唇，當她挨近時，我往後挪開，清了清喉嚨，「應該可以吧，只要隱形就好了。」

她轉動時間，身體一閃，消失了。聖巾的絲線忙著將我變成一名叫斐特的佝僂男子。喬裝完畢後，我拉著身上手織的袍子，撫著童禿的頭頂，然後舔著唇，感覺口中疏落的大齒縫。

我聽到屋角傳來咯咯的笑聲，便轉過身，結果差點被自己枯瘦如柴的腿給絆倒。「你看起來一點也不像你，穌漢。」她說。

我對她露出燦爛而齒縫巨大的微笑，問：「妳是比較想念我的頭髮，還是我的牙齒？」

一隻隱形的手觸摸我的手臂，「嗯，我必須說我比較想念你的肌肉。」安娜輕晃我的手，「你瘦得跟弱雞一樣。」

我哈哈笑著把手探到她腰後，沒想到她的腰線竟比平時還要高，原來我的身高跟肌肉全縮了，「我想我還是很強壯，能跟女人比角力。」

她尖叫一聲溜掉了，我正想靠嗅覺把她找出來時，聽到有人問：「哈囉？」有人在外面喊。「進來吧。」我用平時的聲音回喊，這才想起斐特並不那麼說話。「來，來，年輕人。」我用歌唱般的語調說道，推開小門。

年輕版的卡當把頭探進來。「謝謝您。」他說：「我很久沒被叫年輕人了。」

我用演得很爛的智者眼神端詳他，「我想你其實比實際年紀大，但對人情世故尚屬年輕。」

「好像是吧。」卡當說：「我流浪很久了。」

「從遠地來的啊，是了。斐特明白了。你……」我頓一下，努力表演斐特，「非常歡迎你。想喝東西嗎？」我問。

「麻煩你了，謝謝。」他邊回答邊坐下。

我轉身面對還沒打造的廚房，一時只能絞著手，但這時感覺有個東西被塞進手裡了。阿娜米卡弄了一杯熱騰騰的茶。我拍拍她隱形的手，然後走向桌子，把杯子放到卡當面前。

「喏。」他啜飲著，「盡量喝。跟斐特談談你這一路的旅途吧。」

「是的，呃，我到叢林裡來找一位薩滿。」

「薩滿？」我歪抬著頭，「什麼是薩滿？」

「就是知道各種答案的僧人。」

我哈哈大笑，「所有人都知道一些答案，所有人都是僧人嗎？」

「不。」卡當笑道：「我在尋找一位知道某個特定答案的人，是這樣的，有一頭老虎，事實上是有一對老虎……」

「啊！」我說：「你想破解老虎之咒，想找補救的辦法。」

他猛然放下杯子，「您知道這件事？」他表情充滿希望地問。

我覺得有隻手搭住我的肩，暖意在我體中震盪，灌注我全身。

「美麗的女戰神杜爾迦非常強大，她對著我的耳朵說話，她的話非常溫柔，但聰明的男人會聆聽女人的話，尤其是女神的話。」

安娜隱形的頭髮落在我肩上，輕輕對我的耳朵送風。我大聲清著喉嚨，搓揉自己特長的耳垂，然後接著說：「她極愛老虎，但只有一位特別的女孩能夠幫忙。女孩獲得女神垂愛，女孩很愛老虎，能減除他的痛苦與折磨。」

「我要如何找到這名女孩？」卡當問，他已掏出一疊紙，火速抄寫筆記了。

「斐特夢到老虎，一頭白得像月亮，一頭黑得像黑夜。女孩很盡心很獨特，她會找到虎兒，釋放他，然後你就會知道了。」想起凱西，我的聲音一柔，「女孩獨自一人，沒有家人。她照顧虎兒，她的頭髮像棕色的樹皮，眼睛烏黑溫柔，帶這位特別的女孩來見我，我會給更多指點。」

這時我發現阿娜米卡已經飄離甚遠，我轉頭想嗅出她的氣味，但她躲著我。我接著說：「她來的時候，你留在後邊。只有女孩和老虎能進入叢林。」我皺著眉收尾。「杜爾迦喜歡這頭老虎，她會破解老虎之咒。」

一提到女神，我的心思往外放送，試圖與她接軌，但安娜把連結切斷了。「好。」卡當說：「我會帶她來。謝謝你，太感激您了！」說罷卡當從椅子上跳起來，恭敬地垂手，然後背起背包離去。

卡當一走，便有雙手抓住我薄薄的袍子，將我推到牆上。

27 大地之廟

我沒有掙扎，因為不想引卡當折返。「怎麼啦？」我輕聲問，她的身體慢慢現形。安娜的綠眼滿是怒氣與受傷。「安娜？」我抬手握住她揪在襯衫上的手問，發現那還是斐特的手時，我低聲唸咒把自己變回原樣，聖巾開始作功。

安娜沒回答，我摸著她的臉，讓她能進入我的心，可是她將我推開，像以前那樣在我們之間設下心防。「是不是我說錯話了？」我問：「我有忘記什麼嗎？」

「沒有。」她扭頭對著肩後說：「你什麼都沒忘，問題就在那兒。」

「告訴我怎麼了。」我說：「我會改。」

她扭頭把清單塞到我手裡，「有些事你是沒法改的，穌漢。」她大步朝門口走去，靴子無聲地踩在小屋地板上。「我在外頭，等你準備好就走。」她說著頭一低，離開小屋，並模糊自己的身體，以防卡當仍在附近。

我抬眼望著天花板，對老天哀告，我想大部分男人被同住的女人搞得一頭霧水時，都會這樣吧，然後我追出去。這是我們成為夥伴後，她第一次將我阻絕在外。她渾身緊繃，拒人於千里之外。我們過去幾個月培養出來的情誼蕩然無存。那份情誼就像一條共享的毯子，我們一起坐在毯子下，享受它帶給我們的溫暖。

我嘆口氣，希望能有份單子，或至少有本指南什麼的，能幫助我更了解阿娜米卡。我看著卡當給我們的清單，「下一站是奇稀金達，然後到大地之廟，我完全不知道第二項是啥意思。」

安娜從我手中拿過清單說：「護身符會知道，你只須告訴它清單上的目的地，它就會帶我們到要去的地點，至少會到大概位置，讓我們細找，不過我們得先休息一下。」

我們回到家裡，我訝異地發現，孩子的數量趁我沒注意時變多了，事實上，宮殿的整個翼樓都是小孩子。

「這是怎麼回事？」看到六、七個孩子從大廳走過來，我問安娜。

「一定是他們上課時間到了。」她疲累地答說。

「我們這裡有老師嗎？」

「有幾位，來自不同的時空，還有幾位保姆，足夠照顧他們了。」

我好笑地說：「妳是打算建立新的軍隊嗎？」

「才不是，他們只是需要有個家罷了。」

我嘆口氣，「反正別期待我這頭老虎會當爹就對了。」我說，試圖化解兩人的緊張氣氛。

安娜輕聲答道：「我對你沒有任何期許，晚安，季山。」

「晚安。」

安娜步向走廊孩子們消失的地方，我覺得心中空虛，便走到外頭，不想待在自己空盪的房裡，我到森林裡睡覺。在很快吃完早飯後，我去找安娜，發現她正在等我，手裡拿著清單。

她不是很情願地走近，然後我們便被一捲，但並未來到奇稀金達，而是到了漢比的廢墟。我認得皇后的浴池和維魯帕沙廟。

「我們在哪兒？」安娜問。

「阿嵐和凱西就是從這裡進入奇稀金達。」

「這是要怎麼辦？」她十分冷漠，一副公事公辦的樣子。我不喜歡那樣，我希望她恢復溫暖的安娜，那位會弄亂我的毛髮，嘲弄我的安娜。

我伸出手，安娜拉住時，我覺得自己好像贏得了什麼。「我若沒記錯，」我們邊走邊說：「他們穿過一座雕像。我們找到雕像，就等於找到入口了。」

我們在建物之間穿梭，直到找到地方。「就在那兒，」我指道：「阿娜米卡，請來見見那拉希馬大佛像。」

「很好。」她兩手往腰上一插，「然後呢？」

我搔著脖子在雕像邊打繞。「呃，好像有個鈴跟供品什麼的。」我一彈指說：「有了，我們把時間快轉，看看阿嵐和凱西如何進去。」

安娜抬起一邊眉毛，我猜是默許了，於是我把時間快轉，直到阿嵐和凱西出現，才把時速放緩。我們沒進入那個時空，但還是能聽見看見事情的進展，他們都看不到我們。我藏住自己的氣味，阿嵐便無法偵測到我。我們一起看著凱西解出卡當的暗示，等他們走下開口不見後，我才將我們移回原本的地方。我們就像卡當的橡皮筋一樣，啪地就彈回去了。

「看起來不是太困難。」我說。安娜雙臂抱胸站在一旁，我走到柱子邊，在其中一根上面敲三下。

等我回來時，安娜指著雕像說：「沒有霧氣，嘴巴沒打開，蛇的眼睛也沒有變紅。」我皺著眉，「也許那些事並不重要，我們需要光。」

安娜攤開掌心，掌心中央有一團火球。「這樣夠嗎？」她問。

「夠，應該可以了，接下來是爪子。」

安娜瞪我一眼，伸出手臂。我變成虎形，用爪子去劃她的胳臂，力道重到能割出血，但又不至於太重，害她傷重。

「抱歉了。」我變回人形後說。

她抬起肩膀聳了聳，可是當我抱起她時，她非常沉靜冷默，身體僵硬得跟撥火棍似的。

「放輕鬆。」我的嘴唇擦著她的耳朵。我來到門口，垂眼瞄著她的臉。她閉起眼睛；月光下，她長睫的陰影打在美麗的面龐上。**告訴我，我到底做了什麼傷害妳的事，漂亮的小姐，我對她的心發話，我絕非故意惹妳生氣的。**

「無所謂了。」她朗聲說，然後沉默良久。她在我懷中扭動，「這樣沒有用，請放我下來。」

她說得對，可是我竟然捨不得放她下來，我喜歡她絲柔的頭髮垂散在我臂上，喜歡她對我皺眉時，緊繃的嘴巴，不知怎地，竟讓我覺得挺樂。當她開始掙扎後，我讓她站起來，她調整身上的衣服，忿然把衣服扯回原本的樣子，她很少這樣。

「你都不動腦嗎？」她說：「奇稀金達這地方有可能一開始就是我們打造的，就像我們創造康海里石窟一樣？」

「是啊，我……我好像沒多想。不過這話挺有道理，其他事大多是我們辦的，所以再創造一整座地底城市又何妨？」

她沒聽出我的譏諷，逕自點頭舉起雙臂。「咱們開始。」我們還來不及討論任何事，安娜已經開始施用法力了。雕像發出光芒，蛇群騰扭，連芳寧洛都活過來觀看整個過程。我們把手印放到新造的通道入口，連接漢比城下方的通道，安娜將能量灌下洞口，光在黑暗中綻開，我們往下走，台階一個個冒起來承接她的踏足。

當我們走下通道，岩石與泥土便在我們前方化開，重新找尋定位，要不就是飄起來往外飛，不知我們如此挖空地底後，外頭會不會生出一座新的山。我們在地底走了老長一段距離後，安娜終於停下來，把手往前一推，然後喃喃唸咒，震搖大地。我們面前出現一道巨大的裂縫，岩石土塊大量旋繞，或消失在高處天花板的裂隙裡，或射往後方通道。

等塵埃落定，她轉向我，等我把張大的嘴巴閉上。她的力量，不，是我們的力量，實在……實在太驚人了。「他們在奇稀金達找到什麼？」安娜問。

我告訴她可以被戰錘擊退的針刺林，接著談到有各式通道的神祕洞穴，裡面住著各種惡毒的幽靈，一心想引誘阿嵐和凱西，阻攔他們走向尋寶的路徑。安娜點點頭，張開手指，利用護身符的土片和她的弓箭，結合兩者的法力，造出一片有尖刺的活樹林。

樹林從剛剛夷為平地的土地上冒出來，展開長滿樹葉的枝幹。接著安娜沿著林邊打造一條河流，讓河水灌溉樹林。她用火與聖巾之力，造出一顆會升落的假太陽，提供足夠的光與熱，給她打造出來的地底生態系統。

安娜沿著穿林而過的路徑走踏，一邊低聲對樹林說話。它們對女神行禮，誓言女神若是返回，定為她與她的武器爭光。我們看到一片自然隆起的地面，安娜頃刻間便打造出一片通道迷宮。她利用護身符裡的時間符片，混和聖巾和真理石之力，將凱西和阿嵐的過往片段，放入每條通道裡，我絕對想不到，這會是我們新開發的一項法力。

安娜命令住在地底下的小獸，去誘開路過的人。聖巾將牠們的身體變成凱西和阿嵐認識的人，然後安娜答應牠們，只要阿嵐和凱西一離開，牠們就會恢復原本的形貌。

我們繼續推進，我不僅佩服她面面俱到的創意，也折服於她的遊刃有餘。我們來到河邊，安娜問我哪些河裡的生物，會獵殺阿嵐和凱西。我只是愣愣站在那裡盯著她看。

「你還好嗎？」她搭住我的手臂搖著我。

「妳……妳好厲害，」我結結巴巴地說，每次我看到她扮演女神，總會莫名地自覺卑微。「卡當把妳教得真好，我……我運氣很好，能當妳的同伴。」我的結語好遜。

她一臉狐疑地盯了我好久，「你真的那樣覺得嗎？」她問。

我拉起她的手貼到我胸口，「看看我的心，安娜，妳知道我很尊敬妳，真的。」

她不理會我的要求，依舊封鎖心緒。安娜淺淺一笑，「你只是嘴上說你尊敬我，」她說：「但我覺得你的心還是在別處。」

她轉向河流蹲下來，把手伸到水裡。我單膝跪到她身邊，但她沒來看我。我們的倒影在河中曲折搖曳。我知道自己接下來的話很重要，因此仔細思量想說什麼麼，我開口道：「阿娜米卡，我全心全意發誓，我是妳的。我不會回頭張望，這點我可以向妳保證。我會在餘生中，忠貞不二地為女神服務。」

她的手在水中停住了，我發現有水滴落在閃亮的水面上，漣漪從水滴中央盪開來。當她抬眼看我時，我發現造成漣漪的不是雨水，而是淚水。「我知道你會為女神服務。」她靜靜地低喃說：「可是這裡也有個女人。」

「安娜……我……我不明白。我當然知道妳是女人。」

她雙手往頰上一擦，然後捧起手讓河水在掌中積聚，以水潑臉。她用聖巾擦乾臉頰，往後退開一步。我正打算再靠上去請她回答，卻發現水在攪動。我抽口氣垂眼望去。

「怎麼了？」她走到我身邊問。

它們雖還很小，但我一看便知道它們長大後是何模樣。「是妖怪河童。」我輕聲回答：「女神的眼淚所生出來的怪物。」

我們看著安娜的悲愁所生出的卵逐漸長大，它們在淚珠裡成長，淚珠像富有彈性的泡泡護住它們。它們的長尾刺穿半透明的卵，纏住水下的草，像臍帶般地將它們繫穩，在水裡輕輕浮沉。

等它們在短瞬間長至成熟，便咬破自己所住的薄膜，凝膠般的物質被河水沖脫了。我數一數，至少有十幾隻，我知道等阿嵐和凱西抵達時，會有更多的妖物。那表示安娜會再哭一次，或只是它們的生育力很強？想到這裡，我不寒而慄。

三隻初生的妖物從水下的植物脫身，緩緩步上岸。它們跟我記憶中一樣醜陋，妖物齊一地跪到安娜腳邊。她退後一步，就連她都害怕河童，我覺得那不是什麼好兆頭。

中間那隻諂媚的河童，從後翻的嘴唇中發出詭異的聲音，舌頭極不自然地在鯊魚般尖利的牙間伸點著。「女神。」它說：「我們從黑暗中崛起，就像流浪的星子從空中被摘了下來。對您的敵人而言，我們是可怕的禍害，我們將如憤怒的大海，撲降在他們身上，用張大的利嘴和尖牙啃咬，直到他們死了兩次，口中吐沫，眼中滿是羞愧。」

「你們將如何消滅那些被我視作敵人的人？」安娜問。

妖物用一種不可能的角度轉頭望著我，笑容充滿了惡意。「那些害妳流淚的人，就是妳的敵人。」他挖苦地說，聲音油膩狡滑，就像一池冒著泡泡的焦油。

「我明白了。」安娜說。

我朝她走近一步，正想伸手去拉她的胳臂，這時三隻妖物火速起身橫到我們之間，它們全露出牙齒，發出嘶聲。我的背脊疙瘩豎起，想起了它們對凱西所做的事。

「他並未全心全意對待妳。」妖物對安娜說：「就像一棵不長果實的樹，我們會把他砍倒。」

「不行，不許你們動他。」安娜說：「他是我的，就如同你們是我的一樣。」

「但他害妳掉淚了。」其中一人抱怨說。

「是的，而且在我一生中，他必然還會惹我哭許多次，但他仍是我的，不許傷他，現在不行，以後也不許。走吧。」她命令道：「去幹你們的活，守護這片土地，別讓人傷害它。」

「遵命，女神。」它們嘶聲齊齊應答，怒目瞪著我，轉身返回水中。

河童離開後，我雙臂抱胸望著水裡，厭惡地撇著嘴角。「噁心的東西，」我說：「我還見過它們攻擊人，妳知道它們差點殺了凱西嗎？當時若不是芳寧洛在……」

阿娜米卡重重在我背上推一把，我原本便沒站穩，於是摔入了水裡，勉強在底下的妖物抓到我前逃出來。我火速爬上岸，然後轉向她。問題不在她剛才推我；我們常打架，我知道她的力道有多大。她剛才那一推不是為了傷我，而是想傳遞某種訊息，而我自己也有話要說。

「妳到底是怎麼了？」我邊問邊擰乾襯衫，把衣服扒開，一秒後，忿忿從胸口剝下溼透的衣服擲了出去，衣服落在河的對岸。我從她手中搶過聖巾，擦乾胸口。安娜的眼神不斷從我臉上滑向胸口，她羞紅的臉，讓我覺得她現在可能後悔自己剛才的所為，但我了解她，安娜打死都不會承認自己做過頭了。

我用聖巾為自己製作新衣時，安娜張大眼睛扭開頭，大步走到河邊。幾隻妖物從水裡探出頭，溜溜地眨著烏墨般的眼睛，其中一隻長著雜斑的河童用舌頭舔著參差的牙齒瞄我，彷彿想把我當晚餐吃掉。

安娜揮手讓它們滾開，河童慢慢再次潛回水底。我拾起一顆石頭，報復性地丟進河裡，我瞄準河童，結果卻差點打中安娜。看到她縮起身子，想到她年輕時受過的蹂躪，我好後悔。

我長嘆一聲，說道：「對不起，安娜。」我朝她所站的地方走過去，扔出另一顆石頭。石子沉落時，變成了一顆寶石，我望著寶石，盯著它往下沉，以確定那不是因為光線的關係。接著我發現河裡所有石頭都變了，河床現在鋪滿了鑽石、紅寶石、翡翠、藍寶石及其他珍貴的珠寶。

水裡的石頭為何會改變？是河童造成的嗎？我瞄向安娜，發現她拿了一顆翡翠在手裡拋上拋下，一邊若有所思地凝視河水。「是妳弄的嗎？」我指著河水問。

「是。」她靜靜地說。

寶石會吸引任何人，安娜竟故意將凱西引向那些邪惡的妖物，令我十分不悅。「為什麼？」我罵道。

她轉向我，「為什麼不行，季山？」安娜用一種厭惡的語氣吐出我的名字，彷彿提到我就髒了她的嘴。

我努力按捺脾氣，來回咬著牙，直到認為自己能文明地跟她說話。結果根本白搭。

「安娜。」我抬起手冷靜地說，試圖安撫她的不可理喻，「妳難道不明白這會惹出麻煩？」

「才不會。」她把翡翠扔進水裡，雙臂抱胸傲慢地說。

我用手耙著頭髮，挫折地扯著。「可是凱西和阿嵐會……」

她打斷我說：「我不想再聽到任何一個跟凱西有關的字了。」

一記嘶聲將我從爭執中引開，我轉向河面，看見幾隻河童非常仔細地聆聽我們說的一切。我壓低嗓子，想起這些怪物差點害死凱西。「妳為什麼不肯聽我說？」

「我為什麼要聽你說？你顯然不肯聽我說話！如果你肯好好地問，而不是胡亂假設，我就會告訴你，我為何要這麼做。反正不重要了，我還以為我已經贏得你的信任了。」

我錯愕的表情應該表明了一切，但為防萬一，我還是說道：「我當然信任妳，我信任妳任何事，所有的事。」

「並不是……所有的事，只要跟凱西有關，就不算。」

兩人一陣沉默，她的胸口因激動而起伏。除了岸邊的水聲，我只能聽到我們的呼吸聲，我們之間還有很多事，很多沒有說的事。那看不見，摸不著，沒說出口的凝重思緒，像煙霧般在我們之間流盪，飽灌我的肺部，要求我去釐清。

「我……」我開了口，卻不知道自己會說出什麼，只能任話語像來自深處的泡泡般浮現。「我知道妳絕不會做出任何傷害凱西的事。」

她死盯住我，急切地想搜尋什麼，我看出她放棄尋找的那一瞬。「算了。」她說，全身失望地一頹。「我們把任務完成就是了。」

我不喜歡她那種定讞的語氣，或她慢慢走在我面前的模樣。那一刻，安娜看起來就像那名在壞人面前，怯弱無比的少女，絲毫沒有女神的氣勢，我痛恨自己成為害她變成那樣的人。我靜靜地描述頹敗的雕堡、芒果樹、噴泉的樣子，以及猴群。

我們導出土符的力量，地上突起巨大的石塊，層疊而上，直到出現一座古老的印度堡壘。樹林在我們後面搖擺，我聽到猴群的叫聲，牠們回應著女神的呼喚，樹林讓牠們通過，以利猴群服侍女神。她交代牠們守護珍貴的印度黃金果，猴群同意服膺於女神和她的武器後，便各自在堡壘上找到定位，轉化成石，如同此刻化為金環的芳寧洛一樣。

我們來到噴泉邊，安娜從袋子裡拿出黃金果，放到中央冒出的一棵大植物上，喃喃低唸數字，植物便沉入土裡，然後轉瞬間長出一株幼苗。幼苗在我們眼前茁長，直到抽到全高，然後開花結實。樹的頂端有朵比太陽更加耀眼的特殊花朵，花兒盛開後長出了黃金果。

「可是我們不是需要它嗎？」我問。

安娜搖搖頭，「如果我們有護身符，就不需要了。有了這個，」她拿起掛在脖子上的護身符，「無論我們在何處，都可以使用黃金果的力量。」

「怎麼用？以前從來都不是那樣的。」

「黃金果是杜爾迦的禮物，不是嗎？」

「是沒錯，可是……」

「我……我的身體已吸納了各項禮物的神力，我不需要聖巾或黃巾果，也能發揮它們的法力。」

「這是什麼時候的事？」我問。

「我們從過去回來不久後發現的，我們的老師覺得，可能是因為被小芳寧洛咬過，加上從年輕的安娜身上返回後造成的。他推測有些種類的小蛇，毒液比成蛇的毒性更強。我不知道芳寧洛是否那樣，但我的法力在被咬過後，就變得更強大了。」

安娜轉過身，我看到她倨傲地僵挺著肩膀，即使她拒絕對我攤開心房，但我知道，她對擁有如此強大的力量，感到困擾，但她不想告訴我。不被她信任，挺令我難過。

安娜走開說：「反正黃金果已經幫我們達成目標了，現在它將再次為我們服役。」她又喃喃唸了幾個字，然後說道：「好，完成了。等阿嵐和凱西從樹上摘下果子，你們都會得到六小時變成人形的時間。」

我們打造手印和謎語，等升起大樹的鎖一造好，安娜便抽開壓在我手底下的手了。我因為顧及阿嵐和凱西，便談到之前他們所受的攻擊，並問安娜能否進一步限縮猴群的數量，以免他們受傷。安娜用手摸著一尊石雕狒狒的頭，輕聲說：「他們活下來了，不是嗎？」

「好像是。」我說，想起之前自己如何協助他們，「可是女神一定可以再做點……」

「那我的這些動物呢？」她問：「你對凱西的關心，多過對這些願意為我服務的動物嗎？」

我雙臂往胸前一疊，「老實說嗎？是的。」

安娜瞪我一眼，眼神變得呆滯無光。我們聽到猴城遠處傳來巨大的撞擊聲，兩人一齊扭頭，二話不說地朝那個方向走。

我嘆口氣，伸手去搭她的肩，卻被她甩開。「安娜，別這樣，我們需要談一談，妳到底在不高興什麼。」

「不用。」她答說：「我們不必談。如果你要繼續為那個離你而去的女孩擔心，那麼你大可回去幫她，不必逼著我看。」我不敢跟她說我已經那麼做了，覺得最好別在這個節骨眼上提。我們找到鬧聲的出處，發現吊橋掉落了一半，由於我們剛剛才造好橋，因此頗覺意外。

我檢查吊橋時，安娜轉身撫著一處斷掉的絞鍊說：「如果你當初問我，為什麼要在河裡擺滿寶石，我會好好跟你說的。」安娜挺著背，完全就是不可侵犯的女神之姿。她接著說：「你雖懷疑我，但我那麼做並不是為了引誘凱西。你一定要知道的話，河童就像愛囤積金子的巨龍一樣，寶石能哄它們安靜，讓它們不會造次。」

「妳本可告訴我。」我說。

「我本可不必多做解釋。」安娜答道，眼神激動但冷漠。

我不知該說什麼，便問她是否打算修理吊橋。我說錯話了，安娜揪緊護身符，連碰都不碰我，便將我們的時空轉移掉了。她說的沒錯，她的力量變強了，我吊著胃，兩人抵達下一個地點——大地之廟。

金燦的陽光從天花板的隙縫篩下，將我們框住。我轉身檢視所站的地方，認出在照片上看過，「這是杜爾迦的神廟。」我說：「這是第一座。」

安娜大步走過空間，檢查各個柱子，我發現她一抬腳，塵土上的足印便跟著消失，我的也一樣。我不確定是她故意安排，還是因為法力自然產生的結果，這令我想到以前駱駝足印消失的情形。她撫著平滑的赤褐色柱子，故意不理我。

「等一等，」我說：「有點不對勁。」我慢慢轉身繞圈，試圖看清究竟漏掉什麼。「這些柱子是空白的，上面應該布滿我們每次旅程會發生的事件才對。第一個要找的寶物應該刻在這裡。」我指著一根柱子說：「有鯊魚的在這邊，那根柱子是光之城，還有這根應該是西維納。」我用手拍自己的頸背，「我想我可以去卡當的圖書室裡拿相片來，他拍了很多照片……」

安娜搖頭說：「不需要。」

她閉上眼，身體暫時晃入時間的變相中，接著她左手一揮，柱子噴出沙子，從內部發出光芒，我之前在照片上看到的雕刻，跟印象中一樣地出現了，連細節都分毫不差。她朝第二根柱子揮手，我聞到仙子們編在凱西頭髮裡的花香。

我從第三根柱子上聞到海洋的氣息，第四根很快出現火焰霸王和麒麟的雕刻，強烈的硫磺味和熱氣朝我撲來。我正在細看剛剛完成的第四根柱子上的羅剎時，有道強光炸毀了安娜正在施作的第五根柱子，強勁的力道將安娜炸飛過整個房間。我火速衝到她身邊，「妳還好嗎？」我跪到她旁邊問。

她的臂上有道傷口，四肢和頭髮上都是紅色的粉末。「有瘀傷，但骨頭沒斷。」她望著受到損毀的狀況。

「第五根柱子。」我思忖道：「卡當說過，我無須擔心它是怎麼損毀的。」我咬著唇，「妳有……有看到任何東西嗎？」

她抬眼看著我，「看到了一些。我看到我們成為女神和老虎，以及所有武器。我們正要奔赴沙場。」安娜用指尖點著發亮的蛇形臂環，「我看到芳寧洛的死亡與出生，我在神殿跟妮莉曼談話。康海里石窟及奇稀金達的創造，我看到那兒時，視線便被一層黑霧遮住了，我雖然知道自己已完成了刻工，卻不許看見雕出的內容。刻完後，有股力量摧毀它，我僅知道這麼多了。」

「不知道是不是我們自己幹的。」我輕聲說。

她搖搖頭，「那樣就太危險了，我們會遇見自己。」

我點點頭，兩人都知道只有另一個人有毀壞柱子的動機和力量。「是他，對不對？」我問。

「那樣很合理。」她嘆道。

我伸手要扶她起來，但安娜故意不理，自行起身。

「還有別的事嗎？」她問。

我揉著臉，皺眉四下環視，「我想應該就這樣了。不，等一等，還有一個地震後才會露出來的隱藏手印，每座廟都有一個。」

安娜走向雕像，把手按到石頭上，然後看著我，等我依樣照做。我用手按住她的，兩人四目相接。安娜，我在她心中說，我不想吵架，告訴我怎麼了，讓我分擔妳的痛苦，就像妳以前分擔我的。我把身體貼住她的，安娜沒回答，但也沒有移開。我們手相疊，她帶著我們穿越時間，幾個世紀轉瞬即過。我為她臉上掠過的幻彩而陶醉神迷，但那光很快就緩和下來了。

我正想說話時，卻聽到一個愉悅開朗的聲音。是凱西錯不了。安娜身子一僵，突然往後退，揮手快速用石頭蓋住手印。我還以為她喜歡凱西，再次看到凱西，安娜竟那樣不開心，實在令人費解，但我可以感覺她一波波騰起的抗拒。她在凱西婚禮時並不會那樣，我們雖親近，卻不明白她到底在想什麼。

安娜低唸數語，風揚起她身上所有的塵埃與衣服，將它們一併吹走。就在凱西帶著腳邊的虎兒阿嵐進入神廟之前，安娜及時將我們轉離他們的視線。我再次藏住自己的氣味，從神廟中把味道除掉，以免阿嵐偵測到我的存在。

凱西走近了，我正想移開時，安娜搖頭拉住我的臂膀。凱西直接從我們身上穿過去，她打了個冷戰，但除此之外，絲毫沒有覺察。他們走到杜爾迦及虎兒的雕像前，雕像很舊了，而且已在神殿內了。我們悄悄跟蹤他們，踩在沙上的腳印神奇地消失了。

「看來她也有虎兒在保護她，是吧，阿嵐？」凱西說：「你認為卡當先生期望我們能在這裡找到什麼？更多答案嗎？我們要如何得到女神的祝福？」

凱西繞著雕像，撥掉砂礫，這是在白費力氣，因為她的手一挪開，塵土幾乎立即又落了下來。阿嵐來回甩著尾巴，無視掉在絨毛上的塵土，兩眼緊盯著凱西。凱西坐下來，喋喋不休地說出她對整個情況的想法。

我不耐煩地嘆口氣，抬頭看一下就好了，我心想，答案就在那兒。

她終於站起來摸著雕刻了。「嘿，阿嵐。」凱西說：「你覺得她手裡拿的是什麼？」

阿嵐換成人形，我肩倚著雕像，看兩人之間的細微互動。阿嵐顯然已經愛上凱西了，且愛得很深。他們討論如何擺上供品，然後離開去跟等在外頭某處的卡當拿食物，最後才終於展開程序，求取女神的祝福。

他們花了好些時間才找到一只鈴鐺，我心慌得以為我們忘了，可是安娜一揮手，架子上便出現一個鈴。兩人再次走向雕像時，我往後退開，給他們多點空間。安娜興味十足地看著整個過程，臉上絲毫沒有乏味的神色。

「我覺得應該由妳來獻供品，凱兒。」阿嵐說：「畢竟杜爾迦喜歡的是妳。」

他們來來回回討論了一下宗教，阿嵐坦承他不信奉杜爾迦時，我瞄了安娜一眼，但她似乎不以為意。當凱西談到自從父母去世後，她便不再信神時，我一陣難過。當時我也在場，本可救下他們，但我沒有。那時我很想回去補救，但現在則不那麼確定了。假如她父母還活著，凱西也許永遠不會去馬戲團打工，永遠不會遇到我或阿嵐了。

阿嵐朗詩般地談著宇宙的神力時，我忍不住輕哼。就我所知，宇宙間唯一的神力就是我們，我當然不覺得自己有資格當天神，但安娜就不同了。即使現在，她臉上也帶著愉悅的笑容看著他們，像個快樂的母親，她之前所有的抗拒都消失了。我不安地挪著身，心想，也許她排斥的人是我，不是凱西。

他們開始清理雕像，安娜踏向一旁，我也跟著做。她施用風力，幫忙讓塵埃不再落下。清理完畢後，他們擺妥祭品，搖響鈴鐺。阿嵐說：「杜爾迦，我們前來請您祝福我們的尋寶之旅。我們的信念單純但薄弱，我們的任務複雜而神祕，求您幫助我們理解，並找到力量。」

凱西聲音顫著，似乎很緊張。「求您幫助這兩位印度王子，恢復他們被奪走的東西。」

阿娜米卡抬眼看著我，對我淡淡一笑。

凱西繼續往下說時，我報以微笑，希望我們的冷戰已經結束。

「幫助我有足夠的堅毅與智慧，完成必要之事。」凱兒說：「給他們兩位機會，過自己該有的生活。」

我們站在那兒，四個人都在，兩人隱形，另外兩個互拉著手。什麼動靜都沒發生，安娜皺起眉頭，然後對我挑著眉，彷彿我應該知道怎麼做。我搖搖頭，然後聳聳肩，又過了幾分鐘，女神和她的虎兒並未出現。

阿嵐再度化回虎形，安娜一彈手，時間凝結，阿嵐和凱西凍立原地，在陽光光束中閃動的灰塵也靜止不動了。「接下來發生什麼事？」安娜問。

「呃，女神和她的虎兒出現，然後把芳寧洛和戰錘送給凱西。」

安娜皺眉思忖，然後點點頭，「好吧，跟著我做。」

她揮揮手，施出土符和聖巾的法力。我還來不及問她在做什麼，大地已震了起來。擋去手印的石頭鬆落了，凱西把手按到上面，我感覺身形晃動，往下一矮，化成了虎兒。我被凍在原地。

*安娜！*我心想。

*耐點性子，達門。*她回答說，*至少試著信賴我。*

凱西把手放到雕像上，我眼前出現一層像薄片的明光，光線之耀眼，逼得我好想閉起眼，但我做不到，因此只好發出低吼。漸漸地，我感覺四肢又能活動了，塵埃搔著我的鼻，我沒打噴嚏，反是露著牙齒輕聲低吼。

阿嵐挑釁地吼著，準備向我撲過來。有隻手按住我的肩，我抬頭看到女神裝扮的安娜，揮舞著剛才還裝在我背袋裡的所有武器。我離她露空的腹部和修長的雙腿，僅有幾吋。她的裙子岔高到大腿上，緊身的胸衣令她曲線畢露。安娜身上飄著蓮花及茉莉香，長髮有如發亮的海浪垂在背上。她的其中兩條臂膀安放在我身上，默默與我溝通，*這事我們得一起合作。*

安娜抬起一隻修長的金臂，手環晄晄撞響。「歡迎來到我的神殿，女兒。」阿娜米卡說：「妳的祭品我收下了。」她臉上的笑容如此甜美，聲音妙若仙樂，我滿心歡喜地望著她，如同阿嵐與凱西。*妳好美，*我心想，然後噙著口水，不知她是否聽到我的心聲。

安娜猶豫著，然後抬起一隻手伸向我的頭，撥弄我的耳朵。一種黃金般的滿足感穿透我全身，我不確定是來自於她，或得自於我，或是因為我們的連結，總之，我好喜歡她的指尖擦過絨毛的感覺。

「原來妳也有自己虎兒，在戰鬥時能協助妳。」安娜說。

「呃，是的。」凱西答道：「這是阿嵐，但他不只是一頭老虎而已。」

「是的，我知道他是誰，而且妳愛他，幾乎就像我愛我們家達門一樣，是吧？」

等一下，啥？她愛我？妳是說真的嗎？我在心裡問。她怎麼可能愛我，她最近在奇稀奇達才對我大發脾氣。

噓。她答道，用第二隻手按揉我的脖子，你沒瞧見我正在忙嗎？

安娜接著說：「你們前來尋求我的祝福，我會保佑你們。靠上來接受祝福吧。」

阿嵐慢慢走近，看到他嗅聞著，我縮了一下。他是否認出我了？記得阿嵐說過，杜爾迦的老虎是橘色的。我垂眼一望，果然沒錯，我的爪掌是橘的，我刮著石頭，覺得自己比較喜歡黑色。

安娜告訴他們該去何處，並警告他們有危險。我太忙於監視阿嵐了，他近距離地瞟著我，害我沒法安心地看安娜把戰錘遞給凱西。

妳確定嗎？我問。

是的，杜爾迦的武器現在也已成為我的一部分了，她近乎悲傷地解釋。我可以隨時從任何時空召喚它們。我們若不需要用到它們，只要鬆手，武器就會返回它們所屬之處。

我鬆了口氣，對老虎而言，看起來應像一團霧氣。阿嵐一定搞不清狀況，但我收不回來了。

凱西試用戰錘，我很訝異她竟然擁有女神的神力。我一向以為安娜的力氣來自護身符的土片，但當時的凱西，卻已擁有這等力量了。不知是否因為與虎兒的連結，才給了兩位女子這等神力。果真如此，老虎之咒並非懲罰，而是一種福賜了。沒有這種力量，安娜和凱西很可能死在戰場上，如果她們沒先被其他磨難折磨死的話。

我閉上眼，歪抬著頭。安娜伸手搔著我的下顎，她的手實在令我分神，害我漏看活過來的芳寧洛滑向凱西的那一幕。更令我訝異的是，芳寧洛已完全長大了。那是什麼時候的事？我心想。

時間就是她的食物，安娜回答我的問題。她在我們最近幾次穿越時，快速地長大成熟了。

那回答了兩個問題。現在我不僅知道芳寧洛何以迅速長大，更知道安娜可以聽到我心中的想法，她聽到我說她很漂亮了。

芳寧洛接近時，凱西渾身發顫，可憐的女孩顯然嚇壞了。

我抬眼望著安娜輕吼一聲。真遺憾，我知道妳一定會想念芳寧洛。阿嵐和凱西太專心看蛇了，並未注意到安娜臉上的淚。妳現在可別哭啊，我又說，天曉得妳的淚水又要造出什麼妖孽來。安娜的手緊揪住我的絨毛，我用頭去蹭她緊實的腿。我們以後會再見到她了，對吧？我問。

安娜輕輕點一下頭，我只要請求她協助，她便會回應我的呼喚。我賜給她一種本領，若是情況許可，她會把金環的複製品留給凱西，但凱西目前需要她。

那倒有意思。凱西和阿嵐被芳寧洛嚇得半死時，我在想，我們旅途上有多少時候，戴的只是一個首飾，而不是本尊。

芳寧洛爬上凱西的手臂後，抬頭吐出舌信，彷彿對女神道別，然後便化成臂環了。

安娜解釋說：「她叫芳寧洛，是蛇后的意思。她是嚮導，會協助你們找到要找的東西。她可以指引你們走在安全的路徑上，且能在黑暗中為你們照路。別懼怕她，因為她不會傷害你們。」

安娜笑了笑，撫著芳寧洛的頭。「她對別人的情緒非常敏感，也渴望別人能喜愛她。她有她的天命，她的所有子嗣亦如是，我們應學習接受萬物神聖的起源，無論他們有多教人害怕。」

我覺得安娜的話，不只想點撥凱西而已。安娜真的喜愛那些可怕的妖物？殺人的猴群嗎？當她說凱西和阿嵐應該用心尋找彼此時，掛在我脖子上的真理石燒燙著。難道我沒用心尋找自己的天命？安娜曾指責我不對她坦然交心，我要如何證明自己不是那樣？

阿嵐和凱西不斷提出各種問題，急切地想知道更多，但安娜用聖巾和大地之力，再次以砂礫石頭掩蓋住我們。一片紗蓋住我的眼睛，我再次動彈不得。凱西伸手到我覆滿塵土的頭上，觸摸之前我被安娜摸過的耳朵。一股寒意襲身而來，雖然我還困在虎兒的雕像裡，但我感知安娜已經離去。

凱西聽到聲音時，猛然轉過身，我看到安娜插著腰站在近旁。她再次做平日打扮，穿著長及大腿中間的軟皮靴和一襲綠衣，眼神炯亮地看著我，但凱西看不見她。

阿嵐跟著凱西走出神廟，良久之後，我聽到吉普車揚長而去。

但安娜還是定定站著，垂眼盯我。

我用心念對她說話，因為我無法開口，我緊張地叫道，呃，安娜？麻煩幫點小忙行不？

28 樹林

安娜向後一轉，濶步走向神殿剩下的幾根柱子，好整以暇地細讀每片雕刻，等她終於看完後，才彈彈手指，恢復我對身體的控制。等我抖掉砂礫，變回人形時，我已經快氣炸了。我試著自由活動，可是她不知怎地硬是攔住我。我忿然地拍著身上的黑襯衫，徒勞地想把塵土拍掉。

「剛才是怎樣？」我瞪著她大吼。

她不理會我的問題，逕自揮手，我立即被旋風包住，將所有泥土吸走，就跟妮莉曼的吸塵器一樣，但這回是女神的神力。

「住手！」我在旋風中大吼，就算她聽到了，也懶得理我。等她終於放我自由後，我衝過去一把抓住她的臂膀，將她轉過來逼她看著我。我知道她痛恨人家動粗，現在我明白原因了，看到她驚嚇的反應後，我很後悔對她動手。「能麻煩妳告訴我，為何把我困住嗎？」

「我在處罰你。」她手插腰，簡略地說。

「那能懇求妳告訴我，我現在又做了什麼惹妳不高興的事了？妳幾分鐘前摸我耳朵時，一定沒有生氣，所以我想這是新的問題。」

她的臉漸漸變紅。「我不想談這件事。」她大步走向神廟入口。

我追著她說：「我覺得我們需要談一談，事實上，我認為我們得設一些基本規則。」

「為什麼男人老以為只要設定規則，女人就會按他們的意思走？」她問。

「也許男人喜歡規定，是因為這樣才知道能期待什麼，規則讓生活變得有秩序。」

「哈！秩──序！」她吼著推我的肩。「比較像是命令吧。你像在下達命令。」她每說一個字，就用指頭戳我的胸口一下。「那種你可以告訴我要做什麼的命令。」

「妳別忘了，剛才被妳控制的人是我，不是我在控制妳。」我踏向前，把她擋在我的身體和神廟牆壁之間，讓她不再能再戳我的胸。她以手掌抵住我胸口，但並未將我推開，不過她若推我，我會讓的。「我不是想告訴妳該做什麼，」我咬牙說：「我只是想理解自己到底做了什麼，讓妳罰我困在雕像裡快一個鐘頭。」

安娜翻著白眼，「才沒有一個小時，只有幾分鐘而已。」

「感覺像一個鐘頭！」我的火又上來了，就像我們第一次被困在過去時一樣。我還以為兩人的火爆情緒已經都過去了，這個女人真是太教人生氣了。

安娜吠道：「你又沒事！」

「我被困住了！」

「被困住的人是我！」她吼說，雙拳頭緊揪住我的襯衫推著，害我差點跌倒。她很強壯，也許比我和阿嵐加起來力氣都大。我還來不及回神，她已調換兩人的位置，將我的背重重撞在牆上。她把我的襯衫揪得死緊，我聽到細細的撕裂聲。安娜的眼眸清亮無比，裡頭混著憤怒、恐懼和……其他無以名狀的情緒。

我掌心朝上地抬起雙手，緩和自己的聲音說：「妳並沒有被困住，安娜。瞧？我沒拉住妳，是妳拉住我。」

「可是我確實被困住了。」她用一種我不曾聽過的哀求語氣說。「我是個囚徒，被過去的囚鍊……縛住了，拋不開過去的羞辱。可是當我往前看，前面是責任的鎖鍊，我夾在兩者間，被撕成兩半。我所有美好的特質，都從中間的空隙流洩掉了，我不知道哪一邊會贏，但不管哪邊贏，我都輸了。」

我想起過去那位身心崩潰的少女，那位哀求我教她如何防護自己的女孩。我立即收斂脾氣，伸手撥開她臉上的頭髮。「我懂，安娜，我們要過的這種日子並不容易。」

「我不想讓他們贏，穌漢——不要那個為了莫名的天命，而打造我的宇宙贏，也不要那個利用我的奴隸主人贏。我想在這之中找到幸福的方法——一個快樂的中間地帶。那樣會期望過高嗎？會嗎？」

「不會，安娜，不會的。告訴我，什麼能讓妳快樂？妳想要什麼？」

「我想要……我要……」

她舔著唇，表情幾近瘋狂。我點頭鼓勵她，可是她依舊不說話。接著她露出堅毅的表情，揪住我的襯衫奮力一拉。我還沒搞清狀況，她的唇便用力印上我的了。當我試圖退開，掙脫她急切的擁抱時，她大叫一聲，把手扣到我的頭後，強迫我留下。

妳在做什麼？我心意直通地問，但安娜有效地在我們之間築起一道牆。我再也讀不透她的心了，一如無法看透石頭。我不再掙扎，任她再次親吻我。那吻來得激烈而單純，安娜的吻就像小孩子的嘴貼嘴，我沒做回應，就算我想，也因震驚到不明白她想要或需要我做什麼，而難以回應。過了好半晌後，她退開，臉上盡是淚水與痛苦。

她的手從我胸膛垂落，突然後退，彷彿剛才踏中了多刺的樹叢，她撫著自己的嘴，表情五味雜陳，但她悍然拒絕與我做任何心靈的溝通。

「安娜。」我大聲喊道，向她踏近一步。

「不要。」她來回地搖著頭，轉動手指，將臉上的淚水立即弄乾。「不要，季山。我們別談這事。」

她轉身離開神廟，我長嘆一聲跟在後頭，撫著襯衫前襟，把皺得亂七八糟的衣服拉直，然後用手指摸著被撕裂的衣邊。安娜甚至沒來看我，她手一揮，我們便被捲入時空的通道裡了。

等我回過神，兩人已站在雪深及膝的雪地裡。我打著寒顫，旋身環視。我們置身高處，一個比我們山上的家還要高的地方。聖巾的絲線同時環繞我和安娜，織出沉厚的外套、手套和厚重的靴子。山的一側是一望無際的平原，另一側是高聳入雲的山巔。「我來猜猜看。」我說：「我們要來打造香格里拉？」

安娜點點頭，「往後站開，季山。」

安娜抬起手，我說：「所以我這會兒又變成季山了嗎？為什麼，安娜？因為我沒有回吻妳嗎？」

「那不重要。」

「那很重要。」

「沒有比完成我們的工作重要。」

「隨便妳，不過我們還是得找時間好好談一談。」

「反正不是今天。還有，你到底想不想離開這片雪地？」

我頷首說：「您的願望，即是我的命令，女神。」安娜怒目瞪我，然後把焦點放回山上。兩棵巨樹從我眼前冒出來，自厚積的冰雪中竄生而出。安娜站在兩棵樹間編織咒語，樹從內部發光，光芒幾乎從樹皮裡爆射而出。果然，樹皮蛻去，枝葉抖顫著被重新吸回去，每棵樹上都出現了細緻的刻紋。

安娜用手掌按住其中一棵樹時，我也一起加入，留下一枚慢慢變淡的手印。聖巾飄入空中，在兩棵樹幹之間織出一片神奇的透明薄布。附近輕輕飄盪的雪花，被捲入安娜喚來的風裡。織線和飄滿雪花的風狂亂地旋著，直到兩棵樹間形成一股旋風。炸開的強光逼得我遮住雙眼，等光線漸退後，我看到兩根樹幹間有片閃閃發亮的屏幕。

安娜並未查看我是否跟上去，逕自踏進屏幕裡消失了。聖巾從發亮的東西上一脫，飄到我上方。我抓住聖巾塞到口袋裡，然後衝上前去追她。

她在我進去的幾秒鐘內，已經開始工作了。一大片香格里拉的土地在我們面前展開，安娜事先沒跟我商量，便在地上打造出一整座森林了。她蹲下來，雙掌貼在新生的草地上，一條河流自她掌下流出，自行鑽出河道，切過岩石，一邊在小片的低窪處積聚，一邊持續拓展河道。

我們沉厚的外衣從身上拆解，重新被聖巾吸納回去，安娜此時光著腳，開始步行，腳下立即冒出各種花卉。她摸著一棵樹的枝幹，葉子上便冒出大群鳥禽，朝四面八方飛去。我們經過一片熟悉的山丘，我說丘頂上該應有艘舊船，附近的小丘裡，會住著各種各樣的動物。

安娜用幾乎難以辨識的方式點了個頭，船便造好了，百獸從打開的船門裡湧出來，奔下斜板，分頭找尋自己的新家。有些動物跟在我們後面走，安娜在一大片荒地前駐足，以指點著自己的唇，喃喃說了幾句跟玫瑰相關的話，然後成千上百的玫瑰花叢便在我眼前伸出多刺的長莖，安娜一碰，即開花綻放。

安娜把鼻子湊到一朵盛開的紫玫瑰上深深吸氣，然後露出微笑。看到她如此自在，令我十分心疼，玫瑰令她開心，我好希望她能對我綻放那朵微笑，希望我也能那樣令她快樂，而不是將她惹怒。她應該得到幸福，安娜如此努力，幫助過那麼多人，至少我該做到別跟她爭吵。

安娜將花兒捧在手裡輕輕吹著，閃亮亮的花瓣隨風飄逝，安娜抬起捧著的手，讓我看看還剩下什麼。她掌心有個長著紫色翅膀的可愛小仙子。

「哈囉。」安娜說。

仙子拍拍翅膀飛了起來，身體從安娜的手掌升至空中，直到與女神齊視。

「是的，妳可以。當然。」安娜逕自地說著，「妳可以自由地做任何想做的事，」她又說：「去吧，把其他人叫醒。」

說罷，仙子拍著翅膀往玫瑰花叢飛去，用腳點踏每朵花的頂端。花朵逐一地打開，一位新的仙子隨之誕生。她們伸展纖細的四肢，打著呵欠，然後我聽到她們初次起飛時，發出輕輕的嘰喳聲。不久另一位仙子便加入第一位仙子，然後又是另一位，直到許多仙子在空中輕快地飛舞，陽光在她們精緻而令人眼花繚亂的翅膀上閃動。

「她們好美啊。」我說，兩人繼續往西維納村走去。

「你又知道了。」安娜嘀咕說。

「什麼？」我不解地問。

「沒事。」

我挫敗地吐了口氣，想令她開心的雄圖大志一頹，我想，她大概只是心情很爛吧，像我這種災星高照的人，或許得等上一、兩個世紀，她的心情才會好轉。我哀聲嘆氣地跟著她，讓她領在前頭。

我們來到西維納村的位址後，安娜駐足閉眼，似乎在感受哪些東西該屬於那裡。她輕聲哼唱，大地隨之震搖。大風揚起，地面裂開，大量的樹木冒了出來，展開葉子。等樹木成長到我記憶裡的一半大小後，安娜走到第一棵樹旁，輕聲唱著歌。

一條樹枝低垂而下，葉片繁茂的枝枒裡有個年幼的西維納寶寶。安娜把他從垂下的樹枝裡抱下來，搔著他的腳趾，寶寶呀呀作聲。我的心一跳，她對寶寶好自然，好溫柔，令我想到她對所有迷途的孩子心軟無比，我好後悔之前拿那件事嘲笑她。安娜溫柔地將寶寶放到剛冒出來的軟厚青草地上，那對孩子來說，幾乎像是搖籃。

她沿樹而行，從每棵樹上取下一名新生兒。安娜吻著自己掌心，送出飛吻，然後身邊立即被仙子環繞，她們仔細聆聽安娜的指示，然後一整群地飛開，直到每個綠草搖籃，都被她們撲動的身影包圍住。

安娜對小寶寶和他們的仙子保姆講故事，如同就寢前母親對孩子說故事一樣。她說有個人叫諾亞，諾亞帶著一艘裝滿各種動物的船，來到他們的土地上，有位女神和她的丈夫，創造了他們美麗的家園。接著安娜談到有一天，會有一男一女來到他們的土地上，以及他們該如何協助並導引那一男一女。等安娜說完後，我們繼續前行，留下寶寶們。

「妳真的認為小仙子能照顧那些寶寶？」我問。

「她們會用長在河邊的藍花製造生長的靈藥，等我們回來時，西維納人就長大成人了。」

「噢。」隔了一分鐘後，我問：「方舟及動物的故事妳是從誰那兒聽來的？」

「你覺得呢？」

當然是卡當了。安娜看到一隻呱呱亂叫的紅鳥，便在路上停下來。鳥兒在一個新造的巢邊跳動，巢裡滿是張嘴啾啾叫的幼鳥。安娜伸出一根手指，呼喚鳥兒，紅鳥朝她的指頭飛下來，安娜聽了一會兒吱吱喳喳的鳥語後，答道：「我看看能做什麼吧。」她把手伸到巢裡，小心翼翼地把瘦小的幼鳥推到一旁，然後拿出一顆尚未孵化的蛋。安娜把蛋放到自己的口袋裡，然後我們繼續前行。

「剛才是怎麼回事？」我問。

「你沒認出來嗎？」

「什麼，那顆蛋嗎？」

「那些鳥。這隻是幼鳥，我將來要養的那隻。」

經她一提，我看出母鳥和卡當給我的那隻鳥很像了。我搖搖頭，不懂安娜怎能一下搞懂這些差異。我們邊走，安娜邊用手暖著蛋，對它輕聲低語。鳥蛋一閃，然後消失了，我沒問安娜，她把蛋怎麼了。

等抵達我們會找到圓錐石的洞穴後，安娜輕鬆地造出蜜蜂和石頭，她用火燙的手貼住石頭，石頭冒出化學的煙氣，可是無論怎麼弄，我們就是無法讓石頭擁有預示未來的能力。我們瞎弄了一陣子，安娜試了不同的法子，但沒有一個生效。

我探身從石頭上方往它的深處看時，安娜拉住我懸盪的項鍊，瞇眼看著我一向戴在身上的小片真理石。

「你有幾塊碎片？」她問。

「幾片而已，怎麼了？」

「這片能給我嗎？」

我點點頭，她伸手繞到我脖子後去解繫繩，她豐滿的身材上只穿了件薄夏裝，突然一下貼住我的，我的手很自然地攬住她的腰，將她扶穩。安娜溫暖的呼氣搔弄我的脖子，身上的花香環繞住我。我雖要自己別做反應，卻屏住了氣，安娜突然僵住了。

她慢慢一吋吋退開，雙手放開我脖子上的繫繩，再抓住我的肩頭。我們動也不動地站在那兒，她長長的睫毛掩住了她的眼睛。我清清喉嚨，正想說點什麼，化解不該有的緊張時，她卻抬起頭，用一對綠眸盯緊住我，害我無法呼吸，更別說是擠出清晰的思路了。我的每一吋皮膚都意識到她的存在。

「我……我沒辦法脫下來。」她說，語氣好輕。

我的心思完全飛往另一個方向，接著她抬起頭，彷若聆聽我的心聲。我立即甩開思緒，整個人火速退開，害安娜踉蹌了一下。「呃，我，嗯，我自己來。」我抬手扯下脖子上的繫繩，把項鍊扔給她。「讓我知道有沒有效，我先到外頭等妳。」

我來到洞外，用手耙著頭髮。*我是怎麼了？*她可沒暗示什麼，你別胡思亂想。沒錯，安娜在神廟裡確實笨拙地撲到我身上了，但她沒別的意思，對吧？她有可能只是很生氣而已。

我心中劃過一念，血液隨之凍住。*或者她以為我在生氣*，想跟我和好。我拍了一下自己的額頭，沒錯，那個買她為奴的虐待狂，那個被我宰掉的男人，一定要求她用肉體去平息他的怒氣。那也許是一種制約反應。

我雙手緊握成拳，*她真的以為我會用這種方式利用她嗎？*我真是個大白痴，我在她身邊一定得控制好自己的脾氣，否則她會為了安撫我的男性需求，而對我投懷送抱。我真厭惡自己，我想折回山洞裡去道歉，卻見安娜走了出來。

「弄好了。」她拍掉手上的塵土說：「我試過了，很有用。真理石讓我看到很有意思的事，我……」

「妳不需要那麼做。」我脫口說。

她彎翹的嘴往下一拉。「做什麼？」她問。

「妳沒……沒有欠我任何東西，安娜，我是指人情。」

「人情？」

我竭力擠話，但那些話像拼不出來的拼圖似的，夾纏不清地擠在我心裡。我若不小心處理這件事，只會造成更多傷害。我用軟靴踢著泥地，意圖解釋，「安娜，我想道歉。」

「道什麼歉？」

「很抱歉我……那樣抱妳，抱歉我亂發脾氣。」

她哈地笑了一聲，「你一向都在發脾氣，一點小事就被惹毛了，這又不是什麼新鮮事。」

「是啊，我知道，可是我以後不會了，再也不會了，因為我現在知道妳是怎麼回應的了。」

安娜兩手往胸前一疊，說道：「你不喜歡我回應的方式？」

「不，我的意思是，妳不必如此，我並沒有期望那樣，那不是……那不是男人應該對待女人的方式。」

安娜嘆口氣，「你能不能有話直說，別再打迷糊仗？聽你來來回回扯些言不及義的東西，實在很消磨我的耐心。」

「又來了，妳看吧？」我指著她說：「我就是在講那個，我很努力想表現體貼，我不認為我很難相處，可是妳非得嗆我不可，而我卻只能當個爛好人。」

「是啊，我知道。你接下來就要告訴我，你跟有名的凱西處得有多麼好了。」

「我確實跟凱西處得很好，跟妳比，她好相處多了。」

「好啊！她若讓你那麼快樂，你就應該回去她的時代，讓我獨自留下來就好啦。我不需要你幫忙，當然也不希望你覺得被綁在我身邊。」

安娜扭頭穿過樹林，我急忙跟上去。「安娜，等一等，安娜，拜託妳停下來。對不起啦，不管妳信不信，我是真的想道歉。」

她快速回身大步向我走來，在離我很近的地方停住，她渾身氣到緊繃，珠寶般的眼眸堅毅如鋼，「那就說出你想說的話，季山，這事就算結束了。」

「首先，妳得知道，我並不覺得自己被綁住了，至少不再那麼覺得了。我想待在這裡協助妳。其次，凱西是我過去的一部分，沒錯，是重要的一部分，但我已接受她跟我哥哥在一起的事了。她跟他在一起很幸福，我不會去干擾他們。」

「第三呢？」她靜靜地問，已不再生氣，就像顆洩了氣的氣球。

「第三？我不喜歡妳喊我季山。我喜歡穌漢。」

她嘴巴一撇，「你會更喜歡我喊你偉大的穌漢王子嗎？」

「別扯到別的。我還沒講到最重要的部分。」

「哪個部分？」

我伸出手，她往下一瞄，翹起嘴唇，然後終於把手放到我手中。

「最後一點……無論我有多麼生氣，或多麼挫折，我絕對絕對不會像那個虐待妳的男人那樣對待妳。」

她張嘴想說話，我輕搖著她的手。

「讓我把話說完，我不會去期望妳做任何事，安娜，妳不必揉我的肩、親吻我，或甚至來抱我。事實上，我下半輩子能夠當妳的虎兒，就已經非常心滿意足了。妳可以把我當成妳的保護者，就像令兄一樣。我知道妳經歷過什麼，我不會造成妳更多的痛苦。請相信這點，安娜，當我說，我永遠永遠不會用那種方式對待妳，請妳務必相信我。」

我低頭去看她的臉，希望她能看出我的懇切。她的臉上再次出現各種雜陳的情緒，但她依舊對我隱匿思緒。我握緊她的手說：「妳明白嗎？安娜？」

「是的。」她說，聲音平淡而低沉，「我明白了。」

「很好。」我鬆了口氣，努力對她露出兄長般的微笑，「好啦，咱們的清單下一個項目是啥？四屋嗎？」

「不是。」她心煩意亂地答道：「是的。」她搖搖頭站開，「我的意思是，我們能明天再做嗎？我累了。」

我擔心地搭住她的肩，「當然，我的意思是，沒錯，妳施用了很多能量，一定累壞了。我們該去睡了，妳想回家嗎？」

「不想，我們在這裡的工作還沒完成，也許我們可以睡在這裡？」

「好啊。」我搔著頭髮，轉圈思量，想到了一個主意。「我，呃，我知道有個地方，也許妳會想試試夢之林？我跟凱西曾在那裡睡過一次。」話一出口我就皺眉了，我知道那可能還是個敏感話題，但安娜僅是冷冷地點點頭。

我帶她來到夢之林，想起我們得創造一切，便忍不住呻吟，「妳能信任我，讓我處理這件事嗎？」我問。

她揮揮手，自己跑去採花了。

「好，開始了。」我透過連結，取用女神的法力，以護身符的土片打造亭子，然後用聖巾造了一張吊掛在樹林間，像吊床似的大床。花朵與藤蔓伸展過去，填補枝枒間的空隙，形成隱護。等我完工後，安娜撫著床墊，「看起來好舒服。也許我該在自己花園裡打造一張。」

「我會很樂意幫妳做一張。」

看到安娜被她所愛的花卉和植物環繞，令我覺得非常窩心。安娜繞到床的另一側，撫著絲滑的床單，聖巾在她身上編織，為她製出一件輕若綢緞的薄紗睡袍，色澤如鴿翼的袍子貼著她的胴體，令我完全無法視而不見。她背後拖著一小段衣襬，髮上的髮帶不見了，長長的髮絲像閃亮的波浪垂在她背上。安娜轉身時，我嚥著口水。

「妳，呃，妳看起來好漂亮，安娜。」真的。阿娜米卡就像站在花園裡的仙女公主，美得令人屏息。我漫長的一生中，從未見過如此令人迷醉的人物，沒有什麼能與女神的美相比。任何男人換做是我，必會拜倒在她腳邊，沐浴在女神的暖意裡，靜候她賞賜微笑的那一刻。我屏著氣，發現自己也在等待，但她的嘴怎麼也不肯往上翹。

她垂眼看著自己。「咦？」安娜心不在焉地拉著喇叭狀的蕾絲袖子，渾身自帶光芒；掛在她脖子上的真理石對我的實話回應亮光。光芒環伺安娜，使得小樹林泛出魔幻的氣氛，尤其在她剛創造的這座烏托邦裡，夕陽的紅光正逐漸被暮色取代。

「妳果然是位不折不扣的女神。」

她僵硬而客氣地表示：「謝謝你。」然後走到床頭撫摸枕頭，輕輕拍著。「所以你跟凱西以前睡這兒嗎？」她問：「一起睡？」

「是的，柏拉圖式的那種。」我很快解釋，「夢之林有特定的法力，讓我們夢見未來的事。」

安娜咬著下唇，「你的意思是，就像那塊圓錐石嗎？」

「呃，現在仔細一想，大概是吧。」

「你還有別片的真理石嗎？」

我搖搖頭，「不在這裡，但放在家中。」

安娜閉起眼睛，等她再度張眼時，手掌裡已多了一小片真理石。

「妳是怎麼弄的？」我問。

她只是聳聳肩，對石片吹氣，石片便嵌到用樹枝編成的床頭板裡了。「可以睡了嗎？」她躺到鬆軟的大床一側。

「呃，我不確定那是不是個好主意。」我用手背揉著脖子。

「別亂想。」她說：「你就像我兄弟，不是嗎？」

「是啊，對啦，只是……」

安娜直直望著我，「你也需要休息，有了我的虎兒守在身邊，沒有什麼能傷害我。對嗎？」

「對，可是……」

「今晚就別再說了，穌漢，睡吧。」

她拉起被單入眠，我躺到她身邊，背對這位美麗的女孩，盡可能地挨近床緣。「祝妳好睡，安娜。」我嘀咕說。

「你也是，我的虎兒。」

她的柔聲細語飄盪在上方，像雪片般落在我身上。我不知道自己是否真有那麼累，或是被她施了睡咒，總之，我在短短幾秒內便深深熟睡，潛入一場極為熟悉的夢境裡了。

29 物以類聚

我好快樂，前所未有地快樂。我跟著一群年輕人出外打獵，他們身體強健，企圖旺盛，我雖化成虎兒，但他們似乎十分自在。其中一個在樹後停住，撮口對我做暗號，就跟卡當對我們做戰士訓練時那樣。他黑如烏鴉的鬈髮綁在脖子後方，一身銅色皮膚，那對湛藍銳利的雙眼，即使在破曉前的微光裡，看來依然熟悉。

年輕人打著暗號，獵物已近。我得圈住獵物，他和其他幾位則站定位置。當他們準備好後，我把獵物趕出來，在樹叢裡潛行，直到來到一處俯瞰大片草地的山丘上。樹枝的折斷聲令我機警地伏下身，輕抽著尾巴，有一小群鹿在底下慵懶地吃著草。

我聽到貓頭鷹的叫聲，但認出是人裝的。我從藏匿的地點跳出來，鹿群立即從我身邊躍開，盡速竄過樹林。一支飛箭咻地射來，接著聽到一隻動物的叫聲，那獸隻當即倒地，當我跳過去時，牠已經死了，射殺得極為乾脆。

這些獵人非常厲害，若非我聽力超強，恐怕根本不會聽到他們的動靜，而且他們隱身得很好，我只能靠鼻子聞出他們的位置。即便用了嗅覺，其中一位還是出乎我意料。他藉著躲在下風處，隱去自己的氣味。他用長槍射下第二頭動物，第三人用加強承重的網子捕獲牠。被困的鹿隻掙扎著，直到男人出現，俐索地拿刀割過鹿隻的脖子。他一手撫著鹿的背部安撫著，直到牠終於安靜下來，死去為止。

他們把鹿隻打理好，架到長桿子上準備運送後，六名年輕人扛起獵物，另外兩名則到前方探路。我走在他們之間，我右手邊的男子轉頭垂眼看我，得意地咧嘴笑說：「你動作有點慢欸，老頭子？」

其他人發出輕笑，我低吼著作勢咬他。他們身上的毛織披風在他腳上的靴邊拍擊，我發現他用一副寬肩，輕鬆地扛著一整頭公鹿的重量。他很以自己的獵獲為傲，這是他該得的。那動物未受到什麼苦，他的射術比我多年來訓練過的任何戰士都厲害。

我抬眼瞄著，男孩閃動一對明亮綠眼說：「我們算不算贏了這場賭局，父親？」

我化成人形，輕輕揍了他的肩膀一下，然後對他笑說：「這裡要是有人變老，一定是你。你們剛才幹得挺漂亮，好吧，算你們贏了，不過別跟你們母親說啊，你們也知道她那個樣子。」男孩們哈哈大笑，我的心在胸口一脹。是我的，我心想。那些英俊的年輕人是我兒子，我不知道我怎會曉得，但我就是知道。

其中一名負責偵察的十六歲少年一臉警色地折回來說：「父親，您可瞧見地平線上的煙氣了？有個村莊受到攻擊，我們是否該召喚女神？」

「有多少人？」我尋思道。

「估計有二十幾人。」

「你認為我們對付得了他們嗎？」

男孩抬起眉毛，看我一眼，意思是我應該早就知道答案了。

「好吧。」我說：「我不覺得有必要吵她，咱們得把鹿藏好，之後再回來取鹿，希望不會有別的東西把牠們拖走。」

「人命比肉更重要。」我左手邊，一直很安靜的金髮男孩表示，他和他兄弟把鹿抬到附近一棵樹上，盡可能地把鹿放到高處，然後用樹枝掩住。他們看起來不像兄弟，但我知道他們是。其他男孩依樣照辦，不久三頭獵物均小心地掩藏在綠葉裡了。牠們的氣味還是會引來食腐性動物，但運氣好的話，不至於引來任何大到我們無法驅離的東西。

我揚起嘴角，驕傲地點頭看著他們。我把他們調教成厲害的獵人了，無論是人或老虎。等他們處理完後，我說：「咱們去看看，這會兒又是哪一路的土霸王在造亂。」

一夥人出發，然後我便被移到另一場夢境裡了。在這場夢裡，甜美的凱西抱著一名金眼寶寶，她喊他阿尼克．季山。這是她的第一個孩子，場景繼續上演，我首次發現到，此刻的夢境跟以前看到幻覺時並不相同。在另一場夢到兒子們的夢裡，我是他們其中的一份子，我會說話，並感受到夢裡的感覺。當我看到凱西時，雖然開心，但那種驕傲感卻不見了。我是個局外的旁觀者，那感覺並不差，不完全是，但就是不一樣。

我那幾名獵人中，有一個生得褐眼粗鼻，五官稜角分明，非常像我父親。我總以為他就是凱西寶寶長大後的模樣，但現在我注意到一些細微的差異了。他的鼻子形狀不對，氣味也不同，即便在夢裡，他的味道還是很強。

那個場景結束後，我被帶到別處。我在叢林裡跟卡當說話。他很悲傷，卡當坐到我身邊撫著我的虎頭，背靠著樹。一人一虎觀看日落，我的心情既沉重又充滿希望。

那場夢淡去了，新夢繼起。我聽到女人的笑聲，我在黑暗中追她。我眼上蒙了紗，而她身上又一點氣味都沒有。「來追我呀，虎兒。」她招手要我過去，我百分之兩百可以逮住她。我的爪子刮著所站的木條，縱身一躍，在落地前化成人形，抓住女人的腰，兩人一起滾落，最後她停在我上方。

「我贏到什麼了？」我喘著氣問，一邊笑著撥開她臉上的頭髮。我依舊看不到或聞不到她，但她臉上的弧度為我所熟悉。

「我們可以先接吻，然後再看後續如何？」她酥聲地笑了。

「我應該可以辦到。」我撫著她的臉，將她往下拉。兩人嘴唇相貼時，周圍泛起了光，勾勒出她的身形。我們四唇相擦，緊密貼合，再也分不清你我。我一手扣住她的頭，另一手沿著她的背脊緩緩下滑，直到她曲起的臀部，我壓緊住她柔軟的豐臀，將她拉到我身上，然後在她唇邊呢喃：「我想看到妳。」

她用指尖點著我的鼻子，「我想……暫時還不行。」

我呻吟一聲，吻住她的頸子，將她的衣袖褪下肩膀。她嚶吟著拱起頸子，貼近我的吻。我吻遍她的下巴，然後吻下她的頸線，慢慢探索她的每一吋。

她耐不住地把我的頭轉過去，用絲絨般的唇吻住我的，扭動身體貼得更緊合。她豐腴的身體擠貼在我身上，我將她攬緊，緩慢深長地順應她的渴求吻著她，一邊把手探入她髮裡。我聽到春雨答答落在我們上方的綠蔭，雖然我還是什麼都看不到，卻已不在乎我那有限的視覺了。重要的是，只要我能感受到她、觸摸到她就好了。

我溫柔地按住她的背，兩人再次翻身，換我在她上方，我用手肘頂地，以免體重將她壓痛。她拉著我的襯衫，想把我再拉下去，但我不依，用手握住她蓋在我心口上的手。「我愛妳。」我說：「我最近有跟妳說過嗎？」

我不必看到她的笑容，便知道她在笑了。「你常告訴我，而且說得超用力，聽到的人都知道我名花有主了。」

「很好，絕不能有男人以為妳沒有對象。」

她捶打我的手臂，接著抬頭輕吻我的耳朵，呢喃道：「我也愛你這隻憤怒的野獸。不過，你要是再不親我，我可能要考慮換對象了。」

「呃，我絕不容許那種事，我美麗的小姐。」我討好地說。

她絲緞般的柔唇很快找尋到我的，我迷失在她的懷抱裡，她的手臂纏在我頸上，嘴唇微啟，夢境變得更加激烈，更引人入勝了。森林的氣味鑽入我的鼻孔，四周環伺各種花香，玫瑰、茉莉、百合，還有常綠樹和壓扁的草香。

光線黯淡下來，成了沒什麼光彩的煙灰色和淡粉。漸漸地，我發現自己不再躺於地上，而是一張柔軟得有若仙子翅膀的軟床。我的視力恢復了，我抬起頭，看到自己的手指與她的交扣，兩人的手歇靠在床頭板旁。我們手掌摩貼，十指緊緊疊壓。我鬆開她的手，用指尖順著她的長髮描畫，她的頭髮如光暈般地散躺在枕頭與被單上。

她不耐地嬌嗔著抬起我的下巴，要我轉回頭面對她。我再次閉起眼，垂下頭去吻她。女人緊抱住我，雙手揉壓我的背，然後滑到我們之間，撫摸我裸在襯衫開口中的胸膛。我因為發睏而心思混沌，也不急著醒來。這是場甜美、激情而完美的夢。我的嘴配合著，任由她用溫柔甜美的吻逗弄引誘我。

她拉著我的襯衫，我在她唇上呢喃：「等一分鐘就好，我美麗的女神。」

她鬆開與我交纏的四肢，我起身打算脫掉襯衫，卻突然發現自己不是在做夢。我垂眼看著現在清晰可見的女子，解釦子的手頓然打住。阿娜米卡躺在床上，美麗溫柔如摘下的鮮花，她的唇被我吻得透紅，她挺起的酥胸上漸漸泛起的紅暈，盪向她的顴骨，甚至將她的肩膀染成了粉紅。

安娜的頭髮襯托出她美豔的臉，浪捲的秀髮像太陽散射的光芒般，從她身上散開。我好想把手指埋入她髮裡，一把拾起。看著她，你才明白什麼叫天真與熱情、迷人而危險，力量與脆弱。她是集女人、女神及女孩於一身的媚惑尤物。

我俯望她，震驚地張著嘴，她伸手滑向我的臂膀，我渾身發顫，渴望再次撲回她身上，竊用她眼裡的慾念。我對她的渴求撲天而來，我無法理解夢之林為何會將我引上這條令人羞愧而罪孽深重的途徑。

「穌漢？」安娜皺起眉頭說，但青綠的眼眸仍睡意濃重，「怎麼了嗎？」

「我……我……我很抱歉。」我的身體終於跟得上腦子了，我連忙從她身邊離開。安娜坐起來，絲柔的睡衣從肩上褪得更開，幾乎都快讓她走光了。我在衣服滑掉之前轉身，結結巴巴地說：「我，呃，我到外邊等妳。」

我衝過垂掛的蔓藤，從樹上扯下一些用力扔到旁邊，大聲踩著步子穿越森林。我渾身緊繃發顫，難以拋下她和她誘人的香氣。我像隻關在囚籠裡的困獸般來回踱步，我用拇指擦著嘴，閉上眼睛，依然嚐得到她的味道。我的血液在血管裡重重搏動，我的身體堅信只有白痴才會把一位如此暖玉溫香，願意投懷的女子獨自扔在床上。

但我心中的虎兒對剛才的事並不覺得有何不對，安娜是我的，我也是她的。我們的連結已經沒有什麼能相比了，只要我們願意，天地間沒有任何東西能將我們分開。虎兒被希望與需求驅動，一切言表於外。即便是此刻，安娜還有一部分在呼喚我，或虎兒。我踉蹌了幾步，回應她的召喚，折回夢之林，但我並沒有進去。

「我來了。」我隔著藤蔓僵硬地說：「妳有什麼事嗎？」

安娜走出來時，植物自動往旁退開。她穿了件像松綠色海洋般的緊身藍長衣，仿麂皮的馬褲和及膝長靴。這副打扮將她的身材襯得美極，害我喉嚨發乾，脈搏加速。她的頭髮往後梳，我看到她脖子還有微微的淡紅，可能是被我下巴上的鬍渣磨出來的吧。我心虛地別開眼神。

「我要你解釋一下剛才的行為。」她平靜地說。

「我……我不知道該說什麼。我在做夢，然後……」我張著嘴，卻吐不出話。我抬眼看到她插著腰，擺出典型的頑固站姿。

「繼續說，」她表示：「你在做夢，然後……」

「然後……就沒了，沒什麼，以後不會再發生了。我道歉，我實在沒有理由……」

「沒有理由……怎樣？」她大步逼上來，快速拉近距離。我惶然地不斷往後退，直到背部撞到一棵樹。

「像那樣子吻妳，我不是故意的，我跟妳保證，以後不會再發生那種事了。」

「哦？」她又踏近一步，我若能遁入樹幹裡，定然不會猶豫。「你說你不是故意的？我怎麼覺得你是故意的。」安娜用手抓住我的二頭肌，靠到我身上。她的臉上泛著柔光，襯得五官更加分明，尤其是那張玫瑰般紅潤的嘴。我的眼神垂往她的豐唇，安娜笑了。

我感覺她的情感溢於言表，跟我一樣，盤旋著一絲徘徊不去的慾念，但它此刻躲藏在別的東西之下。*是恐懼？緊張？*無論是什麼，安娜不肯與我分享。在夢中，我對這名女子，對安娜，徹底坦開心懷，可是醒後我們再次築起了隔牆。

不過安娜還是透過連結對我發話。*我也夢見了，穌漢，*她在我心中說。*我的過去與未來之間，確實有個空間，我看到了，現在我知道它的存在，我的目的是將它據為己有。你是想把它從我這兒奪走嗎？*

「不是的，我……」

她打斷我。你總說，你是那種會為自己想要的東西奮戰的男人。安娜踏近一小步，大腿擦在我的腿上，我所有清晰的思路，就像仙子的願望般一下飛走了。安娜用手指畫著我的鎖骨，緩緩滑向我的胸口，只有在碰到襯衫時，才會稍事停頓。我感覺它分分毫毫的移動。

安娜凝視我的胸膛良久，然後張手貼到我心口。我承認，我想要的東西，以各種方式折磨我。她在我心中低聲呢喃，安娜轉過頭，彷彿再也無法直視我，她雙手垂放身側，問道，你想要什麼呢，虎兒？

「我想……想要……」我想不出自己在這世間究竟想要什麼。至少，我沒想出任何適切的東西，尤其她的唇僅離我數吋。我答應過安娜，我會像兄長，像知心好友一樣地待她。我閉起眼睛，試圖回憶年少的阿娜米卡，那個全心依靠我的孩子，但我無法想起她的模樣。

安娜抬眼端詳我的神情良久，她嘴角一垂，似乎頗為失望。「呃。」安娜說著用手指輕點我的鼻子。「等你想清楚再讓我知道。」她快速轉身，開始大步朝小徑走去。「來吧，虎兒。」她說：「咱們去幹活了。」我走在她背後，努力去看飛鳥、天空、綠樹和任何東西，就是不去看她搖擺的臀部或那對逆天的長腿，可是即使我盯著地面，心裡還是想著她那張嘲弄的嘴，她之前還渴盼我能以吻封唇。

我們來到群山間的通道，凱西和我首次在這裡看到巨樹，我很驚訝大樹已經在那兒了。「這是妳稍早弄的嗎？」我問。

「沒有。」她心煩意亂地說。安娜舉起雙臂，在我們周邊造出一顆泡泡，我們便飄往遠處的地面了。兩人走著走著，她心思凝重地抬眼凝視枝枒，我鉅細靡遺地描述巨樹和四屋的模樣，但她似乎聽若罔聞。

「安娜，」我說：「安娜，我剛才跟妳說什麼來著？」

她揮揮手，「好像跟烏鴉有關吧。」

「妳在心煩什麼？」我問。

「那棵樹。」她停下來抬頭看著，然後彈彈手指，一大片葉子落下來，像隻大風箏似地在我們上邊旋繞，最後落在附近地面。安娜拾起葉子撫著，然後閉起眼睛。幾秒後，她滿臉驚喜地張開眼睛。「太神奇了！」她說。

「怎麼了？」我伸手打頸背上的蟲子。

「這樹會對情緒起反應，你到這兒來，咱們做個測試。」

「測試什麼？」我咕噥著跟她走到另一棵樹旁，那是一棵長在巨樹枝枒下的小樹苗。

「這裡，」她說：「轉過去，站在那邊。」

「好吧。」我答道，把手疊到胸口，「現在又要幹嘛？」

「現在……你得吻我。」

我張大嘴，「我得怎樣？」我問，希望是自己胡思亂想。

「你得吻我，就像之前那樣。」

「呃，不要，那樣不太好。」

「為什麼？你怕我會傷害你嗎？」

我哼道：「不是啦，做哥哥的怎麼可以這樣。」

安娜罵道：「你又不是我哥。」

「是啊，我不是，可是如果他在這裡，一定也會認同這是個爛點子。」

「你為什麼這麼難搞？我只是想測試我的推論而已，我只要求一個簡單的吻，你以前就沒反對過。」

「以前我又不知道自己在幹嘛。」我揚聲說，連我自己聽起來，都覺得有點歇斯底里兼緊張。「唉。」我努力想辦法迴避她的要求，「妳到底想證明什麼？」

安娜插著腰，我想關掉的那部分腦袋告訴我，我可以輕鬆地做到她的要求，只要抱住她的腰，將她拉向我就成了。我叫它閉嘴，然後對安娜皺眉。

「那棵樹，」她指著我們背後的樹，繼續用一對堅定的綠眼盯住我，「是我們創造出來的，是我們今早接吻所誕生的。」

我毫不遮掩地嘲笑說：「那……那是不可能的，安娜。」

「不可能嗎？樹根一路伸回夢之林，我可以感覺得到，那直接相關。」

「而妳從一片葉子上得知這一切？」

她不耐煩地嘆口氣。「你自己瞧瞧。」她把我的手放到葉子上說。「你能感覺得到嗎？」

我很快把手抽開，我確實感覺到了。樹葉顫動如被我撫摸的安娜的四肢。

安娜接著說：「細細的綠色葉脈，在我的掌上敲動，就像你貼在我手上的心跳一樣。樹根搔著我的腳趾，要我賜與更多養分。枝枒咿呀作響的訴說它們的悵惘，風兒用回憶嘲弄我，我也是培育萬物的女神，這是我的領域，大地以這種方式對我做出回應，是很自然的事。」她每說一句話，就逼近一吋。

我重重吞嚥口水，設法反駁，「所以……妳是說，妳只想測試這項推論，只要一個簡單的吻，妳就會知道了。」

安娜挑著細緻的眉毛答道：「是的，我就會知道了。」

我咬著唇說：「好。」我嘆口氣，像要赴斷頭台似的，我搭住她的肩，指尖幾乎沒敢碰她。

「來吧。」

她皺著眉說：「對後面的幼苗敞開你的心，看你能否像我一樣地感受它。」

我探向前，猶豫地看安娜閉起眼睛，抬起唇向我靠近。我盡可能客氣地把嘴貼到她唇上，然後抽開身。我忍不住發現她渾身發顫。

她打我的手臂一掌，「剛才那是什麼？」她問。

「一記吻啊，就像妳要求的。」

安娜來回踱步思忖，口中喃喃有詞地說：「那跟你之前吻我的情況完全不一樣。」

「是啊，可是我現在只能做到這樣。」

「季山……」她開口說。

一聽到我的舊稱，我便怒由中生地吼道：「我跟妳說過別那樣叫我！」

「如果我喊你傻瓜呢？你這隻冥頑不靈的老虎。」

小樹苗在我們後面顫動，現在我注意到了，覺得它在回應我們，細小的葉片在枝子上捲起，顏色也變黯了。

「別這樣！」安娜抬起手撫著一片葉子，枯萎的葉子脫落墜往地面，掉在安娜腳邊。「現在知道你幹了什麼好事了嗎？」她吼道，將我從樹邊推開，「你把它殺了！」

「我殺了它？」我拍著胸脯說：「是誰先想到接吻的妙招的？我倒覺得害死它的人是妳。」

我們聽到頭上一根沉重的枝子傳出呻吟，兩人當即愣住。「噓。」安娜說著抓住我的手緊握住。「我們不能再吵了，否則也許會害死大樹。」

「如果我承認妳說得對，我們可以忘掉此事，把咱們的工作做完嗎？」

安娜注視我一會兒，然後點點頭。

我們走到巨大的樹幹邊，我想到剛才安娜說的話。**大地有可能回應她嗎？**絕對有可能，但我不懂的是，親吻她，為什麼能造出一棵巨樹？

安娜站在樹腳，閉起眼睛唸道：「芳寧洛，我需要妳。」安娜在空中揮手，摸著掛在頸上的護身符。閃光環繞她的手，片刻後，芳寧洛出現了，她對女神昂起頭。

「我需要妳幫忙。」安娜把手貼到地面，芳寧洛發出嘶聲，抬起上半身，張開頸扇。她像催眠似地來回擺動，不久，一條綠蛇從草地裡滑出來，用鼻子觸著芳寧洛的鼻子。

「呃，」我說：「這蛇有點太小了吧，我說過那蛇很巨大。」

「男人為什麼這麼沒耐性？」安娜問芳寧洛，「他們連在自己鼻子根前的事都覺察不了。」金蛇轉著頭，彷彿在打量我，接著她吐出蛇信。安娜彎身撫摸綠蛇頭上的鱗片。「你可願意幫忙你的女神？」她問。

安娜歪著頭等了一小會兒，彷彿聆聽我聽不到的答案，然後她開始施法。她將幾股不同的力量——卡曼達水壺的療癒力、芳寧洛、護身符的土片及風片——將它們用一種獨特的新方式擰在一起，把這份贈禮注入小蛇體中。

小蛇在我眼前長大，不僅有了偽裝自己的能力，同時還能說話。安娜給他各種指示，他對女神垂首行禮，然後消失在巨樹一側。他的身體滑動時會發奇怪的聲音，過了好幾分鐘後，他的尾巴才終於消失。

「但願他記得所有吩咐。」安娜說。

「他怎會不記得？」

安娜聳聳肩，「他的頭腦非常簡單，不過芳寧洛說會幫他。」

安娜挺直身子，在樹上造了扇門，她跟在香格里拉一樣，用法力點亮樹的內部，將它做綿延無盡的重新打造。「來吧，稣漢。」她說：「芳寧洛，看妳是要回凱西身邊，或暫時先陪陪我們。」金蛇纏到安娜臂上，算是回答。

安娜用泡泡包住我們，帶我們飄入空中，把巨樹裡的木頭重造成台階，並挖空裡頭一些地方，讓我們繼續往上攀登。她只花一會兒功夫，便造出葫蘆屋了。等我們來到妖精之屋時，她打造得更是得心應手，黑色的木頭天花板高聳上方，但我還不知去何處找妖精。

一道細流從樹幹內部流下，安娜讓水聚到她指上。「我的老師，我的意思是指卡當。卡當有次告訴我，妖精就是半人半魚，住在海底的人魚。」

「在某些故事裡確實如此。」

「也許就像從淚水裡生出來的河童一樣，這些妖精也會自己生出來。」

「妳到底在說什麼？」

阿娜米卡沒有回答，只是攤開手掌，悄聲說了些我聽不到的話。她手中出現了三叉戟，安娜用戟尖觸著水流，然後閉上眼，低聲召喚。

一開始，她的呼喚沒有獲得任何回應，我正想走過去跟她討論其他選項時，安娜抬起一根手指按住嘴唇。「你聽見他們了嗎？」她問。

我搖搖頭。

她抬頭微笑道：「各位可以出來了。」

一團灰溜溜的霧氣從樹的節孔裡流出，漸漸增長，形成人形。等霧氣聚形後，他們對女神行禮。我立即認出他們就是困住我和凱西的妖人。當其中一位俊美的年輕人拉住安娜的手行禮，並親吻她的皮膚時，我自己都跟著皮膚發熱。

「別碰她。」我推著他裸露的胸膛，將他趕開。他只是對我微笑，接著我感覺有個女人搭住我的臂膀。我將她甩開，「妳休想。」我說。

「別這樣，穌漢。」安娜表示：「你對客人太失禮了。」

「什麼客人？」我嘶聲說：「妳知道他們是什麼東西嗎？知道他們能幹什麼事嗎？」

「當然知道。」她走到一名年輕人身邊，年輕人示意相迎，一張椅子出現了，年輕人要安娜坐下來放鬆。女生們不敢靠近怒瞪她們的我，我大步走向安娜，她正躺在椅子上。其中一名年輕人已幫她脫下靴子，正在幫她按摩腳。「啊，感覺好舒服。」她說：「我覺得你的按摩可媲美我的虎兒。」

「安娜。」我的語氣頗為氣憤暴躁。「我堅持立刻離開這裡，妳不知道這些妖物有多危險。」

「危險？」她哈哈笑說：「他們跟絲袍一樣無害。」

我雙臂抱胸，「絲袍要是穿在對的人身上，也可以很危險。」

她瞇起眼睛，「我可以跟你保證，他們沒有惡意，他們從自己的國度被放逐而出，就像缺了水的雲朵。接收並給予愛，讓他們有了目標，感到滿足。」其中一名男子跪到她身邊，把頭靠到安娜腿上。她撫著男子的頭髮，看得我妒火中燒。她愛憐地撥弄他的頭髮，「他們像被風吹動的雲朵般飄浮千年，是我容許他們化成人形，給他們目標的。」

「妳知道他們真的會把人愛到死嗎？」

安娜在我身邊，從不若在他們旁邊那樣舒暢放鬆。

他們感覺到安娜心情一變，便退開扶她站起來。「那樣很不好嗎？」她辯駁說：「即使他們所愛的人變老變醜，他們還是全心全意地愛著他們。」

「他們害人思路不清，誘惑人們，操弄他們的情緒，挑逗他們的五感，甚至在短短數秒間也誘惑了妳。」

「不，」安娜堅持說：「他們給孤獨的人想要的，填補他們空虛的心靈。我承認，那確實會造成一定的束縛，但他們並沒有奪走對方選擇的自由。」

「如果他們的受害者想體驗與其他人，與某位真命天菜的關係呢？」

「你根本不懂什麼叫受害者。」她犀利地駁斥道：「世間有很多人從不曾找到所謂的真命天菜。沒錯，他們源源付出了情感，結果被選上的人最後都死了，事實上，那些人死後，他們也根本不記得他們了，但至少那些人體驗過感動、慈愛與陪伴，有很多人死時一無所有。」

四名妖精極其不安地圍在她背後，同情地用手搭住她的肩膀。

「安娜，」我慢慢說道：「我不是有意要……」

「我不會像花兒般在花莖上悄悄枯萎。沒錯，我曾經歷過風霜，被一名男子的鞋跟踐踏過，我的怯懦和脆弱曝露無遺，然後被人像垃圾般地扔到一旁。但我還活著，這個殘破的女孩又站起來了。我選擇迎向陽光，從中汲取養分。你難道不明白嗎？我也渴望接觸人，希望被一個善待我，關心的我人撫摸，為他所愛，但我寧缺勿濫。鯀漢，尤其在我見識過那種可能性之後。」

我的眼神從她激烈渴盼的眼眸，轉向站在她背後的四名妖精上。我好想將他們全都撕爛。接著我看著安娜，為她心疼。安娜對我變得十分重要了，可是若與這些妖精同處，能使她快樂，那麼我有何資格攔阻她？那名男子輕輕按著她的手臂，安娜甚至沒有縮身，不像被我碰著時那樣。我緊抿著嘴說：「罷了，阿娜米卡，如果他們是妳想要的，我就把妳留給他們。等妳準備離開時，再來找我。」

我向後一轉，衝出屋子後方，找到熟悉的階梯往上一躍，途中化成虎兒。我發出挫敗的咆哮，攀上巨樹，直到找到一小處挖空的角落才停下來。我能看到這塊凹處，算是運氣好，因為沒有安娜自然散放的光芒，我幾乎無法視物。我爬了進去，把頭枕在掌上閉起眼睛，想拋開心中的怒氣。

我八成睡死了，因為我完全不知道安娜來找我。「你發完脾氣了嗎？你準備醒了嗎？」

我猛然起身，一頭撞在小洞頂上。我甩著頭跳出小洞，變回人形。

她根本不懂我當時在發什麼脾氣。我不知道自己睡著多久？安娜與妖精同處多久？一想到那些男生對她上下其手，親吻她，擁抱她，我就一肚子氣。她怎能在之前那樣吻過我後，一點解釋都不給地就去找他們？沒道理。

「你不打算跟我說話嗎？」我們向前走時她問。

「我不覺得有說話的理由。」

「啊，你在生氣。」

「沒。妳想跟誰做什麼隨便妳，不關我的事。」

「哦？如果不關你的事，你心情是在糟什麼？」

我聳聳肩，「我只是想把這件事辦完。」

「我也是想把這事處理完。」

「那咱們走。」

她嘆口氣，搖搖頭，我跟著她穿過巨樹裡如迷宮般的路，來到一處感覺似乎有點熟悉的寬大洞穴。我一開口，聲音便在空間中迴響，女神的光芒打亮了外圍，這看起來像個層層疊疊的深槽，有許多石化的山尖。每座尖頂與下一座尖頂，都有用交錯樹根製成的橋梁相接。

「這就是蝙蝠洞嗎？」我問。

「我覺得這是個很適合當蝙蝠洞的地方。」

「看起來不太對，凱西和我是手腳並用才爬到這裡的，而且當時這裡沒有那些橋。我得從一處躍到另一處方能救她，那是蝙蝠要我通過的測試。」

「哈。」安娜大笑一聲，「聽起來像是你活該得的。」

「我活該？又不是我要……」四周的木頭震動著，其中一座橋一扭，斷落而下。

「我若是你，我會很小心。」安娜咋舌說：「你很可能害整片地區崩塌。」

她走向一座橋，然後抬眼凝望。我心不甘情不願地閉上嘴，怕自己失言，害我們往下墜。我們雖然不容易死，卻不想冒任何不必要的險。安娜頓一下，手放在一根藤條上，藤條在她指下長出綠葉。

「怎麼了？」我問。

「一道回憶。」她回眸說，露出一朵悲傷的笑容。「這座樹根橋，與這裡所有其他的橋一樣，都是稍早製造出來的。這一條是你的手指纏在我髮中時生出來的。」

她走向前，我愣愣站在原處，思忖她剛才的話。即使我往前走，依舊想著。安娜指指其他東西說：「瞧見樹在那邊彎折了嗎？」她問：「那時候……」

「好，我知道了。」我打斷她，樹梢彎繞的模樣，顯然就是兩名戀人相纏的樣子。「等看到妳擁抱妖精們所創出的區段時，先警告我一聲，好讓我離得遠一點。」我說。

安娜頓住了，我聽到她輕聲對我說：「沒有這種地方。」

我垂下頭，拒絕再看四周的景況，我告訴自己，她是否意指與男妖之間沒發生什麼事，或剛才的現象僅發生於我們之間，都無所謂了。我來到樹頂，安娜在樹內打開一道門，直接通到其中最大的一根枝條上。她舉起雙臂，當成千上萬吱吱尖叫的小蝙蝠飛進樹洞時，她放聲大笑。牠們的聲音與她的笑聲融合為一，最後聽來像是所有蝙蝠都跟著她一起歡笑。

牠們硬珠般的眼睛，在幽暗的光線中閃著光。安娜以護身符的法力賜與牠們法力，就像對待小蛇那樣。牠們在我眼前長大，並獲得了說話的法力。安娜對牠們指示一番後，我們便離開了。

「那洞穴為何看起來如此不同？」我問。

「也許路上你又會惹我生氣，樹的美又進一步被破壞了。」

「很難笑耶。我是說正經的，安娜。」

她轉頭聳肩說：「也許是因為你和凱西在一個世紀之後，才會造訪這個地方。」

「我們的時間點離那麼遠？」

「萬物會死亡的，穌漢，時間會把一切化作塵土，連老虎都不例外。」她戳著我的胸口說。

我不喜歡她那種浮誇的態度，我不那麼在意自己也會死，但她？我從沒想過女神杜爾迦是會死之身。我一定得問問卡當，不過他很可能什麼都不告訴我。

安娜的腳從樹枝上滑了一下，我抓住她的手，可惜樹枝上的露水害我跟著打滑，兩人摔出去時，我將她拉近用雙手環住，轉過身護住她，以免她撞到樹枝。風呼呼吹過，在跌落的過程中掀起我們的頭髮，但接著我們不再墜落了，安娜抱著我的頸子，我們越飄越高。

她倚著我，把頭靠在我肩上，我不加細想地撫著她的長髮。我們沒有說話，沒說出聲，心中也沒有念想。自從那天早上，我們便互不搭理，我不知道自己如何才能打破沉默。我們一下子便來到樹頂了，我根本來不及想清楚接下來該怎麼做。安娜僅花了一會兒功夫，便打造出鐵鳥，並將聖巾放到其中一顆巨大的鐵鳥蛋下。接著她輕聲唸咒，讓凱西和以前的我，在取得聖巾的那一刻起，能使阿嵐和我，擁有一天化成十二小時人形的能力。

鐵鳥在被安娜改造之前，原本是翱翔的飛鷹，但一如其他安娜所造的動物，她在賜與牠們銳利的鳥嘴和金屬造的尖利羽毛之前，會先取得牠們同意。想到上回遇到牠們，自己差點沒命，就不寒而慄。牠們現在看來似乎挺安全，但我知道牠們將來會變得多麼危險。

我知道該走了，便伸手抱起安娜，親吻她的額頭，以示歉意。安娜對我露出天使般的笑容，然後踢著腿，讓空氣輕輕帶我們飄降。即使在巨樹的陰影裡，她的笑容依舊溫暖了我。

我們在樹枝間飛竄時，我問：「牠們為何不記得我——妖精、鐵鳥還有蝙蝠？妳刪去牠們的記憶了嗎？」

「就像我說過的，牠們是第一代的鐵鳥和蝙蝠，根本不可能把你們的故事告訴後代，牠們對事物的理解力非常有限。」

「好吧，那些妖精呢？他們跟我遇見時一樣，還是同一批，呃，同一批人。」

「是的，嗯，我確實抹去了他們的記憶。」

「噢，他們一定懊悔死了。」我悶悶地說：「很訝異妳竟然沒刪除我的記憶。」

她好笑地看著我說：「我跟你說過，我再也不會刪除你的記憶了。」她快速地眨著眼，然後輕聲問：「你希望忘記我們之間的事嗎？」

「不。」我立即答道：「妳呢？」

「我並不想。」

沒料到我會竟如此鬆口大氣，在夢之林發現懷中的人是安娜時的驚嚇已經淡去了。我夢中的女人，那位多年來盤據心頭的女人，已被一位非常真實的女孩取代掉了。我一向以為我在林子裡追逐、親吻、示愛的人是凱西，但現在我懷疑，那個人一直就是安娜。這是很合理的，安娜是唯一有法力遮去我視線，同時隱藏我們氣味的人。她的頭髮比凱西的長，身材也高出許多。

「那麼還有最後一件事。」安娜說，幸好她在我越想越多之前，打斷我的思緒。

「什麼事？」我問。

「烏鴉。」

「是了。妳要召喚牠們嗎？」

「不全是那樣。」

我們停到離地面極遠的一根樹枝上，四周的空氣隨著安娜將時間往前調，而變得混濁。我的胃一抽，肌肉發顫，兩個人進入我的眼簾——我和凱兒。安娜悄聲說：「好，現在不管你做什麼，都別碰觸到自己。」

她一彈指，聖巾的法力立即包覆住我們，雖然我們把聖巾留在樹頂上了。法力將我們變成烏鴉，我很不爽地拍著翅膀，對安娜大聲啼叫，她對我擠擠鳥眼，然後躍下枝頭。飛行對她來說，自然得像其他所有一切。她的羽毛與她的髮色一樣，在光線下閃閃發亮，我們跟著底下的人。

我笨拙地拍著翅膀，差點摔下去，我奮力鼓翅避免撞到自己。「呱！」我說，其實我想說的是：「小心！」幸好我腳先著地落到地面上了，接著我又立即起飛，跟以前的自己拉開距離。

時間快速向前轉，我利用與安娜的連結，在小樹屋裡找到她。她正坐在一個鳥巢裡，啄著蜂蜜蛋糕，旁邊躺著凱西的手環和相機。

妳到底在打什麼主意？我問。

偷東西啊，不知為什麼，我覺得好過癮欸。別擔心，我會把東西還回去的，他們現在又不需要用。那個盒子到底是幹什麼的？

那是相機，拿來攝影用的。記得我在馬戲團裡解釋過吧？

這要怎麼用？她啄著蛋糕問。

來，我弄給妳看。我用小小的鳥舌，勉強照了一兩張照片，這比我想像的艱難，然後把影像拿給她看。

就在這時，我聽到鬧聲了。我們從鳥巢邊緣往下望，看著我和凱西爭相爬進樹屋，那感覺好不真實。我很白痴地像猴子般盪進樹屋裡，我要是能翻白眼早就翻了。我也太愛現寶耍酷了，結果挨了凱西罵。

「看在老天的份上，你就別再現了。你知道我們的位置有多高嗎？你隨時可能摔下去，死得很難看。你好像把這當成一場很好玩的大冒險。」凱西說。

我試著把剩下部分轉走，我很明顯地在追凱西，想到安娜就在一旁看著，令人尷尬極了。慘的是，看到凱兒其實並未按我從前一廂情願的想法那樣去回應我時，自己也真的開了眼界。凱兒當然很喜歡我，可是我從新的視角觀察她後，發現我的親暱其實令她不太自在。

安娜目不轉睛地看著下頭的戲碼，我要是能呻吟，一定大聲哀號。

妳是怎麼辦到的？我故意問，想轉移她對下方的注意。

辨到什麼？她答說，眼神盯著另一個我。

妳是怎麼把我們變成胡金跟莫尼的，我把自己弄成橘色老虎，只是簡單地換色而已，可是變成鳥？我以前根本覺得不可能。

你忘了我們把年輕的絲匠變成馬了嗎？也許你對可能跟不可能的界定要重新定義了。好了，別吵，穌漢，我想聽。

我鼓著翅膀，懊惱自己的拙劣手法未能奏效。

「……我喜歡一直當人。」另一個我說：「還有，我喜歡跟妳在一起。」

噢，媽呀。知道安娜看著以前的我愛上凱兒，真的有夠奇怪，尤其我們最近發生了那些事。底下那兩個人終於坐下來了，凱西拿出她整齊的筆記。你不得不喜歡凱西的效率。我很想念凱西在身邊時的井然有序。我跟安娜靜默地看著他們，聽兩人談話。最後我不耐煩地發出聲音。

「哈囉？這裡有人嗎？」我聽見過去的季山問。

我們該怎麼辦？安娜用鳥語問。

呃，且戰且走吧。我上下晃著頭，我其實不太記得了，好像跟整理思緒有關。

安娜心浮氣躁地弄亂羽毛，衝著我呱呱叫，算了，她說，咱們會搞清楚的。

她飛下枝頭，我跟著飛出去，但還是飛得十分笨拙，安娜倒是做了幾個漂亮的迴旋。季山竟然還亮出飛輪。拜託，我心想，省點力氣行不行？但我就怕他會拿飛輪斬烏鴉的頭。

凱西向來比較有腦，她說：「咱們先等等，看牠們要做什麼。你們想要我們幹嘛？」她問。

安娜降落下來，學舌說：「腰窩們乾抹？」

「你聽得懂我們的話嗎？」凱西問。

安娜點點頭。

「我們在這裡做什麼？你是誰？」凱兒問。

我得到安娜暗示，試著以鳥語說：「胡金。」

安娜呱呱地說：「莫尼。」

凱兒詢問她被偷的物件，以及蜂蜜蛋糕的事，蛋糕幾乎全給安娜吃光了。她大概餓了吧，我沒想到要幫她找食物，這算哪門子照顧女神。現在仔細想想，我自己也很餓。

我想結束這場鬧劇，便跳到凱西的膝上。她偏抬著頭時，我想起胡金做了什麼。胡金幫凱西理清思緒，讓她知道自己在樹頂上將面對什麼。這事挺容易，我利用與安娜的連結，在她心中注入一道念頭。事實上，那比較像是一種回憶。我讓凱西看到在樹頂守護聖巾的鐵鳥，接著讓她知道聖巾的魔力和使用方法，以及如何利用聖巾協助他們尋寶。

我還賜給她一份額外的記憶，讓她看到我們如何拯救阿嵐。

「你在做什麼？」凱西問，我用細小的鳥爪抓住她的肩膀。

「汲取思想。」我答說。

等完工後，一條細小的蟲子掛在我的鳥喙上，那不是我變出來的，所以八成是安娜弄的。我張嘴吞掉蟲子，我記得胡金以前也那麼做，蟲子吃起來沒感覺，像霧一樣。當凱西倒抽口氣，罵我腦袋壞掉時，我真的很想笑。

變成莫尼的安娜，也對季山做了類似的事。

凱兒問我，安娜是否也在幫季山清理思緒時，我只是來回地用鳥腳跳著，等待安娜問我她該怎麼做，但她從來沒問。

凱西不斷地煩我，我終於說道：「等著看。」

終於，安娜跳到地上，嘴裡叨著一條蚯蚓大的黑帶子，然後一口吞掉。

呃，那是什麼東西，安娜？我問。

安娜沒回答，我聽到季山在說話。我想起來了，但感覺像發生在幾十年前的事。

「我沒事。」季山說：「他……他給我看了。」

安娜對自己被當成男的，感到怒髮衝冠，羽毛皺亂。

季山劈哩啪啦地說著葉蘇拜及我記得的諸多往事。

妳到底做了什麼？安娜？

我消除了季山的自責，她輕聲說，葉蘇拜不會責怪你，你對她的愛與關心，造成你對記憶的曲解。

妳把記憶改變掉了嗎？

沒有，我只是分擔了你的自責，就像我之前分擔你的痛苦一樣。那樣一來，自責便會消除。

妳並不需要那麼做，安娜。我說。

我必須那麼做，她輕聲回答。女神和她的虎兒應該……應該分享一切。

一切嗎？我輕聲問，往她跳近。

是的，我這麼做，便能……打開你的心懷，看到新的可能。她頓一下後說，這很有意思，從你的觀點去看。可憐的女孩。

是啊，我心想，可憐的女孩。

你很愛她。

我愛得不夠。

但也足夠讓你自我懲罰好幾個世紀了，可見愛可以天長地久。

是嗎？我問。不知那是否為真，我對葉蘇拜的愛有那麼偉大嗎？我不認為有。我當時並不了解她，不完全了解，我迷戀她，準備娶她，可是在愛上並失去凱西後，我有了新的看法。可能性，永遠不等於過去或現在，時間改變了一切。

安娜像似看穿我的心意，又說，葉蘇拜是個困在邪惡風暴裡的旋風，你只感覺到有可能與她共度一生，她那如狂風驟雨的生命觸到了你的臉頰，改變了你。認識她，讓你變成更好的人，穌漢，別懊悔她對你的影響。

凱西從我們身邊伸手摘下鳥巢，我差點被季山碰到。我警戒地尖叫一聲，急急揮翅。

凱西從巢裡取出自己的東西，她以為我們生氣了，便送給我們一些東西。我低頭看看季山留下的東西，想著他能用這些物件做什麼，而不是平白送掉，便說，我當初怎麼那麼白痴？

我也經常問自己那個問題，安娜說完，哈哈大笑，兩人飛離鳥巢，朝西維納村的方向飛去。

30 風之廟

我們飛進村子裡，發現村子與我記憶中相去不遠，然後才意識到時光荏苒。樹林現在已長高許多，樹枝在上方相互交纏。村人為我們準備盛宴，福納斯在安娜變成女神杜爾迦後，對她深深鞠躬。安娜沒讓我變成平日的模樣，而將我變成橘虎。

「訪客們過得如何？」安娜問，仙子們在她身邊簇擁，摸著她的頭髮，幾十位小仙子坐在她八隻美麗的手臂上。上次我們在村子時，樹林裡生出了十二名寶寶，現在村裡住了很多樹寶寶。

幾十個寶寶加入第一代寶寶中，我從樹上看出樹枝斷落，以迎接新生村民的舊疤痕。仙子們不再需要照顧小寶寶了，而是由每家的長者來照顧新生兒。仙子的角色如今改了，她們不是去照顧幼兒，而是照顧花草植物，在夜裡為人們提供光亮。

「女神。」西維納村民對女神行禮說：「我們等待您回來很久了。」

福納斯回答安娜的提問：「他們一直受到妥善的照顧，就像您多年吩咐的那樣。」

「很好！」安娜在村中繞行，讚美村裡的小屋，撫摸孩子們的銀髮。仙子們在她耳邊說悄悄話，逗得她哈哈笑，那些話似乎非常有趣，我好希望知道她們說了什麼，令安娜如此快樂。

三位將來會照顧凱西的仙女走過來，問安娜是否想泡澡或吃東西。我記得凱西穿著飾滿花朵的洋裝時，美到不行，我不反對安娜也做類似的打扮。我碰觸她的腿，試圖鼓勵她。

「不用了，謝謝妳們。」她說：「不過若能帶點食物在路上吃，我們會很感謝的，我非常喜歡你們的蜂蜜蛋糕。」

「沒問題。女神。」

西雅納人連忙用織袋裝了蜂蜜蛋糕，備妥一大壺甜水及各式糕點水果。

「謝謝各位。」安娜把袋子在手裡拿來換去，最後甩到肩上扛著。「我們現在就要離開了，但若需要我們，請召我們前來。我們有天一定會回來拜訪各位，也許下次我會從自己的花園裡剪些花草帶過來。」

西維納皇后表示，他們一定會為此好好培育最美的花卉，等待我們回來。安娜最後又交代了一些關於凱西和季山的事，一邊撫著我的頭，然後轉身離去，我跟著她走過小徑。等最後幾位仙子也都遠去後，安娜變回平日的裝束說：「我一定會想念此地的。」

發現我沒回答，安娜垂首一望，彈彈手指，讓我化回人形。「我有說過，我不喜歡橘色嗎？」我說。

安娜哈哈笑著遞給我一塊蜂蜜蛋糕和一大片水果，我把蛋糕扔進嘴裡，她搭住我的手臂，兩人遠離香格里拉。四周環繞的錦鏽大地色彩，漸被黑淡的灰色取代了。安娜將水壺交給我，我灌了一大口，開始吃水果，她則開始探索滿覆塵埃的神廟。

「這是什麼地方？」她舔著拇指問。

「妳不知道嗎？」

她搖搖頭，「我剛才只是叫護身符送我們到清單的下一個時空而已。」

我四下環視，立即看明白了。「這裡其實離我們山上的家很近，這是尼泊爾的杜爾迦廟。」

「關於此趟造訪，你有任何特別的事想告訴我嗎？」

我用手掌揉著臉頰思忖，「呃，這次旅程只有凱兒和我，卡當並不在這裡，阿嵐被羅克什抓走了，在那間刑室裡受盡荼毒。」安娜輕顫道：「我很抱歉。」我很快表示：「我實在不該提的。」

她揮揮手，「我沒事，穌漢，何況聽說的，不若親眼為見那般難過。」

「我們會去看嗎？」我問。

「那在清單後面的項目裡，是的，我們得去截取他的記憶。」

我嘆口氣，走到安娜身旁，看著窗外的夜空。我搭住她的肩，沒想到她竟用手覆住我的，並轉向我。月光打在她臉上，我不加細想地用指尖描著她的顴骨說：「我比較喜歡妳這個樣子。」

「哪個樣子？」她問。

「妳自己的模樣，而不是女神的裝扮。」

「那些手臂會干擾你嗎？」她淺笑問。

「不會。」我的手滑下她的臂膀，拉起她的手，然後退開一步看著。我拉起她一隻手放到唇邊，在她的腕上輕輕印下一記吻。「事實上，」我靜靜表示：「我對那些手臂，有一些點子。」

她挑起眉毛，我望著她的眼睛，然後緩緩撫著她的下巴，扣住她的脖子。我踏近垂首想親吻她，但安娜抽了口氣，別開頭，身體微微發顫。一開始我很困惑，接著我手握成拳。也許跟那些男妖相處過後，安娜覺得我很無趣。

「穌漢……」她背對我說。

「別擔心，安娜。」我冷硬地答道：「我無意打擾妳工作。」

她嘆口氣，問我這次來到這間神廟，還有什麼其他需要知道的事，我很快把一切能記得的說了一遍。我們再次把手貼到神廟牆上，這但次時間太短，手印才剛出現，我們便聽到台階上傳來腳步聲了。安娜揮手將我們隱匿到時間的變相裡。我們在地板塵土上的行跡再次消散。季山和凱西攜手走進來，我聽到季山說：「我會跟著妳做。」然後兩人便跪到雕像腳邊，擺上各種供品。

凱西摸著阿嵐送她的腳環，我聽到叮叮的鈴聲，想到了現在的安娜。「偉大的女神杜爾迦，」凱西說：「我們再次前來尋求您的協助，我想請求……」

我看著安娜的臉，沒去聽他們說什麼。安娜把凱西的話當作祈求，我無法感受那些祈求對她的觸動。這時我才明白，她也用相似的態度聆聽其他祈願者的心聲。她可以感同身受，她的情緒反應與我的截然不同。**妳可願意聆聽我的祈求，女神？**我心想。

幾乎像是呼應我的心願，安娜轉頭面對我。我們之間懸盪著千言萬語，但我們都沒說半句話。我向她踏近一步，然後又一步。我好想……不，我需要拉近我們的距離。

接著季山開始說話了，安娜從我身邊走開，直接看著季山。雖然她不再看我，但我覺得兩人之間的連結變緊實了。「我……我不配得到祝福。」季山說：「那些發生的事都怪我，但我請求您幫助我哥哥，讓他安然無恙……為了她。」

我看著安娜用虛無的手碰觸季山的胸膛，我自己的心臟，因感覺一股暖流與愛意貫注全身，而快速跳動。我也記起了當時的感覺，雖然那時我還以為是因為自己愛上凱西之故。季山化為黑虎，輕聲吼叫，安娜後退時，虎兒輕哼著，彷彿能感覺到她的離開。

「恐怖的部分要來啦。」我聽到凱西緊抓著黑虎說。安娜抬起手，一股寒冷的漩渦從神廟打開的窗口灌進來，整個地區變成了一片美麗的地方。狂風對我絲毫沒有影響，我大步走向安娜，想要碰觸她，跟她一樣，把我的手放到她心口上，可是安娜消失了，她把自己的形體融入牆壁另一頭的雕像裡。

神廟發出光芒，有如安娜的皮膚。我看到不久前，我們觸摸牆面留下的安娜手印射出了光芒。凱西把手按到同一個地點，我看著牆壁旋轉，這時我的視線一糊，整個人被吸進阿娜米卡旁邊的石雕裡。

我聽到安娜的聲音在神廟裡迴盪，「你們好，年輕人。你們的供品我接受了。」隨意擺在她腳邊的物品全消失了。

等我們完全變身後，風把覆在我們身上的灰塵吹走，我甩著身子，再次變成橘色的老虎。我瞄著自己的爪掌，皺起鼻子打個噴嚏，然後坐到安娜腳邊。女神美極了，漂亮得有如盛開的粉紅花朵，我好想把臉埋到她光彩動人的頭髮裡聞著。她用舉在頭頂最高的那隻手，急躁地戴好她的金冠。

我想起兩人那早激情四射的吻，我已不像第一次想到時那樣驚嚇了。也許真理石不僅讓我看到自己的未來，還將那名女子送入我的懷抱。如果將來能擁有那樣的愛，那麼我真是個運氣絕佳的男人。

我思索各種可能，不知安娜是否會再撫摸我的背部，或逗弄我的虎耳，之後有無可能衍生成別的事。做為男人或老虎，這都是可以期望的，但話又說回來，她從今天早上後，便沒有那樣回應過了。無論她或我們發生什麼事，總之很教人困惑，無論我怎麼做，似乎都不對。

安娜跟凱西談到水果，並詢問阿嵐何在，以及她身邊的虎兒是誰。我皺著眉，不懂她幹嘛問這種問題。我還來不及想清楚，面對我的那頭黑虎便化成季山的人形，向女神走過去了。「親愛的女神。」季山說：「我也是一頭老虎。」

女神哈哈笑著，季山只是露出微笑。

妳幹嘛那麼開心？我不爽地問。

他，我的意思是你，季山對我敞開了心房，這是我在你身上從未體驗過的。季山很……很放鬆。我可以看到他心底深處，他無所隱藏，跟現在的你非常不同。我覺得我很喜歡。

他啥也不懂，我抱怨說。

他不像你，他看到我似乎很開心。

我看見妳也很開心哪，我反駁說。

是啦，但他喜歡我。

哪個活體男人不喜歡妳？

她猛然一顫，我又說錯話了。為什麼我在安娜旁邊，老是吐不出好話？安娜撫著芳寧洛，我逕自深思。

安娜對凱西說：「我覺得妳很悲傷煩惱，女兒，告訴我，是何原因造成妳痛苦。」

我瞄向凱西，她紅著眼，一直沒能睡好。我想起來了，她一直在擔心阿嵐。

凱兒解釋阿嵐的事，我可以感覺到安娜滿腔悲憫，凱西說：「可是沒有他，就算找到寶物，對我來說也沒有意義。」

安娜停頓良久，不知心裡想些什麼。最後，安娜把身子往前一探，接住凱西的一滴淚，用法力將淚珠化成一顆鑽石，交給季山。接著她滔滔不絕地學卡當講了一堆好聽話，什麼拯救印度，尋寶之攸關生死等等之類的，並答應一定會保護阿嵐，然後整個人便凍住了。

怎麼了，安娜？

我……我也不知道，這裡還有別人。

誰？

我不確定，但我沒法動彈。

時間靜止了，凱西和季山不動如雕像。我們身邊氣流旋飛，接著卡當現身了。「哈囉。」他說：「一切進行得還順利嗎？」

我很想回答，卻發現自己辦不到。

「啊，是了，對不起。我是來幫忙的，不能讓你們同時跑兩個地方，所以這件事你們需要第三個人。」他身上有聖巾，便把自己扮成編織之神。「好了，」他說：「我準備好了，能麻煩妳幫我造個織布機和凳子嗎？」他問。安娜打理好後，卡當坐下來拿起梭子說：「請繼續，我親愛的。」

時間再次快速前轉，安娜說：「噢……我明白了，是的……你們現在所走的路徑，將有助於解救妳的老虎。」她又結結巴巴地說了些話，含糊地回答凱西的問題，直到凱西問她，預言裡所提的風的聖物。安娜答說：「我希望妳能見一個人。」

她指著卡當的方向，卡當適切地吸引他們的注意。他似乎總是知道得比我們多，所以我們跟凱西和季山一樣，專心聆聽他說話。卡當果然不負眾望。

卡當把角色扮演得極好，織布機用得像操作了一輩子。我聽到他回答凱西的問題時，話中的真實性。「孩子，這世界是由我編織的。」卡當確實握有命運的織線，他是主導編排一切的人。凱西去摸那塊布時，我發現她摸的其實就是聖巾，我看到布塊被她碰觸後，在她指下盪起漣漪。

卡當警告凱西後退，檢視整塊布，我知道他不再是跟凱西說話了，他的眼神鎖定我，說：「如果你僅看到手中的織線，便看不到織線能編成什麼。」

我花費很長一段時間埋怨命運，想著自己要的東西被強行偷走，天地不仁，害我一無所有。安娜撫著我的背，手指輕輕撥畫我的絨毛。站在她身邊雖然自在，但我知道，我們還有一大段路要走。

「杜爾迦從一開始便有能力看到完整的布塊，」卡當說：「你必須信任她。」他接下來的話打中我，在我心中印下烙記。**要有耐心，要忠誠，體貼。**如果我能那樣對待安娜，也許便能一起創造出某種絕妙，美好的東西，也許我們編織的布塊，會非常神奇。**這種事有可能嗎？更重要的是，我有資格得到這樣的禮物嗎？**

卡當說罷，對我們擠擠眼，安娜手一揮，卡當和織布機便從視線裡淡出了。他的聲音在我們心中裊繞不去，**而且那項建議也適用你們二位。**

安娜垂眼看我，我用頭去蹭她的大腿，她淡淡一笑，眼神似乎有些煩亂。我心底的疑慮開始盤繞，扯掉了我的希望，像五彩的紙屑般撒在我身上。

安娜掄動各項兵器，把弓箭送給凱西。季山踏向前，很想也收到一份武器，也許是女神最愛的那一件。「耐心點，黑虎。」她說。我覺得她較像是在對我發話，而不是站在她面前的那個男人。「現在我會幫你挑件東西。」

「您給我什麼，我都欣然接受，美麗的女神。」季山說著擠擠眼，得意地咧嘴一笑。

只見安娜身體一僵，我大翻白眼，對她心裡發話，**很抱歉，我以前實在太痞了。**

你是應該抱歉。阿娜米卡的嘴角一翹，不過季山沒別的意思。呃，是有啦，但真的沒什麼，比起……

安娜斬斷心念，但我能很輕易地幫她把話接完。

安娜把飛輪送給季山，季山拉起她的手親吻。我露出牙齒，安娜不但容許季山吻她的手，還停下來打量他，彷彿想讀透他的心意。一會兒後，安娜回過神，又提點了幾件事，然後我們才再次變回石雕。安娜將時間凍結，我們從石雕中走出來。等時間再次往前推移時，我們已成隱形，一起看凱兒和季山準備離去。

「哈囉。」凱西說：「季山，你傻啦？」

季山依舊站在原地，凝視著化成石雕的女神。「她……真是絕美。」季山說。

「是啊，你幹嘛老去想那種得不到的女人？」凱西問。她的話刺中了我，點出我揮之不去的疑慮。凱西說得對，我配不上葉蘇拜，若有人能跟凱兒共度永遠幸福快樂的日子，那麼非阿嵐莫屬。至於安娜，人家是女神，根本遠超乎我的級別。我想進一步拉近我們的關係，說好聽點是笑話，說難聽點，就是癩蛤蟆想吃天鵝肉。

安娜的手滑到我腋下，我聽到季山說：「也許我該去找個支持團體。」那點子不壞，對他或對我都適用。我離開安娜，不想要她安慰，尤其不要她來同情。

等神殿淨空，只剩我們時，安娜說了：「我想我們應該談一談，穌漢。」

「沒有必要。」我說：「我想我理解。」我自嘲地哈哈笑說：「何況，凱兒把該說的都說完了。」

安娜瞪著我的背，我可以感覺她的眼神盯著我，但我無法面對她。凱西不想要我，安娜也是。我能怪她們嗎？也許夢之林搞錯了，也許它只是讓我看到，我若配得上，本來可能會是什麼情況。阿嵐的每一分幸福，都是他受盡折磨換來的，我想老天也只給了我該得的。可是真理石為何讓我瞥見天堂後，又將它奪走？是要我贖罪嗎？這也太殘酷了。

由於我們不想說話，至少說我不想多談，接下來的幾個小時，我們逐一完成了清單上的項目。大部分工作都很簡單，不必太花心思。我們讓那些在奧瑞岡森林裡追獵我們的黨羽復活，讓他們真能鎮住我和阿嵐。安娜凍結時間，讓傷者復原，並在他們耳邊低聲指點我們兄弟的去向。

要不是我們搞鬼，阿嵐、凱西和季山可能就逃掉了。不過，我們還是幹得很漂亮，而且當時有太多人可以阻止我帶著凱兒逃走了。安娜讓那些追殺我的人看不到，讓他們永遠追不上。看到季山掙扎著保持清醒，把凱西送上卡車時，安娜同情地皺起眉頭。

接下來我們到綠龍的城堡裡，奪走了凱西的神能，否則她很可能自己逃掉。接著我們對凱西的寄養父母施咒，讓他們允許她去搭飛機。沒有我們的干涉，凱西根本不會離開奧瑞岡。

完成下一個項目後，我介紹安娜看她生平第一場足球賽。她沒為進球得分歡呼，而是幫被粗暴撞倒的球員加油，並大嚼爆米花和熱狗。我們從露天看台頂端監視凱西，安娜怒目看著傑森，當他對場上的女生大獻殷勤時，安娜在他腳底下造冰，讓他摔個四腳朝天。

安娜問我，為什麼年輕男生都會這樣，他怎會以為像傻瓜一樣，就能讓凱西留下良好印象。我無法回答她的問題，因為我同意她的看法。我看到安娜默默叨唸，便問她在做什麼，安娜只答說：「幫凱西打氣。」

凱兒一度回頭看我們，但沒認出我們，因為我們用聖巾修改了外貌。這一晚近尾聲時，我們讓凱西那位酒醉的約會對象，逮不到機會帶她回家。卡當只警告我們要小心那次約會，我真希望我們能幫她省去其他令人失望的夜晚，但那並不在清單上。

我們再度造訪夢之林，安娜拿起床上的真理石，放到掛在樹彎中，我睡覺的吊床上。我們將時間往前快轉，她挑眉狐疑地看著我，但我選擇不去談季山把凱西獨自留在床上的理由。凱兒和季山第二天早晨離開後，安娜把真理石拿回來，我們穿越到下一個地點。

我們喬裝參加凱西的馬戲團生日派對，確定她的養父母會允許她離開。我們在派對上看到卡當，但那是以前的他。當我介紹自己是老虎的粉絲，跟他握手時，他連眼都沒眨一下。在一起的那幾個鐘頭裡，唯一的亮點就是看到安娜第一次吃冰淇淋，我差點忘卻煩憂，不過即使是冰淇淋，加上我從販賣機蹭來的沙士，也幫不上忙。

我喝著飲料，看她開心地吃冰淇淋，我撫著喬裝的大鬍子，笨重的運動衫被我中廣的肚皮撐了起來，我覺得整個人很沉重，但不僅是因為我此刻身材矮胖之故。

安娜的喬裝較適合她，她看起來與本尊略有差異。我還是可以看到她黑色皮膚下，那位漂亮的女神。有隻小狗鑽到她腿間，狗繩纏在一起，安娜發出清澈如水晶的笑聲。當她用那對赭棕色的眼睛望著我時，我總會看到她眼中閃動的火光。

我拍拍一雙軟厚的肥手，從桌邊站起來，準備離開帳篷。安娜跟過來，嘴巴往下撇著。

我踢著一塊水泥磚，磚頭鬆動後，露出一條黑縫，蚯蚓和蟲子四散開來，我又噁心又好奇地看著牠們爬進草裡，真希望自己也能那樣。「你到底怎麼了？」她問。

我咕噥著搖搖頭，垂在我脖子上的頭髮，像絞刑用的繩子般扎人。「沒事，我只是……需要休息一下。」

「休息一下？」

「是的。妳何不先回家？好好睡一晚？」

頭頂上的燈光在她臉上打出陰影。「你的意思是，你希望我們分開？」

我聳聳肩，「反正妳還是會知道我在哪裡，隨時都能找到我。」

「可是你希望我跟別人在一起，不再只跟著你，是這樣嗎？」

「呃，是的。我想妳若想找人陪，不妨去看看妳帶回家的那些孩子。」

她扯著身上的象牙白上衣，咬唇問：「你確定嗎，穌漢？你確定要這樣？」

「是的。」我說，困惑地看她一眼。「可是別趁我不在時自己亂跑，做出任何危險的事。我很快就會回去，妳好好洗個澡，放鬆一下。妳也需要休息了。」

「洗澡？」安娜垂頭看著自己的身體，皺眉說：「是的。」她輕聲表示：「我會睡一會兒，你自己也要小心好嗎？」她眼神清亮，但看之不透。

我點頭說：「我會的。」

她把護身符交給我，我表示她可能會需要時，她搖頭說：「我有火繩，就算沒有，達門護身符現在也會留意我的召喚。我可以從遠方汲取它的神力。」

她可以嗎？這個用我名字命名的護身符，竟能如此回應她，實在太有意思了。我知道安娜把一整袋武器和禮物留在家裡，只在需要時召喚，但它們是屬於她的，都是杜爾迦的禮物和武器。她把護身符也當成是自己的，我不知該該做何感想。不過安娜畢竟是女神，我決定不予計較。

我轉身回眸說：「晚安，安娜。」

「晚安，穌漢。」

燈光在我背後拉出一條長影，然後影子便不見了。我用護身符把自己投入時空裡，不久我的虎腳便落在叢林地上了，我跑了又跑，直到力盡。當我來到一條熟悉的路徑時，便循著路，最後終於來到我要找的黑洞。

31 瞥見未來

我爬進洞裡躺下，把頭枕在掌上，重重嘆了口氣。這是我的地盤，我的小窩，呃，我的虎穴。這是我大半生來，稱為家的地方。我不確定現在是什麼時間點，護身符只是回應我的需求，找到我的虎穴罷了。

一開始我不知道自己為何覺得需要逃開，我並沒有不高興或生氣，比較像是困惑不解。尤其是跟安娜相處那麼久之後，那場美夢和接吻的過程，對我產生影響。不僅使我對她感到不自在，而且還把我以前知道並相信的一切，徹底翻轉。

藏在夢之林的真理石，讓我看見的，是確定的未來嗎？是某些無可避免的事嗎？或者它只是將我往那種方向推？像卡當一樣地引導我？我對安娜的真實感情是什麼？我喜歡她嗎？是的。我花了很長的時間才了解她，但我現在明白了，而且不單是了解她，也佩服她。

還有一個大哉問。我是否愛上安娜了？老實講，我不知道。我將來可能愛上她嗎？有可能。無論我對她是何種感情，但都不若以前對葉蘇拜或凱西那樣輕鬆，也許那並不是件壞事。愛情對阿嵐，甚至是桑尼爾，都是得之不易的，他們都經過奮戰才獲得幸福，我願意做同樣的事嗎？

還有，安娜的感受呢？她在夢之林回應我的吻，可是當時她半睡半醒，在那之後，她似乎就很冷漠了。安娜現在跟一開始時一樣，對我十分疏遠，奇怪的是，她讓我清晰地看清了一些事物，但只要與她當前感受相關的事，她都深藏著不讓我探掘。

我一度為自己籌劃的未來，現在已遙遠如夢，每次想去追尋，便如海市蜃樓，越飄越遠。我已將此生獻給女神，為她服役，普渡眾生。我以為自己命中註定不會有幸福，我應該讓生小孩、找個愛我的女人過日子的念頭，像掛在晾衣繩上過久的彩色披肩一樣，褪去色彩了。

可是後來出現了那記吻、那場夢，盤據了我的心頭。每次閉上眼睛，我就會重溫一遍。安娜真的是我夢中的女人嗎？或者她只是那個在我醒時，剛巧在我懷裡的女人？也許那不是真的，但感覺卻絕對真實。夢中的女人說她愛我，我也做了同樣的回應，我真心地表示愛她。我真希望脖子上掛著真理石，這樣我就能問它了。

夜晚降臨，送來飽含水氣的微風，弄亂了我的絨毛，搔癢我的鼻子。天空出現暴風雨，雷聲大作，幽暗的世界被閃電照亮。我試圖入眠，好不容易拋開了暴風雨，各種回憶卻撲天襲來——豐滿的嘴唇用最輕柔的吻在我的嘴上游移，絲緞般的柔髮擦著我的胳臂，還有兩副肉體激情地交纏相融。

等灰色的天空綻出清晨的天青色時，我決心了解安娜的感受，以及我們到底有沒有機會。假若我夢見的未來可以實踐，則未來的幾世紀光明可期。我想問阿娜米卡，她說她愛虎兒，是否為真意。如果她還無法去愛一個男人，至少那是個開端。

想到我們之間的可能性，我心中充滿了新希望。我的心碎過不只一次，但它仍在跳動。我依然能夠去愛人，去付出。我起身甩掉毛皮上的溼氣，像大貓一樣地伸展身子。我張嘴打了個大呵欠，小步跑下熟悉的小徑。我現在很少待在自己的叢林了，我想去祭悼我的父母。

當我接近他們的墳地時，聞到了某個熟悉的氣味。我不知道今夕何年，因此需要格外小心，萬一我註定要遇到某人，那麼最好是他。也許我可以問他幾個迫切想知道的問題。我聞著氣味，來到以前家母花園盡頭的一片矮林裡。我在裡頭發現他蹲在植物後方，把自己藏得很好。

我輕聲低吼，他扭過身，用手按住心口。「哈囉，孩子。」他喘上氣後，疲累地說。

我化成人形，鑽過各種植物，從矮叢望出去。「卡當。」我點點頭，然後揚起雙眉，「你在找什麼？」我問。

「問得好。」他緊張地舔著嘴唇說。

這時我清清楚楚地聽到飛機的聲音，卡當僵在當場，眼睛一垂。

「你有事想告訴我嗎？」我問。

「沒有。但如果……如果你有問題要問的話，我相信我可以……」

我抬手打斷他。「我有很多問題，第一個是，你在這裡做什麼？」

「我正打算問你同樣的問題。」

「對我來說，我想釐清我對安娜的感情，還有……」

「安娜？」他的兩根粗眉揪在一起。

「是的，安娜。你知道的，女神杜爾迦？」

「女神？」卡當張大嘴，驚嚇的模樣把我也嚇著了，他的喉結隨著吞嚥動作而上下滑動。

「嘿，你還好吧？」我擔心地問：「是因為穿越時空不舒服嗎？」

「穿越……哦，我明白了，你跟我一樣在漫遊穿越。」

「是的。」我望著他的眼說，尋找崩潰的跡象，卡當兩頰凹陷，皮膚毫無血色。

他深深吐了口氣，「那真是令人釋懷，季山。我好擔心自己被發現。」他伸手抓住我的手臂，「老實說，我好怕自己會瘋掉。我的心因憂慮而寒涼，我無法告訴你，你的陪伴給了我多大的安慰。你能陪我待到事情結束嗎？」

「待到什麼事情結束？」我問。

「我……我的葬禮。」他悄聲說。

「你的葬禮？」我重述道。他脖子手臂上青筋暴起地抓著我的手臂，我可以理解。「好。」我輕聲說：「我會陪你直到結束。」空中的飛機再次盤旋，我皺起眉頭。「你造了跑道嗎？」我問，然後望著他脖子上護身符的時間符片，噢，他沒法造跑道，我回答自己的問題。「你在這兒等等，」我說：「我只離開一下子。」

說罷，我凍結時間，走到記憶中，我們在叢林的降落地點。我用護身符中土片的法力，像安娜在香格里拉那樣，移開樹林，夷平矮叢，搬移泥土，讓堅硬的礦層升至表面，形成一道堅硬的跑道，讓墨菲能把飛機降落。等完工後，我回到卡當躲藏的地方，轉移兩人的時間，讓他不必再躲躲藏藏了。

「他們看不見我們。」我招手要他出來，「我們很安全。」

他的聲音十分微弱，「你確定？」

「確定。」我努力對他露出安心的笑容，「我以前做過。」

他點點頭，遲疑地跟隨我。我們爬上一道俯瞰新跑道的斜坡，看飛機降落。我們一起站著默默觀看，阿嵐和季山小心翼翼地從飛機上搬下一具裹著屍布的屍體，朝小徑走去。我轉頭望向凱兒和妮莉曼，墨菲跟在後方。我們到達時，剛好聽到他問：「我實在不懂，他幹嘛要葬在這種鳥不生蛋的地方？」

墨菲接著滔滔不絕地談著他與卡當在二戰時相遇的情形，卡當坐下來聆聽，我則看著阿嵐和季山。阿嵐流著淚，奮力拿鏟子挖掘。季山拿著鶴嘴鋤粗暴地擊著地面。再次目睹那一刻，並從新的角度去審視，感覺好不真實。我記得那天，每個人都難過得要命。

我觸著護身符，將土地軟化，消融大部分的岩塊，讓他們不必那麼辛苦。我試著把工作變得輕鬆，但又看不出是有人幫忙，但阿嵐依然注意到，還提了一下。

我記得棺材應該準備好了，但剛才並沒看見，便回到老家，打造能輕易組裝的長木板。我沒用釘槌，而是用土符打造能自然緊扣的木片接角。等棺材蓋製好後，我也將它組合起來，使之能用天然的木絞鍊開合。接著我把棺材放在容易找到的地方。

我滿意地走回去找卡當，旁邊就是凱西、妮莉曼和墨菲。我坐到卡當身邊，聆聽其他人追憶。大夥垂著淚，卡當也不例外。至於我，我只感覺到凝重的回憶。

等阿嵐和季山回來後，卡當似乎已做好準備了。觀看自己的葬禮，對他來說一定非常詭異。他從沒跟我說他幹過這件事，只說他見過一些沒有任何人該目睹的事，也許他談的就是這次葬禮。

我們走下小徑，頂上傳來猴叫聲，我沒有刻意隱藏我們的氣味，因為我們都不在那裡，且其中一個已經不算是活人了。卡當伸手抓住我的肩膀，看著他們把他的屍體放入棺材裡。我聞到死亡的氣息，便旋動手指，攪起一股微風，將氣味送走。這種情況下，至少我還能做這件事。

季山摸著我父親的墓碑。

「上面寫什麼？」凱西問。

季山答道：「上頭寫『羅札朗，心愛的丈夫與父親，被遺忘的穆珠拉因王朝君主，以智、勤、仁、勇治國。』」

「就像你們的家徽印上寫的。」凱西說。

我想到了那只徽印，那只還沒雕刻的章子，我把它留在家裡，放在安娜那兒了。

「妳若仔細看，這墓碑其實是複製品。」阿嵐說著跪到家母墳邊，讀著她碑上的刻文。「黛絲琴，親愛的妻子與母親。」

想到我們的母親，我心頭一熱，想起她和父親對安娜的喜愛，她一點也不像葉蘇拜或凱西，但她卻立即贏得他們的信賴。我若開口，他們一定會贊成我娶她。也許不是年少的我，但現在絕對沒問題。我笑了，想著家母要她陪著比武。連我母親那樣的高手，都無法擊敗安娜。

我的心思轉回眼前的景象，阿嵐正在談虎骨的事。我皺起眉頭，瞄著卡當，但他已不在我身邊。我吸口氣，想捕捉他的氣味，但除了棺材中的屍體，我無法聞到他氣息。他是否不告而別了？我看不到他的行跡。

當眾人開始舉行喪禮時，我衝回家去查看他在林子裡的隱身處。我聽到自己的聲音從花園裡傳來，「能與你並肩作戰是我們的榮幸……」

我開始著慌了，卡當離開了嗎？他在哪裡？他為何要在此時離開？

凱西開始朗誦她的詩作，那些詩句在我搜查整個地區時，緊跟著我。最後我終於回到棺材邊，站到對面了。阿嵐談到卡當時，我垂首望著屍體。阿嵐說：「閉上門；簾子緊閉；或透過窗，我們看到了被遺棄的黑暗房屋，空無一物……」

有個東西閃過，棺材裡有種極細微的動靜，我以為可能是光線造成的，但接著我看到卡當的眼皮在動。除了我，其他人都沒注意到。阿嵐讀完他的悼文，接著凱西拿著白玫瑰走上前，放到棺材裡，我眨著眼。我身邊的時間變慢了，阿嵐和季山幾乎以慢動作抬起棺材蓋，這時我的視線變模糊了，我看到蠟黃、死亡的肉體下，藏了一個人，一個活生生的人。

他在尖叫。

其他人關上蓋子。

我凍結時間，彈著手指。蓋子飛開撞在樹上，碎成破片。我顧不了沒麼多了，於此當前，我必須搞清楚怎麼會發生這種事。我探身對棺材大喊：「卡當！卡當，你能聽得見我嗎？」

他驚恐的眼神朝我滑過來，然後又滑開，兀自在肉體的囚籠裡翻扭。那跟安娜碰觸年少的自己時，發生的狀況極像，但這回肉體裡沒有另一個靈魂與她相融。卡當彷彿被囚在一個無法乘載他的船隻裡。我看著他抬起臂膀，但包覆靈魂的肉體卻再也無法隨著內在的靈魂活動，結果那條手臂在棺材裡四處拍擊，就像河岸上的魚一樣奇怪。

他張大嘴吸氣，但我發現屍體的肺部再也吸不了空氣。我必須把他從屍體中救出來，而且得快。「你撐著點！」我大喊，雖然我還想不出要怎麼弄。我想當務之急，是給他氧氣。我用護身符的風片，在他肺裡灌滿空氣，幸好這招奏效了。

我不再擔心他會悶死後，開始思忖下一步行動。

羅克什能用護身符讓死者還生，他讓他們重新動了起來，但他們並非活人，不算是活物。但安娜用那些枯骨所做的事則不一樣。我來回踱步地思索，*安娜，我在心中呼喚她，我需要妳*。她並未在數秒內現身，我想，她要不是沒聽見我的呼喊，就是不想理我。

好吧，我心想，*我可以做得到*。我仔細回想當初女神是怎麼辦到的，我用雙手握緊護身符說：「Damonasya Rakshasasya Mani-Bharatsysa Pita-Rajaramaasya Putra.（達門護身符，印度之父，羅札

朗之子。）」我手裡的護身符開始放光，我想起每次我把人從死亡邊緣拉回來，護身符就會要求我付出一些東西。以前為了救阿嵐，我放棄自己的一部分，為救安娜，我讓自己跟虎兒永遠連結。現在救卡當，它又會跟我要什麼？

火焰舔上我的皮膚，我的胸背拚命冒汗。我雙臂顫抖，跪倒在地，力量離開我的身體，注入護身符裡，就像我的一部分在那一刻死掉了，但同時間，有個小小的光泡飄了起來，然後射向棺材。光球穿過膚肉，從體內照亮卡當掙扎的形體。

他發出尖叫，但聲音並未射出身體。光芒將他吞沒，然後他的靈魂便分解了。如果這模式跟安娜的狀況一樣，卡當最後應該會回到家中。等我恢復呼吸後，我踉蹌地站起來看著棺材裡。我所認識的卡當不見了，棺木中僅存留著被我當成第二位父親的男子，靜躺不動的屍體。

我輕柔地重新擺正他的雙手，將花朵放到上頭。他嘴唇微張，之前我灌到他肺裡的空氣正慢慢消散。我以護身符重新打造棺蓋，放回棺木上端，然後將自己隱身，重新啟動時間。

我疲憊地走回爸媽頹圮的房子，坐到台階上，動也不動，即使季山帶者凱西從小路走過來，表示要帶她參觀時，我也沒挪動。屋內傳出聲音，他們的對話聽得一清二楚。把墓穴掩埋好的阿嵐從小徑走過來洗臉，他甩著手上的水，凝視房子，豎耳聆聽。從他臉上明顯看出，他跟我一樣能聽到他們談話。

「妳愛他嗎，凱兒？」季山問。

「愛。」

「那妳愛我嗎？」

她頓了一下後說：「愛。」

我幾乎能聽出季山語氣裡的焦切，「妳確定妳想選我？」

阿嵐轉身雙肩一頹，他拾起一顆石頭，往近旁的樹幹上奮力一擲，樹幹裂開，石頭被嵌進樹幹裡，這時我們聽到凱西說，他們必須離開阿嵐，否則會太痛苦。

我當初怎會聽不出她在談到離開阿嵐時，那奇怪的語調？我記得當時聽到凱西應允我最深切的願望時，心中狂喜不已，但我從不曾考慮沒有老哥的未來會付出什麼代價，或拋下阿嵐對凱兒的影響。

離開印度，拋下一切，我真的會快樂嗎？當時我認為自己會，我只需要愛情。現在我知道不是那麼一回事了。我確實需要愛，但我必須愛對人，跟一位全心愛我的人在一起，一位絕對不會吃回頭草的人。而那個人，也值得我全心對待。

「我希望將來有一天能回到這裡。」我聽到凱西說。「我想在卡當先生的墳邊種些花草，修剪叢林，也許我們有時可以住在這裡。」她接著說。

我當時以為，那是我們會在叢林裡安家落戶的徵兆，其實凱西從來不想住在叢林裡，她當然會來造訪，但住下來？我起身穿過草地，摸著嵌在樹裡的石頭——那象徵阿嵐的悲痛。

只有一個人，可能會與我住在叢林裡。凱西說得對，這個地方感覺像家，這裡對我的家人很重要，將來亦然。

我轉身等候所有人返回機上，等聽到引擎轉動聲後，我抬手使用護身符的力量。我閉著眼，想像爸媽住在這個家時的樣子，樹林植物挪移變動，有些長高，有些枯萎。我聽到尖刺的猴啼，知道自己打擾了牠們的家園，但我不在乎。母親的花園裡長出花朵與綠樹，破爛的木片和頹敗的走道在我面前自行修復。

完工後，片刻前的廢墟上，立著一棟美麗的房子。載著我家人的飛機在頂上飛翔，窗口的燈光已熄。如果他們在那時往下望，便會看到他們剛才所在的地方，生出了繁茂的花園，但我知道他們心情都太過凝重，無心留意。

有隻手搭住我的肩膀，我緊張地回過頭，一看是我的恩師，便忍不住哈哈大笑。他拉長的臉上滿是倦容，但氣色相當不錯。

「謝謝你救了我。」他說。

他似乎比之前更鎮定了。

「看到你，我真的鬆了口氣，剛才那裡究竟出了什麼事？」

「你記得我說過，在過去的自己旁邊，要加倍小心嗎？」

我點點頭，「所以我才必須出手救安娜。」

「是啊，這次的情況是，你剛才看見的那個我，就是我們受攻擊時，從黛絲琴號上失蹤的那個我。那時我剛發現自己有穿越時空的能力，便試圖去操控穿越的路徑。我最近才知道自己即將死亡，那種震驚真是非同小可，我雖然親眼目睹，但還是很難接受，我以為自己困在夢裡，便想把自己搖醒。我去摸棺材裡自己的手，結果就變成你看到的那個樣子了。」

「妮莉曼呢？她不是跟你在一起嗎？」

「我從沒跟你或她說過，我有一段時間找不到她。我花了很大力氣，用了好幾年時間才找到她，甚至用更長的時間才把她拼湊回來。」

「拼湊回來？」我皺眉說：「聽起來不太好玩。」

「真的不好玩，相信我。」

「你離開你的身體後發生什麼事？」我問。

「跟妮莉曼遇到的情形相似，你記得穿越時空時，五臟六腑被拉扯的感覺嗎？」

「記得。」

「想像那種力道對凡人的影響。由於你、安娜、凱西和阿嵐，過去及現在都與護身符的法力相連，因此受到保護，不受影響。至於我們其他人……這麼說吧，我們是被重塑的。你的力量把我撕裂成原子，得花很一段時間才能拼得回來。也可以說，我並不是以前的同一個人。」

「那妮莉曼呢？」我問。

「就我所知道，她並沒有受到不良的影響，妮莉曼失蹤了一陣子——四散在風裡——但我還能藉自己的不愉快經驗，讓她的過程好受些。我把你灌給我的力量，分了一部分去救她，但最後還是很值得。」

「我……很遺憾，我應該付出更多的。」

卡當搖搖頭，「其實你已經做太多了，你為我犧牲，也為阿嵐犧牲，請接納我最深的歉意，抱歉害你失去那些。」

「失去哪些？」我問。

「啊，你還沒明白過來。」

「我失去了什麼？」

他嘆口氣，「只怕你得放棄跟女神的連結了。」

「我跟……跟安娜的連結？」我瞠目結舌地說：「怎麼可能？我是她的虎兒！沒有連結，我們要如何工作？」

「達門護身符仍與你有連結，安娜仍可以使用它的力量。我所指的是你們，呃，私人的連結。以前你們的連結像一道三角形，安娜與你可以互相汲取力量，但現在你們唯一的選項，就是從護身符汲取能量，變得更……有限制了。」

「我們還能心意相通嗎？」我問。

「我不知道，也許可透過護身符吧。」

「我能修復連結嗎？」我問，但已猜到他會給的答案了。

卡當深長地看我一眼，「就你們而言，是的，你有可能與安娜再次連結，但你若選擇這麼做，你們的連結就會變成永久性的。」

「我明白了。」

「不，我不認為你明白。」卡當嘆道：「如果你決定離開女神和她的工作，這種連結反正會隨時間消散。也許你在做任何……永續性的動作之前，最好先決定自己未來的走向。」

「你要我拋下這一切？離開她？」

「我沒那麼說，孩子。但我確實告訴過你，你一向有選擇的自由。」

「是啊，反正現在，我選擇找到她。」

「是的，當然了，把她找出來是明智之舉。」他瞇起眼睛，「我還以為我說得很明白了，她需要你留在身邊，至少在你做出最後的選擇之前。」

「有啦，你有說過，可是我……我需要時間整理自己的心情。」

「孩子……」他搭住我的肩，「我曾經給凱西一個跟枕頭有關的建議。」

「枕頭？」我問。

「是啊。我告訴她，妳要選擇共度一生的人會用你無法理解的方式去塑造你，相信我，你真的可以有選擇。你該問自己的是這些問題——你喜歡自己跟她在一起時的狀態嗎？她會鼓勵你變得更好嗎？她能在你困難時，陪伴你，安慰你嗎？她能用別人做不到的方式去理解你嗎？如果以上問題答案為是，那麼其他一切自會水到渠成。」

我心底清楚每個問題的答案，這是個很簡單的測驗，簡單到幾乎難以置信。

「如果我失去我們的連結，要如何找到她？」我問：「還有，等我找到她後，要如何修復我們的連結？」

卡當將兩根食指尖頂在一起，點著抿成直線的嘴唇。「也許現在該去讀一讀，我留給你的卷軸了。」

32 火之廟

卷軸。我身上什麼都沒有，安娜把我們的袋子拿回家了，我沒想過要拿任何東西。我渾身只有衣物和達門護身符。

「我沒有卷軸。」我說。

「那麼你最好希望你能在沒有卷軸的狀況下找到她。」

「你不能告訴我嗎？」我懇求說：「我知道你曉得她在何處。」

「我是有些想法。」他坦認說：「但你知道我不能幫你，這是你該歷經的過程。如果我插手，便會改變結果，甚至影響你未來的選擇。我若害你的結局不快樂，我會無法原諒自己。」

「可是我的不快樂，若是因為搞砸這件事而造成的呢？」

卡當噘著嘴，一臉頑固，我知道他不會幫忙了。

「罷了，那告訴我，要怎樣修補我們斷開的連結。」

「如果你們註定連結在一起，便會自己復原。」他打謎語似地說：「最好現在就走了，孩子。」

我嘆道：「我會再見到你嗎？」我問。

「一定會。」他轉過身，不過消失前又補了一句：「對了，我很喜歡你對這個地方的修繕。」

笨蛋，笨老虎。卡當消失後，我痛罵自己。我再次未能善盡保護安娜的職責，不是我不相信卡當，但我做的第一件事，就是在心裡呼喊女神。安娜？我心想，安娜！沒有回應，我試著閉起眼睛，感覺她的所在，但我心中那塊熟悉的連結處，那個自從我多年前變成老虎後，便一直有的連結，卻只剩空盪一片。

我緊抓著護身符，慢跑著越過時空，我的腳一觸及安娜玫瑰園的草地，便狂奔起來。我衝入她的房間，發現她的武器躺在平時擺放的地方。連芳寧洛都在窗口曬太陽。我以為她從現在起都跟凱西在一起了，但顯然蛇的時間運作極為不同。奇怪的是，那樣也說得過去。

我搜查她的架子和家當，找尋袋子或卷軸，可是兩個都找不到。匆忙間，我差點撞翻她的香水瓶，瓶塞掉了下來，我把塞子蓋回去之前，湊到鼻子上聞。玫瑰與茉莉花香。她在哪裡？如果她在附近，我應該能靠氣味找尋她，但她最近並不在這裡。「安娜！」我高喊著走出去，尋找任何可能知道她去向的人。

我遇到被安娜救下的年輕人，抓住他的肩膀，卻見他身子一縮，我連忙道歉。「星兒，女神在哪兒？」我問：「快告訴我。」

他聳聳肩，「我有好幾個星期沒在這兒見到她了。」

「有任何人找她嗎？過去一個月人有人召喚她嗎？」

男孩搔著鼻子，「沒有。反正沒有什麼異常的狀況。」

雖然我們彼此的連結已經消失，但我仍能聽到信眾的祈禱請求。讓那些呼喚進入心中，就像踏進一場颶風裡，但我沒辦法了。我咬緊牙關，打開閥門，一整個世紀分量的祈求便朝我的心裡撲來。我努力分隔出一個聲音，一個對女神的哭求，然後出發上路。我並未久留，沒有做出任何實質的幫助，我只是去查看安娜是否在那裡。

我一遍遍地跳躍時空，結果毫無所獲。有名婦人希望女兒能找到伴侶，另一位希望她受傷的丈夫能夠痊癒。一整村的人需要協助他們的莊稼，可是無論我到哪裡尋找，都找不到安娜的行蹤。在停駐過數十個又數十個地方後，我都失敗了。*她在哪裡？*

終於我想到一個主意，我回到安娜的房間，找到要找的東西。「芳寧洛？」我喊道：「我需要妳幫忙。」金蛇抬起頭，自動滑到我伸出的臂上，「我找不到妳的女主人。」我說：「妳能帶我去找她嗎？」

我不確定到達後會找到什麼，便穿上皮腰帶，將能岔成兩支的那把劍插到劍鞘裡。然後在襯衫別上胸針，把卡曼達水壺掛到脖子上。至少除了尖牙利爪，我還有其他的武器。看到所有的武器都放在那兒，實在令我擔心。除去我們已送給凱西和阿嵐的武器，唯一不見的，就是火繩。

芳寧洛用她棕蜜及白色的身體纏住我的手臂，用她的神力啟開一個洞口。我好怕那麼做會再次害她死掉，但芳寧洛又重生了，也許這是她第一次出生，身上充滿了生命力及滿滿的能量。我踏進開口，被送走了。

開口一消失，我們四周便燃起火焰，我抬著手臂，被噴出的火焰逼得縮身。我很快發現身上沒著火，衣服也沒燒著，於是我退開一步觀察周遭。

黑如木炭的地面滿是像灰燼的粉塵，葉子呈赤褐色的小樹在暖熱的微風中顫抖，微風吹來煙火和硫磺的氣息。我立即明白自己身在何處了。這裡是安達曼群島火山底下的城市——玻達。

「她為何要到這裡？」我問芳寧洛。金蛇沒回答，逕自在我臂上化成金環。「好吧，看來我得靠自己了。」

我撫著臉上一整天沒刮的鬍子，我從虎形變成人時，身上總是穿著黑衣，也就是受詛咒前，最後穿的那套衣服，而且鬍子刮得很乾淨。但自從咒語解除後，我愛變成多久的人形都行，也就是說，我得時不時地刮鬍子了。直接變成老虎再變回人形還比較快，不過花點時間刮鬍子是很人性化的工作。

母親常幫父親刮鬍子，記得他們彼此梳妝時，有多麼幸福快樂。那也是我喜歡躺在母親腿上，或幫她梳頭的原因之一。那是我跟她獨處的特別時段，我猜刮鬍子是爸爸的時段。

我曾經問安娜，我留鬍子會干擾她嗎？她只是輕哼一聲，彷彿覺得問題很可笑。老實說，人家號令一整批軍隊，每位士兵對自己的鬍子各有所好，但我跟典型的士兵不同，我是她的。至少我以為我可以成為她的。*她現在會有不同的意見嗎？*也許我會把它修剪成凱西時代的男人式樣，在嘴周、下巴上留一點點。我若留了鬍子吻她，她會掙脫或更喜歡？我發現自己挺愛想這件事，雖然我的幻想太美了。

跟安娜進行順利，也許我就有理由提出這個議題了，到時我們再一起決定。說不定試試不同的可能性。我笑著想像她的反應，然後皺起眉頭。我得先找到她，再考慮吻她的事吧。

*她為什麼會在這裡？*我心想。接著我想到，安娜一定是在我離開時，繼續執行清單上的工作。可是玻達是後面的項目，下一個應該是七寶塔市，安娜沒按順序來。清單在安娜手上，不在

我手裡，我只記下面幾件可以自行處理的事項。她應該等我，就算不等，應該也知道下一件任務是什麼才對。

我劃掉手邊的事項，我們得協助凱兒越過屏障，與鬣夫人會面，阻止車子撞死凱兒，派水母把凱兒、阿嵐和季山帶回海面，然後還有一件跟富士山有關的事，之後要打造七寶塔，跟凱兒、卡當、季山和阿嵐在海神廟碰面。打造玻達市是在清單的非常下面。

也許她並沒有打造玻達，我穿過林子時想，也許她只是來看一下。不過她幹嘛到玻達，我就不得而知了。那片區域乏善可陳，我猜她有可能是去跟鳳凰說話，但她應該會想避開羅剎和火焰霸王吧。

想到當時雙胞霸王以尋找失散多年情人的名義，硬將凱西抓起來，我的心就開始亂跳。他們跟安娜的失蹤有關嗎？也許她被羅剎抓住了，甚至更慘，在莫休洞裡睡著了。我加速腳步，開始奔跑。

我根本不知道自己要去哪裡，當鼻尖出現一股熟悉的氣味時，我停下來，蹲伏著研究地面，卻看不出行跡。突然間有顆彗星劃過天際，樹林不見了。玻達正值夜間，原本閃爍明滅的蕨類、樹林和花朵，突然黯淡下來。我手搭著樹，瞇眼看著前方幽黑的森林，試圖找出方向。

這些樹看起來很新，比阿嵐、凱西和我在這兒時，樹齡小多了。我撫著一株樹苗的樹幹，感覺掌上傳來震動。這時我才想起，凱西可利用火片的力量跟樹說話，我用手掌貼住樹幹問：「你能幫我忙嗎？」

樹枝末梢一根細鬚擦著我的脖子，我本能地想把它拍開，但我讓它留在那兒，雖然它不是很清楚，卻給了我找尋安娜的大致方向。可惜安娜早已穿越森林了，要找到她還早得很。

我不像跟凱西同行時，用舊方式橫越玻達。我以護身符集聚風力，讓我飛上樹林，不久來到鳳凰山。我尋找火焰果、蛋或火鳥的跡象，但都沒有斬獲。那個洞穴要嘛尚不存在，要嘛就是藏了起來。

登山有點吃力，因為被狂風撲擊，不過我還是凌駕其上，來到山的另一側了。我在那邊逗留，想尋找安娜的氣味，或請樹神幫忙。它們確認了我最擔心的事——安娜在鑽石廟，我不確定神廟是她打造的，或一直都在那兒，但我也記得火焰霸王。即使有阿嵐陪我，還是很難擊退他們。

我降落在林線邊緣，挪移時間，走進城裡。城裡有樂聲、慶祝活動和舞蹈，就像上次我來的時候一樣。我知道那意味著什麼，那表示地球某處，有個女孩被當成火山的獻祭了。我皺著臉，開始在人群裡尋找安娜，接著我僵住了。我看到惡鬼羅剎，竟然自由地混雜在玻達市的市民裡。

就在我前方，有個玻達女孩，用手掌撫向一名羅剎裸露的胸膛，女孩在他耳邊輕語，羅剎的刺青明亮地燒了起來，兩人手拉著手離去了。另一對，這回是個女羅剎，長得很像扮成女后的凱西，女羅剎身邊環繞著一批來自兩個族群的男子。

我錯愕地看著羅剎拿高腳杯啜飲、吃水果、麵包和起司。我記憶裡那些冷血的殺手去哪兒了？那些茹毛飲血，吞食傷者，獵殺死者，用指尖製作毒藥的惡鬼呢？玻達人怎麼不害怕了？結果我並沒有太多時間思索這件事，因為萬眾矚目的兩位男子出現在金字塔的開口了。

「歡迎各位父老鄉親！」其中一位可怕的雙胞胎大喊，他們跟凱西和我以前在的時候，看起來差不多。金色的皮膚在白髮的襯托下，格外金亮。其中一人在他的辮子裡戴著紅與橘色的羽毛，另一個是藍與綠。

「各位都知道，你們被一位非常強大、美豔絕倫的女子帶到了此地，我們很高興跟各位報告，今晚她將成為新娘子！」

群眾爆出歡呼，我的胃一沉，有種極不祥的預感。上回我到此地，雙胞霸王抓了一名女孩做測試，看她是不是他們心愛的拉薇拉轉世。後來他們把注意力轉向凱西，我們差點沒能逃命。我雙臂一振，扭動脖子，如果他們敢對安娜做類似的事，老子就宰了他們。他們現在對付的老虎，已不是當日的吳下阿蒙。

我開始穿過人群，邊走邊擠撞到一些人，他們雖看不見我，但有幾名羅剎停下來朝空中抬起鼻子。我彈指遮去自己的氣味，幾名開始追蹤我的羅剎停下腳，環顧四周，似乎十分困惑。我正要朝神廟底下走去，地面卻震動起來，是火山的關係嗎？

神廟底下的牆壁裂開了，其中一位長髮的霸王在上方喊道：「看哪，你們的皇后！」四名男子——兩個玻達人和兩名羅剎——除了腰上繫了條小布裙，身上什麼都沒穿。他們抬著一張撒著火樹花的床，四人臂上筋肉突起，扛著躺在床上的女人四處走動。

女人趴躺著，看不見面部，她雙掌攤開，手指碰著編床的床尾。背部裸露的皮膚上畫著發亮的刺青，藍黑色的頭髮雖然編著花朵、羽毛和葉子，卻十分凌亂。她的頭髮垂在床側，跪地的人們在她經過時，紛紛抬手摸她的頭髮。

四名男子在瑟拉與威乙兩位火焰霸王前方停下來，雙胞胎抬起手，要群眾安靜。「各位雖然都聽過她的聲音，回應她的呼喚，但我們沒讓她以面目示人。她是我們的救星，是賜給我們新家園的先人所派來的。現在她降臨這個星球，為我們服務，並與我們同住。請各位與我們的摯愛——新現身的拉薇拉見面。」

女子沒有動靜，她蜜色的皮膚在廟宇燈光下閃著光，就像我熱得汗溼的皮膚一樣。我抽口氣，跟群眾一起等候。

眼神銳利的瑟拉俯望著，他的嘴巴緊抿成線，遮去了前一刻還精心露著閃亮白牙的政客式笑容。「親愛的。」他說，語氣透出虛假的耐心，「起身跟人民打聲招呼吧。」

女人發出呻吟，手指刺入床上的布塊裡。上邊的瑟拉動了動指頭，像木偶似地操控她。女人雙臂顫抖，抬起身體。群眾發出歡呼，她搖搖晃晃地擺著身體，綠色的眼眸茫然失焦。

安娜！

四名男子抬著她轉圈，讓每個人都能看到女神。

*他們究竟對她做了什麼？*我要把他們全殺了，一個都不放過。

我推開人群，朝她擠過去，看著她單薄的衣著。那片葉裙幾乎掩不住她的背部，遑論她那雙長腿了。還有她上半身那件象牙色的麻紗露背裝，實在春光無限。

等我靠近後，我發現她面色泛紅，平日精實的四肢軟弱無力。他們對她下毒了嗎？我不知道安娜哪裡不對勁，但他們肯定動過手腳。我決定最好先按兵不動，觀察動靜，以防他們真對她下了藥，而我需要先找到解藥。我守在近處，保持隱形。我試著安撫她，對她心中發話，但就算安娜聽見了，也未做回應。

「今晚，我們會向她求愛，她將在我們之間做出選擇，各位的皇后將在明早結婚！我們請各位莫要睡覺，舉杯祝我們幸福。明天見！」

群眾跟著兩位天神舉杯，之後雙胞胎便在上方消失了，我靜悄悄地跟著搬抬安娜的守衛走回神廟。

安娜頹躺回床上，人們把珠子、花朵和羽毛丟到她的廟裡祈福。等我們回到室內，守衛們扛著她走過各種通道，來到一間我認得的大房間。「把她放到那裡。」威乙命令說，等安置妥當後，守衛撤下。

瑟拉把安娜翻過身，將她重新擺好，把手放到身側，他兄弟則幫忙安娜把腿拉直，同時用手去愛撫。

我看得四肢發顫，很想開殺戒。**他們竟敢這樣摸她！**

過程中，安娜雖發出呻吟，卻依舊睡著。

「拉薇拉，」其中一人說：「妳該醒來做選擇了，我們求妳別再折磨我們了。」

安娜擠皺著臉，彷彿十分痛苦，她搖著頭，「不要，」她低聲說：「求求你。」

「我們必須讓她徹底清醒，兄弟。如果她神智不清，如何能在我們二人中做選擇？」

「我以前就跟你說過了，」另一人說，四方的臉面越來越凝重，「如果我們讓她完全恢復神智，她就會逃跑。以前你被她騙時，她差點就離開我們了，你的心太軟了。」

「她不是故意的。」他的兄弟堅持說：「何況你也知道，她的話會讓我融化。她對我的耳朵吐氣，會令我的靈魂燃燒。她送個飛吻，那能量就足以將我們召喚到這裡，並帶來新的生活。自從我們注意到她的呼喚，來到這片領地後，我就必須使出所有力量來產生足夠的熱氣，讓我們存活。她若與我們結合，我們的能力便沒有限制了。」

「我承認，我也越來越疲累了。」另一人嘆道：「我也很渴望有一天能相信她，可是我們不能。難道你忘了，她一開始是怎麼騙我們的？她保證說，如果我們先離開，打造一條路，她就會跟過來。我們等她來與我們會合，等待了萬古千年哪，兄弟，我不會容許她再騙我們了。」

「她這次不一樣了，難道你沒感覺到嗎？她還愛著我們。我知道的。否則她為何要將我們召至此地？」

「也許，也許我們可以學著慢慢信任她。」他撫著安娜的臉，而我的臉也漸漸變熱。「好吧。」他說：「我們今晚不餵她吃睡藥了，她幾個小時後會自然醒來。也許到時她會坦認將我們引來此處的目的，並做出選擇。」他抬眼看著他兄弟，「有件事是可以確定的，威乙，再過幾個小時，她將成為新娘子。」

他探向安娜，把她的手送向自己唇邊，輕輕一吻。他按摩安娜的手指說：「睡吧，我親愛的，明天我們將以洞房的激情之光，讓黎明添增聖光。」

我背靠著牆，雙手疊放胸前，被他們的厚顏無恥激怒到臉色發青。阿嵐會比我更懂得欣賞那種詩歌般的說詞。但話又說回來，如果火焰霸王敢那樣對待凱西，而且趁她中毒時動手動腳，阿嵐可能不會喜歡。

其中一名雙胞胎站著，第二位走向安娜，將她的頭髮往後撫，親吻她的額頭。「我們將創造甜美的回憶，在玻達燃放出前所未見的烈火。妳若選擇我，我們結合的力量將強大到足以融化覆住這美麗星球的藍色冰帽。睡吧，我去準備我們的床。」

兩人離去後，我吐了口氣搖搖頭。他們是在開啥玩笑？他們一定對自己的技巧信心十足，才會對女人做出那樣的保證。融化冰帽？讓黎明添增聖光？虧他們說得出口。在確定只剩我們兩人後，我跪到安娜身邊，將卡曼達水壺遞到她唇邊，在她嘴裡滴了幾滴人魚的靈藥。

我用手指刮起一滴沿她嘴角緩緩流下的藥液，碰觸她的下唇，確保她充分利用了每滴靈藥，然後忍不住用拇指撫著她柔軟的唇。我能給像安娜這樣的女孩什麼？我無法像阿嵐那樣寫詩，或像剛才離開的兩個小丑一樣亂開支票。我攤開雙手仔細看著，我有一雙強而有力的大手，但因為長期使用兵器與格鬥，而長滿老繭和疤痕。

我沒有做生意或理財的天賦，財富與賺錢對我來說並不重要，我是戰士，是個鬥士、獵人，不懂得對女生甜言蜜語或獻殷勤。當然了，我會去討好女孩，但本性難移。即使我試圖改變，恐怕也維持不住。她會愛上我的本質嗎？

十分鐘過去了，我正在猜想靈藥是否有效時，安娜動了，我盡量不去看她伸展身體，尤其我再次注意到她身上的衣服少得可憐。她把拳頭塞到臉頰下，側身一翻，長長的睫毛像半圓月似地貶在臉上。接著她開始輕聲打呼，我忍不住微笑。

「安娜？」我輕輕搖著她說：「安娜，該醒啦。」她顯然仍睡意濃重，但已能認出自己在哪裡了，即使還沒認出跟誰在一起。

「不要！」她拍打我的手，一邊踢腳，掙扎著想從我身邊逃開。

「安娜，」我試著弄醒她，「是我。」

「停手。我不會的。你沒辦法逼我，永遠休想。」她戒心重重地從我身邊抽開，七手八腳地往後蹭，然後轉身欲逃。她的四肢仍十分虛弱，安娜踉蹌地跌回牆邊，頹軟成一團，她用手臂掩住頭，痛哭哀求說：「求求你，求求你別再來煩我了。」

「噓，噓，噓，安娜。」我慢慢移到她身邊，我沒去碰她，只是把手伸到她看得見的地方。「他們現在不在這裡，這裡只有妳跟我。」我坐到她旁邊，伸出腿。「穌漢？」她問，眼神依然因服藥的關係而迷茫。

「是的，我在這兒呢。」

她伸手抓住我的手臂搖著，「可是你……你離開我了。」

「我不該離開妳的。」

「你說你想……休息一下。」她虛弱地慢慢爬近。

「妳要我抱妳嗎？」我問，希望能知道她的心意。安娜點點頭，我將她抱到大腿上，讓她的頭靠在我頸邊。「我錯了，安娜，妳能原諒我嗎？」

「也許吧。」

我撫著她的背，想平定她的情緒，卻在手指滑過她頭髮間隙裡，絲緞般的皮膚時，很快記起她的背是裸的。我不再亂動，只是將她抱近，給她時間清醒。

「穌漢？」安娜說，聲音因藥物而濃重。

「嗯？」我回應，努力拋開她輕柔如羽的唇，和搔癢我頸子的睫毛。

「我有跟你說過，我喜歡你的味道嗎？」

「什麼？」我大笑出聲，眉毛揪在一起。

「真的，你聞起來像草跟某種……像灰燼一樣溫暖的東西。」

「那……呃，很好啊。」我答說。

她深深嘆息，溫暖的呼氣朝我的脖子擴散。「我覺得非常好聞。」安娜悠悠地說：「還有，我喜歡你的眼睛，我從來不知道它們會變成什麼顏色。我覺得是取決於你的心情。你生氣時，眼睛像棕色的貂毛，有時是肉桂色或桃花心木的顏色。」她碰著我的鼻尖，醉酒似地咯咯發笑。「可是我最喜歡它們像黃褐色的黃玉，那時它們會發光，然後我就知道是因為你很快樂了。我只見過幾次，但每次我都記得。」

我張嘴想回答，但不知究竟該說什麼，這時門突然打開了，兩名兄弟衝入房中。我抱著安娜站起來，準備把我們遠遠地從鑽石神殿移轉出去。

「她不見了！」其中一人指責說：「我就跟你說，我們應該輪流看守她吧。」

一開始我有點弄不懂，我知道他們看不到我，但他們應該還是能看得到安娜。在他們看來，安娜的身體該飄在空中才對。我垂眼看著懷裡的安娜，發現她正望著我的臉，眼神已較清醒了。她輕輕捧著我的臉，我發現我們的身體同時隱匿在時間的變相裡。我並不清楚是安娜自己設定的，或是因為兩人相近才變成這樣。我抬起眉，安娜輕輕搖頭，推著我的胸膛，要我放她下來。

她旋動手指，我感覺聖巾的絲線包住我，將我變成長得與他們極像，但更高大健壯的人。我背上金髮長披，手腳光裸，皮膚金亮。等安娜對我的樣貌感覺滿意後，才把我們轉回他們的時間。

「我在這兒呢，二位大爺。」她宣布說：「你們要求我選擇一位伴侶，我已選好了，我選了一位與我旗鼓相當的對手，他來帶我回去，並將我從被你們下了藥，而沉睡不醒的身體中喚醒。」她把手放到我光裸的胸膛上，我按住她的手。

安娜低聲唸咒，運用聖巾之力。絲線纏繞著她，為她做了件閃著千百顆星光的衣服。她踏近用手環住我的腰，我攬著她的肩膀，旨在保護與占有。

雙胞胎讚嘆她的神力之餘，急急忙忙地抗議說：「但……但妳是拉薇拉的再世呀。」

「錯了，我不是。」安娜悲傷地搖頭說：「我們是兩位古人，我發現你們在星群中漂流，便想賜給你們一個新家。誰知你們濫用我的好意，將我困在這個凡界。一個令我掙扎不已的凡界，我並不屬於這裡。你們要找的人並未回應我的呼喚。」安娜說著踏向前，對威乙伸出手。

威乙跪到她腳邊，「也許她將來會來，您可以到別處找找。」他哀求說：「請試著找到她，我們懇求妳。」

「很抱歉。」安娜說：「我已盡力把願意過來的人都帶來了，現在該是我離去的時候。」

威乙抱住她的腿哭道：「沒有妳，我們要怎麼活得下去？」

「我會賜與你們力量，從這個世界的核心汲取熱量，那裡有巨大的熱力，能使人民豐衣足食，且綽綽有餘。不過要知道，你們絕不能離開這個區域，若能不妄求拓展地界，將能在此處過得幸福快樂，可若是有了野心，只怕會招致禍害。我知道我無法全然信任你們，會在你們之中布置一名守護者，他會對我報告，萬一我需要回來，你們將會被撤職，卸除你們的法力。明白了嗎？」

「我們會找到她的。」瑟拉說：「沒有什麼能將我們分開，連古人也不行。」

我踏向前，「夠了。」我說：「你們應為你們的行為受到處罰。」

「我們不會停止尋找她的。」瑟拉警告說，眼中露出瘋狂的光芒。「就算妳無法或不願意帶更多人來，她還是會按她自己的意志前來，她愛我們。」

「為了你好，我真希望你說得對。」安娜表示：「可是你們若濫用法力，力量便會減弱。你們得到星群深處尋找她，如此一來，將會吸走玻達城的熱氣，樹林將因此滅亡。沒有充足的食物，你們會毀掉我創造的這座天堂。在你們行動之前，務必三思。」

威乙點點頭，但瑟拉僵固地站著，雙手握拳。

「走吧，我的美人。」我說：「讓他們彼此討論，他們取得的已超過妳所給予，這回再沒資格得到更多的祝福了。」

「你說的是，我心愛的。」她半垂著眼，抬頭看著我說。「不過，我們在這裡還有工作要完成。」她抬手閉眼，一條金繩出現了，繩子自行蜷繞起來。「你們把這拿去。」安娜說：「把繩子藏到火樹林裡，我會派我心愛的寵物緊緊守護它。你們不得洩露繩子的地點，除非兩人都在戰役中敗戰。明白我的指示了嗎？」

「是的，女神。」兩人頷首稱是，但我發現瑟拉的一雙大眼中，仍閃著一絲邪氣。

「很好，我們現在就離開。」她拉起我的手說：「請勿白費我送給你們的禮物。」

說罷，安娜對繩子喃喃唸咒，解除我和阿嵐變成人類的時間限制，然後把繩子交給瑟拉。安娜接著用手一揮，我們便遠遠離開，來到了火樹林，不會立即被人找到。聖巾繞住我們，我們很快恢復本貌。

「對不起。」我立即表示：「我根本不該丟下妳一個人。」

「該道歉的人是我。」她說。

「到底發生什麼事，安娜？」我問：「妳為何不告訴我妳去了哪裡？」

「我給你留了一封信。」她支支吾吾地說。

「一封信？」我立即明白過來，雙手往胸口一疊，「安娜，妳把卡當的卷軸放哪兒去了？」

她彈彈手指，一個袋子便出現了。安娜在裡頭翻找，抽出一卷羊皮紙，然後攤開來。她紅著臉把它交給我。「這是我的信。」她淡淡說道。

我很快讀了一遍，上頭寫道：

蘇漢：

我明白你需要離開我一段時間，我不怪你，也不敢期望你任何事。如果你選擇過沒有我的生活，我會接受的。然而，你若回來找我，那麼你去打獵的那個星期，我會待在我們家附近，那片森林的小溪邊。如果你那段時間沒來找我，我會假設你已決定離開我了。我……我會想你，但我不會丟棄自己的職責。

安娜

「看來卡當是為了確保我有收到妳的信，結果反而幫了倒忙。妳等了整整一個星期嗎？」我問。

「是的，可是後來我感覺有異，無法再感知你的存在了。」

「當時我必須去救卡當。」我解釋說：「為了救他，我切斷我們的連結。我不是故意的，可是他被困住了。我問過卡當，我們能不能恢復連結，他說也許有可能……」我聲音漸弱，「妳是想在沒有我的情況下，獨自完成清單上的項目嗎？」

「不完全是。」她用靴子踹著草地，「是我……太傻了。」安娜說，然後別開眼神，「我在尋覓一份關係，結果那道拉力就把我帶來這裡了。」

「一份關係？」我問：「妳這話是什麼意思？」

「我的意思是……」她絞著手走開去，然後又走回來，「我在找一位……同伴。」

「同……噢，我明白了。這都怪我，安娜，這不只是職責的問題，不是嗎？妳以為我遺棄的不僅是我們的工作，連妳也拋棄了。」

「是……不是。我的意思是，不盡然是。」

「不，這事得怪我，是我搞砸了一切。」

「你在說什麼？」她問道，一邊召來一隻動物。

我用手拍著頸背，然後解釋跟卡當發生的一切。安娜眼睛瞪得好大，她豎起一根手指，彎身問一條蛇和長得很像羊的動物說：「你們能幫忙嗎？」

牠們一定是同意了，因為安娜綻出笑容，不久我前面立著一隻合體動物，怪獸把頭鑽到我肚子上，大聲地嗅著。「呃，妳能把她變得喜歡阿嵐，而不是我嗎？」我問。

安娜哈哈笑著，怪獸發出輕哼，將熱氣噴在我腿上。

「喂，我是說真的。」我跑到正要走開的安娜背後，合體獸跟在我後頭，輕咬我的腳跟。「這傢伙很喜歡老虎。」

「我們不都是嘛。」她壓低聲喃喃說。

「妳說什麼？」我問。

「沒什麼。」安娜拍拍自己的大腿，怪獸搖擺著蛇尾，朝女神身上蹦去。「妳能守護火繩嗎？」她問這隻像爬蟲類的貓獸說。怪物對我發出悲鳴，然後輕吼著跑過樹林。

「妳知道這件事咱們沒按照順序辦，對吧？」

「我知道，但我沒想到會跑來這裡。事實上，我根本沒想要創造玻達市。」

「妳不想嗎？」我皺著眉，「那妳幹嘛還做？」

「我說過，我想找個同伴。」

「結果卻落在兩個火大霸王手裡？」

「人家是火神，不是火大霸王。」

「管他的。想到他們對妳下藥，還差點逼妳嫁給他們其中一個，我就火大。對了，妳還沒解釋究竟發生什麼事，妳真的對他們很慈悲。」

安娜聳聳肩，「他們不是故意要傷害我，不真的是。」

「去，他們就有。我比妳更了解他們一點點。他們對凱西做了同樣的事，他們……」

「你不瞭解他們，穌漢，不完全了解。他們不像我們人類，他們做事的方式不一樣，他們生下來就是星星，並不習慣被困在我賜給他們的人體中。」

「即使現在，他們也不算是人類。」

「是的。他們一度活在水晶城裡。他們以前非常美麗；身體明亮如星子。他們出生之地被摧毀後，便被擲入黑暗的太空中，而他們所愛的那個人留下來，確保每個人都能安然逃走，我想她恐怕已經死了。說不定哪天他們會找到她，但我不像他們那樣樂觀。」

「好吧，可是也不能把那當作綁架女人的藉口。」

「你說得對，但他們心裡並不想傷害別人。」

我把手疊到胸口，靠在一株火樹上。「是嗎？」

「是的。」

「那麼妳以為我是他們時，為何要急忙躲開？為何哀求他們住手？」

「他們……他們在摸我。」

「他們有傷害妳嗎？」我靜靜問，聲音冷硬。

安娜搖搖頭，「不是你想的那樣，但我怕事情會變成那樣。」她用靴子踢著黑色的泥土。

「你知道我不喜歡被人家硬抱。」

「是的，」我輕聲說：「我知道。」

「現在你知道原因了。」

我點點頭。

「我是人們的領袖。桑尼爾一直保護我，直到我學會如何自我防衛。我一向很小心，身邊都是我覺得能信賴的人。任何以為我只是個佯裝戰士的單純女生，或覺得我是個玩物的士兵，很快就會改變他的看法了。我贏得他們的尊敬，並盡力讓他們忘記他們是由女性領軍的。」

我聽了撇撇嘴，揚起一邊眉，但沒說什麼。任何心智正常的男人，都不會忽略阿娜米卡。即使她披著衣布，罩著盔甲，仍舊美得令人屏息。

她接著說：「我從不想鼓勵親密的關係。首先，因為我並不確定我可以跟男人在一起，而不會覺得自己被困在惡夢中。其次，婚姻意味生育小孩。做母親的怎能赴戰場？先生看到妻子帶領軍隊，會做何感想？我接受了自己的職責，自己的模樣，直到你出現。」

「我？」我說：「我做了什麼？」

「跟你做什麼無關，而是……」她抬頭瞄我一眼，然後陰鬱地皺著眉，「我說這話時，你能不能別再看我？」

我哈哈笑說：「妳要我別過頭嗎？」

「那樣會有幫助。」

我望著她真誠的大眼睛，然後嘆口氣轉過身。「好吧，我不看妳。如果沒記錯，妳剛才想談為什麼我害妳的生活跑偏了。」

「穌漢，」她輕輕吐氣說：「你沒有害我的生活跑偏，你賜給我可能性。」

「可能性？」

「是的。現在我相信我有可能以女人及戰士，以妻子及女神的雙重身分去生活了。我睡在夢之林時，看到了這種可能。」

我的心一跳。*我沒有聽錯她說的話嗎？*

「你難道不明白嗎？」她問：「那正是我會找到兩位火神的原因。」

啊，沒錯。「我想我明白了。」我慢慢說：「妳希望他們其中一人，能填補妳生活中的空虛。」

「呃，是的，我以為那樣……」

「不，我懂了。」我回身說：「妳想要一名丈夫，而唯有天神能成為妳的夫君，所以妳在天界中尋找，結果找到不只一位，而是兩位。那很合理，我完全能理解。」

「穌漢，我不認為你懂了。我想說的是……」

我抬起一隻手，「我不想再聽了，安娜。妳若不介意，我想完成卡當的清單，然後我們就能真正放彼此一個長假了。既然我們斷了連結，應該很容易做到。任務完成後，我們可以各走各的陽關道，妳可以去尋找妳想要的，而我……我則終於能享有平靜了。」

我站在那裡，胸口一陣刺痛，兩人靜靜四目相望時，我清楚地意識到自己深重的呼吸。安娜終於點頭說：「如你所願，穌漢。」

她轉身離開我，只有在需要釐清一些事時，才跟我說話。我告訴她火焰果林及麒麟的事，她用護身符造出整片鳳凰心愛的火樹林，還造了一大片葡萄園，長滿了像介於油桃和葡萄之間的發亮球果，還有大片成熟的穀物，頂端冒出像爆米花的小花。

安娜創造各種各樣的火焰花和擺動的長草，樹木及岩石上冒出紅色的香菇。一隻笨重的蛾從樹上飛起，安娜舞動雙臂，直到成千上萬的蛾從燃放火焰的灌木叢裡飛散而出。牠們製出一種像黃金汁液的東西，然後很快地開始築巢。安娜碰到的所有東西，都向她傾靠，並充滿生命。

接下來，她打造成千上萬種大大小小的動物，有些看起來像兔子或鹿，但其他的我就沒見過了，雖然我們以前曾在林中旅遊。也許牠們被羅剎或玻達人獵殺到滅種了，想到這裡，我一陣難過。安娜從地裡取出不同顏色的水晶，然後召集長腿的小獸，詢問牠們是否願意為她工作，動物們欣然接受女神的賜贈。

水晶覆住牠們的身體，不久我們四周便環著一群發光的麒麟了。牠們嘶鳴著踢動蹄子，快速奔過森林，在後邊留下一道火焰，與記憶中一樣令人驚豔。我以前覺得香格里拉很美，但火樹林同樣漂亮，若不是因為羅剎的關係，我絕不介意多待一些時候。

我跟安娜提到洞穴及羅剎的事，她仔細聆聽。等我說完後，安娜表示：「羅剎現在跟玻達人在一起，他們會在某個時間點絕裂，但時候未到。我們得容許他們在這幾世紀裡自然發展，說不定是火焰霸王哪天趕他們走的，也許那兩位將來會違反我的建議，破壞這片土地，害人們吃盡苦頭。若是那樣，也難怪那些離開的人，後來都成了肉食者。」

我們在凱西進入光之城的熔岩管中，造了一個手印。我搭著她的肩，「安娜，」我表示：「我只是想說……」

「沒有必要再多說了。」她表示：「走吧，該去找隻鳳凰了。」

我們旋出火界，在一座大山頂上聚形，上方不遠處有個山洞，「他住在那裡嗎？」我問。

「我想是的。」她答道。

登山時，我用一隻手抵住安娜的背部，確保她不會摔下來，但她避開了我。她烏黑的頭髮在風中飛揚，不時擋住眼睛，安娜煩亂地嘀咕著。等我們來到洞口，我伸手想拉她上來，她再次不予理會。我知道我剛才的話很無情，但即使我能倒轉回去，還是會說同樣的話。假如她想嫁給第一個遇到的男子，我可不想在她附近，想到那一點，我就很想揍人。

安娜跟我不在同一個級別，這點我很清楚，也一向知道。可是我的夢應該代表某些意義吧。那記吻應該有某種意涵，不是嗎？我猜她忘了，但我銘烙於心，至死方休。

我們走入漆黑的山洞裡，安娜手中變出一顆火球，照亮山洞。「哈囉？」她喊道。

我聽到一記遙忽的拍擊聲，「那邊。」我悄聲說，然後我們走入右邊一個洞裡。

各種光色在山洞牆上舞動，我們繞過轉角，目瞪口呆地看到成千上萬顆鳳凰蛋，各自閃放光芒。我們小心翼翼地走過地板，以免不小心踩在蛋上。

「靠近一點，」有個聲音喊道：「我一直在猜，你們到底什麼時候會到。」我們抬起頭，看到一個高踞山洞頂方的巢裡，有隻大鳳凰正在俯望我們。「呃，」大鳥說：「你們沒有我預想中的好看，不過話說回來，我們不都是這樣嘛？」

他抬起巨大的藍翼拍動數下，然後輕輕落在我們前方。

「偉大的鳳凰。」安娜說：「我們是……」

「我知道你們是誰，女神，」他表示：「我們已經觀察你們一段時間了。」

「是嗎？」她笑著問。

「沒錯。我的名字叫伊文泰，在你們發問之前，是的，我會陪你們去火焰國，總得有人看著那個地方。」

「謝謝你，那麼我能提一個不同的問題嗎？」

「請說。」他告訴安娜。

「你怎會知道我們要來？」

鳳凰哈哈笑說：「我的外號叫萬古通、人類守護者，以及心之火，我若連女神杜爾迦或她的愛虎達門都不知道，豈不辱沒了我那些外號，是吧？」

「我想是的。」

「啊。」大鳥揮著翅膀說：「在你們面前，我就不客套了。」他靠過來，狀似竊語地說：「芳寧洛跟我說了。」我皺著眉，正想提另一個問題，卻被伊文泰打斷，「還有，說到心，我想祝福你們結婚大喜。」

安娜結結巴巴地說：「我……我還沒選擇伴侶。」

「哦？」鳳凰了解地擠著一隻眼說：「可是妳的心不是這麼說的呀。」

我生氣地說：「我們有很多事要辦，伊文泰，也許你以後再給祝福不遲。」

「也許吧。」他說：「也許。」他挪著身子，羽毛弄得有點亂，然後用嘴觸著芳寧洛。「哈囉，妳好。」他說。

金蛇活過來抬起頭，張開頸扇。

「噢，是啊。」大鳥說，彷彿在跟芳寧洛說話。「他有點固執，不過心地挺好，妳使用真理石真是太聰明了。」

一直仔細聆聽芳寧洛與鳳凰對話的安娜挺直身子，細緻的眉毛一抬，「芳寧洛跟你有關係是嗎？偉大的鳳凰？」她問。

「某方面而言，」他咯咯笑說：「是的。」

「你沒打算告訴我們是嗎？」她問。

「有些事你們得自己發掘。」伊文泰神祕兮兮地說：「我不想剝奪二位的驚喜。」他咂著嘴又說：「我們現在就走了。」

「你需要協助嗎？」安娜問。

「應該不用。」我們身邊的空氣一閃，那些蛋便消失了，「來日再見了。」他說著拍動翅膀，每拍一下，搧起的風便跟他的身體一樣越變越淡，不久只剩我們獨自站在黑暗的洞穴裡了。

安娜轉向我，握起拳頭，把火球滅掉。我本能地伸手將她拉向我，在黑暗中，很容易假裝我們之間沒有阻攔。我閉起眼睛，在她身邊令我安心。**妳還能聽得見我嗎？**我默默問她。就算她能聽見，她也沒回答。

接著我們出現在一間寺廟裡，旁邊是座女神的蠟像。

「這裡怎麼沒有老虎。」安娜說。

「是的，這間廟裡沒有。妳不覺得我們應該按照順序，先去七寶塔市嗎？」我問。

她搖搖頭，「神廟必與跟寺廟所在的地區搭配，我們已完成火域了，所以現在必須把那些武器送給凱西。」

「妳確定嗎？」我懷疑地問。

她輕聲回答：「確定。」

安娜抬起一隻手碰觸掛在雕像頸部的花環，然後把鼻子湊到茉莉花上。「這是一位老奶奶送我的。」她說：「她的指節粗大，且因為疾病而扭曲變形，但她還是為我編了這些花。」

「妳怎麼會知道那些？」我問。

安娜轉向我，「我聽到她的呼求，等這件事結束後，有很多工作要做，穌漢。」

「是嗎？我相信妳的新夫君會很樂意盡力幫忙。」

我聽到她輕嘆說：「他們快來了。」我們馬上將手放到雕像旁的石頭上，接著出現一只發光的手印。

我摸著護身符，轉移時間，與安娜一起消失。

凱西、卡當、阿嵐和季山走進神廟。

「她好美啊。」凱西說。

「是啊。」我跟季山同時輕聲喃喃說。我看著他們擺好供品，開始輪流向女神祈求協助。季山和阿嵐都在對凱西獻殷勤，但我訝異地發現，我竟然連一絲絲妒意都沒有。

當季山說「我們懇求有機會過新的人生……」時，不知安娜做何感想。我確實圓了當初的祈求，現在過著新人生，成為女神的愛虎，為她服務，也漸漸享受這份生活。我能真的放棄它嗎？就這麼離開她，而沒告訴她……告訴她什麼？我喜歡待在她身邊？看她睡覺會令我微笑？我一心只想著在香格里拉吻她的事？告訴她，我無法想像沒有她的生活？說我……愛她？

火燒了起來，我揪著心，看雕像融化。**安娜？**

我沒事，她在心中答道。知道我們沒失去心靈上的相通，令我開心到難以言喻。我顫吐一口氣，吸入灰燼。

其他人也開始咳嗽了，我召來一股風，把煙氣吹走，留下足夠，但又不至於傷到他們的火堆。凱西去摸手印，那是讓安娜現身的訊號。我驚奇地看著蠟從她身上融開，她美麗的頭髮燃燒著，安娜將髮上的火焰撫滅。她只有兩條手臂時，看起來更像自己，不過她穿著那襲燃燒的袍子，看來依舊美豔。她微微地笑，我看到其他人聽到她如鈴的聲音時，跟我一樣心生敬意，但她並未用美麗的眼神看我。

「能再度看到你們大家真好。」她說。

芳寧洛在凱西手中活了過來，我垂眼看著自己的手臂，發現金蛇竟然不見了，我甚至沒感覺她離開。

季山發出鬧聲。

安娜眼都沒抬地嘆口氣，對季山說：「你必須對女人和女神多些耐心，我的黑虎。」

我感覺那一刻，她不僅是在對季山說話，也是在對我說。

「請原諒我，女神。」季山答道。

「要學著珍惜當下。」安娜輕聲說。「珍惜你的經驗，因為寶貴的時間轉瞬即逝，如果你總是匆匆奔赴未來……」她很快瞟我一眼，「或為過去悲傷，便會忘了享受並感激當下。」

兩人四目雖僅短瞬交會，卻似交流了千言萬語。

「我會努力珍惜您說的每個字，我的女神。」季山說。

安娜彎身愛憐地撫摸他的臉，「如果你能永遠如此……忠誠就好了。」她說。

我皺著眉，妳在幹嘛，安娜？我問。

她不理會我的問題，開始跟凱西說話。我沒怎麼留神去聽，直到凱西要求：「等我們找到下一個禮物後，虎兒便能全天候變成人類了，對嗎？」

安娜停頓良久，然後答說：「他們會變成老虎，自有其目的，那種目的不久便會實現。等第四項任務完成後，他們將獲得與老虎分離的機會。過來取走你們最後的武器吧。」

安娜從腰帶中拔劍一扭，變出兩支利劍，然後掄著劍支，阿嵐和季山看到目瞪口呆，連反應都沒有。如果她想殺我們的話，簡直輕而易舉，我們那樣被她迷惑，實在太丟臉了。安娜把阿嵐的武器給了他，但用另一支劍抵住季山的咽喉。我知道她要挑戰的人其實不是季山，而是我。

她與季山格鬥了一會兒，結果還是將他擊敗了。我悵然地嘆口氣，我好思念她格鬥的模樣。

「別擔心，我親愛的凱西。」安娜說：「黑虎的心很難刺得穿。」

我在她視線中繞行，她挑著眉，看我敢不敢否認她的說法，安娜甚至沒注意季山正看著她，但我看到了。當安娜再次挑劍抵住季山的胸膛時，她朝我咧嘴一笑。

安娜移劍一扭，將劍柄遞給季山，然後給他們胸針，並示範使用方式。我把手背在背後，繞到另一側，最後站到季山肩後。

安娜盯著我，一隻手放到季山肩頭上沉聲說：「也許你最好暫時先穿著這些現代服裝。」她靠近對我擠擠眼，又說：「我對穿戰服的帥男生沒有抵抗力。」

我握緊拳頭，她故意跟季山，跟以前的我調笑。

別那樣，我說。

為什麼？看到別的男人對我有興趣，你有事嗎？

那不是別的男人，安娜，那是我。

是的，我現在的選擇很有限。

什麼意思？

噓。我現在很忙。「這些胸針是特別為你們製作的。」她的聲音嘶啞而迷人，「你喜歡我的禮物嗎，黑虎？」她柔聲問。

季山竟然順勢牽起她的手，我心頭一緊，知道安娜痛恨那樣，但她連眼都沒眨一下，反而溫柔地對結結巴巴說話的季山微笑，「我覺得妳很……我的意思是，我認為……太不可思議了。謝謝妳，女神。」季山親吻她的手指，而她……竟然挺喜歡。

「嗯。」她感激地笑道：「不客氣。」

卡當大聲地清著喉嚨，「我們最好上路了，除非您還有更多事要告訴我們……女神。」他心知肚明地看她一眼。

安娜在老師的審視下心虛地立即退後一步，可是她嘲諷地回頭看著我，我抬起下巴，意思是，如果她想打架，我會樂意奉陪。她胸口起伏不定，手臂繃緊，彷彿就要跳起來。我突然想起在森林裡盲目追逐，那個希望被我逮住的女孩。我的手指因期待而扭動，那是安娜，一定是她。

我覺得咱們需要談一談，安娜，我說。

她瞇起眼睛，「我該說的都說了。」她轉向其他人笑道：「那就下次見了，我的朋友。」

安娜的身體變僵了，凱西很快又問：「我們何時會再見？」

但女神只是快速對她擠擠眼，便再度成為蠟像了。

我望著女神的雕像，等她出現，可是她似乎想讓我等。阿嵐對著季山大吼，然後給他一拳。我縮起身子，再次感覺那記老拳。

「如果再被我逮到你那樣對凱西，我會不只掌你一拳，讓你清醒一點。我極度建議你道歉，我的話說得夠明白了嗎，老弟？」阿嵐喝令說。

他跟著卡當離開，我聽到季山跟凱兒道歉，問她是否還是自己的女友。凱西只是點點頭，但我能輕易看出，她跟我剛才見到安娜與季山調情時的憤怒，簡直相差十萬八千里。要是阿嵐對女神大獻殷勤，恐怕凱西會氣翻，或至少傷心欲絕吧。對於我，她兩者皆無，我很想念凱兒，但她很幸福快樂，日子往前照過，我也是時候該那麼做了。

眾人離去甚久後，安娜還是不肯現身。我邊說邊雙臂抱胸：「妳不覺得妳欠我一個解釋嗎？」

對於這問題，我只聽到利劍出鞘的咻咻聲，還來不及反應，劍尖已抵在我的頸背上了。

「我們是不是該接著上次的地方繼續打，虎兒？」有個溫和的聲音問。

33　水之廟

她火速退開，扔給我另一把劍。

我轉身從空中接住利劍。「妳在哪裡找到這些劍？」我欣賞晶亮尖利的鐵灰色劍支。

安娜聳聳肩，「從一個軍閥那兒借來的。」

我誇張地嘀咕說：「妳又偷溜沒帶我了。妳自己去做了什麼事？」

她奸巧地咧嘴一笑，「擊敗我，我就告訴你。」

她躍上前，揮劍砍下，力道足以讓我身首異處。我轉身以劍相迎，兩劍擦出火星。我奮力將她往後一推，但安娜用精實的雙腿一踢，貓一般地優雅轉過身，在我臂上劃出一道口子。鮮血滴下我的手肘，我低頭皺眉，看傷口癒合。「妳為何要這麼做，安娜？」

安娜來回踱步，等待我攻擊，她答說：「你幹嘛問那麼多？」

「也許是因為妳從不告訴我，妳到底是怎麼回事。」

「你瞧仔細了。」

她來回舞動利劍，劈砍縱躍，動作賞心悅目。她的頭髮在背後飛成長弧，如果我只是單純坐著觀賞她舞劍，我會更加樂意。安娜比卡當厲害，比我厲害。

年少時，我曾觀賞她與母親比試，母親是卡當口中的天下無敵。我當時不完全懂得欣賞安娜的技巧，如今全然明白了。安娜厲害到足以擊敗家母，她在我身邊繞行時，手上的利器嗡然有聲。劍身的金屬碰撞就像一首美妙的歌曲，卻極度危險，跟舞劍的女人一樣誘人。

安娜將我的手腕摜向地面，我的劍柄重重擊地，將石頭都敲碎了。我往她上方一躍，翻過空中，往牆上一蹬，朝她飛去，舉劍瞄準她的腹部，但她果如所料地迅捷扭身，我從她身旁擦過，一個滾身，再次擺妥架勢。我們不斷比畫，蠟像失去了數條手臂，然後連頭也被斬去。我彈著舌，譏諷她不尊敬女神。

「若說有人對女神不敬，非你莫屬。」她喘道，用手背擦去嘴上的一滴血。我哪有不尊敬她？想打架的人明明是她。我趁她分神，用劍柄往她腕背上一敲，她的武器一脫，滑開了。我正要抓她，安娜一個後翻掙脫了，同時踢中我的下巴。等她再度站穩時，劍支又回到她手裡。「你就是那樣，」她說：「吃裡扒外，恩將仇報的狼心狗肺。」

「妳怎麼把我當成狗了。」我說：「而且我自己就可以把自己餵飽了。」

「噢，是呀。我忘了你根本什麼都不需要我。」

安娜再次故意逼向前，專心致志地連連揮劍，我用劍、手臂和腿去擋她，我並不想真的打贏，但至少得努力防止她把劍刺入我心臟。安娜似乎毫無保留地想將我一劍穿心。

不管她那股狠勁由何而來，我希望最後能夠消散，可是她的力氣源源不絕；事實上，似乎越來越強。我若不停止這場惡鬥，我們其中一人或兩人，可能會受重傷。安娜在割傷我兩邊腳跟、劃傷我的臉頰，刺傷我的肩膀後，我吼道：「妳是想殺死我嗎？」

「我若想置你於死地，你早就活不成了。」

「我到現在還沒教會妳，苦苦糾纏一頭老虎是件蠢事嗎？」

她嘲弄地答道：「你想怎樣，黑虎？用你的爪子抓我嗎？請便。我知道你每一個花招。」她輕蔑地說，然後摸著鼻子，留下一抹可愛的泥痕。

「未必見得。」我咬牙咕噥道。

「至少黑虎會是個較可敬的對手。」她繼續無視我的話，「但我還是得稱讚你很努力了，我可以告訴你，本姑娘不習慣稱讚人。」她眯著眼睛來回走動，持劍蓄勢待發，一邊罵道：「來啊，放馬過來。」她狂亂地揮手催道：「化成虎兒，看你能奈我何。我看你是不敢吧，是的，你害怕對付我，你對付凡人太久了。」

我們彼此繞行，我覺得很不對勁，可是就算打破腦袋，也想不出是什麼。「別忘了，妳以前也是凡人。」我說。

「我是，但我從來不懦弱。」

我挑起一邊眉毛，她低吼一聲，凶惡地攻擊著，也許她以為我在暗指她的童年。難道她不曉得我絕不會用她的過去來傷害她嗎？那樣太惡劣了。

我閃躲、抵擋、防護她的攻擊，但我僅能守住自己的陣腳。她繼續相逼，慫恿我還擊，可是我並不想傷害她，我們都累了，動作不再精準。她可以用卡曼達水壺治療，可是萬一我失手殺了她呢？我永遠無法原諒自己。

我的遲遲不肯動手令安娜越來越不耐煩，她嘲弄逼迫我說：「我最近有沒有提過，我覺得你變老了？你年輕時輪廓分明，肩膀寬濶，看來你變懶散了。你的虎兒體型精實，現在長出明顯的雙下巴，而且肌肉鬆得跟烘焙前的麵團一樣。還有，我覺得你的頭髮變稀了。」她激怒我說：「也許你的飲食缺乏紅肉。」

我愣了一下，對她的言語攻擊感到錯愕。她是在開我玩笑吧？我不加細想地摸摸自己的頭，看到她嗤之以鼻的模樣，忍不住低吼。安娜轉身舉劍，她想藉人身攻擊來引我分心，但令我驚愕的是，這招竟然很管用。

她用劍尖抵住我的胸膛，又說：「看吧？你再也不是我的對手了，光是過去這一分鐘，我就可以殺死你好幾遍，我甚至不必動用法力，你現在就是這麼沒用。」

我抬起雙手，瞇起眼睛說：「妳逼人太甚了，安娜，我不明白妳這會兒在想什麼，我真希望我知道，可是既然妳不信任我，我想現在最好別跟妳打。」

「你當然不想打了，」她罵道：「你不想跟我有任何瓜葛，你是個沒用的人，只會用些毫無意義的軟言軟語跟人鬥。有所求時就把我留在身邊，想要獨處時便將我扔到一旁。我不懂，你肯花時間陪凱西格鬥，讓她成為不錯的鬥士，為何就不肯對我做同樣的事？至少你欠我這個。」

我挫折地嘆口氣說：「首先，我們格鬥時，凱西並不想殺我。其次，妳並不需要我訓練妳，妳已經比我厲害了。妳是想要我承認這點嗎？說妳更強大？那是事實，妳是女神。」

「對。」她吼道：「我是萬能、無敵的女神杜爾迦。厲害到你都不必費半分力氣。我是海洋，其他女人是涓滴的水流，但我問你，男人去哪裡喝水？去喝鹹水？還是去喝豐饒的綠洲裡，年輕性感的淡水？」

我無言地瞪著她，被這個的話題弄得一頭霧水。安娜皺起鼻子嗤道。

「我想我們都知道你喜歡哪個。」她上下打量我，一對晶亮的綠眼十分凶惡，最後她說：「你真是個懦夫，季山。」

我咬緊下巴，豎起一根手指，戳著空中。「別喊我季山，妳想打架是嗎，安娜？好，那就把妳的武器扔開，學我跟凱兒那樣地搏鬥。」

「我不想聽任何關於你跟凱兒所做的事。」安娜嘶聲吐出最後兩個字，然後彈彈手指，兩把劍便消失了。

「妳記住了。」我伸出手，繞著她轉，「這是妳自找的。」

「現在又何必那麼痛苦地給我想要的東西？你以前從來不會。」

我正想罵她無可救藥時，她攻過來了，我還搞不清狀況，便已躺在地上，被她騎在身上，拿我的頭去撞地了。我抓住她的肩膀，扭身把她扔到一旁，但她火速踢起，我才站好，她的腳已踹向我的腹部。我彎下身，她舉膝撞我的下巴，然後將我一隻手臂拽到背後。

她說話時，熱氣吐在我耳邊搔癢。「我跟你說過，你越來越不行了。」

我心中野性一發，露牙低吼，重重踩住她的腳，然後倒退猛衝，直到她撞在石壁上。卵石落地有聲，那表示寺廟被我們破壞得更慘了。這一撞，把安娜的氣都撞沒了，她鬆開我的手。

我一個轉身，將一隻腿插到她雙腿間朝她的腳一掃，安娜重重跌在堅實的地面上，我一時心軟，走過去問她是否受了傷，但她張開眼，微微一笑，一腳踹在我腰上。

前面都不算數了。我們扭打成一團，死命抓住對方，把彼此摔倒在地，直到兩人都遍體鱗傷，斷掉一兩根或二十根骨頭，而雙方都沒人想停手。這場架已變得你死火活，凶光四射了。

我們都想向對方證明什麼，可是都不知道該怎麼做。我不知道時間過了多久，但是當我喘氣抬眼時，發現寺廟的光線已從地板移至天花板了。我們都已筋疲力盡，我出其不意地往左一個假動作，將她壓在牆上，用粗壯的手臂抵住她喉頭說：「還覺得我不行嗎？」

她像小鳥一樣抬著頭，沒把我隨時能切斷她咽喉的事放在心上。「也許沒有不行，但依舊是個懦夫。」

安娜的漂亮衣裳撕破了，好幾處參差不齊地拍動著。一條袖子幾乎從她蜜色的肩上掉下來。原本打理得一絲不苟的頭髮凌亂地垂散四周，令我時不時瞥見她那袍子幾乎遮不住的胴體。

她雖被困住了，依舊挺身相抗，想踹我的下盤或腳背。「好了，乖。別那樣，我美麗的女士。」我靠得更緊，用身體緊壓住她，讓她完全無法動彈。

她抽著氣，我的眼神落在她豐厚的唇上。我感覺她渾身一顫，我明白那是什麼意思。是恐懼。她不害怕被擊敗或死亡，卻害怕男人，以及男人能施加脆弱女性身上的事。這令我心碎。「妳認輸了嗎？」我輕聲問。

「休想。」她頑抗地昂著下巴駁道。她的臉頰因打鬥而染著玫瑰色，頭髮汗溼，眼神堅毅如寶石。她頰上及額頭各有道泥痕，但無損她令人迷醉的美貌。

我知道安娜童年時被男人凌虐過，此事令我不寒而慄，但我還是忍不住地想要她。我閉上眼睛，試圖抑壓自己的慾念。虎兒捕到獵物了，他沒打算讓她逃開，他想刺入利爪，把她據為己有。但我不是野獸，至少不是一直是。

我不信賴自己的聲音，便從心裡對她發話，我知道妳為何顫抖，安娜。相信我，妳離開比我走掉容易，用妳的法力走開吧。我懇求她說。

你以為我希望逃開嗎？她反問。

我困惑地把手臂從她喉頭挪開。如果妳能看到我的心意，妳一定會去看的。

「我才不怕你在想什麼。」她大聲說。

「告訴我，妳到底希望我怎樣。」我沉聲凶惡地說，眼睛盯著她搏動的喉頭，我低下頭，重重吞嚥，然後說道：「妳到底要什麼，安娜。」

她抬起黑色的眉毛，舔著唇，我們呼出的氣彼此相混，她用迷人的聲音說：「我想要……想要……」

她還沒把話說完，我已用力吻住她了。我以為她會將我推開或消失掉，結果卻發生截然相反的事。她嬌吟一聲扣住我的頭，將我拉近。她紅唇微啟，輪到我發出呻吟了。我與她手指相纏，把她的手壓在石上。她全身忽緊忽弛地與我激吻，如同打鬥時一樣激烈。

一開始我除了她的唇與身體，其他一概未能覺知，不久我發現有股麻癢的力量，那表示我們還有連結。最初那股力量並不明顯，但隨著接吻時間越長，我們的連結就越強大。我因為那股力量和安娜帶來的影響而興奮失控。

我知道這得承受某種後果，我若任這份連結徹底發展，我們之間便會永遠連結在一起。我喉底發出輕吼，知道應該讓她選擇，我能做的，只是起個開端，然後探問那是否就是她要的。

安娜？我的身體震顫著，但思緒聚集在她身上，讓她能約略看到正在發生的事。

什麼，她僅如此回答。

那就像在火上澆油，我們不再有疑慮、猶豫和探問，只有索取，以及渴切的需要，想將連結我們的燙熱鎖鍊，融鑄成切不斷的實鋼。我的四肢立即竄起一股銀色的能量，我們的連結嗡嗡震響地發光並逐漸增強，與我們相互折磨的激情，和撩起的慾火旗鼓相當。

她避開我的手，在我攬住她的腰將她抱起時，抓住我的頭髮，我將另一手滑進她凌亂的頭髮裡，讓她仰起頭，使我能吻得更深。當她的腿滑上我的大腿時，我真的瀕臨失控邊緣了。

那無止境，狂烈粗暴的吻，危險而火熱，與在森林裡的一吻極為不同，但強度與對人生的改變效應，則毫不遜色。它既是處罰也是應允，訴說著我們都還沒準備接受的事物。於是我將她推到牆上，壓住她的身體，抑制她火熱的回應，那雖無法冷卻我滾熱的血液，對安娜卻起了效用。

我停止熱吻，用額頭抵住她的。兩人都在喘息，我好害怕自己接下來說的話會破壞一切，害我們又回到她朝我扔劍的那個階段。我還來不及說話，安娜便警告：「如果你想道歉，我就把你扔到我能找到，最黑的深淵裡。」

「幸好我已經知道了。」我心頭一寬，抬起頭，發現她不肯看我的眼睛。她臉上汗溼，頭髮披散，我將頭髮撥到她肩後，然後輕柔地順著肩膀撫下她的手臂，享受那熟悉的酥麻感。

「我們的連結恢復了。」我揚起嘴角說。連結簡短二字，卻代表某種親密而強大的關係。

「看來好像是。」她說。安娜的表情，完全看不出她跟我一樣，受到這記吻的影響。她肌肉緊繃，皮膚燙熱，像一條蓄勢待發的蛇。

我往後傾，但不願挪開撫在她皮膚上的手。「妳為何不肯對我打開心房？」我靜靜地問，陶醉在手掌撫觸時，連結所帶來的暖意與酥柔。我的身體痠疼，肌肉疲累，但神經因與她如此貼近而活絡到不行。「我必須弄清剛才發生什麼事，我想知道妳在想什麼。」我說：「跟我分享妳的心情，安娜。求求妳。」

安娜推開我，轉身走到神廟外。她每離開一吋，感覺就像一哩。我希望她帶著令我震驚的激情回到我懷裡，在我漫長的一生中，我從不曾如此渴盼占有一名女子。那一刻我才明白，自己從不想與她分離。葉蘇拜和凱西雖然吸引我，讓我感覺溫柔，她們都非常甜美可愛，我也回應了她們的感情，並以為跟她們其中一人在一起，便可能幸福快樂。

但是安娜會讓我痛，一種強烈而痛楚的情緒。她有能耐讓我氣到紅眼，只想……想把她釘在牆上，吻到她不再說話為止。當她悲傷難過時，我好想抱住她，直到她所有的悲痛滲入我體中，就跟我在受苦時，她與我分享痛苦一樣。我心心念念的，就是讓她快樂。

她就是我夢裡的女子，我熟知她臉頰的弧度、頭髮的觸感，以及她親吻的滋味。我現在已毫無疑慮了，我會不計一切，讓那場美夢變成真實。

我完全無法控制對安娜的感情，以前跟另外兩名女孩從不曾如此。愛上她們感覺很容易，但是對安娜，感覺卻很複雜、困難。即使年少的我，她一離去我就哭了，她似乎總有辦法令我情緒翻攪。我望著漸行漸遠的安娜，清楚地感覺自己的脈搏重重敲擊。

我眼中只看得到她，想得到她。我不知如何表述自己的情感，「愛情」感覺不太對，不太夠，我需要安娜幫忙界定我們的本質、我們的身分。我們未來的關係太龐大太重要了，我無法自己一個人去定義它。

我走到外面找她，卻驚訝地發現神廟四周的積雪厚冰全融解了。我想起來，這以前也發生過，可是當時我還以為是火或女神的神力造成的。這會兒我知道別有原因，地面噴出蒸氣，大地生氣盎然，就像香格里拉的樹一樣，地貌的改變，是我們的親吻直接造成的結果。

我正在讚嘆兩人激情相擁的效果時，安娜說了：「在我較脆弱時，會有一股侵蝕我的黑暗力量，我不想讓你看見，穌漢。」

我皺著眉，希望她能信賴我，便說：「無論妳讓我看到什麼，我都不會覺得醜惡，安娜。」

我踏近想接近她，她用手臂環住自己的身體，狀似自我保護。剛才的烈火、憤怒和激情消散了，剩下的是某種可怕、絕望而脆弱的東西。我猶豫地抓住她的手臂，將她拉回我懷裡，並為她保留許多空間，若她選擇離開，隨時能夠逃跑。

安娜把頭靠在我身上，我的唇沿著她絲柔的頸子慢慢下滑。我的手撫下她的臂膀，拉住她的手。我的皮膚上盪起一陣明亮的暖意，疲軟而平靜。我試著將她轉向我，想讓她看到我不同的面向，不是一個充滿慾求的男人，而是一個貼心、疼愛她的人。她僵著身體，抬起頭，我立即鬆開手。我發現她頹著肩。**跟我談一談**，我求她說，但安娜並未回應。

廟宇四周一片寂靜，空氣十分凜冽，這裡不久便會再次覆滿冰雪了。我呼著白氣，看到安娜呼氣時，嘴邊也起了霧，但她依然不肯看我。「既然我在技術上擊敗妳，妳總該告訴我這些劍是從哪兒弄來的吧。」我說這話時忍不住皺眉，我知道不該這麼說，但我想把氣氛弄得輕鬆點。

「我撒了謊。」她靜靜答道：「呃，也不全是，它們是我在戰役中，擊敗一名軍閥後，他送給我的。那是我的收藏品。」

「所以我在等妳時，妳翹頭跑回家啦？」

「我不知道什麼叫翹頭，不過你若要問我是否離開了，答案是否定。劍是被我召來的。」

「妳不用消失就可以把劍召喚過來？」我問。

「我拿了一片真理石放到夢之林，也是這麼做的。我的法力變強了。」她悲傷地答說，似乎想到這點便覺得沮喪。「就像手邊不必有那些聖物，也能施用自己的法力，即使你離我好幾個世紀之遙，騎馬要數個月的距離才能到達，我還是能取用達門護身符的法力。」

我對此事實在不知該說什麼，便問了一個偏題。「妳之前幹嘛叫我季山？妳所有對我的侮辱，那是最糟的一項。還有我在獻供時，妳為何那樣毫不遮掩地對季山投懷送抱？」

她轉身看我，嘴角透出一抹嘲弄的笑意，然後嘆道：「我只有在被你激怒時，才喊你季山。至於以前的你，那個舊的你，他只是看見我而已。沒錯，他可能迷上女神了，但他並不知道我悲慘的過去，他只是看到一名他喜歡的女人罷了。你不一樣，你知道一切，我比較……比較容易對他說出，我想對他說的話。」

我撇著嘴，「所以……妳的意思是，妳想對我調情？」

「調情是什麼意思？」

「意思是用語言去誘惑人，用浪漫的方式去嘲弄。」

「對我來說，用那種方式跟男人說話並不自然，但你例外，我是指以前的你。」

我笑著說：「如果妳對現在的我練習調情，我絕對不會介意。」我伸出手，她把手放上去，我將她拉近，說：「妳知道嗎？我挺妒嫉他的。」

她抬起頭嘲笑道：「你嫉妒自己？」

「我不喜歡妳太把注意力放在他身上。」

我捧著她的下巴，正想垂頭吻住，她卻抬手擋住我的嘴。那一刻她看起來好嬌小，對這位高䠷豐滿的女神而言，實在挺不可思議。「我好害怕，穌漢。」她含糊地說。

「怕我嗎？」我問。

「是的……不，不盡然是，我知道你不想傷害我。」

「我不會傷害妳，安娜。」我望著她被我吻到瘀腫的嘴唇，以及打架造成的紅腫臉頰，我好氣自己，便走開說：「至少那不是我的意圖。」我是在跟誰開玩笑？我已經傷害她了。葉蘇拜因我而死，凱西在奇稀金達求我幫助她時，我拋下她，她很可能因此死掉好幾次。「也許我們最好還是維持單純的關係。」

她用手拉住我的臂膀，「我們的關係永遠不可能單純，我也不希望如此。只是我……我需要與自己的過去和解，我不希望在涉及你時搞砸了。我們若貿然衝入這場戰役，代價會很大。」

「妳說的戰役是指戀愛嗎？」我回頭看著肩後的她。

她點點頭。

「但妳想談戀愛？」

「是的。」她靜靜繞過我說。

我拉起她的一束頭髮在指間繞著，「好。」我說：「那麼妳預見了什麼，可能造成我們打輸這場戰役？」

「首先是我。你也知道，我傾向打擊男人，而非親吻男人，我雖非一向如此，但這習性已深烙在我心裡了。我擔心自己很難克服這個習慣。」

我微微一笑，揉著下巴說：「是的，我非常清楚妳那種傾向。幸好我復原得很快，我想我們可以克服的，因為至少妳對接吻還有些興趣。」

她望向我的嘴。「我經常想吻你，穌漢，事實上，我經常在最不恰當的時刻，一心只想到這件事。」她的話令我脈搏猛跳。「就像調情一樣，」她接著說：「我想把這個技巧練好，也許等我練熟了，接吻這件事就不會這樣霸占我的心思了。」

我一時間忘了呼吸。「很好。」我結巴地吞著口水，覺得脖子發緊，飄在太陽穴邊的冷空氣突然變暖。「妳還有其他擔心的事嗎？」

「還有一件事，老虎不會一生只找一個伴。」她老實說。

「可女神會？」我問。

她咬唇點頭。

我跟年少時一樣地拉起她的手，將她的手指送往自己唇邊輕吻著。「安娜，妳老是提醒我，我有老虎的天性，我也很喜歡自己的那個部分，但我也是男人，不全受制於本能。我盡可能地抗拒妳的魅力，便是我能守忠的表徵。我並未對凱西不忠，也沒有背叛葉蘇拜。如果我們展開這種新的……聯盟關係，我會堅守崗位。如果妳願意坦然分享妳的想法，就會認識到我這一點了。」

安娜想再次解釋自己的情況。

「就像我剛說的。」我在她說任何話之前阻止她，「妳所隱藏的任何事，都不可能減輕我對妳的尊敬。如果妳擔心肉體的關係，那麼妳大可放心。」

我探向她的臉，用拇指輕撫她臉頰上的陰影。「我很想要妳，妳別誤會，我對妳的渴望多過對任何人，但我們前方有漫長的一生，我是個很有耐性的人。我等候了好幾個世紀，才找到夢中的女子，我可以再等久一些。」

阿娜米卡試探地看著我，像是無法相信我剛才的話，雖然掛在她脖子上的真理石發出光，證實了我對她的保證。安娜終於點頭說：「很好，我們就……來談戀愛吧，我相信，我們若進行得非常緩慢，我應該能忍受，同意嗎？」

「同意。」我笑著思索自己該如何開始追求，不，是訓練安娜談戀愛。現在我只要找出辦法，幫她建立忍受度就成了。阿嵐聽到有女人要學習忍受我，一定會哈哈大笑。我搖搖頭，唯有安娜才能集務實、誘人、令人氣結和天真於一身。

「你需要休息嗎？」她問。

我揉著臉上的鬍渣，「休息一下無妨，至少我想吃東西了。」

她手一揮，我們便消失了，兩人並未在山上的女神宮殿聚形，倒是在一條小溪邊的叢林裡出現。她跪到水邊，舀了幾口水。我跟著做，發現水十分潔淨甘甜且冰涼。若非體中的老虎為我保暖，我的手指只怕要凍麻了。「我們在哪裡？」我問。

「在我們家附近，我還不想回家，那邊有太多……」

「四周有太多人了。」我把話講完。

「是的。」

我懂。兩人的氣氛感覺新穎而柔和，旁邊若是繞著其他人，多少會破壞這種氣氛。她用護身符將四周烘熱，並導入遠方的黃金果之力，創造出一頓飯。我感覺好幾年沒吃飯了，忍不住發現其中還多加了棉花糖跟爆米花。我介紹她吃披薩、起司漢堡、吉事果和沙士加冰淇淋球。

安娜很喜歡冰淇淋，但不喜歡沙士。等把所有東西嚐過一遍後，她做了自己愛吃的東西，烤野味加蔬菜，以及抹上奶油、蜜餞和蜂蜜的厚麵包。她的選擇，比凱西時代的棉花糖和甜點吃起來更飽實。我們放懷大吃大喝，然後疲倦襲來了。

當吃剩的飯菜消失在空中後，安娜四處忙亂張羅，尋找能睡覺的舒適地點，然後造出一條厚鋪蓋。她很習慣與士兵們，甚至是我，一起野營，但我看得出她這回很緊張。

她在溪邊時，我把玩著很久前，凱西給我的皮項圈，那回憶令我笑得十分開心。我用拇指慢慢撫著扣環，然後解開鉤子。我坐在那兒拿著項圈玩賞了足足一分鐘，想著其中的意涵。就在安娜回來時，我把項圈塞入我們的袋子裡，終於結束往昔的一個篇章了。

安娜不停地瞄我，她四處移動，讓自己安適下來。她大概懷疑我幹嘛笑得跟隻找到奶酪的貓一樣。我說我們可以慢慢來，用她的速度進行時，是真心話。我對她完全沒有期待，只要在安娜身邊，我就心滿意足了。

四周空氣溫暖，我們無須生火，只需要一條薄毯子。我以手枕頭地躺在她附近，但不是在她身邊，可是我們都睡不著。相互僵持半天後，我化成虎兒，開心地呼著聲，慢慢朝她走過去，夜氣弄亂了我的絨毛。

我把鼻子貼到她臂上，側趴貼著她背後，然後把四肢往反方向伸。一會兒後，我感覺她挪過來抱住我的身體，撫著我的側身。她的香氣包圍了我，安娜輕聲道過晚安後，我放鬆地陷入沉睡，連自己打呼都不知道。

第二天早晨，她比我早起，安娜用靴子推著我的虎背。我起身伸展每條腿，露齒打著大呵欠，她看起來容光煥發，一身潔淨，像是剛洗過澡，還製了新衣。我朝她走去，用身側蹭她的長腿。她撫著我的背，我轉身折向另一邊，享受她的腿，直到她拉我的尾巴。安娜大聲笑著，我好喜歡她的笑聲，懶得理會她的譏諷。

我化成人，抱住她的纖腰說：「妳看起來休息得不錯。」

「是啊。」她在明豔的太陽下瞇著眼，抬手輕撫我的臉。「我想我比較喜歡虎兒的頸背。」她說。

「是嗎？」我咧嘴笑說：「我還以為妳比較喜歡我的雙下巴呢。」

「沒有，一點也不喜歡。」她挑著兩根細細的眉毛，「其實我喜歡麻臉男，皮膚乾燥，胸部鬆垂，皮膚白得跟酸奶一樣。你生得如此健壯，有著古銅色的皮膚和結實的肌肉，我真是太不幸了。」她掐著我的手臂，然後嘆道：「你難道不能至少長個暴牙或尖薄的下巴什麼的嗎？」

「只怕沒辦法。」我哈哈笑說：「不過我倒是有幾條疤可以讓妳看看。」

「那應該會讓我心裡好過點。」

「瞧？妳不用上課就會調情了，自然而然就會了。」

安娜眨著眼，「剛才那樣算調情嗎？」

「是的。」

她笑了，「你的意思是，我可以嘲弄你，而且你還很喜歡？」

「那得看妳怎麼做，不過，是的。」

安娜似乎很高興自己已過了戀愛第一堂課，便問我們能不能去找卡當。我們都很擔心這樣隨性而為，會把清單弄砸。「妳洗過澡了嗎？」我們準備離開時我問：「水冰死了。」

「不算是，這是我的新技法，我稍後示範給你看。」

我彈彈手指，「我想我已經知道了，妳在第三間用金子做的神廟裡，對我們做了類似乾洗的事。」

「乾洗。」她一字字地慢慢說：「嗯，這種定義挺不錯。你準備走了嗎？」

「是的。帶我們回未來的家吧。」我說：「應該是在我們打架的那間廟宇，遇見他之前的那段時間，他在那之後就……」

「死了。」安娜輕聲說：「我很年輕時，他曾跟我提過一次，我還以為那是另一個人的故事，但其實是他自己的。」

我攬住她，安娜依在我身上。我們消失時，她讓我們遁出時間外，以免被瞧見。房中的氣味和聲音感覺好熟悉，妮莉曼正在煮東西，安娜和我偷拿了糕點、水亮的熱帶水果切片，我還從櫃子裡拿了一罐花生醬和兩根湯匙。

當季山走進來，親吻妮莉曼的面頰時，安娜拉住我的臂膀將我拉開，低聲警告我別碰到季山，但我已經領在她前方了。我們坐在飯廳裡，那裡可以看到一切，但不太可能受到干擾，兩人吃著偷來的早餐。安娜第一次吃到花生醬時，瞪大眼睛。凱西走進來，拿了一盤食物，阿嵐跟在後頭。

「他今天早上在嗎？」阿嵐問。每個都知道他在說誰。

「他昨天又晚睡了。」妮莉曼說：「他正在睡覺。」

「他這樣疏離，很不像他。」凱西擔心地跟著說。

季山聳聳肩，「也許他只是老了。」

我也太無情了吧。卡當不僅讓我們活命，還給了我們遺產，我實在太忘恩負義了。他再過幾個星期就要死了，他經歷過那麼多可怕的事，為何我沒利用機會向他表示感激？說我好愛他？

我立即起身，帶著空了一半的花生醬，去跟他道謝。安娜跟著我，我們悄悄穿過房子，等沒人注意時，我們打開卡當的房門，很快把門在背後關上。他的老爺時鐘滴滴答答響著，提醒我時間何其重要。卡當不在床上，矮櫃上的那疊筆記就是他們正在研究的預言，但我從筆記下抽出了他最後的遺願與遺囑。

「那是什麼？」安娜問。

「一張列下他死時，最後願望的清單。」

「我明白了。」

這種事在安娜的軍隊裡並不稀罕，但最後的信，通常是跟心愛之人的道別信，而非財產的分配。我們背後的空氣一陣攪動，卡當以斐特的身姿出現。他跟我們一樣在時間的變相裡，我跟安娜都覺得他能看見我們，挺有意思。

「季山，阿娜米卡。」他說：「什麼風把你們吹來的？」他緊張地瞄著門口，確定門給鎖上了。他用聖巾將自己改回日常的模樣。

「老師。」安娜說：「我在發怒時犯了錯。」

卡當挑著眉說：「妳的脾氣我很清楚，我親愛的。告訴我發生了什麼事。」

安娜開始解釋如何召喚火焰霸王，在她創造巨龍的世界之前，先創造了玻達市。卡當絞著手，安娜低垂著頭，我知道她覺得很罪惡，更有甚者，她很想取悅這位教授她多年的老師。我伸手拉住安娜的手，她朝我靠近，然後接著往下說。

卡當注意到我們十指相扣，便抬頭瞄我一眼，唇間綻出一抹笑意。等安娜說完後，卡當起身搭住她的肩。「這種小變化就不必擔心了，我知道那是其巾一種可能性。結果妳遇到了伊文泰，而不是柏特比，不過伊文泰喜歡妳，他及時地把時空倒錯的問題解決了。假如妳現在按正確順序，完成清單上剩餘的項目，應該不會有事。」

「謝謝老師。」她乖巧地說。

有敲門聲。「卡當先生？我幫您送早餐來了。」

「謝謝妳，凱西小姐。」他隔著門說：「我想喝點茶，妳能在一小時後到圖書室陪我喝茶嗎？」

「沒問題。」凱西答道。我了解那種語氣，她很失望。凱西也許感覺到事態有異，但她不清楚是什麼。

凱西離開後，我說：「你應該多花點時間跟他們相處，他們傷心極了，在你……」我無法說出口。

「在我死後？」

我點點頭，「我們的心全碎了，你在最後階段變得好封閉。妮莉曼以為你病了，你從不給我們機會跟你道別，或想點別的辦法。」

「噢，孩子。」他疲累地坐下來說：「沒有別的辦法了。我不與你們接近，乃情非得已，我要做的事情太多了，事實上，我還有事要做。」

「可是在你返回自己的時代前，難道不能休息一下嗎？」安娜問。

「時空旅遊對我來說相當艱難，與妳不同。護身符現在已成為妳的一部分了，不是嗎？」

安娜瞪大眼睛點點頭。

「它是你們的一部分，因此不會傷害你們，不像對我那樣。」

「傷害你？」我驚愕地問。

「是的。我被吸入……吸入自己的屍體時，發生了一些事，是非自然的。雖然你將我救了出來，但我變了。在那之後，我開始感覺生命從我身上流失，每次穿越時空，便流失更多。只怕我離死期不遠矣。」

他看到我苦著臉，便說：「我知道你在想什麼，季山，千萬別怪罪自己，即使我不曾有過那難忘的一刻，護身符最後也會導致我的死亡。它從來不是要給我的，你明白嗎？羅克什因護身符而發狂，他佩戴太多護身符片，也佩戴太久，現在護身符回到它應屬的地方了。」

我跪到他身邊，望著他平日清澈，但此時顯得黯然的眼眸說：「即便如此，在這種時候能與家人待在一起，豈不是更寬慰？」

他用熟悉的方式抓著我的臂膀，「我的確是跟家人在一起啊。」他說。卡當潤溼自己乾燥的唇，又說道：「你們一直是我生命中的歡樂。」他捧著安娜的臉，「能這樣與妳多相處，很是令我開心，能成為你們生命的一部分，已是我無可多求的恩賜了。」

一滴清淚滾落安娜的臉頰，「別為我哭泣，我親愛的，至少還先別哭。還有多事會發生，二位尚有許多任務要完成。」

我們站起來，安娜用手揮過他的桌子，熱薄荷茶的香氣飄滿了房間。「謝謝妳，親愛的。」

他說。

我們離開前，我說：「我只想讓你知道……」

「還有時間的，孩子。」他輕聲說：「現在先別說，將來我也有很多話要對你說。」

我望著他溼濁的眼睛，然後點點頭，「我們會再見到你的。」

說罷我們一閃，重新在芒加羅的黃金寺廟聚形。

我們抬眼看著坐在黃金寶座上的杜爾迦神像，安娜從兩側仔細觀看，「不是很像嘛。」她說。

「什麼都無法跟本尊相比。」我笑說。

「那樣算調情嗎？」她問。

「也許。」

「嗯。」她轉向雕像說：「我不喜歡那頂帽子，哪個戰士會戴那種東西呀？他們為什麼老給我戴些蠢帽子，而不讓我戴頭盔或盔甲？」

「我想他們記憶裡的妳，不是那樣的吧。」我們聽見外頭有停車聲。「我想是時候了。」我說。

安娜點點頭，我們很快把手貼到牆上，幫凱西造出手印，然後安娜消失不見，我躲到時間的變相裡。

一群人吵吵鬧鬧地進入寺廟，凱西說：「狀況會變得有點嚇人，所以要有心理準備。」

他們擺上供品，每個人輪番說話。我特別注意卡當的話，他請求：「協助我，幫助我們家兩位王子，結束他們的折磨。」

可憐的忠心卡當，他的願望實現了，卻犧牲良多。在那一刻，我為他許願，希望他能活到最後。那很愚蠢，我明知道已發生的事就無法改變了，可是他就像我的父親、朋友，我愛他如愛我的哥哥及父母。我若能為他做點什麼，只要能及得上他為我所做的一半，那麼就算稍稍回報這位偉大的男子了。

凱西叫阿嵐和季山化成虎兒，他們照做了，但女神並未展現她的神力。當阿嵐拉起凱西的手時，開始有了動靜。我不懂安娜之前為何不行動，應該沒有什麼能阻止她吧，她擁有護身符的法力。

風及水灌進廟裡，我在地上踩穩了腳，水漫過我的頭頂，我被一團氣泡保護住。輕風旋繞著我，其他人拚命掙扎，我卻能輕鬆地呼吸。我覺得很過意不去，我知道他們害怕又緊張，但同時也知道他們不會有事。

等水都退開，地上盡是泥濘與殘片時，季山走向雕像，舉著一根發光棒，照亮黑暗的寺廟。凱西用手摸牆，細雨遍灑整座廟宇。女神華麗登場了，看到她，我的心都融了。她對我露出美麗的笑容，她的帽子有些歪斜，只有我看得出她把帽子整個摘掉時，表情略有不悅。

除了那幾條手臂外，她看起來比在其他神廟中，更像自己。綠色的長衣頗像她的獵裝，相當適合她。安娜除了穿上舒服的靴子外，也很喜歡光腳，甚至在家裡的王座上接見賓客時，也常屈起腿，把光腳丫收到裙子底下。

一行人全被暴雨淋溼了，連我都是，看到她擠著髮上的水，溼透的衣服黏在她凹凸有緻的身上，令我覺得胸口發緊。安娜對我微微擠眼，我低頭看著自己的溼衣，然後揚起眉毛。她哈哈大笑，聲音開朗愉快。

她俯望凱西說：「啊，凱西，妳的供品我接受了。」她看著他們每一個人，然後更針對性地看著我。她彈舌說：「唉呀，你們這樣太不舒服了，讓我來幫忙。」

她施出我記得的乾洗法，用彩虹環住我的身體，在幾秒鐘內幫我清理、乾燥、換衣服，我覺得女神的手指探過我的頭髮，然後從我光裸的頸子往下滑。她鉤著指頭，我忍抑著沒把別人推到一旁，直接向她走過去，尤其是看到她穿了一身閃亮的衣服，有多麼美麗之後。我好想撫摸那些膚如凝脂的手臂，在她耳邊低喃情話。

安娜跟芳寧洛小聚了一下，接著她發現妮莉曼獻上的絲布。我記得安娜之前與妮莉曼會面時，答應她不僅會幫凱西找到幸福，也會協助妮莉曼。我很高興妮莉曼和桑尼爾找到了彼此，或許老天給的路不僅有一條。

安娜接著要求會見卡當，她在談到犧牲時，對卡當道出我們長久來想說的話。卡當對安娜的重要性不下於對我，我再度仔細聆聽她的話，現在聽來，這些話的意義比當時首次聽到時，更為義重情深。

「世上若能有更多像你這樣的男子和父親就好了。」她說：「我可以感受到你身為男人與父親的榮耀與歡喜。這是做為父親的人，能得到的最大祝福與成就：以多年時間培育孩子，然後看到他們輝煌的成就——擁有傑出磊落，能繼承你的庭訓，並將之傳遞給他們的子嗣的兒子。這是所有優秀父親的期望，他們想起你的名諱時，將心懷尊敬與愛。」

那一刻，我跟著安娜一起發誓，我將牢記卡當，以及他為我們所做的一切。凱西以卡當之名，阿尼克，為她的長子命名，實在再貼切不過了。

接著安娜喊道：「我的黑虎，請靠過來。」

我把心神灌注在季山身上，我移近眯起眼睛，對安娜發出無聲的警告。但安娜除了把手伸出去讓他親吻，然後俏皮地看我一眼之外，還挺安分的。她給了他們卡曼達水壺和三叉戟，解釋它們的用途，甚至為眾人示範武器的用法。

之後她想與凱西單獨談話。等其他人都離開後，安娜問：「妳為何仍如此悲傷，心愛的？難道是我不守信，沒看護妳的虎兒嗎？」

「妳守信了，他安然地回來了，可是他不記得我，將我排拆在外，還說我們註定不能在一起。」

安娜考慮該說什麼，她瞄著我，最後終於表示：「註定的事，是跑不掉的，宇宙萬物早有定數，但人們還是必須去發掘自己的目標及天命，做出選擇，走出自己的路。是的，妳的白虎決定將妳從他的記憶裡抹除。」

「可是為什麼？」

「因為他愛妳。」

「那沒道理啊。」

「事情關己則亂，退一步，試著看到事物的全貌。」凱兒看不到我，我走到台子邊，拉住安娜一隻手，她輕輕壓了一下。

「妳已做出很多犧牲了，」安娜繼續說道：「許多來這間廟的少女會祈求我的祝福，希望能找到一位好夫君，想有幸福的一生。妳也那樣希望嗎？凱西？希望有位誠實高貴的年輕人，能成為妳的終生伴侶？」安娜瞥我一眼，那也是安娜所要尋找的嗎？

「我……老實告訴您，我還沒認真考慮結婚的事，不過是的，我希望我的終生伴侶是位誠實高貴的人，同時也是我的朋友。」

她的話令安娜一震。

「我希望能無怨無悔地愛他。」凱西把話說完。

安娜輕嘆一聲建議道：「後悔了，就表示對自己和自己的選擇失望。有智慧的人，將他們的一生看做是橫跨大河的踏腳石，每個人都會有沒踏穩的時候，沒有人能滴水不沾地越過大河。抵達彼岸者才算成功，而不是看妳的鞋子弄得多麼泥濘。不了解生命目標的人才會懊悔，感覺幻滅，因為發現自己仍站在水中，沒有躍出下一步。」

凱西沒注意到安娜在嘸口水，我知道她給凱西的建議，也是她自己一直在思索的事。*妳也可以跳出下一步，我在心中對她說，我會在這裡接住妳。*

「莫要害怕。」安娜接著說，用手撫著凱西的頭髮。我之前從未見她如此溫柔地對待凱西。阿娜米卡的改變，是我以前認為她辦不到的。「他將在各個方面成為妳的朋友，妳的伴侶。妳將熱切地前所未有的方式愛他。妳對他的愛，與他對妳相同。你們會過得很幸福。」安娜激動地說，並熱切而堅決地抓著我的手。凱西沒發現，安娜緊握王座扶手的指頭都發白了。

「可是到底是哪個兄弟？」凱西問。

安娜神祕兮兮地笑說：「我也會替妳的姊姊妮莉曼設想，她那麼虔誠的人，也需要愛。這個拿去吧。」她遞給凱西一個蓮花花環。「花環不會凋謝，除此之外，並無特殊的法力，但它在你們旅途上自有功用。」

我皺著眉，不知道安娜怎會知道蓮花的事。我沒跟她提任何與蓮花或人魚相關的事情，但她似乎已經曉得了。她會不會是看到未來？是卡當告訴她的嗎？或者那只是一個簡單的禮物。掛在雕像上的花環還在，我瞄著花環，第一次注意到，花兒接觸到她的皮膚後，變得明亮而有生氣了。那並不奇怪，因為我碰觸她時，也是那種感覺。

「希望你能效法蓮花。」她對凱西說，安娜喜愛所有的花朵，蓮花也不例外，我並不訝異她會知道蓮花的生長狀況。

「蓮出於污泥，」她說：「將秀麗的花瓣展向太陽，把香氣送向世間，同時以其根緊抓污泥，那是凡間最根本的東西。沒有泥土，花朵將會凋亡。深深紮根，讓自己壯實，我的女兒，因為妳將往前伸展，破水而出，最終在平靜的水面上找到安寧。妳將發現，妳若不向外伸展，便會淹溺在深水裡，永遠不得綻放或與別人分享妳的天賦。」

我彎身輕吻安娜的額頭，但凱西都看不見。安娜用一隻手抱住我的腰，另一手撫著我的頭髮。

「心愛的，妳該離開我了。」她對凱西說：「帶著芳寧洛吧。等你們抵達七寶塔市後，去找海神廟，會有一名婦人在那邊等你們。她將在旅途上指引你們。」

「謝謝您所做的一切。」凱西說。

金色的光澤漫過安娜，將她覆住。等其他人都離去後，安娜光著一雙腳，在我面前出現，身上仍穿著飄逸的衣服。她手裡拿著妮莉曼的絲布，我用指尖觸著她的下巴，輕抬起她的頭看著我。「妳幹得很好，」我說：「可是妳為什麼要等凱西拉住阿嵐的手後才現身？」

她聳聳肩，「他們似乎很不快樂，我希望拉近他們的距離。」

「妳真是位善良的女神。」我笑說，但是看到安娜憂心忡忡，我的表情也跟著嚴肅起來。

「稣漢？」她說。

「什麼事，我美麗的女神？」

「我不想淹沒在深水裡。」

「妳應該不會的。」

「你能……」她喟嘆著，吹起一縷黑髮，我用拇指將髮束從她臉上撥開。

「我能怎樣，安娜？」

「能吻我嗎？」

34 人魚之吻

我輕輕捧起她的臉問：「妳想練習嗎？」

安娜點點頭，揪住我的襯衫，將我拉近。

我按住她的手。「我很感激妳如此熱心地練習，但接吻不必總是那般狂野失控，也可以輕柔而甜美。」

安娜皺著眉，「我又不是什麼溫柔的女人。」

我搖頭說：「妳是位熱情的女子，但那不表示妳不……溫柔。」我用掌手撫住她的臉，「我了解妳的心性，安娜，妳的心腸非常柔軟，雖然妳對男生會粗暴地張揚聲勢，但我知道那是妳讓他們保持距離的手段，也明白妳那麼做的理由。」我邊說邊用手指描畫她的彎眉。

她咬著唇，「我不知道該怎麼做，或你到底想要我做什麼，穌漢。」

我想了一會兒，「把接吻想像成是欣賞一顆成熟的果子，慢慢品嚐，緩緩舔著指上的果汁，享受那種滋味和觸感。如果妳吞得太快，就無暇細細欣賞了。」

「好吧。」她不甚耐煩地說：「我會照你要求的去做，不過你若在我一開始要求時，就吻我，現在早就吻完了。」

「唉呀，我的漂亮姑娘。」我撫著她的脖子，「我要很久很久才會吻完。」她張嘴想問另一個問題，但我用手指堵住她的唇，「噓。閉起眼睛。」

她懷疑地瞇著眼，但還是照我的話做了。

「很好，現在把心思淨空，讓身體平靜下來，就像在開戰前，凝聚心神一樣。」

我一手緩緩滑繞過她的脖子，另一手扣住她的臂膀，然後貼近，把鼻子湊到她的秀髮裡，深深吸氣。我的嘴唇觸到她肩膀與脖子間的細緻彎弧時，幾乎能嚐到茉莉花和玫瑰的香氣。我的唇輕輕移往她的頸線，我沒有親吻她光澤的皮膚，只是用唇在上頭輕輕滑動，往上探向她的下巴。

我順著下巴移向她平滑的肌膚，這回在每吋肌膚印下溫潤的吻。我極其緩慢地找到她的嘴角，手輕輕沿她的手臂挪向她的腰上，將她拉近，讓她的身體貼住我的。安娜在我懷中輕顫，試圖抓住我。「還不急，心愛的。」我在她嘴邊呢喃。

我故意輕吻她銀亮的眼皮與挺直的鼻尖。當我用牙齒輕咬她的耳垂時，安娜渾身酥顫，然後我才慢慢移回她的唇上。我的唇懸游了令人心焦的一秒鐘後，才順應自己的渴求，吻住她。

安娜發出細微的歡聲，引燃了我體中的慾火，但我忍抑著，決心向她示範愛情的溫柔。一開始她的嘴只是緊貼住我的，我慢悠悠地誘她探索、感受、品嚐，同時一邊撫著她的頭髮、背部和她的臉，感受她身上每個角度和表面。

我輕柔地吻住她的唇，緩緩游移，逗弄引誘，教導並同時學習。不久我發現我心中有股圓滿的震動，是安娜與我的潛意識相接之故。測試她內在愉悅的語彙，對我而言，是一項相當肆意且難以抗拒的事。當我的指尖觸摸她的臂彎內側，或當我攬住她的腰，將她擁緊時，她心中就引爆小小的煙花。

我覺得有必要把她每次，及每個喜歡被觸摸的地方做分類，雖然我現在並不打算徹底探索我們的特殊連結，但我相當期待未來能完成這項工作。平時我碰到她時，皮膚便一陣酥麻，現在大概強了十倍，而且與她接近，感覺實在太合了。親吻安娜就像回家，不，就像找到了家。

安娜想進一步激化我們的親密時，我故意放緩下來，中斷親吻，但仍持續愛撫她的手臂。

「你……你為什麼停下來？」她嬌喘地問：「我想繼續練習。」

我笑道：「我們會的，心愛的，我答應妳。但現在的時間地點不太適合……呃，做練習。何況，我覺得最好一次只上一堂課。」她垂眼看著相扣的手，「好嗎？」我問，低頭打量她。

「好吧，我想。」她走開去，「但這種練習害我的身體比開戰前更緊繃。」

我哈哈笑說：「我也是啊。」我四下環視，「嗯，目前還不錯。看起來我們並沒有造出另一棵世界之樹或把寺廟融掉。來吧，咱們去看看會不會有高浪打過來。」

「什麼是高浪？」我們走到寺廟外時她問。

「那是……呃，會擊在海灘上的巨浪。」

「我們為什麼會造出高浪？」

「我不知道，每次我吻妳就有怪事發生。」城裡燈光依舊亮著，我看不到有什麼立即的危險。

「也許只有在我們吵架時才會。」我說。

「不對，我們在夢之林並沒有吵架，看起來是我們擁抱時，法力會增強。」

「沒錯。」我的眼神再次落向她的嘴，兩人彼此依近，就像磁石般無法抗拒對方的吸力。我再次吻住她前，強迫自己不許亂動，我含糊地說：「我們是否該繼續完成卡當的清單？」

「是啊，也許能找到作戰的對象，我們就別再膠著此事了。」

「但願如此。」我握著她的手，「所以接下來呢？」

「蠶夫人。」

「真的嗎？」我搔著頭髮，「妳消失後，把她帶去哪兒了？」

安娜聳聳肩，「她在我們家做編織，並像母親一樣地照顧我救下的那些年輕孩子。」

「啊，奇怪，我為什麼沒看見她。」

「她不喜歡跟士兵們混在一起，會令她緊張。我在家裡後頭幫她打造了一間她自己的房子，並派助手幫她忙，我帶你去看。」

安娜拉起我的手，穿越回我們山居的家，然後帶我穿過藏在長掛毯後的走廊。我一向以為那掛毯是禮物，現在才明白是什麼。那是蠶夫人望著窗外時，繡出來的作品。我仔細研究她的繡作，看到她繡到一半的心上人圖像——那位在我面前死去的可憐人。

沿廊而行時，我訝異地發現走廊通向一間舒適的客廳。婦人們從我們身邊匆匆走過，拿著一捲捲的絲線、一盤盤的食物或一綑綑的布料。兩位婦人在角落裡，用大織布機開心地織著布聊天，其他人則坐在椅子上編織厚實的披肩，或梭編細緻的蕾絲。

安娜帶我走上一道彎曲的階梯，來到一扇厚實的木門邊，以指節叩門。這裡飄著薰衣草香。

「誰？」屋內有個聲音問。

「是阿娜米卡。」她答道。我覺得挺有意思，她竟然用自己的本名，而非女神杜爾迦。

一會兒後門開了，婦人看到站在安娜背後的我時，燦爛的笑容隨之斂去。她將衣服撫平，把幾綹鬆脫的頭髮塞回去，原本輕鬆的態度在我面前變得僵硬而正式，不似她跟安娜在一起時那般自若。

「別擔心他。」安娜意指我說：「他是我的保護者。」

「噢。」蠶夫人欠身說：「那麼我很歡迎妳，不過妳應該不需要我保護吧。」她輕笑說。

「不，完全不需要。」安娜微笑，「老實說，我們是一起出任務的，我們需要妳幫忙。」

「沒問題，我能幫你們製作什麼？」她垂眼一瞄。「啊，我明白了！」婦人把安娜拿在手指間，一時忘了的絲布拿過去，舉到自己面前檢視。那是妮莉曼獻上的布塊，但它看起來跟以前不太一樣了，原本單純的綠絲布，看來雖漂亮昂貴，但凱西把它放到雕像旁邊時，顯得很一般。布塊此時劈啪地閃著光；絲線鼓動著一波波的光芒。「好美啊！」蠶夫人讚嘆道。

「那是……」我才開口。

安娜點點頭，知道我想問什麼。「沒錯，是妮莉曼的獻禮。」

「它怎麼了？」我問。

安娜舔著唇，意味深長地看我一眼，「我想，是我們把它怎麼了。」

我張嘴做出「噢」的嘴形，然後伸手摸它，布塊在我指尖下震動。

「我可以用這些絲線製出不同凡響的作品。」蠶夫人說：「但我得花點時間，才能拆開絲線，不致將它們弄斷。什麼時候得弄好？」

「妳拿去無妨，隨便想做什麼都行，但我不會立即期待妳做出任何東西。目前我們需要妳幫忙別的事。」

婦人小心翼翼地掀開籃子的蓋子，蓋子頂端有好幾個洞，各色絲線的線軸從孔洞中穿出來。婦人將幾綑絲線推到一旁，把發亮的布塊收入籃子裡，緊緊蓋上，然後才又轉身面對安娜。「我能幫什麼忙？」她問。

我們很快解釋要她如何協助凱西尋寶，我盡量把記得的告訴她，並表示我們會在近處，將凱西引入寺廟裡，讓她們能私下談話。蠶夫人立即拿起一只小籃子夾到腋下，說她已準備好了。

達門護身符將大家帶到遠方的海岸神廟，我轉向海洋，看著在不遠處下錨的大船，然後對阿娜米卡指著。她雖遮著眼，我還是看到她把眼睛瞪得斗大。

「船帆跟划船手去哪兒了？」她問。

「這船靠金屬機器推進，妳喜歡嗎？」我問。

「這船……好大。」她轉向我，「凱西的時代裡，每樣東西都這麼大嗎？」

鸞夫人看到神廟發出一陣歡呼，跑去檢視雕像。我答道：「很多東西是，我將來會挺想念這艘船，這是用我母親命名的。」

安娜皺著眉，「我覺得令堂應該會比較喜歡更小更精緻的東西，沒有女人會希望這種巨如五十頭大象的東西，用自己的名字去命名。」安娜用手臂撞我，「你還會想念別的什麼，穌漢？」她問。

「嗯，還有我的摩托車，我的健身房，電影。」

安娜扮個鬼臉，「我不想知道了，你簡直在打謎語。」

我攬著她的肩，「等我們忙完卡當的清單後，我可以教妳全部的事。」

「那是什麼呀？」鸞夫人指向大海問。有安娜在身邊，害我差點忘了我們到此地的原因，以及與誰同行了。

「是另一艘較小的船，那表示他們就要來了。」我說，汽艇的聲音越來越響。

「你在這兒等等。」安娜說：「我去準備一個地方，讓她能跟凱西會面。」

安娜和鸞夫人消失了，我躲到一尊雕像後。她們並未立即回來，害我挺擔心。安娜到底在做什麼，怎麼了去那麼久？船隻抵達了，卡當、凱西、阿嵐和季山跳下船。阿嵐和季山揮著新武器，怕遇到危險。由於我改動時間的位置，他們雖從我身邊經過，卻看不到我。我想起之前的風險，便遠遠避開季山。

一夥人鑽進第一間神廟裡，卡當跟凱西討論各種事項。我聽到拱頂和密室幾個字，但基本上沒怎麼理他。安娜在哪兒？我又想，隨著時間消逝，擔心越甚。我沒看到她，但已先感知到她了，我轉頭看著海岸，安娜就在那裡。她此時穿著一襲白衣，衣裳拖在背後的沙子上，一片長紗覆住她的頭髮，她光著腳。

我立即起身想朝她奔去，但安娜警戒地抬起眼，並用手指壓在唇上。我瞄著背後，看到凱西站在那兒，隔著我的身體望向安娜。她看到安娜了嗎？接著我想起凱西看到了。當時凱西說看到東西時，我們都沒當回事，後來我們再次談到時，又以為她看到的是蠶夫人。當我回頭一望，安娜已經不見了，幾秒鐘後，我感覺她搭住我的肩。

我將她攬入懷中，好高興發現她現在跟我一樣，在時間的變相裡。「出了什麼事？」我問：「妳為什麼去那麼久？」

安娜退後，罪惡地看我一眼。「對不起，」她說：「我知道你不喜歡我獨自行事，但是我無法忽視那些呼求。」

「呼求？什麼呼求？」

「類似淨化的呼求。有太多女人在受苦，太多信徒，太多祈求了，我非幫忙不可。」

「妳有遇到危險嗎？」我問。

她搖搖頭，「沒有，那是一場瘟疫，他們的井水被污染了，我滴了一些卡曼達的水，淨化井水，可是他們需要治療，而且大部分人都虛弱到沒法自己打井水了。我充當護士，幫助那些沒人協助的人，花很多時間挨家挨戶幫忙。我沒參與戰役，所以我想你應該不會介意。」

「我還是會想知道妳在何處，安娜。」我摸摸她的臉，薄紗從她髮上滑落，我看到她泛紅的眼睛。「妳累了。」我說：「妳應該回來找我的，我可以幫忙。」

她搖搖頭，「我不想把你從這裡帶走，怕萬一他們需要你介入。我原本回來了，可是我沒算好時間，而且忘記把自己變成隱形，凱西好像看到我了。」

「是啊，她看到了。」我說：「不過無所謂。回家休息吧，等我把蠶夫人帶回來後，我會去接妳。」

安娜點點頭，我按按她的肩膀，然後她就走了。完成清單上的項目必須是我們的首選，安娜和我還有其他工作要忙，我向來可以忽略信徒對女神的祈求，但他們並非直接對我呼求，所以不會那麼刺激我的耳朵，安娜則不然。她不斷承受巨大的負擔，將來我必須多幫她些。

進入神廟時，我發現自己及時趕到。他們正要進入凱兒消失的那個房間。我吸口氣，發現牆壁上空無一物，便將時間凍結，添上記憶中的雕刻，然後再啟動時間。當凱西用手指描著刻在寺廟牆上的絲線時，我突然想起工作尚未完成。

我閉上眼睛，努力回想安娜如何使用護身符。我想打開一條通往蠶夫人的通道，一條僅有凱西能看見的通路，可是我卻造出了一隻蛾。我皺著眉頭再試一遍，嘴巴喃喃唸著各種指示。這回蛾拍起了翅膀，雕刻後的石牆裡發出鼓動的光芒。

我就像在做太極暖身一樣，掌心朝外，向前推手，接著凱西的身體便被推入牆裡了。我慌了一秒鐘，連忙跟到她背後，看見她並未受傷，才鬆了口氣。我跟隨著，用神力推她，直到我們及時進入安娜為凱兒打造，讓她與蠶夫人會面的泡泡裡。我看著她們邊談邊做針繡，夫人談到練習與耐性時，我心不在焉地想著自己的事，這令我想到與安娜練習接吻。

蠶夫人談到她心上人的故事。想到那位我無力救援的男孩，罪惡感一湧而上。我知道卡當的理由，但若有人叫我丟下安娜不管，任由她死去，我一定會狠揍他們的臉，即使那人是卡當。我會不計一切去救她。

蠶夫人與凱西一起刺繡，繼續對她傾吐故事。她絲毫沒有提到我，這可憐的女孩唯一能記得的，就是解救她的女神。我不知是否應該坦認自己在這件事故中扮演的角色，接著我決定不說了。反正改變不了什麼，舊事重提，只會徒增悲傷。

凱西該回去了，我重施故計，閉上眼睛，在心中推她前行，但推到一個進度後，凱西會轉向或卡住。我不確定是因為自己分心，或只是沒有做對。接著我聽到一個聲音，是阿嵐。我不確定凱兒有沒有聽到，但她確實把身體轉向他了。阿嵐在沒有我協助的情況下，越過時間的屏障，抓住凱西的手，將她拉到安全之境。

也許他們的連結是杜爾迦與虎兒的翻版，他們的連結跟我與安娜的一樣強烈。如今我已體驗過連結火力全開的力量了，想到向來自制的阿嵐放棄凱西時的模樣，便心驚不已。我不認為自己做得到。在沒有連結的狀態下，離開心愛的女孩，把她交給我老哥，就已經夠艱難了。阿嵐離開凱兒時，一定覺得生不如死，我無法想像現在離開安娜的情況，無論是以男人或虎兒的樣態。

我回去找被我扔在後邊的蠶夫人，耐心等她收拾東西。蠶夫人起身時，精明地看我一眼。

「女神呢？」她問。

「在休息，她累了，女神命我送妳回去。」

「你……你有什麼事想問我嗎？」她說。

我皺著眉，我有事要問嗎？在她提起之前，我沒想過，但經她一說，有個問題浮上來了。「妳能幫她做一份禮物嗎？我是說，為安娜。也許替她做個髮紗或衣服？某種能對她展現心意的東西。」

「你對她是何種心意？」

好個大哉問，不是嗎？我不否認受她吸引，她不在時我會想念她，我已下定決心與她共度餘生了。可是要定義我對她是什麼心意，為何如此困難？小時候我為她著迷，我可以輕易地告訴年輕的安娜，我喜歡她，希望她幸福快樂。可是對成年後的安娜呢？我好希望能跟阿嵐討論這件事，他擅長文字。當年告訴凱兒我愛她，甚至告訴葉蘇拜我想娶她時，似乎都不及對安娜告白來得艱難。也許那份困難，代表了某些意義。

蠶夫人等候著，「你似乎舉棋不定，」她說：「可是若想要一份真心的禮物，我必須知道你的心意。我可以試試嗎？」她問。

我點點頭，但不確定她要我做什麼，直到她把手放到我胸口。蠶夫人閉眼片刻，我感覺一股熱氣穿透我的皮膚，我的心在胸口灼燒，越來越熱，直到覺得皮膚都快著火了。蠶夫人退開身，瞪大眼睛，「呃，」她說：「那倒很……令人訝異。」

她大步走開，點著下唇，然後突然轉身，兩眼放光地說：「我知道我要做什麼了，別擔心，你們給我出的這道題，凡人是做不來的，不過話又說回來，我可以取得凡人想像不到的東西。我不會讓你……或讓她失望。」

「我相信妳不會。」我說，雖然我根本不知道她在講啥。「我們可以走了嗎？」

「是的，時間短促，要做的事還很多。」

她挽住我伸出的臂膀，兩人快速離開。我送她回到房間前的掛毯邊，然後跑去找安娜。安娜在她房裡睡覺，用拳頭枕住自己的臉。我坐到她旁邊，撫著她的長臂內側，她特別喜歡我摸她這裡。我還不及眨眼，她一個動作，刀子便抵在我咽頭上了。我抬起雙手。

「對不起。」我說。

她吐了口氣，癱回枕頭上，把刀子塞到枕下。「該道歉的人是我，」她說：「我不是故意嚇你的。」

「我沒被嚇到，只是吃了一驚。」我靠過去，「這跟我希望的歡迎回家有點出入。」

她挑著眉，「你喜歡怎麼個歡迎回家法？」她問。

「噢，妳知道的，盛宴、跳舞、慶祝，和數不盡的吻。」

我把手臂移開，讓她起身。安娜說：「希望你不會以為，將來你回家時，我會叫年輕性感的女生列隊歡迎你，穌漢。」

安娜拿起梳子用力梳著自己的頭髮，我從後頭抱住她，親吻她的耳朵。「我只對一位年輕性感的女生感興趣。妳有睡著嗎？我盡量調整回來的時間，讓妳能夠休息。」

「我睡了。」她想轉身，但我不肯讓她從懷中溜開。我挑著眉，好笑地看她在我懷裡掙扎，其實她並不想要我放開她，只是嘴硬，不肯承認她真正要什麼罷了。安娜蠕動著，想弄清被我這樣抱著，怎樣才能更舒服放鬆些。

最後她終於把雙手輕放在我的二頭肌上，我們之間隔了六吋，雖非我理想中的距離，但感覺還是贏了一把。結果我的勝利一下就結束了。

「很高興你沒事。」她笨拙地重重拍著我的手臂，像士兵在戰役後，恭喜活下來的同袍。

「戀愛第二課。」我扣住她的腰臀，將她拉近，「擁抱對方是很正常的，尤其是重逢的時候。雖然不見得一定要接吻，但表示關愛的輕吻一下嘴唇、臉頰或額頭，都能讓對方感受到，你的情感在分開的那段時間，並沒有改變。」

「啊，那麼你的感情有改變嘍？」她輕聲嘲弄說。

我親吻她的臉做回應，「沒有。就算有，也是我對妳的感情，變得比以前強烈。」

「你的眼睛現在是銅色的。」她抬起頭說：「這表示你在開玩笑嗎？」

「我跟妳保證，字字真心。」

安娜嘟著嘴，「好吧。」她用絲絨般的唇輕觸我的下巴。「那樣夠嗎？」

我嘆口氣，「男人會希望得到更多。」

「也許等他有資格了，就會得到更多。」

我大笑著思索自己能做什麼，才能得到更多。接著我們消失了，在高山頂上聚形，安娜走開去研究四周的環境。「我們在哪兒？」我望穿煙霧地問，空氣稀薄寒涼，鼻子裡盡是溼氣和強烈的礦石味。我聽到遠方有嘩嘩的水聲。

「我們要在這裡尋找巨龍。」

「巨龍？」

「我只知道卡當的清單上這麼寫。」安娜說。

我搓著臉，山上好冷，我施用護身符的火片神力，不久我們身邊旋起一股氣流溫暖我們，但山上的白雪依然如故。「我若沒記錯，巨龍幾千年前就存在了。」我說。

我們在山上四處探索，尋找能容下巨龍的大山洞，卻沒有著落。最後我循著水聲走過去，來到一個巨大的池子邊，池子的水往懸崖另一側流下。水流層層沖落，消失在底下的雲霧裡。每段水流都形成一個小池子，水在小池中積聚，然後再繼續沿山側往下沖墜。

「哈囉。」我聽到安娜的聲音，轉頭去看她在幹嘛。安娜跪在最頂端的池子，用手指撥著水面，指頭旁邊出現幾顆色澤豔麗，上下浮動的頭，牠們張合著嘴，一邊覓食。「牠們很美吧？」安娜問，我蹲到她身邊。

「是啊。」我笑應著看安娜跟錦鯉玩。

「牠們游了好長一段路。」她說：「牠們似乎從一個池子跳到一個池子，一路跳到山頂。」

「真的嗎？那可真辛苦，除非牠們在產卵，否則我覺得魚應該不會幹這種事。」

「我覺得應該不是那樣。」安娜說：「這些都是公魚。」

「呃。」我在池中扔了顆石頭，一顆黃金色的頭便冒出水面。那一瞬間，那條錦鯉似是在怒目瞪我，牠用金色大眼瞪我的樣子，看起來挺熟悉。我突然站起來，低頭看著那條大魚。「這裡有幾條魚？」我問。

「五條。」安娜答道。

我數著手指檢視牠們，口中喃喃有詞，「金色、紅色、藍色、白……」

「還有綠色。」安娜把話說完，「因為這邊水是綠的，所以不易看到牠。」

我心中突然想起某件很久很久以前聽過的事。「安娜，」我說：「我想跟妳說個故事。」

我跟她講述先祖傳下，關於黃河與鯉魚的故事。很久以前，我曾與葉蘇拜分享這個魚兒勇於逆水上游，尋求女神賜禮的傳說。安娜很喜愛魚，就跟家母一樣。當我說到魚兒躍身成龍時，我們都知道該怎麼做了。安娜微笑著輕撫藍魚的身側，牠繞圈游著，讓安娜摸到牠的另一側。

我指著瀑布說：「家母告訴我，那些讓牠們變身的瀑布，就叫做龍門。」

安娜垂眼俯望，「那麼也許我們應該把這裡變得更加明顯，把故事分享出去。」她抬手導出神力，山巒震動，岩石崩落搖墜。等完工後，瀑布頂端出現狀似龍頭的缺口。水從張開的龍口中湧出，挖空的凹洞中央有不同顏色的岩石，像是眼睛，參差的石頭在張開的口中有如龍牙。

龍口下方的岩石再次移動，形成變化中的龍身，安娜用氣泡帶我們飄飛，順著瀑布往下飄。每一段瀑布都重新打造，直到石頭與向上騰躍的鯉魚雕像排齊，每次跳躍都會讓牠們變身，直到在頂端完全蛻變成龍。

等安娜滿意了，我們才回到頂端。安娜轉向那群魚兒，牠們在池子邊緣等候她，安娜就像對待其他動物一樣，詢問牠們是否願意成為全新的東西。傻呼呼的魚兒同意了，安娜便為牠們灌注神力，魚兒一隻隻從水中騰起，在我眼前變身。

牠們的鱗片加長延展，尾巴來回甩動，每甩一下，就變得更長。牠們的背脊和頭上長出凹凹凸凸的刺、羽毛、毛髮和叉角。龍頭上的角跟魚兒本身一樣各具特色，牠們的魚鰭變成了腿和可怕的爪子。最令我訝異的是，即使是魚，牠們跟我後來認識的巨龍竟有如此相似的性格。誰會知道魚兒有不同個性？

巨龍變完身後，在我們上空飛繞，我看著牠們，想弄明白牠們哪裡不同。我突然想到，原來這些龍的個頭更小，更年輕，也許相當於龍的青少年吧。我看得出牠們變了新的身形後，各個興高采烈，相互纏著精瘦的新身體，彼此穿梭。

安娜在施放如此龐大的神力後累壞了，她伸手拉住我的手。我攬住她問：「妳還好嗎？」

「等我們完工後，我再休息，我還有些東西必須給牠們。」

安娜舉手，「過來吧，我的巨龍。把你們的新名字告訴我，我會賞你們每人一項禮物。」

「女神。」白龍飄近說：「請告訴我們，您是誰，好讓我們對賜與新生命的母親道謝。」

「我……」安娜頓了一下，「我是大地之母，而這位，」她意指我說：「是時間之父。」

「母親。」白龍說：「我們能如何協助您？」

安娜伸手撫著他的臉，「你將會為我們服務的，巨龍。不過首先，我要為你祝福。」她的眼神從他身上移向其他巨龍，「你們全都非常特殊，各位將成為守護者，擔負特定責任，唯有那些與你們一樣勇敢的人，才有資格承受如此重任，因此，我將給你們每位一項才能，協助你們工作。首先，我想召喚我的紅龍。你想如何稱呼自己？」

「我的新名字叫做龍君。」紅黑相間的巨龍說。

「很好，那麼，龍君，太平洋的新生者，我派你守護天堂。當人類看著群星，他們會看到你的形狀，被你的勇氣激勵。我賜與你在空中呼風喚雷的神力，你的領域在中央之西的星群之間。」安娜撫著他的腳爪，朝他的方向送出一記飛吻。風旋繞著龍君，他的身體發出光能。

「謝謝您，母親。」有著一對紅眼的巨龍說。

安娜點點頭，龍君游開了。「上前來吧，綠龍。」安娜喊道。

綠龍立即朝我們游來。我怒目看著這隻狡猾的野獸，但他還不知道我是誰，或他將來會對我做什麼。即使他年紀尚輕，看起來已經一臉奸詐狡猾了。

「你想叫什麼名字？」她問。

「我就叫綠龍好了。」他說著甩了一下頭。

「很好。綠龍，你是印度洋的新生者，我賦予你守護大地的責任。人類耕耘時，會在上方看見你的影子，知道他們的收穫將十分豐碩。你擁有大地和岩石的力量，你的領域在中央之東，我送你閃電之力。」

綠龍的身體發出光芒，背上冒出綠色的葉子，圓滾滾的胸口脹大，他像是帶了石頭，整個人沉到地面。接著他抬起頭，再次騰入空中。

「綠龍。」我警告說，忍不住激他一下，「你是不是該回來謝謝你母親一聲。」

綠龍皺著鼻子輕噴出一團氣，但我還是聽見他有些不甘地說了「謝謝」。

「接下來是藍龍。」安娜說。

我們等他慢慢滑向我們，他猶豫著，直到安娜像他還是魚兒時那樣地撫拍他的身體。他整個人落到地面，來到安娜腳邊，然後背滾著，讓安娜抓搔他的腹部。

「你打算稱呼自己什麼？」安娜問。

巨龍張大嘴打呵欠，然後抬起一隻臂膀，讓安娜能抓到他想搔的地方。他電光般的藍色鱗片在光下閃閃發亮。安娜等藍龍將注意力轉回她身上才停手。他試著去推安娜，讓她繼續抓癢，但安娜拒絕了。「你得回答我的問題，藍色的巨龍。」

「好吧。」他說：「妳可以喊我青龍。」

「青龍，南海之新生者。」安娜說：「我賦予你守護海洋的重責。當水手啟航時，他們會在水中看到你閃亮的鱗片，並探掘水面下的領域。這是個重要的象徵，我賜與你水的力量及浸透性。你帶來暴風雨時，也帶來了生命。你的領域就在中央之南，我賜給你騰雲駕霧之力。」

青龍似乎不怎麼在意自己的新本領，只顧煩亂地吹著背上冒出來的松綠及紫色的羽毛，並懊惱地甩著尾巴。安娜表示他可以走了，但他只是翻過身子，在雪地裡扭動，然後短短的腳朝天一舉，就這樣睡著了。當他開始打呼時，安娜嘀咕著用電擊他，把青龍趕跑。

「接下來換哪位？」安娜生氣地撥開臉上的頭髮問。

「選我！選我！」金龍尖聲喊說：「我覺得妳應該把最好的留到最後，可是最好的就在這裡了，幹嘛還浪費時間？」

安娜微笑道：「金色的龍……」

「等一等，」金龍求道：「妳應該知道，我不是很在意乎其他人，有些人也許覺得我自私，因此，我想妳最好送我某個妳知道我非常擅長的本領，如吃東西，或找到最適合我曬太陽的地方之類的。噢！變成大帥哥呢？我本來就是最漂亮的龍。我聽起來好像在吹牛，可是妳已經認同了，所以不算是吹牛，對吧？我只是把顯而易見的事情說出來罷了。」

「我會考慮你的各項建議。」安娜說：「你想如何稱呼自己？」

「那是個很有意思的問題，對吧？能描述我這種龍的名稱太多了。我想到『屠不死』的巨龍，但妳不覺得那樣可能反而會刺激一些武士嗎？但話又說回來，『死亡之龍』可能會嚇阻一些搗亂份子。我不想要『金鱗』或『啃爪』之類的笨名稱。我自己老實招好了，我有壓力時，也許會啃爪子。」他在空中打繞，繼續叨唸。「還有我的名稱裡一定不能有『之』字，例如什麼『之』保護者，什麼『之』冠，什麼『之』提供者。不行，那種名字，會讓人期望太高。」

安娜嘆口氣，我在心中建議他的名稱。「就叫金龍如何。」安娜說。

巨龍苦著臉，「金龍？不要吧，那種名字對我這種複雜的人來說，太一般了。」

「也許你說得對。」安娜表示：「我們何不先這麼用，就當做是小名？那樣你就有很多時間慢慢想，等選好名字後再回來找我。」

「應該可以吧。」他說：「只要這裡大家都知道，我的名字還沒定下來就成了。」

「很好。那麼，金龍，你是大西洋的新生者，我賜你守護地球寶物的職責，包括深藏在山群裡，以及人類所創的寶藏。當人類在藝術品或雕刻中看到你，他們會被你的美所激勵，發揮想像及創造力。因此，我賜與給你洞察，以及喝令四大元素之力，在你找出最珍貴的寶物時，給予保護。你的領域在中央之北，你可以使用源源不絕的海浪。」

金龍顫抖著，身上的鱗片跟著硬化，變得跟地球貴重金屬一樣，展現各種色澤。「真的很感激您送的禮物，請別誤會我。」金龍對安娜說：「可是關於我的職責，我還有幾個問題想請教。」

「我毫無保留地信任你。」安娜說：「若論誰能懂得保護世間的財富與美，那非你莫屬。」

安娜靠近巨龍耳邊低語，「最好別再多談你的職責了，」她表示：「你的兄弟們本來已經夠眼紅了，這會兒豈不是要更妒火中燒。」

金龍瞥著白龍，機靈地瞇起眼睛，然後轉向安娜。「這真是明智的建議。」他假裝低聲，實則說給人聽，「此事咱們以後再談。」

安娜朝他擠擠眼，巨龍便走開了，把身體蜷成圈，瞪著兄弟們，彷彿他們想偷走他身上的神力。我忍住笑，安娜真懂得操弄他，她對付各種士兵，經驗老道，巨龍們就各方面而言，與士兵無異。

「白龍。」安娜說：「你是下一位。」

白龍靠近時在我們上方噴出冰寒的霧氣，「對不起，」他說：「我還在適應離水的生活。」

我壓低聲咕噥說：「應該不用持續太久。」

「你想如何稱呼自己？」安娜問他。

他猶豫片刻，看著女神注視自己的眼睛，我覺得他們是在心裡對話，雖然我啥都聽不見。

「我想我就叫白龍吧。」巨龍答道。

「這選擇非常切合。」安娜說著挺直雙肩，彷若做出了決定。「白龍，你是北極海之新生者，是眾兄弟的領袖。因此，我要你負責監視他們，及地球上所有生物。你的領域開拓至最遠處，包含所有環繞太陽的世界。當人類仰頭尋求溫暖的黃色陽光時，他們會感知你的保護，並感受到高貴與智慧的意義。因此，我賜與你判斷的力量，以及平衡所有事物的能力。你的領域位於中央，這不僅代表世界的中央，且是宇宙萬物的核心。我賦予你白雪的靜謐。」

能量再度離開安娜的身體，白龍的身體發出亮光。他的角上長出冰柱，背上的絨毛變得又厚又白。現在安娜的身體全靠我支撐了。「穌漢，」她低聲說，然後張嘴想再多說什麼，接著她突然眼睛往後一翻。

「安娜？」我接住渾身癱軟的她，「安娜！」

「她只是力氣耗盡罷了，父親。」白龍說：「您若願意引導我們，我們可以幫忙。請把手放到她胸口，我們五個會汲取與我們連結的星體力量。來吧，兄弟們。」

他們聚攏過來，巨大的頭顱彼此挨著浮上浮下。白龍告訴我，他會做為管道，傳導其他人的能量。我以手掌透過我們的連結，將自己的能量輸入安娜體中。群龍開始運作，五條渾身發光的巨龍往上一竄，飛到高山上方，射出照亮天際的虹光。那色彩繽紛的光束環繞著白龍。

一道光擊中我，我踉蹌一下，但繼續緊抱安娜。我抬眼看到光束發自白龍的眼睛。我渾身發熱，對龍群敞開心懷，透過新的眼睛看著他們每個人。護身符的時間符片為我展示他們將來的作為，以及萬古來對人類的影響。他們顯然也看到我見到的景象了。

您究竟是誰，父親，怎會讓我們看見如此神奇的景象？他們在我心中問。

我將龍群獻出的宇宙能量導入安娜體中，並答道，我是流浪者，一個全知者，但寧可在不知覺的情況下體驗世界的人。總有一天，你們的母親和我，將會把這個世界的祕密交給你們五位，至於現在，就暫先這樣吧。各位好好學習、成長，並使用你們巨大的影響力，造福蒼生。

龍說。

遵命，父親，五條巨龍答道。

安娜慢慢眨動眼睛，我將她抱入懷中輕搖。「謝謝你們，我偉大的兒子。」安娜用手觸著紅

「我們還能再為您做什麼嗎？」龍君問。

「是的。」安娜說：「有一天，會有旅者前來尋求你們協助，他們身上會有女神的印記，請幫助他們完成任務，要知道，你們幫助他們，便等於是幫助我。假若你們需要我，只須呼喊，我會聽見你們的祈求，並會盡可能地援助你們。去吧。」她說：「到各自的領域打造你們的宮殿，在新的家園裡，找到寧靜與安全吧。」

巨龍一隻隻飛入空中，像風中的彩帶般散開。等最後一隻消失在雲裡後，我問：「說真的，妳到底覺得如何？」

「我們說話時，我已經漸漸復原了。你現在可以把我放下來了，我應該能站起來。」

「如果我想讓妳就這樣待著呢？」我蹭著她的耳朵問。

「我還以為那些溫柔的親吻，是用來歡迎人回家的。」

「也可以用來做別的事。」我親吻她的頸子說。

「會有時間上第三堂課的，我們已經快完成清單了。」

我抬起頭，訝異地問：「真的嗎？我還以為我們永遠也做不完。」

安娜垂著眼睫看我，「我們若能今天完成，也許我們可以……那是怎麼說的？放假嗎？」

想到能跟穿比基尼的安娜在某個遠方的沙灘上放鬆，我就充滿完成任務的動力。我輕輕放下

她，「接下來是什麼？」我有點心急地問。

「應該是創造乳海跟指派一位守護者。」

我皺著鼻子說：「人魚嗎？」我嘆口氣。「好吧，咱們去找一條人魚。」安娜正想把我們從山上轉走時，我拉起她的手說：「等一等。」

「怎麼了？」

「我們沒有消除巨龍的記憶，他們會記得我們吧。」

安娜咧嘴笑說：「未必。」

「為什麼？」

「對他們來說，咱們人類長得都一樣，也許白龍除外吧，他相當聰明，渴望學習。我不久之後得再去找他，叫他將來別跟季山說太多。」

安娜抱住我的腰，高山消失了，接著我一陣暈眩，耳中啪啪爆響，安娜和我穿越後，兩個人都彎下腰，抓著自己的頭，不過那感覺很快就消失了。「我們在海洋深處，」我解釋說：「所以才會那麼痛，不過護身符似乎幫我們擋掉很多壓力了。」

她瞪大眼睛說：「真的嗎？我們在海底下嗎？」

「是的，這個洞是冰道的一部分，白龍利用這條冰道在水底移動，免得把自己打溼。」

「那麼我要創造的乳海又是怎麼回事？」

我描述噴泉、人魚、鑰匙，以及必須游泳去找鑰匙的人，就是本人在下我。安娜輕鬆地打造出噴泉，並以水符在山洞裡造出一大片湖，但我覺得這片湖水並無獨到之處。

「應該是白的，我是指這個水。」我說。

「那麼我去召守護者來，也許她會知道。」

安娜對三叉戟呼喊，把戟尖插到水中攪動。她閉上眼睛喃喃唸著，召喚一位願意為她服役的流浪者。安娜突然張開眼睛說：「她快來了。」安娜手一揮，三叉戟消失了。

一會兒後，水面出現漣漪，一位金髮人魚在水裡偷偷瞄望。「哈囉。」她說：「是不是有人在召喚女妖？」

「女妖？」我悄聲對安娜說：「她跟那些住在香格里拉巨樹裡的妖精一樣嗎？」

「就某方面來說，是的。」

我聽到咯咯的笑聲，人魚化成水霧，她飄忽的形影穿過通道，朝噴泉移去。我們跟隨著，等我們到達時，她已經躺在池子裡了。「好棒啊！」她說：「不過如果妳能把溫度弄暖些，我是不會介意的。」

安娜順應人魚的要求，蒸氣在她四周騰起。人魚心滿意足地嘆著氣，靠回水中放鬆身體。

「妳願意幫忙一段時間嗎？」安娜問人魚：「旅者很快就會到了，他們會需要一把鑰匙。」安娜的掌心裡躺著一把鑰匙，我問她怎知道這把鑰匙能打開寺廟，她說寺廟還沒打造，接下來就是要做那件事。

人魚探到噴泉外，故意拱著身體炫耀。「我想我可以那麼做，但得有適當的激勵。」她朝我擠眼說：「嗨，我叫凱莉奧拉。」

安娜皺著眉問：「妳想要什麼樣的激勵，才願意幫忙？」

凱莉奧拉假裝想了想，「我寂寞很久了，」她將長尾抬出水面，用手挑逗地順著鱗片往下摸，「我想，一記吻，應該足以激勵我了。」

「妳希望我吻妳？」安娜皺著臉問。

人魚翻翻白眼，「不是妳，是他。」她說他時，尾音還故意拉長，害我不安地挪著身。

「聽我說，」我表示：「我不認為那是……」

安娜打斷我說：「妳只有這項要求嗎？」她僵硬地問。

「噢，我想那應該就夠了，如果他很認真吻的話。」

我說：「不要。」安娜卻同時回答：「好。」

人魚開心地拍手鼓掌，「耶！」她將輕巧優雅的身體滑到噴泉邊的長椅上，然後伸長滴著水的臂膀。「過來這兒，大帥哥。」她招手說，一邊咯咯地笑。

我轉頭對安娜嘶聲說：「我們不能給她別的東西嗎？」

「這是她要求的。」安娜表示：「你知道與他人親近，正是他們的食糧，基本上她是在討食物，我們怎能剝奪她如此基本的要求？」

「是啦，我知道，可是……」

「你就吻下去，把事情辦完就對了嘛。」安娜煩躁地命令說。

「怎麼感覺像是在測試，」我說：「這是在測試嗎？」

「我實在不知道你在講什麼。」

「兩人關係的測試，這在凱西的時代很常見。女人對男人做些小測試，看他們是否忠心。」

「我唯一會對男人做的評估，就是他們在沙場上能否護住我的後方，如果他們做不到，便會被派去做別的差事或遭到遣散。你早就證實自己在這方面很英勇了，既然這是我們工作的一部分，因此與我們的……關係無關。你放心，我絕不是在測試你。」

理性上我明白她說的話，但本能上還是覺得不對勁。「妳確定妳要我做這件事？」

「很確定。」

「好吧。」我拖著步子走向噴泉，就像一個走向絞架套索的人一樣，緩慢而緊張。我不斷轉頭瞄著安娜，一開始她還揮手叫我繼續前進，等我接近時，她卻把頭轉開。我不知道那是好事還是壞事。

「好了，你最好認真吻唷。」凱莉奧拉警告說：「否則就不算數嘍。」

那只是一種食物，我心想。我冷冷地坐到她旁邊，抱住她妖嬈的胴體。她扭動著擠上來，直到長著鱗片的曲線緊貼住我，我很訝異她竟然還能夠呼吸。她緩慢飢渴地舔著唇，我低頭吻住她。在那幾秒鐘裡，我忘記自己身在何處，自己是誰，唯一重要的，就是她甜美的吻。

她的味道與香氣令我發狂，我還想多要。我抱住她滑溜的身體，將她拉出噴泉外，坐到自己大腿上，壓根不在乎身上全溼透了。水很熱，但不若我懷中的女子那般灼熱。我撫觸的裸膚燙著我的手。

我撫摸她的背，探入她淡黃色的溼髮裡。她在我唇上的輕嘆如此悅耳動聽，嚐起來像鹹鹹的海水。我將手指探入她的鱗片裡，她嬌嗔地發出愉悅的呻吟。我心中劃過各種顏色與影像——天藍色的鱗片、橘紅的珊瑚、湖水藍及鯊魚灰。它們鼓動著越旋越快，敲擊出狂野的音律，我的身體震盪著，隨那聲音舞動，慢慢沉落。我們一起奔向高潮迭起的結局。

一直到凱莉奧拉在我身上發抖，我才驚覺到寒冷。

她奮力把唇從我嘴上抽開，「住手。」她喃喃說：「停了！」她喊道，嘴唇已轉成冰藍色，皮膚則白得像是白瓷。她口中冒出團團霧氣，堵在我們之間。我還耽溺在她的魔力中，我再次將她拉近，因慾念而迷茫。她粗暴地將我推開，我頭昏眼花地從噴泉上滾下來，手指還緊揪著，想再次擁她入懷。

「不要！」美人魚大吼，「別過來。」

我困惑地轉頭望向人魚在看什麼，我看到一名怒氣衝天，能量萬丈的女子。她的烏髮射散地飄在身邊，襯托出她的面容，掌心爆響著銀色的光球。女人一臉厭惡地垂眼看我，我如醉如痴地看著她的眼睛從深綠變成翠綠，再變成金屬色。

女人黃金色的明亮皮膚發出光芒，她抬起雙手，身體升入空中。我被她的美震懾得目瞪口呆，她把能量直接擲向我的頭部。那就是我在周邊世界翻白之前，看到的最後景象了。

35 遺忘的夢

白光漸漸消淡，我呻吟著，四周的形狀終於開始聚形了。在恢復視力之前，我發現自己快凍僵了。我的身體劇烈地顫抖，於是我本能變成虎兒，以保護身體。我的體溫立即上升，我翻身站起，甩動全身，絨毛豎直，接著我打開眼睛，想知道發生什麼事。

我突然明白了，是安娜搞的。她……在為某件事情發怒。我記得的，最後人魚要求我吻她，我坐到她身邊，然後……然後……然後我打死都想不起來了。我走到噴泉邊，看到人魚躺在池水裡，整個凍硬了。這跟記憶中，很久前跟凱西第一次看到她時一個樣子。可是安娜人呢？

我把鼻子湊到地面，聞到她的氣味。她已經回去水底的湖泊了。我邊走邊轉動肩膀，我的肌肉好痠，累得像跑過大半個印度。我找到站在湖中央的安娜，她從頭到腳溼透，湖水淹至腰際。即使化作虎兒，光看著她，都覺得我的眼睛快被刺瞎了。

她體中散發一波波的能量，沸騰的湖水冒著蒸氣，湖面上劈啪閃著電光。我知道水很深，所以她若不是站在台子上，就是用能量浮在那裡。我化成人形，圈起手對她呼喊，但她不肯轉頭看我。對她的心靈喊話也沒用，我只能從她身上感到漆黑的靜電。

水質也變了，不再是單純的海水，也不是我記憶中的乳白色，而是沸騰的鮮綠色，氣味難聞至極，感覺有毒。事實上，聞起來跟我在當戰士時，拿來沾箭的植物毒汁非常相似。我用腳趾去沾水，水猛擊著我，害我汗毛直豎，但水不至於燙到無法忍受，也沒灼傷我的皮膚。

我一心只想將安娜從水中救出來，她出事了，我的第一個動作就是救她遠離危難。我雖不明白有何風險，還是跳入水中，那一波波的能量，差點把我的腦子炸壞。我被轟到暫時停止呼吸，等體內能量恢復，又能呼吸後，才開始游泳。我小心翼翼地不吸入任何水，火速游到安娜身邊。我的能量流失得比補充快，等我抵達她身旁時，已經累壞了。

我在靠近安娜時，手擦過一顆突起的岩石，便顫手顫腳地爬上去。我朝她攀去時，四周的水往旁分開。「安娜？」我拉住她的臂膀搖著她，可是她繼續死盯住前方，眼神空茫，淚水不斷從她面頰緩緩流下，滴入湖裡。每顆淚擊中湖面時，都像強酸似地滋滋作響。

我用力吸氣，想起那些由她的淚水創出的妖物河童。「安娜，心愛的，告訴我怎麼了。」我哀求著擦去她臉上的淚。

「我……我把鑰匙扔進湖裡了。」她靜靜說道：「鑰匙沉入湖底了。」

「好，沒關係。以前我跟凱西到這兒時，反正得潛下去找鑰匙。」環繞我腰邊的水汩汩響著，汲取我身上的能量，我想安娜的情形也一樣。

水溫雖暖，安娜卻在發抖。我上下搓揉她的臂膀，想讓她暖起來。「告訴我出了什麼事。」我說：「如果我不知道問題癥結，如何能幫妳。」

「問題癥結就出在這兒。」她說：「我不知道之前我幹嘛那麼生氣，還有現在為什麼這樣悲傷。我只知道我想摧毀東西，毀掉所有一切，現在那感覺不見了，但隨之而來的，是一種可怕的哀愁。」

「好吧，如果妳無法告訴我出了什麼事，讓我看看行嗎？」

安娜眨眨眼，「讓你看？」她眉頭微蹙。

「是啊，讓我的心看到，對我坦開妳的思緒。」

她搖頭說：「我辦不到。」

「妳可以的。」我撫著她的下巴，輕抬起她的頭，讓她看著我。「妳不必讓我看到一切，只要看到我跟人魚發生什麼就好了。我只是請妳試試而已。」

安娜細盯著我的眼神，然後緩緩點頭，觸摸我的臉。她大部分的心仍對我封鎖，僅讓我瞧見她最近的記憶。我從她的心靈之眼，看到自己步履猶豫地走向人魚，然後吻住她。

看到擁抱變得那般激烈，我都傻眼了，尤其我根壓不記得。透過安娜的眼睛，我看到凱莉奧拉如何將我拉近，且故意傲慢地朝安娜擠眼，雖然她已經從我身上吸取足以燃亮一小座城市的能量了。我很快明白，自己受了人魚誘惑，我對她上下其手，眼中除了她，別的都看不見。

安娜輕聲說：「可以了，已經夠了。」

人魚不理睬她。

「穌漢。」安娜喊道：「回我身邊。」

接吻繼續進行。「穌漢？」

我聽到安娜心中有個聲音在迴盪，認出那是人魚。「他現在是我的了，一旦他嚐到我的芳唇，便永遠不會回妳身邊了。」她信誓旦旦地說。

「不。」安娜的呼吸加快，「不！」她大喊：「妳不能奪走他！」說罷她抬起手，懲罰那騙人的人魚。

我摔在地上，力氣抽乾，昏迷不醒，凱莉奧拉哀求女神饒恕她。復仇女神停頓片刻，慌不擇路的人魚警告說，萬一她受傷，我也會跟著毀掉。她告訴安娜，我現在與她綁在一起，後半輩子都會設法去追尋她。

安娜聽了，把人魚凍成冰棍，而不是將她殺掉，不過當時她真的很想痛下殺手。之後安娜木然地走回湖邊，希望冰寒的水，能澆滅她血中燃燒的烈火。結果她的痛苦滲流而出，慢慢污染了湖水。

「她撒謊。」我撫著安娜淫亂的頭髮，「我感覺不到人魚的吸引力，她根本無法控制我。」

「可是你當時想要她，我從你的表情和抱她的方式看出來了。」

「那是騙人的咒語，讓她能從我身上取得她要的。我就像一隻受她蜜唇引誘的無腦蜜蜂，可是我家裡有隻女王蜂啊，那才是我服事的對象。」看到安娜不為所動，我又說：「安娜，妳一定要相信我，我不會用這種方式去玩弄妳，剛才發生的事，我不是故意的，而且也沒有感情。」

我攬住她的腰，將她抱到身上，讓兩人的心跳緊緊相貼。「至於妳的情緒狀態，妳會生氣是因為覺得我背叛妳，後來流淚，是因為以為失去了我。是不是這樣，我美麗的小姐？」

安娜的手滑上來環住我的脖子，點頭說：「她的美很誘人，」安娜落寞地表示：「我不怪你想要她。」

我抱著她輕輕搖晃。「可是我並不想要她，一點都不想，而且我一定可以快速擺脫她的魔法。妳知道我在香格里拉的巨樹裡，曾被一群男女妖精困住嗎？」

她搖搖頭，我解釋：「我花了好長的時間才逃開，比凱兒逃得慢。她一念及阿嵐就逃成了。而我呢，我享受迷失在妖精的咒語裡，他們用的是醉人的魅惑，而唯一減低其威力的辦法，就是思及心愛的人。奇怪的是，我逃開時，心中所想的女孩並不是凱兒，可是當時我以為是她。」

「那你是如何逃離她們懷抱的？」安娜問。

「我聽到女神的低語。」安娜往後退，我笑了笑，捧起她的臉。「當時我以為是女神杜爾迦同情我，但現在我知道不是了。」

她嚥著口水，眼睛發亮，「當時是我嗎？」

「我現在知道了，一向就都是妳。我這一生，都是妳伴我同行，安娜。我既被女神擁抱了，怎還會被人魚的一吻給迷住？」

「所以在你的夢裡盤桓不去的，是位女神嗎？」她輕聲問。

「那女神是妳的一部分，安娜，我不否認，我覺得她美得令人屏息，但我夢到的不是八條手臂的杜爾迦。我的夢裡全是那位陪我在森林裡狩獵的黑髮女郎，那位處處挑戰我的女孩。夢之林讓我看見這名女孩兩次，但兩次她都不是女神。她才是那位令我朝思暮想的人。」

我用拇指撫著她依然溼淋淋的臉龐，並親吻她。我本打算輕柔地吻一下就好，但安娜不肯放。她的嘴輕輕印上我的，我嚐到她鹹鹹的淚水。那感覺如此真實而讓人神馳，完全不像與人魚的吻，過眼即忘。我們身邊環覆著另一種咒語，在這私人的潟湖裡，水在我們四周盪漾，恣意推扯，頗似我們你來我往的熱吻。

我雖極度不捨得分開，但還是抽身問：「妳能原諒我嗎？安娜。」

她悠悠地眨著眼，我得意地發現她跟我一樣，深受這記吻的影響。安娜抬著頭，輕吻我的臉。「這個動作是否意味著原諒，以及思念一個人？」她問。

「有可能。」我拉起她的手，親吻她的手指。我垂眼瞄了一下湖面，此時閃閃發著光，所有綠色毒物全消失無蹤了，湖水果真變成了我所知道的乳海色。「呃，那倒有意思。」我說。

安娜環視四下，「這水嗡嗡震盪著能量——治療的能量。」她又說。

「沒錯。」我揉著下巴看她一眼。

「你幹嘛那樣看我？」安娜問。

「我只是懷疑，如果我不僅僅吻妳，會發生什麼事。是會火山爆發？還是月球會脫離軌道？」

安娜皺起眉頭，認真考慮我的話。「嗯，對耶。我希望以後能練習吻你兩分鐘以上，這事我們最好跟卡當商量一下。」

「什麼？不行！」

「我們身體接觸會令你尷尬嗎？」

「不會，我不會尷……」

「你有，明明就有。」

「別再讀我的心了。」

「你的想法清晰到嚇人，即使我們的心還彼此不通。你還有很多想對我做，但還沒做的事，至於我……」

「好了，咱們就談到這裡。我們以後再回來談這件事好嗎？」

她嘆口氣。「好吧。」

「那麼，」我急欲改變話題，「咱們打算怎麼處置那位美人魚？」

我們往回游，湖水平靜無波，不再偷取我們的能量。等我們上岸後，阿娜米卡用法力很快將我們弄乾，並換上新衣。安娜在噴泉邊來回走了一會兒，然後彈指將噴泉加溫。人魚凍結的皮膚慢慢暖和起來，她劇烈地顫抖著，但安娜絲毫不予同情。她以戰神的威怒，低頭瞪著女妖。「妳騙我們。」她來勢洶洶地指說：「妳會受到處罰。」

「他又沒有不喜歡吻我。」人魚用手指在水裡攪著，完全不知道自己講錯話。「人家只是玩一玩嘛。」她接著說：「人家又不知道他是妳的。」

我瞄著安娜。就算她被人魚的話嚇著了，也沒有表現出來。所以我是屬於安娜的嘍？她想要那樣嗎？我說過，我不會玩弄她的感情，但她也會那樣待我嗎？我從不懷疑自己對女人的態度，但我的女人運實在不怎麼樣。也許她只想偶爾有個強壯的臂彎可以依靠，或一位她能信任的同伴，一個可以滿足她對男女關係好奇心的人而已。

若是那樣的話，那並不足夠。我見過未來有什麼等著我，我渴望獲得每一項。事實上，那是我一向的希望，也是我大半生追求的生活。那場夢，正是我如此對凱西戀戀不捨的主因。

但那是當時。

現在一切都變了，現在我相信安娜才是夢裡的女孩。更有甚者，我心底確知是她無誤。我若誠實面對自己，我確實屬於她，從一開始就一直是她的，不管是做為老虎或一個男人。現在我只需弄明白，她是否也想屬於我。

人魚繼續叨唸說：「何況，我發現你們二位剛才忙著把湖裡的東西弄熱，反正也沒造成什麼損失嘛。」

不知她被凍住時，怎麼還能留意到那些事。接著我想起她有化成霧氣的本領，也許她不像表面上那樣，徹底被困在冰裡。

人魚嘟著嘴說：「別生氣嘛，那只是我們的方式而已，我會守諾留下來，幫助你們的朋友。

我以人魚的榮譽發誓唷。」她拍著尾巴，交疊魚鰭，像似撫著自己心口。

安娜嘆道：「也罷。我們殘留在乳海裡的能量，足夠支撐妳等他們抵達了，事後妳若選擇留下，甚至還能維持一段時間。」

「噢，能量是一定夠用的。唉呀！我有個點子，也許我會邀幾位朋友過來陪我等。」

「不行，不許妳那麼做。這樣吧，為了確保妳不會再騙我們，我將凍結乳海。」安娜一揮手。

人魚抗議道：「那我呢？」

安娜將噴泉弄乾，然後在裡頭注滿乳海的水。「好，這就夠妳用了。除了那位被女神碰觸過的男人，妳不許放任何人進入湖裡，或去找我們留下來的項鍊，明白了嗎？」

凱莉奧拉不耐煩地點點頭。

「沒有人能承受得了乳海的能量，一旦他們取回鑰匙，裝滿卡曼達水壺，妳就叫他們從那邊的通道，去第七座寺廟。」安娜指著一條離開噴泉的漆黑通道說。

「好啦，好啦，知道了啦。」

「現在還有件事，關於妳誘惑我……同伴的事。」安娜說。

我揚著眉，但沒說話。

「我覺得在我的朋友抵達之前，讓妳維持凍結狀態，是很恰當的處分。據我估計，他們應該一週左右就會到了。」一時水花四濺，罵聲不絕，但很快就變成哭泣和哀求了。安娜完全不理會，逕自轉身離開，但在臨走前做了最後的警告。「如果妳妄想親吻我任何朋友，我就讓妳凍結一百年。聽懂沒？」

美人魚生氣地把水潑到噴泉邊外，濺在我們腳上。「遵命，女神。」她說。

「很好。」

安娜對女孩送出一記飛吻，噴泉便凍住了。她快速彈指，一併把人魚對我的記憶模糊掉，等她再次見到我時，便認不出我了。

「感覺好點了嗎？」我問安娜。

「還可以。」她說著對我露出心照不宣的微笑，兩人一起走下通道。

我們走到底後，安娜用神力在岩石上轟出一個洞，她擋住澎湃的海水，將前方的區塊變成一道厚冰，然後我們走向前，冰層在我們四周移動改變，直到形成我記憶中的長冰道。

不久我發現有人跟蹤，深海裡游動的巨大怪物看到了我們，我準備攻擊，安娜卻出聲逗弄那些醜陋的生物，牠們跟隨著，像討拍的寵物般蹭著冰層，用無法眨動的怪眼，哀怨地看著安娜。等我們走了一大段距離後，安娜抬起一隻手，造成水底的震動。岩石升起，珍貴的礦物從海床上刨露而出。她那些巨大的寵物在她打造神廟時，快速溜開了。最後安娜造了一扇門和鑰匙孔，剛好吻合她稍早打製的鑰匙。

安娜走入寺廟，撫著牆壁，上面便出現雕刻，刻紋像水浪般地在我們周圍散開來。當我們經過各個房間時，我看到寶石與大理石的雕像。

「它們是打哪兒來的？」我問。

安娜聳聳肩，「我跟金龍借來的，他囤積的東西太多了。」

我哈哈大笑，然後對她描述焚香、池子和望出深海的厚實窗戶。安娜幾乎不加細想地默默在我面前打造出我所形容的一切。

安娜穿越每個走道，她的皮膚在幽暗的寺廟中發光。安娜要求我幫忙拿掉黑珍珠項鍊的釦鎖，等她低聲唸了幾句話，讓虎兒多出六個鐘頭後，她把項鍊丟給幾十顆浮在水面上，張開殼，渴求獲得特權，守護女神神物的巨大牡蠣中的一顆。

我描述我們在池子上方看到的各種雕像、巨鯊，以及應凱西召喚，送我們回到水面的大水母。驚心動魄的逃脫故事，令安娜聽得入迷，當我說到凱西差點被生吞，以及阿嵐如何騎到巨鯊背上，將三叉戟刺入牠體中時，安娜嚇得張大了嘴。

「我很想親眼看到，」她說：「一定很驚悚。」

「驚悚極了。」我同意說：「我們在蚌殼裡飄流好長一段時間，最後我們把聖巾當成風箏，讓它帶領我們回到船上。」

「這場冒險一定精采萬分。」安娜說。

「是啊。」我答說，望著黑呼呼的窗玻璃外，我的眼角瞥見某個巨大的東西閃過。「我很高興我們跑了那一趟。別誤會我的意思，其實過程非常艱辛，處處都會遇到要命的玩意兒，但我們熬過來了。妳知道嗎？知道自己歷險存活，會很有成就感。」

安娜挽住我的手臂，把頭靠到我肩上。我們休息了一會兒，然後吃東西。我跟她說到妖怪奎肯的事，連故事都無須潤飾，安娜便已瞪大眼睛。接著我說到獵殺我們的綠龍，她倒抽口氣，說我們應設法懲治他。

「沒關係。」我說：「他們幫我治療妳時，我瞥見了他們的一生。他們無意傷害，不是蓄意的，而且他們也盡力完成妳交付他們的任務了。巨龍們只是喜歡當海洋的頭頭罷了，他們很長一段時間被困在食物鏈的底層，只是想維護主導地位罷了，那是動物的本能。」我聳聳肩，「身為一名徹首徹尾的人，呃，女神，妳大概無法理解。」

安娜起身拍去手上的灰，「我們還是應該偶爾去拜訪他們，提醒他們，還是有人在監督著。」

「同意。」

安娜在我的指導下造出各種天神的雕像，賜與他們聖巾的神力，這樣等季山、阿嵐和凱兒出現後，便能改變三人。完工後，安娜看著西瓦、印多拉和帕瓦蒂，用指頭畫著西瓦的手臂。接著我告訴她卡當教我們的故事。

「他也跟我講了那則故事。」安娜說：「不過他特別強調要記住幾點。」

「哦？」

「真的呀，尤其他要我記住，也許西瓦一時忘了她，但任何看到他跟帕瓦蒂在一起的人，都會知道他們註定要在一起，因為他們彼此平衡了對方的神力。」

「卡當還說了什麼？」

「他還說，西瓦是個笨蛋，竟然會漠視他老婆。」

「是啊，他是很笨。」我說。

看著雕像，令我思及阿嵐與凱西。我沉醉在思緒裡，撫著帕瓦蒂的手。「妳知道嗎？雕像消失後，我們三人被賦予神明的角色，我扮演西瓦，阿嵐是印多拉。當時我還以為，我就是註定與凱西相守的人，我是她的真愛。我抱懷那樣的希望，雖然我自覺像個騙子，想竊取某種不屬於我的東西。」

安娜搖頭說：「你想錯了，穌漢。你從來不是騙子，你承擔了命定的角色，你就是帕瓦蒂的同伴。阿嵐和凱西是這場宇宙大戲的參與者，他們代表屬於凡間的那一半，是銅幣的另一面。」她溫暖的手扣住我的脖子，「可是你，我英俊的虎兒，你才是這篇故事裡的英雄，千萬別忘記這點。」

我拉起她的手指送到自己唇邊，「妳知道嗎？長久以來，這是第一次我可能相信自己是。」

「你最好信。」

「安娜？」我的手悄悄攬住她的腰，「西瓦找到項鍊後，贏得了一項獎品。」

她屏住呼吸，「我記得。」安娜輕聲說：「他可以選擇自己的新娘。」

「沒錯。」我將她柔軟的身體拉近，「所以，當他放棄項鍊時，發生了什麼事？」我問。

「嗯，我想我們得自己去發掘。」

我還來不及把談話導向我要的方向，安娜已旋開身，去做鯊魚的雕像了。她探在鯊魚上方，在牠耳邊叮嚀訪客抵達後，該做些什麼。但願其中包含別隨意吞食我們任何人。

安娜走到牆壁窗邊，揮動手指，小小的微生物便越長越大，直到變成我記憶裡的水母。「好美的東西！」安娜讚嘆道，越來越興奮。「我們哪天得回來看看海底所有地方，我尤其想看金龍收藏的寶藏。」

想到要讓水母帶著遊歷水底世界，我就心裡發毛。「如果有必要的話。」

「莫害怕跟隨女神的腳步，穌漢。」她哈哈笑說：「來吧，接下來咱們得去找阿嵐。」

「阿嵐？什麼時間點？」

「他被羅克什囚禁時。我們必須移除他對凱西的記憶。」

我吹了聲哨子，「好吧，卡當有說明我們為何要這麼做嗎？」

「你知道他很少跟我們透露什麼。」

「也是。」

「不過這次他破例。」

安娜坐到窗台，拍拍旁邊的位置。窗玻璃後，長得頗像球莖的水母，在我們頭上發出斑駁跳動的紫光，打在安娜的臂膀及臉上。

「他一定知道我們會猶豫此事。」安娜說：「所以他留了張短短的字條。」

「字條上說什麼？」

「卡當說，阿嵐的記憶必須移除，這樣你才有機會愛上凱西。」

「可是……為什麼？會有何不同？阿嵐忘記凱西，害她非常痛苦。我不希望她經歷那種痛，何況……」我拉起她的手說：「如果我從沒機會跟凱西在一起，我的心就更能準備接受……」

「別的人嗎？」她含糊地問。

我點點頭，想趁此告白傾訴愛意，但一秒鐘過去了，接著又一秒鐘過去，時機就錯失了。

「之後你會怎麼做？」安娜問：「在你穿越香格里拉，與凱西日漸親近，然後協助她拯救阿嵐，在阿嵐歸來後看著他們團聚？你會有何反應？」

「我……我想我會替他們高興，或至少試著為他們開心。」

「是啊，可是接著你會怎麼做？你會跟他們去下一趟旅程尋找項鍊嗎？」

「我也許會上船。」我說。

「但你會疏遠他們。」

「妳不會那樣嗎？」

「會的。愛侶在一起時，你會自然讓出時間給他們獨處。」

我的脖子開始發熱。「對，可是阿嵐和凱西當時並沒有……在一起。」

她揮揮手，「無論如何，卡當認為，你若不對凱西抱持希望，最後一定會拋下他們，寧可自己到叢林裡當老虎。你有可能放棄幫他們尋寶，結果害凱西死掉。」

我身子一僵。「妳怎會知道？」

「是卡當。他說，阿嵐若保留記憶，最有可能的結果，就是你離開他們，而凱西會死於多種情況。一次，是她被鯊魚咬死。另一次，死於與火焰霸王決鬥時，另一次她變成莫休洞裡的活殭屍。羅剎皇后把她變成某種非人類的……」

「好，我懂了。」我阻止她再往下說：「所以妳要說的是，他們需要我。」

「不僅是他們，穌漢。如果你沒有機會愛上凱西，那麼我也永遠不會有機會去……去……」

「去愛我嗎？」我拉起她的手指套到自己手上。我看到她張著嘴，卻說不出話。「沒關係，」我說：「妳什麼都不必說，事實上，請妳別說，先別說。」

「還有，」她表示：「阿嵐對女神變更他的記憶，非常頑抗，數度差點衝破記憶的屏障。我們得在不同的時間點，強化阿嵐的失憶，才能鞏固記憶的屏障。」

我吐了口氣，「好吧，咱們走。」

一刻前我們還在海底下，下一刻我們已躬著身子，待在羅克什基地一間悶熱的房間裡，調適壓力的變化了。這地方飄著濃濃的老虎、汗水及黴菌味。地板被水、化學物和血水弄溼了，我們到達時已在時間的變相裡，但阿嵐一定是感知到了什麼。

「凱西嗎？」他微弱的聲音從鎖住的牢籠裡悄悄傳出。

我們走過去，阿嵐用斷掉的手指抓住鐵欄。他的眼睛烏黑，其中一隻腫到張不開。他咻咻喘著氣，阿娜米卡轉著手，聖巾重新為她披上金色及紫晶色的閃亮袍子。光芒圍聚在她周身，安娜的皮膚放著光。我退到陰影裡，藏去自己的氣味。

「不是。」安娜輕聲回答，「你認得我嗎，帝嵐？」

他滑近時，痛到抽氣。「杜爾迦嗎？」阿嵐喃喃問。

「是的。」

「妳是真的嗎？」

「是的，我是真的。」安娜摸著附近一條鞭子，忍不住皺眉。「我答應過凱西會看顧你。」

我可憐的哥哥感激到哭出來，「妳會協助我逃脫嗎？」他的語氣帶著我從未聽過的哀求。

「不會。」安娜歉然的低聲說：「但我可以幫忙。」

「幫哪種忙？」

她回頭看我，尋求我的指引，我點頭表示鼓勵。「我可以……消除你的記憶。」她說。阿嵐在籠子裡猛抽一下，他有十足的理由感到震驚。「消除我的記憶究竟對我有何幫助？」

「羅克什一直在拷問你凱西的事，不是嗎？」她問。

我從未考慮那點，細項都交由安娜籌謀，她用這招對付阿嵐不能算錯，他會不計一切保護凱西，也許安娜認定，羅克什最終會讓阿嵐崩潰，但我不那麼認為，因為我聽他親口說過，他曾為凱西被折磨至死，而且不止一次，而是兩回。我不知道羅克什是否已經挖過阿嵐的心臟了，但他若還沒有，不久也會動手。

安娜接著說：「我可以抹除你對凱西的記憶，羅克什便無法發現她的去處。」

「可是我對她就只剩回憶了。」

「帝嵐。」安娜跪到籠子前方，撫著他的手指，「如果你不同意，凱西將受極大折磨。」那倒是真的，我當然不希望凱西因我而死，阿嵐也不會願意。

「這得由你來決定。」安娜說：「你考慮一下，我明天再來。」

安娜從他身邊退開，將時間轉開，我對她伸出手。我們能不能至少讓他少受些苦？她問，淚水濡溼我的襯衫。

乖，別那樣，我警告說，妳的淚水會要人命的。

她吸著鼻子，四下掃視，看周邊是否跑出致命的怪物，發現沒有後，她說，也許只有被你惹哭時才會那樣。

我皺著眉頭左張右望，一滴淚水從她的眼睫掉落，還沒墜地，便像我們轉換時間後的足印一樣，消失不見了。有意思。

我們站在那裡彼此相擁，安娜將時間快轉。我們驚駭地看著羅克什進入房中，將老虎阿嵐從籠子裡拖出來，然後極其不耐地電擊他的身體，直到他變回人形。阿嵐變成虎兒時容易痊癒，但他又餓又虛，延緩了自然復原的過程。

羅克什給阿嵐注射後，提出一個又一個的問題，大部分與凱西有關。羅克什把刀子插入阿嵐身上扭絞，阿嵐痛到慘號。安娜揚起一根手指，我發現阿嵐眼中一清，身體放鬆下來。她把阿嵐的痛楚消掉了。

羅克什抓住阿嵐的臉轉向自己，「我跟你保證，驕傲的王子。」他啐道：「你一定會把另外兩片護身符的位置告訴我，這是遲早的事。」

阿嵐回到籠子裡，夜色降臨，基地安靜下來，這時發生一件有趣的事。凱西出現了，安娜拉住往前走的我，搖著頭將我拽回來。

*她怎麼會在這裡？*我問。

*一定是他們的連結，*安娜答道，將我的手壓到她脖子上，刻成老虎的真理石上。*你能看到他們的光暈有多強嗎？就像我們的，連結將他們引到一起。*我確實能看到環住他們的強光。

「凱兒？」阿嵐說，聲音近似低喃。

「是的，是我。」凱西答道，抓著籠子的欄杆。

「我看不見妳。」他說。

凱西跪下來把臉貼到欄杆上，「這樣好些嗎？」

「是的。」阿嵐伸顫著觸摸凱西的手，四周的光芒變得益發明亮。

我攬住安娜的肩膀將她攬近，輕吻她的太陽穴。

凱西看到阿嵐的慘狀，哭了起來，安娜也跟著哭了，她用指尖壓住自己的嘴。「噢，阿嵐！他到底對你做了什麼？」凱西問。

阿嵐對她訴說羅克什的事，並說羅克什會不計代價找到她。凱西求阿嵐千萬要挺住，並答應說，我們一定會來救他。

聽到阿嵐說：「我真的好……好累。」我的心都碎了，沒想到凱西竟說：「那就告訴羅克什，把他想知道的都告訴他。」凱西瘋了嗎？

「我永遠不會跟他說的，我的愛人。」阿嵐發誓道。

凱西的銳氣一挫，「阿嵐，我不能失去你。」她說。

「我會一直與妳同在，我的心與妳同在，片刻不離。」

安娜抓著我的手臂，靠在我胸口。

阿嵐提到杜爾迦願意幫忙，但他故意讓凱西以為女神是要救他，而不是要救凱西。

「那就接受呀！」凱西求道：「千萬別猶豫，你可以信任杜爾迦。」

安娜聽了身子一縮。

「無論代價是什麼，」凱西說：「只要你能活命，都無所謂。」

「可是凱西，」他說。

「噓，要活著，好嗎？」

阿嵐認命地點點頭，並叫她快走。他求凱兒一吻，阿嵐相信那是他最後一次吻他所愛的女人了。他如此輕柔、體貼地抱著她，任何人看了都會覺得是因為他身上疼痛，其實根本不是那樣。對阿嵐而言，凱西是世間最最珍貴的，他希望她能明白那點。我好羨慕阿嵐能輕易表達自己的情感，接著他張嘴唸詩。不會吧？都啥時候了？

我煩亂地挪動身子，希望安娜把時間快轉，但她在心中叫我別吵。安娜對詩文比我更善感，但我聽明白阿嵐想傳達的訊息了。以前我對老哥沒有太多同情，但現在我都感覺到了。

阿嵐唸完詩後，從凱兒身邊挪開。他聲音中透出的溫暖，似是已經放凱西走了。「凱西？」他說：「無論發生什麼事，請妳記住，我愛妳，我的愛妻。答應我，妳一定會記住。」

「我會記住的，我保證，我愛你，阿嵐。」

光芒在凱西四周游移，她開始遁入不同的時空裡。若非她一心只顧著阿嵐，聲嘶力竭地呼喊他的名字，她很可能在被帶走前，轉頭看見我們。接著凱西消失了。

時間到了，安娜說。

安娜聚集神力，移動身體，閃著身子，進入阿嵐的時空。

「我接受妳的幫忙，女神。」阿嵐說。

「很好。」安娜朝他踏近。

「我永遠再也想不起她嗎？」阿嵐問。

「你的記憶只是暫時被遮去。」安娜答道。

他釋然的表情，比安娜消去他的疼痛還要放鬆。我想他若是能夠，必會跪到安娜腳邊叩拜。

「謝謝妳。」他謙卑地說。

「不客氣。」安娜伸手到籠子裡，輕輕以指尖摸他的臉。安娜開始施法，但這時我想到一件事。我想起阿嵐恢復記憶的那一刻，正是我吻凱西時。

「安娜。」我在黑暗中低聲說。

「嗯？」她轉向我。

「妳得在他心中設一個啟動機制，一個能恢復他記憶的東西。」

安娜點點頭，「我們得設個恢復的機制，帝嵐。」

「什麼意思？」他問：「妳跟誰在一起？」

「跟我的……男伴在一起。」

安娜不理會我的不滿。「得有一件事能啟動你的記憶，必須是能對你證實她很安全的事。」

阿嵐建議了幾件事，但都沒一件是對的——不是後來真正發生的那件事。

「是一記吻。」我告訴安娜，「我第一次吻凱西，他就恢復記憶了。」

安娜皺眉瞥我一眼，我把雙臂在胸前交义，如果她叫我男伴，就應能面對我過去的情史。

「凱西跟令弟在一起時很安全，不是嗎？」她回頭看著阿嵐問。

我躲在時間的變相裡，但阿嵐顯然能聽到我的動靜，知道有人跟女神在一起，只是他聽不清我的話，認不出我的聲音。

「跟我老弟？是的，凱西跟他在一起很安全，所以看到他們在一起能讓我恢復記憶嗎？」

「不，光看見他們在一起並不夠，他們必須要……很自在。」

阿嵐哈哈笑說：「我老弟在凱西身邊，有點太自在了，他大概會趁我不在藉機去親她。」

他沒注意到安娜渾身越來越僵硬。

公事公辦。安娜點點頭，「很好，你的啟動機制就設成一記吻吧。」

「妳的意思是，我若看到季山吻凱西，就會恢復記憶？」

「沒錯。」

阿嵐退開去。

「你為何猶豫，帝嵐？」安娜問：「你不相信令弟會吻她嗎？」她期望的語氣，令我忍不住挑眉。

「噢，他一定會吻的。」阿嵐保證說。

「你若看見他們接吻，你能保證她的安全嗎？」

「也許吧。」

「啊，你希望用別的方式。」安娜說，然後轉向我，「我也希望能有別的方法，可是註定的事總該要來。好了，帝嵐，我們該結束了。」

安娜施法時，阿嵐進入微微的恍惚狀態。

我完全遁入時間裡，我若在那兒，安娜也會奪去我的記憶。「這事他能記得多少？」我問。

「只會記得我們要他抹去記憶這一部分。」她答道，一邊伸出發光的手，小心篩選他的記憶。消除所有記憶或特定時間內的一切，比只除去對一個人的記憶要容易多了，而且她還得保留其他部分。

「妳得確定阿嵐不知道我在這裡。」

安娜點點頭。

我走過去跪到籠子邊，「哈囉，老哥。」我說。

他用惺忪迷濛的眼睛望向我，然後朝我靠近。

「季山？你怎麼……怎麼會在這裡？」他問。

「很抱歉讓你受苦了。」我好希望能幫他分擔，「你很快就會獲救了，但你不會記得我說過這話。」

「我不懂。」阿嵐激動而霸氣地問：「到底怎麼回事，季山？告訴我！」他堅持說，並試圖坐起身。

「就像一層遮掩的紗罩。」我說：「我們把你對凱兒的記憶隱藏起來，羅克什便找不到她了。」我的手探過鐵欄扶著他，看到他瘦成那樣，我好難過。我摸著護身符，把籠子稍稍變大，但不至讓羅克什發現。即使每邊僅加大幾吋，也能讓阿嵐更舒適點。

阿嵐在籠子裡虛度了多少年的時光？

把他拋下的罪惡感，幾乎令我崩潰，可是我想起我們有過的對話。對我來說，是幾個月前的事，但對他而言，卻是好幾個世紀前的事。即便當時他還不認識凱西，他也已經接受自己的命運了。我相信如果他現在知道一切，還是會再做出同樣的決定。老哥生性光明磊落，他值得一切的幸福，那是他爭取來的。

「可是你為何會在此地？我不明白。」

「我若解釋，你也不會相信。」我柔聲告訴他，「何況，我自己也不是很明白，但請相信我，這是必要的。」我搭住他的肩輕輕壓著，然後走開，低聲告訴安娜，「妳快弄完了嗎？」

「快了。」

阿嵐渾身顫抖，然後整個癱軟。我們看著他變成虎兒。

安娜說：「完成了。睡吧，白虎，最後一次夢見你心愛的女孩。」她在空中編織魔法，用法力撐住阿嵐的身體，慢慢將他放下。接著她給阿嵐新鮮的食物、乾淨的水、新的乾草、治療他，然後幫他洗浴，擦乾身體。安娜搔著阿嵐頸上的絨毛，親吻他的頭。鐵欄在安娜靠近時融開了，等她站起才又聚回去。

安娜覺得滿意後，卸去了神光，我們穿越時空，在不同的時間點停駐，確保阿嵐並未恢復記憶。第一站是斐特的小屋。假僧人正拿著一坨坨的粉紅色糊液往阿嵐的髮上搓揉。我們凍結時間，定住所有人，只有卡當除外。「你們二位也該出現了，」他說：「我不知道阿嵐還能這樣忍耐多久。」

安娜哈哈大笑，摀住自己的嘴，掩去咯咯的笑聲，然後我們把記憶的屏障加以強化。扮成斐特的卡當揮手叫我們離開，「謝啦，接下來就交給我了。」

兩人接著來到星光晚宴。阿嵐帶凱西來到他掛滿許願籤的樹下，差點就要記起一切了。安娜超喜歡許願籤的點子，還從樹上摘下幾個籤條自己留著。我要她給我看時，她不依。阿嵐看到我，問我新女友是誰，安娜自顧自笑著，一邊施咒，把我們的出現從他心中移除，然後強化他失憶之處，讓他記不起凱兒。

接著我們來到阿嵐在我家的房間。阿嵐在房中伏案寫詩，全都與凱西有關。安娜凍結時間，從阿嵐指間抽出一張紙，「這實在非常……非常熱情。」她說。

「妳還見識不到一半呢。」我答說。安娜將屏障加以鞏固後，我們移往下一個地點。

安娜停止紅龍皇宮裡的時間，仔細研究凱西手掌發出的金光。阿嵐站在她背後，兩人擁有的能量都足以打造出一顆超新星了。安娜用手指點著自己的唇說：「他們以這種方式運用能量，會燒穿記憶的屏障，就像我們……我們擁抱時一樣。」

「啊，」我說：「原來如此。」

「這力量來自他們的連結，如同女神與其愛虎再世。也是因為那樣，凱西才能打開我們所有的鎖與通道入口。他們用的是同類型的能量。」

我皺著眉頭問：「可是安娜，凱西在船上跟我測試過，凱兒和我無法一起產生那種能量。」

「也許因為你並不是她的虎兒。」安娜伸出手，輕聲回答。

「是啊。」我輕輕接住她的手，徜徉在兩人相觸時的熟悉酥麻感中。「我屬於別人。」

安娜倒在我懷裡，轉轉手指，讓時間自然行進。我們看著凱西和阿嵐點亮星星，等他們完成後，我們一起看著阿嵐恢復記憶的那一刻。

「凱西。」阿嵐說，全心灌注在她身上。他激動地再喊一遍，但累壞了的凱西並未注意到。

我為阿嵐難過，有點想讓他至少跟凱西說個話，但效率超高的安娜再次火速刪去阿嵐的記憶。

「若不是我想到妙招，讓阿嵐討厭碰觸她，我們恐怕得花一輩子的時間，努力把他們分開了。」安娜說：「你怎會想去娶一個滿腦子只裝得下你老哥的女生？」

「阿嵐是白痴，還跟人家分手。凱西差點死掉，就因為阿嵐救不了她。阿嵐一靠近她就覺得罪惡到不行，所以阿嵐才決定，凱西最好跟我在一起。結果他們都心碎到滿地掉渣。」

「你還不是一樣。」她靜靜地說。

「我也是。」我同意道。

接著我們來到黛絲琴號的操舵室頂端，阿嵐和凱西正依在枕頭上吃爆米花。阿嵐盯著自己的碗，彷若碗裡裝了宇宙的祕密。他嘀嘀咕咕地談著一件藍衣服的事，安娜說：「他想起某些事了，而且記得越來越多了。」阿嵐抬起頭笑了笑，朝凱西靠近一步。這時安娜在他臉上揮一下手，阿嵐又猶豫起來了。

我們轉瞬間來到黛絲琴號的一個房間裡，我認出是凱西的房間。我們聽到她在浴室裡哼歌，「要幫她治療奎肯的咬傷嗎？」我問。

安娜搖搖頭，然後皺眉說：「那件事並不在清單上。你們有用卡曼達水壺嗎？」

「那時我們還沒在卡曼達裡裝靈藥。」

「也許是卡當治好她的？」安娜建議說。

「不對。」我搖搖頭，「凱西很快便自行痊癒了，就像在香格里拉那樣。」

「她在香格里拉康復了？有意思，可是她卻需要卡曼達水壺，才能治好鯊魚的咬傷？」

我點點頭，「還有芳寧洛在奇稀金達，幫她治好河童的咬傷。」

安娜說：「香格里拉確實是個特殊的地方，但我在打造時，並未賦予那邊治療的神力，奇稀金達亦然，而且這裡是巨龍的領地，是他們自己造出來的。不知道凱西是否跟我一樣，透過與虎兒的連結，利用虎兒的治療能力。我們之間的力道更強，因為我們的連結是永久性的，靈藥又加強了這種能量。不過凱西和阿嵐也有這種能力，雖然較為有限。」

「我覺得很有道理，凱西這次受傷較輕，而且連結更強了。不過我們若不是到此為凱兒療傷，那目的何在？阿嵐的記憶屏障失效了嗎？」

「沒錯，不過這回我們希望屏障失效。」

「哦，所以今晚就是季山與凱西的首次約會了。」

門慢慢開了，凱西從浴室出來，穿著美麗的衣裳。「季山？」她喊道。我們立即安靜下來。「他大概不在。」凱西說：「顯然我現在也會有幻聽了。」凱西緊張地來回踱步，在鏡中檢視自己的打扮。

安娜閉起眼睛。她在禱告。

向妳禱告嗎？我訝異地問。

不，是對她媽媽。她……希望母親能在這裡指引她，並且……安娜抬著頭。

什麼？我催她往下說。

她希望你快樂，覺得你屬於這個世界，她希望能愛你，如同她愛阿嵐。

但她並沒有。

她對你的感情很強烈，至今依然，凱西很愛你，可是……

可是她更愛阿嵐。

安娜轉向我，搭住我的手臂。

沒關係，我說，其實我一向知道，因此才會同意留下來跟妳在一起。

門上傳來叩門聲，安娜靠過去瞥見季山。你看起來好帥，她說。

我伸出手，兩人跟著凱西和她的約會對象走上甲板。季山費心安排了一場浪漫晚餐。

你真是費了不少心思，安娜讚賞擺桌說。

是啊。我搔著頸背，想到自己從不曾為安娜做過那種事，覺得挺罪惡。我當時一心想博取她的青睞，我說。

安娜答道，任何用這種方式博得的感情，都是短暫的，女人愛的是男人的性格，而不是因為他送她美麗的禮物和華服。

那倒是真的，我說著從後面環住她的腰，垂首在她耳邊輕語。可是男人向女子求愛時，應懂得尊重與體貼。安娜的身體靠在我身上，我們開始隨樂聲擺動。妳可願與我共舞，安娜？

她點點頭，我將懷裡的她轉過來抱近，感受她的身體隨我擺動，而陶醉不已。她撫著我的胸膛，我抓住她的手，壓到自己心口。兩人隨即浸淫在自屬的世界裡，忘我到差點撞到開始與凱西跳舞的季山。安娜沒將我扯開，而是直接凍結時間，然後跟著自己弄出來的音樂翩翩起舞。

安娜抬手環住我的脖子，向前挨近，兩人四唇相接。我撫著她的背和腰際，抓住她的長髮輕輕一扯，安娜仰起臉，任由我親吻她柔嫩的脖子。四周的世界燃亮了，等我們聽到撞擊聲後，兩人才終於分開。

時間似乎自行啟動了，安娜說。

一定是阿嵐弄的，我們應該記取教訓，絕不能低估一隻走投無路的老虎，我說。

凱西的手仍揪著季山的襯衫，季山都快嚇壞了。安娜的真理石貼在我胸口，我發現凱西的光暈與季山的光暈並不相搭。我還來不及告訴安娜，便聽到阿嵐的聲音從上方某處射過來，「我說，放——開——她。」

又是一聲撞擊，怒火中燒的阿嵐大步走向他們說：「別讓我……再說一遍。」

我問安娜，他記起來了嗎？

快了，但沒有，還沒有。

咱們別再讓這可憐的傢伙受苦了吧。

安娜朝阿嵐的頭上揮手，他發出尖叫。

我搭住她的背問，怎麼了？他怎麼會痛成那樣？

他在……抗拒我，她說。

為什麼？難道他不想記起來嗎？

安娜答道，我需要你幫忙，他感知到我們的存在了。阿嵐拒絕再受我們擺布，他是一隻為伴侶奮戰的老虎。

安娜把手放到阿嵐頭上，我搭住他的肩。放輕鬆，老哥，我輕聲在他心裡說。阿嵐呻吟著對我們跳動掙扎，這不能怪他，如果有人用這種方式將安娜從我身邊奪走，至少我也會如狂獸般地奮力騰扭。我們不會再讓她離開你了，你該恢復記憶了。阿嵐略為安定下來，讓安娜完成工作。接著阿嵐癱在甲板上，我站起來牽住安娜的手。做完了，是嗎？我問。

他將憶起一切，除了我們第一次抹去他記憶時，你的出現。

阿嵐站起來開始解釋遮藏的紗罩，以及杜爾迦如何藏匿他的記憶。

「好險。」等他們全都離開後，我說。

安娜抬頭看著上方的甲板，「我們待在這裡很危險，你有可能遇見季山兩次。」

「是啊。」我想起自己之前如何一再觀看這段場景。「過去的我們看不見我們嗎？」

「看不見，他們現在都走了。我不記得有被他們看見。你有嗎？」

「沒有。我想應該沒事。」

「我們運氣不錯，那是我們最後一次操控阿嵐的心智了。說到這點，我們的清單只剩下一件項目了。」

「然後我們就能休息了嗎？」我問，幻想在白色沙灘上將安娜據為己有。

「是的，可是穌漢，這會是所有事項中最艱難的一項。我不會去做，如果事情命該如此，必須是你的選擇，也只能是你的選擇。」

「是什麼事？」我嚥下喉頭的鯁塊。

「我們必須回到葉蘇拜死亡的那一刻。」

我點點頭。「好，我想我能辦得到。」

「我擔心的不是看她死去，你會崩潰。」

我歪著頭說：「那還會是別的嗎？我們得做什麼？我已知道卡當不要我們救她了。」

「是的，我們不是被派去救她的。我們要去你變成老虎的那一刻。」安娜潤著唇，踏近拉起我的手。「你可記得？我們最後一項工作，是編造改變你的咒語。」

36 實現的應允

「咒語。」我重述道，語音墜落。

「是的，卡當把這件事情留在最後。」

「他是故意的吧？」

安娜尷尬地點點頭，「他希望你有充足的時間，先考慮所有可能的結果。」

「卡當一向聰明。」我說著轉身背對她。

安娜沉默片刻，讓我整理思緒，最後搭住我的手臂。「我們都不會逼你做這個決定。」她說：「你若選擇解開咒語，阻止事情發生，我不會對你有二話。」

我牽著她的手，將她一帶，讓她面對我。「妳會怎麼選擇，安娜？」我問。

「我會選擇什麼並不相干，會失去兩位心愛女子的人是你。在叢林裡備受孤苦與心痛，註定餘生要成為虎兒的人是你。」

「那妳呢？」我問她：「妳會選擇女神的一生嗎？我知道妳原本並不想，總之妳在桑尼爾離開時並不想。」

「是的，」她輕聲答道：「當時我並不想。」

「現在呢？」

「現在我……這是我願意過的生活，但不能沒有……」她在句尾打住，咬著自己的唇。

「不能沒有我。」我幫她把話說完。

「是的。」安娜說：「你若選擇維持完整的人形，仰賴達門護身符，那麼我也將會過著凡人的生活。」

我用額頭抵住她的，「那麼我們就永遠不會相遇了。」

「是的。」

「無所謂，」我焦慮地說：「不需要做決定，我若不接受神力，葉蘇拜仍是死路一條。阿嵐和我就算沒立刻死，也很可能會死在羅克什手裡，然後要不了多久，妳……妳就會變成那個虐童狂的奴隸。那是妳要的嗎？」

「不，」安娜說：「可是你拒絕拿護身符，未必表示那些事情一定會發生。你仔細想想，沒有護身符，羅克什很多年前早就死了。葉蘇拜根本不會出生，時間會改寫，誰知道會對世界造成什麼影響？也許那表示虐童狂也不會出生，或者他會變得完全不同，或住在遠方的城市裡。我們都不可能知道。」

「卡當就知道。」我輕聲說：「如果我不那麼懦弱，也許我會踩著他走過的路，瞥見自己的未來，跟隨不同的時間線。」

安娜捧起我的臉說：「記得吧，他並不希望我們那樣。你見識過他那些知識，對他造成多大的負擔。」

我點點頭。

安娜督促說：「莫因過去所見，或家人及朋友所受的苦對你帶來的恐懼，影響了這項最為重要的選擇。世界史上，從來沒有一個人擁有這種後見之明的本事。你當然得思考過去，但也得考慮未來。讓你的心指引你吧，你只要聆聽自己的心聲即可，答應我，你會這麼做，穌漢。」

我拉住她的手腕，將她的手掌送到我唇邊。我閉眼親吻，然後說：「我答應妳，安娜。」

「等你準備好後，我們就走。我們先隱形一段時間，好讓你做決定。無論你最後決定什麼，我都支持你。」

她用指尖撫著貼在我膚上的護身符，然後靠上來親吻我的脖子。

安娜抬起頭時，我靠向後，拿下我一直藏在護身符後的寶石。我在護送蠶夫人回去後，喚醒安娜時便拿著了，一直想找個適當時機送給她。「無論發生何事，」我說：「我都希望妳收下這個。就技術上而言，它已經是妳的了。它藏在葫蘆屋其中一顆南瓜裡。」

我鬆開指頭，安娜拿起戒指，掐著邊緣拿到光底下。那是枚簡單的戒指——由銀線交織編成的藤蔓花紋——自夢之林後，這戒指便令我想到她，想到我們。這戒指送給凱西老覺得不合適，但我留下它，確實是想找時間送凱西的。現在我知道自己為何一直沒拿給她了，因為本來就應該給安娜。

「你想討我歡心嗎？」她笑笑說：「是的話，你已經有能力對女神予取予求了。」

我搖搖頭，「我並不要求回報，這只代表我對妳的感受。」

「啊，所以我能把你的感受解釋成，我是那令你窒息的野草嗎？」她逗我說。

我握住她的手將她拉近。「不。」我輕聲說：「我對妳的感覺，就像妳對待妳的花兒。」我用指尖輕撫她的頭髮，接著又說：「妳是一朵珍貴的奇花，每次我一靠近，便覺得歡欣。無論接下來發生什麼事，我希望妳明白，我不後悔與妳的這趟旅程，我非常珍惜我們共享的連結。」

安娜把戒指套到指上，然後扣住我的脖子。「那麼這枚戒指，也將會是我珍惜的。」她說。

我抱住她，呼喚護身符的神力帶兩人穿越時空。我們在羅克什的皇宮中聚形，遁匿在時間裡，免得被四周的人看見。安娜拉著我的手，循著人聲大步前行。我們繞過角落，看到季山與羅克什談話。

「他在哪裡？」季山問：「你不能就這樣把他關起來。」

「冷靜點，小君主，他又沒受傷。」羅克什壓低聲說：「至少沒有什麼會要他的命。」

季山轉身瞇起眼睛，但羅克什滿臉堆著政客的假笑，「你一定得相信我，這招是可行的。我們只需讓他看到，小女愛的是你，你們家帝嵐便會自己取消婚約了。在那之後，他若真的像你說的，是那麼好的哥哥，一定會商討出新的條件。

「至於我，我則扮演一名受羅札朗家族欺騙，意欲復仇的父親。為了維護自己與家族的榮譽，羅札朗的繼承人必須付出我們希望的代價，好化解這則醜聞。噢，他也許會恨你一陣子，但我相信最後事情會水到渠成。」羅克什緊抓季山的肩膀，「我們會一起幫他找個新娘子，一位更適合的選擇，等他開心地結了婚，很快就會忘記所有的不愉快了。」

*陰毒的男人，*安娜嘶聲說，*我真高興這惡魔已經死了。*

我也同意。我們留下來聆聽兩名男子籌謀，然後跟隨季山來到戶外，直到他找到葉蘇拜。女孩投入他懷裡，掀開自己的面紗時，我聽到安娜訝異地抽了口氣。

她好漂亮，安娜說，你對她的記憶並不精確。記憶常常會失準，之前妳透過我的眼睛看葉蘇拜時，我正想與凱西戀愛，很可能破壞了記憶中的事。不過妳說得對，葉蘇拜很漂亮。看著兩人擁抱，我忍不住沉思。我瞄著安娜，發現她一臉諱莫難測。她恨葉蘇拜嗎？她會妒嫉嗎？如果安娜對別人投懷送抱，我實在不知自己會做出什麼。也許把那男的勒死，但安娜只是靜靜觀看。

我也仔細望著這位紫藍色眼眸的女孩，看著年僅十六，真真切切的她。葉蘇拜當時配我或阿嵐都很適合，但現在經過幾個世紀後，她對我來說似乎太年輕了。我若攬鏡自照，容顏看起來或許跟當年抱著葉蘇拜的年輕人差不多，但眼神卻透露了我的年紀。歲月在我心中留下痕跡，形塑著我，正如同我身上那些疤痕一樣。

後來的我，承受了那麼多的遭遇，我覺得自己徹底變了個人。我的身體雖然還年輕，靈魂卻已蒼老。看著他們在一起，我心中感慨萬千，不是為那怪物的甜美女兒而悸動，倒是別有盼望，並感嘆那殤逝的生命。

「發生什麼事了？」葉蘇拜從擁抱中脫身問。

季山答道：「令尊說，我們必須公然對抗阿嵐，阿嵐若看到我們三人站在同一條陣線，會更容易接受。我哥哥基本上是令尊的囚徒，但令尊跟我保證，他只是想威脅阿嵐，等阿嵐把他想要的東西給他之後，令尊就會簽訂一份新的婚約同意書。」

「可是……」

就在此時，羅克什來找他們了。「啊，妳在這兒呀，我心愛的。」

葉蘇拜顯然非常畏懼她父親，一聽到羅克什的聲音，便拉起面紗，低垂下頭。她快速從她心愛的男孩身邊退開，並且挽著她父親的手。

「我們得先走了，季山。」羅克什說：「我要送女兒回去休息換裝，然後再請令兄過來。」

「當然。」季山說。

我小心地與季山保持距離，然後離開他，跟著葉蘇拜和羅克什而去。羅克什帶著女兒走上一段石階，葉蘇拜的寢室與花園之間，隔了三道以上的門，羅克什要確保葉蘇拜無法逃走。

等葉蘇拜和羅克什進入她房間後，門在他們背後鎖上了。我們決定最好在走廊上等著，即便如此，還是能聽到零碎的對話和低聲的威脅。安娜正想衝進去時，門突然一開，羅克什出來了。由於葉蘇拜與奶媽在一起，十分安全，因此我們決定跟蹤羅克什。

葉蘇拜的父親鎖住她房間，然後進入隔鄰的屋裡，就在我們正要跟過去時，卻隔著門聽到女僕發出警告。葉蘇拜說話輕巧，外邊的士兵雖無法聽到，但聲量足以讓女神和虎兒聽出來了。

「伊莎，」葉蘇拜說：「我好害怕！他會殺了他們！」

安娜意味深長地看我一眼，我拉起她的手用力按著。女僕安撫葉蘇拜時，我們立即越過中庭，沒入皇宮的牆圍裡，跟隨羅克什，最後他帶著自己的顧問，來到謁見室。

「等你帶他進來時，」羅克什說：「確定讓他先看到葉蘇拜，這兩個被愛衝昏頭的王子會起衝突，讓我坐收我要的東西。」

「沒問題。等他們死後，我就能收到報酬了嗎？」

「是的，是的，我女兒會成為你的人。現在快去吧，把犯人準備好。」

男人離開後，羅克什關門上閂，然後抬起手，練習使用護身符的神力。安娜目不轉睛地盯住他，羅克什操作得極不順暢，我們都能感覺護身符在抗拒他的指令。

那不是他該控制的東西，安娜說，護身符會反抗他。

沒錯。

羅克什和他的祖先沒有使用法力的命，他們只是護身符的守護者。我們看羅克什踉蹌著，手臂上爆出的青筋幾乎快變黑了。護身符在毀滅他，安娜說，就像卡當所說的，會令羅克什發狂。

它對卡當也有同樣的影響嗎？我問。

安娜咬著唇，使用的能量越多，對使用者的破壞力就越大，但卡當僅擁有一塊符片。她搭住我的臂，我們會持續監視他。

那是什麼在保護我們？我問。

安娜意味深長地看我一眼，問題是，我並不清楚她那個眼神到底說了什麼或沒說什麼。

也許將來有一天我們會知道，她輕聲說。

約莫一個小時後，羅克什已被護身符搞得滿身大汗了，他伸手拿毛巾擦額頭，這時有人敲門了。羅克什將門打開，「什麼事？」他嘶聲說。

「令媛已經準備好了，她現在雖與小王子在一起，但我覺得最好別讓他們獨處太久。」

「你很謹慎。」羅克什說：「給我一點時間，然後送他們進來。」

男人離開後，羅克什用護身符冷卻他的熱氣。他套上袍子，撫平頭髮。這時他的僕從進來行禮，然後護送葉蘇拜和季山入內。

季山簡直滿面春光、快樂而自信。是的，我一直替阿嵐擔心，但我卻更在乎挽著我的那位女孩。安娜說得對，我對葉蘇拜的記憶並不精確，當時我眼中只看得到她的美，她善良的眼神，她對我的愛意。現在我看得出她嫣紅的雙頰下，隱隱閃動的恐懼，她的巧笑下，顫動發亮的雙唇，以及使她眼波瑩照的淚光。

等他們坐定後，羅克什下了最後的指示，派士兵將阿嵐帶入房裡。阿嵐被整得挺慘，可是與日後羅克什加諸他身上的酷刑相較，簡直是雲泥之別。阿嵐在生命的那個時間點上，仍滿懷希望與傲氣。即使他看到我跟葉蘇拜一起坐在王座上，知道我背信棄義，知道她背叛了他，但他的悲憤與失去凱西時相較，仍無足輕重。

阿嵐說：「你為何……你，都幾乎已形同家人了，為何要如此……虐待我？」

「我親愛的王子。」羅克什答道：「你身上有件我想要的東西。」

我畏縮著，逼自己再次聆聽阿嵐所說的每一個字。彷彿他是在對我問這些問題，而非對羅克什。沒錯，葉蘇拜的父親造成我們的痛苦，但現在出手的人是我。我，季山，才是那個讓他，讓我們受苦多年的人。

「無論你想要什麼，都不構成理由。」阿嵐說：「我們的王國不是聯盟了嗎？我所有的一切都可由你使用，你只須開口就行了，為什麼要這麼做？」

真的，為什麼？雖然老哥看不見我，但我大步走向他，用隱形的手搭住他的肩膀。我們一起瞪著羅克什，看他揉著自己下巴。我本來就該站在阿嵐旁邊，像這樣地陪伴他、挺他。

「計畫生變了。」羅克什說：「看來令弟似乎有意娶小女，他答應我，若幫他達成目標，就會給我一些報酬。」

他們來來回回說著，我覺得手發癢，好想做點什麼，當下阻止羅克什。可是我不該那麼做，我是來這裡做決定的——會影響世間每位我深愛的人的命運。

季山嘶聲說：「我們不是都安排好了嗎？你發誓不會殺害他，我才把我哥引到你那裡！你說只會拿走護身符而已。」

「你現在應該知道了，老子想拿什麼就拿什麼。」羅克什答道。

以前的我向來那樣只懂得奪取嗎？我奪走了葉蘇拜，奪走凱西，現在是安娜。如果我決定保留護身符的能量，是否會奪走她的選擇？奪走阿嵐的？

就在這時我聽到了。**我會挺你的，兄弟。**

我驚愕地快速抬眼，發現阿嵐正盯著季山，而季山也回看他。**剛才那是我的聲音還是阿嵐的？是否因為護身符的關係，我們一向彼此相連？或是我聽到年輕的季山的心聲？**我無從知曉。

羅克什的喊叫吸引所有人的目光，「或許得讓你們瞧瞧我的神力。葉蘇拜，過來！」

可憐的女孩發出哀嗚，在金椅中扭著身體，羅克什向前逼近，他還沒走到葉蘇拜前方，一向英勇的阿嵐已出手干涉，將她父親的注意力又移回他身上了。

我兄長大喊說：「你就像一條蜷著身子藏在籃子裡，準備攻擊的眼鏡蛇。」他看看葉蘇拜，然後看看季山。「你還不明白嗎？你的做法等同釋放了那條毒蛇，我們全被牠咬了。牠的毒液此刻在我們的血液裡流竄，毀去了一切。」

諷刺的是，最後終結羅克什的，**正是一條毒蛇**。如果芳寧洛此時在這裡就好了。

「你想聽她尖叫嗎？」羅克什連最後一絲理智都消失了，他威脅道：「我跟你保證，她很會尖叫。我再給你最後一次選擇，把你的護身符片給我。」

羅克什醬紫著臉威脅阿嵐時，我想到葉蘇拜。在我見識過阿嵐被羅克什折磨成什麼樣後，很難想像葉蘇拜受過什麼凌虐。阿嵐僅被羅克什囚禁幾個月，但葉蘇拜卻與他一起生活了十六年。

「罷了。」羅克什說著從袍子裡抽出一把刀，他低聲唸咒，轉動一塊金屬圓片，編造血咒，把阿嵐變成他的奴隸。

羅克什唸咒時，我注意到一件以前從沒見過的東西。咒語進行時，阿嵐和羅克什身邊的光變亮了，但葉蘇拜也在發光。

妳看見了嗎，安娜？我問。

是鳳凰蛋刻成的虎雕讓我們看到了真相，安娜答說。

我似乎不再需要觸摸真理石，便能看到其他人的內心了。我可以透過安娜的眼睛去看，葉蘇拜渾身似乎散放金光，令我想到化成女神的安娜。我走向靜靜觀看的安娜，她背對著一根柱子。

她怎麼了？我問。這時季山從台子上跳下來攻擊羅克什。

葉蘇拜站著，身上的光暈越來越亮，直到像個即將爆發的小太陽。

我想那是一種天賦，安娜說，雙臂往胸口上一疊。她閉上眼睛，是的，羅克什殺害了葉蘇拜的母親，她在死前許了願，一個出於愛的願望。即便現在，我心中仍迴盪著她最後的祈願。

什麼祈願？我問。

那是一位母親的單純願望，希望她的寶寶知道自己被愛，受到保護，不會受她父親威脅。葉蘇拜因此展現出兩種本領，為了躲避她父親，她發展出隱形的本事。
妳的意思是，她可以跟我們一樣隱入時間的變相裡？
安娜思索片刻。不，我想那只是一種保護色，就像動物讓自己融入環境一樣。
那麼她大可隨時離開羅克什呀。
可是年少的葉蘇拜很愛她的奶媽，她經常為奶媽向諸神祈願。她絕不會扔下奶媽不管。她父親一定會把奶媽留在附近，好讓葉蘇拜對他唯命是從。
那第二項本領是什麼？
治療的神能，葉蘇拜能治療自己，也能治癒別人。現在她給你的就是這份能力。
什麼？妳在說什麼……
安娜拉著我的手臂，將我轉回去面對他們。羅克什正在對付季山，阿嵐則掙扎著跪起來。同時間，葉蘇拜舉起手臂唸唸有詞，祈求天神能出面干預。安娜和我看著能量像朵金雲似地從葉蘇拜身上飄起，一分為二，一半射向阿嵐，另一半射向季山。兩位王子的傷口立即開始癒合。
妳是說，那是我們能自癒的原因嗎？我一直以為那跟護身符有關，或是老虎本身的能力。
安娜搖搖頭，癒合能力本來就是葉蘇拜贈與你們的。
我心中升起無限感激。我總是把我們的癒合力視為理所當然。若非葉蘇拜的犧牲，阿嵐和我不知死過幾回了。
我回眸望著女孩，但葉蘇拜在我眼前消失了。安娜指著，我可以看到她模糊的身影拾起那把被遺忘的刀子，奮力把刀刺入羅克什背部，但那一擊並不足以毀掉他。

勇敢的女孩隱形能力散去了，接著她跳到季山前方護住他，羅克什正要痛下殺手，他結集風與土的力量對她發出重擊。葉蘇拜嬌小的身軀被高高拋入空中。

她落下來，我滿眼淚水地聽到她的頭部撞在台子邊緣，發出清晰的碎裂聲。就算我不知道接下來發生什麼，但安娜和我都有足夠的經驗，能辨識致命的撞擊。時間凍結住了。

安娜搭住我的手臂，「我現在去找她。」她猶豫地說，彷彿求我允許。

我點點頭，安娜化作女神，但沒有變出多餘的手臂。我並不訝異，但看到芳寧洛也加入她時，我確實吃了一驚。金蛇望著羅克什，張嘴發出嘶聲。「還沒有，我的小寵物。」安娜對芳寧洛說，然後將葉蘇拜四周的時間解凍。我看到她僅釋出足夠的能量，延遲女孩的死亡。安娜跪在葉蘇拜身邊，拉住她的手。「哈囉，葉蘇拜。」她說：「我一直很想見妳。」

葉蘇拜試圖說話，但僅吐出一口攪動空氣的嘆息。安娜淡淡一笑，用神力幫忙。「妳若想說話，就請便。」她說。

「妳……妳是誰？」葉蘇拜問：「發生什麼事了？」

「我是女神杜爾迦。」

「女神？」

葉蘇拜問安娜是否打算營救每個人，安娜雖然說不，但我不相信。因為安娜救過我無數回。

「我不明白，那妳來這裡做什麼？」臨死前的女孩問。

「我說過，我想見妳。」

「為什麼？」

「我想知道妳是什麼樣的人。」安娜抬眼看我，「特別是，我想知道妳愛不愛他。」

「我愛不愛誰？」

安娜遲疑了一下才回答。「季山。」

我走向前，忍不住皺眉搖頭，但安娜繼續追問。

「是的。」葉蘇拜輕聲答道：「我愛他，對於帝嵐的事我很抱歉，他是個好人，他不該受那種凌虐。如果時光能夠倒回，改變做法，我一定會的。」

「我相信妳。」安娜說。

「他們不該把他們的命運與我的綁在一塊。」

「我希望妳別擔心他們的命運，葉蘇拜。」

「可是羅克什……」

安娜撫著女孩的臉，俯身低聲說：「妳父親將來會被擊敗的，但不是在這一次。」

「我能活著目睹嗎？」

安娜張嘴，遲疑半晌才回答，「我跟別人不同，我覺得知道自己的未來並不是壞事，所以我會回答妳的問題。妳活不過今天了，剛才那一摔，妳已摔斷頸子了。」

「但我可以治癒自己。」葉蘇拜堅持說。

我頹坐在安娜和葉蘇拜旁邊的台子上，把頭埋到手裡。安娜對葉蘇拜解釋她的異能現已消失了，安娜伸手握緊我的手指。

「那麼我已對妳證實自己了嗎？」葉蘇拜問。

「妳不必對我證實什麼，葉蘇拜。」

「也許吧，但季山說，即使最卑微的人，只要獲得諸神認可，便可能獲得禮賜。」

我的呼吸一頓，*葉蘇拜會想要什麼？活命？請女神將我們送到遠離這寢間的地方？*

「妳想要什麼禮物？」安娜好奇地問。

「妳能……照顧他嗎？」

安娜對這位無私的女孩溫柔一笑，「我會的，我會照顧兩位王子，我可以對妳保證。」

接著葉蘇拜請女神解救她的奶媽，然後說出她最後的遺言，她的話從今往後，將深烙我心。

葉蘇拜說：「那麼這犧牲就值得了。」

我的心胡亂跳著。*這犧牲值得嗎？*這位漂亮、甜美、英勇的女孩那樣認為，阿嵐也那麼認為，卡當亦然。如果我有機會問凱西，我知道她會怎麼說。

「安息吧，孩子。」安娜說：「妳非常勇敢。」

安娜撫著葉蘇拜的頭髮，然後從時空中遁開，變成隱形，再重新啟動時間。

季山衝過來抱起瀕死的乖巧女孩。「我的愛，別離開我。」他哀求說。

我們都感受到葉蘇拜的心臟停止跳動的那一瞬。

妳為何問她那個問題？我對安娜說。

你是指她愛不愛你嗎？

我點點頭。

因為你需要知道，你心中一直懷疑她是真正愛你，或只是配合他父親。我化成烏鴉時，從你

的角度觀察這裡發生的事，你顯然非常愛她，但長久以來你心懷傷痛，怨懟自己害死她，也怪自己未能看穿羅克什的陷阱。

她接著說，我扮成烏鴉時，吞下的是自責與罪惡感。結果，你說服自己相信葉蘇拜並不愛你，也使你在愛上凱西時，少了點不忠的罪惡。直到現在，我都無法解除你對葉蘇拜的疑慮，所以我才會那樣問。葉蘇拜是愛你的，穌漢，我們必須榮耀她無私贈與的禮賜。

安娜將唇貼到我耳邊悄聲說，我去照顧葉蘇拜的奶媽了，你自個兒靜心想一想。

我對她很快點了一下頭，安娜便消失了。我彈指再次凍結時間，在現場四處走動，輪流看著每一個人。即使那個面目猙獰的羅克什，也是我必須考慮進去的。我走到房間通向外面叢林那面的幾根柱子，站到大理石台階上，望著外頭的樹林。

此其時也。

我那重大的抉擇。

我是打算重新經歷自己與阿嵐所受的虎咒，或取回我的凡人之身，扮演原本的王子身分？我若全都放棄，便永遠不會遇見凱西或安娜。如果留下護身符，阿嵐和我將聯手大戰羅克什，說不定會打贏，那麼達門護身符永遠也湊不齊了。或者，我們敗北，羅克什有可能成功地奪走我們的符片，重塑護身符，而法力漸增，在過程中逐漸步向瘋狂，毀滅自己及其他許多生靈。

可是還有其他的可能性，若是被安娜說中了，沒有虎兒，達門護身符便不存在，羅克什在阿嵐和我出生之前，老早便死了。若是那樣，阿嵐與我此刻會跟著我們父母回到老家，準備度過生命的下個階段，葉蘇拜永遠也不會誕生。

我用手掌搓揉自己的胸口，有太多可能性了。我希望卡當能告訴我怎麼做，但他不是已經說了嗎？清單上寫著要我對自己下虎咒，雖然他故意把這件事擺在最後，但他的建議再明白不過。饒是如此，他和安娜還是希望給我選擇的機會。我心底很清楚需要怎麼做，現在我只需鼓起勇氣去執行。

當我聞到茉莉花與玫瑰花香時，忍不住張大鼻孔。「你需要多些時間嗎？」安娜柔聲問。

我轉身拉她入懷，「不需要，我美麗的女孩。我已做好選擇了。」安娜垂開視線，「可是在下虎咒之前，妳得知道一件事。」

「什麼事，穌漢？」

我頓一下，話已至舌尖等著出口，我知道這些是真心話，但我卻臨陣退縮，不想再度用這種方式曝露自己的脆弱。此刻，我人在這兒，準備做出一個永遠改變我一生的決定，而唯一剩下的牽掛是安娜。

我用指尖撫著她的下巴，希望她看著我。「在我做決定之前，我想告訴妳……」

「什麼？」

「我希望妳知道，我愛妳，安娜。」她張嘴輕輕抽氣，「我應該很早前就告訴妳的。」

「你是什麼時候知道的？」她問。

「很難說，當妳恢復我的記憶，我的少年時期撲天而來。要那樣看的話，我從十二歲就愛上妳了。我很懊悔花了那麼久的時間才承認，妳也知道，我有點冥頑不靈。」

安娜抬手撫摸我的頭髮，我拉住她的手，轉頭親吻她的手心。

「如果這是告白時間，那麼我承認，我也是從小時候，便漸漸喜歡上你了。」

「所以妳當時只是喜歡上我嗎？」我笑著逗她說。

「不，穌漢。」她嚴正地抓緊我的手臂說：「喜歡這兩個字，是我用來形容自己的武器，或我最喜歡的座騎，或——是怎麼說的？——啊，爆米花。我對你的感覺，逐漸成為心中一種持之不斷的痛。白日裡，我渴望你的眼神能落在我身上，你的唇能吻住我的。夜裡，我夢見依偎在你懷裡。那實在是很惱人的經驗，讓人很不像個戰士。你害我從每件應該專注的事項上分心，如果你把這種東西稱做是愛，那麼我想，我是愛得不輕。」

「我明白了。」我用指尖撫摸她鼻上的小雀斑，「也許有某種靈藥能幫妳治好那毛病。」

她蹙眉推著我的胸口，「我才不想吃什麼靈藥。」

「妳的意思是說，妳想要維持這種感覺？」我佯裝吃驚問。

安娜嗔道：「你真的不解風情，而且還是頭爛老虎。我實在不懂怎會愛上這麼討厭的人。」

我輕聲笑著，心中苦樂摻半，我抱住她，在她耳邊輕語，「所以妳真的愛上我了。」

「是的，穌漢。」她抬著頭，任我輕咬她的耳。「我愛你，超乎我所能想像。」

那這正我要的，不，是我需要聽到的，然而即使她甜蜜的愛語，也不能使我那件即將要做的事，變得更輕鬆。安娜在我懷中扭身，抱住我的腰。我望著她絕美的綠眼，將她絲滑的頭髮纏到指間。我把手探到她腦後，將她拉近。當我吻住她時，感覺與我們所有其他的吻都不一樣。那不是充滿能量或創造力的吻，不是女神與男伴的吻。

而是單純的，一名男子親吻他心愛的女人。

這是我首度對她徹底敞開心懷，沒有猶豫，毫無保留。我與她分享一切——我的希望、夢想，以及當前最重要的，我的決定。

她猶豫了一下，接著更加緊摟住我。

我們都選擇不去理會濡溼我們臉頰的熱淚。

37 夢的實現

我抽身轉頭面對叢林時，依然拉住安娜的手。

「所以你確定了？」安娜緊張地問。

「是的。」

她扣住我的手，我不確定是她的手在發抖，還是我的。我走向阿嵐，他四肢跪地，鮮血積在地上。我蹲到他身邊，摸著他的背。「但願我能說，我有把握，你若換作是我，也會做出同樣的決定。你以前很信賴我，我希望你將來會再次信任我。我最懊悔的事，就是沒能做你的好兄弟，至少有很多年不是。我只能答應你，將來在你身邊，我會努力做得更好。」

我望向季山，他一臉悲悽地看著心愛女孩的屍體。*他會對此事有半分記憶嗎？*我心想，也許不會，但已經不重要了。這不是我第一次，或許也不會是最後一次，懷疑自己是否做對決定。

安娜的聲音在我心中響起，撤銷了我的猶豫不前。*你知道該怎麼做，穌漢，*她說。

我雙手搭住哥哥，呼喚護身符的法力，法力穿過我，將我環繞。掛在我脖子上的護身符頂端觸及我哥哥的背部。我朝他靠近，讓整個符片躺到他肩胛骨間。光線從刻在護身符上的虎兒射出，包繞我們二人。我聽到一記鬧聲，轉頭去看安娜。她已化作女神，八條手臂全舉在空中，法力在她的肢臂間穿流。

阿嵐的身體在我手下顫動，時間極其緩慢地向前流動，連女神杜爾迦或她的愛虎都無法阻止時間進行，我們再也無法控制時間了。我的兄長發出痛苦的慘叫，護身符的光扭轉畫繞，鑽入他體內。我抬眼看著季山，他掩住耳朵，試圖擋去女神越來越宏亮的哼唱。我閉上眼睛，希望自己也能遮住耳朵。接著我聽到他，聞到他的氣味了。

爪子答答地敲在大理石地上，我抬頭看到一對老虎的眼睛。他好龐大，白色的絨毛被叢林的溼氣打溼了，爪子間有結塊的泥巴。虎兒靠近嗅著我，然後再嗅嗅阿嵐。白虎應護身符的召喚而來，在目睹過女神打造的其他生物後，我知道自己接下來需要做什麼。

「你願意為我們服役嗎？你願意成為我兄長的一部分嗎？」我問他。

虎兒垂下頭輕聲吼著，然後走得更近，用鼻子蹭我的手。他粗聲哼氣，我的視線一糊。

「謝謝你。」我低聲說：「請照顧他。」我抬起手，按住虎兒的頭，感覺他震盪的能量。

龐大的白虎從我面前消失，以其生命為女神服役，臣服於達門護身符的威能。我將白虎的元神推入兄長體內，然後用顫抖的腿起身，看著阿嵐與虎兒爭相搶奪控制權。阿嵐的皮膚破裂開來，癒合了又伸展開，時間在他周邊緩緩推移。

「等時機到了，我們會回來釋放你。」我說。

安娜拉住我的手，帶我走到季山旁邊。「你不能把手放到他身上。」她警告說：「但你可以透過我，給他禮賜。」

她稱之為禮賜。我笑了笑，摸摸她的臉。妳是那樣想的啊，我對她的心靈發話。

你心裡很清楚那是什麼，她說。

是的。

騰入空中的季山一臉憤怒，攻向羅克什。安娜橫到兩名男子中間，使用風力，將季山騰空的身體再抬高一些。她用雙手捧著他的臉，然後望著我。

我轉向開濶的叢林喊道：「我知道你在那兒，如果你願服務，就向前來吧。」

我們等了一會兒，然後又等了一會兒。我感覺他的存在，但他還未做出決定。我終於聽到一聲低吼，接著第二頭老虎一個縱身，躍到台階上。他在我前面來回走動，露著牙齒。我抬起手，他轉身大聲咆哮，一群八哥被嚇得飛離樹林。

「你知道我是誰，」我說：「以及我要什麼。」

大貓濶步繞圈，擺動尾巴，觀看一切。這頭老虎好美，毛色深濃，斑紋粗黑。他看著我，眼中慧光閃爍，看到我沒打算行動，虎兒便停下步子，坐下來喘氣，然後懶洋洋地舔著腳爪。

「你願意服務嗎？」我謙卑地問。

老虎舔到一半抬起頭，發出低吼，然後甩動身體，走向女神。「哈囉，帥哥。」安娜伸出兩手撫摸他的頭。

老虎扭著頭，讓安娜去搔他頸圈上的絨毛，然後用整個身體蹭她的大腿。

「他顯然把妳當成他的了。」我說。

「本來就應該那樣，不是嗎？」安娜笑說。「你怎麼說呢，大貓咪？」安娜問：「我們家鮢漢也許沒有你好看，可他是個貨真價實的鬥士。他熱愛狩獵，又愛睡長長的懶覺。」說著她朝我的方向擠擠眼。

老虎朝女神抬起頭，然後看看我。

「我不知道你何時，或到底會不會被釋放。」我說：「不過我可以保證你的長壽，還有，如果我們運氣好，會有一位美麗的女神願意幫我們抓背。」

大貓坐下來考慮我的話，一會兒後終於低哼著表示同意，並扭過頭，讓女神把玩他的耳朵。我大步走近，小心不去惹他，然後把手放到安娜背上。

「妳準備好了嗎？」我問。

「你呢？」她反問。

我摘下脖子上的達門護身符，喚來風力將它貼放到季山胸口，以示回應。安娜用一隻手將護身符固定住，我把手放到虎兒身上，季山發出尖叫。安娜身邊的黑虎融入光裡，他的生命元神射入安娜所碰觸的那副軀體中。

虎兒進入後，在他的新身體內掙扎不已，就像阿嵐和他的老虎一樣。我以為我們的工作完成了，但安娜的手仍放在季山身上，她說：「現在我們必須把他變成達門。」

我皺起眉頭，「我還以為把虎兒送給他就夠了。」

安娜搖頭道：「我們得為他命名，並將護身符永遠封固給他。你的老虎之咒，從來與阿嵐或凱西無關，而是為了你，我的愛，向來都是為了你。」

我閉起眼睛，在心中沉澱剛才那番話的衝擊。達門是我餘生要背負的名諱，黑虎和我將合而為一，直到宇宙認為我們的一生結束，任務完成。我吸了口氣，思索自己所有已經放棄，以及將要放棄的事物，接著我想到自己交換得來的一切。斐特給我藥飲時，曾說過它會給我在世界最想要的東西，但也會讓我有所缺失。當時我接受了諸神的飲品，現在的我還是會接受。

「你能幫我把最後的禮物送給他嗎？」安娜問，將我從思緒裡拉回來。

「我……我不知道怎麼做。」我坦承說。

「你記得凱西和阿嵐相觸時的情形嗎？」

「他們會發出金光。」

安娜點點頭，「我們必須創造我們自己的光，然後把光注入他體中。」

我貼住她的臉頰，手掌順她的臂膀往下滑，小心翼翼地不與季山接觸。季山還在空中掙扎，但動作很慢，所以我們還應付得來。我閉起眼睛，對安娜敞開心懷。我們的能量交纏在一起，直到心跳齊一，吐吶完美同步。

「穌漢．季山．羅札朗王子，」安娜以如雷的聲音說：「我們賜與你新的名字，你將被喚作達門，並擁有女神杜爾迦所有神力，及她的愛虎。我們所有能力，都供你驅使。你的責任是在餘生為女神服務，達門護身符即是關於你的傳奇。我們賦予你守護它的責任，以及護身符的法力。你可願意接受這項責任？」

季山口中仍發著尖叫，無法做出回應，因此我代他答覆。

「我願意。」我喃喃說。

「那就一言為定。」

我們身上都衝出一股力量，注入季山體中。與虎融合的痛楚，跟接收女神的神力相比，根本不算回事。季山兩眼往後一翻，昏了過去，接著我聞到焦肉的味道。他脖子上的護身符烙印著他，季山裸露的皮膚上，出現一個紅色的虎形烙印。

安娜退開，拿起達門護身符，然後抬手貼住嘴唇，對他送出一記飛吻，季山脖子上的皮膚立即癒合。她拉住我的手臂，將我拉開。「完成了。」她說，一條條的絲線在她身上穿繞，多出的手臂發出閃光，然後便消失了，不久安娜又穿回綠色的獵裝。她彈彈手指，以法力讓周邊的時間再次自然流動。

阿嵐率先變形，白虎從他體中出現，先是爪子，他甩著身體，朝羅克什齜牙低吼。季山掉下來，身體呈昏迷狀態，但體內的虎兒則非常清醒。他在季山的身體撞到地面前變身，黑虎立即往前一躍，帶頭走入叢林，阿嵐跟在他後方。兩隻老虎在林線邊停下來回望。

安娜微笑著目送他們消失在綠林中，然後抓著我的手臂，把頭靠到我肩上。

離開前，我走回葉蘇拜身邊，輕撫她的臉。我拉起她的手吻住。「她不該有這種命運。」我說：「我對自己和阿嵐下咒，也等於對她下了咒，我真的好自私。」

「不，穌漢。」安娜說：「你給了她一份最棒的禮物，沒有人能送她更好的禮物了。」

我看著安娜，抹去淚水。「怎麼說？犧牲自己的性命，給我們治癒能力的人，是葉蘇拜。」

「那是真的。」安娜點頭說：「可是你知道嗎？葉蘇拜自己都在懷疑，如果她從未出生，事情是否會變得比較好？葉蘇拜不希望你們家族的命運握在她手上，她覺得自己太懦弱，未能早些反抗她父親。」

「羅克什會宰掉她的。」

「沒錯，我同意，葉蘇拜如此早逝實在悲慘。她的潛能被浪擲了。可是你，我美麗的虎兒，你愛過她，而她也回報了你的愛。我聽過無數受孤寂、心碎及渴盼之苦的人祈求，他們最想要的就是愛。大部分人至死未尋獲真愛，那是最珍貴的東西——是一種奇蹟——是連女神都變不出來的心靈之火。葉蘇拜在世時間雖短，但她的靈魂品嚐過無比的美味了。愛，那是你給她的。」

我坐在那兒拉著葉蘇拜的手，安娜便留著陪我。最後，我親吻她的前額，與她道別。安娜抱住我說：「來吧，我的虎兒，是該揮別過去，踏上通往我們未來路途的時候了。」

我們在旋渦中打繞，我還來不及弄清發生什麼事，便已回到家中，安娜的玫瑰園草地上了。安娜作勢離開我，但我的手順著她的手臂一滑，拉住她的手。

「妳要去哪兒？」我問。

「我……我還以為你想一個人待著。」

「我覺得我孤獨太久了，何況妳答應過要讓我度假。」

她抬起頭，「你希望現在就去度假嗎？」

「嗯，我想我可以被說服。」

「很好，那麼我們要先去哪兒？」她問。我將她抱入懷中。

「我覺得我們在做任何進一步計畫前，得先討論一件事，安娜。」

「哦？什麼事？」

「就是妳一直到處講的那個詞，我很痛恨的那個詞。」

「什麼詞？」她不解地問。

「同伴。」

安娜哼笑說：「這個詞會讓你不高興嗎？」

「會的。」

「原來如此，那麼我在提及你時，你喜歡我用什麼詞？」

「呃，我不知道耶，『丈夫』如何？」

安娜緩緩露出甜蜜的笑容，當笑容綻放到最美時，我便忘記呼吸了。

我們找到卡當，問是否有幸請他出面為我們證婚，卡當高興極了，但是看他的眼神，我們都知道他早已料到我們會結婚了。當我們表示，希望婚禮在香格里拉舉辦時，他點點頭，拿出一份文件，證實他有資格舉辦這樣的婚禮。安娜對我如此堅持講究繁文縟節，搖頭苦笑，但我希望能慎重地展開我們的關係。

卡當笑著親吻安娜的雙頰，然後驕傲地拍拍我的背，以他熟悉的方式，開始告誡我做丈夫的職責。他消失了一會兒，我拉近安娜，親吻她的額頭。我原本沒打算用這種方式跟安娜求婚，但求婚時感覺很對。我們已經以女神和虎兒的身分連結在一起了，但我想要更多，希望安娜在各方面都屬於我。

我們各自分開一天。卡當帶安娜離開，讓她在歷經種種試煉後能好好休息，準備婚禮。我也趁分開時好好地睡覺吃飯，然後再多睡一會兒。等我醒時，覺得方方面面都已準備妥當，只除了一項。我想送她點什麼，以示愛意。我思忖送她一件完美的禮物，還穿越時間尋找靈感，可惜做不了決定。我選的東西似乎都不對，但還是收集了一些不同物品，希望她至少能喜歡其中一樣。

我把袋子甩到背上，看著香格里拉，然後跟卡當碰面。結婚的消息已發布出去了，仙子們開心地唱歌迎接我到來，興奮地看著創造她們的女神大婚。樹上及屋舍都綴著茉莉花和金銀花，各色各樣的花卉在每顆岩石間及所有花壇裡盛開。

卡當告訴我，西維納村的婦女帶安娜去做準備了，他說她已去了整整一個小時，我剛好有充足的時間與卡當聊天。

「你知道，你若要他，他會來這裡的。」卡當表示：「他們都會，桑尼爾會很樂意把她交到你手裡。」

「我知道，我跟安娜討論過這件事，但決定暫先不去驚擾他們。我們跟你一樣，都了解保守大量祕密的負擔有多沉重。」

「你不打算去探訪他們了嗎？」

「也許有一天會。」

卡當點點頭，「你自己決定吧。我很為你高興，孩子。」

「你早就知道了，不是嗎？」我問。

「是的。」

「你本可告訴我們。」

「我們都知道我不能告訴你們。」

我們談到阿嵐和凱西、妮莉曼與桑尼爾，卡當向來謹慎，只有在我先談到自己見過什麼後，才會跟著添話。這令我懷疑他還知道別的事，也許卡當說得對，預知未必總是好事，也不見得能使命運更為平順。

有人敲門，卡當起身應門。「時間到了。」他轉身對我微笑說。

卡當站到我身邊，我們都光著腳，穿白褲與西維納人喜歡的白色薄紗襯衫，唯一的差異就是我的襯衫領子織了玫瑰花紋，脖子上掛著達門護身符。長夏的暖意包圍我們，西沉的陽光斜照大地，彷彿太陽也不願在觀賞婚禮前離去。

然後安娜出現了，她朝我走來，漸淡的陽光勾勒出她美麗的形體，將她的皮膚染成金色。她雖絕美無方，但令我的心在胸口狂敲的，卻是她對我的微笑。

天啊，我驕傲地想，安娜是我的。

凱西聽到這種話一定會笑我。我，最該明白女神杜爾迦，以及任何女人，皆非屬於男人的財產，我自己以前甚至宰掉一個把安娜據為己有的男人。然而，我也是個受本能驅策的男人，那一瞬間，我只想霸占自己心愛的女子。

我以前也曾快樂過，事實上，我有過很多歡樂的時段，但在漫長的一生中，沒有一件事，能這樣令我深深感到滿足。從前遭遇的一切，人生的每個片刻，將我帶引到這裡，我願意重新再走一遭，只為了我在這一瞬感受到的極樂。看著安娜緩緩走到我身側，我讚嘆自己福深似海，能奇蹟般地成為這名女子的丈夫，我實在是高攀了。

小鳥在樹上啾鳴，西維納人站在小徑兩側，用他們天籟般的聲音唱歌，少數幾人吹奏笛子。他們縈繞不去的樂聲神奇而獨樹一格，極為適合女神的婚禮。仙子們幫安娜打理了一襲禮服，袖子窄緊地裹住她的臂膀，手腕處開如百合。

她那織著白玫瑰的精緻拖裙，並未拖在草地上，而是由長著翅膀的仙子們抬在離地面數吋的地方。她的長髮與各色鮮花編在一起，浪垂在背上。安娜的腳跟我一樣光著，但腳踝及手腕戴了銀鐲子，每踩一步，便發出叮叮的鈴聲。我見過最巨大的捧花，幾乎垂到她腳邊。

等安娜終於在我身邊站定後，我伸出雙手，她移動身子，花束撲拍著從她手上揚起，化作成千上萬，五色繽紛的蝴蝶。我聽到群眾發出驚嘆，看美麗的蝶兒停到樹上、屋舍、人們的肩上及植物上頭。安娜走近把雙掌放到我手上，我屏住了呼吸。

目不轉睛地望著她，用眼神描著她臉上的彎弧、下巴的線條、散布在鼻子上的雀斑、嘴唇的弧度，最後迷失在她深邃的綠眸裡。我們站在那兒，為對方心醉，時間似乎停止了。西維納人的聲音安靜下來，連小鳥都不再出聲，空氣中滿是濃重的期待。

「你們準備好了嗎？」卡當問。

「我好了。」我說，捨不得將視線調離安娜。

「那我們開始了。阿娜米卡，能請妳手把放到他上面嗎？」

安娜看了卡當一眼，揚起眉毛。「像這樣嗎？」她問，一邊從我掌心抽手往上滑，扣住我的前臂，我也輕輕扣住她的。

「是的，就是那樣。」卡當說：「你們都很熟悉戰士的宣誓。我親自教過你們，可是現在你們將了解它真正的起源。很久以前，有名男子願意以老虎的身分度過餘生，因為這位男子愛上一位女神，而犧牲了一切。他們的故事流傳千古，雖然許多人忘了老虎是女神戰場上的夥伴，載她越過廣大平原的座騎，或威嚇她敵人的戰友，但他們會記得神虎之間的特殊連結。

「季山，請隨我複誦，阿娜米卡．凱林佳……」

我用拇指揉著她的手臂，能量在我們之間嗡嗡震盪。「阿娜米卡．凱林佳。」我低聲重複。

「我生是妳的。」

「我生是妳的。」

「死也是妳的。」

「死也是妳的。」

「我發誓尊重妳的智慧。」

她微笑著看我重述，「我發誓尊重妳的智慧。」

「且絕不忘忽身為人夫的職責。」

「且絕不忘忽身為人夫的職責。」

「為了妳，我將勇敢面對一切。」

「為了妳，我將勇敢面對一切。」

「從今往後，我將待妳於眾人之上。」

「從今往後，我將待妳於眾人之上。」

「非常好。」卡當說：「現在是最後的部分了。阿娜米卡．凱林佳，我，穌漢．季山．羅札朗王子，現在已屬於妳，如同妳屬於我。這就是我的誓言。」

「阿娜米卡．凱林佳。」我輕聲說，喉頭發緊地把話說完，「我，穌漢．季山．羅札朗王子，現在已屬於妳，如同妳屬於我。這就是我的誓言。」

我用額頭輕頂她的一下，然後安娜對我重述同樣的句子。

「穌漢．季山．羅札朗王子，」她說：「我生是你的，死也是你的。」我看著她甜美的唇吐出每個字，字字堅定，毫無懸念，令我悸動。我知道自己爾後將緊緊依附她的堅毅。宏海上師曾經告訴我，我能成為經受狂風驟雨的岩石。無論我擁有何種力量，皆因安娜是我的精神支柱。

「我發誓尊重你的智慧，且絕不怠忽身為人妻的職責。為了你，我將勇敢面對一切。從今往後，我將待你於眾人之上。」安娜緊握住我的手臂，「穌漢．季山．羅札朗王子，我，阿娜米卡．凱林佳，現在已屬於你，如同你屬於我。這就是我的誓言。」她靜靜將誓約說完。

「非常好。」卡當說：「現在可以交換禮物了。」

安娜把手放到我的手上，一枚銀戒出現了。「這是用你送我的第一把武器製成的。」她說。

我抬手檢視戒指。「妳是指那把我用來殺死將妳擄走，把妳當奴隸的惡人的刀嗎？」我問。

「沒錯。」

「它不會勾起痛苦的回憶嗎？」

「不。」安娜說：「不會的，它提醒我，你會到最黑暗的地方尋找我，對我而言，這戒指總是象徵希望。」

「那麼這顆寶石呢？」鑲在戒指外緣兩側的是一顆閃亮的寶石。

「你不認得嗎？」她問。

我搖搖頭。

「它是用真理石的碎片拼成的。」

「啊。」經她一提，我可以感覺指上的石頭發出震動了。

「這樣你就永遠會知道我講的是真話了，這象徵我的忠貞。」

「結婚已經會讓妳想對妳丈夫撒謊啦？」我逗她說。

她靠近低聲說：「當然啦，我是假設我老公絕不會給我說謊的藉口。」

我哈哈笑說：「這禮物太完美了，謝謝妳。現在我能把妳的幾份禮物送妳了嗎？」

她揚起眉說：「你的禮物不僅一項嗎？」

「是啊。」

卡當幫忙把我放在袋子裡的品項拿出來，一個個遞給我。「首先，」我說：「這是一條用鳳凰羽毛編成的皮帶，是新鳳凰『日暮』所送的結婚禮。我費了好一陣子才把羽毛弄平整，鳳凰羽毛真的很難搞。」

安娜接下禮物，撫著羽毛，她抬起頭，一臉驚喜。「羽毛上面有法力！」她喊道。

我點頭笑說：「我所有的禮物中，都帶有一些魔力。」

「下一項是什麼？」她急切地問，把皮帶交給一位西維納婦人。

卡當把栽在泥盆裡的一株幼苗遞給我，小苗只有幾吋高。

「這是什麼？」她接過植物問。

「一棵芒果樹，至少將來會是。這代表我們新的結合，希望它能長得跟這棵樹一樣高大，並結實纍纍。」

安娜用指尖撫著樹上顫抖的葉子後，把小樹交回來。接下來，我把蠶夫人以妮莉曼的布塊製成的禮物送給她。那精編巧織的面紗，與安娜的眼眸同是綠色，她把面紗蓋到頭上，小仙子們幫忙拉著固定面紗。自帶魔力的布塊閃閃發光，星火點點。一時間，我被那對紗布框住的漂亮眼眸迷到分神。

我清了清喉嚨，「這條是取代傳統大項鍊的，我知道看起來很單薄，但我以後會再往上添加東西。珍珠真的滿難找的。」安娜笑了笑，轉身讓我把細鍊子繫到她頸上。那顆黑珍珠從鍊子上滑下，落在她漂亮的脖子的正中央。

「我好喜歡。」安娜說著轉向我，摸著晶亮的珠子。

「我知道這些都不是傳統的禮物。」

「我們的結合本來就不符合傳統。」她拉起我的手用力按著，「穌漢，你送我最棒的禮物，就是決定留在我身邊。」

我清著喉嚨說：「最後一項是戒指。」

「可是你已給過我戒指了。」

「我做了調整。」我合掌喃喃唸了幾個字，光線從我指間冒出來。等光線黯去，我給她看躺在我掌上的東西。那是一枚銀藤交纏的銀戒，但現在每個小環裡都鑲著漂亮的祖母綠，戒指中央的大祖母綠邊緣環繞碎鑽。「這是用妳來訪時，送我父母的寶石製成的。這些年來卡當一直留著。」我說：「這個綠跟妳的眼睛色澤完全一樣。」

安娜伸出手，我把戒指套到她指上。「太完美了。」她說著抓住我的手。

「好了。」卡當說：「二位若是準備就緒，我想我們應該讓新郎吻新娘子了，為這次最喜慶的活動做收尾。」

我將安娜抱近，笑容滿面地垂下頭，然而就在我的唇印上她的時，安娜在我心中說話了。

我還有一件禮物得送你，穌漢，她說。

什麼禮物，心愛的老婆？我心不在焉地問，專心親吻。

她沒回話，而是對我打開心門。安娜掀去靈魂的層層遮紗，把美麗燦爛的光灑向過去的她，及未來她將扮演的一切。我們全心接納自己，毫無保留。所有屏障撤除後，我們發現彼此的靈魂深處，再也沒什麼能介入我們之間了。我們將這份久遠前便開始的連結，永遠地牢牢繫住。

雖然別人眼中，我們親吻得有些過久，但我們在彼此懷裡，飄越了時空，徹底迷失在對方的世界裡，連女神或她的愛虎，都無法找到我們。

38 流浪者

等我們終於結束親吻後，兩人四目相鎖，有著前所未有的交心。我們不僅結了婚，更融為一體。毀去一人，便會毀去我們。

眾人紛紛道賀，兩人驚喜地看到西維納村的樹把根部交織在一起，樹根從地裡冒出來，為我們在上方織成一個婚禮的大藤架，花兒在樹上綻放，朝我們撒落花瓣。我雙手滑向安娜腰際，抱起她打轉，安娜後仰著頭，抬起手臂，高聲歡笑。

那天晚上我們與西維納人共享盛宴，吃著甜甜的蜂蜜蛋糕、濃奶酪、檸檬與薰衣草餅、燉水果，以及撒上花朵的沙拉。婚禮讓卡當非常開心，看到他要求打包一整袋食物帶回家時，我哈哈笑了。安娜和我挨緊著坐，像巢裡的兩隻鳥一樣，我們輪流拿多汁的莓果和糕點餵食對方。

當我對啃咬她的耳朵，興趣漸漸比啃食物來得高時，安娜站起來，拉住我的手。「謝謝各位籌辦這頓盛宴，並陪伴我們，可惜我們現在必須離開了，我答應各位，我們會常常回訪。」

「可是你們要上哪兒去？」西維納皇后問。

「我們該去度蜜月了。」我親吻安娜的手指，她細緻的手微顫著，令我忍不住微笑。

「啊，當然，不過你們不必離開啊。」皇后說。

安娜看著我，狐疑地挑著眉。

我答道：「夢之林固然舒適，但我只想把心力放在女神身上，不想分心。」

「我們了解。」皇后說：「所以才會為二位準備房舍，就藏在森林極美的一隅。仙子們不眠不休地幫兩位打造這間屋子，裡頭有很多食物，一道瀑布和可以游泳的大池子，還有最美的花園。二位若能留住一段時間，我們會感到無上的光榮。保證絕不打擾二位，除非受到傳喚。」

「我們沒料到會有這樣一份厚禮。」安娜說。

皇后答道：「兩位在此大婚，等於贈與我們一份厚禮。我們的土地現在已恢復生機，並滋養我們。任何踏入香格里拉的人，都能感受到女神的力量，而覺得煥然一新，請接受我們表示回報的小獻禮。」

安娜看著我。

我無所謂，我只想要妳。我可以感覺到她的悸動與緊張，便用拇指輕輕搓揉她的指節。

她轉回去優雅地低下頭，「謝謝，我們接受各位的好意。能否麻煩仙子為我們帶路？」

「不需要，石頭會標示路徑。」

「石頭？」

他們一指，從村子通往西邊泥土路兩側的石頭，果然在黑暗中發出柔淡的綠光。

我們起身，卡當也跟著站起來，他抓住我的肩，「我們會很快見面的，孩子。」他擁抱安娜，親吻她兩邊臉頰，然後說：「好高興妳能正式加入我的家庭。要彼此照顧。」

「我們會的。」我答應他說。

安娜與我一起走向小路，我的虎眼即使在黑暗中也能清晰地看見她。我把玩她的手指，安娜帶路，任我的眼神掃視她曼妙的身材，欣賞她翹美的臀部、細腰和長髮擦在我臂上的感覺。

西維納人說得沒錯，他們為我們打造的小屋美極了。月色斑駁的花園令安娜歡欣不已，我自己則是更喜歡這名女子。開放的曇花飄送香氣，卻遠不若安娜令人迷醉。此刻我們終於獨處了，兩人彼此放開心懷，我感知她突來的羞怯。我最不希望令她想到過去的可怕遭遇。

「我們能在瀑布邊坐一會兒嗎？」我問：「如果妳不累的話。」

她同意後，我用聖巾製了一條厚毯子和幾十個蓬鬆的枕墊。我坐定後，將她拉向我，輕輕吻她，但吻得不久。「妳看起來好美，」我說，然後皺起眉頭，「我們都沒有拍照。」

「拍照？」

「是啊，妳記得嗎？照片就像圖畫，但是即刻製成的。」

「啊，記得。你是指像這樣嗎？」

她轉著手，絲線便縫在一起，編出一幅我們親吻的織畫，花瓣雨落般地掉在我們頭上。

我大笑說：「那樣也成。」

安娜彈著指頭，織畫自行捲起，她用風把畫送入小屋裡。一片花瓣從她髮上飄下，落在她的大腿上。她指著自己的頭問：「上面還有花瓣嗎？」

我傾身靠近低聲說：「其實我有點擔心我們睡覺時，蜜蜂會跑來螫妳。」

安娜揚起嘴角，「你幫不幫忙嘛？」

「幫呀。」我摘掉一片花瓣，接著又一片，然後輕輕抽掉一朵又一朵彎折的花兒，將手探入她的髮束，鬆開緊編的髮辮。那過程很慢，卻是我們都需要的。等她的髮上不再有花朵後，我隔著層層薄衣，幫她按摩肩頸。

安娜用法力把絲線解開至背部的一半，因此我的手此時碰觸的是她的裸膚。我深深吸氣，努力專心按摩，而不是注意她滑如絲緞的肌膚，或細嫩的頸彎。當她的頭髮擋在中間時，我向她依近，撥開她肩上的秀髮，親吻她耳後，然後慢慢往下吻向脖子。

安娜扭身抱住我的頸子，我抱起她放到我大腿上，用額頭抵住她的。「不急，安娜，我能當妳丈夫已心滿意足了。」

安娜微微抽身仔細打量我。她的衣服背後半裸，前襟大開，實在令人心神繚亂。

我結結巴巴，知道自己須說出這些話，也希望能說得真切。「我們有一輩子，甚至是好幾輩子的時間在一起，所以我們可以慢慢來。」

安娜撫住我的臉，「你並不會讓我害怕，穌漢。我不否認有時會覺得憂慮，但我知道你的心，你並不想傷害我。」

「我會用性命保護妳。」我斷言道：「妳是我的佳人，我的寶貝。」我親吻她兩邊面頰。「往後的日子，我最大的願望就是讓妳開心。」

安娜柔身挨近說：「那麼咱們現在就展開第一天吧。」

她親吻我，我由她帶引，躺到毯子上，任她在我身體上方伸展。我一開始還猶豫著，雖然絲線在她身邊沙沙作響，一吋吋地拆去她美麗的婚服，但我的手還是保持不動。長長的絲線化成第二條毯子，將我們覆住，在我們之間嗡嗡震盪的金黃色能量，隨著每次愛撫與碰觸而增強，直到安娜的手在我裸露的胸膛撫動，我才發現她也在卸除我的衣服。

我撫著她的背，親吻她的耳朵，低喃道：「你是我夢中的佳人。」

她抬起頭，長髮如瀑地垂瀉在我們四周，安娜的綠眼一閃，笑道：「你想看看我之前夢見什麼嗎？」她問。

我昂抬身體，用手肘支撐自己的重量，然後吻住她，將心意與她相接，兩人很快便淹沒在她的夢境裡。那天晚上，我們也讓好幾場夢變為真實。

翌日，或者應該說是第二天傍晚，我們發現香格里拉生出了一片新的山區。我哈哈大笑，安娜卻咬著唇，憂心自己喜愛的這個世界，可能會受到破壞。安娜傳人送來滿滿一籃子食物時，還問送食物的村人，此地的地貌有何改變，村人向我們保證說，大家都沒事。

我們吃完東西，在池子裡游泳，到瀑布下洗澡。我幫安娜梳理長髮，然後兩人並肩躺下，讓太陽曬乾頭髮，我們十指交扣，談著未來，兩人約好不偷看自己的將來。我們又多做一些練習後，很快發現，我們若待在時間的變相裡，任何情感的流露，便不會影響周遭的世界了。

我們養成習慣，每次想要獨處，便使用這種法力，後來我們的孩子常拿此嘲笑我們。安娜和我都希望有個大家庭，尤其在我分享那個與兒子們一起打獵的夢之後。我們生了九個孩子，七男兩女。但實際上，我們還收養了幾十個孩子，因為我們去到哪裡，安娜便會收養迷失的孩子。安娜生下我們家老七，我們的第一個女兒奧蘭德蒂後，開始出現一些徵兆，安娜逐漸失去神力了。

此事我比她更警覺，卡當來訪時——我們所有孩子出生，他都會跑來——我對他表示憂慮。他一如往常地守緊口風，然後留下謎一般的建議，要我們把每天當成一種祝福。我們生下第八，然後是第九個孩子，我發現每生一個寶寶，安娜就犧牲掉一部分的自己，一部分的神力。當我將第九個孩子，我們的么兒抱在懷裡時，我告訴她別再生了。她若是想要，我們可以收養孩子，但我不能失去她，我不肯失去她，即便那表示永遠不再碰她。

安娜認為我最後還是會讓步，可是經過一個月避免與她獨處後，安娜頗不情願地同意我的看法。我偷偷潛到未來，跟卡當索取安娜需要的避孕用品。我們的生活似乎漸漸有了固定作息，我們時常不在家，去扮演女神與老虎的角色。有時，她會幫人治療或對祈求做出應允。有時她像個復仇天使，毀滅那些強取豪奪的人，對需要她的人展現正義。

我們度過好幾輩子的時間，已無法細數。我們執行工作，為了獨處才稍事休息，但我們總在離家不久後便返回家中，因此絕不會離家人太遠。大家都了解必須留心女神的召喚。有一次，孩子們問，為何我們都得離開，我告訴他們說，我發過誓，要永遠保護他們的母親。兒子們都能理解，也發誓盡可能隨時隨地服侍母親。

葉蘇拜的老奶媽伊莎在我們的么兒八歲時，終於去世了。她是我們所有孩子的保姆，我們對她感情日深。當初我們一回到山上的女神宮殿時，伊莎便立即認出我來，三人在一起為失去葉蘇拜而痛哭。我們常談起葉蘇拜，就像我們常提到阿嵐和凱西、妮莉曼和桑尼爾，以及我們的父母一樣。我們教導孩子，要尊敬這些遠方的親人。

唯一的例外是卡當。這些年他會時不時地探訪，每次孩子出生都來，甚至不時幫忙訓練我那幾個兒子。他總是以本來的面貌出現，不知道斐特是否從此便消失了。有時他會請我們幫忙。雖然我們的清單老早前便完成了，他還是有許多事待辦，不是叫我就是要安娜幫他。

他給凱西做手彩繪時，我剛好跟他在一起。卡當拍拍我的背，笑著看我在彩繪上揮手，讓仔細畫成的繪圖活絡起來，連結手繪與凱西的能量。現在我看出那刺圖的內容了——那是白虎與他後來所娶的女孩，是愛情的實質展現，掀露出隱藏在凱西皮膚底下的燦爛金光。

卡當還叫我陪他，到我們跟羅克什開戰前的時間點，把我們的治癒能力移除。我問他為什麼，他說因為葉蘇拜的靈魂與我們的相連，她父親死後，她才能夠終於安息。卡當還說，靠著人魚的靈藥和火焰果，便足以支撐我和安娜繼續挺進了。

我跟他爭取多要一天，等戰役結束再說，那樣阿嵐就不必死了。可是卡當耐著心解釋，阿嵐必須得死，我才會犧牲。我為了救我哥，才會堅忍不拔地留下來。

安娜陪著他，去幫妮莉曼抹除在時空中迷失的記憶，她還陪卡當到斐特釋放白虎自由的時間點。白虎躍出阿嵐的身體時，其他人都沒看到，安娜跪到白虎身邊撫摸他的頭，感謝他為女神服務如此多年。

白虎轉身用鼻子蹭凱西的手，但凱西無法感覺得到，然後白虎意味深長地注視阿嵐良久，才濶步衝入林子裡。他空幻的身體，僅成了草上的一股輕風。白虎離開後，黃金色的法力從阿嵐和凱西身上揚起，她的手繪刺青消失了，金光遁回掛在安娜脖子上的護身符裡。

有一次，卡當在我們家門上釘了一張紙條，請我們到日本一間寺廟與他會合，並詳盡指示我們如何打扮，要我們務必喬裝。我們發現自己竟是阿嵐和凱西婚禮的觀禮者，安娜開心極了。我們四下尋找卡當，結果卻看到為他們主婚的神道教僧人停頓下來，朝我們擠眉弄眼。他一隻手放在自己心口，然後朝我們的方向點頭，阿嵐親吻新娘時，他的鼓掌及歡呼聲比任何人都大，而且還猛擦眼淚。

時間飛逝，我跟安娜專心經營家庭，開心幸福地養育孩子們。等孩子變成無所不能的獵人和厲害的戰士，年紀也夠大後，便陪著我們上戰場。我驕傲地看他們作戰，而且我僅須拿達門護身符觸碰他們的皮膚，便能將他們治好。

他們一個接一個地離開我們了，孩子離巢總是令人不捨，我們盡量常去看他們，但最後我們的孩子和孫子們也陸續死了。他們的壽長遠超過身邊的凡人，也各自成為領袖人物，我們非常以他們為傲。

我們參與每一場喪禮、誕生與婚禮，有時公開以父母和祖父母的身分出席，但後來則以陌生人的身分參加。等我們的子嗣開枝散葉到難以追蹤時，我們便不再看顧他們了，不過我們可以透過佩戴的真理石，在遇到某些人時，感知到他們是族人。

我養成了每隔十年，在結婚紀念日時，增添禮物送給安娜的習慣。芒果樹在她的照護下長得十分茂盛，我會摘下最成熟的果子，幫她種一棵新樹，直到我們山居的家旁，長出一大片芒果林。在白龍的協助下，我找到一批巨蚌，為安娜的項鍊添增珍貴的黑珍珠。

我們造訪鳳凰的家，每隻新生的鳳凰都送我一根羽毛，我把羽毛編到安娜的皮帶上。歷經數百年為她增添結婚禮物後，每項禮物的法力也逐漸增強，最後我們終於明白，那都是些什麼東西。原來它們就是杜爾迦的禮物，原本的單顆珍珠變成了珍珠項鍊，鳳凰羽毛腰帶成了火繩。安娜常戴的綠色面紗，在擁有更多法力後，如今變成了聖巾。

有一天我們在芒果樹林裡散步，忘記調開時間。我受鄉村景致的影響，將安娜拉到樹下吻她，等我們離開時，我發現頭頂樹上的高枝，有個亮晃晃的東西。安娜雙臂一舉，用泡泡圈住我們，兩人升至空中。就在其他芒果之中，有顆上下浮動的圓果，陽光反射在它發亮的果皮上。

安娜摘下果子，微笑著將果子遞給我。現在我們所有的賜禮都齊全了，而且也知道它們的出處，它們是用時間、愛和魔法編織而成的。

女神與老虎的故事最終慢慢轉變，被世人所遺忘，人們祈求與獻禮的次數不僅減少，也不那麼迫切了。安娜在接受女神的角色後，第一次生了病。我緊張地跑去找卡當。

他為安娜調製一份飲料，我問他那是什麼，卡當答道：「神經元胞體，諸神的復原劑。」

「是很多年前，你給我的那種東西嗎？」

「是的。她這次生病可以復原，季山，只怕這場病會耗去你部分能量，因為安娜汲取你體內的療癒力。你記得凱西幫阿嵐治療槍傷的事嗎？」

「記得。」我答說，心中充滿希望。

「你也可以利用你們的連結做同樣的事，但要小心，別輸出太多能量，以免自己什麼都不剩。此時的她，沒有你是活不了的。」

「我願意，」我堅持說：「你需要什麼就拿去吧。」

「季山，」卡當說：「你知道你和她皆非不死的仙人，安娜幾百年來施用巨大的能量，致使身體耗損，她已開始出現老化的跡象了。」

「那我去跟人魚索取更多靈藥，去找鳳凰幫忙。」

「靈藥對安娜不再有效了，她已對藥效無感。至於火焰果汁，只怕也是同樣的情形。這是萬物的自然法則，我很抱歉，孩子，但安娜的身體累了，她的能量逐漸消弱，如果她想痊癒，便得汲取你的能量。」

我低頭看著我美麗的妻子，撫摸她一頭烏黑的頭髮，即使身受病苦，安娜看起來還是與我們結婚當天一樣年輕。她的眼睛雖不若以前明亮，皮膚沒那麼緊實，但我覺得是因為生病的關係。安娜並未變老，我無法接受卡當的話，這次他肯定錯了。

「阿嵐就沒變老，而且你跟安娜一樣，活了那麼的久。」我辯駁說，急著想找出解決辦法。

「除了過去幾個月，我一直過著平靜的生活。至於阿嵐，是拜老虎及葉蘇拜的禮賜，才得以保持青春。」他解釋說：「達門護身符使人長壽，尤其對你和阿嵐這樣擁有老虎性質的人，但你和安娜已活過悠長的歲月，比你們想像的還要長久，而且還以我們其他人都沒有的方式，取用護身符的法力。

「安娜向來透過你，施用她的法力，這些年，你們藉著彼此的連結，自由地分享法力，也使你們能為人類做出許多偉大的貢獻，但那力量現在使她耗竭，她開始感到壽命的衰微了。」

「你確定嗎？」

「是的。」卡當撫著安娜的肩，我在他眼中看到別的東西。

「怎麼了？」我問。

「我想說，我很抱歉。」

「抱歉什麼？這又不是你造成的。」

「話是沒錯，但是我加速了這個過程。」

「什麼意思？」

「如果你……如果你不必在墳地裡解救困在肉體裡的我，你們或許能在一起更多年時間。解救阿嵐，然後又救了我，害你們付出代價。我們大量耗去二位的能量，那是很糟糕的事，孩子。我不能請你原諒我，因為我完全無法補償這項損失。」

我拉起安娜的手親吻她的手指，她因發燒而扭動。我們良久沒有說話。「沒關係。」我終於靜靜對卡當說：「安娜也會不計代價去救你，我本來就知道得付出代價。」

卡當點點頭，留在附近，陪我徹夜守護安娜。有一度，我試著逼他告訴我，我們還剩下多少時間，但他那對晶亮的眼睛，什麼都不肯透露。我們可能還有好幾個世紀、幾年、幾個月或幾天。未知，是最糟的部分。

如果我是個祈願者，也許會對安娜懇求幫助，可是一位女神和她卑微的丈夫，該去向誰禱告？我坐在她身側整整兩個星期，擦著她的額頭，試圖停止腦中那個揮之不去的小聲音，一個預兆，那聲音告訴我，關於這場病，卡當還有很多事情沒說。

安娜復原了，但熬過久病後的她已不再相同。她的神力大幅減弱，也確實開始出現老化的跡象。不久，每次我碰觸她，便會把能量灌注到她身上。那變成了我的一種執著。我每天看到她嘴角出現新的皺紋，手上冒出黑斑，黑髮裡出現顯眼的白髮，就連她心愛的花園，也開始走樣了。幾世紀以來，她的玫瑰首次開始凋敝。

有一天，我對著她的手吹氣按揉，盡量把自己的力氣灌給她，我心中聽到她的聲音。

稣漢，她輕聲說，該停手了，我的愛。

我抬頭大聲問：「我弄痛妳了嗎？」

沒有。

我皺著眉頭說：「那是怎麼了？」安娜看看我，接著我恍然大悟，心中一痛。「不。」我激動地說：「不行，安娜，不能這樣。」淚水模糊了我的視線，接著我哭咽起來。我的安娜，我的妻子，環住我的背，將嗚嗚哭泣的我抱近。

「我的虎兒。」她說，聲音僅比呢喃略大。「時候到了，我們已盡可能把時間延後了。」

我抬起頭，「我還可以再給妳力氣，我可以……」

「陪著我，」她打斷我說：「帶我最後一次離開這個星球。」

安娜很早便失去穿越時空的能力了，得依靠我才能進行。我發現穿越會耗去她的力量後，便不再那麼做了。我想拒絕，想跟她爭辯，但她心意堅定，我的任何堅持，都會被她擊退。

我輕輕抱起她，淚水潸然而下，我問：「妳想去哪裡？」

她撥開我眼上的頭髮，親吻我溼黏的面頰，然後說：「你知道那地方。」

我點點頭，帶著妻子回到我們在香格里拉的小屋，她的身體因時空穿移而顫抖。

「我們到了。」我說。

她的聲音好柔，而且仍在我心中，**帶我去瀑布**。

我帶她去了，並製了條毯子，我抱著她坐下來，背靠著樹。安娜依在我身上，如絲的頭髮搔弄我的脖子。**答應我**，她說。

我緊抱她的腰，**任何事都行**。

答應我，你會把真理石刻完。

這事以前似乎並不重要，我有太多事情想做了，大部分與安娜有關。每次我拿起石頭想刻完，就有事情發生，分散了我的注意。我總是自圓其說地認為還有很多時間，但現在，我的時間快用光了。我點點頭，用臉頰擦著她的。

我們靜靜坐在一起觀看水流，心靈相鎖，無須贅言。我們不需要談話，我知道她的每個念頭和每個希望，如同她了解我一樣。她在臨終前，最後悔的事就是獨自留下我一個人。她要我答應，不能試圖做出傷害自己的事，而且偶爾要查看一下我們的後人。

交代完最後幾項遺願後，唯一剩下的，就是我們快樂圓滿的愛了。那嗡嗡低響的震動在我們之間流盪，漸次減弱，直到最後我的安娜去世為止。她看起來如此安詳，我懷裡的安娜只像睡著了。我放聲痛哭，最後一次親吻她的唇、臉頰，以及她閉上的眼簾，不想與她分離。

我們在一起幾個世紀了，仍嫌不夠長久。即使與安娜相守直到永遠，時間也不嫌長。我們在工作、心意、心靈及愛情裡融合為一，如今安娜走了，就只剩下……我一個人了。我現在孤孤單單，餘生皆是如此，我只希望自己剩下的時間不會太久。

「我愛妳，我美麗的姑娘。」我低喃道，鹹鹹的淚水流下面頰，滴在她光滑的臉上。我擦去淚水，然後站起來，為我心愛的女人準備她最後的安息地。花園裡的房子化掉了，原地上冒出一塊大石頭，平滑的花崗岩上，飾著朵朵雕花。

我抱起女神杜爾迦，孩子們的母親，我依舊美麗的妻子，把她放到石頭上，讓她的雙手交疊在胸前。聖巾為她編織美麗的衣服，她的神廟邊長出一叢叢的花朵時，我感覺有人搭住我的肩。

「我很遺憾，孩子。」卡當說，他緊緊抱住我，我伏在他肩上痛哭。

我們站立良久，只是愣愣看著她。我們在安娜墳邊逗留了三日，為她守喪，正如家母為我父親所做的那樣。那段期間，卡當或我都不吃不睡，夜裡，我讓銀色的月亮灑在她美麗的面龐上，為她擋去日間陽光帶來的熱氣。三天過後，我走到石邊，最後一次親吻她的額頭，然後石頭慢慢增生，蓋過她，將她封在她的墳裡了。

我不知道自己在那裡站了多久，我的掌心貼著石頭，時間久到卡當離開過又回來，他說：「西維納人知道她在這裡，他們說，只要他們的族人還在，便會繼續為她守墓，仙子們也會幫她維護花園。」看到我沒回應，卡當說：「好吧，我陪你一陣子。」

之後卡當又陪我待了一個星期，雖然我知道他很辛苦。如今我們山上的家都沒人住了，我們最親的朋友都去世了，蠶夫人葬在伊莎旁邊已經很久，孩子們離開後，我們便不需要僕人了。多年前，祈願的人便慢慢減少，所以現在我獨自住在以前與安娜共享的家中。

等我回過神，注意到卡當臉上及眼中的倦態後，我告訴他該回家了。卡當等確定我雖難過，但心情還算穩定後，才回家去。

往後幾年，除了少數幾件引起注意的事外，時間一晃即過。我開始雕刻真理石，雕刻時我才發現，自己還是有同伴的。我坐在安娜最愛的椅子上刻著石頭，這時我發現窗裡有道閃光。

「哈囉。」我好高興看到她，我放下刻刀，拍掉腿上的碎片。

芳寧洛抬起頭，在陽光下擺動。

「妳覺得如何？」我拿起象牙色，上邊交錯橘色與金色紋絲的石頭給她看。芳寧洛抬著頭，彷彿打量我的作品。「我知道，我知道，還不算盡善盡美，但我一定會完成。」

之後金蛇便留下來陪我了，後來我漸感焦躁，便將安娜的禮物打包成一袋，將芳寧洛放到上頭，然後開始流浪。經過幾個月後，我來到一片空地，空地感覺有些熟悉，我雖然花了一點時間，但最後還是明白過來，原來這就是斐特家的原址。我吐口氣，舉起雙臂，造出小屋，我決定把它當成自己的新家。

我常與芳寧洛穿越時空，偷偷監看那些我所愛的人，每次穿越後，我都會疲憊不振好幾個星期，但這樣讓人不那麼寂寞，而且看到他們都幸福圓滿，令人心懷感念。連阿嵐和凱西的孩子都長得強壯健康，他們共生了五個孩子，我看了他們一段時間，不過等他們長大離家後，我就沒再追蹤他們的子嗣了。

阿嵐辭世時，我就在他身邊。凱西比他早走，死前孩子和孫子們都聚在她身邊。我也在，可是沒有人知道。我隱著身子探身看睡在醫院病床上的凱西，並親吻她多皺的臉頰。她血管裡雖然滴著止痛劑，但凱西張開了眼睛，像是能看到我似地望著我。我對她微笑，然後站到阿嵐身邊，阿嵐拉著她的手，凱西便前往下一個世界雲遊了。

阿嵐突然心臟病發時，他們的孩子沒來及得趕回來。我坐在他小房子的床邊陪他。阿嵐看起好蒼老，我心想，雖然他的眼睛依樣湛藍，即使到了那個年紀，他看起來還是英俊。我已經越來越難做到了，但我勉強凍結時間，像安娜之前對葉蘇拜那樣，然後與我老哥長談。

我恢復他所有的記憶後，阿嵐坦然地原諒我讓他受過的所有苦痛，兄弟倆一起為所愛的女人，以及被迫分開生活的苦而哭泣。我告訴阿嵐我愛他，他問，把徽印送給他兒子的人是不是我。我答說其實是我和安娜，雖然我知道未完成的徽印，仍躺在我的時間軸，斐特的小屋中。

我把家徽的本貌告訴他，並說卡當有次來看我時，把他用來打開康海里石窟的那片送給了我，還說我們是該把它交給下一代了。我把家族徽印留給阿嵐的長子，並跟蹤徽印一陣子。阿嵐的孩子從來不明白此物的重要性與神力。

我坐著陪伴阿嵐，知道徽印目前放在阿嵐一位孫子家中的火爐壁架上。不知要經過幾代，他們目前所知的這段歷史，才會被遺忘。

阿嵐罵我這麼多年都不來看他和凱西，他說：「要不是你寫了那封信，我們根本不知道你出了什麼事。」

「信？」我問。

「是啊。」他咳著說：「你知道，那份卷軸？」

我點點頭，但完全不懂他在說什麼，我給了他一杯水，然後改變話題。我陪他好幾個小時，分享自己所有歷險，聆聽他講述他的。阿嵐很以他的家庭為傲，他一向如此，但他更興奮可能再見到凱西。

「你相信她會在某個地方嗎？」我問。

「若是有人知道，應該就是你了。」阿嵐答道。

我瞄著窗外的晨陽，當場僵住，我看看時鐘，鐘面上是上早晨六點三十八分，「但願我能告訴你，我很確信。」我說。

「嗯，如果你不確信，我自己倒是很篤定。」

「你怎會知道？」我問。

「我可以感覺到她。這裡。」他拍拍自己的胸口。

「我想那是因為你心臟病發作。」我說。

「不對，還有別的，就好像……好像她在呼喚我。要求我去找她。」兄弟兩彼此相覷良久，

「我……我想現在就去找她了，兄弟。」

我點點頭，起身拉著他的手，用力一握。他的回握，在膚上幾乎只像輕抽。「再見了，阿嵐。」我說：「去找凱兒，並代我向她問候。」

「我會的。還有，季山？」

「什麼？」

「我也愛你。」

我眼中含淚，再次啟動時間。我離開了，不想目睹自己所愛的另一個人死去。

回到斐特的小屋後，我常思及阿嵐說的話，我拿來墨水和羊皮紙，坐下來寫了封信給他和凱西。阿嵐說過那是一份卷軸，於是我把羊皮紙捲起來，想著在他們結婚後，從哪兒寄給他們一份卷軸。時間得掐得剛剛好，才不會影響到他們的未來。

我把卷軸帶在身上好幾年，等紙變得破舊褪色後，我弄了一份拷貝，用剛刻好的羅札朗家族徽印將它封妥，然後做了個玻璃盒保護卷軸，以免損壞。那時，我才明白那是什麼，我以前都沒會意過來。我知道怎麼處理，便跑去找鳳凰，問他有沒有一種能打開凡人眼睛，讓他看到別人看不見的隱藏物的東西，鳳凰命我把一顆火焰果弄成果汁。我照辦後把果汁拿給他，他探身在果汁上眨眼，淚水在他眼角積聚，然後滴入果液中。

「這效果能維持多久？」我問。

「會維持到最後一隻鳳凰倒下。」他說。

我謝過鳳凰，往西藏出發。我沒在所有僧人前面現身，而是在第一位達賴喇嘛獨自走入他的花園時才現形。他大概正在思索宇宙的祕密吧。喇嘛見了我，並未表露驚訝。

我把卷軸和膏藥交給他後，用聖巾之力造出記憶中的老虎徽印，然後掛到他脖子上。最後我警告他說，不得閱讀卷軸上的內容，並吩咐他所有與協助凱西和季山尋寶的相關指示。

每次一想到香格里拉，我便胸口發緊。卷軸交出去，徽印完成後，我就沒別的事要做了。我流浪了好幾十年，盡可能地幫助別人，因為我知道安娜會希望我這麼做。我在旅途中遇見一名年輕人，與他握手時，我的手中起了震盪。

我立即知道他是我的後代。年輕人告訴我，他的名字叫特拉克，我嚇了一跳，我竟然站在我的祖父面前。為了確認，我問他來自何處，他證實了我的疑慮。我們結伴旅行了一段時間，兩人分手時，我送他一份禮物。

「這是什麼？」他拆開布塊問。

「一份很珍貴的傳家寶，由於我膝下無子……」徽印在我手中涼涼的，對我的謊言做出回應，「你若願意把它留在你的家族中，我會十分榮幸。」

他看到自己手中所握之物，瞪大了眼睛。「你確定這要送人嗎？」他問。

「我覺得你有資格得到它，何況，是我該放下它的時候了。」我正想扭身離開，又想到了一件事。我猶豫地從袋子裡，抽出第二項無價的寶物，放到年輕人手裡。「這東西是我去世的妻子所有。」我說：「也許有一天，你的妻子或女兒會用到。」我用指尖摸著安娜髮梳的象牙手柄，然後笑了笑，知道這梳子有天會傳到我母親手裡。

他用一種熟悉的方式緊抓我的手臂，那是戰士的誓約。自我的婚禮後，誓約的用詞已有些改變了，但所做的允諾，仍令我悸動。我抱住男孩，用力拍他的背。「願幸運永遠跟隨你，年輕的特拉克。」

「也祝你永遠幸運。」

男孩揮著手，兩人分道揚鑣，我繼續自己的旅程，慢慢返回斐特的小屋。我常想，自己可能就是自己的祖先，我真希望能與阿嵐分享此事。我決定寫封新的信，把我最近發現的事寫進去。我回到過去，趁另一個我在小屋中睡著時，跟舊的信掉包。

我隱匿在時間的變相裡，望著自己熟睡的臉。我有幾莖灰髮，眼周發皺，肌肉鬆弛。看來時間已經追上我了。我穿越回來時，發出了呻吟，感覺蒼老而疲累，得慢慢恢復才行。日子過得十分乏味，尤其是因為我感知自己的工作終於完成後。

有天早上，我被芳寧洛弄醒，她坐在我胸口，高昂著頭。「哈囉，我的小女孩。」我說，她吐著舌信，觸碰我的臉頰，但我幾乎感覺不到。「啊，」我悲傷地說：「原來妳是在道別。如果可以的話，哪天回來找我，因為我一定會很想念妳。」片刻之後，芳寧洛滑到地板上，我垂眼望去時，她已經走了，杜爾迦的禮物也跟著不見了。

芳寧洛和禮物都不見後，我感覺力量很快消逝。我再也無法穿越時空，召喚武器，或創造食物了。我轉換成虎兒，自行狩獵，擴增領域，直到找到我父母在不久的將來，會在瀑布附近打造居家的那片地土。我已經一年多沒變成人形了，結果我發現就算試了，也無法變身了。

不久我對狩獵也失去熱情，僅起身去池子裡喝水。我不知道自己不吃不喝有多少日子了。有天傍晚，我在小憩時聞到一股氣味，一股許多年沒聞到的氣息。

「哈囉，孩子。」背對著夕陽的卡當說。

尾聲

我試著起身與他打招呼，卻見卡當搖手道：「不必站起來了，你若不介意，我想陪你坐一會兒。」我在心中對他說話，但我很快就發現他聽不見。

卡當搭著我的背，對我講述愛與失去。他談到他的妻子，以及長年鰥居的難處。這令我想到安娜及阿嵐，以及阿嵐堅信凱西正在呼喚他。卡當沉聲繼續叨絮，他熟悉的聲音舒慰而定靜，令靜謐的森林更添安寧。我覺得好睏，然後嘆口氣閉上眼睛。

接著我聽到隱隱的哼唱聲，輕風吻著我頸背上的絨毛，我聞到野花香，不，是茉莉花香。我的心跳停止了，我若是處於人形，一定會發出微笑。夕陽的光輝穿射我閉上的眼簾，卡當的聲音變得越來越弱，越來越弱。我聽到頭頂上沙沙的樹葉聲，與漸響的鈴聲。

當最後一口氣離開我疲憊的身體時，我感覺輕柔的嘴唇貼在我的耳邊，低聲喊道。

穌漢。

虎兒吐出最後一口氣時，我的手停住了，我哭了一會兒，為了我的孩子，我的兒子，為了這個在他出生前三十五年便死去的孩子。我抱著他的屍體，他輕柔的絨毛搔癢著我的臉。我輕柔地解下掛在他脖子上的達門護身符，用護身符之力為他埋葬，我將在同一片土地埋葬他的父母，這也是我自己的安息處。

我還有工作要完成，工作似乎永遠也做不完，但我很清楚，就快結束了。我必須將達門護身符打碎，回到過去找尋安娜，帶著她，送出五塊護身符片——把每片護身符送到五位協助在山上擊潰羅克什的軍隊領袖手中。然後我得去第一座杜爾迦廟，毀掉第五根柱子，不能讓阿娜米卡看到刻在柱子上的一切。

之後我得回應一份請求，我親自寫信給斐特，請他幫助恢復阿嵐的記憶。以前覺得待辦清單很長，但結尾卻來得有些太快。

想到白虎和黑虎，我用拇指揉著護身符上的虎兒，一手撫著覆住季山屍體的土墩。

他應該享有更多。

穌漢．季山．羅札朗王子應獲得厚葬，受眾多子嗣敬拜，受幾世紀來接受他與妻子恩澤的人所尊敬。他不該只是編年史上的一個註腳，或神話書籍裡的一個參考項目。他的墳至少應該葬在他妻子的墓邊。

但在我所有見過的時間軸裡，我總是發現他在這裡，在我們一起做過那麼多事後，我不認為他會介意葬於此地。我起身拍去手上的灰，抬眼望著天空。太陽已經西沉，樹上蟲聲唧唧，為倒下的英雄唱著輓歌。

「再見了，我的兒。」我說，一手撫住自己心口，任淚水滑落。「不久我便會去見你了。」

我握住護身符，穿越時空，想從工作、責任，以及自知不久將與我深愛並失去的親人重聚中，找到安慰。

失去的夢

穌漢．季山．羅札朗（唯一詩作）

曾經
我得到額上的一記吻
和天長地久的誓言
來自我渴盼擁有的人

如今
另一個人
將她從我身邊匆匆奪去，
我渴盼擁有的那個人

我曾看到
一名嬌小溫暖的寶寶

一名美麗的母親
一個我渴盼擁有的家庭

現在
我的愛與別人同在
一名我稱為兄弟的男人
帶走了我渴盼擁有的家庭

我曾一度相信
我的心會忘記她
靈魂不會化膿
為了那個我渴盼擁有的人

而今
我的世界粉碎瓦解
我的愛，她遺棄了我
那位我渴盼擁有的人

自從
愛人離去後
我心碎成萬片
為了我渴盼擁有的那個人

那麼
剩下的還有什麼
能使這悲傷之流快樂起來？
那位我渴盼擁有的女孩

可是
啊！事實上
我必須堅信所有的夢想
相信會遇見我所渴望擁有的那位

然而……
如果命運不再悲慘
我的靈魂能再次展現且獲得救贖

不再執著我渴盼擁有的那一位
那麼也許我會找到
不是我心渴盼的那個人
而是一位渴盼被我擁有的女孩

LOCUS

LOCUS

LOCUS

LOCUS